Niemand wird dein Flehen hören

Lisa Jackson
Nancy Bush

Niemand wird dein Flehen hören

THRILLER

Aus dem Amerikanischen
von Elisabeth Hartmann

Weltbild

Die amerikanische Originalausgabe erschien 2009
unter dem Titel *Wicked Game*
bei Kensington Publishing Corp., New York.

Besuchen Sie uns im Internet:
www.weltbild.de

Genehmigte Lizenzausgabe für Verlagsgruppe Weltbild GmbH,
Steinerne Furt, 86167 Augsburg

Übersetzung: Elisabeth Hartmann
Umschlaggestaltung: Maria Seidel, Atelier Seidel – Verlagsgrafik, Teising
Umschlagmotiv: © Trevillion / Allan Jenkins
Gesamtherstellung: GGP Media GmbH, Pößneck
Printed in the EU
ISBN 978-3-86800-671-1

2014 2013 2012 2011
Die letzte Jahreszahl gibt die aktuelle Lizenzausgabe an.

Widmung

Mein besonderer Dank gilt Terry aus Iron Station in North Carolina, die den Namen Butterfinger für die Katze in diesem Roman beigesteuert hat.

Prolog

Campus von St. Elizabeth
Februar 1989
Mitternacht …

Heilige Muttergottes, hilf mir!

O bitte … rette mich!

Das Mädchen rannte im aufsteigenden Nebel kopflos durch den Irrgarten. Sie stolperte, ein vorstehender Ast streifte ihr Gesicht.

»Nein!« Sie deckte die Hand auf die Wange und spürte sogleich warmes Blut zwischen ihren Fingern hindurchquellen. Das gab ihr neuen Antrieb. Sie rannte weiter, atmete schwer. Ihre Wadenmuskeln schmerzten, ihre Lungen brannten, und noch immer prasselte der mitternächtliche Regen auf sie nieder.

Das hier ist nicht richtig. Ganz und gar nicht!

So sollte es nicht sein! Es kann nicht sein!

Sie warf einen Blick über die Schulter zurück, lauschte angestrengt, das Klopfen ihres Herzens dröhnte ihr in den Ohren. Sie hatte sich nicht verirrt. Sie wusste, wo sie war. Sie kannte die Abzweigungen und Windungen, die zum Zentrum des Irrgartens führten, und wenn sie es erst erreicht hatte, würde sie, davon war sie überzeugt, einen weiteren Ausgang finden – vielleicht auch zwei. Aber es war schon lange her, dass sie hier gewesen war. Einen Augenblick dachte sie, sie würde sich vielleicht in ihren eigenen Untergang führen, in eine Falle, die sie sich selbst gestellt hatte. Sie musste weiterlaufen, sich an die Abzweigungen und Windungen erinnern …

Aber es war so dunkel.

Und er kam näher. Sie spürte ihn. Als ob sein Atem bereits ihren Nacken streifte.

Angst schnürte ihr die Kehle zu und sie schlitterte fast um eine Ecke aus zitterndem Lorbeer. Er wusste von ihr> und jetzt war er ihr auf den Fersen.

Woher wusste er das? Während sie selbst doch so viele Jahre – ihr ganzes Leben, so kam es ihr vor – gebraucht hatte, um die Wahrheit zu erfahren!

Doch dann hatte sie ihn dummerweise herausgefordert. Hatte ihn selbst in den Irrgarten eingeladen, in der Hoffnung, mehr zu erfahren; um ihn zu entlarven. Sie hatte geglaubt, den Spieß umdrehen, das böse Geschick abwenden zu können. Aber es läuft nicht nach Plan, sagte sie sich. Ihre Schuhsohlen rutschten im langen Gras. Die Jägerin war zur Gejagten geworden.

Aber wie konnte er über sie Bescheid wissen … es sei denn … es sei denn, er war *einer von ihnen*?

Sie hörte etwas. Ein Geräusch … ein scharfes Zischen … Ihre Nackenhaare sträubten sich. Was zum Teufel *war* das?

Sie blieb wie erstarrt stehen, die Hände erhoben, als wolle sie eine Gefahr abwehren. Auf den Fußballen stehend, zitterte sie am ganzen Körper und keuchte verhalten. *Er war da!* Ganz nahe. Er hatte den Irrgarten bereits betreten. Sie konnte ihn jetzt deutlich hören, denn er gab sich keine Mühe, sein Näherkommen zu verheimlichen. Ihr Herzschlag schmerzte an den Rippen.

War er allein? Sie vermutete es. Er *musste* allein sein. Sie hatte geplant, dass er allein sein *würde*, aber jetzt wusste sie es nicht.

Gar nichts wusste sie.

Und das machte ihr Angst, denn bisher hatte sie *immer* alles gewusst. Das war ihre Gabe. Und vielleicht ihr Fluch.

Deshalb hatten sie auch die Wahrheit nicht vor ihr verbergen können. Sie hatte herausgefunden, wer sie waren und wer sie selbst war, obwohl sie sich größte Mühe gegeben hatten, es zu verhindern. Zu ihrer eigenen Sicherheit, hatten sie gesagt. Und jetzt ... jetzt fing sie an zu verstehen, was sie gemeint hatten.

Es war wegen ihm.

Sie lauschte mit zitterndem Herzen, während ihre Angst wuchs. Der Verfolger schritt durch den Irrgarten. Ohne Eile. Unaufhaltsam. Nahm stets die richtige Abzweigung. War es nur eine Person? War jemand bei ihm? Sie konnte es nicht mit Sicherheit sagen.

Sie konnte nicht bleiben. Sie blickte über die hohe Hecke hinweg und sah, als Wolken sich vor den Mond schoben, einen blassen Lichtstrahl. Er zeichnete den Glockenturm der Kirche in krassem, Unheil verkündendem Umriss nach, und südlicher, ganz in der Nähe, war das Dach des Klosters zu erkennen.

Sie hatte diese Wahrzeichen schon hundert Mal gesehen.

Mit hämmerndem Herzen schlüpfte sie, nachdem sie die Orientierung wiedergefunden hatte, zwischen den Hecken hindurch. Schleichend tastete sie sich vor, um eine Bank und eine scharfe Biegung herum, in Richtung Zentrum, zu der Statue. Sie hatte die gespenstische Madonna immer mit leisem Argwohn betrachtet, doch jetzt war es ihr brennender Wunsch, sie endlich zu erreichen.

Zuflucht.

Sicherheit.

Darum betete sie jedenfalls. Das Blut floss kalt in ihren Adern, sie fror so sehr, als wäre es zu Eis erstarrt.

Geräuschlos umrundete sie eine letzte Biegung und blieb abrupt stehen, als plötzlich die Marienstatue auftauchte, die sie in bleichem Weiß mit erhobenen Armen begrüßte. Inmitten der schwankenden Äste und des modrigen Geruchs nach totem Laub und Schlamm schimmerte sie gespenstisch.

Bei ihrem Anblick schnappte sie nach Luft, taumelte zurück und wäre beinahe gestürzt. Ein Zweig knackte unter ihrem Schuh.

Angstvoll sah sie sich um, duckte sich wie ein gehetztes Tier. Hatte er sie gehört? Hinter sich hörte sie ihn im nachtdunklen Irrgarten näher kommen. Unbeirrt. Immer näher. Er nahm die richtigen Abzweigungen, ohne zu zögern. Ihr Herz klopfte im Takt zu seinen Schritten, die ihr Verderben ankündigten. Sie schluckte, leckte sich nervös über die Lippen und zwang ihre Beine, sich wieder in Bewegung zu setzen. Eine Ecke … eine längere Strecke … noch eine Ecke.

Aber wo war der Ausgang? Hatte sie ihn verfehlt?

Vor Angst und Hilflosigkeit hätte sie schreien mögen. Sie sah sich gezwungen, den gleichen Weg zurückzugehen, im Wissen, dass er immer näher kam. Sie spürte seine Nähe jetzt so deutlich, dass eine Gänsehaut ihre Arme überzog.

Sie fand keine Öffnung, keine Lücke zwischen den dicken Ästen.

Panik erfasste sie. Es musste einen Ausgang geben, ein Versteck, eine Möglichkeit, die Oberhand zu gewinnen …

Er kam unaufhaltsam.

Näher. Mit entschlossenem Schritt, unüberhörbar auf dem schlammigen Boden.

Wo? Wo zum Kuckuck war die Lücke in der Hecke?

Sie hastete an den Hecken entlang, schob die Hand ins Laubwerk, tastete … suchte … Ihr Kopf dröhnte, ihr Herz raste, Meeresbrandung rauschte in ihren Ohren, das Aufprallen von Wellen an fernen Felsen … obwohl sie in diesem geschlossenen Labyrinth keineswegs in Strandnähe war. Aber so war es immer gewesen. Immer hatte sie diese seltsam vertrauten Geräusche gehört, immer einen fernen Ort mit salziger Luft gespürt …

Doch hier fand sie keinen Ausgang. Keine Fluchtmöglichkeit. Nur dicke Äste, lückenlos.

Sie schluckte krampfhaft. Das war das Ende. Es gab kein Entrinnen. Sie kniete vor der Statue nieder und hauchte lautlos: »Mutter Maria, rette meine Seele …«

Sie war nicht gut gewesen.

Aber auch nicht durch und durch schlecht.

Hinter sich hörte sie ihn erbarmungslos näher rücken. Ganz ohne Eile. Denn er *wusste*, dass er sie in der Hand hatte. Das Entsetzen ließ sie wieder frösteln.

Sie hielt ganz still, betete verzweifelt, immer wieder: *Mutter Maria, rette meine Seele.* Und dann erklang eine Stimme. Tief. Rau. Sie hallte hohl in ihrem Kopf: *Sie kann dir nicht helfen. Du hast keine Seele, die sie retten könnte.*

Waren das seine Worte? Hörte sie *seine* grausame Stimme?

Mit plötzlicher Klarheit dachte sie: *Ich bin sechzehn Jahre alt und werde sterben.* Wie dumm sie war, ihn gereizt zu haben. Ihn *herauszufordern.* Was hatte sie sich dabei gedacht?

Das war ja der Kernpunkt ihres Problems: Sie konnte nicht nur in die Zukunft blicken, nein, sie versuchte manchmal auch, sie zu verändern.

Und das würde sie nun umbringen. Mitten in diesem Irrgarten, in der Winterkälte würde er ihrem Leben ein Ende machen. Verzweifelt schob sie eine Hand in die Jackentasche und schloss die Finger um das dort verborgene Klappmesser.

Inbrünstig betete sie um ihr Leben, um ihre Seele. Über das Hämmern ihres Herzens hinweg hörte sie die Schritte des Jägers. Sie kamen unerbittlich näher. Sie sprang auf, drehte sich zu der gähnenden Öffnung im dichten Gestrüpp hin, dem einzig möglichen Fluchtweg. Aus den Tiefen der Schatten tauchte eine Gestalt auf.

Groß.

Bedrohlich.

Wie Luzifer persönlich.

Ihr Anfang und ihr Ende.

»Geh weg!«, befahl sie und hob das Messer.

Er kam weiter auf sie zu.

»Ich bringe dich um, ich schwör's.«

Ein träges, selbstgefälliges Lächeln trat auf sein Gesicht. *Du denkst, du hättest mich hierher eingeladen, Hure, während ich es doch war, der dich gefunden und gejagt hat und dich töten wird.* Er sprach kein Wort und dennoch hallte seine Stimme durch ihren Kopf.

»Es ist mein Ernst«, warnte sie ihn und schwang die kleine Klinge, das Klappmesser, das sie aus der Schublade ihres Vaters gestohlen hatte.

Meiner auch.

Sie stürzte ihm entgegen, stieß mit dem Messer zu, in der Absicht, ihm den Leib aufzuschlitzen. Aber flink wie eine Schlange schoss sein Arm vor. Kräftige Finger umspannten ihr Handgelenk.

»Ah!«

Mieses Weibsstück. Er bog ihre Hand zurück. Sie schrie auf und brach in die Knie.

Er sah sie an. Starke Finger bogen ihr Handgelenk um.

»Hör auf!«, schrie sie.

Zischend stieß er den Atem aus. Mit einem kurzen Ruck brach er ihr das Handgelenk.

Sie schrie leise auf. Das Messer entglitt ihren gefühllosen Fingern. Seine dunklen Augen waren wie Laser, als er das Messer aufhob und es ihr zwischen die Rippen stieß. »Schluss jetzt«, krächzte er.

Sie schlug nach ihm, aber es war sinnlos. Sie sah ihn an und flüsterte: »Das ist erst der Anfang …« Sie sah, wie sein Gesicht sich vor Wut verzerrte. Er schüttelte vehement den Kopf und stieß ihr das Messer noch tiefer in die Brust.

Die Nacht verwirbelte um sie herum. Sie brach vor der Statue zusammen, nahm wahr, dass ihr Mörder sie mit gebleckten Zähnen ansah. Sein keuchender Atem bildeten weiße Wölkchen, die sich auflösten, als sie den Blick hob. Blut quoll aus ihrer Wunde.

Dann lag sie still wie der Tod unter der Madonnenstatue. Er entzog sich ihrem brechenden Blick. Wolken verhüllten den Mond. Nur wenige Sterne standen am Himmel. Irgendwo in der Ferne schien eine Glocke zu läuten.

Ich bin ein Opfer, dachte sie.

Dann nahm die Dunkelheit sie auf.

Campus von St. Elizabeth
Februar 2009
Mitternacht …

Kyle Baskin hielt sich die Taschenlampe unters Kinn, den Lichtstrahl nach oben gerichtet, sodass die Flächen und Mulden seines Gesichts beleuchtet wurden.

»Bloody Bones betrat das Haus«, flüsterte er mit tiefer, gespenstischer Stimme. Sein Blick huschte über den Kreis der Jungen zu seinen Füßen, die ernsthaft und mit ängstlichen Gesichter zu ihm aufsahen. »Bloody Bones ging zur Treppe. Bloody Bones blickte hinauf und konnte die Kinder durch die *Wände* sehen.«

»Wie mit dem Röntgenblick?«, piepste Mikey Ferguson.

»Klappe.« James, sein älterer Bruder, bedachte ihn mit einem strafenden Blick.

Über ihnen schwankten die Äste. Der Mond stand am Himmel, war jedoch durch die hohen Hecken des Irrgartens nicht zu sehen. Nur ganz wenig Licht sickerte durchs Laub.

»Ich bin auf der ersten Stufe«, sang Kyle und hielt um noch

größerer Wirkung willen inne. Über den Strahl der Taschenlampe hinweg sah er die Kinder an, die er und James ins Zentrum des Irrgartens geführt hatten. Sie hatten eigentlich nur babysitten sollen, doch das war todlangweilig. »Ich bin auf der zweiten Stufe.« Er holte zitternd Luft und sagte gedehnt: »Ich … bin … auf … der … dritten … Stufe …«

Mikey warf einen furchtsamen Blick über die Schulter zurück und drängte sich enger an James, dessen Feixen für Kyle deutlich sichtbar war.

Tyler, der kleine Angsthase, fing an zu schniefen.

»Ich … bin … auf … der … *vierten* … Stufe …«

»Wie viele Stufen sind denn da?«, schrie Mikey und klammerte sich an James' Arm.

»Halt die Klappe!« James versuchte, ihn abzuschütteln.

»Ich will nach Hause!«, jammerte Tyler.

»Ich bin auf … der … *fünften* Stufe!«

»Ich rufe meinen Dad.« Preston, der übergewichtige Junge, stand auf. Seine gewöhnlich tonlose Stimme zitterte leicht.

»Das Handy liegt noch im Auto, du Idiot.«

»Ich bin auf der *sechsten Stufe, ich bin auf der siebten Stufe, ich bin auf der achten Stufe!*«, haspelte Kyle rasch herunter.

Wie an Fäden gezogen sprangen die Jungen auf, schrien, sahen sich hektisch um und suchten vergebens nach einem Fluchtweg, doch die Hecken ragten bedrohlich in den Weg hinein.

Kyle sagte im Flüsterton: »Ich bin auf der neunten Stufe …«

James wurde ein bisschen unruhig. Sie durften nicht zulassen, dass diese Dummköpfe in alle Himmelsrichtungen davonflitzten. »Setzt euch!«

»Ich bin auf der zehnten Stufe … und jetzt gehe ich den Flur entlang … Ich stehe vor eurer Tür … ich öffne sie … *knirsch*!«

Irgendwie hörte es sich dämlich an, dachte James, wie Kyle die Geschichte erzählte, aber es zeigte weiß Gott Wirkung. Die Kleinen huschten durcheinander wie Kakerlaken, wichen angstvoll vor der schmutzigen alten Statue dieser Dame zurück, schrien und heulten. James und Kyle fingen an zu lachen. Sie konnten nicht anders. Das stachelte die Kleinen beinahe zur Hysterie auf, und Mikey taumelte gegen die Statue – der Idiot – und brachte das Ding zum Kippen. Die Planierraupen waren schon auf dem Gelände gewesen. Die Schule wurde abgerissen, der Irrgarten ebenfalls. Deswegen war Kyle überhaupt auf diese Idee gekommen. Eine letzte Gruselfete, wo sie die Kleinen in Angst und Schrecken versetzen konnten.

»Du Blödmann, du hast die alte Dame umgekippt«, sagte James im Tonfall eines schwer geprüften Menschen.

Er ging zu seinem jüngeren Bruder, um ihm wieder auf die Beine zu helfen, während Kyle Tyler und Preston einfing, die weinten wie kleine Babys. Mikey war praktisch selbst zu einer Statue erstarrt. Er stand da wie vom Donner gerührt und starrte vor sich hin. Langsam hob er eine Hand, als James zu ihm kam, und zeigte auf einen Erdhügel, der sich gebildet hatte, als die Statue kippte.

»Bloody Bones«, flüsterte er. Sein zeigender Finger zitterte.

James blickte in die angegebene Richtung. Aus dem Boden hatte sich eine menschliche Skeletthand erhoben, gleichzeitig schmutzig und sonderbar weiß, mit ausgestreckten Fingern, als wollte sie um Hilfe bitten.

James fielen fast die Augen aus dem Kopf. Er begann zu schreien wie am Spieß und konnte nicht wieder aufhören.

Kyle starrte in nackter Angst auf die Hand. »Mist«, stieß er zitternd hervor.

Der kleine Mikey packte James' Hand und zerrte ihn mit sich aus dem Irrgarten heraus. Der Rest der Truppe rannte ihnen nach. Sie alle rannten um ihr Leben; den ganzen Weg über spürten sie Bloody Bones' kalten Atem in ihrem Nacken.

1. Kapitel

Ich spüre sie ... diese Veränderung in der Atmosphäre, unterschwellig, aber deutlich, wie die leise Erschütterung eines leichten Erdstoßes mit seinen Nachbeben. Ich weiß, was das bedeutet.

Ich wusste, dass es geschehen würde. Habe gewartet.

Ich schlage die Decken des alten Bettes zurück und lausche auf das Heulen des Windes, der von Westen her landeinwärts tobt und das Wasser aufwühlt. Auf Kleidung verzichte ich und stoße die Tür der alten Wärterwohnung auf, die zum Leuchtturm selbst führt. Rasch bewältige ich die Wendeltreppe, laufe die verrosteten Stufen empor und kümmere mich nicht darum, dass das Metall unter meinem Gewicht ächzt.

Schneller! Schneller!

Mein Herz hämmert. Die Rastlosigkeit, die ich zu beherrschen versucht, die Impulse, die ich in Schach gehalten habe, brechen sich Bahn.

Die Treppe verengt sich, als ich zur Plattform hinaufsteige, wo die einstmals helle Signallampe schläft. Ihr riesiger Strahler spendet nun kein Licht mehr, warnt keine Seeleute mehr vor drohenden Untiefen.

Ich öffne die Tür nach draußen und betrete den verwitterten Gitterrost. Regen sprüht aus den am Himmel brodelnden Wolken, der Wind zerrt an meinem Haar, und die Nacht ist dunkel und winterlich. Vierzig Meter unter mir umtost die wütende Brandung diese kleine, zerklüftete, seit einem halben Jahrhundert verlassene Insel.

Niemand wohnt hier.

Der Leuchtturm ist für die Öffentlichkeit tabu und wird umsichtig vom Küstenschutz, einem alten, verbogenen Maschendrahtzaun und der gefährlichen Brandung selbst bewacht.

Einige wenige haben es gewagt, hier einzudringen.

Aber sie sind in den trügerischen Strömungen rund um diesen erbärmlichen kleinen Felsen ums Leben gekommen. Trotz der Dunkelheit wende ich mich um und richte den Blick aufs Festland. Ich weiß, dass sie da sind. Ich habe so viele geholt, wie ich konnte. Ihre Festung kann genommen werden, aber ich habe Narben aus dem Kampf davongetragen und muss vorsichtig sein.

Heute Nacht schimmert kein Licht aus ihren Fenstern. Der Wald verdeckt sie.

Ich schaue aufs Meer hinaus, halte die Nase in den Wind, rieche jedoch nichts außer dem brackigen Duft des tobenden Pazifiks vierzig Meter unter mir. Der Wind bläst mir das Haar in die Augen, meine Haut wird kalt in der eisigen Luft, aber das Blut in meinen Adern fließt heiß.

Ich stelle mir den Geruch ihrer Haut vor. Wie ein regennasser Strand. Verlockend …

Ich kann sie beinahe riechen. Beinahe.

Auch ohne ihre Witterung weiß ich, wo sie ist. Ich habe durch eine andere von ihr erfahren, die mir ungewollt den Weg gewiesen hat.

Gut.

Es ist mal wieder an der Zeit, ein uraltes Übel auszuräumen.

Dieses Mal wird nichts fehlschlagen.

Ein kalter Schauer lief Becca Sutcliff über den Rücken. Sie atmete tief durch und sah sich um. Das Mädchen an der Kasse von Mutts & Stuff warf ihr einen Blick aus den Augenwinkeln zu. »Alles in Ordnung?«

»Nur eine Gänsehaut, völlig grundlos«, sagte Becca.

Das Mädchen zog die Brauen hoch und Becca las ihr die Gedanken praktisch von der Stirn ab: *Ja. Klar. Wie du meinst.* Sie scannte Beccas Einkäufe ein und stopfte alles in eine Tüte. Becca bedankte sich, balancierte die Päckchen aus, die sie bereits trug, und nahm die Tüte an sich. Ja, es war reine Ersatzbefriedigung, dass sie einkaufte wie ein Weltmeister, das Resultat der chaotischen Nachwehen von ungeklärten Gefühlen seit ihrer Trennung von Ben. Und jetzt war Ben tot. Einfach weg. Und kam nie wieder. Und das alles gab ihr ein … na ja … komisches Gefühl.

Sie setzte ihren Weg durch die Einkaufspassage fort. Die fröhlichen roten und pinkfarbenen Herzchen in allen Schaufenstern deprimierten sie. Valentinstag. Der traurigste Tag des Jahres für die, die plötzlich wieder Single sind.

Gut. Sie war nicht restlos unglücklich. Sie hatte schon lange gewusst, dass sie und Ben es nicht schaffen würden. Sie waren nie verliebt gewesen. Nicht so, wie sie es sich gewünscht, erhofft, geplant hatte. Als sie erfuhr, dass er eine Affäre hatte, war sie wütend geworden. In erster Linie auf sich selbst. Im Grunde konnte sie sich nicht einmal so recht daran erinnern, was sie überhaupt veranlasst hatte zu heiraten. Was hatte sie gewollt? Was hatte Ben gewollt? War es nur eine Frage des Zeitpunkts gewesen? Die Frage, wenn nicht Ben, wer dann?

Dann erfuhr sie, dass er in den Armen seiner neuen Liebe gestorben war. Herzinfarkt.

Weg … weg für immer.

Daran hatte sie noch zu knacken. Musste sich noch mit der Tatsache abfinden, dass er sie wegen einer anderen Frau verlassen hatte. Sie verlassen hatte … während sie noch glaubte, sie hätten vielleicht, vielleicht doch noch eine Chance. Die Chance, eine Familie zu gründen. Ein Kind zu bekommen. Ein eigenes Kind. *Ihr* eigenes Kind.

Das Schaufenster von Pink, Blue and You, Baby- und Umstandsmoden, tauchte vor ihr auf. Sie war schon früher einmal dort gewesen, um ein Geschenk für eine schwangere Kollegin zu besorgen. Das war fast eine Folter für sie gewesen. Sie wünschte sich ein Kind. Hatte sich schon immer ein Kind gewünscht. Bei der Erinnerung, dass sie vor langer, langer Zeit ein ungeborenes Baby verloren hatte, krampfte sich ihr Magen zusammen.

In Situationen wie dieser meldete sich der Schmerz zurück, so frisch und grausam wie zur Zeit der Fehlgeburt. Tränen brannten ihr in den Augen. Aber sie würde nicht zusammenbrechen. Um Himmels willen, nicht jetzt. Sie hatte ohnehin viel zu lange getrauert. Sie drängte die dummen Tränen zurück und wandte den Blick von den niedlichen Sachen in Puderrosa, Hellblau und Zitronengelb ab. Hatte sie Ben deswegen geheiratet? Um ein Kind zu bekommen? Um das zu ersetzen, was ihr genommen worden war?

Becca ermahnte sich, endlich darüber hinwegzukommen. Sie hatte sich unzählige Male dieselbe Frage gestellt, hatte nicht versucht, eine Antwort zu finden. Aber jetzt war das alles irrelevant. Ben war nicht mehr. Und er hatte seine zweiundzwanzigjährige neue Geliebte schwanger zurückgelassen. Er hatte nie gewollt, dass Becca schwanger wurde.

»Ich will keine Kinder«, hatte er gesagt. »Das hast du gewusst, als wir geheiratet haben.«

Ach, ja? Sie erinnerte sich nicht.

»Wir zwei alleine, Becca. Nur du und ich.«

Vielleicht hatte sie ihn wirklich nur geheiratet, um ein Kind zu bekommen. Nein, besser: Um ein Kind zu *ersetzen.* Vielleicht hatte sie die Sache mit der Liebe nur erfunden. Vielleicht hatte sie sich nur gewünscht, dass alles so viel schöner sein würde, als es dann tatsächlich war.

Aber sie hatte keine Zeit, sich in Selbstmitleid zu suhlen. Es war vorbei. Endgültig! Sie kehrte dem Schaufenster den Rücken zu. Nicht nötig, sich selbst noch länger zu quälen. Absolut überflüssig.

Zur Linken befand sich ein Selbstbedienungsrestaurant, und sie warf einen Blick hinein, bevor sie eilig in die andere Richtung weiterging. Doch plötzlich verschwamm ihr alles vor Augen, was sie zwang, langsamer zu gehen und schließlich ganz stehen zu bleiben. Ihr Puls schoss urplötzlich in die Höhe. Verflixt! Sie spürte eine Ohnmacht nahen. So etwas hatte sie schon früher erlebt, öfter, als ihr lieb war. Allerdings wurde sie nie richtig bewusstlos. Oh nein. Es war eher so, als … geriete sie unter einen Bann. In einen Wachtraum. Doch es war seit Jahren nicht mehr vorgekommen. Seit *Jahren* nicht!

Warum jetzt?, fragte sie sich, eine halbe Sekunde, bevor sengender Schmerz durch ihren Kopf schoss. Sie wankte und fiel auf die Knie. Ihre Einkäufe entglitten ihr. Becca senkte den Kopf, verbarg in einem letzten lichten Moment vor dem Einsetzen der Vision instinktiv ihr Gesicht vor neugierigen Gaffern.

In einer ebenso vertrauten wie gefürchteten Transformation fühlte sich Becca aus der Einkaufspassage und dem Verlustschmerz wegen ihres Babys herausgenommen. Sie befand sich nicht mehr in der realen Welt, sondern in einer verwässerten, substanzlosen, in einer Welt, die sie in ihrer Jugend gepeinigt hatte, und die ihr als Erwachsene jedoch merkwürdigerweise abhandengekommen war … bis jetzt.

Vor ihr, in geringer Entfernung, stand ein Mädchen im Teenie-Alter auf einer Landspitze oberhalb eines grauen, schäumenden Meers. Ihr langes hellbraunes Haar wehte im Wind, der ihr mit seiner Gewalt Hemd und Jeans an den Körper presste. Ihr Blick ging über die aufgewühlte See hinweg zu einer regenverhangenen kleinen Insel. Becca folgte dem Blick des Mädchens zu der Insel, einer verlorenen felsigen Anhöhe, so unwirtlich wie ein fremder Planet. Das Mädchen schauderte,

Becca ebenfalls. Die Kälte fraß sich in ihren Körper und überzog ihn mit einer Gänsehaut.

Das Mädchen kam ihr bekannt vor. Sehr bekannt …

Becca musterte sie eingehend, unter nahezu körperlicher Anstrengung.

Kenne ich sie?

Becca rang mit der Erinnerung. Wer war sie? Wo war sie? Warum zerrte sie Becca hinüber in ihre Welt?

Vage empfand sie den leichten Schwindel, die beklemmende Warnung vor der bevorstehenden Ohnmacht. Nein, nein, nein! Zwischen zwei Welten gefangen, wo ihr Körper in der einen versagte und ihr Geist in der anderen verzweifelt nach Antworten suchte, fixierte Becca das Mädchen.

»Wer bist du?«, rief sie, doch der auffrischende Wind verwehte ihr die Worte.

Das gespenstische Mädchen trat einen Schritt vor; ihre Schuhspitzen ragten über den Rand des Abgrunds. Becca streckte einen Arm aus. Ihr Mund öffnete sich zum Protest.

»Halt! *Halt!*« Wollte sie sich in den Tod stürzen? Becca preschte im selben Moment vor, als das Mädchen sich ihr zuwandte. Anstelle des Profils sah Becca nun ihr Gesicht von vorn.

»Jessie?«, flüsterte sie erschrocken. Jessie sah Becca nur an, und Becca, machtlos, erwiderte ihren Blick. Der Wind zauste Jessies Haar, das ihr ernstes kleines Gesicht umtanzte. Beccas Herz hämmerte schmerzhaft.

Jessie Brentwood? Ihre verschollene Klassenkameradin? Die seit zwanzig Jahren verschwunden war …

Nicht aber jetzt, in Beccas Vision.

»Du stehst zu nah am Abgrund!«, warnte Becca. Das Gespenstermädchen hob einen Finger an die Lippen, dann formte sie für Becca bestimmte Worte.

»Wie bitte?« Becca kämpfte um einen klaren Kopf. »*Was sagst Du*?«

Im einsetzenden Nebel verblich das Bild des Mädchens. Becca strebte ihr entgegen, doch ihre Füße schienen mit dem Boden verwachsen zu sein. »Jessie!«, schrie sie.

Das Mädchen verschmolz mit dem Regen und die verwässerte Welt trübte sich zu endlosem Grau.

Becca spürte Tränen an den Wimpern und ein dumpfes Pochen im Kopf. Von irgendwoher sagte eine Männerstimme: »Hey, Lady. Fehlt Ihnen was?«

Mit einiger Mühe schlug Becca die Augen auf. Sie befand sich noch immer im Einkaufszentrum. Lag auf dem gefliesten Boden. Inmitten ihrer verstreuten Einkäufe. Kein Meer. Kein Wind. Keine Jessie.

Oh, wie blamabel!

Becca zog die Beine an und versuchte, einen klaren Kopf zu bekommen. Es war schwer, in die Wirklichkeit zurückzufinden. Nach einer Vision war es immer so. Diese dummen Aussetzer! Sie dachte, sie hätte sie hinter sich. Ein Symptom aus ihrer Kindheit. Seit ihrer Highschoolzeit hatte sie keine Visionen mehr gehabt, und inzwischen war sie vierunddreißig Jahre alt.

Doch vergessen hatte sie sie nie. Nicht vollständig.

»Mir fehlt nichts«, sagte sie mit einer Stimme, die sie nicht als ihre eigene erkannte. Sie räusperte sich und wehrte sich gegen die stechenden Kopfschmerzen. Auch so ein unwillkommener Bestandteil ihrer Visionen. »Ich bin gestolpert.«

»Ach, ja?«

Der junge Mann, der sich über sie beugte, glaubte ihr nicht. Eine kleine Schar von jungen Leuten hatte sich angesammelt, klein genug, um Becca zu verraten, dass sie nicht lange bewusstlos gewesen sein konnte, höchstens ein paar Sekunden lang. Eines der Mädchen sah sie aus riesigen runden Augen an, und Becca hörte im Kopf noch immer den Nachhall des Schreis bei ihrem, Beccas, Sturz. In der Hand hielt es einen Becher mit Limo aus dem Restaurant. Verschwommen erinnerte Becca sich, kurz in Richtung dieses Mädchens gesehen zu haben, bevor die Vision über sie kam.

»Sie hatten wohl so eine Art Anfall«, sagte ein anderes Mädchen. Sie trug eine Mütze, die ihr die Ponyfransen an die Stirn presste, sodass sie zwischen den blonden Strähnen hindurchblinzeln musste. Sie alle sahen irgendwie fluchtbereit aus. Becca erwog kurz, »Buh!« zu rufen, damit sie alle vor der Verrückten die Flucht ergriffen.

Klick. Klick. Klick.

Becca hörte, wie ein Handy zugeklappt wurde. Einer der Typen hatte eine Fotoserie von ihrem Ohnmachtsanfall geknipst. Das reichte! Dämlicher Bengel! Unsicher kam Becca auf die Füße und bedachte den Jungen mit einem vernichtenden Blick. Er schien hin- und hergerissen zu sein zwischen Mut und Angst. Becca war schon im Begriff, ihm gehörig die Meinung zu sagen, doch das wurde ihr erspart, als eine stämmige Frau in gedeckt blauer Uniform auf sie zukam.

»Zurück«, fauchte sie den Jungen an, der sich stolz geschwellt unter seine Freunde mischen wollte, während er sich gleichzeitig am liebsten aus dem Staub gemacht hätte. Sie alle suchten im Dauerlauf ihr Heil in der Flucht zum Restaurant und einem Ausgang.

»Alles in Ordnung, Ma'am?«, fragte die Sicherheitsbeamtin.

Rot vor Verlegenheit nickte Becca und sammelte ihre Einkaufspäckchen und -tüten ein. In Ordnung war weiß Gott nichts.

»Sie sind ein bisschen blass. Vielleicht sollten Sie sich irgendwo setzen.«

»Das passiert mir manchmal. Dann bekomme ich nicht genug Luft. Der Vagusnerv, wissen Sie? Bringt manchmal das gesamte System zum Kollabieren.«

Die Securitydame verstand augenscheinlich nur Bahnhof, und außerdem war es eine faustdicke Lüge. Die Ärzte hatten sich früher schon immer am Kinn gekratzt und über den Grund ihrer Ohnmachtsanfälle und Visionen spekuliert. Die Visionen ignorierten sie, konzentrierten sich auf die Ohnmacht und stellten Beccas Eltern gegenüber, Barbara und Jim Ryan, allerlei Theorien und Behauptungen auf, ohne jemals plausible Erklärungen abgeben zu können.

»Mir fehlt nichts«, versicherte sie der Frau noch einmal, bemüht, sich einen Rest von Würde zu bewahren. Bevor sie noch weiter ausgefragt werden konnte, hastete Becca zum Ausgang der Passage und mit gegen den Regen gesenktem Kopf zu ihrem Auto, einem blauen Volkswagen, der eingequetscht zwischen zwei übergroßen Geländewagen stand. Sie spürte ein Stechen in der Schulter, das wohl von dem Fall herrührte, als sie sich zur Fahrertür hindurchzwängte, ihre Einkäufe auf den Beifahrersitz warf und einstieg. Außerdem kribbelte es am ganzen Körper, als wären sämtliche Muskeln eingeschlafen. Sie legte die Stirn aufs Lenkrad und holte ein paar Mal tief Luft. Diese Vision war anders gewesen. Beinahe greifbar. Sie hatte tatsächlich die Arme nach dem Mädchen ausgestreckt. So etwas war nie zuvor passiert.

War es denn wirklich Jessie gewesen? Becca wischte sich das regenfeuchte Haar aus den Augen und riet sich im Stillen, die Sache einfach zu vergessen, dann hob sie den Kopf und starrte blicklos durch die Frontscheibe auf die kremfarbenen Gipsputzwände der Einkaufspassage. Eine Frau knapp über zwanzig stand unter dem überdachten Eingang, rauchte und sprach in ihr Handy, doch Becca war so in Gedanken verloren, dass sie sie kaum wahrnahm.

Seit dem letzten Jahr auf der Highschool hatte Becca keine Vision mehr erlebt. Mit Erfolg hatte sie sich im Laufe der Jahre eingeredet, dass sie kein Sonderling wäre. Dass sie nicht den Verstand verlor.

Doch diese Vision von Jessie war deutlicher gewesen als alles bisher Erlebte. Und entschieden beängstigender. Was hatte sie zu bedeuten?

»Nichts! Sieh den Tatsachen ins Auge, du spinnst eben«, flüsterte sie. Gruselige Visionen oder Anfälle oder wie immer man es nennen wollte, waren das Letzte, was sie im Moment gebrauchen konnte. Sie hatte so gehofft, dass sie für immer gestorben wären.

Becca versuchte das anhaltend merkwürdige Gefühl abzuschütteln und fuhr vom Parkplatz. Die Scheibenwischer kämpften gegen den Regen. Der Himmel hatte sich verdunkelt, die Nacht senkte sich rasch herab. Eines ihrer Päckchen war umgekippt, und das Geschenk für das Baby, das sie gekauft hatte, lag auf dem Sitz, eine bunte, zierliche Meerjungfrau-Puppe in Silberlamé mit Pailletten in Pink und Grün.

Die alte Traurigkeit drohte wieder über sie herzufallen, doch sie ließ es nicht zu. Sie lenkte mit einer Hand, mit der anderen stopfte sie die Puppe zurück in die Schachtel und fuhr zielstrebig zu der Eigentumswohnung, die sie früher mit Ben geteilt hatte. Jetzt gehörte die Drei-Zimmer-Wohnung ihr allein – die gesamten zweihundert Quadratmeter ›entzückender Fünfzigerjahre‹-Architektur, wie sie angepriesen wurde. In Laiensprache beschrieb das ein in den späten Fünfzigern errichtetes Apartmenthaus, das in den späten Neunzigern mit geringfügigen Neuerungen zu Eigentumswohnungen umgebaut worden war. Aber es war immerhin ihr Zuhause. Auch ohne Ben.

Als sie dann auf dem Stellplatz einparkte, war es Becca gelungen, die verflixte Vision und ihre unwillkommene Depression abzuschütteln. Es war schon dunkel und der Himmel öffnete erneut seine Schleusen.

Durch die Regenschleier lief sie zur Haustür und suchte nach ihren Schlüsseln. Die Abendzeitung, verpackt in einer Plastikhülle, lag auf der Treppe. Beim Eintreten hob sie sie, mit ihren Päckchen jonglierend, auf und legte sie zusammen mit den Einkäufen auf dem Klapptisch im Foyer ab. Als sie ihren feuchten Mantel auszog und in den Garderobenschrank hängte, kündigte das Klicken von Krallen die Ankunft ihres Hundes Ringo an.

»Hey, Alter«, sagte sie. Der Köter mit dem schwarz-weißen lockigen Fell wedelte wild mit dem Schwanz und sah sie erwartungsvoll an. »Sieh mal, was ich für dich habe.«

Sie hielt das blaue Halsband mit dem kleinen Hundeknochenmotiv in die Höhe, doch Ringo sah nur sie an. Wenn es sich nicht um etwas Fressbares handelte, zeigte er kein Interesse.

»Okay.« Becca gab nach und ging in die Küche, wo sie nach einem Glas mit kleinen Hundekuchen griff. Ringo bellte zweimal glückselig, als Becca den Deckel abschraubte, ein paar Kekse herausfischte und sie dem Hund zuwarf, der in die Höhe sprang und einen nach dem anderen auffing, um dann mit ihnen zurück in sein Körbchen zu springen, sie zu beschnuppern und schließlich zu fressen.

»Wir machen gleich einen Spaziergang«, sagte sie und füllte etwas Hundefutter in seinen Napf. Ringo verschlang rasch seine Kekse und lief zu seinem Napf, um seine reguläre Mahlzeit mit dem gleichen Appetit zu verzehren wie die Kekse. Er war nicht sehr wählerisch.

Becca sah aus dem Küchenfenster auf die Rückseite eines weiteren Apartmenthauses und eine Rasenfläche. Sie konnte direkt in die fremde Küche schauen, die mit roten und pinkfarbenen Plastikherz-Girlanden geschmückt war. Am Tisch saß ein junges Mädchen und leckte den Guss von einem mit Zuckerherzen dekorierten Törtchen.

Becca dachte an den letzten Valentinstag. Sie hatte auf Ben gewartet. Zwar hatte sie gespürt – oder vielmehr längst gewusst –, dass ihre Ehe in den letzten Zügen lag, doch sie hatte spontan einen Kuchen und eine Flasche Sekt gekauft. Der Kuchen war herzförmig und in roter Schrift stand auf weißem Zuckerguss: *Sei mein.*

In jener Nacht war Ben nicht nach Hause gekommen, und Becca hatte den Sekt geöffnet, allein ein halbes Glas getrunken und den Rest in die Spüle gegossen. Anrufe auf seinem Handy und SMS blieben bis tief in die Nacht unbeantwortet, bis er schlicht zurückschrieb: *Mir ist etwas dazwischengekommen. Keine Sorge. Alles in Ordnung.* Sie wäre beinahe in Panik geraten und hätte die Polizei gerufen, doch tief im Herzen wusste sie, was auf sie zukam. Am nächsten Tag erschien er mit der Nachricht, dass er sich in eine andere verliebt hatte und dass diese andere Frau schwanger war.

Obwohl sie sich sagte, dass sie so etwas erwartet hatte, versuchte Becca völlig vergebens, nicht schockiert, gekränkt und wütend zu sein. Aber ihn einer Affäre zu verdächtigen war die eine Sache, diese Affäre *und eine Schwangerschaft* bestätigt zu sehen, eine völlig andere.

»Zu mir hast du gesagt, du wolltest keine Kinder«, erinnerte Becca ihn, bemüht, ihn nicht anzuschreien.

»Dann habe ich es mir wohl anders überlegt«, antwortete er und wich ihrem vorwurfsvollen Blick aus.

»Ach so?«

»Hör zu, es tut mir leid. Ich wollte das nicht.«

»Wenn du es nicht wolltest, hättest du ein Kondom benutzen können.«

»Wer sagt, dass ich das nicht getan habe?«

»Hast du's denn getan?«, wollte Becca wissen. Hielt er sie für blöd?

Fast hätte er sie angelogen. Sie sah ihm an, dass er überlegte, ob sie ihm glauben würde. Doch er kannte sie fast so gut wie sie ihn. »So war es nicht geplant«, brummte er, ging ins Schlafzimmer und holte seinen Koffer hervor.

Sie folgte ihm, fühlte sich zu sehr verraten, um ihn einfach gehen zu lassen. Sie riss eine Reisetasche vom Schrank und stopfte sie mit seinen Sachen voll. Ihre Empörung, ihre verzehrende Wut trieben sie dazu, seine teuren Oberhemden zusammenzuknüllen. »Nimm alles mit. Alles. Komm nicht wieder. Nie wieder.«

»Becca, du bist jetzt sauer. Ich muss doch zurückkommen und …«

»Versuch nicht, vernünftig mit mir zu reden, Ben, oder, ich schwör's dir, ich fange an zu schreien.« Sie funkelte ihn an, sah aber nur das Baby vor sich. Das Baby, das er bekam … mit einer anderen Frau. »Falls du nicht alles tragen kannst, wartet der Rest auf der Veranda auf dich.«

»Mach dich nicht lächerlich!«

»Ich, lächerlich?«, fuhr sie auf und ließ eines seiner weißen Hemden zu Boden fallen.

Ben, der Feigling, konnte ihr nicht in die Augen sehen. Unter angespanntem Schweigen hob er das Hemd auf, packte seine restlichen Sachen zusammen und stürmte aus der Wohnung. Sie warf ihm den anderen Koffer hinterher, gleichgültig, ob er ihn aufhob oder nicht. Zwei Tage lang stand er auf der vorderen Veranda und sie stopfte noch weitere Sachen dazu und krönte den Haufen mit seiner liebsten Golftrophäe. Halb rechnete sie damit, dass der Hauseigentümerverband sich über das Chaos beschweren würde, doch bevor es dazu kam, hatte Ben alles abgeholt. Er kam vorbei, als Becca nicht zu Hause war, also gab es keine weiteren bösen Worte. Ein paar Monate lang wechselten sie dann überhaupt kein Wort mehr. Becca hatte gerade beschlossen, den Kontakt wieder aufzunehmen und sich auf die unvermeidliche Scheidung vorzubereiten, als sie einen Anruf von Kendra Wallace – der anderen – bekam, die ihr zwischen Schluchzern, Schreien und unter Tränen mitteilte, dass Ben in ihren Armen offenbar an einem Herzinfarkt gestorben war. Mit zweiundvierzig.

Gut zehn Minuten lang drang nichts anderes zu Becca vor. Nichts außer der Tatsache, dass Ben tot war. Als sie wieder zu sich kam, hörte sie Kendras selbstmitleidiges Jammern: »Ich Arme, was soll ich bloß machen?«

»Das Baby«, sagte Becca und fand aus ihrem Schockzustand zurück in die Realität. Ben wurde doch Vater …

»Das Baby gehört mir!«, fuhr Kendra sie scharf an, als wüsste sie von Beccas großer Sehnsucht nach einem eigenen Kind.

»Hast du Verwandte?« *Jemanden, der dir hilft?*

»Was hat das mit der Sache zu tun?«

»Du brauchst doch jemanden …«

»Ich brauche Ben, und der ist tot!«, sagte sie schniefend und schluchzend. »Und … und … du hörst von meinem Anwalt.«

»Von deinem Anwalt? Warum …« Dann begriff sie. Die Scheidung war noch nicht ausgesprochen, die Regelung der Finanzen noch nicht geklärt. Lieber Himmel.

Kendra knallte den Hörer auf.

Becca blickte ins Leere. Ihr war klar, dass Kendra sie zur Kasse bitten würde, aber wenn das Kind Bens Kind war, bitte schön. Als sie dann zwei Monate später den entsprechenden Anruf erhielt, wählte sie die Nummer, unter der sie Kendra gespeichert hatte, und erfuhr, dass es die Nummer von Kendras Mutter war. Die erklärte Becca, Kendra sei mit ihrem neuen Freund nach Los Angeles gezogen. »Und das Kind?«, fragte Becca, und die Frau teilte ihr unterkühlt mit, dass Kendras Freund den kleinen Jungen adoptieren würde, und das … ginge … sie … nichts an. Die Anwälte würden das regeln.

Und das taten sie. Kendras Kind erhielt letztendlich ein Treuhandkonto, bestückt mit der Hälfte des Erlöses von Bens Lebensversicherung und eingerichtet von Beccas Anwalt, der mit Ben befreundet gewesen war. Becca akzeptierte, dass es dem Kind zustünde, doch falls Kendra mehr von ihr verlangen sollte, würde sie kämpfen.

Jetzt umarmte Becca Ringo kurz, legte ihm das neue Halsband an und hakte die Leine ein, dann schlüpfte sie in ihre Lieblingsregenjacke. Mit einer Hand drehte sie ihr Haar zu einem Knoten und zog sich eine Basecap darüber, während Ringo an der Tür tänzelte.

Draußen herrschten schwarze Nacht, Regen und Kälte. Sie spazierten über das Grundstück der Wohnanlage. Ringo wedelte mit dem Schwanz, wenn ihnen andere Hunde begegneten, bellte jedoch nicht. Abgesehen von dem einen oder anderen Gebell, wenn er zu fressen bekam, war er ziemlich ruhig, knurrte selten und machte keinen Lärm. Beim Gassi gehen reichte es ihm, an allen interessanten Baumstämmen zu schnuppern oder das Bein zu heben.

Dieser Abend bildete keine Ausnahme. Aufgrund des Regens waren nicht viele Fußgänger unterwegs. Mit hochgeschlagenem Kragen und gesenktem Kopf marschierte Becca ein paar Häuserblocks entlang in Richtung Fluss und wieder zurück und ließ Ringo Zeit für seine Geschäfte.

Etwa einen Block von ihrer Haustür entfernt blieb Ringo plötzlich starr stehen und ließ tief in der Kehle ein Knurren hören. Becca zerrte an der Leine, aber Ringo rührte sich nicht vom Fleck. »Komm schon«, sagte sie. Ihre Nackenhärchen richteten sich auf. Das war ein ziemlich untypisches Verhalten für Ringo.

Der Hund fixierte einen Punkt ungefähr hundert Meter entfernt, wo eine dichte Gruppe Tannen hoch und dunkel aufragte, deren Äste sich im schräg fallenden Regen auf und ab bewegten, als ob sie winkten. Beccas Puls beschleunigte sich. Da war etwas faul. Sie sah sich ruckartig um und rechnete halb damit, dass der Schwarze Mann sich auf sie stürzen würde.

Ringo stieß jetzt ein scharfes Bellen aus und ruckte an der Leine.

»Du jagst mir Angst ein, Hund«, schimpfte Becca, beugte sich herab, nahm das nasse Tier auf den Arm und lief zur Haustür. Sie fühlte seinen Körper vom Knurren vibrieren.

In der Wohnung verriegelte sie die Tür, nahm Ringo die Leine ab, nahm vom Garderobenschrank ein bereitgelegtes Handtuch und versuchte, Ringo trockenzureiben, doch er schoss zum nächstgelegenen Fenster, erhob sich auf die Hinterbeine und presste, die Zähne gebleckt, die Nase an die Scheibe.

»Hör auf damit«, befahl Becca auf dem Weg in die Küche, wo sie den Teekessel mit Wasser füllte. *Wahrscheinlich hat er bloß ein Eichhörnchen gesehen. Oder die fette gelbe Katze, die sonst immer auf der Dachterrasse der oberen Wohnung hockt. Nichts Gefährliches. Reiß dich zusammen!*

Sie wehrte sich gegen ein Schaudern und fing an, im Schrank zu kramen. An diesem Valentinstag gab es keinen Sekt. Tee würde reichen.

Als sie zurück ins Wohnzimmer kam, saß Ringo auf dem Hinterteil, blickte jedoch noch immer unentwegt auf einen Punkt draußen vor dem Fenster.

Becca versuchte, ihn zu sich aufs Sofa zu locken, doch als sie zu ihm ging, um ihn aufzuheben, entzog er sich ihr und lief vor dem Fenster auf und ab. Sein Verhalten machte sie nervös. Sie griff nach der Zeitung und löste die Plastikhülle. Ihr Blick fiel auf das Foto einer Statue. Die Madonna im Irrgarten von St. Elizabeth. Die Schlagzeile verkündete: JUNGEN FINDEN MENSCHLICHES SKELETT IM IRRGARTEN.

Vor Schreck blieb ihr der Mund offen stehen.

Der Teekessel pfiff, und Becca stieß erschreckt einen kurzen Schrei aus. Ringo fing an, wie wild zu bellen. Es dauerte, bis sie den Hund und ihren rasenden Puls wieder beruhigt hatte und den Artikel über den Leichenfund auf dem Grundstück der privaten Highschool lesen konnte, die sie besucht hatte und die jetzt abgerissen wurde.

Als sie zum Ende kam, zählte sie ihre immer noch beschleunigten Herzschläge, während sie auf die Regenschlieren an ihrer Fensterscheibe starrte. Ihre Gedanken wanderten weit fort von diesem trüben Valentinstag, ihrem verstorbenen Mann und Ringos Verhalten.

Die Vergangenheit, die Zeit an der Highschool, wurde vor ihr lebendig. Sie wusste, dass es sich um die Leiche von Jessie Brentwood handeln musste, dem Mädchen aus ihrer Vision, der Highschoolfreundin, die spurlos verschwunden war, die Freundin von Hudson Walker, Beccas heimlicher Liebe und der Vater ihres ungeborenen Kindes, von dem er nichts wusste.

Jezebel ›Jessie‹ Brentwood. Sie war sechzehn Jahre alt gewesen, als sie verschwand.

An diesem Tag war sie Becca im Traum erschienen.

Jessie hatte etwas gesagt. Etwas Wichtiges. Während der Wind in ihrem Haar wühlte und sie die Fußspitzen über den Rand des Abgrunds schob. Sie hatte Worte geflüstert, die eine Bedeutung haben mussten. Die Becca nicht verstanden hatte.

»Jessie …«, sagte sie laut. Sie senkte den Blick auf die Zeitung und das gespenstische Bild der Madonnenstatue. »Was ist dir nur zugestoßen?«

2. Kapitel

Sam McNally stand ohne Kopfbedeckung im Regen am Tatort und untersuchte den abgesperrten Bereich, den die Kriminaltechniker im Lauf der vergangenen zwanzig Stunden penibelst durchkämmt hatten. Die Schaulustigen waren weniger geworden, die Presse war längst fort, die meisten Polizisten entweder zu Hause oder irgendwo sonst im Einsatz. An diesem Abend war der Tatort ein dunkles, matschiges, schlammiges Chaos. Die Knochen waren entfernt worden und die Forensiker nahmen sie gründlich in Augenschein. Erste Ergebnisse besagten, dass es sich um das Skelett eines fünfzehn- oder sechzehnjährigen Mädchens handeln musste. Wenn dies nicht Jezebel Brentwoods sterbliche Überreste waren, würde er einen Besen fressen, ein Spruch, den er unzählige Male von seinem Sohn Levi gehört hatte, als dieser noch ein Kleinkind war.

Er sah sich in dem zugewucherten Irrgarten um, dessen früher so gepflegte Hecken von Rankgewächsen überzogen waren. Vor Jahren hatte es Gerede gegeben, Gerüchte, der Irrgarten sei von einem schurkischen Priester angelegt worden, der mit dem Bischof und der Erzdiözese in Fehde lag, und das üppig grüne Labyrinth würde Geheimnisse verbergen, doch man war geteilter Meinung und lachte weitgehend darüber. Eine Legende, die einfach nicht sterben wollte, aufrechterhalten von Verschwörungstheoretikern. Doch dann geschah vor Jahren tatsächlich ein Mord an einem Schüler namens Jake Marcott, der ausgerechnet am Valentinstag durch einen Messerstich ins Herz ums

Leben kam. Eine Ironie des Schicksals. Vor über zwanzig Jahren war er in genau diesem Irrgarten umgebracht worden.

Und jetzt dieses Skelett.

Ein Mädchen im Teenie-Alter. Die Forensiker hatten ihr Becken gefunden, doch diverse Knochen waren verstreut, das Skelett war nicht vollständig gefunden worden. Teile fehlten oder befanden sich nicht am richtigen Platz, als hätten Tiere das flache Grab ausgehoben und die Leiche zerrissen. Eine Elle war zwei Meter von ihrem rechten Arm entfernt unter der Hecke gefunden worden. Weitere Knochen lagen verstreut. Die Überreste wurden in Säcken abtransportiert, damit sie in der Leichenhalle wieder zusammengesetzt werden konnten. Ein scheußlicher Job, doch vielleicht brachte er den Mut auf, dabei zuzusehen.

Wem willst du das einreden? Allein der Gedanke, dass ihr schöner Körper zerrissen wurde, dreht dir doch den Magen um.

Er blickte stirnrunzelnd in die Dunkelheit. »Verdammt noch mal«, knurrte er und warf einen Blick auf die Ausgrabungsstätte, ein seichtes Grab zu Füßen der Muttergottesstatue. Welches Scheusal hatte sie umgebracht und ihr ein Grab mit eigenem Grabstein geschaufelt?

Hatte er sie hier begraben, damit er zurückkommen und die Tat noch einmal Revue passieren lassen konnte? Oder um Buße zu tun? Blumen auf ihr heimliches Grab zu legen? Das war immer wieder einmal vorgekommen; auch jetzt hatten vertrocknete Rosen zu Füßen der Madonna gelegen, die regennass und voller Schlamm ins Labor geschafft worden waren.

Du mieser Kerl, dachte er, *ich werde dich finden, und ich weiß auch genau, wo ich dich suchen muss.*

»Hey, Mac!« Ein Kriminaltechniker winkte ihn zur Statue hinüber. Die Madonna stand gekippt da, hob mit heiterer Miene die Arme himmelwärts, na ja, etwas schief jetzt, aber man verstand, wie es gemeint war.

Der Regen griff mit eisigen Fingern in seinen Nacken. Er achtete nicht darauf, als er durch den Schlamm zu der Statue stapfte. An seinen Stiefeln klebte der Lehm, sodass sie doppelt so schwer wie gewöhnlich waren.

»Ja?« Niemand nannte ihn Sam. Früher war es nicht so gewesen und vermutlich würde ihn auch in Zukunft keiner so nennen.

»Sie glauben, Sie haben sie gefunden, wie?«

In der von Schatten durchzogenen, merkwürdig gespenstischen Beleuchtung der Jupiterlampen sah Mac den Mann kalt an. Seit zwanzig Jahren war es das Gesprächsthema im Präsidium – sein Bedürfnis, die Wahrheit über Jessie Brentwoods Verschwinden herauszufinden. Und wenn es ihn im Allgemeinen auch nicht sonderlich störte, ärgerte es ihn doch unglaublich, dass sein Interesse an diesem Fall sogar die Forensiker in der Arbeit innehalten ließ, um zu reden und zu überlegen und immer neue Theorien aufzustellen. Das machte ihn wütend.

Was nicht heißt, dass er es nicht verstand. Er gab es nur ungern zu, aber war wie besessen von dem Mädchen gewesen. Der Fall hatte ihm zu schaffen gemacht wie kein anderer zuvor oder später.

»Haben Sie was für mich?«, fragte Mac. »Oder wollen Sie nur labern?«

»Sie könnten recht haben, das ist alles. Sieht ganz so aus, als wäre es dieses Mädchen. Jamie.«

»Jessie.«

»Sie haben von Anfang an gesagt, sie wäre ermordet worden. Umgebracht von dieser Gruppe Jungen, dann totgeschwiegen. Zwanzig Jahre …« Er schüttelte fassungslos den Kopf. »Zwanzig lange Jahre.«

Fast auf den Tag genau, dachte Mac, wollte aber nicht noch Öl aufs Feuer gießen.

»Was haben Sie jetzt vor?«

Mac ließ den neugierigen Forensiker einfach stehen. »Ist eigentlich nicht mein Fall«, sagte er mit einem Schulterzucken.

»Blödsinn. Es war von Anfang an Ihr Fall, Mann.«

Ja, gut … Mac ging zu seiner schwarzen Dienstlimousine zurück, tauschte die Stiefel gegen Schuhe aus, die nicht ganz so verdreckt waren, setzte sich ans Steuer und entfernte sich im Rückwärtsgang vom Tatort. In der Ferne erhoben sich die schwarzen Umrisse schwerer Baumaschinen wie Urzeittiere vor dem etwas helleren Himmel. St. Elizabeth wurde abgerissen. Auch ohne die Hilfe der Kids, die über Jessies Grab gestolpert waren, wäre ihr Skelett unweigerlich gefunden worden.

Er schaltete in den ersten Gang und rollte langsam von dem holprigen Parkplatz zwischen dem Kloster und der Schule. Im Wohnbereich der Nonnen, der den Planierraupen der Baugesellschaft nicht zum Opfer fallen sollte, waren ein paar Fenster beleuchtet. Das Kloster gehörte immer noch der Kirche, und so sollte es auch bleiben, zumindest bis ein besseres Angebot eines Bauunternehmers auf dem Tisch der Erzdiözese landete.

Bei knisterndem Polizeifunk und dem Prasseln des Regens auf der Frontscheibe fuhr Mac an den Überresten der Turnhalle vorbei und zog im Geiste rasch ein Fazit seines Lebens, eine Übung, die er völlig automatisch ausführte. Das hatte die Erfahrung ihn gelehrt, als er mit Hohn und Spott überschüttet wurde, weil er darauf beharrte, dass die Gruppe von Jungen, Jessies Freundeskreis, mit ihrem Verschwinden zu tun hatte. Er kam zu dem Schluss, dass jetzt alles in Ordnung war. Er war nicht verrückt, heute nicht und früher auch nicht, und diese Jungen – die Yuppie-Bande, wie er sie genannt hatte – würde Probleme bekommen.

Sie alle hatten Jessie gekannt. Sie alle behaupteten, an ihrem Verschwinden unschuldig zu sein.

Er erinnerte sich erstaunlich klar an sie. Christopher Delacroix III, ein stinkreicher Bengel, der sich hinter Daddys Geld verschanzte. Der Dritte, wie die anderen ihn nannten, war offenbar ein Anführer. Jetzt arbeitete er wie seine Namensvettern in Portland als Anwalt. Mitch Belotti, der stämmige Footballspieler, war ein Klugscheißer. Er lebte noch in der Nähe und galt als verteufelt guter Mechaniker. Scott Pascal war ein ausgemachter Drückeberger. Er und ein Kumpel – Glenn Stafford – hatten gemeinsam ein vornehmes Restaurant eröffnet. Die meisten anderen lebten auch noch am Ort und ihre Namen und Gesichter gingen Mac durch den Kopf: Jarrett Erikson, Zeke St. John und Hudson Walker.

Mac prüfte gern sein eigenes Emotionsbarometer. Er hatte es gelernt, sich zu beherrschen. Und Dinge für sich zu behalten.

Aber er hatte nie aufgehört zu glauben, dass einer von der Yuppie-Bande oder auch mehrere in Gemeinschaftsarbeit für Jessie Brentwoods Verschwinden und Tod verantwortlich waren. Vielleicht hatten auch noch andere Typen außerhalb des Kerns der Gruppe damit zu tun; Mac hatte weiß Gott auch andere geplagt, die Freunde oder Bekannte von Jessie waren. Doch die Yuppie-Bande rangierte ganz oben auf seiner Liste. Vor zwanzig Jahren hatte er ihnen das Leben zur Hölle gemacht; das konnte er jetzt zugeben. Damals war er fünfundzwanzig, voller Selbstüberschätzung, ungestüm, frech, unglaublich aufdringlich. Doch er hatte sie nicht brechen können. Hatte keine Lücken oder Ungereimtheiten in ihren Geschichten finden können. Und er hatte sich damit zum Gespött des gesamten Präsidiums gemacht. Um ein Haar hätte man ihn von der Abteilung für Vermisstmeldungen abgezogen und ihn zu einem öden Schreibtischjob verdonnert. Er hatte Jahre gebraucht, um sich zu einem respektierten Ermittler im Morddezernat hochzuarbeiten, und bis auf den heutigen Tag betrachteten ihn einige Vorgesetzte mit Misstrauen und die meisten Partner trennten sich von ihm, so schnell sie konnten. Der Fall Jezebel Brentwood – seine Besessenheit im Hinblick auf diesen Fall – hatte ihm den Stempel aufgedrückt.

Und jetzt … waren ihre sterblichen Überreste gefunden worden.

Falls es Jessies waren. Aber er glaubte ganz fest daran. Das Licht der Scheinwerfer spiegelte sich im nassen, löchrigen Pflaster und in den Augen eines tapsigen Waschbären, der daraufhin rasch in das Gestrüpp huschte, das rund um den Eingang zu der verlassenen Schule wucherte.

Mac prüfte seine Einstellung und erwartete, eine gewisse Selbstzufriedenheit – ›hab ich's nicht gesagt?‹ – vorzufinden. Ein bisschen davon war auch wohl vorhanden, doch in erster Linie empfand er eine Neugier auf den Fall, die sich wie ein Tier, das lange geschlafen hatte, wieder regte und die Nase in den Wind hielt.

Er befuhr den von hohen Tannen gesäumten Highway durch die Canyons in den Bergen westlich von Portland. An den steilen Hängen klebten elegante Wohnhäuser aus dem frühen zwanzigsten Jahrhundert.

Was war Jessie zugestoßen? Ein Streich, der aus dem Ruder gelaufen war? Krach mit dem Lover, der eskalierte und außer Kontrolle geriet? Ein Unfall? Oder war es Mord? Das kalte, berechnende Auslöschen eines schönen jungen Mädchens?

Es stieg ihm säuerlich in die Kehle, wie immer, wenn er sich mit der Misshandlung oder dem Tod junger Menschen befasste. Unschuldiger Menschen. Doch nach allem, was er über Jessie Brentwood wusste, hatte sie stets älter gewirkt, als sie war, und unschuldig war sie keineswegs … Eine faszinierende minderjährige Frau, genauso manipulativ wie anziehend. Eine dieser Frauen, die ihre eigenen Attribute in- und auswendig kennen und wissen, wie große braune Augen und ein hübsches

Lächeln einzusetzen sind, um zu bekommen, was sie wollen, selbst wenn sie mit dem Feuer spielen müssen.

Und er stellte sich die Frage, die auch allen anderen auf den Nägeln zu brennen schien: Warum faszinierte ihn dieser Fall so sehr? Ein einfacher Vermisstenfall, hatten sie gesagt. Warum lag gerade dieser eine Mac so sehr am Herzen?

Er wusste noch immer keine Antwort. Vielleicht war er ein bisschen verliebt gewesen, ein bisschen scharf auf sie, dieses schöne, geheimnisvolle Mädchen, das er nie kennengelernt hatte. Er hatte Dutzende andere Fälle verschollener Kids bearbeitet, doch dieser war anders. *Sie* war anders. Er war allen möglichen und unmöglichen Hinweisen nachgegangen, er hatte sogar von ihr geträumt. Hatte sich seinen Phantasien über sie hingegeben, und genauso eine Menge Ärger wegen ihr eingesteckt. Damals hatten seine Freunde auf dem Revier gedacht, er hätte den Verstand verloren. Sie war doch einfach nur eine sechzehnjährige Ausreißerin. Er war ein vielversprechender Teufelskerl von Polizist und von einem Geist besessen.

Rückblickend hatten die Kollegen vielleicht gar nicht so unrecht gehabt.

Jetzt, zwanzig Jahre später, als alleinerziehender Vater im Morddezernat, wusste Mac, dass er eindeutig reifer geworden war. Im Grunde wollte er diesen Fall jetzt gar nicht. Alte Wunden. Und Probleme.

Aber diese Yuppie-Bande war noch da. Er hätte gern gewusst, wie sie sich fühlten, nachdem Jessies Leiche gefunden war. Einer oder vielleicht einige von ihnen schwitzten jetzt doch sicher Blut und Wasser.

Mac lächelte schmal. Tja, vielleicht hatte es schließlich doch so sein sollen. Dass er einen Mordfall übernahm, eine geschlossene Akte, die diese selbstgefälligen Scheißkerle auf heiße Kohlen setzte.

Ihm gefiel das von Minute zu Minute besser.

Becca legte die Zeitung auf den Kaffeetisch und ließ sich gegen die Sofalehne sinken. Noch immer blickte sie abwesend auf die mittlerweile zusammengelegten Seiten, als enthielten sie das Tagebuch des Teufels. Was war los? Was hatte dieser Artikel zu bedeuten?

Ringo umkreiste mit gesenktem Schwanz ihre Füße. Ein leises, beinahe unhörbares Knurren drang aus seiner Kehle.

»Hör auf damit, da draußen ist doch nichts«, sagte sie leise, um sowohl ihre eigenen gereizten Nerven als auch den Hund zu beruhigen.

Jessie Brentwood war vor zwanzig Jahren verschwunden, als sie sechzehn Jahre alt und Schülerin in St. Elizabeth war, der katholischen Privatschule, die erst wenige Jahre zuvor auf Koedukation umgestellt hatte. Auch Becca hatte St. Elizabeth besucht, allerdings eine Klasse tiefer als Jessie, als Neuling. Aber sie war mit Jessies Clique befreundet gewesen, und sie erinnerte sich nur zu gut daran, wie sie Jessies Freund, Hudson Walker mit seinem dunklen, etwas zu langen Haar, dem trägen Lächeln und dem Cowboyakzent, angehimmelt hatte. Er war anders als die anderen, ein Junge, der irgendwie einen Tick älter wirkte, mit einem zynischen Sinn für Humor und einer Distanziertheit, die ihn umso interessanter erscheinen ließ. Es war, als würde er alle durchschauen, hinter die Teenager-Fassaden blicken und sich über ihre albernen Eskapaden amüsieren.

Oder er war nur in ihrer Fantasie reifer und intelligenter und von Natur aus männlicher und attraktiver als seine Altersgenossen. Sie wusste jetzt nur noch, dass sie furchtbar verliebt in ihn gewesen war und es jahrelang verborgen hatte.

Doch das hat sich dann geändert, oder? Als Jessie fort war ... da warst du am Zug. Du, Becca, warst genauso berechnend wie sie.

Becca legte erschüttert die Hand an ihre heiße Wange. Verlegenheit und Gewissensbisse meldeten sich von Neuem mit dem Bewusstsein, dass sie Jessies Verschwinden und Hudsons Ratlosigkeit und Trauer zu ihrem eigenen Vorteil genutzt hatte. Sicher, das war erst viel später gewesen, nachdem Becca und Hudson die Schule hinter sich hatten und Jessie seit Jahren als verschollen galt, doch jetzt wusste Becca, dass ihre Motive nicht ganz lauter gewesen waren. Sie war schon immer verliebt in Hudson. Und als sich ihr die Gelegenheit bot, sich im Licht seiner Liebe zu sonnen, da griff sie mit beiden Händen zu und schwor sich, nie wieder loszulassen.

Wie dumm ihr das alles jetzt erschien, und dennoch konnten die alten Gefühle nach all den Jahren, die ins Land gegangen waren, nach mehr als zwanzig Jahren, seit sie ihn zum ersten Mal gesehen hatte, blitzschnell wieder in ihr hochkommen. Irgendwo hatte sie gelesen, dass die erste Liebe niemals ganz stirbt, dass sie immer knapp unter der Oberfläche liegt und wartet wie trockener Zunder, der nur ein Streichholz, einen Funken benötigt, um sich zu entzünden.

Empfand sie immer noch etwas für ihn? Hoffentlich nicht. Sie hoffte, ihre erste Liebe schon lange hinter sich gelassen zu haben.

Trotzdem musste sie immerzu an Jessie denken. Und an Hudson. Und an ihre Schulmädchenschwärmerei, die sie für wahre Liebe gehalten hatte. Jahrelang hatte sie diese Gefühle gehegt und dann die Gelegenheit beim Schopf ergriffen, um ihre Träume wahr werden zu lassen.

Für Becca war es der Sommer nach dem Highschoolabschluss gewesen, für Hudson der Sommer nach seinem ersten Jahr auf dem College, als sich die Gelegenheit bot. Eines heißen Abends war sie ihm unübersehbar ›zufällig über den Weg gelaufen‹, obwohl sie oft genug an seinem Elternhaus vorbeigefahren war, um Hudsons Zeitplan zu erforschen. Dann war sie ihm zu Dino gefolgt, einer Pizzeria, die in jenem Jahr neu eröffnet hatte und von Teenies und frisch Graduierten besucht wurde.

Hudson traf sich in der Pizzeria mit Zeke St. John, wie sich herausstellte, und als Becca unbekümmert durch die Schwingtür eintrat, gelang es ihr, ihre Enttäuschung über Hudsons Gesellschaft hinter einem strahlenden Lächeln zu verbergen. Zeke und Hudson waren in der Highschool befreundet gewesen und waren es augenscheinlich immer noch, vermutete Becca, wenngleich sie später erfuhr, dass die Freundschaft kaum noch zu retten war.

Doch als sie an jenem Abend in die Pizzeria schwebte, wusste sie nur, dass sie Kontakt zu Hudson aufnehmen wollte. Ihr Puls hüpfte viel zu schnell, und ihr Lächeln war zwar fröhlich, aber sie zitterte leicht. Wenn sie nicht achtgab, würden ihre Lippen vor ängstlicher Erwartung zucken, und das durfte nicht sein. Sie ahnte, dass sie in der Gruppe der Freunde eine untergeordnete Rolle spielte. Hudsons Zwillingsschwester Renee hatte sie kaum eines Blickes gewürdigt, und nur die sorgsam gepflegte Freundschaft mit einem anderen Mädchen, Tamara Pitts, hatte Becca den Zugang zu dem engen Kreis ermöglicht. Eine Klasse unter ihnen zu sein war wie ein Makel – oder schlimmer noch, wie ein Brandmal auf der Stirn, das sie als ›doofe Sitzengebliebene‹ auswies. Also musste sie an diesem Abend selbstbewusst, beherrscht und freundlich auftreten.

Sie gab vor, Hudson und Zeke nicht gleich zu sehen, als sie zum Tresen ging und die höher oben ausgehängte Liste der traditionellen und exotischen Pizzen studierte. Sie bestellte eine kleine Peperoni-Pizza und eine Cola Light, bezahlte und schaute sich dann, ihre Plastiknummer in der Hand, nach einem Tisch um. Sie nahm Blickkontakt mit Hudson auf und lächelte gekonnt überrascht zur Begrüßung. Hudson hob eine Hand, winkte sie zu sich heran und bot ihr den Platz an seiner Seite an.

»Danke«, sagte Becca erfreut. »Hier ist es immer so voll.«

Zeke St. John mit seinem dunklen Haar, den grauen Augen und dem gut geformten Kinn sah zumindest im klassischen

Sinn noch besser aus als Hudson. Er lächelte nicht, als Becca sich zu ihnen gesellte, doch Hudson bedachte sie mit einem warmen Blick. Leicht belustigt. Als könnte er ihre Gedanken lesen.

Was lächerlich war.

Was sie dann gesagt hatte, wusste sie nicht mehr so genau. Von ihrer Seite kam nur Belangloses, wenn sie auch ein paar passende Fragen stellte und die Informationen, die Hudson ihr gab, ordentlich speicherte, um sie später zu analysieren. Sie erfuhr, dass er gerade sein erstes Studienjahr im Fachbereich Betriebswirtschaft an der Oregon State University absolviert hatte, genau wie Zeke. In ein paar Monaten gingen sie zurück zur Uni, und Zeke arbeitete den Sommer über im Kfz-Ersatzteilhandel seines Vaters, während Hudson auf der Ranch seines Vaters aushalf, die in der Nähe von Laurelton, einem der westlichsten Vororte von Portland, lag.

Becca selbst spielte Mädchen für alles in einer Anwaltskanzlei, besorgte Kaffee, fotokopierte, bediente in der Mittagspause das Telefon. Sie würde in Kürze ein ortsansässiges Community College besuchen, weil sie noch nicht genug Geld hatte, um zu Hause auszuziehen.

Nach ihrem ›zufälligen‹ Treffen rief Hudson Becca an. Noch heute erinnerte sie sich an ihre schweißnassen Hände, die den Hörer hielten. Er fragte sie, ob sie nicht Lust hätte, mit ihm eine hirnlose Komödie in einem Kino am Ort anzusehen, und sie sagte zu. Ihre einzige Erinnerung an den Kinobesuch bestand in Hudsons Profil und hohlem Gerede über das abgestandene Popcorn und die schale Limo. Und an die Tatsache, dass er sie zur Rede stellte.

»Du bist mir neulich Abend zu Dino gefolgt«, sagte er, als er sie nach Hause fuhr.

Sie schüttelte vehement den Kopf und gab sich höllische Mühe, nicht rot zu werden und sich zu verraten. Himmel, im

Flirten war sie noch lange keine Expertin. Würde vielleicht nie eine werden. »Ich weiß nicht, was du meinst.«

»Aber sicher doch.« Er setzte den Blinker und bog am Ende ihres Blocks ab.

»Nein, wirklich …«

Er verzog den Mund zu diesem einseitigen Grinsen, das den Wunsch in ihr weckte, ihn entweder zu küssen oder ihm Verstand einzuprügeln.

»Ich wollte nur eine Pizza.«

»Auf dem Weg von deinem Haus bis zu Dino bist du an drei Pizzerien vorbeigefahren.«

Er wusste also, wo sie wohnte. Das tat ihr wohl. »Ich wollte eine besondere.«

»Ja, Peperoni-Pizza ist wirklich was ganz Besonderes.«

»Dino hat die beste Pizza. Und du bist ungeheuer eingebildet.«

Er besaß die Unverschämtheit zu lachen, als er ihre Zufahrt hinauffuhr und anhielt. Nur das Zirpen der Grillen und die Stimmen aus dem Nachbargarten, wo dem Gelächter, den Gesprächen und dem Holzkohleduft zufolge gegrillt wurde, störten ihr Schweigen.

»Du hast recht, okay?«, gab Becca zu. »Ich wusste, dass du dort warst.«

»Gut, dass wir das geklärt haben.«

»Und jetzt hältst du mich für eine Stalkerin.«

»Ich halte es für einen … tollen Trick.«

»Gott. Für einen Trick.« Innerlich wand sie sich.

»Tut mir leid, dass mir so etwas nicht selbst eingefallen ist. Sonst hätte ich mich über deine Lieblingslokale informieren und dich verfolgen können, statt auf dich warten zu müssen.«

»Machst du dich über mich lustig?«, fragte sie und kniff die Augen zusammen.

»Nein.«

»Hast du Zeke gesagt, dass du glaubst, ich würde dich verfolgen?«, fragte sie in plötzlichem Entsetzen.

»Ich sage Zeke nicht allzu viel«, versicherte er.

»Aber Renee.«

»Ich vertraue mich auch nicht meiner Schwester an.« Er streckte die Hand aus und strich ihr über den Nacken. Kleine erwartungsvolle Schauer liefen ihr über den Rücken, und sie wusste, dass sie in der Patsche saß. »Was glaubst du, wer ich bin?«

»Das kann ich nun wirklich nicht wissen, oder?«

»Willst du's denn wissen?«

Sie sahen einander lange an. Becca spürte, wie ihr Puls träge, aber heftig schlug. »Vielleicht …«

Dann stieg sie aus dem Wagen und lief ins Haus, bevor sie sich noch mehr zum Narren machte. Sie sagte sich, dass er jetzt am Zug wäre und entscheiden musste – und hatte schreckliche Angst vor einer Enttäuschung. Doch er enttäuschte sie nicht. Er rief an, noch bevor sie an diesem Abend einschlief, und er verabredete sich für den nächsten Tag mit ihr.

Zwei Wochen später küsste er sie abends zum Abschied vor ihrer Tür, und sie war restlos verloren und musste sich eingestehen, dass sie verliebt war und sich nicht sonderlich gegen den Adrenalinstoß wehrte, der ihr bei jedem Gedanken an ihn ins Blut schoss.

Sie stellte sich vor, mit ihm zu schlafen. Wie es wohl sein würde. Und sie wusste, dass sie nicht mehr lange warten konnte. Sie täuschte sich nicht.

Ein paar Tage später fanden sie auf einer Decke unterm Sternenhimmel zueinander, fern von den Lichtern der Ranch seiner Eltern, küssten und streichelten sich und seufzten, und dann kam die Glut … diese unfassbare Glut, die sie alle verbleibenden Skrupel vergessen ließ, so selbstverständlich, wie sie ihm T-Shirt und Jeans auszog. Selbst jetzt noch, nach zwanzig

Jahren, erinnerte sie sich an dieses erste Mal, an seinen straffen Körper, das Spiel seiner Muskeln, als er sich über sie neigte, seine festen warmen Lippen, als sie sich ihm öffnete. Der kleine Schmerz bei seinem ersten Eindringen verging schnell im Rausch und Verlangen des ersten Mals. Ihre erste Liebe. Es war herrlich. Unglaublich spannend. Sie umschlang ihn und schloss ganz fest die Augen und schwor sich, ihn nie wieder gehen zu lassen.

Als Becca jetzt daran zurückdachte, das Bild der Madonnenstatue in der Zeitung immer noch vor Augen, während ihr Tee kalt wurde und der Hund neben ihr auf dem Sofa schlief, wusste sie, wie dumm sie gewesen war. Ein Schulmädchen, das sich verrückten Träumen vom perfekten Leben mit dem perfekten Mann hingab. An diesem Valentinstag erkannte sie, wie idiotisch die Vorstellung vom perfekten Mann war. Nein, wirklich. Wie naiv war sie denn? »Ziemlich naiv«, beantwortete sie ihre eigene Frage und kraulte Ringo hinter den Ohren. Mit geschlossenen Augen gab der Hund leise, zufriedene Seufzer von sich.

Jener Sommer war mit der Hitze und Intensität eines vom heißen Wind geschürten Präriebrands über sie hinweggefegt. Becca und Hudson nahmen jede Gelegenheit wahr, um miteinander zu schlafen: am sandigen Ufer des Bachs, Angelruten und Badesachen lagen vergessen auf der Böschung; auf einer Decke auf dem Heuboden, während die Pferde unten in ihren Boxen schnaubten; auf dem Rücksitz von Hudsons Wagen oder in seinem Bett, wenn seine Eltern nicht zu Hause waren, bei offenem Fenster, um die weiche Sommerbrise und das Flattern der Fledermäuse einzulassen.

Sie konnten nicht genug voneinander bekommen. Monate vergingen unbemerkt. Natürlich trafen sie sich auch mit Freunden, und Zeke, Hudsons bester Freund, schien immer in der Nähe zu lungern, doch im Laufe der Wochen distanzierte er sich mehr und mehr, und das Verhältnis der beiden wirkte angespannt. Damals meinte Becca, ihre Beziehung mit Hudson wäre Zeke irgendwie unangenehm. Später erfuhr sie, dass die früheren besten Freunde immer noch an Jessies Verschwinden zu knacken hatten.

Jessie, immer wieder Jessie.

Mit spitzen Fingern, als hätte sie Angst, sich zu verbrennen, griff Becca jetzt noch einmal nach der Zeitung. Erneut überflog sie den Artikel. Das Geschlecht der Leiche wurde nicht erwähnt. Lediglich der Skelettfund. Aber es konnte ja nur Jessie sein, oder?

Du solltest jemanden anrufen.

Sie streckte die Hand nach dem Telefon aus. Hob den Hörer ab und presste ihn ans Ohr. Da klingelte der Apparat, und um ein Haar hätte sie den Hörer fallen lassen. Einen Moment lang glaubte sie in wildem Entsetzen, es wäre Jessie, die sie aus dem geöffneten Grab anrief.

Becca, reiß dich zusammen!

»Hallo?«, sagte sie und räusperte sich, entschlossen, ihre Nervosität und sehnsuchtsvollen Reminiszenzen zu überwinden.

»Becca? Rebecca … Sutcliff? Damals in der Schule Rebecca Ryan?«

Ihre Finger krampften sich um den Hörer. Sie kannte diese Stimme. Verdammt, gerade eben hatte sie an ihn gedacht! *Hudson Walker.* Ihr Puls raste wie damals vor Jahren, und sie schalt sich innerlich. »Ja, Hudson, ich bin's.«

»Gut. Hm … wie geht's denn so?«

»Prima«, schwindelte sie. »Gut.« Als ob er anrufen würde, um sich nach ihrem Wohlergehen zu erkundigen. Klar doch, nach all den Jahren. »Ich nehme an, du hast die Nachrichten gesehen.«

»Ja, nachdem meine Schwester mich angerufen hatte.«

Vor ihrem inneren Auge beschwor Becca das Bild von Hudsons Schwester herauf – groß und überschlank, mit dunklem Haar, das ihr damals während der Schulzeit fransig über die großen Augen fiel, braune Augen, nicht blau wie die ihres Zwillingsbruders. Renee hatte Becca nie sonderlich gemocht und auch nichts getan, um diese Gefühle zu verbergen. »Sie hat also wegen der Entdeckung angerufen, die diese Kids im Irrgarten von St. Lizzie gemacht haben? Wegen des Skeletts?«

»Ja.« Er senkte die Stimme ein wenig, und sie stellte sich vor, wie er die dunklen Brauen runzelte, genau wie damals schon, wenn ihn etwas beschäftigte.

»Du glaubst, es handelt sich um Jessie?« Es bestand kein Grund, um den heißen Brei herumzureden. Schließlich war er derjenige, der auf Ehrlichkeit bestanden hatte, damals, als … na ja, zumindest bis zum Auftreten der ersten Spannungen in ihrer Beziehung. Wo war die Ehrlichkeit danach geblieben?

»Kann sein.«

»Und deshalb rufst du mich an?«

»Tamara hat mir deine Nummer gegeben. Ihr seht euch noch gelegentlich?«

Tamara mit ihrem roten Lockenhaar, dem Porzellanteint und ihrem Glauben an alles Mystische gehörte zu den Wenigen, mit denen Becca noch Kontakt hielt. In St. Elizabeth war Tamara nicht vollends mit dem Strom geschwommen, war aber trotzdem Teil von Hudsons Clique und hatte sich sogar mit den unablässigen Hänseleien einiger Kids abgefunden, einschließlich denen von Christopher Delacroix, dem damals reichsten Jungen in der Schule und dem einzigen mit einer Zahl hinter dem Namen, da er genauso hieß wie sein Vater und Großvater. Deshalb nannte man ihn den Dritten. In Beccas Erinnerung war der Dritte ein privilegierter Bengel, dem es Spaß machte, andere in Verlegenheit zu bringen. Kurz und gut: ein waschechtes Ekelpaket. Tamara war das bevorzugte Opfer seiner Sticheleien gewesen.

»Tamara und ich halten Kontakt. Treffen uns hin und wieder«, bestätigte Becca.

»Renee ist ziemlich schockiert über den Skelettfund und will, dass wir uns alle zusammensetzen«, sagte Hudson, und es klang, als wäre er nicht restlos überzeugt, ob das wirklich klug war.

Mich will sie bestimmt nicht dabeihaben, dachte Becca, behielt es jedoch für sich. Sie gab sich alle Mühe, sich auf das derzeitige Gespräch zu konzentrieren und nicht auf die achtzehn Jahre alte Frage, die sie Hudson stellen wollte. Sie hatte seit Jahren nicht ihm gesprochen, war ihm seit dem Sommer ihrer Affäre nur zweimal zufällig begegnet. Doch beide Male war sie mit Ben zusammen gewesen, und mehr als ein paar höfliche Grußworte hatten sie nicht ausgetauscht.

Was wahrscheinlich nur gut war.

Wecke keine schlafenden Hunde, Becca. Nicht nötig, die Vergangenheit heraufzubeschwören, die du so mühselig hinter dir gelassen hast.

»Was verspricht sie sich davon?«, fragte Becca. Ringo schlug die Augen auf und reckte sich auf dem Sofa.

»Weiß ich nicht. Sie glaubt, es wäre Jessies Skelett.«

Ich auch. Deswegen hatte ich diese Vision. »Und was glaubst du?«

»Ich war immer überzeugt, sie wäre ausgerissen«, erklärte Hudson. »Dafür war sie ja bekannt.«

»Ich erinnere mich.«

Es war so surreal. Ihr erstes Gespräch mit Hudson, und nach all den Jahren sprachen sie wieder einmal nur über Jessie.

»Renee ist Reporterin beim *Valley Star*.«

Das wusste Becca. Der *Star* war eine Lokalzeitung, nicht unbedingt das Renommierstück, von dem Renee vor Jahren geträumt hatte. Schon in der Highschool hatte Renee sich hohe Ziele gesteckt, die entschieden höher angesiedelt waren als der Verbreitungsradius einer zweitrangigen Zeitung.

»Sie hat schon mit den Kids, die die Leiche gefunden haben, gesprochen, obwohl die Polizei deren Eltern gewarnt hat. Aber du kennst sie ja, sie kriegt immer, was sie will.«

Bis auf ihren Traumjob.

»Wie auch immer, Renee hat eine Art Nachuntersuchung gestartet. Sie möchte, dass wir alle uns am Donnerstag im Blue Note treffen.«

»In dem Restaurant. Warum?« Die Einladung schien aus heiterem Himmel zu kommen.

»Um zu sehen, ob irgendwer sich an Einzelheiten erinnert, die zur Identifizierung der Leiche beitragen können.«

»Du meinst zur Bestätigung, dass es sich um Jessie handelt.«

»Hm, ja, das ist die naheliegendste Hypothese.«

Becca war nicht sicher, ob es eine gute Idee war, wegen des flachen Grabs und der sterblichen Überreste auf dem Schulgrundstück die alte Clique zusammenzutrommeln, doch sie sagte: »Okay.«

»Blue Note gehört Scott und Glenn. Es liegt in Raleigh Hills. Ich habe die Adresse.« Er rasselte Straße und Hausnummer herunter, und sie erinnerte sich an den Bezirk in den westlichen Bergen, nur ein paar Autominuten durch einen Tunnel vom Zentrum Portlands entfernt.

»Scott Pascal und Glenn Stafford betreiben zusammen ein Restaurant?«, fragte sie und dachte an die beiden Jungen, die sie in St. Elizabeth gekannt hatte. Sie hatte nichts von ihrem gemeinsamen Unternehmen gehört, und ihres Wissens waren sie in der Schule auch nicht sonderlich eng befreundet gewesen, doch das lag so lange zurück. Manche Dinge ändern sich. Und Geschäftspartner mussten nicht zwangsläufig beste Freunde oder Bettgenossen sein.

»Nicht nur das Blue Note. Ich glaube, sie besitzen noch ein zweites Restaurant in Lincoln City.«

»Das hätte ich nie gedacht«, sagte sie. *Aber ich hätte auch nie gedacht, dass du mich nach so langer Zeit anrufst oder dass eine Leiche, bei der es sich um Jessie handeln könnte, auf dem Schulgelände gefunden wird ...*

»Renee schlägt vor, dass wir uns am Donnerstag nach der Arbeit, so gegen neunzehn Uhr, dort treffen, falls alle Zeit haben.« Becca hörte ein leises Zögern in seiner Stimme, als ob er den Plan seiner Schwester im Nachhinein anzweifelte.

»Ich kann kommen.«

»Gut.«

»Ach, ja?«

Wieder zögerte er kurz, dann sagte er: »Wer weiß? Renee denkt offenbar, dass keiner von uns die Sache bisher richtig verarbeitet hat.«

»Mit der Sache meinst du Jessies Verschwinden.«

»Ja.«

Hast du es denn verarbeitet?, fragte Becca sich und bezweifelte es.

Hudson fuhr fort: »Sie meint, wir sollten uns vielleicht überlegen, wie wir vorgehen können, um herauszufinden, ob es Jessie ist.«

»Zur Polizei gehen zum Beispiel?«, fragte Becca trocken.

»Bei der Polizei hatten wir nicht unbedingt viele Freunde«, pflichtete Hudson ihr bei.

Becca lehnte sich in die Sofapolster zurück und sah aus dem Wohnzimmerfenster. Die Nacht war dunkel. Undurchdringlich. Immer noch rann Regen an den Scheiben hinunter. Geistesabwesend kraulte sie Ringos pelzigen Kopf und dachte an diese Zeiten zurück. Die Polizei hatte sie alle nach Jessies Verschwinden stundenlangen Verhören unterzogen. Die Jungen hatten die polizeilichen Untersuchungen mit voller Wucht getroffen, doch auch die Mädchen wurden vernommen. Zwar war man sich in der Schule und im Polizeipräsidium ziemlich einig, dass Jessie mal wieder ausgerissen war, aber ein bestimmter Ermittler beharrte darauf, dass sie ermordet worden wäre, und nahm Hudson und die Jungen aus seiner Clique in die Mangel, vernahm sie immer und immer wieder, bis der Vater des Dritten, Anwalt in Portland und Besitzer mehrerer Gebäude in Strandnähe, drohte, die Polizei wegen Belästigung zu verklagen. Der Ermittler hatte sich dann – so schien es zumindest – ein wenig zurückgehalten, doch Becca hatte das Gefühl, dass er eine persönliche Rachemission zu erfüllen hatte. Wegen Christopher Delacroix III., Drohungen, Mangel an Beweisen und einer fehlenden Leiche war die Akte dann aber geschlossen worden.

»Wir sehen uns am Donnerstag«, sagte Hudson und störte Becca aus ihren Erinnerungen auf.

»Kommt Tamara auch?«

»Glaub schon.«

»Gut. Hey, bevor du auflegst, wie hieß dieser Bulle doch gleich? Der, der nicht glauben wollte, dass Jessie ausgerissen war?«

»Sam McNally«, antwortete Hudson in unüberhörbar kühlem Tonfall.

»Mac«, fiel es Becca wieder ein. Zwar hatte der Bulle, der nur etwa zehn Jahre älter war als die Kids, die er verhörte, sie weitgehend in Ruhe gelassen, doch er hatte sie alle lange nach Jessies Verschwinden noch Tag und Nacht heimgesucht. »Und glaubst du jetzt, dass er damals recht hatte? Dass Jessie ermordet wurde?«

»Ich weiß es nicht.« Er klang angespannt. Plötzlich wieder so distanziert. »Hoffentlich nicht.«

»Aber falls sie noch lebt … wo hat sie die ganze Zeit über gesteckt?«

»Irgendwo.«

»Ja …«

»Ich muss noch ein paar Leute anrufen und fragen, ob sie auch kommen.«

»Okay.«

Er zögerte eine Sekunde lang, dann sagte er: »War schön, mit dir zu reden, Becca«, und legte auf.

Becca stellte bedächtig den Apparat zurück. »War auch schön, mit *dir* zu reden«, sprach sie leise ins leere Zimmer hinein.

3. Kapitel

Hudson sah im Stall nach dem Rechten und kontrollierte noch einmal die Pferde. Alle standen in ihren Boxen, bereit für die Nacht, ungestört. Alles war so, wie es sein sollte. Er schaltete das Deckenlicht aus, schloss die Tür und rannte, mit eingezogenem Kopf wegen des Regens, über den Kiesplatz, der Scheune, Stall und Remise vom Wohnhaus trennte. Die Sicherheitsleuchten färbten die Nacht bläulich, und durch den Regen glaubte Hudson, über seinen Kopf hinweg eine Eule zu den hohen Ästen einer alten Weide schweben zu sehen, in die er und seine Schwester früher gern geklettert waren.

»Los, Renee, sei kein Feigling«, hatte er gerufen, und sie, die sich nie einer Herausforderung entzog, hatte sich mühsam durch das Gewirr von Ästen gekämpft, das er problemlos überwunden hatte. Es machte sie ziemlich sauer, dass ihr Bruder, ihr um beinahe vier Minuten *jüngerer* Bruder, stärker und sportlicher war, als sie je sein würde.

Doch sie war dafür intelligent.

Hatte die Schule mit Leichtigkeit bewältigt, während ihn seine Klassenziele nicht interessierten, zumindest nicht, bevor er das College besuchte. Sie hatte sich auf jedes Zeugnis gefreut und gestrahlt, wenn ihre Mutter die guten Noten in allen Fächern sah. Hudson hatte sich ganz gut geschlagen, obwohl ihm eigentlich alles ziemlich egal war, abgesehen von den Bemerkungen der Lehrer. »Schöpft seine Fähigkeiten nicht aus« oder »Gute Testergebnisse, aber mangelnde mündliche Beteiligung«

oder, was er besonders liebte: »Nicht teamfähig«. Ja, gut. Das traf heute noch genauso zu wie damals vor etwa fünfundzwanzig Jahren, als seine Mutter die Bemerkungen in der alten Küche laut vorgelesen hatte.

Als er an diesem Abend an der Weide vorüberlief, waren ihre Äste kahl und die Eule zog weiter zu einem geeigneteren Unterschlupf, flog durch das offene Fenster des Heubodens zu ihrem Platz hoch oben in den Dachsparren der Scheune, die sich schon seit über hundert Jahren im Besitz der Familie Walker befand. Eine weitere Erinnerung schoss ihm durch den Kopf, eine Erinnerung voller Glut und Leidenschaft und kaum empfundener Angst davor, dass er und Becca beim Liebemachen unter den üppigen, hängenden Zweigen, dem Baldachin aus zitternden Blättern, erwischt werden könnten. Himmel, er war ihr verfallen gewesen.

Vielleicht mehr noch als Jessie?

Hudson nahm den Weg zur hinteren Veranda und schüttelte den Regen aus seinem Haar, als ein neuerlicher Wolkenbruch niederging, auf den Dachziegeln prasselte und in der Regenrinne gluckerte. Er wollte nicht an Jessie denken und hoffte inständig, dass das auf dem Schulgelände gefundene Skelett nicht ihres war, dass sie irgendwo in weiter Ferne lebte und immer noch so faszinierend und geheimnisvoll war wie zuvor.

Doch sein Bauchgefühl sagte etwas anderes. Er betrat wieder das Haus, und an diesem Abend fühlte es sich merkwürdig leer an, leerer als sonst.

»Alles nur Einbildung«, sagte er zu sich selbst, hängte die Jacke im Schmutzraum an einen Haken, zog die Stiefel aus und trat in Socken auf den abgenutzten Linoleumboden, den er im Sommer unbedingt würde ersetzen müssen, genauso wie das Dach auszubessern und die Bäder und die Küche zu renovieren waren. Allmählich sah das Haus heruntergekommen aus. Müde. Seit dreißig Jahren unverändert. Seine Eltern hatten es in den frühen Siebzigern ›aufgepeppt‹, und jetzt musste es einmal völlig neu gestaltet werden.

Sein Blick fiel auf das Telefon, und er dachte an das kurze Gespräch mit Becca, an den Klang ihrer Stimme, der ihn in jenen Sommer nach seinem ersten Jahr an der Oregon State University zurückversetzt hatte. Mannomann, war er scharf auf sie gewesen, und sie ... na ja ... Bei dem Gedanken an die Affäre regte es sich in seiner Leistengegend. »Ganz schön heiße Sache«, sagte er laut und griff sich ein Bier aus dem Kühlschrank.

Komisch, als Renee verlangte, die ›alte Clique‹ sollte sich treffen, und schließlich auch Hudson einsehen musste, dass sie ein Treffen organisieren würde, ob es ihm nun passte oder nicht, da hatte er angeboten, Becca anzurufen. Nicht Zeke, nicht Mitch oder Glenn, nur Becca. Und Renee hatte gewusst, dass Becca der Köder für ihn sein würde. Triumph blitzte in ihren Augen, als er widerwillig zustimmte und vorschlug, dass er Becca anrufen könnte.

»Tamara hat bestimmt ihre Nummer«, sagte Renee und warf ihm ihr Handy zu. Das Display zeigte bereits Tamaras Namen und Nummer. »Ruf sie an.«

Sie hatte nicht hinzugefügt: *Du traust dich ja doch nicht!*, doch die Worte hingen unausgesprochen in der Luft. Das wussten sie beide, und, nein, das hing nicht damit zusammen, dass sie Zwillinge waren. Renee verstand es einfach, Menschen zu manipulieren. »Sie ist nicht verheiratet, weißt du? Ihr Mann ist letztes Jahr gestorben, und stell dir vor: Er hat nicht nur eine Witwe hinterlassen, sondern obendrein auch noch eine Freundin, eine schwangere Freundin. Becca hatte nicht einmal Zeit, sich von dem Dreckskerl scheiden zu lassen, bevor er den Löffel abgab. Ein wahrer Schatz, dieser Ben Sutcliff.«

Er fragte nicht, woher sie so viel Nachteiliges über Beccas Mann wusste. Renee verriet es ihm auch nicht. Es war Teil ihres Wesens, und sie bezeichnete es gern als ihren Reporterinstinkt.

Hudson jedoch schätzte sie eher als Schnüfflerin und Wichtigtuerin ein.

»Also, ruf sie an. Frag nach, ob die Witwe Zeit hat«, sagte Renee und verzog den Mund zu einem wissenden Lächeln. »Weißt du, du bist nie ganz über sie hinweggekommen. Über Jessie auch nicht. Ich finde das jämmerlich, aber angesichts meiner derzeitigen ehelichen Verhältnisse klingt das natürlich ein bisschen scheinheilig.« Sie verfolgte das Thema nicht weiter, und Hudson hütete sich, in sie zu dringen. In seinen Augen war Renees Mann, Tim, ein Versager. Den Eindruck hatte er von Anfang an.

»Wenn das Skelett tatsächlich Jessies sein sollte, dann wüsste ich gern, was ihr zugestoßen ist.«

Hudson hatte sich solch düstere Gedanken bisher nicht gestattet. Er war davon ausgegangen, dass Jessie noch lebte, dass sie einfach abgehauen war. Mal wieder. Er konnte nur hoffen, dass er sich nicht täuschte.

»Ich ruf sie später an«, sagte er und notierte Tamaras Nummer. Er hatte keine Lust, in Renees Beisein mit Rebecca Ryan zu sprechen.

Jetzt, in der Küche, die vormals seinen Eltern gehört hatte, öffnete sich Hudson eine Flasche Bier und versuchte, weder an Becca noch an Jessie zu denken.

Zwei Frauen, die er zu lieben geglaubt hatte.

Zwei Frauen, die seinem Leben eine andere Richtung gegeben hatten.

Zwei Frauen, denen er womöglich besser nie begegnet wäre.

An Schlaf war nicht zu denken. Nicht, wenn der Regen gegen die Scheiben prasselte und die Äste der Bäume vor Beccas Fenster schwankten wie verzweifelt rudernde Arme. Sie sah zu, lag mit offenen Augen im Dunkeln, Ringo, leise schnarchend, zusammengerollt neben ihr. Sie war unsicher gewesen, als Ben vorschlug, sich einen Hund zuzulegen, doch dann hatte sie sich in den Köter verliebt und ihn aus einer Tierhandlung gerettet, in der viele Welpen über- und untereinander herumwuselten und die Nasen an die Gitterstäbe pressten. Obwohl der Hund Bens Idee gewesen war, war er mit Ringo nie richtig warm geworden. Denn eigentlich hatte er den Hund aussuchen wollen. Zu dem Zeitpunkt war Becca das nicht klar gewesen, doch jetzt verstand sie, dass es nicht um den Hund ging, sondern darum, dass Ben sich aussuchen konnte, was er wollte, ob es Becca nun recht war oder nicht. Genauso hatte er sich beim Kauf der Möbel, ihres Autos, der Wohnung verhalten. Das einzige, was sie allein ausgewählt hatte, war Ringo. Und das hatte Ben nicht gefallen.

Jetzt drückte sie Ringo an sich, und er stieß einen Hundeseufzer aus. Becca versuchte, nicht an Hudsons Anruf zu denken, doch seine kühle Stimme spulte sich wie ein Tonband in ihrem Kopf ab, immer und immer wieder.

Becca? Rebecca … Sutcliff? Damals in der Schule Rebecca Ryan?

Sie schloss die Augen ganz fest und wehrte die verräterischen Gedanken ab. Sie war zu alt für romantische Träumereien über Hudson Walker. Er gehörte der fernen Vergangenheit an. Und auch, wenn sie ein paar von ihren alten Freunden wiedersehen sollte – auch, wenn sie Hudson persönlich begegnete, jetzt, da … da sie Witwe und daher frei war –, hieß das nicht, dass sie sich auch nur einen einzigen romantischen Gedanken an ihn gestatten durfte. Es war eine Schulmädchen-Affäre gewesen. Sie war darüber hinweg, und trotzdem waren die Gefühle noch gegenwärtig, drängten in ihr Bewusstsein, setzten sich fest und ließen sie nicht los.

Jetzt, in ihrem dunklen Schlafzimmer, den schnarchenden Hund an ihrer Seite, erinnerte Becca sich an die Monate nach ihrem Abschluss in St. Elizabeth. Sie bedeuteten einen Wendepunkt in ihrem Leben. Jener heiße Sommer mit Hudson war eine magische Zeit gewesen, in der alles klappte. Becca hatte Hudson, und wenn er ihr auch nicht ewige Liebe schwor, mochte er sie doch aufrichtig, und sie war bis über beide Ohren verliebt in ihn. Nach ein paar gestohlenen Momenten entwickelte sich ihre Beziehung explosionsartig zu einer Tag-Nacht-Routine. Sobald sie Feierabend hatten, suchten sie einander, fielen sich in die Arme und liebten sich heiß auf einer Decke unter den hellen Sternen über der Walker-Ranch oder wo auch immer sie allein sein konnten.

Im September bereitete Hudson sich auf die Rückkehr an die Universität in Corvallis vor, von Portland aus etwa eine anderthalbstündige Fahrt über die I-5. Becca sah darin kein Problem, doch als der Sommer sich dem Ende zuneigte, schien Hudson immer deutlicher auf Distanz zu gehen. War er früher genauso begeistert gewesen wie sie und hatte sie Tag und Nacht angerufen, kühlte er jetzt ab wie die flimmernde Augusthitze, die der Septemberfrische wich.

Und dann die Schwangerschaft.

Eine ausgebliebene Periode, über die sie sich kaum Gedanken machte, dann eine zweite, die sie beunruhigte. Ihre Tage waren immer schon unregelmäßig gekommen, aber sie fühlte sich auch merkwürdig, und als sie endlich den Mut gefasst und sich einen Schwangerschaftstest besorgt hatte, saß sie auf dem Wannenrand im Bad ihres Elternhauses und betete, dass sie sich täuschte – um dann jedoch den Beweis für das Kind sehen zu müssen, das in ihr heranwuchs, ein Kind, dass sie sich schon lange wünschte.

Aber Hudson?

O Gott. Ihre Kehle war wie ausgedörrt, und Tränen rannen ihr übers Gesicht, bevor sie es verhindern konnte. Sie wickelte das Teststäbchen in eine braune Papiertüte und verbrannte alles im Ofen, bevor ihre Eltern von der Arbeit nach Hause kamen. Weder Jim noch Barbara Ryan würden sich über ein ungeplantes Enkelkind von einer unverheirateten Tochter freuen.

Becca drängte die Tränen zurück und erzählte nur ihrer alten Katze Fritter, einer mageren gescheckten Streunerin, die sich ihr angeschlossen hatte, von ihrer Schwangerschaft.

Verängstigt, verzweifelt, in dem Gefühl, dass Hudson sich verändert hatte, gab sich Becca Mühe, sich nicht zu sehr an ihn zu klammern. Sie hatte sich Worte zurechtgelegt, um ihn über das Kind zu informieren. Sie wiederholte sie immer wieder, wenn sie allein im Auto war, oder flüsterte sie in ihrem Zimmer ihrer Katze zu, aber sie wollte auf den exakt richtigen Moment warten, wollte nicht mit der Tür ins Haus fallen. Schließlich hatte er doch immer ein Kondom benutzt … na ja, meistens.

Als schließlich der Herbst gekommen war, sagte sie sich: Jetzt oder nie, sie musste ihn informieren. Er sollte es wissen, er hatte ein Recht dazu. Doch bevor sie die Worte über die Lippen brachte, äußerte er, er wüsste wohl, dass er in letzter Zeit ein bisschen abweisend wäre, und es wäre nicht ihre Schuld. Aber er würde sich mit Gedanken an Jessie beschäftigen und das quälte ihn sehr.

Schon wieder … Jessie.

Das sagte er, als sie neben ihm auf der Veranda seines Elternhauses in der Hollywoodschaukel saß. Er trug Jeans, ein Arbeitshemd und Stiefel, ein paar Strohhalme hatten sich in seinem Haar verfangen. Er hatte Limo getrunken, als Becca in der Zufahrt auftauchte, und seine Mutter, eine große Frau mit dunklem Haar mit grauen Fäden darin, fragte, ob sie auch eine Limo wollte. Becca lehnte höflich ab und setzte sich zu Hudson in die Schaukel. Die Angst kribbelte wie elektrischer Strom auf ihrer Haut. Etwas stimmte nicht. Sie wusste nicht, ob sie nun den Mut aufbringen würde, es ihm zu sagen. Sie *musste* ihn von dem Kind in Kenntnis setzen. Doch sie ertrug die Vorstellung nicht, dass er denken könnte, sie hätte ihn absichtlich in die Falle gelockt. Ertrug den Gedanken nicht, dass sie es vielleicht getan hatte, gewissermaßen … um ein Kind von ihm zu haben.

Zwar saß sie dicht neben ihm, doch sie berührten einander nicht. Sie spürte die unsichtbare Schranke zwischen sich und ihm. Vielleicht wusste er, dass sie schwanger war, und wollte sich nicht mit einem Kind belasten? Aber sie hatte sich niemandem, *niemandem* anvertraut, und den Schwangerschaftstest hatte sie extra in einem großen Apothekenzentrum in Portland gekauft, nicht in der ortsansässigen Apotheke, wo jemand sie hätte sehen können.

Hudson trank seine Limonade aus. Eine lange Pause entstand, sie schaukelten, und die tief stehende Sonne sandte spätnachmittägliche Hitzewellen aus. Ein Windstoß fuhr in ihr Haar und wehte ein paar trockene Blätter über den Weg. Hudson schwieg. Nicht mürrisch, eher geistesabwesend, als wäre er mit seinen Gedanken weit fort. Er blickte ins Leere, und Becca hatte das Gefühl, er hatte vergessen, dass sie neben ihm saß, nur um Haaresbreite von ihm entfernt. Wie konnte er nur so tun, als wäre sie unsichtbar, während sie sich seiner Nähe so bewusst war, ihn küssen und in seinen Armen liegen und ihm sagen wollte, dass sie ihn liebte? Es tat weh und, ehrlich gesagt, es ärgerte sie. Schließlich bekamen sie ein Kind! »Was ist los?«, fragte sie, als sie endlich Mut gefasst hatte.

Bevor er antworten konnte, holperte mit dröhnendem Motor ein Auto die lange Zufahrt hinauf. Seine Schwester saß hinterm Steuer. Renee trat auf die Bremse, und die Limousine kam mit quietschenden Reifen ruckartig ein paar Meter entfernt von ihnen zum Stehen. Aufgewirbelter Staub wehte in ihre Richtung. Renee stieg aus und warf das kurze schwarze Haar zurück. Ein kleines Notizbuch lugte aus ihrer Handtasche, und Becca fiel ein, dass sie an irgendeiner Journalistenschule Kurse besuchte. Wahrscheinlich als Jahrgangsbeste. Sie fegte den Weg und die

Stufen zur Veranda hinauf, ohne Becca eines Blickes zu würdigen. Schon den ganzen Sommer über hatte sie Becca ignoriert. In der Schule waren sie nicht unbedingt Freundinnen gewesen, doch damals in St. Lizzie hatte Becca die Abneigung doch nicht so deutlich zu spüren bekommen wie jetzt. Oder war dieses Gefühl der Zurückweisung, des Übersehenwerdens, lediglich ein Produkt ihrer Einbildung? Eine Folge der scheiternden Beziehung zu Hudson?

»Die Bremsen machen schlapp«, knurrte Renee. »Hey«, sagte sie, als sie Hudson bemerkte. »Kannst du die reparieren?«

Er schüttelte den Kopf. »Wende dich lieber an Mitch.«

»Belotti? Diesen Schwachkopf?«

»Er kennt sich gut mit Autos aus.«

»Ja, vermutlich denkt er dann, ich würde mit ihm ausgehen oder rummachen oder …« Sie schüttelte sich gekünstelt.

»Er ist verlobt.«

»Schick dem Mädchen eine Beileidskarte. Nein, ich wende mich nicht an Mitch. Prima Idee, Hud. Wirklich sehr hilfreich.«

»Du hast mich gefragt.«

»Tja, vergiss es. Ich bin diesem fetten Möchtegern-Macho keinen Gefallen schuldig. Wie ich höre, ist er von der Uni geflogen. Kein Wunder.« Sie öffnete die Fliegengittertür und wies mit einer Kopfbewegung auf Hudsons fast leeres Limonadeglas. »Ist noch was übrig?«

»Ich glaube schon.«

Sie verschwand im Haus, ohne Becca auch nur angesehen zu haben. Renee war schon immer eine Zicke gewesen. Eine ehrgeizige Zicke.

Hudson stellte sein leeres Glas auf einem Tisch neben der Schaukel ab. Im Dämmerlicht sah er Becca an, doch sie konnte seinen Gesichtsausdruck nicht deuten. Schließlich sagte er: »Weißt du, du erinnerst mich ein bisschen an Jessie.«

Becca riss die Augen auf. »Wie bitte?«, fragte sie mit zitternder Stimme. Der Vergleich tat weh, er schmerzte sie mehr, als es Becca lieb war. Augenscheinlich hatte sie sich, was ihre Affäre mit Hudson betraf, etwas vorgemacht, sich Liebe und Romantik vorgegaukelt, während seine Gefühle die ganze Zeit über nur Jessie galten. Instinktiv begriff sie, dass es unmöglich war, gegen die Erinnerung an Jessie zu kämpfen. Jessie Brentwood war seit mehr als drei Jahren verschollen und dennoch spürbar anwesend.

»Ich bin nicht Jessie«, sagte Becca bedächtig.

»Ich weiß.«

»Ach ja? Warum sagst du dann …?« Ihre Kehle schnürte sich zu, ihr Gesicht glühte vor Scham. Wem hatte sie etwas vormachen wollen? Sie hatte geahnt, nein, vielmehr *gewusst*, dass Hudson nie über Jessie hinweggekommen war, aber Becca mit dem verschwundenen Mädchen zu vergleichen … oder noch schlimmer: *sich auszumalen und so zu tun*, als wäre Becca wie Jessie, das war widerlich.

Ihr Magen, ohnehin schon empfindlich in letzter Zeit, rebellierte, und sie fürchtete, sich übergeben zu müssen.

Hudson sagte: »Ich weiß nicht. Manchmal glaube ich …«

»Ich glaube, das will ich nicht hören«, flüsterte sie. Ihre Träume zerfielen zu Staub.

»Sieh mal, Becca, in ein paar Wochen muss ich zurück an die Uni. Ich habe mit Zeke gesprochen; wir fahren zusammen.« Wut auf Zeke loderte in ihr auf, denn sie ahnte, dass er eine entscheidende Rolle in Hudsons derzeitiger nüchterner Selbstbetrachtung spielte, konnte es aber nicht sagen. »Wir haben neulich über Jessie gesprochen. Das haben wir eigentlich bisher nur selten getan.« Er beugte sich vor, stützte die Hände auf seine Oberschenkel, seufzte und hielt mit einem Fuß die Schaukel an. »Ich frage mich …«

Becca presste die zitternden Lippen zusammen. Eine ausgedehnte Pause folgte, und sie wartete. Etwas starb in ihrem Inneren.

»Ich finde einfach, wir sollten uns mehr Zeit lassen. Unsere Beziehung aufarbeiten. Was meinst du?«

Ich meine, dass ich mit deinem Kind schwanger bin, und du sitzt hier neben mir und trauerst um deine Liebe zu einem anderen Mädchen, das du nie haben wirst. Und jetzt hast du irgendwie alles umgedreht. Ich meine, Hudson, ich bin bescheuert, vielleicht dumm und idiotisch, weil ich mich in den falschen Mann verliebt habe. Sie schaute in seine blauen Augen und sah dort ihr Spiegelbild. Ein einsames Mädchen, das sich an einen Traum klammerte. Jämmerlich. Sie straffte die Schultern, verbiss sich das Weinen und schaffte es, mit ruhiger Stimme zu sagen: »Vielleicht hast du recht. Es ist ja über uns gekommen wie ein Orkan.«

Er nickte. »Ich möchte nichts überstürzen.«

»Nein.« Ihre Stimme klang spröde. Sie war wütend; in erster Linie auf sich selbst. Doch sie konnte nicht anders, sie musste es aussprechen: »Wir können uns wiedersehen, wenn du das nächste Mal nach Hause kommst.«

»Genau.«

Schmerz. Tiefe Traurigkeit und Verzweiflung. Es war niederschmetternd, doch es gelang ihr, irgendeinen Vorwand zu finden, warum sie nach Hause müsste. Bemüht, nicht ihre Würde zu verlieren, erinnerte sie sich später nicht an eine einzige Sekunde der Heimfahrt, doch irgendwie gelangte sie an diesem Abend nach Hause. Erst später, im Bad, wo das Rauschen der Dusche alle Geräusche übertönte, brach sie zusammen. Fritter saß auf der Fensterbank über der Toilette, und Becca weinte und weinte und weinte. Die Tränen flossen in Strömen. Herzzerreißendes Schluchzen entrang sich ihrer Brust. Ihr war übel … so übel … Sie war schwanger und maßlos traurig.

Dennoch bestand Hoffnung.

In ihr wuchs ein Leben heran, wartete darauf, auf die Welt

zu kommen. Jetzt konnte sie es Hudson nicht mehr sagen. Aber vielleicht, wenn sie sich das nächste Mal sahen. In ein paar Wochen. Wenn er nach Hause kam oder anrief. Bis dahin musste sie sich zusammenreißen. Sie wollte nicht eines von diesen weinerlichen, zimperlichen, schwachen Mädchen sein, die sie seit jeher verabscheute.

Doch er rief nicht an. Und die Zeit verging. Und Becca litt unter einer Ahnung drohenden Unheils, einer dunklen Wolke, die sich in ihrer letzten Vision auflöste, der letzten, bis sie an diesem Nachmittag in der Einkaufspassage ohnmächtig wurde.

Im November nach der Trennung fuhr sie von Seaside aus nach Hause. Starker, böiger Wind beutelte ihren Wagen. Sie umklammerte das Steuer, bemüht, das Fahrzeug in der Spur zu halten, als sie plötzlich von der Vorstellung donnernder Brandung an einem Felsvorsprung geblendet wurde. Es gelang ihr gerade noch, den Wagen an den Seitenstreifen zu steuern, bevor der Schmerz in ihrem Kopf explodierte und die Vision sie vollends vereinnahmte.

Als der Wagen mit leerlaufendem Motor auf der Kiesböschung stand, sah sie eine wütend, sturmgepeitschte See vor sich, und darüber, hoch oben in einem Turm, dräute eine dunkle, niederträchtige Macht ohne Form und Gestalt, die Verkörperung des schieren Bösen, die ihr eine Gänsehaut über den Rücken jagte. Sie konnte das Gesicht des Unholds nicht sehen, wusste nicht, ob er überhaupt eines hatte, doch sie war sich bis auf den Grund ihrer Seele sicher, dass er oder es, wer oder was immer es war, ihr übel wollte.

Und das Leben ihres Kindes war in Gefahr.

Sie hörte nichts außer dem Rauschen des Windes und dem Brüllen der Brandung an der regennassen Küste, doch die Bedrohung sprang sie an, hallte in ihrem Kopf. Eine Warnung für sie und ihr Kind.

Ich bin hier. Und ich werde euch beide vernichten, sicherstellen, dass die unselige Kette durchbrochen wird.

Ich rieche dich, Rebecca. Du bist so nah …

Becca kam wieder zu sich und stieß einen Angstschrei aus. Sie blinzelte, umklammerte mit beiden Händen das Steuer, dass ihre Fingerknöchel weiß wurden wie ausgebleichte Gebeine. In ihrem Kopf tönte ein dumpfes Dröhnen.

Sie durfte auf keinen Fall in Panik geraten.

Und würde es auch nicht.

Die Vision hatte nichts zu bedeuten. *Überhaupt nichts!*

Doch innerlich zitterte sie und sie wusste, dass sie fort musste, nach Hause, und zwar schnell. Das war das Beste. Sie würde sich kaltes Wasser ins Gesicht schöpfen und sich überlegen, was sie tun sollte, wie sie das Kind versorgen würde, ob sie es jemals Hudson sagen, was sie ihren Eltern sagen sollte.

Behutsam trat sie aufs Gas.

Die Straße war frei, und sie hätte schwören können, dass der Wind sich legte, der eben noch am Auto gerüttelt hatte. Keine Vögel sangen, keine Insekten summten, kein ferner Verkehrslärm drang an ihr Ohr. Selbst der Motor ihres Wagens klang gedämpft. Leise.

Und dann hörte sie es.

Ein Motorengeräusch.

Es war laut. Und dröhnend.

Eine Art Pick-up näherte sich mit hoher Geschwindigkeit der Kurve hinter ihr. Sie wagte es nicht, zu beschleunigen und die Straße zu befahren, ehe er sie überholt hatte. Und doch …

Ihr Herz raste, ihre Handflächen wurden nass. Hier stimmte etwas nicht. Absolut nicht!

Die Vision ist schuld. Die hat dich völlig aufgewühlt. Das ist alles.

Der Motor wurde lauter.

Und dann raste ein dunkler Pick-up mit halsbrecherischem

Tempo um die Kurve; die Räder verloren beinahe die Bodenhaftung.

»Nein!«, schrie sie, als es aussah, als verlöre der Fahrer die Kontrolle über seinen Wagen.

Im Bruchteil einer Sekunde war der Pick-up an sie herangekommen, der Rückspiegel vergrößerte den riesigen Kühlergrill.

Sie trat aufs Gas, aber es war zu spät.

Der Pick-up schleuderte von der Straße.

Sie schrie. Der Pick-up rammte ihren Wagen, prallte auf die Breitseite und zerbeulte das Heck und die Tür des Toyotas. Mit entsetzlichem Kreischen riss Metall. Glas zersplitterte. Die Fahrertür riss aus den Angeln, als der Wagen eingedrückt wurde. Schmerz erfasste Beccas gesamten Körper, sie sah, wie der Pick-up davonraste, ohne das Tempo zu drosseln. Die Vision kehrte zurück ... ein dunkles, wütendes Meer, eine hoch aufragende Gestalt und eine tödliche Bedrohung, während sie von einer Bewusstlosigkeit in die nächste sank.

Polizisten, Sanitäter und Gaffer sahen zu, wie der Wagen mit der Rettungsschere geöffnet und Becca herausgezogen wurde. Leute riefen oder flüsterten oder sprachen in Funkgeräte, doch sie nahm alles nur sehr verschwommen wahr, als man sie zum Rettungswagen trug.

Bitte lasst mir mein Baby, betete sie, den Blick an die Decke des Rettungswagens gerichtet. Die Sirene schrillte. *Bitte. Bitte!*

Sie war im Krankenhaus aufgewacht. Ihre Eltern waren gekommen, müde und bekümmert. Ihre Mutter saß mit rotgeränderten tränennassen Augen in einem Sessel an ihrem Bett und knetete ein Papiertaschentuch in den Händen. Ihr Vater schien in den vergangenen zehn Stunden um zehn Jahre gealtert zu sein. Er stand neben dem Sessel seiner Frau und hatte Barbara tröstend die Hand auf die Schulter gelegt.

»Das Kind?«, fragte Becca mit einer Stimme, die aus tausend Meilen Entfernung zu kommen schien. Sie fühlte sich innerlich leer, seltsam uneins mit ihrem eigenen Körper. Sie hing am Tropf, und durch eine spaltbreit geöffnete Tür des Privatzimmers konnte sie einen großen, halbrunden Schreibtisch sehen – die Schwesternstation.

Ihre Eltern sahen sie mit einem Kopfschütteln an. Tränen lösten sich aus den Augen ihrer Mutter; ihr Vater presste die Lippen zusammen.

Ihre Gebete waren nicht erhört worden, und ein Arzt mit ernster Miene, nur ein paar Jahre älter als sie, erklärte ihr, dass sie durch die Wucht des Aufpralls einen Gebärmutterriss erlitten hatte. Das Kind konnte nicht gerettet werden, und Becca sollte sich ›glücklich‹ schätzen, weil sie nur einen Schlüsselbeinbruch, Rippenprellungen und blaue Flecken im Gesicht von umherfliegendem Glas davongetragen hatte.

Glücklich? Wenn mein Kind tot ist?

Verzweiflung nistete sich in ihrem Herzen ein. Beccas Eltern kümmerten sich um ihre betrübte Tochter, die sich weigerte, ihnen den Namen des Kindsvaters zu nennen, wenngleich sie ihn sich denken konnten. Sie hatte Hudson nie als ihren ›Freund‹ vorgestellt, zog gewöhnlich mit einer Clique umher, zu der mehrere Jungen gehörten, trotzdem ahnten sie es.

Sie fragten nach den ersten Wochen einfach nicht mehr danach.

Ihre Mutter gestand ihr Monate später, dass es ›im Grunde egal‹ war, wer der Junge war. Offenbar war er Becca nicht wichtig genug, um ihn zu benennen oder ihn über sein Kind zu informieren.

Innerlich hatte Becca sich gekrümmt, doch sie blieb standhaft und erwähnte Hudson Walker nicht ein einziges Mal. Sie erholte sich langsam, verging vor Angst, dass sie durch den Unfall womöglich niemals Kinder bekommen würde. Das Schlüsselbein, die Rippen und ihr Gesicht heilten schließlich. Man versicherte ihr, dass sie gesund sei. Es lag kein Grund vor, warum sie nicht weitere Kinder bekommen sollte.

Die Polizei hatte den Fahrer des Pick-ups nicht stellen können, und da Becca keine Vorstellung von der Person hinterm Steuer und das Kennzeichen nicht gesehen hatte, und da keine ortsansässige Werkstatt einen Pick-up mit den Schäden, die auf den Unfall hinwiesen, meldete, blieb es bei der Anzeige gegen Unbekannt.

Becca gestand niemandem ihre ›Vision‹, ging im Winterhalbjahr wieder zum Unterricht und versuchte, den Schmerz über den Verlust ihres Kindes hinter sich zu lassen. Hudson rief nicht an, und sie rief ihn nicht an. Sie spielte wohl zwischendurch mit dem Gedanken, gab sich aber selbst den Rat, die Vergangenheit sterben zu lassen. Ein paar Monate später bezog sie eine eigene Wohnung und arbeitete weiter in der Anwaltskanzlei, ohne die Absicht, in diesem Beruf Karriere zu machen. Doch die Zeit verging, und Ben stieg in die Kanzlei ein und … und es war Becca, als wären die Jahre wie weggewischt, als könnte es immer noch jener Herbst sein, als sie und Hudson sich trennten und der Unfall ihr das Kind raubte.

Den Großteil der Vergangenheit hatte sie ausgeblendet. Mit Absicht ausgeblendet. Sie hatte Hudson nie über ihre Schwangerschaft informiert. Hatte im Grunde nie Gelegenheit, sich zu überlegen, ob sie es tun sollte oder nicht, so schnell war alles vorbei. Sie zwang sich, nach vorne zu schauen, nicht zurück.

Irgendwann hatte sie Ben Sutcliff geheiratet. Sie hatten sich verabredet, sich näher kennengelernt, geheiratet, und sie hatte auf eine Familie gehofft, die er, wie sich dann herausstellte, nicht wollte. Doch dieser Lebensabschnitt war nun auch vorüber.

Und jetzt war dieser Teil ihrer Vergangenheit, die Zeit mit

Hudson und Jessie, der Teil, den sie ganz tief in ihrem Herzen wie hinter dicken Betonmauern verborgen hatte, um nie wieder daran denken zu müssen, plötzlich wieder zum Leben erwacht.

Sie konnte nicht schlafen, strich sich das Haar aus den Augen und knipste die Nachttischlampe an. Sie durfte, *wollte* sich nicht mit der Vergangenheit beschäftigen. Und wenn es sie den letzten Rest an Kraft kosten sollte, würde sie doch diesen dornigen Weg in die Geschichte ihres Lebens nicht einschlagen. Nein, sie würde sich auf ihr jetziges Leben konzentrieren. Was daraus geworden war. Auf die Wirklichkeit. Sie war Witwe. Um ein Haar geschieden. Nach Bens Zurückweisung hatte sie den Rest des vergangenen und den Anfang des neuen Jahres in einer sonderbaren erzwungenen Vorwärtsbewegung zugebracht. Einen Fuß vor den anderen. Weitergehen. Weiterdrängen. Sich den Weg freikämpfen und hoffen, stärker, klüger und vielleicht sogar besser anzukommen.

Es war ein zäher Kampf gewesen. Ihre Sekretariatstätigkeit bei Bennett, Bretherton und Pfeiffer verringerte sich, als der Kanzlei Klienten abhandenkamen – ein Resultat der nachlassenden Gesundheit eines der Seniorpartner und des Desinteresses der anderen. Jetzt arbeitete Becca weitgehend zu Hause, empfing die handgekritzelten Notizen des ältesten Chefs per Fax oder bediente sich der E-Mail und des Internets, um Vertragsentwürfe, juristische Anmerkungen, Briefe und Memoranda herunterzuladen. Das aufpolierte Endprodukt schickte sie dann per Internet zurück. Es war eine entkörperlichte Arbeitsweise, und im Grunde reichte sie längst nicht mehr zur Sicherung ihres Unterhalts aus. Die Kanzlei verschlankte sich – behielt ihre Informationen aufgrund von Vertraulichkeitsproblemen ›im Hause‹.

Becca stand an einem Scheideweg. Sie würde eine Wahl treffen müssen. Vielleicht war die Vision von Jessie eine Folge von unterschwelligem Stress, den sie sich nicht eingestand. Oder vielleicht war sie einfach nur eine Spinnerin und wollte es sich selbst nicht eingestehen.

Ringo streckte seufzend die Beine und stemmte seine Pfoten gegen sie.

Und unter all ihre Gedanken dieses Abends mischte sich das Bild von Jessie auf dem Felsen, das Haar im Wind, ihre Worte verschluckt vom Tosen der Brandung. Was hatte sie ihr so verzweifelt mitteilen wollen? Was sollte Becca erfahren? War es ihr eigenes Unterbewusstsein, das ihr etwas mitteilen wollte, oder war es mehr?

Becca schloss die Augen, doch das Bild des Mädchens auf dem Felsen blieb, als wäre es unauslöschlich in ihre Lider geätzt. War das Skelett, das im Irrgarten gefunden wurde, Jessies? Irgendwie glaubte sie daran, und es rief ein zerstörerisches Angstgefühl in ihr wach.

Etwas Schlimmes stand bevor.

Sie spürt mich …

Ich fahre durch den Regen, den Blick auf die Straße gerichtet, die im Licht meiner Scheinwerfer dunkel schimmert. In meinem Blut kocht freudige Erwartung. Ich musste den rechten Augenblick abwarten. Zurückgezogen ausharren.

Doch jetzt hat mich eine andere Person hierher zurückgeführt. Eine, die ich später werde holen müssen, doch ihre Einmischung hat mir beschert, was ich suche: Die Frau! All die Jahre verschollen, weil ich sie nicht riechen konnte. Aber jetzt … jetzt weiß ich, wo sie sich aufhält … Ich kann sie finden.

Und sie spürt mich auch. Ich fühle beinahe das Klopfen ihres Herzens. Schmecke ihre Angst. Eigentlich sollte das lange zurückliegen, aber es ist geblieben. Wegen des Fehlers.

Ich beiße die Zähne so fest zusammen, dass es wehtut, als ich daran zurückdenke, und als ich in den Rückspiegel blicke, bin ich beinahe Zeuge meines eigenen Versagens auf der Straße hinter mir.

Aber ich will nicht an die Zeit meines Versagens nach dem letzten Ruf denken. Zwar hat die Frau überlebt, aber ihre Dämonenbrut nicht. Meine Mission ist nur zum Teil erfüllt.

Jetzt ist der Zeitpunkt gekommen, meine zweite Chance, um den Fehler zu beheben.

Ich werde nicht versagen. Dieses Mal nicht. Nie wieder.

Wenn sich mir jemand in den Weg stellt, muss er ebenfalls vernichtet werden. Denn es darf keine Fehler geben.

Die Reifen meines Autos singen auf dem nassen Pflaster. Voller Bedauern entferne ich mich von ihr. Ich war ihr nahe, muss mich aber an meinen Plan halten. Doch bald …

»Rebecca.« Ihr Name kommt mir leicht über die Lippen, und ich spüre die Hitze in meinem Blut, die Vorfreude auf die zu erwartende Erfüllung, wenn sie endlich nicht mehr atmet, und ihr Herzschlag, den ich in meinen Ohren pochen höre, für immer aussetzt.

»Rebecca …«

4. Kapitel

Im windgepeitschten Regen fuhr Becca ihren Wagen auf den Parkplatz. Die Scheibenwischer konnten den Wolkenbruch kaum bewältigen. Sie schaltete den Motor aus und sah zu, wie die Neonschrift BLUE NOTE zu einem azurblauen Schleier verschwamm. Dieses Backsteingebäude am Stadtrand von Portland, in einem Bezirk namens Raleigh Hills, angenehm nahe am Campus von St. Elizabeth gelegen, gehörte also Scott Pascal und Glenn Stafford. Sie fand es immer noch merkwürdig, dass gerade diese beiden sich zusammengetan hatten. In der Schule war Scott ein angeberischer Typ gewesen, großmäulig und anzüglich, ein Aufreißer, der immerzu schlüpfrige oder bösartige oder unanständige Bemerkungen fallen ließ, während Glenn ... Sie erinnerte sich kaum an ihn. Er gehörte wohl zur Clique, entschied sie, aber eher am Rande, und hängte sich in der Hoffnung, wahrgenommen zu werden, wie ein verirrtes Hündchen ständig an den Dritten. Was den Dritten betraf, war er schon immer eine Nervensäge gewesen; sogar sein Spitzname hatte sie geärgert.

Doch Hudson war es, der seit seinem Anruf ihre Gedanken beschäftigte. Vielleicht tat es gut, ihn endlich wiederzusehen, um die alte Wehmut und das Bedauern ein für alle Mal hinter sich zu lassen. Sie glaubte nicht, dass er verheiratet war. Womöglich war er dick und glatzköpfig und hatte seit ihrem letzten Zusammentreffen drei Ehefrauen in Folge und acht oder neun Kinder. Doch irgendwie konnte sie sich das nicht vorstellen.

Vermutlich war er einer dieser Männer, die mit zunehmendem

Alter attraktiver wurden, und was Frauen, Exfrauen und Kinder und eine Ehe betraf, so hatte er zumindest nichts in der Richtung geäußert und sie hatte auch nichts dergleichen gehört. *Jetzt hast du die Gelegenheit, es herauszufinden.* Ihre Hände umfassten das Steuer. Ihr war, als wartete sie schon eine Ewigkeit im Auto. Im Bewusstsein, dass ihr etwas Unangenehmes oder schlicht und ergreifend Schlimmes bevorstand, wagte sie kaum zu atmen. Sie war im Begriff, ihre alten Schulfreunde wiederzusehen. Ihre ›Clique‹. Ihre Kumpel.

Ihren Lover.

Becca atmete tief ein, hielt die Luft kurz an und stieß sie wieder aus. Hudson Walker hatte nicht ihr gehört. Ja, sie hatte mit ihm geschlafen. Ja, sie hatte ihn haben wollen. Doch er hatte von Anfang an Jessie Brentwood gehört, und nach Jessies Verschwinden besaß Becca ihn nur für kurze Zeit, und auch nur, weil Jessie fort war. Das durfte sie nicht vergessen.

Sie schob die Schlüssel in die Tasche, stieg aus ihrem Jetta, verriegelte die Türen und zog sich die Kapuze ihrer Jacke übers Haar. Mit eiligen Schritten lief sie durch den Regen zum Eingang des Blue Note. Auf einer nahe gelegenen Hauptverkehrsader von Osten nach Westen strömte der Verkehr vorüber. Nach drei Schritten über den Parkplatz waren ihre schwarzen Pumps durchnässt. Vier weitere Schritte, und sie hatte kein Gefühl mehr in den Zehen.

Was für ein Abend.

Becca stieß mit der Schulter die Doppeltür auf und strebte dem kleinen Podest der Oberkellnerin zu. Eine junge Frau in einem hautengen indigoblauen Kleid begrüßte sie mit einem strahlenden Lächeln. »Willkommen im Blue Note.«

»Danke.« Becca streifte ihre Kapuze ab. »Ich bin hier mit einer Gruppe von Leuten verabredet, eine Art Wiedersehenstreffen. Zusammen mit Glenn und Scott, den Besitzern. Ich glaube, Renee Walker hat es organisiert.«

»Sie meinen Renee Trudeau.«

»Genau.« Becca wusste, dass Renee verheiratet war, hatte aber ihren Nachnamen vergessen.

»Sie sitzen im privaten Speiseraum. Hier entlang.« Die Kellnerin führte Becca über einen glänzenden Parkettboden und durch diverse ›Zimmer‹, die im Grunde nur durch Vorhänge abgeteilte Bereiche eines größeren Raums waren, was dem Restaurant eine intimere Atmosphäre verlieh und es luxuriöser wirken ließ, als Becca es von außen für möglich gehalten hätte. An diesem Donnerstagabend waren die Tische weitgehend unbesetzt; die Kerzen in den Kristallleuchtern wirkten trotz des Mangels an Gästen, die das Ambiente genossen, sehr einladend. Gefälliger Jazz aus verborgenen Lautsprechern war an die leeren Stühle verschwendet. Draußen trieb der Wind den Regen gegen die Fensterreihe auf der einen Seite des Raumes.

»Hier«, sagte das Mädchen und drückte die bronzenen Klinken zweier bodentiefer Milchglastüren. Drinnen stand ein langer, künstlich antikisierter schwarzer Tisch mit schweren geschnitzten Beinen. Um den Tisch herum saßen Beccas Schulkameraden in braungrauen Lehnstühlen, und alle blickten ihr entgegen, als sie eintrat. Wassergläser, ein paar Weinkelche und ein paar altmodische Whiskeygläser standen auf dem Tisch verstreut.

»Becca!«, rief Tamara, doch Becca war noch in den Anblick der Gesichter versunken. Sie sah sie alle in einer Flut von Erinnerungen, einem schwindelerregenden Kaleidoskop, ähnlich wie in ihren Visionen. Es gelang ihr gerade noch, ein »Hallo« zu flüstern und sich zu ihrem Platz zu begeben.

»Ich habe mich schon gefragt, wann du endlich kommst«, sagte Tamara mit einem freundlichen Lächeln. Mitten im Winter war ihr Teint tiefbraun; ihr Haar war rot und wild wie damals in der Schule. *Extravagant* war das Wort, mit dem Becca sie beschreiben würde, damals wie jetzt. An ihren Armen klimperten und blitzten zahlreiche Armbänder, ihr Haar lockte sich um ein Gesicht, das in den zwanzig Jahren, seitdem sie Nonnen und Lehrer in St. Elizabeth genervt hatte, kaum gealtert war.

»Becca Ryan. Himmel, es ist lange her«, sagte ein Mann mit blondem, kurz geschnittenem Haar, noch bevor Becca Zeit hatte, Tamara zu begrüßen.

Ihre Laune sank auf den Nullpunkt. Diese Stimme hätte sie überall erkannt, selbst wenn sie die scharfen Züge von Christopher Delacroix dem Dritten nicht wiedererkannte. Der Dritte hatte sich in den zwanzig Jahren seit Jessies Verschwinden sehr verändert. Er war älter, vielleicht ein bisschen dicker, obwohl er sehr muskulös wirkte, und verfügte immer noch über die Führerqualitäten – oder sollte sie sagen, den Glauben, dass alle ihm zu gehorchen hätten –, die ihn zu ihrem inoffiziellen, aber unumstrittenen Herrscher gemacht hatten. Früher hatte Hudson nichts auf die despotische Art des Dritten gegeben, ihm seine Rolle aber auch nicht streitig zu machen versucht. Diese Art von Gruppendynamik hatte Hudson nicht interessiert. Er war Teil der Clique und auch wieder nicht. Schon damals war er sein eigener Herr und hatte dem Dritten oft genug mit einem »Du kannst mich mal!« abgekanzelt. Irgendwie war er trotz seiner Autoritätsfeindlichkeit oder vielleicht auch wegen ihr akzeptiert worden. Und Becca hatte ihn dafür geliebt.

»Ja, es ist lange her«, bestätigte Becca. »Und ich heiße jetzt Becca Sutcliff.«

»Stimmt, du bist ja verheiratet.« Er schnippte mit den Fingern, als er sich erinnerte. »Du arbeitest bei Bennett, Bretherton, nicht wahr?« Der Dritte war Anwalt in einer anderen Kanzlei und Becca hat schon ein paar Mal am Telefon mit ihm gesprochen.

Becca bereute es schon jetzt, zu dem Treffen gekommen zu sein. Nach nur zwei Minuten in Gegenwart des Dritten wusste sie wieder, was sie an der Schule gehasst hatte. »Ich bin verwitwet.« Mehr sagte sie nicht dazu, wollte sich nicht bloßstellen. Sollten sie doch denken, was sie wollten.

Er schnaubte und fixierte sie mit seinen stechenden blauen Augen. »Ich bin geschieden. Weiß nicht, wieso ich je geglaubt habe, ich könnte mit was anderem als meinem Beruf verheiratet sein.«

Sie zwang sich zu einem Lächeln und traute sich endlich, in die Runde zu schauen. Hudson war noch nicht da, doch am Ende des Tisches saß seine Schwester Renee, das dunkle Haar noch genauso kurz geschnitten, wie Becca es aus der Schulzeit in Erinnerung hatte. Sie bedachte Becca mit einem schmalen Lächeln, doch Becca spürte, dass es nicht persönlich gemeint war. Renee war so verschlossen und desinteressiert wie eh und je.

Aber sie hat das Treffen einberufen, nicht wahr? Laut Hudson war diese Zusammenkunft ihre Idee. Auf dem Tisch vor Renee lag neben einem unberührten Glas Wein ein Stapel Papiere – und eine säuberlich gefaltete Zeitung mit dem Bild der Madonnenstatue.

Tamara fragte in die Runde: »Kommt Hudson auch?«

»Ja, er kommt noch. Er kommt immer zu spät.« Renee fing Beccas Blick ein, und zum ersten Mal in ihrem Leben fühlte Becca sich Hudsons Zwillingsschwester gegenüber eindeutig *nicht* unsichtbar.

»Ja, natürlich kommt er«, bemerkte die Frau am anderen Ende des Tisches mit Nachdruck. Becca hatte in dem freien Sessel zwischen Tamara und einem Mann Platz genommen, in dem sie Jarrett Erikson, einen weiteren Freund des Dritten, erkannte. Er hatte dunkles Haar und einen dunklen Teint, und gemeinsam mit dem Dritten hatte es ihm großes Vergnügen bereitet, Mitch und Glenn erbarmungslos zu hänseln. Glenn hatte er immer als ›Streber mit Komplexen‹ bezeichnet.

»Schließlich mussten wir alle kommen, oder?«, fuhr dieselbe Frau fort. Sie war zierlich, blond und nervös und hielt die Hand des Mannes zu ihrer Linken. Im Licht der Hängelampen über dem Tisch blitzte ein riesiger Diamant an ihrer linken Hand. »Eine Art obligatorische Sitzung.« Sie warf Renee einen finsteren Blick zu.

Becca benötigte einen Moment, um sie zu erkennen: Evangeline Adamson. »Vangie.« Sie saß neben Zeke St. John, der Becca mit einem stummen Kopfnicken begrüßte. Evangeline war schon immer hinter Zeke her gewesen, solange Becca zurückdenken konnte, doch Zeke hatte immer den Eindruck erweckt, sich auf keine Beziehung einlassen zu wollen. Wie es jetzt aussah, hatte Evangeline, nachdem sie sich zwanzig Jahre lang an einen Traum geklammert hatte, endlich bekommen, was sie wollte, denn der Ring, den sie trug, war zweifellos ein Verlobungsring. Zeke sah allerdings ein bisschen mitgenommen aus. Sein ehemals kantiges Kinn war mit den Jahren etwas erschlafft, sein vormals athletischer Körper wirkte weicher, sein früher dunkles Haar wies Silberfäden auf.

Hudsons bester Freund hatte für Becca, als er neunzehn war, nicht einmal einen Gruß übrig gehabt.

Renee schob ihren Sessel zurück, dass die Beine über den Holzfußboden scharrten. »Fangen wir an, ja? Wir brauchen nicht auf Hud zu warten.«

»Dieses Skelett, dass die Kids bei St. Lizzie gefunden haben, hat's dir angetan, wie?«, bemerkte der Dritte. »Darum geht es doch, oder? Du glaubst, es ist Jessie.«

Das war typisch für den Dritten, gleich zum Kern der Sache zu kommen und Renee um ihren dramatischen Auftritt zu bringen. Becca und die anderen sahen sie an. »Ja«, bestätigte sie, doch bevor sie weiterreden konnte, mischte Evangeline sich ein.

»Es kann sich nicht um Jessie handeln. Sie … sie ist doch

ausgerissen, nicht wahr? Sie ist damals ständig ausgerissen. Sie hat mir *gesagt*, dass sie abhauen wollte.«

Vangie war eine von Jessies besten Freundinnen gewesen, Teil des inneren Kerns der Clique, wie Becca wusste.

Jarrett Erikson sah Vangie mit seinen dunklen Augen kalt an. »Wir haben keineswegs vergessen, was du der Polizei gesagt hast.«

»Was habe ich denn gesagt?«, wollte sie gekränkt wissen.

»Genau das. Du wärst ihre beste Freundin, und Jessie habe dir anvertraut, dass sie weglaufen wollte.«

»Ich war nicht ihre beste Freundin.«

»Wir waren alle gute Freunde«, ging Renee barsch dazwischen, um das Gespräch wieder ihrer eigenen Tagesordnung zu unterwerfen. »Ich war auch ihre Freundin.«

»Ja, aber Vangie hat vorgegeben, ganz dicke mit ihr zu sein«, sagte der Dritte.

»Ich möchte wissen, warum ihr auf mir herumhackt!« Vangie schniefte.

»Schwer zu glauben, dass es Jessie sein soll«, bemerkte Zeke. Sein Blick fiel auf Evangelines Hand, die die seine umklammerte, und er entzog sie ihr und legte sie in den Schoß, als wäre es ihm peinlich.

Ein Handy klingelte. Der Dritte griff in seine Tasche, zückte ein schickes BlackBerry, prüfte die Nummer und drückte den Anruf weg. »Entschuldigung.«

Renee sagte gepresst: »Gut, wenn es also nicht Jessie ist, wessen Knochen sind es dann?« Sie blickte in die Runde, doch niemand antwortete. »Kommt schon. Ob es uns passt oder nicht, wir alle wissen, dass die Leiche dort Jessie Brentwood ist, und es dauert nur noch ein paar Tage, vielleicht noch weniger, bis die Polizei zwei und zwei zusammenzählt.«

»Geht es jetzt darum, dass wir uns an die Polizei wenden sollen?« Für den Bruchteil einer Sekunde wirkte der Dritte besorgt. Er griff nach seinem fast leeren Whiskeyglas, ließ die Eiswürfel kreisen, trank den letzten Schluck und zerbiss das Eis mit den Zähnen.

Renee schüttelte den Kopf. »Nein. Aber sie werden sich uns noch einmal vornehmen. So sind sie.« Ihr Blick schweifte über den Tisch, über die Gesichter hinweg, die sie anstarrten. »Kommt schon, diese Sache hat uns alle doch seit Jahren beschäftigt. Jeder von uns hat gedacht: ›Ich wüsste gern, was aus Jessie geworden ist. Wo sie jetzt steckt.‹« Renee trank einen Schluck Wein. »Sieht so aus, als wäre sie jetzt gefunden. Damit ist ein Teil des Geheimnisses gelüftet.«

»Mich hat nichts dergleichen beschäftigt«, betonte der Dritte, wieder einigermaßen ruhig. Theater? Oder echt? »Und ich weiß nicht, wo zum Teufel da ein Geheimnis sein soll. Vangie hat recht. Jessie ist abgehauen.«

»Wollen wir etwas bestellen, oder wie?«, fragte Scott. Seine Glatze glänzte in der gedämpften Beleuchtung. Becca fiel auf, dass er kaum noch ein Haar auf dem Kopf hatte und sich wahrscheinlich den Schädel rasierte. »Vielleicht ein paar Flaschen Wein? Wir brauchen wohl Nachschub und ein paar neue Gläser. Glenn …« Er warf seinem Geschäftspartner einen auffordernden Blick zu.

Glenn Stafford sah aus, als ob er gern in den Produkten seiner eigenen Küche schwelgte. War er früher beinahe hager gewesen, so hatte er im Lauf der Jahre gehörig an Pfunden zugelegt. Das Hemd spannte über seinem Bauch. Scott dagegen war so schlank wie zu Schulzeiten und sein Gesicht war erstaunlich faltenfrei. Glenns Stirn jedoch wies tiefe Furchen auf, als trüge er alle Last der Welt auf seinen Schultern. Sein Haar war immer noch mittelbraun, kurz geschnitten und ordentlich gekämmt. Er bedachte Scott mit einem düsteren Blick, schob dann seinen Sessel zurück und ging in Richtung der hölzernen Schwingtür, die vermutlich in die Küche führte.

»Wollen wir auch etwas zu essen bestellen oder nur Getränke?«, fragte Mitch Belotti zaghaft.

»Klar doch.« Scott nickte begeistert. »Glenn, wie wär's mit ein paar Vorspeisenplatten? Führ doch mal deine Spezialitäten vor. Dann kommen sie vielleicht alle öfter mal her.«

Glenn verließ den Raum mit finsterer Miene und Mitch war offenbar zufrieden. Der frühere Stürmer war sogar noch dicker als Glenn; allerdings war er seit jeher kräftig gebaut. Seine Vorliebe für Autos hatte ihn den Beruf des Kfz-Mechanikers ergreifen lassen. Außerdem hatte er eine Vorliebe für Frauen und war seinen eigenen Worten nach schon zweimal geschieden. Becca spürte seine abschätzenden Blicke, ignorierte ihn jedoch, einerseits, um ihn abzuschmettern, andererseits wegen der amüsierten Blicke, die zwischen dem Dritten und Jarrett Erikson hin und her gingen. In der Schule war Mitch der Klassenclown gewesen, immer mit einem Scherz auf den Lippen. Hinter seinem Rücken hatten ihn der Dritte und Jarrett Erikson als Dorftrottel bezeichnet, und Becca spürte, dass ihre Geringschätzung im Lauf der Jahre nicht nachgelassen hatte.

Sie streifte Jarrett, der links von ihr saß, mit einem Seitenblick. Mit seinem schwarzen Haar und den schwarzen Augen unter buschigen Brauen sah er aus wie jemand, der etwas zu verbergen hatte. In der Schule schon war er nicht einfach zu durchschauen gewesen, und das hatte sich offenbar nicht geändert.

Es gab noch einige andere Leute, die eher am Rande zur Clique gehört hatten, doch sie waren augenscheinlich nicht zu dieser Veranstaltung eingeladen, denn der einzige noch freie Platz war für Hudson reserviert.

Dieser Freundeskreis, der innere Kern, bestand aus den Personen, die von Jessies Verschwinden am stärksten betroffen waren.

Doch Becca begriff noch immer nicht, warum Renee so auf

dieses Treffen gedrängt hatte. Sie konnten Jessie schließlich auch nicht mehr helfen. Noch einmal warf sie einen Blick auf die Notizen, die so sauber vor Renee auf dem schwarzen Tisch gestapelt lagen.

Die Tür öffnete sich und ein Luftzug streifte Beccas Nacken.

»Hey.« Hudsons Stimme traf auf ihr Ohr, und ihre Muskeln spannten sich reflexartig, während sie wartete, dass er in ihr Blickfeld trat.

»Wurde auch Zeit, Walker«, sagte der Dritte und blickte ihm gründlich abschätzend entgegen.

Becca versuchte, ihre verspannten Schultern zu lockern, weil sie fürchtete, man könnte ihr die Verkrampfung ansehen.

»Verkehrsstau auf der Sunset«, antwortete er.

»Du kommst von Westen«, bemerkte Jarrett, als Hudson um den Tisch herum in Beccas Gesichtsfeld trat.

Verblichene Jeans. Braunes Wildlederhemd. Dichtes, dunkles Haar, das ihm in den Kragen wuchs. Immer noch diese Scheiß-egal-Haltung.

»Da dürften eigentlich keine Staus entstehen.« Jarrett musterte ihn ausgiebig.

»Meinst du, ich lüge?«

Jarrett zuckte die Schultern. »Ich meine nur, dass du zu spät kommst.«

»Okay, wenn alle Kampfhähne die Hackordnung festgelegt haben, könnten wir jetzt vielleicht anfangen?«, fragte Renee.

»Erst noch die Begrüßung«, verlangte Tamara. Sie wandte sich Hudson zu und fuhr fort: »Hudson Walker. Du hast dich überhaupt nicht verändert.«

»O doch, einiges hat sich durchaus verändert.« Er setzte sich neben Zeke, Becca direkt gegenüber, und als ihre Blicke sich trafen, erinnerte sich Becca allzu lebhaft daran, wie diese überaus blauen Augen sich im Dunkeln zu weiten pflegten. Hudson hatte einfach etwas unübersehbar Erdverbundenes, Männliches an sich. Natürlich sah er, wie vermutet, noch besser aus als in ihrer Erinnerung, und sie ärgerte sich darüber, dass sie es registrierte und dass ihr Puls sich beschleunigte.

»Hey, Becca.«

»Hi.« Sie lächelte ihn zur Begrüßung an und hoffte, ihre wahren Gefühle verbergen zu können, während er auch die anderen begrüßte. Sich gleichmütig zu geben, so schwer es ihr auch fiel. Er schien noch ein paar Zentimeter gewachsen zu sein, was wahrscheinlich nur Einbildung war. Aber zusammen mit diesem zynischen, herausfordernden Lächeln war er immer noch der hochgewachsene, sehnige Cowboy. Und verteufelt sexy.

Na, toll. Und sie hatte gehofft, immun gegen ihn zu sein.

Aber dieser gereifte, lockerere und selbstbewusstere Hudson war noch faszinierender als der junge zwanzig Jahre zuvor, ein Mann mit unübertroffen erotischer Ausstrahlung. Während Zekes gutes Aussehen und Ausstrahlung nachgelassen hatten, war Hudsons Anziehungskraft noch größer geworden.

Renee sagte: »Es geht darum, dass ich eine Story über die Entdeckung des Skeletts schreibe. Eine Abhandlung über die Schule und wie es ist, wenn eine deiner Freundinnen verschwindet, welche Wirkung das hat. Zwanzig Jahre lang haben wir uns alle mit der gleichen Frage beschäftigt. Wo ist Jessie? Was ist aus ihr geworden? Ist sie freiwillig fortgegangen oder ist sie uns genommen worden? Vielleicht finden wir jetzt ein paar Antworten.«

Evangeline sah sie entsetzt an. »Das ist doch nicht dein Ernst!«

Jarrett schnaubte durch die Nase. »So ein Quatsch. Solange du nicht weiß, wer da in dem Irrgarten von St. Elizabeth verfault, dichtest du dir was zusammen. Ich glaube nicht, dass der *Valley Star* versessen auf Spekulationen ist.«

»Ich kann Theorien aufstellen, meine Meinung äußern«,

wehrte sich Renee. »Ich habe schon mit den Kids gesprochen, die die Knochen gefunden haben. Tolle Story. Ein älterer Bruder und seine Freunde wollten die Kleineren im Irrgarten mit Gespenstergeschichten erschrecken, und plötzlich sieht einer der Kleinen eine Knochenhand, die aus dem Boden ragt.«

»Ach, um Gottes willen.« Evangeline presste die Lippen zusammen. »Du willst Profit aus der Sache schlagen?«

Renee sah sie kalt an. »Ich will eine Bereinigung. Ich will, dass wir das alles hinter uns lassen können. Meine Lösung ist, darüber zu schreiben. Ich pflege seit Jahren den Kontakt mit Jessies Eltern, weil ich tatsächlich eng mit ihr befreundet war«, sagte sie direkt zu Evangeline, »und ich bin der Meinung, dass sie im Irrgarten von St. Elizabeth umgekommen ist. Und ich will ihre Geschichte erzählen. Für Jessie, für uns alle.«

Scott fragte verblüfft: »In deiner Zeitung?«

»Ohne mich!«, sagte der Dritte böse. »Jessie ist ausgerissen, okay? Ich glaube nicht, dass es sich um ihr Skelett handelt. Und deswegen habe ich mich mehr als genug mit der Polizei herumgeschlagen. Diese Schweine lassen uns nicht in Ruhe.«

»McNally lässt uns nicht in Ruhe«, berichtigte Mitch.

»Ist mir egal, wer. Ich mache das nicht noch einmal mit.« Er griff nach seinem Glas, sah, dass es leer war, und ließ es auf dem Tisch stehen.

»Die Polizei wird die Sache aufklären«, fuhr Renee fort. »Das Skelett muss ja zu irgendwem gehören, und ich denke, dass es Jessie ist. Überall wird über den Vorfall berichtet. Wenn ich diese Story nicht schreibe, tut es ein anderer.«

»O ja. Du bist unsere Rettung«, bemerkte Jarrett sarkastisch. »Du schreibst die elende Story, um dir ein paar Dollar zu verdienen.« Er wischte ihre Gegenwehr vom Tisch. »Um Aufmerksamkeit auf dich zu lenken. Darum geht's doch nur, und das passt mir nicht.«

»Ich will wissen, ob die Leiche wirklich Jessies ist.« Hudson sah Jarrett fest an. »Und wenn sie es ist, dann will ich wissen, was ihr zugestoßen ist.«

Renee verbiss sich eine hitzige Bemerkung und entspannte sich ein wenig, als Hudson ihr zu Hilfe kam. »Ich habe in letzter Zeit viel über Jessie nachgedacht. Mich daran erinnert, was sie gesagt hat. Ein bisschen recherchiert.«

»Was hast du recherchiert?«, fragte Becca. Ihre Vision von Jessie auf dem Felsen war wieder sehr präsent. Das waren zu viele Zufälle auf einmal, und sie fühlte sich zunehmend beengt.

»Die Brentwoods sind seit Jessies Verschwinden nicht umgezogen. Sie wollten zur Stelle sein, wenn sie zurückkam, aber jetzt glauben auch sie daran, dass es ihr Skelett ist. Ich habe ihnen meine Pläne erörtert, und wir haben ausführlich über Jessie gesprochen. Ich glaube, auch sie wollen Aufklärung.« Renee sah Evangeline nachdenklich an. »Sie erinnern sich daran, dass du eng mit Jessie befreundet warst.«

»Wow. Jeder will mir sagen, wie es war. Merkwürdig, ich habe es ganz anders in Erinnerung.« Evangeline löste ihren Blick von Renees und sah sich im Raum um, offenbar in dem Versuch, sich von dem verschollenen Mädchen zu distanzieren. »Kann ich wohl ein Glas Wein oder so bekommen?«

Scott nickte und schickte einen gereizten Blick zur Tür zur Küche. »Glenn müsste jeden Augenblick zurück sein.«

Renee ließ sich nicht beirren. »Bevor sie verschwand … war Jessie selbst auf der Suche. Wie besessen irgendwie. Sie wollte wohl herausfinden, wer sie war. Was in ihr vorging.«

Stimmte das? Das hörte Becca zum ersten Mal.

»Sie hatte nur Hudson im Kopf«, sagte der Dritte mit einem schmutzigen Lachen. Jarrett lachte, Scott grinste.

Renee redete starrsinnig weiter. »Sie war schon häufig umgezogen, bevor sie hier landete. Die Brentwoods hatten sie adoptiert und häufig den Wohnsitz gewechselt.«

»Immer auf der Suche nach ihr, vermutlich.« Mitch schnaubte verächtlich.

»Aber sie ist immer wieder heimgekommen, bis sie zu St. Elizabeth kam. Sie ist nicht grundlos verschwunden. Wenn es sich um ihre sterblichen Überreste handelt, dann ist ihr etwas zugestoßen.«

Scotts Miene verfinsterte sich. »›Etwas‹? Sprichst du von Mord? Darauf läuft es doch hinaus, oder? Wie McNally. Der hat sich aufgeführt, als wären wir in irgendeine Verschwörung verstrickt.« Scott lachte kurz auf. Er wirkte nervös. »Dieser Idiot. Er war scharf auf Jessie, und dabei kannte er sie nicht mal.«

»Wahrscheinlich hat er sie umgebracht.« Evangeline meinte es ernst. »Der Bulle, der versessen auf ein Mädchen ist. So etwas kommt vor. Man hört davon. Liest darüber. Und es gibt Unmengen Filme zu dem Thema.«

»Na klar.« Jarrett musterte sie geringschätzig.

»Ich dachte, du glaubst nicht daran, dass sie tot ist«, gab Scott zu bedenken.

»McNally wusste gar nichts von Jessie, bevor sie verschwand«, erinnerte Hudson Vangie.

»Na ja, ich weiß nicht. Vielleicht kannte er sie doch, und wir wissen nichts davon«, schniefte sie.

»Bleib bei deiner Theorie, dass sie noch lebt«, riet er ihr. »Das ist nicht so abgefahren wie die Vorstellung ›Der sexbesessene Cop hat sie umgebracht‹.«

Das wird ja immer verrückter, dachte Becca. In der Unterhaltung ging die Hintergrundmusik fast unter, die für eine ruhige, entspannte Atmosphäre sorgen sollte. Alle im Raum Anwesenden standen kurz vor dem Ausflippen.

Tamara schüttelte den Kopf und hob eine Hand. Ihre Armbänder klimperten melodisch. » Also, ich glaube auch nicht, dass es Jessies Überreste sind. Entschuldige«, sagte sie an Renee gewandt. »Jessie war einfach eine so starke Persönlichkeit, weißt du? Sie kann nicht tot sein. Sie ist irgendwo da draußen. Sie war … anders. Weißt du noch? Sie *wusste* Dinge.«

»Hör mir auf mit diesem Hokuspokus.« Der Dritte lehnte sich in seinem Sessel zurück und Jarrett folgte seinem Beispiel. Der perfekte Leutnant, dachte Becca. Sie mochte ihn immer weniger und wäre am liebsten weggelaufen. Schon in der Schule hatte sie nicht in die Clique gepasst, und das hatte sich nicht geändert. Wenn überhaupt, war ihre Außenseiterstellung noch offensichtlicher als je zuvor.

»Als ich mir zum letzten Mal die Tarotkarten legen lassen habe, ging es nur um Jessie, das könnte ich beschwören. Weißt du noch?« Tamara sah Renee Bestätigung suchend an. »Du hast es selbst gesehen.«

»Ihr glaubt an den Quatsch?« Der Dritte blickte in die Runde, als wollte er sagen: »›Diese Idioten‹.«

»Ach, sei doch nicht so verbohrt!«, fuhr Tamara ihn an.

»Du machst diesen Tarot-Quatsch mit?«, wollte Jarrett von Renee wissen.

Hudsons Zwillingsschwester tat seinen Angriff mit einer Handbewegung ab. »Ich habe schon allerlei mitgemacht. Wir alle. Es liegt zwanzig Jahre zurück, um Himmels willen. Und manchmal ist nicht alles nur schwarz-weiß, weißt du, eindeutig und festgelegt. Wir haben die Tarotkarten gelegt und Tamara hat Fragen zu Jessie gestellt.«

»Du auch«, erinnerte Tamara sie spitz.

Renee nickte. »Das hat mich irgendwie auf die Idee gebracht, die Story über Jessie zu schreiben.«

»Du glaubst also nicht wirklich daran?« Scott zog eine Braue hoch.

»Ach, halt den Mund«, sagte Tamara mit einem schwachen Lächeln zu ihm. »Erzähl ihnen, was du erfahren hast, Renee.«

Renee zögerte, dann erklärte sie: »Es ging irgendwie darum, dass ich mich auf die Suche nach Wissen begeben soll. Dass etwas aus meiner Vergangenheit nach mir greift. Und um die Warnung, dass ich es nicht mein Leben bestimmen lassen dürfte.«

Becca musterte Hudsons Zwillingsschwester verstohlen. Solche Worte aus Renees Mund? Von der Journalistin? Dem Mädchen, das immer auf dem Boden der Tatsachen blieb? Was ging hier vor? Worauf wollte Renee nun wirklich hinaus?

»Und deshalb hast du beschlossen, dich auf die Suche nach Jessies Geist zu machen?« Der Dritte ließ den Blick von Renee zu seinen Freunden wandern, als glaubte er, sie habe den Verstand verloren.

»Ja, so ungefähr«, antwortete Renee kühl mit festem Blick.

Hudson fragte sie neugierig: »Wie lange arbeitest du schon an dieser Story?«

»Eine ganze Weile. Komisch ist nur, dass das Skelett ausgerechnet jetzt auftaucht.«

»Ein Zeichen?«, fragte der Dritte mit übertriebenem Interesse.

Renee sagte: »Vielleicht sollte einer von uns diesen Ermittler anrufen. McNally. Mac.«

»*Was*?«, fuhr der Dritte auf.

»Er kennt den Fall Jessie besser als jeder andere.«

»Damit holen wir uns nur Ärger ins Haus«, fauchte Jarrett, während sich gleichzeitig ein einstimmiger Chor der Ablehnung erhob. Becca musste den anderen beipflichten, sagte jedoch nichts. Ihr fiel auf, dass auch Hudson schwieg. McNally war nicht der Feind, ganz gleich, welche Theorien Evangeline aufstellte.

Aber Jessie war irgendetwas zugestoßen. Etwas Schlimmes. Und Becca meinte, wissen zu müssen, was es war. Mit Schaudern erinnerte sie sich lebhaft an jede Einzelheit ihrer Vision in der Einkaufspassage: Wie Jessie ihr erschien, wie sie über das Tosen der Brandung hinweg Jessies Warnung nicht verstehen konnte, wie Jessies Zehen die Felskante über dem aufgewühlten Wasser berührt hatten. Sie erinnerte sich, wie sie selbst vor Angst gezittert, wie Jessie sie ruhig und mit klarem Blick angesehen, sie gerufen hatte …

»Becca?«

Sie zuckte zusammen, fand zurück in die Gegenwart und wandte sich Renee zu. »Ja?«

»Ich habe dich nach deiner Meinung gefragt.« Sie sah Becca aus schmalen Augen an. »Glaubst du, dass es sich um Jessies Leiche handelt?«

Glaubte sie das?

»Natürlich ist es Jessie«, antwortete Glenn, der mit vier Flaschen auf einem Tablett, je zweimal Weiß- und zweimal Rotwein, zurück ins Zimmer kam. Ein Kellner folgte ihm mit Gläsern und verteilte sie auf dem Tisch. Eine Kellnerin brachte ein Tablett mit Meeresfrüchte-Häppchen, von frittierten Kalamares über Krabben mit Artischocken-Dip bis zu Crostini mit Räucherlachs, feinsten Tomaten und Mozzarella-Scheiben. Darauf folgten Kostproben von Venusmuscheln, gedünsteten Miesmuscheln und gegrillten Austern.

Während die Kellner kleine Teller, Gläser und Servietten eindeckten, fuhr Glenn fort: »Sie ist nicht weggelaufen. Vielleicht hatte sie es vor, aber irgendetwas hat sie daran gehindert.«

Tamara begutachtete die üppigen Servierplatten. »Ich bin knapp bei Kasse.«

»Das geht auf mich«, sagte der Dritte in gelangweiltem Tonfall, der vermuten ließ, dass er immer die Rechnung beglich und dies lästig fand.

Glenn schüttelte den Kopf und setzte sich. »Das geht auf Kosten des Hauses.«

Tamara lächelte dankbar.

»Im Blue Note ist alles gratis«, brummte Scott, winkte dann jedoch ab, als hätte er nur einen Witz gemacht.

»Ich wüsste zu gern, ob es wirklich Jessies Überreste sind«, sagte Evangeline, als die Kellner sich wieder zurückgezogen hatten und sie sich Kalamares auffüllte.

»Der Bulle hat sie also nicht umgebracht?«, fragte Jarrett und riss theatralisch die Augen auf.

»Ich weiß es nicht«, erwiderte Evangeline scharf. »Das weiß keiner von uns.«

»Sie lebt.« Tamara war fest überzeugt.

»O ja, du musst es wissen. Mithilfe von Tarot und den Sternen und den Karten und Teesatz ...« Zeke zeigte seinen Hohn nicht offen, doch er war deutlich zu spüren. Auch er lud sich ein Tellerchen voll und einige andere folgten seinem Beispiel.

»Du hast dich auch kein bisschen verändert, St. John«, bemerkte Tamara und fuhr sich durch die flammend roten Locken, dass ihre Armbänder klirrten. »Und ja, ich nehme auf jede nur erdenkliche Weise Kontakt zu den Geistern und den Toten auf ...« Sie senkte die Stimme zu einem Flüstern, beschrieb mit beiden Händen Kreisbewegungen über dem Tisch und verdrehte gekünstelt die Augen.

Becca lächelte über Tamaras Vorstellung, während Scott, Jarrett und der Dritte finstere Blicke verschossen. Die ganze Situation wirkte grotesk und unwirklich. Sie genossen Wein und Meeresfrüchte und sprachen dabei über den grausigen Fund auf dem Schulgelände, über ein Skelett, das eventuell die sterblichen Überreste von Jessie Brentwood darstellte. Die Platten wurden auch Becca angeboten, doch sie lehnte ab, hatte keinen Appetit.

Renee hob die Hand, um die Ordnung wieder herzustellen. »Was meinst du, Mitch?«

Mitch nahm sich eine Auster von der Platte und straffte sich, wie an Fäden gezogen. »Zu Jessie? Ich habe immer gedacht, Jessie wäre einfach abgehauen. Es wäre nicht das erste Mal gewesen. Das wusste jeder. Vielleicht ist sie nur wieder ausgerissen.« Er stopfte sich die Auster in den Mund.

»Gewöhnlich hat man Gründe, wenn man ausreißt«, gab Hudson zu bedenken.

»Zum Beispiel einen Riesenkrach?«, schoss der Ditte zurück. »Worüber hattet ihr zwei noch gleich gestritten? Jessie war sauer, weil du was mit einer anderen hattest?«

»Nett«, bemerkte Tamara.

»Völlig daneben«, sagte Hudson. Die Sticheleien des Dritten hatten seinen Panzer nie durchdringen können, und Becca war froh zu sehen, dass sich das nicht geändert hatte.

Evangeline presste die Lippen aufeinander. »Das würde ich ihr zutrauen. Dass sie abhaut, um jemandem eins auszuwischen. Jessie war raffiniert. Und gemein.«

Becca traute ihren Ohren nicht. Evangeline war eine von Jessies engsten Freundinnen gewesen. »Jessie war vielleicht ein bisschen heimlichtuerisch …«

»Du hast sie gar nicht richtig gekannt«, fiel Evangeline ihr ins Wort. »Sie hatte einen … Hang zur Grausamkeit, eine wirklich dunkle Seite.«

»Ach ja, sie war der Teufel persönlich«, sagte der Dritte gelangweilt.

»Ich meine es ernst, okay? Sie hatte etwas an sich, das war schlicht und ergreifend …« Evangeline schluckte krampfhaft und blickte aus dem Fenster, an dessen Scheiben immer noch der Regen herabrann.

»Schlicht und ergreifend was?«, wollte Zeke wissen.

»Beängstigend. Finster. Ich weiß nicht. Teuflisch oder böse oder wie auch immer man es nennen will.« Sie sah von einem zum anderen und zuckte mit den Achseln. »Das wissen wir alle. Wir haben Angst, es auszusprechen, weil sie verschollen ist und ihr womöglich etwas Schreckliches zugestoßen ist, aber tief im Inneren wissen wir alle, dass mit Jessie Brentwood irgendetwas ganz und gar nicht stimmte.«

Becca hielt es keine Sekunde länger aus. Ihre Vision schwebte wie ein Damoklesschwert über ihr und sie brauchte frische Luft. Sie schob den Sessel zurück und Jarrett zuckte zusammen. »Entschuldigt bitte.« Hastig stieß sie die Milchglastür auf und durchquerte das Labyrinth des mit Vorhängen unterteilten Raums. Alles war zu nahe, beengte sie zu sehr. Sie schlug den Weg zu den Toiletten ein, überlegte es sich jedoch anders, ging zur Eingangstür und trat hinaus in die kühle Nacht. Der Regen war in ein feines Nieseln übergegangen, der Wind hatte sich gelegt, doch es war schwül, und über dem Parkplatz stieg Nebel auf. Sie sah zu einer Reihe von Fahrzeugen hinüber, die am Rand des von Tannen und Eichen begrenzten Parkplatzes abgestellt waren. Regen perlte auf den Kühlerhauben, Frontscheiben spiegelten das Licht der Sicherheitsleuchten. Der Autoverkehr surrte vorüber und die gedämpften Jazzmelodien aus dem Restaurant wehten in die Nacht hinaus.

Becca ging an der Hausfront entlang, um in der kalten Februarluft wieder einen klaren Kopf zu bekommen. Sie konnte niemandem davon erzählen, dass sie Jessie in einer Vision gesehen hatte; alle würden sonst glauben, sie hätte den Verstand verloren. Doch die Atmosphäre dort im Raum hatte sie nahezu erstickt. Und die Leiche auf dem Gelände von St. Elizabeth. War Jessie tatsächlich dort ermordet und begraben worden? In einem flachen, grausigen Grab am Fuß der Statue zur Ruhe gebettet? Aber wer sollte sie umgebracht haben? Und warum? Sie rieb sich die Arme und ließ den Blick erneut über den Parkplatz wandern. Eine Frau in einem langen Regenmantel schritt eilig zwischen den wenigen Fahrzeugen hindurch und wich den Pfützen aus. Eine schlanke Frau mit hellbraunem, aus dem Gesicht genommenem Haar, die aussah wie Jessie in ihrer Vision.

Becca stockte er Atem. Ihr Puls beschleunigte sich. Es konnte nicht sein. Und dennoch …

Jessie?

In diesem Moment drehte sich die Frau zu ihr um, und trotz

der spärlichen Beleuchtung war klar, dass es sich nicht um das Mädchen handelte, das Becca in ihrer Vision gesehen hatte. Eine gewisse Ähnlichkeit bestand durchaus, doch diese Frau, die jetzt mit der Fernbedienung ihren Wagen aufschloss, war eindeutig *nicht* Jezebel Brentwood.

Du drehst durch, Becca. Siehst Gespenster.

Falls Jessie wirklich tot ist, falls die Leiche im Irrgarten tatsächlich Jessies ist …

Hinter ihr öffnete sich die Tür, und sie drehte sich um, halb in der Erwartung, Hudson zu sehen, doch zu ihrer Enttäuschung kam Mitch Belotti, eine Zigarette unangezündet im Mundwinkel, das Feuerzeug in der Hand, auf sie zu. »Gruselig da drinnen, wie?«, sagte er, ließ das Feuerzeug klicken und neigte den Kopf über die Flamme. Tief sog er den Rauch ein.

»Ja.« Die Tür fiel zu.

Er blies den Rauch aus einem Mundwinkel und zog eine leicht zerknüllte Schachtel Zigaretten aus der Innentasche seiner Jacke. »Möchtest du?«

»Nein, danke.« Sie schüttelte den Kopf und er steckte das Päckchen wieder ein. »Ich brauchte nur mal eine Pause.«

»Ich auch.« Er wies mit einer Kopfbewegung auf einen Flügel des Restaurants. »Ich muss schon sagen, dieses Gerede über Jessie, und ob sie tot oder lebendig ist. Auf dem Schulgelände eingescharrt, verwest … ach, zum Teufel … Irgendwie schauderhaft.« Mitch nahm noch einen langen Zug aus seiner Zigarette, schüttelte nachdenklich den Kopf und blickte hinaus auf den langsam fließenden, inzwischen ausgedünnten Verkehr auf der Straße. »Ich kann das nicht brauchen.« Becca murmelte eine Zustimmung.

Wieder öffnete sich die Tür und Gesprächsfetzen und Musik tönten durch die Nacht. Becca sah sich über die Schulter um, und dieses Mal war es Hudson, der mit finsterer Miene nach draußen kam. »Alles in Ordnung?«, fragte er sie.

»Ja. Na ja … einigermaßen.« Sie schüttelte den Kopf. »Diese Sache ist einfach so grotesk. Sie geht mir irgendwie an die Nieren.«

Mitch nickte und blinzelte in den Rauch seiner Zigarette. Auf der Hauptverkehrsstraße hupte der ungeduldige Fahrer eines Sportwagens einen Minivan an, der immer noch an der Kreuzung stand, obwohl die Ampel längst Grün zeigte. »Renee ist also ganz versessen auf ihre Story, wie?«

Hudson nickte. »Ich möchte gern wissen, ob es sich bei dem Skelettfund um Jessie handelt.«

»Ja. Na ja. Mag sein.« Mitch zuckte die Achseln.

Hudson suchte Beccas Blick. »Kommst du?« Sie nickte und trat durch die Tür, die er ihr aufhielt. »Bin gleich wieder da«, sagte Mitch, doch die zufallende Tür schnitt ihm das Wort ab.

Und dann standen Becca und Hudson allein im Foyer. Keine Gäste standen Schlange, die Kellnerin hatte ihr Podest verlassen. Hinter den Vorhängen waren geflüsterte Unterhaltungen zu hören, untermalt von der allgegenwärtigen Konservenmusik, die das dunkle Restaurant durchzog.

»Scheußlicher Anlass, sich wiederzusehen«, sagte Hudson, und sein Lächeln war noch sarkastischer, als Becca es in Erinnerung hatte. »Möchtest du gehen?«

»Jetzt?«

»Mhm.«

»Mit dir?«

Er hob eine Schulter. Es klang verlockend, aber Becca wusste es besser. Hatte sich schon einmal die Finger verbrannt. Hudson Walker war ein Mann, dem sie nicht trauen konnte. Und außerdem blieb noch die Sache mit Jessie. »Hast du nicht gesagt, wir sollten das durchziehen?«

Er grinste schwach und seine Miene war nicht mehr gar so düster. »Vielleicht wollte ich ja bloß Mitch abservieren.«

»Ach ja?« *Lass dich nicht von ihm einwickeln. Auf keinen Fall!*

Vergiss nicht, wie er dich verlassen hat. Denk daran, dass er nie aufgehört hat, Jessie zu lieben. Denk daran, dass Jessie auch jetzt noch existent ist. Und es immer sein wird.

»Ich finde, ich sollte bleiben und bis zum Ende anhören, was Renee zu sagen hat«, erklärte sie, nicht willens, sich von Hudson in Versuchung führen zu lassen. »Es ist merkwürdig … dieser Knochenfund …«

Hudson neigte den Kopf und sie ging auf die Tür des privaten Speisezimmers zu. Zeit, sich wieder ins Getümmel zu stürzen. Vor der Tür rief sie über die Schulter zurück: »Komm schon, Walker. Bringen wir's hinter uns.«

Doch er stand bereits hinter ihr, griff ebenfalls nach der Türklinke, legte seine große Hand über ihre und spannte die kräftigen Finger um den Metallgriff. »Hoffen wir, dass Renee nicht so weitschweifig ist, wie ich vermute«, sagte er und öffnete die Tür.

Becca zuerst, dachte Renee. *Dann Mitch. Und schließlich, wie nicht anders zu erwarten war, Hudson.*

Drei Leute hatten den Raum verlassen. Wollten nichts über Jessie hören.

Renee hatte sie beobachtet. Sich im Geiste Notizen gemacht. Irgendwas stimmte nicht mit Becca, und in Renees Augen war das Mädchen schon immer sonderbar gewesen, ein bisschen anders als die anderen. Schon vor zwanzig Jahre hatte Rebecca Ryan zu ihrer Clique gehört, obwohl sie ein Jahr jünger war, die einzige aus der Klasse unter ihnen. Natürlich hatte es keine Regeln gegeben, nur ungeschriebene Gesetze. Renee hatte gedacht, der Grund wäre gewesen, dass die Gans hoffnungslos in Hudson verliebt war und sich deshalb in die Gruppe gedrängt hatte, eine Ahnung, die sich ein Jahr nach dem Schulabschluss bestätigte, als Hudson aus dem College zurückkam und Jessie Brentwood längst verschwunden war.

Becca und Hudson hatten sich gefunden und waren eine Zeit lang unzertrennlich. Renee hatte von ihrem Schlafzimmerfenster aus gesehen, wie sie sich nackt herumwälzten und betatschten, hatte durch die wehenden langen Zweige der Weide hindurch wie in Momentaufnahmen ihren Liebesakt beobachtet.

Es war seltsam, nahezu verzweifelt, hatte Renee gedacht, denn ihr Bruder, ob er es zugab oder nicht, war nie über Jessie Brentwood hinweggekommen.

Jessie. Renee warf voller Unbehagen einen Blick über die Schulter. Sie konnte nicht anders. Die Geheimnisse, die sie in letzter Zeit gelüftet hatte, verrieten ihr, dass sie einer Mordsstory auf der Spur war, zudem quälten sie böse Ahnungen ohne jede Substanz.

Inzwischen war Renee nicht mehr so sicher wie früher einmal, dass Jessie Brentwood einfach ausgerissen war. Vielleicht war sie Opfer einer Tragödie geworden. Hatte die merkwürdige alte Dame an der Küste nicht etwas in der Art geäußert? Dass Jessie das Zeichen des Todes getragen hätte und dass Renee, indem sie ihrer Spur folgte, ebenfalls gezeichnet wäre?

Renee hatte die Frau schlicht für eine Spinnerin gehalten, bis plötzlich das Skelett bei St. Lizzie auftauchte. Jetzt wusste sie überhaupt nicht mehr, was los war. Und so merkwürdig es auch war, sie wünschte sich Hilfe von ihren Freunden, von denen, die Jessie am nächsten gestanden hatten, damit sie nicht von ihrem Weg abwich und diesem sonderbaren Gefühl der … Angst widerstand. Ein Teil von ihr wollte die Story deshalb sogar ganz aufgeben, was lächerlich war. Sie würde sich durch nichts abschrecken lassen.

Aber … sie hatte Angst. Keine Frage. Und wenn Gott sie mit dem ›Zeichen des Todes‹ versehen hatte, würde sie herausfinden, durch wen und warum und wozu. Und ihre Freunde würden ihr dabei helfen.

5. Kapitel

Renee war bereits im Begriff, das fehlende Trio eigenhändig zurückzubeordern, als Hudson und Becca zusammen eintraten. Natürlich. Und dann folgte Mitch, der nach Rauch stank. Renee wollte ihre Rede fortsetzen, doch Tamara kam ihr zuvor.

»Vielleicht sollten wir reihum erzählen, was uns zu Jessie noch einfällt«, schlug Tamara vor. Zeke stöhnte auf, doch sie beachtete ihn nicht. »Renee kann ihren Artikel schreiben und wir können alle unseren kleinen Beitrag leisten. Renee hat recht. Wir alle schleppen diese Sache schon viel zu lange mit uns herum. Ich bin dafür, dass die Akte geschlossen wird. Becca, du fängst an.«

Becca, die gerade ihren Platz neben Jarrett wieder einnahm, verschluckte sich beinahe. »Ich habe sie nicht mal sonderlich gut gekannt.«

»Nicht?«, hakte Renee nach.

Evangeline mischte sich ein. »Ich fange an. Ihr seid ja alle der Meinung, Jessie wäre meine beste Freundin gewesen.«

»Deine böse beste Freundin«, erinnerte der Dritte sie.

»Jessie hatte eine Menge Probleme«, sagte sie spitz.

Der Dritte schnaubte verächtlich. »Abgesehen von ihrer dunklen Seite, was waren denn das für Probleme?«

»Es reicht«, sagte Zeke und sah den Dritten streng an. »Lass sie reden.«

Evangeline verschränkte ihre Finger noch fester mit Zekes. »Sie hatte Schwierigkeiten zu Hause. Große Probleme, über die sie eigentlich nicht reden wollte, und sie … lebte außerdem in einer sonderbaren Phantasiewelt.«

»So sonderbar war die gar nicht«, widersprach Renee.

»Sie glaubte, alle Jungs wollten mit ihr vögeln, okay?« Evangelines Blick erfasste jeden Mann am Tisch einzeln. »Sie war besessen von dem Gedanken. Hat geflirtet und sich vor den Typen produziert, hat sie bis aufs Blut gereizt. Das wisst ihr alle.«

»Das ist lange her«, bemerkte Mitch ein wenig unbehaglich.

Evangeline sah Mitch böse an. »Ja, das alles ist lange her, aber deswegen sind wir doch hier, oder? Wie auch immer, das sind meine Erinnerungen an Jessie. Meinetwegen könnt ihr alles rosarot malen und in Mitleid mit Jessie zerfließen, aber es ist nun mal so: Jessie war kein besonders netter Mensch.«

Becca musterte Vangie gedankenverloren. Sie erinnerte sich an ein Gerücht, dass Zeke von Jessie hingerissen war und sich hinter dem Rücken seines besten Freundes Hudson mit ihr getroffen hatte. Damals wie heute hatte Becca dieses Gerücht als Ergebnis von Evangelines Versessenheit auf Zeke abgetan.

»Was meinst du, Walker?«, stichelte der Dritte. »War deine Freundin scharf auf uns alle?«

»Halt's Maul«, sagte Hudson gereizt.

»Sie war Walkers Freundin, das wissen wir alle.« Zeke sprach mit großer Überzeugung.

Tamara spielte mit einem ihrer Armreifen. »Die Schulzeit liegt so lange zurück. Ein halbes Leben, aber ich weiß noch, dass ich glaubte, du, Hudson …« Sie sah Hudson in die Augen. »Du und Jessie, ihr wart das perfekte Pärchen. Ich habe euch manchmal bei den Schließfächern gesehen, ihr hattet alles um euch herum vergessen.«

»Tja … nein … Wie du selbst sagst, wir waren damals Schüler. Was wussten wir schon?«

Sie lächelte flüchtig, wehmütig, und Becca wurde klar, dass Tamara in der Schulzeit ebenfalls schmerzlich in Hudson verknallt gewesen war. Tja, willkommen im Club. Die halbe Klasse hatte eingestanden, ›auf ihn zu stehen‹, und war er nicht sogar per Abstimmung zu dem Jungen gewählt worden, mit dem die meisten Mädchen gern auf einer einsamen Insel stranden würden? Umgekehrt galt das gleiche für Jessie. Alle Jungen hatten sie angeschmachtet, und sie hatte es sich gern gefallen lassen. Nur Evangeline war Zeke treu geblieben, alle anderen waren heiß auf Hudson. Das wusste auch Renee. Sie war Klassenbeste gewesen, und viele ihrer Freundinnen hatten ihre Nähe gesucht, um ihrem Zwillingsbruder näherzukommen. Renee jedoch hatte sie durchschaut und das Spielchen nicht mitgemacht.

»Wisst ihr, woran ich mich noch erinnere?«, fragte Mitch plötzlich. »Jessie hatte immer solche Sprüche. Diese kleinen Verse oder so. Wisst ihr noch? Sie sang immer so einen Refrain oder so.«

»Immer hackte sie auf den jeweiligen Schwächen herum, so oder?«, pflichtete Evangeline ihm bei.

»Ich bin froh, dass du nicht meine beste Freundin warst«, brummte Glenn und zog eine Grimasse.

»Genau, was hat sie dir getan?«, fragte Mitch.

Evangeline warf ihren blonden Bob zurück. »Keiner von euch hat sie wirklich gekannt, also erlaubt euch bloß kein Urteil über mich. Jessie war beliebt. Und es machte ihr irgendwie Spaß, mich runterzuputzen, nur, damit sie sich noch besser fühlte. Die Schule, versteht ihr … Man wird älter und erkennt dann erst, wie grauenhaft es war.«

»Es waren keine Sprüche. Es waren Kinderlieder«, warf Glenn ein, als der Groschen fiel.

Mitch nickte eifrig. »Ja, die hat sie gesungen. Es war eine Art Singsang, an uns Jungs gerichtet. Ihr privater kleiner Scherz oder so. Ihr Lieblingslied war über Jungs.«

Evangeline verdrehte die Augen.

»Das habe ich vergessen«, bemerkte der Dritte stirnrunzelnd.

»Kinderlieder?«, wiederholte Renee unübersehbar skeptisch. »Davon weiß ich nichts.«

»Ich auch nicht«, sagte Becca.

»Das war sowieso nur typischer Flirt-Quatsch.« Jarrett wirkte ungeduldig. »Typisch Jessie, Anspielungen auf unartige Jungs. Wir haben doch schon festgestellt, dass sie jeden einzelnen hier am Tisch angemacht hat.«

Evangeline biss die Zähne zusammen und hielt sich an Zekes Hand fest.

Hudson atmete tief durch und sah aus, als wäre er überall auf der Welt lieber als in diesem Raum bei seinen sogenannten Freunden. »In meinen Augen war es eher so, dass viele von euch Jungs sie angemacht haben. Eine Frage des Blickwinkels. Schwer zu sagen manchmal, wer wen beschwindelt.«

»Ach, hör doch auf, Walker.« Der Dritte war sauer, hochrot im Gesicht, und seine Augen flackerten herausfordernd. »Es muss dich doch umgebracht haben, wie sie sich aufführte. War das der Grund für euren Streit? Wegen uns anderen?«

»Ja«, antwortete Hudson mit einem zynischen Lächeln. »Es ging einzig und allein um dich, Delacroix.«

»Worum sonst, verdammt noch mal?«

Hudson verzog das Gesicht. »Ich weiß es nicht. Sie hatte den Streit vom Zaun gebrochen. Damals habe ich dem Bullen – McNally – genau das gesagt. Jessie war gereizt und zerfahren und sie wollte Streit. Ihr alle habt es mitbekommen. Als wir zu mir nach Hause kamen, fing es von vorn an.«

»Sie glaubte, es gäbe ein anderes Mädchen in deinem Leben«, vermutete Tamara.

»Sie war sechzehn«, sagte Hudson. »Sie glaubte so einiges.«

»Vielleicht gab es wirklich eine andere?«, regte Evangeline an.

»McNally war der Meinung, du könntest sie umgebracht haben«, rief Scott Hudson ins Gedächtnis. Er griff nach der Rotweinflasche, und Becca sah zu, wie sich sein Glas füllte. Der Wein schimmerte rot wie Blut im Licht der Deckenlampen. »Hatte er nicht die Theorie aufgestellt, dass du sie umgebracht hast, nachdem du erfahren musstest, dass sie mit … jemand anderem schläft?«

»McNally war besessen, griff nach jedem Strohhalm, versuchte, aus einer Vermisstmeldung einen Mordfall zu konstruieren und ihn einem von uns anzuhängen«, sagte Hudson. Es war nicht zu überhören, dass er die Sache satthatte bis obenhin. »Wer weiß? Vielleicht war es doch Mord.«

»Und du denkst, einer von uns ist der Täter?« Scott blickte ihn streitlustig an.

»Nein.«

»Aber der Ermittler glaubte, du hättest sie *umgebracht*?«, wandte Renee sich an ihren Bruder. »Also, daran kann ich mich überhaupt nicht erinnern.«

»Von Mord war ja auch nicht die Rede«, warf Becca ein. »Es gab keine Leiche.«

»Aber McNally war fixiert auf einen Mord«, bemerkte Glenn. »Verflixt, der Kerl war ein Spinner.«

»Und jetzt gibt es eine Leiche. Ob es sich um Jessie handelt oder nicht, wir werden wieder in die Mangel genommen …«, sagte der Dritte mit einem Seufzer.

»Also, ich glaube nicht, dass es Jessie ist. Meiner Meinung nach ist sie abgehauen. Sie hat ja gesagt, sie wäre so unglücklich«, erinnerte Evangeline. »Und sie müsste weg.«

»Sie hat gesagt, sie müsste weg?«, fragte Becca.

»Ja, als ob sie etwas wüsste.« Vangie wischte sich blonde Haarsträhnen aus dem Gesicht. »So war sie nun mal, nicht wahr? Wie Tamara schon sagte. Sie wusste Dinge im Voraus. Sie hatte übersinnliche Fähigkeiten, oder wie immer man das nennen will. Eigenartig war das auf jeden Fall. Gruselig. Als sie sagte, sie müsste weg, habe ich ihr geglaubt.«

»Was genau hat sie gesagt?«, wollte Renee wissen.

»Sie sagte: ›Ich muss weg hier, bevor etwas Schlimmes passiert‹ oder so.«

»Du hast nie ein Wort davon gesagt«, beschwerte sich der Dritte mit leisem Tadel. »Als wir alle verhört wurden.«

»Na ja«, sagte Evangeline wund wurde rot. »Sie und Hudson waren verkracht. Vielleicht hat sie das damit gemeint.«

Alle Blicke richteten sich auf Hudson, und er stimmte zu. »Jessie hatte Sorgen.«

»Welche denn?«, fragte Scott.

»Ich weiß es nicht. Irgendetwas trieb sie jedenfalls um.«

Renee sah ihren Bruder an, und Becca hatte das Gefühl, dass sie überlegte, ob sie gewisse Informationen preisgeben sollte oder lieber nicht. Schließlich sagte sie: »Ich gehe zurzeit einigen Hinweisen nach. Ich fahre an den Strand. Vielleicht sollten wir uns in ein paar Wochen noch einmal treffen ...«

»Lasst uns das noch eine Weile hinausschieben«, empfahl der Dritte. Er wollte noch etwas sagen, zögerte jedoch, als ein Kellner durch die Tür schlüpfte, das schmutzige Geschirr einsammelte und wieder verschwand. Dann erst sagte er: »Euch ist klar, dass McNally wieder auf der Bildfläche erscheint und uns ausspioniert.«

»Ausgeschlossen. Er dürfte längst im Ruhestand sein.« Scott schüttelte den Kopf. »Den Fall übernimmt ein anderer.«

»Typen wie der gehen nie in den Ruhestand. Und so alt kann er noch gar nicht sein. Aber: Was soll's? Er kann uns jetzt nichts mehr anhaben. Wir müssen nur einen kühlen Kopf bewahren. McNally oder ein anderer wird uns wieder verhören. Jede Ungereimtheit – jede – macht es nur noch schlimmer. Aber, hey ... Auf unser Wiedersehen.« Er hob sein Glas, und alle folgten seinem Beispiel, wenn auch zaghaft, da keiner wusste, worauf er hinauswollte. »Wir sind Freunde. Wir müssen uns öfter sehen und den Fall Jessie Brentwood endlich zu den Akten legen. Wir haben überhaupt keinen Grund zur Sorge.«

»Von wegen, jeder von uns soll irgendetwas über Jessie sagen«, bemerkte Tamara empört.

Das traf zu. Das Treffen und Renees Vorschlag, dass jeder einen persönlichen Eindruck von Jessie beisteuern sollte, lösten sich auf. Becca kostete ein bisschen von den Vorspeisenplatten und nippte an ihrem Weißwein, während sie den verschiedenen Gesprächen zuhörte, die um sie herumschwirrten. Scott prahlte mit Blue Ocean, seinem neuen Restaurant am Strand, wenngleich Glenn, wie es aussah, nicht so begeistert von diesem Projekt war wie sein Partner. Glenn jammerte, dass das Restaurant in Lincoln City immer noch im Aufbau begriffen sei, doch Scott tat seine Sorgen ab und behauptete, nur die Speisekarte müsse noch überarbeitet werden; sie wäre zu ›vornehm‹ für die Strandbesucher. Mitch klagte über zu große Arbeitsbelastung, und Jarrett, ein gewerblicher Immobilienhändler, war unzufrieden mit der Wirtschaftslage. Doch all das belanglose Gerede war unterlegt mit etwas anderem, mit einem rastlosen Unbehagen, und Becca wusste, dass es Jessie war – die Erinnerung an sie, ihr Geist – was sie alle verfolgte.

Der Dritte wiederholte wie ein Mantra, dass sie sich regelmäßig sehen sollten, doch alle wussten, dass es nicht geschehen würde. Ohne Klassentreffen oder Begräbnisfeier oder einem Knochenfund im Irrgarten von St. Elizabeth würden die Mitglieder ihrer Schulclique keinen Kontakt zueinander aufnehmen.

Tamara gab sich Mühe, eine Unterhaltung mit dem immer schweigsamer werdenden Hudson in Fluss zu halten. Becca spürte ein- oder zweimal Renees Blick und fragte sich, ob und wann sie die anderen über ihre kurze Affäre mit Hudson nach dem Ende der Schulzeit in Kenntnis setzen würde. Vielleicht wussten sie es längst, aber den Anschein machten sie eigentlich nicht.

Als alle vom Tisch aufstanden, näherte Zeke sich Hudson, um mit ihm zu reden, doch Becca konnte nicht hören, was sie sprachen, weil Mitch sie auf dem Weg zur Tür ins Gespräch zog.

»Irgendwie ein komischer Anlass für ein allgemeines Wiedersehen«, sagte er und hielt ihr die Tür auf.

»Vermutlich wissen wir mehr, wenn die Knochen untersucht worden sind.«

»Wie lange bist du schon verwitwet?«

»Ach … eine Weile … noch nicht so lange …« *Darüber* wollte sie im Moment wirklich nicht reden. Das Letzte, woran sie denken wollte, war Ben.

»Ich bin seit zwei Jahren von Sherri geschieden.«

Der Dritte und Jarrett holten sie ein, und in ihren Augen erkannte Becca die Belustigung über Mitchs mehr als ungeschickte Bemühungen, sich an sie heranzumachen. Sie ärgerte sich über sie alle – und auch über sich selbst.

Sie wollte mit keinem von ihnen reden, na ja, abgesehen von Hudson, aber sie wollte nicht herumtrödeln und versuchen, seine Aufmerksamkeit auf sich zu ziehen. Wenn er sie in den vergangenen sechzehn Jahren hätte sehen wollen, hätte er, verflixt noch mal, einfach zum Telefon greifen können. Das hatte er nicht getan. Sie durchquerte das Foyer und trat vor die Tür, wo die Luft schwer und feucht war. Auf dem spärlich beleuchteten Parkplatz standen noch weniger Fahrzeuge als zuvor. Als sie vom Gehsteig trat, versank ihr Fuß in einer Pfütze. Na, herrlich.

»Becca!« Renees Stimme holte sie ein, als sie bei ihrem Jetta ankam. Sie sah sich um. Renee hatte sich aus der Gruppe gelöst, und Hudsons hohe, unverkennbare Gestalt war im Gegenlicht eines der großen Restaurantfenster auszumachen.

»Ich würde irgendwann gern mit dir reden«, sagte Renee, die, den Aktenkoffer an der Hand, rasch näher kam.

Das war ungewöhnlich. »Über Jessie?« Mit der Fernbedienung entriegelte Becca die Wagentüren.

»Ja.«

»Ich habe sie gar nicht richtig gekannt.« Die Vision drängte sich schimmernd vor ihr inneres Auge, forderte sie heraus, Renee davon zu erzählen, doch Becca hielt den Mund.

»Du hast sie genauso gut gekannt wie die meisten von uns. Vermutlich besser als ihre Eltern.«

Becca sah, wie sich Evangeline auf den Beifahrersitz von Zekes Mustang-Oldtimer setzte. »Gut. Wollen wir uns am Wochenende treffen?«

»Morgen fahre ich für ein paar Tage an den Strand«, sagte Renee und sah sich nervös zu dem Gebäude um, vor dem Jarrett, der Dritte und Mitch sich versammelt hatten. Der Dritte hatte schon wieder sein Handy am Ohr, Mitch zündete sich eine Zigarette an, und Jarrett blickte suchend über den Parkplatz und fasste dann Becca und Renee ins Auge. Etwas in seinem stechenden Blick, eine Härte, die sie aus der Schulzeit nicht in Erinnerung hatte, bescherte Becca eine Gänsehaut. »Hör zu«, sagte Renee, »ich wollte vor den anderen nicht darüber sprechen, aber mein Mann Tim und ich haben ein paar Probleme …«

»Das tut mir leid.«

»Nicht nötig. Und ich habe gelogen. Wir haben nicht nur ein paar Probleme. Wir haben uns getrennt und ich verbringe inzwischen ziemlich viel Zeit an der Küste. Allein. Um zu mir zu kommen, verstehst du?« Sie löste den Blick von den Männern unter dem Säulenvorbau. »Vielleicht habe ich deshalb wieder angefangen, mir Gedanken über Jessie zu machen. Über Fragen ohne Antworten. Wie auch immer, ich möchte mit dir über ein paar Dinge reden, die mir eingefallen sind.«

»Nur mit mir oder mit allen?«

»Vermutlich mit allen. Ich dachte, wir beide könnten vielleicht den Anfang machen.«

Da war noch mehr im Busch, was Becca nicht verstand, aber es spielte keine Rolle, da sie dem Treffen mit Renee ohnehin schon zugestimmt hatte.

»Kann ich dich nach dem Wochenende anrufen?«, fragte Renee. »Vielleicht können wir uns dann mal zusammensetzen. Ich habe da ... gewisse Theorien ... irgendwie merkwürdige Informationen ...«

»Merkwürdig? Inwiefern?«

Renee sah sich über die Schulter hinweg nach der Gruppe um. Mitch war, die Schlüssel in der Hand, auf dem Weg zu einem Geländewagen nicht weit entfernt von Beccas Jetta. »Ich ruf dich an«, flüsterte Renee und hastete dann zu einem schwarzen Toyota. Mitch warf die Zigarette zu Boden und stieg in seinen Tahoe.

Becca öffnete die Fahrertür und wollte gerade einsteigen, als Hudson, den Kopf gegen den Regen geduckt, eilig auf sie zugelaufen kam. Zögernd, im Widerstreit mit sich selbst, ermahnte Becca sich schließlich, loszulassen. Was immer zwischen ihnen vorgefallen war, warum er sie nie wieder angerufen hatte, es war gleichgültig. Es war vorbei. Schnee von gestern.

Vergiss es, sagte sie sich und blieb weiter draußen stehen, während Mitch vom Parkplatz raste. *Ich will mit ihm reden.*

Zu spät erkannte sie, dass Hudson nicht auf dem Weg zu ihr war, sondern zu einem ziemlich heruntergekommenen Pick-up. Pech. Sie stieg über eine Insel aus struppigem Gebüsch, das den einen Teil des Parkplatzes vom anderen trennte, und hatte ihn im selben Moment erreicht, als er die Tür seines alten Pick-ups öffnete. Er fing ihren Blick auf, hielt ihn und ging auf sie zu, ob aus Höflichkeit oder Interesse, wusste sie nicht.

Renee fuhr an ihnen vorbei; die Reifen ihres Camry ließen Wasserfontänen aufspritzen. An der Straße bremste sie kaum ab, trat aufs Gas und raste über die Kreuzung, als die gelbe Ampel schon auf Rot schaltete.

»Eines Tages fährt sie sich tot«, sagte Hudson und blickte Renees Toyota hinterher. »Manchmal denke ich, sie leidet unter Todessehnsucht.« Er sah wieder Becca an, und plötzlich kam sie sich bescheuert vor, ihm nachzulaufen und sich dabei nassregnen zu lassen.

»Und, was hältst du von dieser Sache?«, fragte Becca.

»Es war ein bisschen so, als wären wir wieder in der Schule.«

»Worauf ich gern verzichten kann«, sagte Becca.

Er stimmte ihr zu.

»Es war wohl ganz interessant, die anderen alle wiederzusehen.«

»Interessant ... ja.« Hudson sah sich um. Jarrett und der Dritte gaben einander ›Fünf‹ zum Abschied und suchten ihr jeweiliges Fahrzeug auf. »Aber es hat sich nicht viel verändert.«

»Nein«, bestätigte sie. Der Dritte schlüpfte hinters Steuer eines BMW mit einem Wunschkennzeichen, das unter anderem eine ›III‹ zeigte. »Manche Dinge ändern sich nie.«

»Oh, einige vielleicht doch.«

Sie warf ihm einen Seitenblick zu.

»Manchmal verändern wir uns in positiver Hinsicht. Ein bisschen wenigstens.«

»Worauf willst du hinaus?«, hakte sie nach.

Er schien lange über seine Wortwahl nachzudenken, dann sagte er plötzlich: »Vor zwanzig Jahren war ich ein Idiot. Ich hätte dich anrufen sollen. Das weiß ich wohl. Und du sollst es auch wissen.«

»Ach.« Sie konnte ihre Überraschung nicht verbergen. »Tja. Eigentlich liegt es erst sechzehn Jahre zurück. Aber wer zählt die Jahre?«

Er lächelte. »Ich war ein Esel. Nur mit mir selbst beschäftigt und mit dem, was das Leben für mich bereithalten mochte.« Er fuhr sich mit der Hand durch den Nacken, als der Regen wieder heftiger wurde und das Nieseln in dicke Tropfen überging. »Wenigstens hat dieses ganze neu heraufbeschworene Chaos mir die Gelegenheit verschafft, dir das zu sagen.«

Becca dachte an das Kind, das sie verloren hatte, und ihr stockte der Atem.

Hudson blickte auf sie herunter, als wollte er ihre Gedanken lesen. Die Spannung zwischen ihnen verstärkte sich plötzlich, und einen wilden Moment lang dachte Becca wahrhaftig, er würde sie küssen.

»Hudson! Warte!«

Der Bann war gebrochen und beide sahen sich um. Tamara kam auf sie zu. Den Kopf gegen den Regen gesenkt, kämpfte sie mit ihrem Schirm.

»Ich gehe dann lieber«, sagte Becca leise.

»Wir sollten nicht wieder so viel Zeit verstreichen lassen.« Er hob zum Abschied die Hand. Tamara kam näher und Becca zog sich zurück.

Ruf mich an, dachte sie, brachte die Worte jedoch nicht über die Lippen. Sie drehte sich um und lief zu ihrem Wagen, der inzwischen als Einziger noch dastand. Der Parkplatz war beinahe leer; nur Hudsons Pick-up, ihr Jetta und ein paar andere Limousinen parkten noch in der Nähe des Eingangs.

Die Geschäfte des Blue Note liefen eindeutig nicht gut.

Sie stieg in ihren Volkswagen und drehte den Zündschlüssel. Durch die verregnete Frontscheibe sah sie, wie Tamara, die sich immer noch mit ihrem Schirm abplagte, zu Hudson aufsah, ihn anlächelte und über ihre eigene Ungeschicklichkeit den Kopf schüttelte. Sie flirtete ganz offensichtlich mit ihm.

Na und?

Hudson nahm Tamara den Schirm aus den Händen und öffnete ihr die Tür seines Pick-ups.

Ungewollt und völlig überflüssigerweise verspürte Becca Eifersucht. »Lass es«, ermahnte sie sich selbst, konnte aber nicht anders, als zuzusehen, wie Tamara in die Fahrerkabine kletterte. Ihr rotes Haar war dunkel und nass von Regen, ihr Lächeln strahlte wie die Sonne in den Tropen.

Becca ärgerte sich darüber, dass es ihr überhaupt auffiel. Sie legte den Rückwärtsgang ein und fuhr aus ihrer Parkbucht. Hudson ließ gerade den Motor seines alten Fords an, als sie vorbeifuhr. Sie versuchte, nicht zu ihm hinüberzuschielen, und wehrte sich gegen das alberne Gefühl, dass er ihr immer noch etwas bedeutete. Die nackte Wahrheit war, dass alles, was sie mal mit Hudson verbunden hatte, vorüber war – und das meiste davon hatte ohnehin nur in ihrer Einbildung bestanden.

Die Ampel schaltete auf Grün, doch Becca bemerkte es nicht. Erst, als ein Auto hinter ihr hupte, zuckte sie zusammen, trat aufs Gas und ließ das Blue Note, die Gedanken an Jessie und Hudson hinter sich.

Für Hudson entwickelte sich dieser Abend immer mehr zur Katastrophe.

Als wäre das Debakel im Blue Note nicht schon schlimm genug gewesen, musste er nun auch noch Tamara nach Hause fahren und sich mit ihr unterhalten, während sie versuchte, mit ihm zu flirten. Nachdem er sie vor ihrer Wohnung abgesetzt hatte, fuhr er nach Hause und traf seinen Vormann an der Hintertür.

Und Grandy Dougherty brachte keine guten Nachrichten.

»Stimmt was nicht?«, fragte Hudson.

»Ja.«

»Wartest du schon lange?«

»Nein, höchstens eine Viertelstunde oder so, gerade genug, um nach dem Vieh zu sehen.« Der ältere Mann stand auf Hudsons hinterer Veranda. Vom Schirm seiner Baseballkappe tropfte der Regen, und er sah genauso verloren aus, wie sein bekümmerter Tonfall sich anhörte. Draußen war es stockdunkel und der Wind trieb den Regen von der Seite her mit Wucht unter das Schutzdach der Veranda. Grandy senkte den Kopf gegen den Ansturm. »Tut mir furchtbar leid, aber ich muss für eine Weile weg. Meine Enkelin steckt tief in der Patsche und ich muss mich um sie und um meinen Sohn kümmern. Ich wollte nur lieber persönlich mit dir reden, statt anzurufen, weil das alles doch so plötzlich kommt und überhaupt.«

»Schon gut«, sagte Hudson, wohl wissend, dass dieser Mann ihm sehr fehlen würde, weil er ein so gutes Händchen fürs Vieh hatte. »Komm doch rein, raus aus dem Regen.« Hudson winkte den Mann zur Tür, doch Grandy schüttelte den Kopf.

»Hab wirklich keine Zeit. Meine Frau, sie wartet.« Er sah Hudson an, wandte aber den Blick gleich wieder ab. »Ach, meine Lissa, sie ist meine erste Enkelin, und sie hat üble Probleme.«

Müde strich Grandy sich über die Stirn und rückte seine Kappe zurecht. »Sie lebt mit ihrem Dad und ihrem jüngeren Bruder in der Gegend von Bellingham, in Washington, nahe der Grenze. Meine Frau und ich wollen hinfahren.«

Hudson nickte. »Okay.«

»Weißt du, du könntest Emile Rodriguez anrufen. Der Kerl hat die Viehzucht im Blut, und er ist immer auf der Suche nach einem Nebenjob, der Emile. Er kann aushelfen, falls ich nicht zurück bin, bevor Boston fohlt.«

»Ich habe einer Stute auch schon ein-, zweimal beim Fohlen geholfen«, sagte Hudson und dachte an seine Appaloosa-Stute. »Für Boston ist es auch nicht das erste Mal.«

»Na ja, dann … Ich gebe dir Emiles Telefonnummer. Nur für den Fall, dass du Hilfe brauchst.« Grandy stieg die zwei Stufen von der Veranda herab und verschwand in der tintenschwarzen, tristen Nacht, bevor Hudson noch weitere Einwände äußern konnte. Als er den Motor von Grandys altem Pick-up husten und anspringen hörte, schloss er die Verandatür gegen den

Sturm und lehnte sich an den Pfosten. Der Wind rüttelte an den Fensterrahmen des alten Farmhauses. Hudson hatte in den zehn Jahren seit seiner Übernahme der Ranch eine Reparatur nach der anderen vorgenommen, doch er konnte die Augen nicht vor der Tatsache verschließen, dass das Gebäude alt und rissig war und seine Erhaltung unablässigen Kampf bedeutete. Wahrscheinlich wäre es besser, es niederzureißen und noch mal neu anzufangen, doch dazu hatte er weder Zeit noch Lust. In gewisser Weise liebte er das alte Haus mit den urtümlichen Dachbalken, dem blätternden Putz und den Jahren harter Arbeit und Mühsal, die darin steckten.

Die Ranch hatte seinen Eltern gehört, und nach ihrem Tod – sein Vater starb an einer Herzkrankheit, seine Mutter an Krebs – hatten er und Renee sie geerbt. Renee hatte ihren Anteil nicht gewollt. Hudson, der nach dem Collegeabschluss jahrelang im An- und Verkauf von gewerblichen Immobilien tätig gewesen war, erschien die Chance, sich für eine Weile dem ständigen Konkurrenzkampf zu entziehen und sich in einer Kleinstadt als Rancher niederzulassen, als einzigartige Gelegenheit. Er hatte Renee ausgezahlt und sich seit inzwischen vier Jahren in sein neues Leben hineingefunden. Immer noch hatte er das Gefühl, das Richtige getan zu haben. Die manchmal schwere Knochenarbeit war eine willkommene Abwechslung vom Stress des Geschachers und der Vertragsverhandlungen.

Als er in die Küche kam, hielt er automatisch Ausschau nach seinem Labradormischling, aber Booker T. war schon lange tot. Hudson vermutete, dass es eine Gnade für ihn gewesen war, denn das arme Tier war halb blind und fast vollständig gelähmt, als es im vergangenen Herbst starb. Sein Tod kam nicht unerwartet und für Booker T. wahrscheinlich höchst willkommen.

Doch der Tod des alten Hundes hatte eine Lücke in Hudsons Leben hinterlassen. Vielleicht war diese Lücke schon immer da gewesen, sogar in seiner Jugend, aber mit der Zeit war sie größer geworden statt kleiner. Der Tod des Hundes tat ein Übriges, und Jessies Verlust … ja, der schmerzte noch immer. Er dachte an die Leiche auf dem Gelände von St. Elizabeth. War es Jessie? Hatte sie in diesem zugewucherten Irrgarten am Fuß der Madonnenstatue den Tod gefunden? Wenn ja, dann war sie sicherlich ermordet worden.

»Allmächtiger«, flüsterte er und schob sich das Haar aus den Augen. Mit der Spitze des einen Schuhs streifte er sich den anderen ab und beschloss, sich einen Scotch zu genehmigen. Das Gerede über Jessie und die Begegnung mit Becca hatten ihn einige Nerven gekostet. Er hatte geglaubt, schon lange über sie hinweggekommen zu sein, doch da hatte er sich augenscheinlich getäuscht. Natürlich hatte er im Lauf der Jahre manchmal an sie gedacht, doch jedes Mal hatte er die Gedanken schnell beiseite gedrängt. Becca, Jessie und St. Elizabeth waren Erinnerungen, die er zu unterdrücken suchte, und im Allgemeinen war ihm das gelungen.

Als Renees Anruf wegen des Leichenfunds auf dem Schulgelände kam, brach alles wieder über ihn herein. Eigentlich hatte er seine Schulfreunde aus seinem Leben verbannt. Er wollte sie nicht mehr kennen. Er wollte nicht mehr an sie denken. Er wollte nicht an Jessie denken. Doch als Renee von der Entdeckung des Skeletts berichtete, spürte er, wie der tiefe Schmerz in seiner Seele – den er nie völlig begraben hatte – wieder erwachte. Seine Schwester hatte den Vorfall auch nie ganz verwunden; jahrelang hatte sie über die Geschehnisse in ihrem Tagebuch geschrieben, Geschichten erfunden, was der verschollenen Jessie Brentwood zugestoßen sein könnte. Jetzt war es Wirklichkeit.

»Ein paar Kids haben Knochen am Fuß der Madonnenstatue im Irrgarten von St. Elizabeth gefunden«, sagte sie. »Menschliche Knochen. Eine menschliche Hand war aufgetaucht und hätte aus dem Grab heraus nach ihnen gegriffen, behaupten sie.

Das ist Jessie, Hudson. Jetzt wissen wir es. Jetzt wissen wir es endlich.«

Hudson umklammerte den Hörer so fest, dass seine Fingerknöchel weiß durch die Haut schimmerten, als Renee ihn informierte, dass sie ein Treffen in Scotts und Glenns Restaurant einberufen wollte, um mit einigen von der alten Clique zu reden. Hudson vernahm ihre Stimme wie aus weiter Ferne, während Bilder von Jessie Brentwood, genau die Bilder, die er seit zwanzig Jahren im Kopf mit sich herumtrug, vor seinem inneren Auge aufblitzten.

»Ich werde darüber schreiben«, erklärte Renee. »Ich habe schon längst damit angefangen. Das ist eine Wahnsinnsstory.«

»Ach ja?«, fragte er.

»Du kommst doch, nicht wahr?«, erwiderte Renee.

»Um darüber zu reden, ob es Jessies Knochen sind oder nicht?« Es fiel ihm schwer, ihr zu folgen.

»Und über einige andere Dinge. Ich habe eine Menge in diese Sache investiert. Es ist … eine Art persönliche Mission.«

Hudson kniff die Augen zusammen, doch bevor er sie fragen konnte, was sie damit meinte, fuhr sie schon fort. »Hör zu, Hudson, ich habe es satt, Blödsinn für den *Star* zu schreiben. Wenn ich noch einen weiteren hohlen Artikel darüber schreiben muss, wessen Haus zum Verkauf steht, wer einen Strafzettel gekriegt oder Stress mit seinem Nachbarn bekam, weil er einen Baum gefällt hat, muss ich kotzen. Das hier, die Story über die Leiche auf dem Schulgelände, ist eine große Sache, und ich habe persönlich etwas damit zu tun. Wir alle. Ich glaube, wir haben Jessie endlich gefunden.«

Er gab sich Mühe, seiner Schwester zuzuhören, doch seine Gefühle überwältigten ihn, und er dachte an Jessie. Sechzehn Jahre alt. Das erste Mädchen, mit dem er geschlafen hatte.

»Fang mich, wenn du kannst, Hudson«, hatte Jessie gesungen und war durch den Irrgarten aus dichtem Lorbeer gelaufen.

Ihr Schritt war leicht, ihr Atem ging flach, doch er hatte sie problemlos gefunden, als sie versuchte, sich ihm in dem komplizierten Labyrinth zu entziehen. Natürlich gelang es ihr nicht, vielleicht hatte sie sich sogar absichtlich fangen lassen. Für Jessie war alles ein Spiel gewesen, auch, als sie unter den Sternen im dichten Gras im Schatten des Kirchturms lagen.

Jessie, bist du tot? Sind das deine sterblichen Überreste? Bist du zu Füßen der Madonna gestorben?

»Die Knochen, sind sie von einer Frau? Von einer jungen Frau?«, fragte er Renee.

»Sie sagen nichts, noch nicht. Aber wer sonst sollte es sein?«

»Es könnte Gott weiß wer sein …«

»Nein, Hudson. Es ist Jessie, glaub mir. Und es ist doch logisch, oder?«

»Nichts daran ist logisch.«

»Ich bin schon fast auf der Ranch. Wir sehen uns gleich.« Und kurz darauf trat Renee ein und sagte: »Ich muss noch ein paar Leute anrufen. Vielleicht magst du mir helfen …?«

»Ich rufe Becca an. Sie hat Jessie gekannt. Aber mehr nicht. Der Rest ist deine Angelegenheit.«

Das ließ sie stutzen. »Becca«, sagte sie, sprach jedoch nicht aus, was sie dachte, obwohl es wahrscheinlich der gleiche Tenor war wie die Worte, die sie ihm entgegenspie, als er sich etwa ein Jahr nach dem Schulabschluss mit ihr einließ. »Rebecca Ryan? Bist du wahnsinnig? Hudson, bleib auf dem Teppich. Bist du Sadist oder so? Becca ist dem Irrenhaus fast genauso nahe wie Jessie damals. Wieso stehst du nur auf schöne, total abgedrehte Frauen?«

»Das reicht«, hatte er geantwortet, doch Renee ließ sich nicht bremsen.

»Weißt du, Bruderherz, wenn du dich anstrengen würdest, könntest du mehr zustande bringen. Viel mehr.«

Vor zwanzig – nein, sechzehn – Jahren hatte Hudson nicht so gedacht, und auch jetzt dachte er nicht so. Als Renee gegangen war, bat er Tamara telefonisch um Beccas Nummer, dann rief er Becca an und lud sie zu dem Treffen seiner Schwester ein. Er wollte sie wiedersehen. Sich ihr stellen. Sich seinen eigenen Gefühlen stellen …

Und das Vertrackte an der Sache war, dass sie noch genauso faszinierend und schön war wie früher. Vielleicht sogar noch schöner und faszinierender. Wahrscheinlich hatte Renee recht, dachte er, suchte in einem Schrank und fand eine halbvolle Flasche Scotch. Er drehte den Schraubverschluss ab und goss einen Schuss in ein Whiskyglas.

Niemand – nicht einmal er selbst – konnte Becca nicht im Zusammenhang mit dem sehen, was Jessie geschehen war. Diese beiden waren die einzigen Mädchen aus St. Elizabeth, mit denen er gegangen war und mit denen er irgendwann geschlafen hatte.

Eine war ihm davongelaufen, war womöglich ums Leben gekommen.

Die andere hatte er von sich gestoßen.

»Ach, zum Teufel«, knurrte er, hob das Glas und trank einen Schluck. Er sah sein blasses Spiegelbild im Fenster über der Spüle und bemerkte die deutlichen Stressfalten in seinem Gesicht. Er hoffte, dass seine unzulängliche Entschuldigung an diesem Abend immerhin zur Erklärung seines Verhaltens ausreichte; er erwartete nicht, dass sie sie für irgendetwas entschädigte.

Ja, er war Becca gegenüber rücksichtslos gewesen. Schlimmer noch, er hatte sich *mit voller Absicht* rücksichtslos verhalten. Was war das für ein Widerspruch in sich? Er hatte gewollt, dass sie ihn nicht mehr mochte. Er fühlte sich schon, als er noch mit Jessie zusammen war, so sehr zu Becca hingezogen, dass er, als sie dann ein Paar waren, immer das Gefühl hatte, es wäre nicht recht. Ein Teil von ihm hatte geglaubt, Jessie würde noch leben und ihn beobachten. Jessie hatte ihm vorgeworfen, er wäre scharf auf Becca. Das war der Auslöser für ihren letzten Streit gewesen, als er sie das letzte Mal vor ihrem Verschwinden gesehen hatte.

Er lehnte sich mit der Hüfte gegen den Küchentresen, drehte den ständig tropfenden Hahn fester zu und dachte daran, was vor zwanzig Jahren in dem großen Raum im Untergeschoss passiert war. Den Drink in der Hand stieg er die abgetretenen Stufen der Treppe hinunter in den Keller mit seinen niedrigen Decken und dem monströsen Heizkessel, dann duckte er sich durch die Tür zu dem großen Hobbyraum, in dem noch immer der Billardtisch unter seiner burgunderroten Abdeckung aus Kunstleder stand.

Im Geiste sah er Jessie vor sich, wie sie damals war. Sie saß auf dem Tisch, sah ihn offen an, knöpfte langsam und absichtsvoll ihr Hemd auf und schob es sich von den Schultern.

Er hob abwehrend eine Hand; ihre gegenseitige Wut war längst noch nicht verraucht. »Moment ...«

»Schsch!«, warnte sie, legte einen Finger an die Lippen und beugte sich leicht vor, gerade genug, um ihm einen intimen Blick in ihren Ausschnitt zu gewähren, dann hakte sie ihren BH auf und befreite ihre hinreißenden Brüste. In ihren braunen Augen standen kalte Berechnung und hitzige Wut.

»Jess ...«

»Du bist scharf auf Becca«, sagte sie mit dieser tiefen, wohlklingenden Stimme, die ihn so erregte. Es war der gleiche Vorwurf, der früher am Tag zu ihrem Streit geführt hatte. Zu einem Streit, von dem die gesamte Schule wusste, wie er später erfuhr, als die Bullen ihn aufsuchten und nach dem Grund fragten.

Einen Augenblick lang war es, als wäre sie jetzt bei ihm im Zimmer. Sechzehn Jahre alt. Immer noch wütend. Und er hatte ihr nicht widerstehen können. Sie schmollte und spielte mit ihm, packte ihn dann beim Hemd und zog ihn über sich auf den Tisch. Ihre Lippen waren heiß und feucht, ihre Finger gierig, als sie ihm das Hemd über den Kopf zog und dann federzart über seine Muskeln strich.

Danach ging es schnell. Beide entledigten sich ihrer Hosen und Unterwäsche. Er schlang die Arme um sie, küsste ihre Brüste und liebte sie dann entgegen seinen sich selbst geleisteten Schwüren mit aller Glut seiner Jugend, verloren in der Wärme, dem Geheimnis ihrer puren weiblichen Macht, wie seit ihrem ersten Zusammensein.

Hinterher, als er schwitzend und keuchend nackt auf der harten Fläche lag, löste sie sich von ihm und zog sich rasch an.

»Du musst jetzt nicht gehen«, sagte er und stützte sich auf einen Ellbogen.

»Doch … doch, ich muss.«

»Jessie …«

»Sprich's nicht aus, okay?«, verlangte sie im Wissen, dass er ihr schwören wollte, sie zu lieben, und im Augenblick liebte er sie ja auch, aber das war auch schon alles … eben nur im Augenblick. Sie wussten es beide. Sie streifte ihre Kleider über und musterte ihn mit nüchternem Blick, wie er auf dem burgunderroten Filz lag und in seiner Teenagerangst verloren an die Decke starrte.

»Ich gehe«, sagte sie, zog das Haar aus ihrem Halsausschnitt und schüttelte die langen Locken.

»Du könntest hierbleiben.«

»Ich glaube nicht.« Sie durchquerte das Zimmer.

»Wir sehen uns morgen.«

»Vielleicht.« Ihr Tonfall war fatalistisch.

»Ach, hör doch auf damit«, brauste er ärgerlich auf. Er hasste es, wenn sie sich manchmal aufführte, als lebten sie nur für diesen Tag, als gäbe es kein Morgen. »Warum tust das ständig?«

»Weil ich dir egal bin!«

Hudson fluchte leise.

»Belüg dich nicht selbst«, sagte sie, am Fuß der Treppe angekommen. »Und hör auf zu versuchen, dich als lieben Jungen hinzustellen. Du willst raus aus der Beziehung … oder wie immer du unser Verhältnis nennen willst.«

Bevor er sich bremsen konnte, entfuhr es Hudson: »Du bist es doch, die raus will.«

Sie lachte. »Ach ja.«

Er griff schon nach seiner Hose.

»Was ist mit Becca?«, wollte sie wissen.

»Was soll mit ihr sein?«

»Du denkst, ich wüsste es nicht?«, fuhr sie ihn an, einen Fuß auf der Treppe, das Gesicht ihm zugewandt, als er den Reißverschluss hochzog. »Ich sehe Dinge, weißt du? Und ich bemerke auch, wie du sie anschaust.«

»Ich habe die Streitereien satt«, knurrte er böse. Auf sie. Auf sich selbst. Darauf, dass ihre Vorwürfe mehr als nur ein Körnchen Wahrheit enthielten.

»Ich auch. Aber … ich muss dir etwas sagen.«

»Ich kann's kaum erwarten.«

»Sei nicht so gemein. Kann sein, dass ich … in ernsten Schwierigkeiten stecke …«

Jessie stand im Gegenlicht der Treppenhauslampe und etwas in ihrem Gesichtsausdruck ließ ihn stutzen. Etwas Dunkleres als ihr kleinlicher Streit, etwas, das sie an der Unterlippe nagen ließ, als hätte sie Angst vor den nächsten Worten, die sie äußern wollte. Sie senkte den Blick auf die unterste Stufe, die sein Vater erneuert hatte, doch er wusste, dass sie nicht die frischen Bretter und die Nägel sah, die die Treppe zusammenhielten. Sie war irgendwo anders. In ihren eigenen Gedanken verloren.

»Was?«, fragte er.

»Ich bin in Schwierigkeiten. In ernsten Schwierigkeiten.« Sie sah ihn nicht an.

Er schluckte krampfhaft und wappnete sich gegen ihr Geständnis, dass sie schwanger war. *Ganz gleich, was sie zu sagen hat, sei ein Mann, Walker. Mach dich auf alles gefasst.*

Sie sah ihn an, Sorge und noch etwas – Entsetzen? – im Blick. »Die Schwierigkeiten werden mich einholen«, sagte sie beinahe unhörbar im Rumpeln des Heizkessels und dem wilden Klopfen seines Herzens.

»Was für Schwierigkeiten?«

»Schlimme.« Nervös fuhr sie sich mit der Hand durchs Haar und strich sich die goldbraunen Locken aus dem Gesicht. Ihre Finger zitterten leicht. »Ich weiß nicht, was ich mir dabei gedacht habe … ich … ich hätte aufhören sollen. Aber ich konnte einfach nicht.«

»Womit hättest du aufhören sollen?«

»Mit der Suche.«

»Der Suche *wonach*?«, fragte er völlig ratlos. Sie war *nicht* schwanger? Erleichterung überkam ihn, doch er war verwirrt. Hudson ging zu ihr und griff nach ihrer Hand, die auf dem Geländer lag.

Statt einer näheren Erklärung wechselte Jessie auf ihre quecksilbrige Art abrupt die Stimmung. Wie durch schiere Willenskraft straffte sie sich, zwinkerte ihm anzüglich zu und sagte: »Du bist längst nicht über mich hinweg, ganz gleich, was du denkst. Du zappelst am Haken.«

Hudson blickte auf sie herab. So war sie nun mal. Einmal so, im nächsten Moment völlig verändert.

»Du hast mich im Blut«, sagte sie.

Und dann war sie fort.

Sie war die Treppe hinauf und zur Hintertür hinausgelaufen, und als er ihr folgte und auf die Veranda trat, hörte er bereits den Motor ihres Wagens aufheulen. Von der Veranda aus sah er ihr nach, bis die Rückleuchten im Nebel verschwanden.

Jetzt stapfte er die Treppe wieder hinauf und hörte die alten

Bretter unter seinem Gewicht knarren. Er hatte sie nie wieder gesehen.

Und was hatte er getan, als Jessie in jener Nacht vor zwanzig Jahren verschwunden war? Getrauert? Gelitten? Sich nach ihrer Rückkehr gesehnt?

Nun ja, ein bisschen vielleicht, zu Anfang. Dann folgten die Verhöre durch die Polizei und die Frage, immer wieder die Frage, was aus dem Mädchen geworden sein mochte, das er angeblich geliebt hatte.

Doch letztendlich hatte er beim Sex mit Becca Trost, einen Lichtblick, die Chance zu vergessen gesucht. Ja, das geschah ein paar Jahre später, doch er hatte das Gefühl gehabt, etwas Unrechtes zu tun. Er wollte in ihr ertrinken, doch Jessies Gesicht, ihre Stimme, ihre Art ... sie hatte ihn nicht in Ruhe gelassen, nicht ganz.

Waren es seine Schuldgefühle, die ihm zusetzten? Zweifellos. Doch die Gefühle waren so echt und schmerzhaft, dass sie ihn dazu zwangen, Becca aufzugeben. Ihn zwangen, ein neues Leben zu entdecken. Ihn zwangen, etwas zu ändern.

Ich sehe Dinge ... Das hatte sie gesagt, das hatte Tamara an diesem Abend im Restaurant aufgegriffen. Es war, als würden sie, die Freunde, die sie gekannt hatten, sie als andersartig, ein bisschen ätherisch, begreifen.

Er leerte sein Glas, stellte es in die Spüle, ging ins Wohnzimmer und warf sich aufs Sofa. Der leere Bildschirm des Fernsehers starrte ihn an, doch im Geiste sah er einen selbst produzierten Film.

War das wirklich Jessies Skelett im Irrgarten? Das einzige, was in den Medien preisgegeben wurde, war die Tatsache, dass es sich um das Skelett einer jungen Frau handelte. Niemand verriet, ob es schon seit zwanzig Jahren dort lag oder erst seit kurzer Zeit. Die Polizei hüllte sich in Schweigen und die Story war in jüngeren Lokalnachrichten untergegangen: ein Mord nach einem offenbar schiefgegangenen Einbruch, Überschwemmung in den Niederungen nach rascher Schneeschmelze, ein Angeklagter vor Gericht, der plötzlich losstürmt und seinen eigenen Anwalt ins Gesicht schlägt.

Hudson seufzte. Jahrelang hatte sich er alle Gedanken an Jessie … und an Becca verboten. Jahrelang war er vor seinen eigenen Gefühlen weggelaufen. Ganz gleich, zu welchem Schluss man im Hinblick auf das Skelett am Fuß der Madonnenstatue kam, vielleicht war es an der Zeit, sich zu erinnern, nachzudenken, sogar Mutmaßungen anzustellen. Herauszufinden, was geschehen war, wenn das jemand konnte.

6. Kapitel

»Hey, Mac!«

McNally gab vor, Detective Gretchen Sandlers fordernde nasale Stimme nicht gehört zu haben. Um Himmels willen, die Stimme dieser Frau war wie das Kratzen von Fingernägeln auf einer Schiefertafel. Um der Wahrheit die Ehre zu geben: Sie ging ihm total auf die Nerven.

Er saß vorgebeugt vor seinem Monitor, wenngleich er nicht halb so versiert in der Internetrecherche war, wie er vorgab. Klar, er fand dort, was er brauchte in dem elektronischen System, das sich immer weiter ausgedehnt und das gesamte Dezernat überwuchert hatte wie ein außerirdisches Pflanzenleben. Selbst hier in Laurelton bestimmte es jetzt schon fast jeden Bereich des Gesetzesvollzugs. Trotzdem untersuchte er gern greifbares Beweismaterial, zog es vor, Tatorte aufzusuchen, und es gab ihm einen Kick, im Geiste Versatzstücke zusammenzusetzen wie ein Puzzle, bis der Aha-Effekt eintrat.

»Mac!«

»Was?« Er blickte nicht mal auf.

»Tu nicht so, als hättest du mich nicht gehört«, sagte sie von ihrem Schreibtisch aus, der knapp einen Meter hinter seinem stand. »Ich finde keine fünfzehn bis vierundzwanzig Jahre alte Vermisste im Jahr 1993. Entweder stört sich keiner an ihrem Verschwinden oder wir müssen noch weiter zurückgehen.«

»Geh weiter zurück«, empfahl er ihr, bemüht, sie nicht anzuschnauzen.

Er spürte etwas im Rücken, etwas, das sich still aufbaute. Er sah sich um und erkannte, dass Gretchen ihre Belustigung kaum unterdrücken konnte, genauso wie einige von den jüngeren Männern und Frauen im Dezernat, die schnell zurück an ihre Arbeitsplätze gingen, kaum dass sie seine finstere Miene sahen. Gretchen jedoch war Macs neue Partnerin, eine Frau, die ihren Job als Detective im Morddezernat verdient hatte, weil sie einfach gute Arbeit leistete. Sehr gute. Man brauchte sie nur zu fragen. Und es passte ihr nicht, einen abgehalfterten, besessenen Verrückten wie Mac am Bein zu haben, dessen einziger Verdienst darin bestand, sich lange genug auf seinem Stuhl gehalten zu haben. Das war natürlich Gretchens Meinung, nicht Macs.

Vielleicht aber auch die von so manch anderem im Dezernat.

»Vielleicht sollte ich bis 1989 zurückgehen«, schlug sie vor. »Gab es da nicht ein Opfer mit Namen … mal sehen, ob es mir einfällt …« Sie schnippte mit den Fingern. »Jezebel Brentwood?«

Mac stellte sogleich die Stacheln auf und knirschte: »Da hättest du vielleicht gleich schon anfangen sollen.«

»Um dich um deine Obsession zu bringen? Kommt gar nicht infrage. Ich lass dich an dem Ende anfangen und treffe dich auf halbem Weg.«

»Wenn ich DNA von Jezebel Brentwood hätte, bräuchten wir nur die Ergebnisse der Knochenuntersuchung abzuwarten.« Er drehte sich mit seinem Stuhl wieder um und bedachte sie mit einem, wie er hoffte, kalten Blick, doch er spürte einen Muskel in der Wange zucken.

Gretchen war Anfang dreißig, hatte zarte mokkafarbene Haut und glattes schwarzes Haar, Erbteil ihrer brasilianischen Mutter, und ein Paar eisblaue Augen, kälter als Macs, vermutlich von ihrem Vater, den Gretchen nie kennengelernt hatte. Das behauptete sie zumindest. »Du bist dir so sicher.«

»Werden etwa noch weitere Mädchen aus St. Elizabeth vermisst?«

»Ich habe ein paar in der Umgebung gefunden.«

»Du machst es dir wirklich schwer, deine Vermutung zu beweisen.« Mac wandte sich wieder seinem Computer zu, als Wes Pelligree, ein großer afro-amerikanischer Detective, den alle nur Wiesel nannten, einen widerstrebenden regennassen Verdächtigen in feuchtem Sweatshirt, schmutziger Jeans und Handschellen zu seinem Schreibtisch hinschubste. Dem Mann waren die Hände auf den Rücken gefesselt, seine Füße waren nackt und schmutzig, die Haare strähnig und fettig. Er hatte Pickel im Gesicht, die Augen halb geschlossen; er zeigte in einem höhnischen Grinsen seine schlechten Zähne und stank nach Erbrochenem. Offenbar verhaftet wegen Drogen. Aber Wiesel hatte schließlich auch ein Talent fürs Einkassieren von Abschaum, der Meth und Crack verkaufte. Gerüchten zufolge war sein älterer Bruder, derjenige, der ihm den Spitznamen verpasst hatte, als Wes noch zur Grundschule ging und noch lange nicht eins neunzig groß war, an einer Überdosis gestorben, bevor Wes die Ausbildung beendet hatte. Seitdem fühlte Wes Pelligree sich berufen. Was für den tropfnassen weißen Kerl, der seine Unschuld beteuerte, nichts Gutes bedeutete.

Gretchen, die wieder mal viel zu nahe an Sams Schreibtisch stand, sah sie vorbeigehen und rümpfte die Nase, als der Verdächtige sich lautstark auf einen Stuhl vor Wiesels Schreibtisch fallen ließ. Telefone klingelten, Gesprächsfetzen flogen hin und her, und Polizisten in Zivil oder Uniform bewegten sich durch das Labyrinth von Schreibtischen und Arbeitsnischen in der fast fensterlosen Zentrale, wo Privatsphäre echte Mangelware war. Eine Heizung, die irgendwann Mitte der Achtziger ›modernisiert‹ worden war, rumpelte laut und blies um einige Grade zu warme Luft in den Raum.

»Wann kriegen wir endlich brauchbare Daten?«, wollte

Gretchen wissen. »Sind die Labortechniker im Urlaub oder was?«

»Nur Geduld.« Mac hatte es satt, ihr immer alles erklären zu müssen. Sie wusste es sowieso, hörte sich aber gern reden.

»Zwanzig Jahre Geduld? Wohl kaum.«

Sie ging, und Mac blickte ihr nach. Sie war eine Augenweide. Tolle Figur, hübscher Hintern, schmale Taille und ganz anständige Brüste, wie er vermutete, aber sie gab sich alle Mühe, sich unbeliebt zu machen. Er sah, wie einige der Detectives sie beäugten, als sie vorbeiging. Es waren nicht eben freundliche Blicke. Mac mochte ja die Zielscheibe des Spotts aufgrund seiner Besessenheit von Jessie Brentwood sein, aber Gretchen war die Kollegin, der man aus dem Weg ging. Kein Sinn für Humor. Kein Blick für das große Ganze. Kein Spaß. Sie arbeitete peinlich genau bis ins kleinste Detail und stolperte in ihrem Eifer, die ergiebigsten Fälle an Land zu ziehen – die paar, die hier anfielen –, über ihre eigenen Füße.

Gretchen Sandler war überaus ehrgeizig, und wen sie auf ihrem Weg an die Spitze niederwalzte, war ihr völlig egal.

»Hm«, knurrte Mac den Monitor an. Zwar kümmerte es ihn nicht, was die anderen von ihm hielten, aber wenn sich dieses Skelett als Jessie Brentwood erwies, dann avancierte er vom Prellbock des Dezernats zum Helden.

Was man von Gretchen Sandler nicht behaupten konnte.

Der Nachmittagshimmel war dunkelgrau und Wind heulte um die Giebel von Beccas Wohnung. Sie hatte ihre Arbeit für Bennett, Bretherton und Pfeiffer am Computer beendet und glücklicherweise keine Daten verloren, als das Licht zu flackern begann. Sie erhob sich aus ihrem Schreibtischsessel und massierte ihren verspannten Nacken, während Ringo, der zusammengerollt unter ihrem Schreibtisch geschlafen hatte, auf die Füße kam und sich reckte. Becca goss den lauwarm gewordenen Tee in die Spüle. Sie fror innerlich und äußerlich und der Sturm tat ein Übriges.

Sie beschloss, ein warmes Bad zu nehmen, und drehte die Wasserhähne auf. Wieder flackerte das Licht. Sie holte ihr batteriebetriebenes Radio und zündete für alle Fälle die drei Kerzen in ihrem Zinnhalter auf der gefliesten Ablage an. Ringo sah interessiert zu und neigte den Kopf von einer Seite zur anderen.

Sie schaltete das Licht aus, zog das Rollo des Fensters oben über der Badewanne hoch, um den Himmel sehen zu können, und wollte gerade ins dampfende Wasser steigen, als das Licht endgültig ausging und die Wohnung bis auf die Kerzen im Dunkeln lag.

Na, wunderbar.

Durchs Fenster sah sie die Äste einer zitternden Birke, die über die Scheibe scharrten. Sie blickte an ihnen vorbei auf die dräuenden Wolken, dann auf die Tannen jenseits des Wegs, genau die Tannen, die Ringo am Valentinstag angebellt hatte, als hätte er einen Massenmörder in ihrem Schatten vermutet. Am selben Tag hatte sie ihre Vision gehabt und von dem Skelett auf dem Schulgelände erfahren.

Schaudernd schaltete sie das Radio ein. Ihr Blick fiel auf die Flaschen mit Badeöl auf der Ablage. Sie hatte sie in erster Linie der Farben wegen gekauft, leuchtendes Blau und sattes Gold, doch jetzt griff sie nach einer, öffnete sie und goss die Flüssigkeit in den Wasserstrahl aus dem Hahn. Gerade wollte sie sich wieder ins Wasser sinken lassen, als ein Schaudern sie befiel, das nichts mit der kühlen Luft auf ihrer nassen Haut zu tun hatte. Sie blickte aus dem Fenster auf die Bäume. War da jemand? Der sie beobachtete?

Den Kerzenschein auf ihrer Haut sah?

Abrupt ließ sie das Rollo herunter. Ihr Puls raste. Ging ihre Fantasie mit ihr durch? Wo sie ging und stand, spürte sie Blicke auf sich ruhen.

»Du wenigstens verlierst nicht den Verstand«, sagte sie leise zu ihrem Hund.

Becca drehte die Hähne zu und saß still, beinahe schwebend, im heißen Wasser. Der leichte, luftige Duft des Badeöls drang in ihre Nase. Er wirkte beruhigend und nach ein paar Minuten entspannte sie sich wieder und lauschte der gedämpften Classic-Rock-Musik aus dem Radio.

Ringo tappte zur Badematte und rollte sich darauf zusammen. Sie war dankbar für seine Gesellschaft, denn nirgends fühlte man sich verletzlicher als nackt und nass in der Badewanne. Andererseits, gab es ein schöneres Gefühl, als zu spüren, wie sich praktisch jeder verspannte Muskel einzeln lockerte?

Becca schloss die Augen und ließ den Gedanken freien Lauf. Sie suchten das Naheliegendste: Hudson Walker mit seinen edlen Gesichtszügen und dem trägen Lächeln, der Respektlosigkeit in seiner Miene. Bevor sie auch nur eine flüchtige Sekunde lang von ihm träumen konnte, tauchte Jessies Gesicht auf, überdeckte Hudsons, drängte sich zwischen sie und ihn, wie schon vor langer Zeit. Gedankenverloren griff Becca nach dem Waschlappen und fuhr sich über den Nacken.

Vor zwanzig Jahren hatte McNally Becca gefragt, wann sie Jessie das letzte Mal gesehen hatte. Sie war wie alle anderen auch zu sämtlichen Einzelheiten über Jessie, die ihnen aus der Woche vor ihrem Ausreißen einfielen, vernommen worden. »Ausreißen«, wiederholte Becca für sich. Sie hatte geglaubt, Jessie wäre weggelaufen. Trotz aller Spekulationen hatte sie wirklich geglaubt, Jessie wäre einfach weggelaufen. Das war die logische Erklärung. Sie war auch früher schon durchgebrannt, das wusste jeder. Jessie machte kein Geheimnis daraus.

Doch wenn das Skelett im Irrgarten Jessies war, dann war sie nicht weggelaufen. Dann war sie die ganze Zeit in St. Lizzie gewesen. Allerdings unter der Erde. Zu Füßen der Madonna. Dort war etwas passiert, was ihrem Leben ein Ende gesetzt hatte.

Becca furchte die Stirn. Diese neue Perspektive gefiel ihr nicht. Was wusste sie denn schon von Jessie? Sie erinnerte sich deutlich an ihr letztes Gespräch in der Schule. Es ging um Hudson. Jessie stand auf der Eingangstreppe, als Becca aus dem Gebäude kam. Ihren Rucksack über die Schulter geworfen, stieß sie die Glastür auf und trat hinaus in den grauen Tag.

»Hey, Becca«, sagte Jessie irgendwie ruhig, nachdenklich.

Becca sah sie misstrauisch an. Sie und Jessie waren nicht unbedingt eng befreundet, obwohl sie zur selben Clique gehörten. Und weil Jessie Hudsons Freundin war, fühlte sich Becca immer ein bisschen unwohl ihrer Gegenwart. Ihre Freundschaft hatte sich nie vertieft. Im Grunde sprachen sie auch nur selten miteinander. Becca machte eine vage Handbewegung. »Ich … ich komme zu spät …«

»Ich weiß was«, sagte Jessie. »Etwas, was ich nicht wissen dürfte, vielleicht.« Sie musterte Becca eingehend, als wartete sie auf irgendetwas. Ein Windstoß fuhr durch Beccas Haar; ihr wurde klar, dass niemand in der Nähe war. Die Wege und Rasenflächen vor dem Eingang waren verlassen; weit und breit hielt sich keine Menschenseele auf.

»Wie meinst du das?«, hatte sie gefragt und versucht zu übersehen, wie unheimlich der Spätnachmittagshimmel aussah – tief hängende stahlgraue Wolken mit stetig wachsenden violetten Bäuchen.

»Manchmal hat man Feinde, von deren Existenz man gar nichts weiß. Manchmal stehen sie direkt vor einem.«

»Ich weiß nicht … wie du das meinst …« Becca fühlte sich aufgewühlt, leicht erschrocken. Es war, als würde Jessie ihre Gedanken über Hudson lesen.

»Und manchmal auch nicht«, sagte Jessie unvermittelt, blickte über den Parkplatz hinweg in die Ferne, aber offenbar nicht auf den zerbeulten Chrysler, der neben einem Hydranten stand. »Weißt du, ich habe so ein Gefühl. Als ob sich ein Unwetter zusammenbraut. Geht es dir auch manchmal so? Dass du so Ahnungen hast, die dann wahr werden?«

»Ja, da braut sich ein Unwetter zusammen«, sagte Becca mit einem Blick auf den verdunkelten Himmel. Sie stellte sich dumm. Wusste Jessie denn nichts von Beccas Visionen? Hatte ihr niemand davon erzählt?

Jessie fixierte sie misstrauisch. »Die Art von Unwetter meine ich nicht, Becca. Du weißt, wovon ich rede.«

Angst packte Becca. »Ich, hm, ich muss los. Wirklich.«

Jessie wandte den Blick nicht ab, obwohl der Wind ihr das Haar ins Gesicht wehte. »Sei nicht zu vertrauensselig, Becca«, warnte sie. »Gib auf dich acht.«

Becca rannte die Treppe hinab, fort von Jessie.

Und dann war Jessie verschwunden. Auf geheimnisvolle Weise. Die Ausreißerin war wieder auf der Straße. Das glaubten zumindest alle, einschließlich Becca. Doch Beccas Eltern entwickelten übertriebene Ängste und wollten ihre Tochter noch besser beschützen. Sie hatten Jessie im Grunde gar nicht gekannt; so enge Freundinnen waren Becca und Jessie nun mal nicht. Doch sie wussten, dass Jessie eine Ausreißerin war, und offenbar glaubten sie, Becca könnte einige Verhaltensweisen von Jessie übernommen haben, denn sie vergewisserten sich nach Jessies Verschwinden ständig, ob es Becca gut ginge.

Ob es ihr gut ginge …

Becca dachte zurück an ihre letzte Vision. Als Jessie ihr etwas sagen wollte, etwas, was Becca nicht hören konnte. Als sie am Rand des Abgrunds stand, die Zehen um die Kante gekrümmt, noch im selben Alter wie damals, als sie verschwunden war. Lag es daran, dass Becca sie so in Erinnerung hatte? Oder weil sie in dem Alter gestorben war …

Der Wind peitschte die Birkenzweige gegen ihr Fenster. Sie scharrten und klopften. Im Radio ertönte ein neuer Song, und Rick Springfield sang, dass er sich Jessies Freundin wünschte.

Becca verzog den Mund angesichts der Ironie. Wie sehr hatte sie sich Jessies Freund gewünscht. Und wie sehr sie sich wünschte, das *Kind* von Jessies Freund zu haben.

Mit nahezu körperlicher Anstrengung verdrängte sie diesen Gedanken. Ihre Wünsche und Hoffnungen, die Vergangenheit könnte sich wieder neu ordnen, brachten ihr nichts ein. Es würde einfach nicht geschehen.

Der Strom schaltete sich wieder ein, aus dem Schlafzimmer drang wieder Licht durch die offene Tür des Bads. Becca stieg aus der Wanne und musste Ringo mit ihren nassen Zehen von der Matte schubsen, um Platz zu schaffen. Sie trocknete sich ab und griff nach Unterwäsche, Jeans und Pulli. Barfuß ging sie ins Schlafzimmer, zog sich an, streifte Socken über und stieg in derbe Wanderschuhe. Ohne recht zu wissen, was sie jetzt vorhatte, nahm sie Regelmantel, Schlüssel und Handtasche an sich und ging zu ihrem Auto. Auf dem Weg warf sie einen Blick zurück auf die Tannengruppe.

Dort war nichts. Keine böse Macht. Nur Äste, die sich im frischen Wind wiegten und ein trauriges Rauschen verursachten, das wie Bedauern klang.

Becca stieg in den Jetta und ließ ihre Wohnung unter einem Himmel, der immer dunkler wurde, hinter sich. Sie sah auf die Uhr. Sechzehn Uhr. Und schon stockfinster.

Auf dem Weg von ihrer Wohnung in Portland nach Westen beschloss Becca, irgendwo einen Kaffee oder eine Cola zu trinken. Doch sie fuhr an jedem Café und Imbiss vorüber. Es wurde Abend. Ihre Hände umkrampften das Steuer, ihr Blick heftete sich auf die nasse Straße, die im Licht ihrer Scheinwerfer glänzte. Ihr begegneten einige Autos und Laster auf der Gegenspur. Wie von einer unsichtbaren Macht gezogen, bog sie von der Hauptstraße ab, denn nicht ein einziges Mal gestand sie sich bewusst ein, wohin sie fuhr, wohin es sie zog.

Zielstrebig steuerte sie den Campus von St. Elizabeth an.

Er war von einem Bauzaun aus Maschendraht eingefasst und gelbe Schilder verboten den Zutritt. Doch bald fand sie eine Lücke im Zaun, die Fahrzeugen Zugang bot. Eine Öffnung, deren Reparatur offenbar niemand für notwendig hielt. Sie fuhr hindurch, als wäre sie hier zu Hause, und stellte den Wagen an der anderen Seite des Platzes in der Nähe des Irrgartens ab. Hinter dem Vorderhaus sah sie die Spuren der fortschreitenden Abrissarbeiten. Mehrere schwere Schaufelbagger und Krane standen untätig da, Schutt türmte sich zu unordentlichen Haufen, von denen einer fast so hoch war die Kabine eines kleinen Krans.

Am Eingang zum Irrgarten flatterte gelbes Absperrband wütend im Wind. Es war schon so lange her, dass Becca vermutete, es wäre einfach zurückgelassen worden und diente keinem besonderen Zweck mehr. Und wenn doch, war es ihr egal. Sie wollte die Stelle sehen, an der die menschlichen Überreste gefunden worden waren.

Jessies sterbliche Überreste …

Kaum war sie zwei Schritte in den Irrgarten eingedrungen, als ein nasser Zweig ihr ins Gesicht schlug. Vor Schreck schrie sie auf und verzog das Gesicht, als sie ihre eigene Stimme hörte. So viel zu ihrem Vorsatz, geräuschlos vorzugehen.

Wie zur Antwort darauf öffnete der Himmel seine Schleusen. Der Regen ging rasch in einen wilden Hagelschauer über. Becca taumelte weiter und zog sich die Kapuze ihres Parkas über den Kopf. Der durchgeweichte Boden ließ sie beim Gehen einsinken. Es war eben Ende Februar und entsprechend miserables Wetter. Sie gelangte zu einer Weggabelung des Irrgartens, wandte sich nach links und hastete weiter. Der Wind trieb ihr schadenfroh den Niederschlag ins Gesicht, der Boden unter ihren Füßen war nun weiß von Hagel.

Drei Abzweigungen später hatte sie die Orientierung verloren. Becca blieb abrupt stehen, fröstelte, wunderte sich über ihren Irrtum. Während der Schulzeit hätte sie den Weg mit verbundenen Augen gefunden. Jetzt war sie unsicher, welche Richtung sie einzuschlagen hatte. Das Wetter und die Dunkelheit waren auch nicht gerade hilfreich, aber trotzdem war sie überzeugt gewesen, die Madonna finden zu können.

Im Geiste ging sie den Weg zurück und erkannte, dass sie sich wahrscheinlich an der zweiten Weggabelung geirrt hatte. Sie entzog ihren Parka den überhängenden Ästen und kahlem Dornengestrüpp, korrigierte an der zweiten Gabelung die Richtung und drang weiter in den Irrgarten vor. Der Hagel hörte auf; stattdessen ging ein prasselnder Starkregen nieder.

Jessie hatte den Irrgarten spielend gemeistert. In ihrer gefährlich koketten Art hatte sie die Jungs aus ihrer Clique mit lockendem Finger eingeladen, sie zu verfolgen. Wie Hunde hechelten sie dann hinter ihr her. Doch das tat sie nur Hudsons wegen, aus dem Bedürfnis heraus, ihn eifersüchtig zu machen, wenngleich es ihr nie ganz gelungen war. Hudson blieb cool. Tolerant. Vielleicht sogar desinteressiert. Jessies Machenschaften konnten ihn überhaupt nicht provozieren, und dafür hatte Becca ihn bewundert. Es war so leicht gewesen, ihn zu lieben.

Liebe, überlegte sie jetzt und bog einen langen Zweig zur Seite. Die Liebe einer Fünfzehnjährigen, die Jahr um Jahr andauerte. Konnte man das überhaupt so nennen? Liebe? Vielleicht war es eher eine Obsession. Oder Gewohnheit. Oder …

Hinter sich hörte sie einen Zweig knacken. Wie im Kino. Es signalisierte Gefahr. Doch außer ihr hielt sich niemand im Irrgarten auf. Dessen war sie sicher.

Oder? *Oder?*

Sie stand wie festgewachsen und lauschte. War jemand in der Nähe? Oder *etwas*?

Nachdem sie eine Weile dem Rauschen des Winds in den Zweigen und ihrem eigenen rasenden Herzschlag gelauscht hatte, beruhigte Becca sich wieder ein wenig und lief mit gespitzten Ohren weiter.

In ihren nassen Schuhen geriet sie leicht ins Rutschen, als sie eine letzte Abzweigung nahm und sich plötzlich im Zentrum des Irrgartens mit der gespenstisch weißen Madonnenstatue wiederfand. Der Boden war aufgewühlt und Becca schauderte beim Anblick der großen, nassen Grube zu Füßen der Muttergottes. Die Statue stand schief, war einseitig in den Boden eingesunken und mit weißen Hagelkörnern bedeckt. Und hier sollten Knochen gefunden worden sein, die womöglich Jessies waren?

Durch die Regenschleier hindurch betrachtete sie die Grabreste und schüttelte sich innerlich bei dem Gedanken, dass Jessie jahrelang in diesem dunklen Loch gelegen haben sollte. Oder nicht? Manchmal war Becca sicher, dass die Leiche die ihrer zeitweiligen Freundin war, dann wieder fragte sie sich, ob sie nicht vielleicht nur nach einer logischen Erklärung für deren mysteriöses Verschwinden suchte.

Sicher war überhaupt nichts.

»Hilf mir«, schien der Wind zu seufzen.

Sie stand wie gebannt.

Das bildete sie sich doch nur ein …

Dann spürte sie es, diese leise Veränderung in der Atmosphäre. Die Härchen auf ihren Unterarmen richteten sich auf. Sie blinzelte in den eisigen Regen. Ihr Herz hämmerte, als stünde eine neue Vision bevor, doch sie blieb wach und bei Sinnen. Zu wach. Angstvoll. Als müsste sie auf den Schreck ihres Lebens gefasst sein.

Ein Schatten fiel über sie, und sie spürte eine Präsenz, etwas, was bei ihr im Irrgarten war. Sie fuhr herum, wappnete sich gegen den Anblick einer geisterhaften Erscheinung. »Jessie?«, flüsterte sie mit enger Kehle.

Nasser Lorbeer bebte, bewegte sich. Es war keine drei Meter

von ihr entfernt. Becca öffnete den Mund zu einem stummen Schrei. Ihr Herz hämmerte. Ein Gefühl der Schwäche und leichte Übelkeit überkamen sie.

Sie rechnete damit, dass Jessie sich vor ihren Augen materialisierte. Hielt sich bereit. Wartete auf die Geistererscheinung.

Die Sekunden verstrichen, sie zählte ihre Herzschläge. Aber nichts geschah. Der Wind legte sich, erstarb. Und der Regen schien sich in Nebel aufzulösen. Da war niemand. Weder Jessie … noch sonst jemand. Und doch …

Becca spürte ganz deutlich immer noch eine Präsenz. Eine Präsenz mit bösen Absichten. Die im undurchdringlichen Schatten hockte. Und die ihr etwas antun wollte.

»Wer ist da?«, fragte sie im Flüsterton.

Ein eisiger Regentropfen rann ihr in den Kragen. Wie von einem Fluchtreflex geschüttelt versuchte Becca, sich auf Jessie zu konzentrieren, doch es war unmöglich. Etwas war so nahe, dass sie dessen Atem im Nacken spürte. Etwas Gefährliches. Bedrohliches.

Und dann sah sie aus den Augenwinkeln einen hoch aufragenden Schatten. Riesig. Dunkel. Drohend. Sie fuhr hastig herum und das Ungeheuer wich zurück. Doch sie spürte seinen Blick.

Mit einem Schrei, der ihr in den Kehle stecken blieb, flüchtete Becca aus dem Irrgarten, hastete durch das Gestrüpp, ohne nach rechts oder links zu blicken, spürte, wie kleine Zweige nach ihr griffen und ihr das Gesicht zerkratzten. Sie glitt aus, wenn sie Kurven nahm, rannte, als wäre ihr der Teufel auf den Fersen. Ihr Atem kondensierte in der kalten Luft, ihre Angst trieb sie weiter.

Wer war ihr in den Irrgarten gefolgt?

Nein, nicht wer: Was? Was war ihr zwischen den wuchernden Hecken und Dornenranken hindurch gefolgt?

Sie kramte nach den Schlüsseln in ihrer Tasche, während

sie aus dem Irrgarten heraus über den verwilderten Rasen und durch die Schlaglöcher auf dem Parkplatz zu ihrem kleinen Jetta rannte.

Vor der Fahrertür fielen ihr die Schüssel aus der Hand. Sie schürfte sich die Finger auf dem rissigen Asphalt auf, als sie nach ihnen tastete. Zitternd, tropfnass, gelang es ihr endlich, die Tür aufzuschließen. Erst als sie im Wagen saß, mit zitternden Fingern die Türen von innen verriegelte und durch die teilweise beschlagenen Fenster auf den schwarzen Irrgarten zurückblickte, fühlte sie sich beinahe sicher.

»Wer bist du?«, fragte sie die Zweige, die vor der Scheibe tanzten und winkten. »Wer zum Teufel bist du?« Sie schaltete die Scheinwerfer ein, konnte jedoch nichts entdecken. Mit zitternden Armen wendete sie den Wagen in Richtung Ausgang. Im Rückspiegel sah sie eine Gestalt aus dem Irrgarten heraustreten.

Becca stieg aufs Gas und blinzelte heftig. Im selben Moment war die Erscheinung verschwunden.

Aber jemand war da gewesen. Jemand war ihr gefolgt!

Jemand, der sie *hasste*.

Ein Schluchzen würgte sie in der Kehle, als sie die lange holprige Straße über den Campus entlangfuhr. Ein Kaninchen geriet ins Scheinwerferlicht und hoppelte rasch ins Gebüsch. Becca raste vorbei. Fast ohne zu bremsen stürzte sie sich in den Verkehr auf der Hauptstraße, entschlossen, St. Lizzie schnellstens und möglichst weit hinter sich zu lassen.

Manchmal ist es einfach, sie zu finden. Manchmal ist es ein Kinderspiel. Ich sehe zu, wie ihre Rückleuchten in den Regenschleiern verschwinden.

Rebecca, böses Mädchen, du bist berechenbar. Natürlich musstest du in den Irrgarten kommen. Natürlich musstest du in ihre Fußstapfen treten. Aber jetzt hast du Angst, wie? Du weißt, dass du anders bist. Dass du eine von Ihnen bist. Du spürst es, wie ich dich spüre. Hast du es schon erraten?

Ich sehe dich zittern und beben und schaudern. Ich höre dich schreien. Weißt du, dass ich hier bin? Dass ich dich beobachte, abwarte? Kennst du dein Schicksal, Teufelsbrut?

Und jetzt rennst du … du RENNST …

Nur zu … lauf, so schnell du kannst, Rebecca.

Ich sehe, wie du flüchtest und die Rücklichter deines Wagens verschwinden. Und ich stehe im Regen und muss unwillkürlich lächeln. Deine Flucht ist sinnlos, und du weißt es.

Ich kriege dich: Wenn die Zeit gekommen ist.

7. Kapitel

»Detective …«

Mac, den Hörer am Ohr, weil er darauf wartete, dass der Bezirksstaatsanwalt sich meldete, sah auf und erblickte Lieutenant Aubrey D'Annibal, der ihn in sein Büro winkte, ein Glaskasten hinten im Großraumbüro der Polizeieinheit. Mac legte den Hörer auf, betrat wortlos das Büro des Lieutenants, und D'Annibal schloss die Tür hinter ihm.

D'Annibal hatte glattes, silbriges Haar, stechende blaue Augen und eine Vorliebe für Armani-Anzüge, die aus dem beachtlichen Treuhandfonds seiner wohlhabenden Frau bezahlt wurden. Außerdem machte er seinen Job außerordentlich gut und erwartete ausgezeichnete Leistungen von sämtlichen Mitarbeitern. Mac sah zu, wie er ein Bein über die Schreibtischecke legte und die Hände faltete.

Das bedeutete eine Standpauke. Kein gutes Zeichen.

»Hatte gerade einen Anruf aus dem Labor«, sagte er mit einem Hauch von West-Texas-Akzent. »Sie schicken uns PDFs von ein paar Fotos dieser Knochen, die Sie so sehr interessieren.«

»Ach ja?« Endlich. Seit dem Leichenfund war fast eine Woche vergangen, doch das Labor war ›überlastet‹ gewesen. Was nichts Neues war. In der Zwischenzeit hatte Mac sich zur Geduld zwingen müssen.

D'Annibal rieb sich bedächtig das Kinn, die Geste war stets ein Hinweis darauf, dass er überlegte, wie er seine Neuigkeiten an den Mann bringen sollte. Mac machte sich auf alles gefasst, und nach einer Weile sagte der Lieutenant: »Wissen Sie, ich war nicht hier, als dieses Mädchen verschwunden ist. Da war ich noch nicht von Texas in den herrlichen Bundesstaat Oregon gezogen. Ich musste mich hocharbeiten, mich beweisen auf dem Weg nach oben, mein Ziel im Auge behalten. Damals haben Sie sich einen Haufen Ärger eingehandelt. Ohne Leiche einen Mordfall konstruiert. Sie haben die Schüler einer Privatschule, von denen einige gut betucht und deren Familien hoch geachtet waren, bezichtigt, ein junges Mädchen umgebracht zu haben – eine Ausreißerin. Wie ich hörte, haben Sie da keineswegs ein Blatt vor den Mund genommen. Stimmt das so ungefähr?«

»Ja, da steckt ein Körnchen Wahrheit drin«, gab Mac zu. Er spürte, wie sich die Sehnen in seinem Nacken spannten.

»Sie haben ordentlich Staub aufgewirbelt. Viele waren mit Ihrer Art nicht einverstanden. Rücksichtslos. Grob. Auf dem falschen Weg. Besessen. Solche und andere Worten sind da gefallen. Und das waren keineswegs Komplimente.«

Mac nickte und hätte gern gewusst, wie lange der Vortrag dauern sollte. Er selbst wusste besser als jeder andere, was damals geschehen war. Und, ja, er war zu draufgängerisch gewesen, zu sehr von seiner Sache überzeugt, ohne genügend Beweismaterial zu haben. Das sagte er sich selbst, jetzt in diesem verglasten Büro, das ihm plötzlich stickig erschien. »Hat das Labor anhand der Knochen das Alter des Mädchens bestimmen können?«

»Moment noch«, sagte D'Annibal. »Ich muss zunächst einmal einiges klären. Ich muss einiges von Ihnen *hören*.«

Mac drängte seine Ungeduld so gut er konnte zurück, was ihm gar nicht leichtfiel. Im Geiste zählte er bis zehn, dann fragte er: »Was wollen Sie hören?«

»Ich will hören, dass Sie nicht unüberlegt handeln. Ich will hören, dass Sie sich nicht aufführen, als wollten Sie Unschuldigen eins mit der Pistole überziehen. Ich will von Ihnen *hören*, dass Sie die Ermittlungen ordnungsgemäß durchführen werden.«

»Ich habe niemals jemandem eins mit der Pistole übergezogen, Sir.« Es fiel Mac schwer, sich zu beherrschen.

»Nur mit Bezichtigungen«, schränkte sein Chef ein.

»Ach, aber was wollen Sie denn von mir?«

»Dass Sie, Detective, wenn ich die Ermittlungen Ihnen überantworte, den Fall mit Respekt behandeln und alle, die Sie verhören, ebenfalls. Ich will nicht, dass irgendein empörter Kerl mir etwas über Polizeibrutalität vorjammert. Und ich weiß« – mit erhobener Hand wehrte er Macs Protestversuch ab – »dass Sie nicht tätlich werden. Aber Sie beißen sich rasch fest, und ich will nicht, dass Sie jemanden piesacken.«

Macs Puls begann, sich zu beschleunigen. Verschwommen hörte er auf der anderen Seite der geschlossenen Tür ein Telefon klingeln. »Sie übertragen mir den Fall?«

Der Lieutenant zögerte, und Mac wartete. Er konnte es nicht fassen. Konnte – es – nicht – fassen. Nach all den schrägen Blicken, dem verstohlenen Hohn und Spott ging der Fall an ihn zurück. Sie glaubten vielleicht nicht, dass es sich um Jessies sterbliche Überreste handelte, doch Mac spürte, das es nicht anders sein konnte.

»Es ist Ihr Fall, wenn Sie ihn wollen.« Der Lieutenant wartete keine Antwort ab. »Ich glaube, Ihre Antwort kennen wir beide.«

Das wurde auch Zeit. »Ist das dann alles?«, fragte Mac, darauf bedacht, schnell wieder an die Arbeit zu gehen. Dort wieder anzusetzen, wo er vor so vielen Jahren hatte aufhören müssen.

»Nicht ganz. Ich habe Sie aus einem ganz bestimmten Grund an all diese Dinge erinnert. Meine Entscheidung, Ihnen den Fall zu übertragen, ist auf einigen … Widerstand gestoßen, und deshalb wurden absichtlich Informationen zurückgehalten, bis die Vergabe feststand.«

Es war nicht D'Annibals Art, um den heißen Brei herumzureden, aber Mac konnte sich durchaus vorstellen, welche Art Konferenzen zu der Frage, ob er den Fall übernehmen sollte, hinter geschlossenen Türen stattgefunden hatten. Er beschloss, die Sache ein bisschen voranzutreiben.

»Wie alt war die Tote, als sie ums Leben kam? Wissen wir das schon?«, fragte er.

»Etwa sechzehn.«

»Es ist Jezebel Brentwood«, sagte Mac. *Ich fresse einen Besen, wenn sie es nicht ist.*

»Uns liegt absolut nichts vor, was Ihre Vermutung untermauern könnte.« Doch D'Annibal wirkte nicht, als wäre er anderer Meinung. Zum allerersten Mal räumte der Lieutenant ein, dass Mac recht haben könnte. Seit seinem Dienstantritt bei der Kriminalpolizei von Laurelton war D'Annibal, wie alle anderen im Dezernat, in erster Linie bestrebt, Mac mit seinen Hoffnungen auf Linie zu halten und den Mythos zu festigen, dass die sechzehnjährige Jezebel Brentwood schlicht und einfach ausgerissen war. Doch der Knochenfund legte eine andere, nicht zu übersehende Antwort nahe – die These, die Mac seit Jahren vertrat: Jessie Brentwood war ermordet worden.

»Wie lange lagen die Knochen schon in der Erde?«, fragte Mac.

»Über zehn Jahre, vermutlich an die zwanzig.«

»Dann handelt es sich so lange um Jessie, bis ich etwas anderes weiß«, erklärte Mac.

»Sie müssen es nur noch beweisen.«

»Kinderspiel.« Mac rechnete mit einem weiteren Vortrag darüber, dass man lieber auf Tatsachen statt nur auf Vermutungen bauen sollte, doch zu seiner Überraschung behielt der Lieutenant seine Meinung für sich. D'Annibal hatte allerdings noch mehr zu sagen, wie es schien, denn er rieb sich das Kinn immer heftiger.

»Da wäre noch etwas …« Er rieb und rieb, und Mac begann, um seine oberste Hautschicht zu fürchten. Er wartete und sah D'Annibal bei seiner stillen Entscheidungsfindung zu. Offenbar wog er Pro und Kontra ab, ob er Mac die betreffende Nachricht unterbreiten sollte. Muss schon was Tolles sein, dachte Mac. Der Lieutenant holte tief Luft und sagte: »Niemand wollte es Ihnen sagen, weil Sie so überzeugt davon waren, dass dies hier Ihren alten Fall betrifft. Deshalb sollte die Information zurückgehalten werden, bis wir mit Sicherheit sagen können, ob es sich wirklich um das verschollene Brentwood-Mädchen handelt. Das wissen wir noch nicht, aber angesichts der Daten und des Fundorts des Skeletts … tja …«

»Da glauben Sie, meine Besessenheit gewinnt jetzt ein bisschen an Glaubwürdigkeit«, drängte Mac ihn weiter. Schluss jetzt mit den Gegenerklärungen. »Worum geht's?«

»Ein zweites, kleineres Skelett fand sich bei den Knochen des ersten.«

»Ein kleineres …« Mac fragte sachlich: »Ein Baby?«

Der Lieutenant nickte. »Sie war schwanger, als sie ermordet wurde. Wenn es Ihr Mädchen, diese Jessie, ist, dann wusste sie es wahrscheinlich. Der Gerichtsmediziner sagt, sie war im vierten Monat.«

Becca konnte fast eine Woche lang nicht schlafen.

Ihre Träume waren durchsetzt mit Bildern von Jessie und Hudson und einer dunklen Gestalt, die sie alle bedrohte.

»Verrückt«, sagte sie eines Nachmittags zu ihrem Hund. »Das ist es nämlich, weißt du? Ich werde verrückt.« Es war schon nach siebzehn Uhr, als sie die Arbeit an neuen Verträgen für die Kanzlei beendete, die geforderten Veränderungen vorgenommen und sie per E-Mail an die Verwaltung bei Bennett, Bretherton und Pfeiffer geschickt hatte. Ein letztes Mal prüfte sie ihr E-Mail-Konto, bevor sie einen Blick nach draußen warf, wo tatsächlich ein paar Sonnenstrahlen die Wolkendecke durchdrangen. »Ein gutes Zeichen«, sagte sie zu Ringo. In der Küche sah sie nach dem Inhalt seines Wassernapfs.

Sie gab Renees Nummer in ihr Handy ein und horchte auf das Klingeln, bis Renees Stimme sie anwies, ihre Nummer zu hinterlassen; sie würde dann zurückrufen. »Renee, hi, ich bin's, Becca. Du wolltest mich doch anrufen, wenn du von deinem Wochenende am Strand zurück bist? Da ich nichts von dir gehört habe, rufe ich dich stattdessen an. Wie auch immer, melde dich, wenn's geht. Bye.«

Sie unterbrach die Verbindung und warf das Handy auf den Tisch. »Was für eine dumme Nachricht«, beschwerte sie sich bei Ringo. »Es hört sich an, als suchte ich verzweifelt Kontakt. Und jetzt jammere ich dir die Ohren voll. Ich sollte *wirklich* mal erwachsen werden.«

Es war nicht so, dass sie versessen auf ein Treffen mit Renee gewesen wäre, zumal sie Hudsons Schwester war, aber Becca mochte das Gefühl nicht, im luftleeren Raum zu schweben.

Sie hakte Ringos Leine am Halsband ein und ging mit ihm spazieren. Ausnahmsweise hatten Wind und Regen eine Pause eingelegt; das Pflaster war trocken. Sie gingen zum Park, der nur ein paar Blocks entfernt lag. Die Eichen und Ahornbäume waren noch kahl, auf den Betonwegen zwischen dichtem Rasen und Gestrüpp trafen sie nur wenige Fußgänger an. Ein Radfahrer überholte sie, der einen Papp-Kaffeebecher balancierte. Kabel führten von seinen Ohren zu seinem iPod in der Jackentasche. Ringo erledigte sein Geschäft, verhedderte sich mit den Leinen zweier Möpse, die ein halbwüchsiges Mädchen ausführte, und bellte die Eichhörnchen an, die es wagten, ihm über den Weg zu laufen.

Doch auch auf dem Heimweg begegneten sie keinerlei dunklen Gestalten in Trenchcoats, keiner verschwommen bedrohlichen Verkörperung des Bösen.

Es war dunkel und sah wieder nach Regen aus, als Becca die Wohnungstür aufschloss und eintrat. Ringo vollführte in Erwartung seines Futters einen wilden Tanz, während Becca sämtliche Türen, Fenster und Schlösser überprüfte, bevor sie eine halbe Tasse Trockenfutter abmaß. Dann prüfte sie noch einmal die Haustür und die Schiebetür zu ihrer kleinen Terrasse. Sie war nicht nur verzweifelt, sie entwickelte allmählich sogar eine Zwangsneurose, fand sie. Seit dem Skelettfund und dem Treffen mit der alten Clique und dem Wiedersehen mit Hudson, gefolgt von dem Schrecken im Irrgarten von St. Elizabeth, fühlte sie sich gefangen in dieser Zeitschleife, die sie immer wieder zurück in die Schule führte und zu der Frage, was aus Jessie Brentwood geworden war.

Auf dem Tisch summte ihr Handy und bewegte sich vibrierend über die harte Platte. Becca fing es ein und sah Renees Nummer auf dem Display. »Hallo?«

»Oh, hey, Becca. Ich habe deine Nachricht erhalten. Seit ich vom Strand wieder zurück bin, hatte ich so viel zu tun. Ich stecke bis über beide Ohren in Arbeit und … na ja, persönlichem Kram. Entschuldige, dass ich mich nicht gemeldet habe.«

»Schon gut. Ich hatte nur den Eindruck gewonnen, dass du über etwas Bestimmtes mit mir reden wolltest.«

»Ja …« Renee zögerte, und Becca ahnte, dass sie in schwerem Widerstreit mit sich selbst lag. Sie machte sich auf eine Bemerkung über Hudson gefasst, doch als ihr Renees Schweigen unbehaglich wurde, musste Becca schließlich das Wort ergreifen. »Ich war neulich Abend im Irrgarten von St. Elizabeth.«

»Tatsächlich?« Renee war offenbar entgeistert. »Warum?«

»Gute Frage. Ich kann es nicht genau erklären.« *Warum sollte sie auch? Ausgerechnet Renee?*

»Und … ist er immer noch abgesperrt?«

Becca nickte und betätigte den Schalter des Gaskamins. Sekunden später leckten Flammen an den Keramikscheiten. »Ja, ich habe die Absperrung umgangen. Niemand war dort, weder im Irrgarten noch irgendwo in der Nähe der alten Schule. Es war schon fast dunkel. Ja, es war dunkel, als ich ankam.«

»Du wolltest das ... Grab sehen?«, fragte Renee.

»Ich bin wohl einfach hingefahren, um mich umzuschauen, alles mit eigenen Augen zu sehen ... vielleicht auch, ich weiß nicht, um Kontakt mit Jessie aufzunehmen.« Kaum waren die Worte ausgesprochen, bereute sie sie schon.

»Und, hast du? Kontakt zu ihr aufgenommen?« Renees Tonfall klang weit weniger sarkastisch, als sie erwartet hatte.

Becca dachte an die bösartige Präsenz, die sie gespürt und gesehen hatte. War sie Wirklichkeit gewesen? Oder ein Produkt ihrer Visionen? »Ich weiß nicht.«

»Wollen wir uns auf einen Kaffee treffen?«, fragte Renee plötzlich. »Oder auf ein Glas Wein? Ich würde wirklich gern mit dir persönlich sprechen und heute Abend fahre ich zurück an den Strand.«

Becca überlegte. »Das ließe sich machen.«

»So in einer Stunde? Im Java Man?«

»Ich komme.«

Java Man war ein Café mit Weinbar, nicht weit entfernt vom Blue Note. Becca zog Jeans, Stiefel und eine dicke Kapuzenjacke an und befand sich eine halbe Stunde später auf dem Weg zum Treffpunkt. Sie würde gut eine Viertelstunde vor Renee dort sein. Auf der Fahrt sah sie für alle Fälle immer wieder in den Rückspiegel.

Für alle Fälle, wieso? Für den Fall, dass ein unbekannter blutrünstiger Dämon dich verfolgt? Irgendein schlechter Mensch oder eine Bestie, die Präsenz, die du im Irrgarten gespürt hast? Bleib auf dem Teppich, Rebecca. Reiß dich zusammen. Nur wegen dieser unglückseligen Vision ...

»Lass das«, ermahnte sie sich laut. Sie durfte jetzt nicht die Nerven verlieren, nicht gerade jetzt. Nicht, wenn sie sich mit

Hudsons Schwester traf, einer Frau, die sie nicht einmal sonderlich mochte. Sie schaltete das Radio ein und hörte Musik aus den Achtzigern, was keine gute Idee war. Alte Gefühle überfluteten sie. Ärgerlich schaltete sie um auf NPR, wo eine Sendung über Umweltschutz lief.

Unverfänglich.

Im Café bestellte Becca sich ein Glas Merlot und einen kleinen Teller mit Obst, Käse und Crackern, dann setzte sie sich an einen Tisch mit Blick auf handbemaltes Geschirr, Kerzen und allerlei Schnickschnack. Sie sammelte nichts. Ihre Wohnung war erstaunlich kahl, da sie, ohne sich dessen recht bewusst zu sein, systematisch fast alles entfernt hatte, was an Ben erinnerte. Ein paar Sachen waren noch geblieben: ein Foto, das er auf einem Wochenendausflug von ihr aufgenommen hatte, der Gobelinhocker von seiner Großmutter, den er bei seinem Auszug vergessen hatte, ein grauer Parka, der im Wäschezimmer hing und den sie manchmal überwarf, um den Elementen zu trotzen.

Sie sah sich um und entdeckte den Kellner, der den Tresen abwischte. Mehrere Pärchen saßen beim Kaffee, ein Dreiergespann von Frauen in den Dreißigern hockte an einem kleinen Tisch und trank Wein. Jazzklänge entströmten den Lautsprechern über dem Weinregal, hin und wieder klirrten Gläser.

Unter einem Regenschirm, den der Wind ihr entreißen wollte, näherte Renee sich eilig dem Eingang. Sie hatte den Schirm fest im Griff und schloss ihn vorm Eintreten, dann sah sie sich um und fuhr sich kurz mit der Hand durch das windzerzauste Haar. Als sie Beccas Blick auffing, hob sie grüßend das Kinn, ging dann zum Tresen und bestellte sich eine Tasse schwarzen Kaffee.

»Du willst zurück an den Strand, wie?«, sagte Becca zur Begrüßung, als Renee mit ihrer Tasse an den Tisch kam.

Sie sah Becca merkwürdig an und setzte sich. »Tim und ich

reden uns immer wieder ein, wir wollen retten, was zu retten ist, aber ich weiß es nicht. Ich verbringe fast jedes Wochenende in einem Haus am Strand und versuche, mir über alles Mögliche Klarheit zu verschaffen. Jessies Geschichte ist nicht die einzige, an der ich arbeite. Ich habe mit dieser Kleinstadt-Story angefangen – du hast sicher schon von der größten Sitka-Fichte der Welt gehört? Die bei Seaside stand und neulich in einem Sturm auseinandergebrochen ist?«

Becca nickte. Trank einen Schluck Wein. »Ich weiß, ich habe es in den Nachrichten gesehen.«

»Die Leute schicken mir Fotos aus ihrem Leben, dem Leben ihrer Eltern, Großeltern ... immer um den Baum gruppiert. Wirklich tolle Fotos. Wie auch immer, es ist ein Thema für die Lokalzeitung, könnte aber auch für überregionale Zeitungen unter der Rubrik ›Geschichten aus dem Leben‹ interessant sein. Man kann nie wissen.« Mit einem Finger am Henkel drehte sie langsam ihre Tasse, immer und immer wieder. Becca ahnte, dass Renee drauflosredete, um Mut für das Thema zu sammeln, über das sie wirklich sprechen wollte. Sie ließ sie gewähren.

Irgendwann schloss Renee mit den Worten: »Die gesamte Gegend hat eine gewisse Kleinstadtmentalität, und das war toll. Jetzt ist es die Hölle, mit Tim eine Wohnung zu teilen, deshalb vermeide ich es weitgehend. Ich wollte, er würde einfach ausziehen.« Sie massierte sich mit zwei Fingern die Schläfen, als bekäme sie schon Kopfschmerzen, wenn sie nur über ihren Mann redete.

»Deswegen wolltest du dich aber nicht mit mir treffen«, sagte Becca in die plötzliche Stille hinein. Sie schob ihren Teller mit Käse und Obst Renee zu. »Bedien dich.«

Sie winkte ab. »Ich habe irgendwelche Magenprobleme. Ich weiß, ich weiß, Kaffee tut mir auch nicht gut, aber ich will wach bleiben; ich leide in letzter Zeit nachts unter Schlafstörungen. All dieser Ärger mit Tim. Ich muss fit sein, um an die Küste zu fahren. Der Pass ist verschneit und ich will keine Schneeketten aufziehen. Basta.«

»Aha.«

Renee holte tief Luft, hielt sie einen Augenblick an und stieß sie langsam wieder aus. »Weißt du … es ist … schon irgendwie erstaunlich … worüber man manchmal so stolpert. Als hätte das Schicksal eingegriffen. Ich versuche jetzt nicht, Tamara zu imitieren«, fügte sie hastig hinzu. »Nur, stell dir vor: da arbeite ich gerade an der Story über Jessie, und dann taucht bei St. Lizzie dieses Skelett auf.« Sie zögerte. »Es wäre nicht schlecht, eine Quelle bei der Polizei zu haben, um Näheres zu erfahren, verstehst du?«

Becca nickte.

Renee verzog das Gesicht. »Manchmal … tja, das hört sich jetzt komisch an, denn ich will diese Story wirklich unbedingt schreiben, aber manchmal frage ich mich, ob wir die Büchse der Pandora tatsächlich öffnen sollten. Vielleicht sollten wir die üblen Dinge ruhen lassen. Uns mit der Sitka-Fichten-Nostalgie zufriedengeben und die Finger von Gräbern lassen.«

»Du warst es doch, die das Treffen im Blue Note einberufen hat«, erinnerte Becca sie verwundert.

»Ich weiß. Ich gebe auch nicht auf.« Sie fuhr mit den Händen durch ihr kurzes schwarzes Haar. »Ich weiß nicht, warum ich in diesem Punkt so schwankend bin.« Sie ließ das Thema fallen und griff stirnrunzelnd nach einer kleinen Ecke Edamer Käse. »Den probiere ich jetzt doch mal.« Sie biss zaghaft hinein. »Also, erzähl mir mehr von deinem Ausflug in den Irrgarten.«

Wer A sagt, muss auch B sagen.

Becca beschrieb gehorsam ihre Fahrt nach St. Elizabeth, einschließlich des Moments, als sie das Gefühl hatte, da wäre etwas … wenn schon nicht böse, dann aber ganz sicher nicht wohlgesonnen. Renee hörte aufmerksam zu, und Becca schloss mit den Worten: »Du sollst nicht denken, ich wäre verrückt. Es regnete, hagelte und stürmte, und wahrscheinlich war ich empfindlicher als gewöhnlich. Aber es war mehr als das. Ich hatte ganz deutlich das Gefühl, nicht allein zu sein.«

»Glaubst du, dass Jessie dort war?«

Becca sah sie an, um zu sehen, ob Renee sich über sie lustig machte, aber Renee wirkte völlig ernst. Sie blies in ihre Tasse und trank einen Schluck Kaffee. »Nein. Nicht Jessie.«

»Wer dann?«

»Vermutlich niemand. Jedenfalls niemand, den ich gesehen hätte. Es war nur ein Gefühl, und vielleicht war ich zu empfänglich. Die Atmosphäre: die Dunkelheit, der Irrgarten, die Madonna. Das alles hat mir Angst eingejagt.«

»Du brauchst dich nicht zu entschuldigen«, sagte Renee. »Ich glaube dir. Ich hatte selbst ein paar Erlebnisse, die nicht ... zu erklären sind.« Sie blickte zur Seite und vergewisserte sich, dass das Frauentrio, das beim zweiten Glas Wein angelangt war, nicht lauschte. Sie waren glücklicherweise viel zu vertieft in ihr Gespräch, um auch nur einen Blick für Becca und Renee übrig zu haben.

»Zum Beispiel?«, drängte Becca.

Renee zögerte. »Ich weiß wohl, enge Freundinnen waren wir nie. Das ist vielleicht eher meine Schuld als deine, aber ... das alles sollte jetzt Vergangenheit sein.« Sie kniff die Augen zusammen, wollte anscheinend noch etwas sagen, überlegte es sich jedoch anders. Schließlich fügte sie hinzu: »Manchmal fühle ich mich verfolgt. Als wäre jemand hinter mir her. Allerdings habe ich auch ein paar Artikel geschrieben, die einige Leute wütend gemacht haben. Also ist vielleicht wirklich jemand hinter mir her!«

Sie lachte, und zum ersten Mal erkannte Becca, dass Renee und Hudson einen sehr ähnlichen Sinn für Humor besaßen. »Glaubst du, wie Tamara, dass Jessie womöglich noch lebt?«, fragte Becca.

»O nein. Es ist Jessies Skelett«, antwortete sie im Brustton der Überzeugung, plötzlich wieder ernst. Sie verzehrte den Rest Käse. »Ich bin sicher, dass sie tot ist. Schon lange.« Sie sah Becca an. »Jemand hat es mir gesagt.«

»Wer?«

»Eine verrückte alte Frau, die glaubt, in die Zukunft blicken zu können.« Sie lächelte matt.

»Oh.« Becca sah zu, wie Renee wieder anfing, langsam ihre Tasse zu drehen. »Meinst du, es könnte ein Unfall gewesen sein?«

Als ob ihr plötzlich wieder eingefallen wäre, wozu ihre Tasse gut war, hob Renee sie an die Lippen und trank einen großen Schluck. »Vielleicht hat Evangeline recht. Vielleicht hatte Jessie vor, abzuhauen. Sie sagte damals, ihr stünde etwas Schlimmes bevor. Schwierigkeiten. Sie machte keine Witze, weißt du, wie sie es manchmal, nein, eigentlich immer tat. Aber ich glaube nicht, dass sie in diesem Fall gescherzt hat. Es war ihr Ernst. Sie hat gesagt: ›Die Schwierigkeiten holen mich ein.‹«

»Das hat sie zu dir gesagt?«

Renee nickte, und Becca verstand, dass sie eines ihrer letzten Gespräche, wenn nicht überhaupt das letzte Gespräch mit Jessie offenbarte. »Hast du dem Polizisten davon erzählt?«

»McNally? Spinnst du? Dem habe ich gar nichts gesagt.« Renee schüttelte sich erinnernd den Kopf. »Ich war zu durchgedreht. Ich habe gesagt, sie wäre wahrscheinlich wieder weggelaufen, denn das habe ich tatsächlich geglaubt. Ich wollte ihm nicht verraten, worüber wir zuletzt geredet hatten. Irgendwie erschien mir das Gespräch als heilig, damals. Ich war sechzehn«, erinnerte sie Becca mit schwacher Ironie. »Jessie war meine Freundin, und ich wollte sie wohl schützen. Ihre Eltern waren irgendwie merkwürdig. Weißt du noch?«

Becca schüttelte den Kopf. »Jessie und ich waren eher nur Bekannte.«

Renee zog eine Braue hoch. »Du warst am engsten mit Tamara befreundet, stimmt's? Du gingst in die Klasse unter uns ...?« Sie formulierte es als Frage, denn in St. Elizabeth wie in den meisten Schulen blieben die Schüler einer Klasse weitgehend unter sich, als trennten sie unsichtbare Mauern von den anderen Klassen.

»Tamara und ich besuchten einen Kursus zusammen«, sagte Becca. »Wir haben als Team an ein paar Projekten gearbeitet und uns dabei näher kennengelernt.« Das war praktisch gelogen, doch Becca wusste nicht, ob sie eingestehen wollte, wie hart sie an dieser Freundschaft gearbeitet hatte. Nur, damit sie zur Clique gehören und Hudson näher sein konnte. Das alles war so kindisch und jetzt regelrecht peinlich! Sie spürte schon, wie ihr die Glut ins Gesicht stieg, und trank rasch einen Schluck Wasser, um ihre Reaktion zu verbergen.

»Mochtest du meinen Bruder damals schon?«

Becca öffnete den Mund, um zu antworten, überlegte es sich aber anders und blickte Renee von der Seite an. Im Gesicht von Hudsons Schwester sah sie nichts als beiläufiges Interesse, und daraufhin nickte Becca kurz. »Ja. Schulmädchen-Schwärmerei.« Sie spießte eine Orangenspalte auf und biss hinein.

»Das dachte ich mir. Jessie glaubte es eindeutig auch, und sie war überzeugt davon, dass Hudson deine Gefühle erwiderte. Vielleicht hatte sie recht.«

»Zwischen uns war aber nie was.«

»Erst nach der Schulzeit«, bestätigte Renee. »Und jetzt?«

»Was?«

»Bist du noch interessiert?«

»An Hudson?«

»Ach, komm schon. Stell dich nicht dumm.«

»Im Augenblick habe ich eher nicht vor, mich mit irgendwem einzulassen«, antwortete sie vorsichtig. »Meine Erfahrungen mit Männern sind ... nicht gerade berauschend gewesen.«

»Das ist keine Antwort«, bemerkte Renee. Mit einer Handbewegung tat sie das Thema ab. »Ich sage ja nur, dass ich nicht sicher bin, ob Jessie glaubte, du hättest während der Schulzeit nichts mit Hudson gehabt. Ich könnte mir vorstellen, dass sie sich gerächt hätte. Auf jeden Fall hat sie immer versucht, Hudson eifersüchtig zu machen, aber das verfängt bei ihm nicht.«

»Wir hatten ganz bestimmt nichts miteinander. Hudson hat mich nicht mal angesehen.«

Renee zog skeptisch eine Braue hoch, ließ das Thema jedoch auf sich beruhen. »Weißt du, Jessies Eltern verhielten sich ... echt besorgt ... ich meine, vor Jessies Verschwinden. Noch in der Woche vorher war ich bei ihnen zu Hause und habe mit ihnen zu Abend gegessen, und da benahm sich auch Jessie sehr merkwürdig. Merkwürdiger als sonst, heißt das. Sie muss damals schon gewusst haben, dass sie wieder abhauen wollte, und ich glaube, es ging ihr nahe, dass es ihre Eltern so verletzen würde. Aber sie konnte einfach nicht anders. Wenn ich jetzt das Gefühl habe, verfolgt zu werden, hatte sie es damals *ganz sicher*. Es war, als wäre ihr etwas auf den Fersen, und sie versuchte, immer einen Schritt weiter zu sein.«

Becca dachte an das Gefühl, dass jemand sie im Irrgarten verfolgte, und an die Vision von Jessie auf dem Felsen, als sie versuchte, sie zu warnen ... wovor? »Hast du eine Ahnung, was sie verfolgte?«

»Wer weiß? Jessie wusste es sicher nicht. Ihre Eltern auch nicht. Sie waren außer sich über ihr Verschwinden, fast so, als wüssten sie, dass es dieses Mal anders war. Als hätten sie Angst. Ich habe sie gesehen, als Mac, dieser Detective, mit ihnen sprach, und, ja, sie kamen um vor Sorge, aber mehr noch als das, sie hatten wahnsinnige Angst.« Sie schüttelte den Kopf. »Und das einzige, was Jessie zu mir sagte – vor ihrem Verschwinden, meine ich, als sie schon völlig wirr redete –, sie sagte, es ginge um Gerechtigkeit. War es vielleicht Rache? Ich wollte, ich hätte mehr Fragen gestellt, aber was wusste ich schon? Sie sagte immer wieder, sie verspüre so eine Unruhe, und ich dachte, es wäre eine Show, wie früher so oft, um im Mittelpunkt zu stehen. Darum ging es Jessie ja in erster Linie: Sie wollte der Mittelpunkt des Universums sein. Noch mehr als die meisten Teenager. Zu dem Schluss jedenfalls bin ich gekommen, nachdem ich all diese Jahre hindurch darüber nachgedacht habe.«

»Du meinst, das, wovor sie davonlaufen wollte, hat sie eingeholt, bevor sie verschwinden konnte?«

Renee lachte freudlos. »Ich weiß selbst nicht recht, was ich da rede. Aber ich bin überzeugt, dass es sich um Jessies Überreste handelt. Es ist doch nur logisch, findest du nicht?«

»Schätze, wir werden es bald wissen.«

»Ach ja? Gut, vielleicht können sie die DNA analysieren. Aber können sie sie mit Jessies abgleichen?«

»Na ja, oder das Zahnschema vielleicht. Das müsste doch registriert sein, oder?«, fragte Becca.

Renee zuckte die Achseln. »Und wenn die Polizei Bescheid weiß, meinst du, wir werden informiert? Oder stehen wir dann alle wieder unter Verdacht? Ich stimme dem Dritten nur ungern zu, aber wenn der Fall wieder aufgerollt wird, werden wir alle unter die Lupe genommen, besonders Hudson.«

Daran mochte Becca gar nicht denken.

Renee trank ihren Kaffee aus und streifte Becca mit einem abschätzenden Blick, als müsste sie eine Entscheidung treffen.

»Was ist?«, fragte Becca.

»In letzter Zeit ist mir vieles wieder eingefallen. Vermutlich habe ich mich dazu gezwungen, erstens wegen der Story, und jetzt, na, ich weiß nicht ...« Sie holte tief Luft und stieß sie langsam wieder aus. »Ich will diese Story unbedingt, aber ... ich bekomme diese Warnungen.«

»Warnungen?«

»Von der alten Frau, die ich eben erwähnt habe.«

»Eine Tarot-Legerin?«

»Gewissermaßen.« Sie wollte augenscheinlich noch etwas hinzufügen, zögerte jedoch. »Keine Freundin von Tamara.«

»Das ist mir klar.«

»Ich bin an den Strand gefahren und habe in der Umgebung von Deception Bay nach Jessie gefragt. Kennst du Deception Bay?« Als Becca den Kopf schüttelte, fuhr sie fort. »Eine Kleinstadt. Eigenartig. Irgendwie … verschlafen.«

»Warum bist du hingefahren?«

»Die Brentwoods haben dort ein Haus. Ich dachte, vielleicht stammt Jessie ursprünglich aus dieser Stadt. Ich war sowieso in der Gegend, also fing ich an, Fragen zu stellen, und machte die Bekanntschaft dieser Hellseherin. Aber als ich mich mit ihr traf, gab sie mir lediglich das Gefühl, ich würde die Götter erzürnen oder so. Es war ein Fehler, sie aufzusuchen. Sie hat nur mit meiner Angst gespielt – Angst, die ich vorher nicht hatte.«

Becca nickte und wartete darauf, dass sie fortfuhr.

Renee wusste anscheinend nicht recht, wie sie sich ausdrücken sollte, doch dann sagte sie: »Ich weiß, dass du und Jessie nicht unbedingt Busenfreundinnen wart. Vielleicht wegen Hudson, vielleicht auch aus anderen Gründen, aber wie gut hast du sie in Erinnerung? Ich meine, wie deutlich steht sie dir vor Augen?«

Ich habe sie in einer Vision gesehen. »Sie hatte bräunlichblondes Haar – langes Haar – und sie war sehr hübsch.« Becca trank ihren Wein aus. »Ich weiß noch, dass sie mit Hudson ging und irgendwie schwer zu durchschauen war.«

»Wie du.«

»Überhaupt nicht«, wehrte Becca hastig ab.

»Vielleicht nicht genau wie du. Aber irgendwie schon, meinst du nicht?«

Wie kommt sie denn darauf? »Jessie war verschlossen und distanziert. Ich hoffe, so bin ich nicht. Findest du, dass ich so bin?«

»Nein ... ich kann es nicht benennen.« Sie zuckte die Achseln und sagte: »Jessie hatte stets eine unbekümmerte Bemerkung auf den Lippen. Einen beiläufigen Kommentar. Man kam nicht an sie heran. Ja, sie hatte viele Geheimnisse, nahm aber auch oft kein Blatt vor den Mund. Und Vangie hat recht: Jessie wusste Dinge. Sie ahnte Dinge voraus. Sie spürte, was geschehen würde, und dann traf es ein. Mehrmals.«

»Auch, dass sie verfolgt wurde?«

»Hm, vielleicht ... Und du hattest diese Visionen, nicht wahr?«, erinnerte Renee sie, und Becca stieg die Glut ins Gesicht.

»Ich hatte gehofft, ihr hättet das vergessen.«

»Die anderen vielleicht. Damals hat es sich aber wie ein Lauffeuer in der Schule verbreitet. Ein Gerücht, das ein Eigenleben entwickelte. Ich wusste nie, wie viel daran wahr oder erfunden war.«

»Früher hatte ich Visionen«, erwiderte Becca vorsichtig. Die Vision von Jessie brannte förmlich hinter ihren Augäpfeln, doch sie konnte sie nicht zur Sprache bringen. Nicht jetzt. Noch nicht. Erst, wenn sie wusste, worauf Renee aus war.

»Jetzt nicht mehr?«

»Nein.«

Renee senkte den Kopf. »Tja, wie auch immer, ich komme dir vor wie eine Verrückte, wie? Ich höre mich selbst reden, als wäre irgendetwas – Böses hinter mir her, und ich kann selbst nicht glauben, dass ich das gesagt habe. Vergiss es. Dass Jessies sterbliche Überreste gefunden wurden, das macht mich nervös und lässt mir Dinge bedeutsam erscheinen, die es gar nicht gibt. Irgendwie dumm. Aber was soll's. Ich brauche ein Glas Wein.« Renee sprang auf, ging mit einer Miene, als wäre sie angewidert von sich selbst, zum Tresen und bezahlte ein Glas Chardonnay. Als sie zurückkam, trank sie ein Schlückchen und sagte: »Das ist schon besser.«

»War das alles, worüber du mit mir reden wolltest?«

»Ja.« Renee leerte ihr Glas bis zur Hälfte und schüttelte den Kopf. »Ich kann dir nicht sagen, wie sehr das alles … was immer es sein mag, meine Nerven strapaziert. Ich erschrecke vor meinem eigenen Schatten, ziehe alles Mögliche in Zweifel. Und schaue mich ständig um, ob als würde ich verfolgt.«

»Genau so ging es mir im Irrgarten«, sagte Becca.

»Ja, klar.« Renee hielt inne. »Vielleicht lassen wir beide nur unseren Verstand von der derzeitigen Stimmung vernebeln.«

Becca dachte darüber nach und war schon im Begriff zu gestehen, dass sie am selbem Tag, als sie von dem grausigen Fund im Irrgarten erfuhr, eine Vision von Jessie hatte, doch sie erhielt keine Gelegenheit mehr dazu. Renee stürzte ihren Wein hinunter, sah auf ihre Uhr und verzog das Gesicht. »Oh, wenn ich nicht jetzt gleich aufbreche, komme ich nicht mehr vor zehn Uhr an.« Sie schnappte sich ihre Handtasche und stand geschmeidig auf. »Wir hören voneinander«, sagte sie fröhlich, doch etwas in der Art, wie sie zur Tür hinaushastete, ließ Becca ahnen, dass Renee ihren Worten keine Taten folgen lassen würde.

Was zum Geier hatte es mit Rebecca Sutcliff auf sich?, überlegte Renee, als sie in ihrem Camry aufs Gas trat und eine gelbe Ampel missachtete, kurz bevor sie auf Rot schaltete. Sie fuhr stetig nach Westen und fädelte sich in den Verkehr auf dem Sunset Highway, einem Abschnitt des Highway 26, ein.

Du läufst davon, mahnte ihr Verstand über den Kopfschmerz hinweg, der in ihrem Hinterkopf pochte. »Nein«, antwortete sie laut, setzte den Blinker und überholte einen Bauerntrottel in einem uralten Pick-up, der nicht schneller als sechzig fuhr und kaum neuer war als der, den ihr Vater gefahren hatte. Sie lief nicht vor irgendetwas *davon,* sie lief *dahin,* wo sie ein neues Leben erwartet, ein Leben ohne ihren Mann Tim und den *Valley Star*.

Was für ein erbärmliches Schundblättchen. Irgendwie passte es zu ihrem erbärmlichen Mann und zu ihrem erbärmlichen Leben. Tja, es war nicht gut genug. Nichts von alledem. Nicht jetzt, da sie wusste, dass der große Durchbruch endlich zum Greifen nahe war.

Sie suchte seit jeher nach einer Story, nein, besser: nach *der* Story, die sie ganz nach oben katapultieren würde, und dank Jessie Brentwood war Renee im Begriff, die Karriereleiter hinaufzufallen. Niemand sollte sie aufhalten. Weder ein jammernder Ehemann, der den Großteil ihres Erbes an der Börse verloren hatte, noch ein Redakteur, der ihr Talent nicht erkannte.

Und auch von merkwürdigen Hokuspokus-Weissagungen und dem Gefühl, verfolgt zu werden, ließ sie sich nicht bremsen. Was hatte sie sich nur dabei gedacht, als sie Becca vor dem Blue Note gefragt hatte, ob sie sich mal treffen und aussprechen könnten? Was hatte sie von Hudsons Ex-Freundin erwartet? Allein die Tatsache, dass sie Renee an Jessie erinnerte – wahrscheinlich wegen Hudson –, hieß doch nicht, dass sie Antworten haben würde. Schlimmer noch, Becca hatte anscheinend selbst Probleme mit der Verarbeitung von Jessies Verschwinden.

Wegen des Nieselregens und weil sie sich wirklich keinen weiteren Strafzettel für die Überschreitung des Tempolimits leisten konnte, fuhr sie nur hundert. Das ist das Problem, dachte Renee, während alle Welt mit neunzig Sachen dahinschleicht, ist einhundertundfünfzig für mich normal. Manchmal hatte sie den Eindruck, dass sie alle anderen wie eine schlaffe, tote Last mit durchs Leben schleppen musste.

Es goss wie aus Kübeln und sie schaltete die Scheibenwischer eine Stufe höher. Wieder dachte Renee über Becca nach. Wie es aussah, hatte Hudson wieder Feuer gefangen. O ja. Renee hatte es an dem Abend im Blue Note gesehen. Zwar war es keine große Überraschung, dass sie wieder zueinanderfanden, aber Renee verstand es trotzdem nicht.

Becca war durchaus hübsch. Hellbraunes, blond gesträhntes Haar, große braune Augen, die zwischen Grün und Grau changierten, und ein Lächeln, dass nicht ganz regelmäßige Zähne zeigte, was wahrscheinlich sogar ein bisschen sexy wirkte. Ihre Wangenknochen waren betont, ihre Augenbrauen geschwungen, und ihr langer Hals erinnerte an Audrey Hepburn. Sie war eindeutig Hudsons Typ. Er stand seit jeher auf blonde, geheimnisvolle Mädchen.

In Renees Augen war das ein Fehler. Aber davon hatte ihr Zwillingsbruder eine ganze Reihe.

Ihr Tacho zeigte einhundertundzwanzig, sie spürte das Aquaplaning auf dem nassen Asphalt und drosselte erneut das Tempo. Es war, als könnte sie nicht schnell genug zu diesem elenden Strand kommen. Sie blickte in den Rückspiegel, fürchtete, sie könnte gerade einen Streifenwagen überholt haben, und natürlich, von hinten näherte sich rasend schnell ein Fahrzeug mit grellem Scheinwerferlicht.

Na, toll.

Sie nahm den Fuß vom Gas und fuhr langsamer, ohne zu bremsen, bis sie die erlaubten achtzig Stundenkilometer erreicht hatte. Auch der Wagen hinter ihr drosselte das Tempo. Wahrscheinlich, um ihr Kennzeichen zu überprüfen.

Es wurde immer besser und besser, denn schließlich gehörte der Camry Tim. Sie machte sich auf alles gefasst, probte ihr Lächeln und Flirtverhalten und hielt die üblichen Ausreden bereit, doch kein Signallicht blitzte auf, keine Sirene forderte, dass sie rechts ranfuhr. Vielmehr blieb das Fahrzeug hinter ihr ein wenig zurück. Vielleicht hatte der Fahrer ihr Tempo gar nicht gemessen und wartete jetzt darauf, dass sie zu schnell fuhr.

Dann eben nicht!

Sie wechselte auf die rechte Fahrspur und der Typ hinter ihr folgte und scherte hinter einem Kompaktwagen ein.

Also wohl keine Polizei. Jedenfalls keiner, der es auf sie abgesehen hatte. Kein Blaulicht. Keine Sirene. Vielleicht nur ihre Einbildung, ihr Verfolgungswahn. Sie legte eine alte Springsteen-CD ein und sah, wie der Kompaktwagen bei Hillsboro vom Highway abfuhr. Noch ein paar Meilen, vorbei an North Planes und Laurelton, während ihr der Wagen unbeirrbar folgte. Sie beschleunigte, er ebenfalls; sie bremste ab, er tat das Gleiche.

Gänsehaut überzog ihre Arme und sie schalt sich selbst wegen ihres Verfolgungswahns. Niemand folgte ihr. Niemand wusste von ihren Plänen. Unmöglich. Sie hatte mit keinem Menschen darüber geredet.

Trotzdem war sie ziemlich sicher, dass sie verfolgt wurde. Ihr Blick fiel auf ihre Handtasche. Sie zog ihr Handy aus dem Reißverschlussfach. Wenn sie jemanden anrufen wollte, musste sie es jetzt tun, bevor sie keinen Empfang mehr hatte, was auf dieser Strecke öfter mal der Fall war.

Und wen willst du anrufen? Was willst du sagen? Dass du den Verdacht hast, dass jemand dir folgt? Warum? Weil du versuchst, das Geheimnis um Jezebel Brentwood zu lüften?

Sie schnaubte verächtlich und schob das Handy zurück in die Tasche.

Die Kopfschmerzen machten ihr zu schaffen. Die bevorstehende Scheidung belastete sie. Das Gerede über Jessie ging ihr an die Nerven. Und diese merkwürdige Weissagung der alten Dame in Deception Bay – die machte sie außerdem nervös. Der Gedanke, dass jemand es darauf abgesehen hatte, ihr etwas anzutun, ängstigte sie und ließ sie nicht mehr los.

»Das ist doch Blödsinn«, sagte sie zu sich selbst. Der CD-Player dudelte, die Scheibenwischer kämpften gegen den Regen. »Quatsch. Sonst nichts.«

Doch sie wusste es besser. Sie grub die Zähne in die Unterlippe und schluckte.

Rache? Gerechtigkeit? Wofür? Was habe ich getan?

»Mutter Maria, hilf mir.« Renee schlug das Kreuzzeichen

über der Brust, eine Geste, die sie seit dem letzten Schuljahr in St. Elizabeth nicht mehr ausgeführt hatte, doch der Trost, den sie früher aus einem rasch gemurmelten Gebet gezogen hatte, blieb jetzt aus. Es erinnerte sie lediglich an die Knochen, die zu Füßen der Madonna gefunden worden waren.

Noch einmal sah sie in den Rückspiegel, und die Scheinwerfer des Verfolgers erschienen ihr noch heller als zuvor, noch intensiver.

»Da ist nichts«, flüsterte sie, während ein weiterer düsterer Springsteen-Song aus den Lautsprechern tönte. Renee nahm es kaum wahr. Ihr Blick huschte zwischen der regennassen Frontscheibe und dem Rückspiegel hin und her, in dem sie die Scheinwerfer blendeten. »Mistkerl«, sagte sie leise.

In den Bergen würde sie ihn abhängen. Niemand sollte wissen, wohin sie fuhr, dass sie ihren ganzen Mut zusammengenommen hatte und noch einmal die alte Hexe von Wahrsagerin aufsuchen wollte. Dass sie mehr über ihr Schicksal und über Jessie erfahren wollte, insofern die Frau etwas wusste.

Du liebe Zeit, sie fing schon an, wie Tamara zu denken, und das machte ihr Angst. Große Angst.

Sie sah das Scheinwerferlicht im Spiegel und biss die Zähne zusammen. Sie wollte sich in den nächsten zwei Stunden jedenfalls nicht ängstigen lassen. Falls jemand sie verfolgte, würde sie ihm ein Rennen liefern. Renee trat aufs Gas.

Ihr Camry schoss auf das Vorgebirge der Coast Range zu, wo jeder, auch eine Reporterin eines Käseblättchens, in den zerklüfteten Schluchten, den dunklen Tunnels und dem aufsteigenden Nebel verschwinden konnte.

8. Kapitel

Das Motiv, dachte Mac mit düsterer Selbstzufriedenheit. *Das Motiv.*

Es war spät. In diesem Teil des Gebäudes hielt sich niemand mehr auf außer dem Hausmeister, der im Flur reichlich falsch ein Medley von Elvis-Hits sang und eigenmächtig den Text veränderte, wenn er ihm nicht einfiel, was bei jeder dritten Zeile der Fall war. Mac lauschte einer verstümmelten Version von ›Can't Help Falling in Love‹, während er das bei der Madonnenstatue gefundene Beweismaterial sichtete.

Er kannte es in- und auswendig, hätte es quasi auch blind noch identifizieren können, so oft hatte er die Teile angefasst, doch er hatte immer noch das Gefühl, er könnte noch etwas Neues erfahren, wenn er nur weitermachte.

Jessie Brentwood war schwanger gewesen. Okay, Berichtigung: Die sterblichen Überreste in dem Grab verrieten, dass das Opfer schwanger war, und Mac glaubte fest daran, dass es sich um Jessie Brentwood handelte. Wenn bis dahin alles zutraf, hatte Mac endlich ein Motiv für Jessies Verschwinden und den Mord an ihr: Einer von den Yuppies wollte nicht Papa werden.

Damals, als das Mädchen verschwand, war es nicht zu greifen gewesen: das Motiv. Mac hatte so viel mehr geahnt, als diese jungen Dreckskerle ihm erzählt hatten, doch er hatte keine Beweise … und kein Motiv. Ein Streit mit ihrem halbwüchsigen Freund – dem kleinen Walker – hatte nicht ausgereicht. Wenn er jetzt zurückdachte, fragte er sich, warum er von Anfang an trotz der fehlenden Beweise so sicher gewesen war.

Er hatte einfach gewusst, dass etwas Schlimmes passiert war. Hatte es in den Knochen gespürt. Bis ins Mark. Aber er konnte nichts beweisen.

Vielleicht jetzt ... vielleicht ... jetzt ...

Und der Fall war der seine.

Endlich.

Der kleine Haufen vor ihm umfasste Stückchen von Laub, mehrere Zigarettenkippen, zerbröselndes Papier von Süßigkeiten, ein undefinierbares weißes Plastikteil und ein kleines Klappmesser. Das Messer war offenbar die Mordwaffe, denn die Rippen des Opfers wiesen eine Scharte auf, ein Hinweis darauf, dass jemand mindestens einmal auf sie eingestochen hatte. Fingerabdrücke gab das Messer nicht her; es hatte zu lange in der Erde gelegen. Das Labor arbeitete an DNA aus dem Knochenmark, aber wenn sie keine Entsprechung in der Datenbank fanden, bot diese Methode keine Möglichkeit der Identifizierung. Wenn es sich bei dem Skelett um das Adoptivkind Jezebel Brentwood handelte, hieß das, dass sie nach den leiblichen Eltern suchen mussten, die sich Gott weiß wo aufhielten, oder nach einem Geschwisterkind oder anderem Verwandten, und auch diese müssten in der Datenbank gespeichert sein. Mac hatte Kontakt zu den Brentwoods aufgenommen, die ihm versicherten, sie wüssten nichts über Jessies leibliche Eltern. Sie waren keineswegs erfreut, nach seinen groben Verhörtaktiken vor Jahren wieder mit ihm reden zu müssen, und deshalb ließ er sie jetzt erst einmal in Ruhe.

Aber die Knochen des Babys – sofern sie nicht zu verwittert waren – tja, das war etwas anderes. Falls man DNA gewinnen oder gar die Blutgruppe bestimmen konnte und sich einer dieser Yuppies als Vater herausstellte ... Er lächelte vor sich hin. Wie hieß es doch gleich? Irgendetwas in der Art, dass Rache kalt serviert am besten schmeckte. Himmel, dieser Fall war seit zwanzig Jahren kalt. Eiskalt. Und, ja, Rache schmeckt immer süß.

Zwanzig Jahre lang hatte er einstecken müssen. Aber jetzt sollte er seine Bestätigung finden. *Da hast du's, Sandler,* dachte er, immer noch die Frotzeleien seiner neuesten Partnerin im Ohr. Er konnte es kaum erwarten, ihr den Beweis vorzulegen, dass er von Anfang an recht gehabt hatte.

Doch etwas störte ihn noch.

Mac griff nach der Notiz des Kriminaltechnikers, die besagte, dass die Knochenstruktur sowohl der Erwachsenen als auch des Kindes eine Anomalie aufwies. Ein Knochensporn. »Anomalie«, knurrte er wohl zum hundertsten Mal. Er hatte den Techniker angerufen, der in Eile und schwer zu greifen war.

»Ihre unterste Rippe hat einen Auswuchs, wie eine zusätzliche Teilrippe, die mit der darüberliegenden verwachsen ist. So etwas habe ich noch nie gesehen«, erklärte ihm der Techniker.

»Nun, das könnte uns helfen, sie zu identifizieren, falls irgendwo Röntgenaufnahmen vorliegen …?«, bemerkte Mac ein bisschen überhastet, da er ahnte, dass der Techniker schon wieder auflegen wollte. »Stammt das von einer Verletzung?«

»Auch bei dem Baby?«, höhnte der Mann. »Nein, es ist eher eine zusätzliche Rippe.«

»Also genetisch bedingt.«

»Sie sind ein Genie, wissen Sie das?«

Mac ging auf den Seitenhieb nicht ein. »Haben Frauen nicht sowieso eine Rippe mehr? Auf jeder Seite eine mehr als Männer?«

»Ja«, sagte der Techniker betont geduldig. »Betrachten Sie dies als eine zusätzliche Rippe, und nur auf einer Seite. Ein Geburtsfehler.« *Klick!*

Als Mac jetzt das Bild betrachtete, war diese Rippe kaum auszumachen. Das Zahnschema hatte auch nichts ergeben. Mac hatte von Jessies Adoptiveltern erfahren, dass Jessie zu den Glücklichen gehörte, die nie Zahnprobleme hatten. Die Eltern gaben zu, nie mit ihr einen Zahnarzt aufgesucht zu haben. Mac sagte sich, dass das in gewissen Kreisen als Vernachlässigung angesehen werden könnte, doch die Kriminaltechniker ließen ihn wissen, dass die Zähne des Opfers ›einwandfrei‹ waren. Was insgesamt gesehen ebenfalls darauf hinwies, dass es sich um Jessies sterbliche Überreste handelte.

Am Tatort waren keine persönlichen Gegenstände zurückgeblieben. Keine Handtasche. Keine Geldbörse. Allerdings waren inzwischen ja auch viele Jahre vergangen, und auch das untermauerte im Grunde die Vermutung, dass es Jessies Leiche war. Zur Zeit ihres Verschwindens hatten ihre Eltern ausgesagt, dass sie im Gegensatz zu allen anderen Malen, als sie weggelaufen war, ihre Handtasche nicht mitgenommen hatte. Das hatte Mac in seinem Glauben bestärkt, dass sie zu Schaden gekommen oder umgebracht worden war, dass sie nicht aus eigenem Entschluss fortgegangen war.

Jezebel Brentwood war etwas zugestoßen, und jetzt war Mac überzeugter denn je, dass es um Mord ging.

»Einer von den Yuppies hat sie erstochen«, sagte Mac. »So und nicht anders war das.«

... we're caught in a trap ... I can't walk out ... because I'm all about you maybe ...

»*Because I love you too much, Baby.* Herrgott.« Mac warf einen finsteren Blick in den Flur. War es denn so schwer, sich den Text zu merken? Also ehrlich.

Vielleicht sollte er einfach nach Hause gehen. An diesem Abend kam er sowieso nicht mehr weiter. Er war müde und mit seiner Geduld am Ende. Er blieb nur noch, weil ihn nichts nach Hause lockte. Seine Ex-Frau hatte das Sorgerecht für ihren einzigen Sohn, Levi, und wenn Mac den Jungen auch an den

Wochenenden häufig bei sich hatte, hatte Levi, fast schon ein Teenager, doch häufig seine eigenen Pläne, und selbst die Wochenenden waren dadurch nicht mehr gesichert. In mancher Hinsicht war das ganz in Ordnung, da Mac häufig Überstunden machen musste. Doch in letzter Zeit wusste er oft nicht, wie er die leeren Stunden außerhalb der Arbeit ausfüllen sollte. Und ihn quälte die Befürchtung, dass er sich als Vater nicht genug engagierte, dass Levi auf den falschen Weg geraten könnte, zumal seine Versuche, ein Vater-Sohn-Gespräch in Gang zu bringen, bisher zu nichts geführt hatten. Der Kleine blockte ihn einfach ab. Kein gutes Zeichen. Er hatte seine Ex darauf angesprochen, und Connie hatte wortwörtlich geantwortet: »Was erwartest du denn, du Supervater? Schließlich hat er ja oft genug auf deinen Einfluss verzichten müssen.« Als Mac widersprechen wollte, hatte sie ihm das Wort abgeschnitten. »Erzähl mir jetzt um Gottes willen bloß keinen Quatsch über deinen Beruf und die Überstunden. Andere Polizisten haben durchaus Zeit für Frau und Kinder.«

Dieses Wochenende sah böse aus. Levi war schwankend und quasselte schon davon, bei Zeno übernachten zu wollen – war der Name erfunden? Mac hatte nie von dem Jungen gehört. Wohl aber Connie.

Zum Glück lag ihm eine lange Liste von Verhören vor. Die Yuppies und ihre Mädchen.

Er packte seine Sachen zusammen und hörte: … *come on let's rock … everybody let's rock … everybody in the whole cell block, was dancin' to the jailhouse rock …*

Auf dem Weg zur Tür hinaus suchte Mac nach Fehlern im Text, doch er fand keine. Vielleicht lag es daran, dass der Kerl im Polizeipräsidium arbeitete, seinem eigenen *jailhouse*. Vielleicht war das die Erklärung.

… Jimmie Jannie Jerry and the slide trombone, da da da da da da on the xylophone …

»Gütiger Gott.« Mac trat hinaus in eine wieder einmal regennasse Nacht.

Am Tag, nachdem sie bei St. Elizabeth Geister gejagt und mit Renee Wein getrunken hatte, beendete Becca ihre Arbeit am frühen Nachmittag. Sie hatte einen Anruf von Elton Pfeiffer bekommen, einem der Seniorchefs in der Kanzlei und gleichzeitig ein handfester Grund dafür, dass Becca nur zu gern zu Hause arbeitete. Elton, Ende sechzig, hielt sich immer noch für einen Weiberhelden. Er war dreimal geschieden, fuhr einen roten Porsche, besaß eine Eigentumswohnung an der Küste und unbegrenzte Vorräte an Viagra, wenn man seiner Sekretärin glauben wollte, und hatte Becca mehrmals eingeladen und sogar schon versucht, sie zu küssen, als sie Unterlagen zum Unterschreiben ins Büro brachte.

Es war spät gewesen. Das gläserne Büro im zweiundzwanzigsten Stock bot einen Panoramablick auf die Lichter der Stadt und den dunklen Willamette River, der träge unter der Morrison Bridge hindurchfloss, als Pfeiffer mit einer Scotchfahne hinter ihr auftauchte, ihren Oberkörper umschlang, sie an sich zog und mit den Lippen ihren Nacken streifte. Sie hatte sich abrupt umgedreht, ihn weggestoßen und gedroht, das Knie hochzuziehen, wenn er sie nicht in Ruhe ließ. Da ließ er sie in Ruhe, und statt ihn wegen sexueller Belästigung anzuzeigen, hatte Becca gekündigt. Es war so demütigend und so entsetzlich vorhersehbar gewesen.

Pfeiffer fühlte sich in seine Schranken gewiesen und bot ihr an, zu Hause zu arbeiten. Sie hatte die Gelegenheit beim Schopf ergriffen und sich gesagt, es wäre nur vorübergehend und gäbe ihr ein bisschen Freiheit, die Möglichkeit, sich ihre Arbeitszeit selbst einzuteilen. In den letzten paar Wochen hatte sie die Kanzlei nur ein einziges Mal aufgesucht, als sie das Babygeschenk für ihre schwangere Kollegin abgeben wollte.

Heute hatte Elton Pfeiffer, ganz geschäftsmäßig, einen Immobilienvertrag für eine Einkaufsmeile ändern und neu tippen lassen wollen. »Ich habe ihn bereits per E-Mail geschickt. Wenden Sie sich an Colleen«, hatte sie gesagt und dann aufgelegt.

Zwar hatte Becca in der Wahl ihrer Männer nie ein gutes Händchen gehabt, aber sie hatte von Anfang an gewusst, dass ›El‹, wie er sich gern nennen ließ, ein Typ war, dem man besser aus dem Weg ging. Nach einer Vaterfigur hatte sie nie Ausschau gehalten und wollte auch jetzt nicht damit anfangen. In mancher Hinsicht war ihr Job ideal.

Doch abgesehen von der Arbeit fühlte sie sich gestresst und abgespannt und musste ständig an Hudson denken. Sie erwog sogar, ihn anzurufen. Wieder einmal. Ganz im Gegensatz zu dem, was sie Renee erzählt hatte.

»Lügnerin«, schalt sie sich leise. Seit sie Hudson vor einer Woche im Blue Note gesehen hatte, waren ihre Gedanken ständig bei ihm.

Warum rufe ich ihn nicht einfach an? Warum sollte ich nicht die Initiative ergreifen? Bin ich ein unsicheres Schulmädchen? Wir waren mal Freunde. Haben uns geliebt. Hätten beinahe ein Kind zusammen gehabt.

Becca hob den Hörer ab und legte ihn dreimal wieder auf, bevor sie, sauer auf sich selbst, Hudsons Nummer so hastig eingab, als ob die Tasten brannten. Sie investierte entschieden zu viel Energie und Gefühl in diesen einen Anruf. Sie rief ihn halt an, na und? Sie wollte ihn sehen. Sie war Witwe. Das war schon in Ordnung.

Es klingelte sechs Mal, bevor der Anrufbeantworter ansprang und seine Stimme auf Band ihr den Atem stocken ließ. Völlig idiotisch! Nach dem Signalton sagte sie: »Hi, Hudson. Hier ist Becca Sutcliff. Ich habe nachgedacht … *über dich* … über so manches … und bin ein bisschen durcheinander, fürchte ich …

wegen des Skelettfunds bei St. Elizabeth. Ich muss immerzu … *an dich* … an Jessie denken. Wenn du mal Zeit hast, könnten wir uns vielleicht treffen und reden? Meine Nummer lautet …« Sie haspelte sie rasch, beinahe atemlos herunter, dann legte sie mit heftig klopfendem Herzen den Hörer auf. Und dann schlug sie ihre Stirn mehrmals gegen die Küchenwand und kam sich völlig bescheuert vor.

»Das kann nicht gut sein«, sagte sie leise zu Ringo, der interessiert den Kopf hob.

Becca schlüpfte in ihre Laufschuhe und warf sich eine leichte Jacke über, dann griff sie nach Ringos Leine und ging mit ihm nach draußen. Beim Joggen ließ sie sich ihre Worte immer und immer wieder durch den Kopf gehen. Ringo wollte an jedem Zweig, jedem Grashalm schnuppern, doch Becca ließ es nicht zu. Nachdem sie angehalten hatte, damit er sein Geschäft erledigen konnte, lief sie, den Hund auf den Fersen, in Richtung Park. Ihre Schritte klatschten auf dem Pflaster, Pfützenwasser spritzte auf, doch sie lief weiter, bis ihr Herz heftig zu schlagen begann. Sie dachte daran, wie sie sich in ihrer Wohnung aus dem Gebüsch heraus und im Irrgarten beobachtet gefühlt hatte, von jemandem mit bösen Absichten, aber sie biss die Zähne zusammen. Sie wollte ihrer Angst keine Macht über sich einräumen. Auf gar keinen Fall.

Ringo, häufig erregbar, zeigte keine Anzeichen von Nervosität. Er genoss die sportliche Betätigung genauso wie sie.

Die Luft war kühl, hoch am Himmel zogen nachmittägliche Federwolken, als sie das andere Ende des Parks umrundete und eine Eichengruppe durchquerte, wobei sie um ein Haar einen Jungen auf einem Roller angerempelt hätte. Er schleuderte ihr Beschimpfungen entgegen, die sie schon tausendmal gehört hatte, und sie lief unbeeindruckt weiter, den kleinen Hügel hinauf und an der anderen Seite wieder hinunter, über die Brücke am Bach und zurück zu ihrer Wohnung. Mittlerweile spürte sie, wie ihre Muskeln arbeiteten, hatte den richtigen Rhythmus gefunden, und der Hund lief mühelos neben ihr her.

Insgesamt lief sie beinahe drei Meilen, und als sie wieder durch die Haustür trat, war ihr Gesicht gerötet, und trotz des kühlen Wetters war ihr der Schweiß ausgebrochen.

Zuallererst sah sie nach Nachrichten auf dem Anrufbeantworter. Nichts.

Was hast du denn erwartet? Dass er sich sofort bei dir meldet, wenn er deine Stimme hört? Idiotin.

Vor sich hin brummend duschte sie und setzte sich dann, weil sie nicht mehr weiterwusste, wieder vor den Computer. Dankbar sah sie, dass Colleen von Bennett, Bretherton und Pfeiffer neue Arbeit geschickt hatte. Gut. Am liebsten hätte sie sich *für alle Zeiten* in Arbeit vergraben.

Es war schon früher Abend, als sie den Kopf hob und sich fragte, wann sie zuletzt etwas gegessen hatte. Sie stand auf, streckte sich, dass es im Rücken knackte, und versuchte, die Worte zu überhören, die ihr ständig im Kopf herum kreisten: *Er hat nicht angerufen … er hat nicht angerufen … er hat nicht angerufen …*

Als das Telefon klingelte, sprang Becca wie von der Tarantel gestochen auf. Sie schnappte sich den Hörer und sagte: »Hallo?«

»Hey, Becca, hier ist Tamara«, begrüßte ihre Freundin sie aufgeräumt.

Beccas Stimmung sank.

»Bist du beschäftigt? Ich will gerade etwas essen gehen und möchte wissen, ob du mitkommst.«

»Gern«, sagte Becca und hoffte, dass ihre Stimme begeisterter klang, als sie sich fühlte. Sie hatte nicht vergessen, dass Tamara letztens in Hudsons Pick-up gestiegen war. *Wenn schon. Na und? Das heißt gar nichts.* Besser, sie war nicht zu Hause. Darauf zu warten, dass das Telefon klingelte, erinnerte zu sehr an das Verhalten einer Dreizehnjährigen.

Sie verabredete sich mit Tamara in einem nur ein paar Meilen entfernten mexikanischen Restaurant, zog sich um, fütterte Ringo und war bereits auf dem Weg zur Tür, als das Telefon wieder klingelte.

Sie erkannte die Nummer, und ihr Herz begann zu hämmern, als sie den Hörer abnahm.

»Becca?«, wurde sie von Hudsons Stimme begrüßt, und ihr wurde warm.

»Hallo«, antwortete Becca und ignorierte die Tatsache, dass ihre Nerven vibrierten wie Elektrodraht – wie die einer Dreizehnjährigen.

»Ich habe deine Nachricht bekommen. Ich habe auch über so manches nachgedacht, und, ja, ich finde, wir sollten uns treffen und über alles reden. Das ist vielleicht keine schlechte Idee.«

Ihr dummes Herz hämmerte gegen die Rippen. »Schön.«

»Vielleicht später am Abend?«

»Gern, nach dem Essen«, sagte sie, enttäuscht, weil sie bereits mit Tamara verabredet war. »Vorher habe ich schon etwas vor, aber dann könnten wir uns vielleicht irgendwo treffen?«

»Wie wär's bei mir? Weißt du noch den Weg zu der alten Ranch?«

Als wäre es erst gestern gewesen.

»Klar. Ich komme, irgendwann kurz nach acht«, sagte sie und sah, dass ihre Hände zitterten, als sie auflegte. »Dreizehnjährige sind vielleicht doch etwas reifer«, vertraute sie dem Hund an und hastete ins Schlafzimmer, um sich umzuziehen.

Sie traf Tamara in dem kleinen Restaurant mit den falschen Gipsputzmauern, die so gestrichen waren, als befänden sie sich in einer mexikanischen Villa, komplett mit Ausblick auf einen azurblauen Ozean und Fischerboote. Als hätte man hier, hoch oben in den südlichen Bergen von Portland, einen Ausblick auf die Sea of Cortez. Becca gab sich Mühe, nicht immer wieder auf die Uhr zu sehen oder zu schnell zu essen, doch es fiel ihr schwer, die Platte mit Fajitas, die sie sich teilten, oder die fetzige, moderne, beinahe wilde Musik zu genießen.

Kurz nachdem die Platte mit brutzelnden Shrimps mit Gemüse serviert wurde, kamen sie natürlich auf Jessie zu sprechen.

»Glaubst du, sie ist tot?«, fragte Tamara. Sie trank schon den zweiten Margarita, während Becca noch an dem Salzrand ihres ersten nuckelte.

Becca zuckte die Achseln. Sie war dieser Frage so überdrüssig. Hatte es satt, es nicht zu wissen.

»Ich glaube, sie spielt nur mit uns, wie sie es immer getan hat.« Tamara löffelte Shrimps, Zwiebeln und Peperoni in eine warme Mehltortilla. »Dass Jessie damals untergetaucht ist und dass sie Schülerin in St. Elizabeth war, muss doch nicht heißen, dass sie tot ist.«

»Wer ist es dann?«

»Gott weiß, wer.« Sie leckte sich die Finger ab. »Was hältst du von Vangie und Zeke?«

»Ein Déjà-vu-Erlebnis.«

Tamara schnaubte. Das Deckenlicht spielte in ihrem roten Haar, ein Kellner rief einem Koch durch die offene Durchreiche zur Küche auf Spanisch Bestellungen zu. »Sie hat ja unübersehbar mit ihrem Ring geprotzt. Ob er echt ist?«

»Sie tat so, als wäre sie mit Zeke verlobt.«

»Ob sie ihre Eifersucht überwunden hat?« Tamara zog eine Braue hoch. »In der Schule hat sie ihn weiß Gott an der kurzen Leine gehalten.«

Becca erinnerte sich, wie Evangeline in der Schulzeit Zeke angeschmachtet, jedes Spiel, an dem er beteiligt war, besucht hatte, und das waren viele, denn Zeke war ein Star in irgendeiner Disziplin ... Baseball?

»Komisch, wie? So viele Jahre zu warten – fast zwanzig – und immer noch auf denselben Kerl abzufahren? Sie sollte mal zum

Psychiater gehen oder sich aus der Hand lesen, ihre Liebeslinie prüfen lassen.« Becca lächelte matt. »Meinst du, man sieht es in ihrer Hand?«

»Lach nur. Es wird schon einen Grund haben, dass Astrologie und alternative Religionen oder Glaubensrichtungen nach Jahrhunderten immer noch existieren. Da ist schon was dran.«

»Du hast sogar Renee bekehrt.«

Tamara schüttelte den Kopf. »Renee ... Ich weiß wirklich nicht, wie sie gestrickt ist, sie ist der letzte Mensch, von dem ich ein Interesse an alternativer Spiritualität erwartet hätte. Sie ist einer Person begegnet, die ihr Angst eingejagt hat.«

»Einer Frau am Strand.«

»Ich weiß nicht, was sie gesagt hat, um Renee so aufzuwühlen, aber sie hat ja auch viel um die Ohren. Ihren Beruf und Tim – der Typ ist quasi ein Stalker, das sagt sie zumindest. Sie hat ihn mit einer anderen erwischt und ihm klar und deutlich den Laufpass gegeben, und jetzt führt er sich auf, als müssten sie unbedingt zusammenbleiben.«

»In guten wie in schlechten Zeiten.«

»Sie hat's dir erzählt?« Tamara sah sie verwundert an.

»Wir haben im Java Man Kaffee und ein Glas Wein getrunken.«

»Zum Glück habe ich nie geheiratet. Ich war zwar zweimal verlobt und bin einmal fast mit einem Kerl nach Reno durchgebrannt, hab's aber geschafft, vorher doch wieder zu Verstand zu kommen.«

Die Leute am Nebentisch schimpften über die Unfähigkeit ihrer Kinder, während eines ›Familienessens, also schöner gemeinsamer Momente‹, wie der Vater sagte, auf SMS-Schreiben und Handyspiele zu verzichten.

Nach einem Blick zu dem Tisch hinüber beugte sich Tamara ein wenig zu Becca vor und flüsterte: »Ich meine – alles wird schlechter, wenn man es wirklich durchzieht. Wenn man vor den Altar tritt, sein Jawort gibt und gemeinsam Pläne für die Zukunft und die Familie schmiedet.«

»Das habe ich hinter mir«, flüsterte Becca.

»Oh, entschuldige. Wie dumm von mir.«

»Schon gut. Mit Ben hätte es nie klappen können.«

Tamara hob ihren Margarita, prostete Becca zu und trank einen großen Schluck. Sie stellte das Glas wieder ab und beäugte es kritisch. »Ich muss es mir abgewöhnen, das Zeug ist nicht gut für mich, *absolut* nicht. Ich trinke nur Alkohol, wenn ich voll im Stress bin, wie jetzt wegen dieser Jessie-Geschichte. So fest ich auch an Geister glaube, es ist doch ein bisschen gruselig, wenn alle meinen, sie könnte eine von diesen Seelen sein, die keine Ruhe finden.«

»Was redest du da? Du glaubst immer noch, dass sie lebt?«

Der Kellner kam mit der Rechnung. Sie zahlten und hatten das Restaurant schon verlassen, waren, gefolgt von mexikanischer Musik, auf dem Weg zu ihren Fahrzeugen, als Tamara fragte: »Okay, ich gestehe, ich hatte einen Hintergedanken bei unserer Verabredung heute Abend. Und es geht nicht einzig und allein um Jessie oder wessen Knochen auch immer im Irrgarten gefunden worden sind.«

»Gott sei Dank.«

»Tja, vielleicht. Vielleicht auch nicht.« Tamara kramte in ihrer übergroßen Tasche nach den Schlüsseln. »Es geht um Hudson. Im Blue Note habe ich gespürt, dass es zwischen euch knistert. Da ist immer noch was, oder?«

Becca konnte nicht lügen, aber sie konnte auch nicht zugeben, dass sie nie über ihn hinweggekommen war. »Wie meinst du das?«

»Wart ihr denn nie zusammen? Ich dachte doch. Ich meine, ein paar Jahre nach Jessies Verschwinden, nicht während der Schulzeit oder so. Ich glaube, Vangie hat mal so etwas angedeutet.«

Evangeline war schon immer eine Klatschbase gewesen.

»Nach unserem Schulabschluss habe ich Hudson und Zeke ein paarmal getroffen«, gestand Becca, als sie bei ihrem Jetta angelangt waren. »Und Hudson und ich waren öfter mal zusammen. Renee wusste davon. Vangie vermutlich auch.«

»Einfach nur so?« Tamara zog eine Braue hoch.

Becca zuckte die Achseln. »Es ist lange her.«

»Aber du hast noch Gefühle für ihn? Komm schon. So etwas merke ich eben. Neulich Abend habt ihr beiden regelrechte Stromstöße ausgesendet. Und ich will einfach nur wissen: Läuft das wieder? Gehst du mit ihm? Falls das so ist, will ich dir nicht in die Quere kommen.«

»Ich bin … nicht … na ja … wir sind …« Sie mochte nicht zugeben, dass sie im Begriff war, sich mit ihm zu treffen, dass sie sich über die Gelegenheit, mit ihm allein zu sein, freute, aber gleichzeitig wusste, dass es emotionaler Selbstmord sein konnte. Sie liebte ihn so sehr, mit einer Art Schulmädchen-Fanatismus, der tödlich sein konnte.

»Was?«, hakte Tamara nach. Der Wind, eisig wie im Winter, frischte auf.

»Ich bin jetzt auf dem Weg zu ihm«, gestand Becca schließlich und hob kapitulierend die Hände. Der Wind, der nasses Laub über den Parkplatz jagte, wehte ihr eine Haarsträhne ins Gesicht.

»Ahh …« Tamara nickte, seufzte ergeben und öffnete die Tür ihres Mazdas. »Ich hatte gehofft, mein Radar hätte sich geirrt, aber das tut er selten. Grüß ihn von mir. Und falls es nicht klappt, lass es mich wissen. Er ist der Beste von allen. Mit Abstand. In der Schule waren wir doch alle irgendwie eifersüchtig auf Jessie, nicht wahr?«

»Ja, ein bisschen.«

»Also … wenn du mit Hudson liiert bist …«

»Wir sind nicht liiert.«

»Noch nicht«, sagte Tamara. »Dann sollte ich mich vielleicht auf den Dritten stürzen.« Becca stöhnte auf. »Oder auf Mitch. Beide sind ledig.«

»Jarrett auch, glaube ich.«

»Ich bin doch keine Masochistin«, sagte Tamara mit einem kläglichen Lächeln, »aber bitte, bitte, frag mich nicht, ob ich Sadistin bin.«

Sie winkte flüchtig und setzte sich hinters Steuer. Becca, deren Wagen zwei Parkbuchten entfernt stand, folgte ihrem Beispiel, lenkte den Jetta vom Parkplatz, fuhr in westlicher Richtung zu Hudsons Ranch und fragte sich, ob sie gerade im Begriff war, den größten Fehler ihres Lebens zu begehen.

9. Kapitel

Hudson legte die Flasche Weißwein, die er gerade gekauft hatte, in den Kühlschrank. Es war ein Chardonnay. Mittlerer Preisklasse. Müsste hinkommen, aber woher zum Teufel sollte er das wissen? Denn wenn er trank, dann höchstens Bier. Vielleicht mal einen Scotch. Wein interessierte ihn nicht, und sein Wissen zu diesem Fachgebiet beschränkte sich auf zwei Begriffe. Rot- und Weißwein.

Doch im Blue Note hatte er Becca Wein trinken gesehen, und deshalb vermutete er, dass sie ihn gern trank.

Er fuhr sich mit einer Hand durchs Haar. »Gütiger Gott«, schimpfte er mit sich selbst. Eine Woche lang hatte er sich gegen den Drang, sie anzurufen, gewehrt und war schon im Begriff, sich geschlagen zu geben, als er Beccas Stimme auf dem Anrufbeantworter hörte. Er hatte sich ermahnt, die Finger von ihr zu lassen, Distanz zu halten. Jetzt, nachdem womöglich Jessies Leiche gefunden wurde, war der denkbar schlechteste Zeitpunkt, um ein fast erloschenes Feuer neu zu entfachen – ein Feuer, das trotz all der inzwischen vergangenen Jahre offenbar nicht ausgehen wollte.

Becca … Himmel, sie war so schön.

Jessie war auch schön gewesen.

Manchmal in seinen Träumen, diesen erotischen, beinahe schon abartigen Träumen, aus denen er mit einem Steifen erwachte, schlief er mit einer von ihnen, meistens mit Jessie. Dann breitete sich ihr langes braunblondes Haar fächerartig auf dem Kissen aus, ihre braunen Augen waren groß vor Erregung, die Pupillen weiteten sich, wenn er sie zwischen den Beinen berührte. »Mehr«, flüsterte sie in sein Ohr, und wenn er sich über sie wälzte und mit den Knien ihre Schenkel öffnete, lächelte sie satanisch, als ob sie etwas wüsste, wovon er nichts ahnte. Dann verblich ihr Bild und wechselte zu Becca. Urplötzlich veränderte sich die Szene. Statt auf dem Billardtisch oder in seinem Bett zu liegen, umarmten er und Becca sich meistens unter den Dachsparren der Scheune oder unter den schaukelnden Zweigen der Weide. In einiger Entfernung, wo die langen Zweige und die leuchtenden Blätter sich bewegten, sah er flüchtig ein aschfahles, ätherisches Bild von Jessie, die sie beobachtete. Ein Geist. Tot, aber trotzdem existent.

Sie lächelte. Wissend. Warf ihm stumm, höhnisch, seinen Treuebruch vor. Als ob sie gewusst hätte, dass er sich schon in der Schulzeit zu Rebecca hingezogen fühlte.

Das war gruselig. Schweißgebadet wachte er dann auf, seine Erektion schrumpfte, in seinem Kopf pochte eine Lust, die sich immer auf zwei Frauen verteilte.

Kein Wunder, dass er nie einen feuchten Traum hatte; Jessies großäugiger Voyeurismus sorgte ja dafür.

Er holte sich ein Bier, öffnete die Flasche und trank ein paar lange Züge. Seine Gedanken kreisten um Becca. Sie hatte Katz und Maus mit ihm gespielt. Sie wollte ihn haben, machte dann jedoch wieder einen Rückzieher, genau wie er bei ihr.

Bei Rebecca Ryan, nein, Becca Sutcliff, wusste er einfach nie, woran er war.

Doch das würde er herausfinden, sagte er sich und öffnete das Fenster einen Spaltbreit, um ein wenig kühle Nachtluft einzulassen. Wenn der Ofen brannte, wurde es leicht stickig in der Küche, und der Geruch von verkohltem Eichenholz konnte penetrant werden. Er musste mal den Abzug kontrollieren, ihn saubermachen oder gleich das ganze Ding rausreißen. Das war Teil des Plans, doch an diesem Abend gab er sich mit einem Hauch von kalter Winterluft zufrieden. Er bemerkte ein Spinnennest, fegte es mit der Hand fort und dachte dann: Was soll's? Wenn seine Lebensumstände Becca nicht passten, konnte sie ja gehen.

Er hörte Motorengeräusch, sah im Fenster Scheinwerferlicht an der alten Garage und trank sein Bier aus.

»Jetzt geht's los«, sagte er zu sich selbst und ließ die leere, langhalsige Flasche auf dem Küchentresen stehen.

Beccas Hände am Steuer waren feucht vor Aufregung, als sie in ihrem Jetta von der zweispurigen Straße durch struppiges Gebüsch hindurch auf die Zufahrt abbog. Der Kiesweg führte zunächst an einer Baumgruppe entlang, dann mitten durch einen bestellten Acker und endete vor dem Farmhaus mit den vielen verschiedenen Wirtschaftsgebäuden dahinter.

Licht brannte; die vordere Veranda wurde von der Innenbeleuchtung angestrahlt. Becca parkte ihren Wagen an der Seite, holte tief Luft, zog den Schlüssel aus der Zündung und sagte sich: Jetzt oder nie. Sie stieg aus, überquerte einen Kiesplatz und stieg drei breite Stufen zur Veranda hinauf. Erinnerungen wurden wieder wach, doch sie sah, dass die alte Schaukel, in der sie mit Hudson gesessen hatte, nicht mehr dastand. Sie blickte hinaus auf die Wiesen und die einzeln stehende Trauerweide.

Ihr tat das Herz weh; etwas in ihrem Inneren zuckte. Wie oft hatten sie sich dort geliebt? Zehn Mal? Zwanzig Mal? Öfter? Sie dachte an Hudsons Küsse, an seine heißen Lippen, seine kräftigen Hände an ihrem Rücken.

»Herrgott noch mal«, flüsterte sie.

In die Haustür war ein rechteckiges Fenster aus geschliffenem Glas eingelassen, sodass sie in den Flur hinein blicken konnte. Sie klingelte, und der Ton verhallte feierlich im Haus.

Hudson kam in Sicht, näherte sich mit langen Schritten über

die Eichenbohlen des Fußbodens der Tür. Im nächsten Moment öffnete er.

»Du hast es geschafft.«

»Ein Kinderspiel.«

»Ist irgendwie gar nicht so lange her, wie?«

»Nein«, gestand sie. Er wich zur Seite aus und sie trat über die Schwelle und sah sich um. Ein paar Veränderungen bemerkte sie auf Anhieb: Zum Beispiel war der Duft der Zigarren, die Hudsons Vater so liebte, nicht mehr da. Doch die Möbel seiner Mutter in ihrer blumigen Pracht waren geblieben.

Becca musste unwillkürlich lächeln.

»Was ist?«, fragte Hudson.

»Erinnerungen«, sagte Becca, umfasste mit einer Handbewegung das ganze Zimmer und zog ihren Mantel aus.

Er hängte ihn über einen geschwungenen Arm des Kleiderständers am Fuß der Treppe, schaute um sich und sah das Zimmer mit ihren Augen. Dann führte er sie in die Küche, wo der Ofen und der Fernseher Zeugnis davon ablegten, dass dieser Raum das Herz des Hauses war. »Irgendwann werde ich renovieren«, sagte Hudson.

»Warum?«

Er lachte. »Ach, weiß nicht. Vielleicht ist es an der Zeit, die Siebziger endlich über Bord zu werfen. Magst du ein Glas Wein?«, fragte er auf dem Weg zur Küche. Becca folgte ihm langsam und ließ das Haus auf sich wirken.

»Wie wär's mit einem davon?«, fragte sie und wies mit einer Kopfbewegung auf die leere Bierflasche bei der Spüle.

Ha. Ein Mädchen nach seinem Herzen. Immer schon …

Er griff in den Kühlschrank, öffnete für beide eine Bierflasche, kam dann zurück an den Tisch und drehte einen Stuhl um, um sich rittlings darauf zu setzen. Becca lächelte. Wie schon damals als Teenager. Es war, als wären sechzehn Jahre spurlos vorübergegangen, als sie sich jetzt unterhielten. Er fragte sie nach ihrer

Arbeit, sie erzählte ein bisschen von ihrem Alltag und erkundigte sich dann nach der Ranch. Er erwähnte, dass er gerade einen neuen Vormann eingestellt und dass er eine anscheinend erfolgreiche Karriere im Immobiliengeschäft aufgegeben hatte, um die Früchte seiner Arbeit auf diesem weiten Land nahe dem Vorgebirge der Coast Range zu genießen.

In einer Gesprächspause rollte Hudson seine fast leere Bierfalsche zwischen den Händen, hob den Blick und sagte: »Okay, nachdem das nun abgehakt ist, sag mir bitte, was du wirklich denkst.«

»Worüber?«, fragte Becca vorsichtig.

»Jessie. Das Skelett. Das Treffen mit unseren langjährigen … Freunden.«

»Muss ich?«

Er warf ihr einen nachsichtigen Blick zu, doch dann wich vor ihren Augen alle Belustigung aus seiner Miene. »Ich glaube, dass sie dort ums Leben gekommen ist, im Irrgarten. Und ich glaube, dass jemand sie ermordet hat. Die Person dort wird wohl kaum einen Herzinfarkt erlitten haben, um dann bei St. Lizzie in ein Loch zu fallen und auf unerklärliche Weise begraben zu werden.«

»Aber es muss nicht zwangsläufig Jessie sein.«

»Aber die Wahrscheinlichkeit ist groß.«

»Ich weiß nicht …«

»Du denkst, sie lebt noch.«

Becca trank einen Schluck von ihrem Budweiser. »Nein. Ich vermute wohl wie alle anderen, außer Tamara, die auch schwankend wird, dass sie tot ist. Irgendwie will ich es einfach nicht, obwohl ich mir keine Erklärung dafür denken kann, warum Jessie ihre Eltern im Ungewissen und in Sorge zurücklassen sollte, falls sie noch lebt. Zwanzig Jahre verschollen sein, das ist lange. Renee war fest überzeugt davon, dass es sich um Jessies Leiche handelt.«

Hudson zog die Brauen zusammen. »Du hast mit Renee gesprochen?«

»Wir haben zusammen ein Glas Wein getrunken.«

»Tatsächlich?« Es traf ihn offenbar aus heiterem Himmel. »Weil ihr so gute Freundinnen seid?«

»Wegen Jessie und diesem Durcheinander.«

»Hat sie dir von Tim erzählt? Von der Scheidung?«

»Ein bisschen. In erster Linie haben wir über Jessie gesprochen, wie wir über sie denken.«

»Ha.« Hudson leerte seine Flasche und stellte sie auf den Tisch. »Sie hat nicht versucht, dich zum Tarot zu bekehren?«, fragte er trocken.

»Sie hat's versucht. Ich bin nicht darauf eingegangen.«

Hudson sah Becca in die Augen. Ein Lächeln zuckte in seinen Mundwinkeln. »Du ... hast mir gefehlt«, sagte er gedehnt.

Becca spürte Tränen in den Augen und senkte den Blick auf ihr Bier. Sie wollte sich nicht blamieren. Niemals. »Du glaubst also, Jessie wurde im Irrgarten ermordet und begraben?«

»Ich glaube, sie hat sich – Schwierigkeiten – aufgehalst und ist dadurch ums Leben gekommen. Sie hat sich nie bei mir gemeldet«, fügte er hinzu. »Vielleicht überschätze ich mich, aber ich hätte wirklich gedacht, sie würde sich bei mir melden, wenn sie noch lebte.«

»Du hast nie daran geglaubt, dass sie ausgerissen wäre?«

»Doch, klar. Zu Anfang. Ich wollte es mir nicht vorstellen, dass sie für immer fort wäre, und McNallys Theorien mochte ich schon gar nicht hören. Und ich wollte nicht, dass einer von uns mit ihrem Verschwinden zu tun hat«, fügte er hinzu.

»Aber jetzt ...?«, fragte sie, und ein ungutes Gefühl kroch ihr über den Rücken. »Denkst du denn jetzt, dass einer der vormaligen Schüler von St. Lizzie mit ihrem Tod zu tun hat?«

»Ich hoffe, nicht.«

Aber es klang, als müsste er sich selbst überzeugen. »Und

wenn es sich nicht um Jessie handelt?«, fragte Becca. »Wenn es tatsächlich jemand anderes ist?«

»Wer soll es dann sein? Und wo steckt dann Jessie? Was hat sie getan? Was für ein Leben hat sie sich aufgebaut? Kannst du sie dir als verheiratete Frau vorstellen? Mit Kindern. Mit einem *normalen* Leben?«

»Das wäre ein gewaltiger Schritt.«

»War sie anders, als ich sie in Erinnerung habe?«, fragte Hudson plötzlich, als hätte er sich die Frage qualvoll abringen müssen. Er stand auf und schritt in der Küche auf und ab, um dann neben Beccas Stuhl stehen zu bleiben. Sie musste den Kopf wenden, um zu ihm aufsehen zu können. »Wir reden unentwegt über sie, und sie ist schon fast zum Mythos stilisiert worden, dabei war sie lediglich ein Mädchen, das häufig von zu Hause ausriss. Ganz sicher wissen wir nur, dass im Irrgarten ein Skelett gefunden wurde. Wenn es nicht Jessies ist, wessen dann?«

Becca hob beide Hände.

»Ich will nicht mehr darüber nachdenken«, sagte Hudson. »Reden wir lieber über … etwas anderes. Hast du ein bevorzugtes Thema? Die Wirtschaftslage? Globale Erwärmung? Ob Zeke und Vangie wirklich mal heiraten?«

»Ich nehme Nummer drei.«

»Nein.«

»Nein?«

»Nein.«

Verlegen erhob sich Becca von ihrem Stuhl, aber sie war Hudson zu nahe und wich zum Küchentresen aus und lehnte sich dort an. »Okay, was geht da vor? Sie trägt einen Ring …«

»Zeke hat sie nie geliebt.«

»Aber er hat ihr einen Verlobungsring geschenkt.«

»Er wird einen Grund finden, die Verlobung zu lösen. Er zieht das niemals durch. Das ist nicht seine Art.«

»Ahhh …«

»Wir beide haben es einmal auch nicht durchgezogen. Ich hoffe, in der Beziehung habe ich mich gebessert.« Er lehnte sich neben sie an den Tresen. Eine lange Pause folgte. Becca war sich seiner Nähe überdeutlich bewusst. »Tut mir leid, dass ich dich nie angerufen habe.«

»Dafür hast du dich schon mal entschuldigt. Gewissermaßen. Ich hätte dich ja auch anrufen können.«

»Nein, ich hätte es tun müssen«, sagte Hudson gepresst. »Ich wollte es auch. Hätte ich's doch getan.«

»Ich dachte, du wärst immer noch in Jessie verliebt«, gab Becca zu, so schwer es ihr auch fiel. »Ich bin nicht sicher, ob du sie nicht immer noch liebst.«

»Genauso wie Zeke weiß ich auch nicht, ob ich sie überhaupt geliebt habe«, gestand er. »Wir waren sechzehn.«

»Manche Menschen verlieben sich mit sechzehn.«

»Ich wollte – mit dir zusammen sein.«

Becca sah ihn überrascht von der Seite an. »Als Jessie noch da war?«

»Sie wusste, dass ich etwas für dich empfand, obwohl ich nie ein Wort gesagt habe. Sie hat es schon immer gewusst.«

»Ich wusste es nicht«, erwiderte Becca leicht außer Atem. Ihr Herz begann wild zu galoppieren. Sie konnte nicht glauben, was sie da hörte!

»Ich konnte meinen Gefühlen nicht folgen, und ich wusste nicht, wie ich mit ihr Schluss machen sollte. Ich habe darüber nachgedacht, und dann war sie fort. Ich habe immer gedacht, sie würde zurückkommen, und dann würde ich einen sauberen Schnitt machen. Als ich dich in jenem Sommer sah, war es mir egal. Zeke war der Meinung, ich sähe Jessie in dir, aber weit gefehlt. Ich habe ihn jedoch in dem Glauben gelassen.«

»Er hat dir die Affäre mit mir ausgeredet«, bemerkte Becca.

Hudson verzog das Gesicht. »Zeke wollte nicht, dass ich überhaupt mit jemandem zusammen war, aber seine Worte brachten mich zum Nachdenken. Im Grunde war ich noch nicht bereit für eine ernsthafte Beziehung. Ich war ein dummer Schuljunge. Und Jessies Verschwinden spielte noch eine große Rolle.«

»Jetzt nicht mehr?«

»Nein.« Sie sahen einander lange an. Seine Augen wurden dunkel von einem schwelenden Gefühl, das sie sehr gut verstand. Von leichtem Schwindel befallen, flüsterte Becca: »Ich sollte lieber gehen, bevor ich etwas tue, was ich später bereuen muss.« Er schien widersprechen zu wollen, doch dann neigte er zustimmend den Kopf.

»Mehr Mühe willst du dir nicht geben?«, fragte sie, und ihre Stimme schien von weither an ihre eigenen Ohren zu dringen.

Ein sinnliches Lächeln auf den Lippen, streckte er langsam den Arm nach ihr aus, drehte sie zu sich um und fuhr mit beiden Händen an ihrem Rücken hinauf. Sie schlang die Arme um seinen Oberkörper und einen Moment lang waren ihre Lippen sich ganz nah.

Er sagte: »Ich würde dich gern küssen.«

»Dann tu's …«

Sie spürte seine Lippen auf ihrem Mund. Spürte das heiße Versprechen. Innerlich schien sie zu schmelzen. Sie wünschte sich sehnlichst, dass er sie hochhob und die knarrende Treppe hinauf in sein Schlafzimmer trug.

»Hudson …«, flüsterte sie an seinem Mund.

»Hmm?«

»Du hast mir auch gefehlt.«

In einem Bruchteil der nächsten Sekunde wurde ihr Wunsch Wirklichkeit: Er hob sie hoch und trug sie die alte Treppe hinauf in ein Zimmer mit Blick auf die Berge – vor Jahren war es das Schlafzimmer seiner Eltern gewesen. Wortlos ließ er sich mit ihr auf die durchhängende Matratze sinken und küsste sie, als hätte er Angst, es könnte das letzte Mal sein.

Becca löste sich. Von ihren Schuldgefühlen. Ihren Bedenken. Von ihrem Verstand. Wie von selbst öffneten sich ihre Lippen. Er schmeckte vertraut und erotisch, sein Geruch brachte eine Flut von lustvollen Erinnerungen zurück. Er strich an ihren Rippen herab, als würde er sie intim kennen, und als er begann, sie zu entkleiden, revanchierte sie sich, küsste seine nackte Haut, spürte die Kraft seiner Muskeln. Tastete seine harten, starken Schultern und die sehnigen Arme ab, die sie hielten.

Sein Mund fand die gleichen Stellen wie vor Jahren wieder. Hinter dem Ohr, im Nacken, das Dekolleté. Sie spürte seine Glut, genauso heiß, wie das Blut in ihren Adern rauschte.

Sie sagte sich, dass sie es bereuen würde, dass etwas so Unglaubliches nicht ohne Schmerz zu haben war, doch es war ihr gleichgültig. Ihre Sehnsucht war zu heftig, und sie schwelgte in der puren, machtvollen Leidenschaft, die von seinem Körper auf ihren überging. Seine Zunge fuhr rau über ihre Brüste, umkreiste die Spitzen, zupfte und spielte an ihnen und wanderte dann tiefer herab, während sie die Hände in sein Haar wühlte und sein Duft ihr in die Nase stieg.

Vorsicht, Becca … du hast ihm noch nichts von dem Kind gesagt. Von seinem Kind …

Ohne auf die Stimme in ihrem Kopf zu hören, überließ sie sich der Lust, spürte seinen heißen Atem an ihrer Haut, seine Hände, die ihr Fleisch kneteten, seine Zunge und seine Lippen, die ihr Blut in Quecksilber verwandelten.

Ihr Gaumen war staubtrocken, doch innerlich zerfloss sie. Immer heißer wurde ihr, ihr Körper begann, sich zu winden, in ihrem Gehirn pochte Verlangen. Sie schloss die Augen, als der erste Orgasmus kam, und als die zweite Welle folgte, schrie sie auf, krallte die Finger ins Laken und überließ sich den lustvollen Konvulsionen.

Da kam er zu ihr, mit Leib und Seele. Er fand ihren Mund, und sie küsste ihn mit dem aufgestauten Verlangen der Jahre voller Sehnsucht, als sie sich dieses Verlangens wegen gehasst und doch von ihm geträumt hatte. Hudson … es war immer nur Hudson gewesen, auch als sie einen anderen Mann geheiratet hatte, und jetzt … jetzt …

Sie stieß ein leises Stöhnen aus, als er in sie eindrang. Instinktiv schlang sie die Beine um seine Schenkel. Seine Lippen und sein Mund waren heiß und feucht. Er stieß einmal, dann noch einmal in sie hinein, und sie schrie auf, als er sich fortwälzte und sie hochhob, sodass sie auf ihm saß, das Gesicht ihm zugewandt, seine Beine unter den ihren, während er ihr Gesäß fest an sich drückte.

»O … O … Himmel«, flüsterte sie, als er einen immer schnelleren Rhythmus vorgab, und die Glut verzehrte sie. Ihr Körper war von Schweiß bedeckt, die Lust schlug über ihr zusammen. Sie folgte seinem Rhythmus, immer schneller, bis das Zimmer sich drehte. Sie schlang die Arme um ihn, legte die Hände auf seine geschmeidigen Rückenmuskeln. Sie rang keuchend nach Luft, und ihr Herz klopfte so heftig, dass sie glaubte, es müsste zerspringen, als er in der Bewegung erstarrte und aufschrie. Ihr Körper reagierte, umspannte ihn, und die Welt zerbarst in Millionen Scherben aus Licht.

Erst hinterher, als sie auf dem zerwühlten Laken lagen, immer noch schwer, aber zufrieden atmend, sagte Hudson: »War es schön für dich?« Da mussten beide lachen.

»Der ödeste Sex, den ich je erlebt habe. Hast du das nicht gemerkt?«, sagte sie zwischen zittrigen Atemstößen.

»Wenn du nicht so furchtbar frigide wärst.« Sie lächelte, bettete ihren Kopf an seine Schulter, und er wob die Finger in ihr Haar. »Sagst du mir, warum wir so lange gewartet haben?«

Sie schloss die Augen und atmete seinen Duft. »Viel zu lange …« Sie ahnte das Lächeln auf seinen Lippen und fragte: »Was?«

»So lange warten wir nie wieder«, sagte er, glitt über sie, und der Blick seiner blauen Augen war träge und sehr sinnlich.

»Schön«, hauchte sie und alle ihre Gedanken drehten sich nur noch um Hudson.

10. Kapitel

Renee atmete einmal tief durch, als sie am nächsten Abend die kleine Küstenstadt Deception Bay ansteuerte. Am Vorabend war die Fahrt durch einen Anruf von Tim, einen entsetzliche fiesen Streit und einen Lebensmitteleinkauf in einem rund um die Uhr geöffneten Safeway verzögert worden. Dann folgte schließlich die langsame Fahrt im Schneeregen über kurvenreiche Bergstraßen. Heute war sie den ganzen Tag über in der Hütte geblieben, um sich eine Pause zu gönnen.

Das Gefühl, verfolgt zu werden, hatte sie während der ganzen Fahrt durch die Coast Range und in südlicher Richtung über den Highway 101 in den steilen Bergen über dem Pazifik nicht losgelassen. Nur im Schneckentempo konnte sie den Wagen auf der Straße halten. Und immer wieder hielt sie im Rückspiegel nach dem Scheinwerferlicht Ausschau, das hinter ihr lauerte wie die Augen einer riesigen Bestie.

»Na bitte«, sagte sie jetzt zu sich selbst, als die wenigen Straßenlaternen der Kleinstadt im Nebel sichtbar wurden. Sie dachte immer noch an den Streit mit Tim. Himmel, er war eine Dreckschleuder. Er glaubte wohl, er könnte sich eine Affäre mit einer Kollegin leisten und von Renee erwarten, dass sie (a) Verständnis hatte und (b) ihm auch noch verzieh. Jetzt, und er bestand darauf, wollte er keine Scheidung. Er hätte über alles nachgedacht und wäre zu dem Schluss gekommen, dass es für ›alle‹ besser wäre, wenn sie ihre Ehe aufrechterhielten. Als ob das so einfach wäre.

Renee glaubte nicht, dass sie einen Ehebruch so ohne Weiteres verwinden konnte, wenngleich sie selbst auch schon ein-, zweimal in Versuchung geraten war, dieses Tabu zu brechen. Doch sie hatte es nicht getan. Es war zwar knapp gewesen, aber sie hatte sich gebremst. Nicht, dass das jetzt noch wichtig war. Tim konnte toben, wie er wollte, sie daran erinnern, dass sie für immer und ewig die ›Seine‹ war. Es war aus. Endgültig aus, und das hatte sie ihm an diesem Abend deutlich zu verstehen gegeben.

Er war in Rage geraten, und zum ersten Mal hatte sie das Ausmaß seines Jähzorns gesehen und war froh, dass sich keine Waffe im Haus befand. Wenn sie auch nicht glaubte, dass er ihr jemals körperlichen Schaden zufügen würde …

Trotzdem, er war durchgedreht. Völlig durchgedreht. Sein Gesicht, sonst auf jungenhafte Weise schön, wurde rot wie eine Tomate, die großen Hände ballten sich zu fleischigen Fäusten. Er war so weit gegangen, mit der Faust ein Loch in die Wand in der Eingangshalle zu schlagen. Daraufhin hatte sie das Weite gesucht. Und zwar schnellstens. Hatte nur kurz in Hillsboro angehalten, um das Lebensnotwendigste einzukaufen.

Ob er ihr gefolgt war? Um noch einmal Streit anzufangen?

Das würde er doch wohl nicht tun, oder?

Sie kehrte zu der Kiesauffahrt des kleinen Wochenendhäuschens zurück. Die Hütte lag drei Häuserblocks vom Strand entfernt, die Stadt war zu Fuß zu erreichen, und sie gehörte einem Freund ihres Vaters, einem Mann, der sich seit dem Tod seiner Frau kaum mehr darin aufhielt. Seine Kinder hatten sich in alle Himmelsrichtungen zerstreut. Ein Sohn lebte in Miami, ein anderer in Denver, seine Tochter versuchte sich als Schauspielerin in L.A. Niemand benutzte die Hütte, die er irgendwann in den frühen Achtzigern eigenhändig renoviert hatte.

Renee lenkte ihren Camry unter den Carport. Durch den Nebel lief sie zur Veranda, wo die Außenbeleuchtung, die sonst immer brannte, defekt zu sein schien. »Merde«, knurrte sie und hantierte mit ihrem Schlüssel an dem alten verrosteten Schloss herum.

Sie hörte Schritte, drehte sich mit rasendem Herzschlag um und sah jemanden aus dem Nebel auftauchen. Um ein Haar hätte sie aufgeschrieen, doch dann sah sie den großen Hund, der zum abendlichen Fitnesstraining neben dem Mann hertrottete.

Reiß dich zusammen, ermahnte sie sich. Im selben Moment sprang das alte Schloss auf und sie betrat die Hütte. Sie warf ihr Gepäck auf einen Futon mit einer verblichenen Tagesdecke, der auch als Sofa diente, und ging noch einmal hinaus, um die Lebensmittel zu holen.

Binnen Sekunden war sie zurück in der Hütte, schloss die Tür hinter sich ab und schaltete das Licht an. Sie drehte die Gasheizung auf, befahl ihrem Herzen, nicht so lächerlich schnell zu schlagen, und stellte ihren Koffer im Schlafzimmer im Erdgeschoss ab. Dann klappte sie ihren Laptop auf und wartete darauf, dass er hochfuhr.

Sie hatte Glück und fand über das W-LAN einer benachbarten Familie Zugang zum Internet. Ihre kleine Hütte verfügte kaum über ausreichende Stromversorgung, geschweige denn über einen Router. Sie hatte nicht mal Telefonanschluss. Der Besitzer weigerte sich, Geld von Renee anzunehmen, hatte sie stattdessen nur gebeten, die Hütte ein bisschen ›auf Vordermann zu bringen‹. Sie hatte nicht widersprochen und akzeptierte die kleine Behausung als ihren Rückzugsort vor Tim und ihrer scheiternden Ehe.

Hier hatte sie auch die Entscheidung getroffen, die Story über die verschollene Jezebel Brentwood zu verfassen.

Und Jessie Brentwood war der Grund für ihr unerschütterliches Gefühl, verfolgt zu werden. Als behielte jemand sie im Auge und liefe ihr nach. Und das alles nur wegen dieses ersten Ausflugs nach Deception Bay.

Jessies Adoptiveltern, die Brentwoods, hatten sich anfangs gesträubt, mit Renee zu reden, als sie ihnen den Plan für eine Story über ihre verschollene Tochter unterbreitete. Sie kannten Renee und mochten sie. Renee stellte ein schwaches Bindeglied zu Jessie dar, die einzige Freundin, die im Lauf der Jahre hin und wieder Kontakt aufgenommen hatte, doch sie wehrten sich gegen Renees Vorhaben, alles wieder ans Tageslicht zu zerren. Sie glaubten immer noch, dass Jessie eines Tages einfach wieder zur Tür hereinkommen würde. So etwas kam vor.

Renee beharrte auf unaufdringliche Weise auf ihrer Frage nach Jessies leiblichen Eltern, doch beide schwiegen verbissen, als hätten sie Angst, ein Top Secret auszuplaudern. Renee hatte sie rundheraus gefragt, warum sie augenscheinlich solche – Angst – hatten, über die Adoption zu sprechen, doch beide blieben verschlossen. Das einzige, was sie erfuhr, war, dass die Adoption – eine private – in der kleinen Küstenstadt Deception Bay über die Bühne gegangen war. Dort besaßen die Brentwoods ein Ferienhäuschen, wenngleich sie es offenbar seit langer Zeit nicht mehr aufgesucht hatten. Renee fragte, ob Jessie von dem Häuschen wusste. Konnte sie dort untergeschlüpft sein, wenn sie ausgerissen war? Die Brentwoods versicherten, nein, Jessie sei nie in der Hütte gewesen. Dort hatten sie stets zuallererst nach ihr gesucht, sie aber nie angetroffen, und seit ihrem letzten Verschwinden wäre sie auch ganz sicher nie dort gewesen.

Aufgrund dieser Information hatte Renee sich auf den Weg zum Strand nach Deception Bay gemacht. Sie hatte die Einwohner über die Gegend ausgefragt, wie es sich hier lebte, wer die prominentesten Familien waren, was immer ihr einfiel, um ein Gespräch in Gang zu bringen. Dann ließ sie einfließen, dass sie eine Familie kannte, die in der Umgebung von Deception Bay ein Mädchen adoptiert hatte, und dass diese Tochter eine Schulfreundin von ihr sei. Niemand schien etwas zu wissen, aber ein alter Seemann, der sich die Zeit auf einer Bank mit Blick aufs Meer vertrieb und die Möwen fütterte, sehr zum Ärger der Städter, die die Vögel als Ungeziefer betrachteten, riet ihr, Mad Maddie aufzusuchen.

»Mad Maddie?«, fragte Renee skeptisch.

»Wohnt da drüben …« Er wies in die Richtung einer felsigen Anhöhe. »Da gab's ein paar hübsche Motels. Sind jetzt ziemlich runtergekommen. Eines davon gehört Mad Maddie, soviel ich weiß. Jedenfalls wohnt sie da. Irgendwann kauft eine große Hotelkette das alles auf und baut da einen riesigen Betonklotz. Dann kostet ein Zimmer dort ein Vermögen, aber noch ist es nicht so weit.«

»Sie glauben, Mad Maddie könnte meiner Freundin helfen, ihre leiblichen Eltern zu finden?«

»Sie hat nicht alle Tassen im Schrank. Ne Schraube locker. Sie schaut in die Zukunft.« Er lachte schnaubend. »Sie wird Ihnen ein nettes Garn vorspinnen.«

»Ist sie ein Medium?«

Er schnaubte wieder. »Nennen Sie sie, wie Sie wollen. Sie und ihre verrückte Familie.«

Renee war eine kurvenreiche Straße zur Kuppe des Hügels hochgefahren und musste dem Seemann beipflichten, was die Schönheit der Gegend betraf. Vielleicht würde tatsächlich eines Tages eine Baufirma einen ›riesigen Betonklotz‹ hier hinsetzen, und von dort hätte man dann einen hinreißenden Blick aufs Meer. Doch momentan war von dem Motel nicht viel mehr übrig als eine graue, verwitterte, heruntergekommene Ansammlung von einstöckigen Gebäuden mit wackligen Carports und einem von Unkraut überwucherten Schotterparkplatz. Darauf standen ein paar ähnlich erbärmliche Fahrzeuge, Urlaubsgäste, die laut dem handgeschriebenen Anschlag an der Mauer pro Tag, pro Woche oder pro Monat bezahlen konnten.

Renee vermutete, dass das Gebäude ganz am Ende Mad Maddies Wohnsitz war, da sich vor der Eingangstür so einiges an Gerümpel stapelte: gebrauchte Möbel, altes Plastikspielzeug, ein Gasherd, der schon bessere Tage gesehen hatte, alle möglichen Bad- und Küchenutensilien und ein paar Gartenstühle, aufgestellt, um sich nähernde Gäste sehen zu können, nicht etwa die atemberaubende Aussicht nach Westen, auf der Rückseite. Der Traum eines Messies.

Sie klopfte an die Tür mit dem schief hängenden Schildchen: BÜRO. Es dauerte eine Weile, bis geöffnet wurde. Mad Maddie war eine Frau mit zu einem strengen Knoten geschlungenen eisengrauen Haar und starrem, merkwürdig leerem Blick. Sie befand sich offenbar in den späten Sechzigern, doch Renee meinte, sie könnte genauso gut ein Jahrzehnt jünger oder älter sein.

»Sind Sie … Maddie?«, fragte Renee.

»Wollen Sie ein Zimmer?«

»Eigentlich wollte ich … Ich habe gehört, Sie können wahrsagen?«

In ihren grauen Augen regte sich etwas. »Sie wollen also zu Madame Madeline.« Sie wich zur Seite aus, und Renee trat rasch über die Schwelle.

»Ja.«

Mad Maddie alias Madame Madeline wies Renee einen Platz auf einem Kunstledersofa zu, das so aussah, als ob dessen Federn jeden Moment den verschlissenen Bezug zu durchstechen drohten, dann zückte sie ein ebenso verschlissenes Päckchen Tarotkarten. Renee war fasziniert. Ihr kroch tatsächlich ein Schauder über den Rücken. Diese alte Frau strahlte etwas Unheimliches aus, wirkte aber gleichzeitig so glaubwürdig, dass die beinahe aseptische Kartenlegerin mit ihrer Inszenierung, die sie mit Tamara aufgesucht hatte, nicht mithalten konnte. Hier war das Ambiente gesättigt, und statt dem berauschenden Räucherstäbchenduft roch sie altes Holz und salzige Seeluft.

Böse Vorahnungen sträubten ihr die Härchen auf den Unterarmen und Renee rieb sich impulsiv die Ellbogen. Mad Maddie musterte sie mit ihrem leeren Blick, und Renees Herz pochte ein wenig schneller. Die Frau blickte nicht auf die Karten. Sie starrte Renee an.

»Was wollen Sie?«, fragte sie.

Renee berichtete von ihrer Freundin, die nach ihren leiblichen Eltern forschte, einer Schulfreundin von St. Elizabeth, die seit Jahren verschwunden war und nach der Renee suchte. Sie erzählte mehr, als sie geplant hatte, Maddies Schweigen machte sie nervös. Nur einmal regte Maddie sich während ihres Berichts, um ein bisschen wild über die Schulter hinweg zur Rückfront des Motels zu schauen. Renee folgte dem Blick automatisch, sah jedoch nichts. Ein Windstoß ließ die Fensterscheiben rappeln und Renee fuhr zusammen.

»Sie ist tot«, sagte Maddie.

»Jessie? Jezebel?« Die nüchterne Bemerkung ging ihr durch und durch.

»Jezebel …« In diesem Moment warf Maddie den ängstlichen Blick über die Schulter.

»Können Sie das sehen?«

Doch dann wandte Maddie sich den Karten zu, äußerte banale Weissagungen und verlor den Faden, bevor sie den Gedanken zu Ende gedacht hatte. Renee sah sich in dem Zimmer um und glaubte, in der spaltbreit geöffneten Tür einen Schatten gesehen zu haben.

Und dann sagte Maddie, sie sei vom Tod gezeichnet. Einfach so. Sie oder jemand aus ihrem Freundeskreis an jener Schule.

Und damit war die Sitzung beendet.

Jetzt war Renee nicht sicher, was sie überhaupt erfahren hatte. Mittlerweile glaubte sie, dass Maddie ihr dieses ›Sie ist tot‹ nur an den Kopf geworfen hatte, um sie zu erschrecken. Eine Taktik. Und zwar eine ziemlich eindrucksvolle, denn die Worte ließen Renee seitdem nicht mehr los. Und als dann das Skelett im Irrgarten gefunden wurde, überkam Renee erst recht das Grauen.

Sie ist tot?

Konnte das denn Zufall sein?

Wieder jagte ihr ein Schauer über den Rücken und Renee schüttelte sich unwillig. Sie schwor sich selbst, sich nicht so sehr beeindrucken zu lassen, und begab sich zielstrebig in die Kochnische, wo sie Käse und Äpfel aufschnitt und mit ein paar Crackern auf einem Teller anrichtete. Im Schrank fand sie den koffeinfreien Kaffee von ihrem letzten Aufenthalt, brühte sich eine Kanne auf und setzte sich an den Schreibtisch in der Ecke, auf dem ihr Laptop stand. Sie schlürfte Kaffee, naschte Obst und Käse und begann mit der Arbeit an ihrer Story.

Statt sich von Eindrücken und Gefühlen leiten zu lassen, wandte sie ihre übliche Methode zur Vorbereitung eines Artikels an. Zunächst entzifferte sie ihre Notizen vom Treffen im Blue Note, überarbeitete ihre Einschätzung der Mädchen, die angeblich Jessies beste Freundinnen gewesen waren und sie intim gekannt hatten, und der Jungen, die ihr nachgestellt hatten und verdächtigt worden waren, zumindest von Detective Sam McNally, inzwischen beim Morddezernat. Damals, als Jessie verschwand, hatte McNally nur Vermisstenfälle bearbeitet, aber die Suche nach dem Mädchen, das als Ausreißerin berüchtigt war, hatte ihn ganz besonders beschäftigt. Es war fast, als wäre er scharf auf sie gewesen. Renee nahm sich vor zu überprüfen, ob McNally noch etwas anderes mit Jessie verband, womöglich eine Romanze oder Sex. *Dieser* Aspekt würde frischen Wind in die Story bringen. Zwar war Jessie Hudsons Freundin gewesen, doch Renee vermutete – aufgrund von ihrem sexy Auftreten –, dass Jessie sich auch mit anderen Jungen und Männern eingelassen hatte. Mit wie vielen oder wie intensiv, das wusste sie nicht, aber vielleicht sollte sie sich einfach auf McNally konzentrieren.

Sie furchte die Stirn. Ihr Kaffee war vergessen. Die Sache war die, dass niemand Jessie richtig gekannt hatte. Weder ihre Eltern noch die Jungen, die sie angeblich geliebt hatten, noch ihre Freundinnen. Solange sie lebte, war sie ein Mysterium geblieben, und im Tod war sie es erst recht.

Renee überflog die Namen der Jungen und ihr Blick blieb auf dem ihres Bruders haften. Hudson Walker. Was Jessie anging, war er immer ziemlich verschwiegen gewesen. Einmal hatte Renee gedacht, Hudson handle nach seinem persönlichen Ehrenkodex: Der Gentleman genießt und schweigt. Aber vielleicht war Hudson auch gar nicht so emotional beteiligt, wie alle angenommen hatten.

Sie kritzelte eine Notiz und fügte Beccas Namen, mit einem Fragezeichen versehen, hinzu. Ihr Bruder war ein paar Jahre nach Jessies Verschwinden eindeutig scharf auf Becca gewesen, und wie es jetzt aussah, brannte das Feuer immer noch.

Aus den Augenwinkeln bemerkte sie flüchtig einen Schatten in der Fensterscheibe an der Seite des Hauses.

Reglos sah sie, wie die dunkle Gestalt sich bewegte, und ihr Herz begann zu rasen. Ein Gesicht tauchte auf, verschattet wie von einer Kapuze und mit Augen, die wie tot durch die Scheibe starrten.

Ihr Herz setzte einen Schlag aus.

Sie verbiss sich einen Aufschrei und schob ihren Stuhl so vehement zurück, dass die Beine heftig über den Boden scharrten.

Verzweifelt sah sie sich im Zimmer nach einer Waffe um, nach irgendeiner Waffe, und in der Erwartung, dass jeden Augenblick das Glas zerschmettert wurde, fiel sie fast vom Stuhl und rannte stolpernd in den Flur und die dortige Dunkelheit.

Du bildest dir Dinge ein, du bildest dir alles nur ein! Sie schlüpfte in die dunkle Küche, wo nur ein ganz blasser Lichtschein durch die Fenster und die Hintertür fiel … Himmel, war sie abgeschlossen? Sie durchquerte den Raum und überprüfte den Riegel. Die Härchen auf ihren Unterarmen richteten sich auf, als sie vom Messerblock auf dem Küchentresen ein Schlachtermesser nahm und zurück in den fensterlosen Flur flüchtete.

Kalter Schweiß rann ihr über den Rücken. In den Dachsparren heulte der Wind.

Das Handy! Nimm doch das Handy!

»Oh nein«, flüsterte sie, als sie sich erinnerte, dass das Handy sich in ihrer Handtasche, beim Schreibtisch, befand.

Geräuschlos, das Pochen ihres Herzens im Ohr, schlich sie durch den Flur. Ihre schweißnassen Finger umklammerten das Messer, und sie rechnete fest damit, dass jede Sekunde jemand sie aus dem hinteren Schlafzimmer oder einem Besenschrank heraus anspringen würde.

Vorsichtig tastete sie sich zurück zu dem bogenförmigen Durchgang zum Wohnzimmer. Das Blut rauschte ihr in den Ohren. Sie wagte kaum zu atmen, als sie den Kopf ins Zimmer steckte und nach dem Fenster sah.

Keine Gestalt. Kein dunkler Schatten. Auch vor dem anderen Fenster nahe der Tür war nichts zu sehen außer schwarzer Finsternis. War er oder es fort? Oder hatte ihre lebhafte Phantasie ihr einen bösen Streich gespielt?

Sie knipste das Licht aus, und im Zimmer wurde es abgesehen vom blassen Schimmern des Computermonitors stockfinster. Renee wartete, dass sich ihre Augen an die Dunkelheit anpassten, schlich zum Fenster und sah hinaus.

Kein Gesicht. Keine toten Augen. Niemand, der lauerte, bereit, sich auf sie zu stürzen. Nur die huschenden Schatten von der Kiefer neben der Veranda.

Du leidest wohl unter Verfolgungswahn!

Sie legte das Messer wieder zurück an seinen Platz, schloss dann rasch sämtliche Fensterläden, prüfte Fenster und Schlösser und ging, immer noch auf der Hut, zurück zu ihrem Computer. Im Internet informierte sie sich über alles, was sie über Jezebel Brentwood, Highschool St. Elizabeth, über Mädchen, die ungefähr zur gleichen Zeit wie Jessie verschwunden waren, und über Detective Sam McNally von der Polizeibehörde Laurelton in Erfahrung bringen konnte.

Erst nach zwei Uhr morgens ging sie zu Bett, nachdem sie noch einmal alle Schlösser geprüft hatte. Das Schlachtermesser holte sie wieder hervor und legte es sich auf dem Nachttisch bereit, fiel in einen unruhigen Schlaf und wälzte sich in Träumen von der Schulzeit.

Am nächsten Morgen bemerkte sie unausgeschlafen das Messer mit der großen Klinge auf dem Nachttisch und rief sich im Geiste zur Ordnung. »Blöde Kuh«, schimpfte sie. Sie ließ sich von gewissen Elementen ihrer Story wirklich zu sehr beeinflussen.

Entschlossen, ihre Ängste abzuschütteln, duschte sie, zog Strandkleidung an und schlenderte beinahe zwei Stunden am nebligen Strand entlang. Sie spürte die salzige Gischt auf Nase und Wangen. Dann wanderte sie zurück zu ihrem Häuschen, sah noch einmal ihre Notizen durch und hoffte, ihr würde etwas Wichtiges ins Auge springen. Sie besaß die Adresse des Häuschens der Brentwoods. Einer der Gründe für ihren Besuch am Strand war die Hoffnung, es zu finden; also stieg sie in ihren Camry und versuchte, sich nach einer Karte der Umgebung zu orientieren. Jetzt hätte sie gern ein Navi besessen. Sie brauchte eine Weile und bog in zahlreiche Sackgassen ein, doch endlich fand sie das Haus. Es sah verwittert und etwas müde aus, wie so viele andere Häuser in diesem Bereich der Küste. Sie betrachtete es eingehend, ein niedriges Häuschen im Ranchstil mit Panoramafenstern und einem unglaublichen Blick aufs Meer, sofern die Sonne schien. Doch dieser Tag war trüb und grau; Nebel hing in den Bergen der Umgebung und verwischte den Horizont. Das Meer selbst, stahlgrau, war im Nebel kaum zu erkennen. Der verlassene Leuchtturm auf jenem zerklüfteten Felsen vor der Küste blieb unsichtbar.

War Jessie auf einer ihrer Ausreißertouren jemals hier gewesen? Renee erwog schon, sich das Haus näher anzusehen, überlegte es sich aber anders, als ein Reinigungstrupp in einem Lieferwagen eintraf, der auf der Zufahrt anhielt. Die Frauen sahen Renee verwundert an, als sie zu ihrem Wagen zurückging. Das Haus wurde offenbar inzwischen vermietet. Kein passendes Versteck für Jessie.

Renee fuhr wieder nach Deception Bay, stellte den Wagen in der Nähe eines Coffeeshops mit Bäckerei ab, wo ein paar Kunden ihren Morgenkaffee schlürften und Zimtbrötchen, Croissants und Scones verzehrten. Im Gastraum des ›Sands of Thyme‹ war es warm; es duftete nach Kaffee und Gewürzen. Auf ein paar Tischen lagen aufgeschlagene Zeitungen, in Regalen an den Wänden waren Kaffee, Teezubehör und Tassen zum Verkauf ausgestellt.

»Kennen Sie Madame Madeline?«, fragte Renee das Mädchen an der Kasse.

Sie stieß einen abschätzigen Laut aus. »Sie hat mehr als nur eine Schraube locker, wenn Sie mich fragen. Im Vergleich mit ihr kommen einem diese Sektierer von Siren Song fast normal vor.«

»Hey!«, schrie ein Mann von weiter hinten und bedachte das Mädchen mit einem düsteren Blick, wie zur Mahnung, dass sie nicht mit den Kunden tratschen solle, während er einen Laib Schnittbrot eintütete. Die Espressomaschine zischte und spie weißen Schaum in riesige Tassen.

»Siren Song?«

»Das große Haus dort auf dem Felsen.« Sie deutete fort vom Meer auf die andere Seite des Highways, wo sich abrupt die Coast Range erhob. »Sie tragen alle merkwürdige Klamotten und benehmen sich komisch. Wenn man sie zu lange ansieht, rechnet man fast damit, dass sie den Kopf auf den Rücken drehen.«

»*Die* mischen sich wenigstens nicht in fremde Angelegenheiten«, sagte der Mann von hinten laut.

Die Kassiererin flüsterte Renee leise ein »Entschuldigung« zu, und Renee ging mit ihrem Cappuccino zu einem Tisch, griff nach der Zeitung, überflog die Schlagzeilen und kam zu dem Schluss, dass der *Star* gegen diesen *Coastal Clarion* geradezu intellektuell wirkte. Renee sagte sich, dass es wohl besser wäre, sich Madame Madeline etwas später am Tag zu nähern, und vertrieb sich die Zeit mit einem Kreuzworträtsel. Sie stellte fest, dass ein ältlicher Mann und eine Frau am Nebentisch wohl ihr Gespräch mit der Kassiererin mitgehört hatten, denn sie hörte mehrmals, dass der Name Siren Song fiel. Die ältliche Frau zog eine Plastikregenhaube aus der Handtasche und bemerkte spitz: »... nichts als Ärger dort oben, wenn du mich fragst. Wie diese Sekte in Waco oder ... Arizona. Haben so eigenartige Sitten und Bräuche. So sind sie schon seit hundert Jahren.«

Ihr Begleiter, mit starker Brille, in karierter Jacke, eine Schirmmütze auf dem Kopf, nickte, stand auf und klemmte sich die zusammengefaltete Zeitung unter den Arm. »Ein Schandfleck. Gut, dass sie unter sich bleiben.«

Sie gingen – er am Stock, sie bei ihm untergehakt – hinaus in den leichten Sprühregen. Renee blieb zurück und lauschte einem Dreigespann von Frauen, die, augenscheinlich auf einem Wochenendausflug, viel Spass hatten und trotzdem einander mit Erzählungen von den entzückenden Kapriolen ihrer kleinen Kinder überboten.

Renee ließ die Bäckerei hinter sich und besichtigte die Stadt. Ihr Atem kondensierte an der kalten Luft, der Geruch nach Meer war allgegenwärtig, und von den nach Westen und Osten führenden Straßen aus erhaschte sie immer wieder einen flüchtigen Blick auf die See. Ein paar Autos passierten auf den schmalen Straßen, nur wenige Fußgänger trotzten im Nieselregen den winterlichen Elementen. In einem gemütlichen Antikshop ließ sie sich ein wenig mehr Zeit. Die Besitzerin, eine Frau mittleren Alters mit einem silbergrauen Bob, behielt sie streng im Auge. Renee zog sie in ein Gespräch, indem sie sich nach Siren Song erkundigte, doch die Frau erwiderte hastig: »Das ist eine Sekte. Vorwiegend Frauen. Waren schon vor der Gründung von Deception Bay hier ansässig. Können Sie nachlesen. Ich habe gehört, dass ein paar von den Mädchen eine Zeit lang in der Stadt gearbeitet haben, aber die haben sie schnellstens wieder zurückgeholt.«

»Hier gibt es eine Reihe von schillernden Gestalten«, bemerkte Renee. »Madame Madeline zum Beispiel.«

»Madame Madeline?« Sie schnaubte. »Wenn sie übersinnliche Fähigkeiten hat, bin ich die Königin von Saba.«

Renee wusste nicht, ob sie das beruhigte oder nicht. Doch als ihre Uhr zehn anzeigte, ging sie zurück zu ihrem Camry und startete in Richtung von Maddies altem Motel. Die Reifen knirschten auf dem von Unkraut durchsetzten Schotter, und als sie anhielt, schob sich eine dunkle Wolke vor die blasse Sonne. Sie stieg aus dem Wagen und zögerte erneut. Warum war sie eigentlich hergekommen? Konnte diese alte Frau ihr denn irgendetwas erzählen, was sie nicht schon wusste? Welche Antworten erwartete sie hier?

Ärgerlich über sich selbst, stieg Renee wieder in den Wagen und fuhr zurück in Richtung Hütte, entschied sich aber in letzter Minute doch für einen Abstecher nach Siren Song. Sie brauchte eine Weile, um das große Haus zu finden, das zur Straße hin von Tannen abgeschirmt wurde. Sie sah nichts außer dem Aufblitzen von Fenstern, Zedernholzschindeln und Schornsteine, und alles erinnerte sie an ein altes Ferienhaus, wie man sie im Nordwesten, zum Beispiel bei Crater Lake oder Timberline, gebaut hatte, wenn auch nicht annähernd so groß.

Schließlich wieder in der Hütte angekommen, ging sie gleich zu ihrem Laptop und überlegte, ob sie noch bleiben und arbeiten oder nach Portland zu den unzähligen Problemen mit Tim fahren sollte, die sie dort erwarteten. Sie schob den Laptop in den Koffer, ging ins Schlafzimmer und stopfte das T-Shirt, das sie als Nachthemd benutzte, in die Reisetasche. Im Bad packte sie ein paar Toilettenartikel ein, sah sich ein letztes Mal im Schlafzimmer um und wollte ihre Tasche verschließen.

Ihr Blick streifte den Nachttisch, huschte zurück und blieb daran haften. Das Messer war weg.

Sie sah sich genauer um. Es lag nicht auf dem Nachttisch und nicht vor dem Bett auf dem Boden. Sie atmete tief durch und suchte die Küche auf. Der Messerblock war gut bestückt – bis auf den einen Schlitz, in dem das Schlachtermesser gesteckt hatte. Renee unterdrückte einen ungläubigen Aufschrei.

Wo zum Kuckuck war das Messer? Wie? … Wer?

Über das Rütteln des Windes an der alten Hütte, das Knarren von betagtem Holz, das leise Prasseln auf dem Dach und das Hämmern ihres Herzens hinweg lauschte sie auf irgendwelche fremden Geräusche. War in diesem Moment jemand bei ihr in der Hütte? Sie dachte an das Dachgeschoss mit dem zweiten Schlafzimmer, in das sie nie vorgedrungen war, und das Blut wollte ihr in den Adern gefrieren.

Sie musste hinaufgehen und nachsehen. Doch schon die Vorstellung erfüllte Renee mit Angst. Den Fuß bereits auf der untersten Stufe, überlegte sie es sich anders, kehrte um, griff nach Reisetasche, Laptop und Handtasche, hastete zur Tür hinaus und verriegelte sie hinter sich.

Sie hatte ein Gesicht vor dem Fenster gesehen. *Tatsächlich.* Eine dunkle Gestalt mit seelenlosen Augen. Oder?

Renee setzte sich hinters Steuer ihres Camry, fuhr rückwärts aus der Zufahrt und hätte beinahe einen Pfosten gestreift, bevor sie den Vorwärtsgang einlegte und noch einen Blick auf die Hütte warf. Die Vorhänge im Dachgeschoss bewegten sich leicht, und sie war sich sicher, dass hinter ihnen etwas Düster-Bedrohliches lauerte.

Erst meilenweit entfernt von der Hütte, auf der 101 in Richtung Norden, als sie mit Höchstgeschwindigkeit über die kurvenreiche Straße über dem Meer dahinschoss, und wo der Leuchtturm auf seiner kleinen Insel kaum noch zu sehen war, konnte sie wieder ruhig atmen.

Vom Fenster im Dachgeschoss aus sehe ich sie abfahren.

Verängstigt. Zitternd.

Sie huscht umher wie ein verschrecktes Huhn auf der Flucht vor dem Fuchs. Wirft ihr Gepäck auf den Rücksitz. Zu spät. Ich habe gesehen, was sie im Computer speichert, weiß, wo sie war, was sie treibt. Sie kommt näher – sie war im Laden der alten Frau und hat Fragen gestellt. Diese elende alte Hexe. Ihr ist nicht zu trauen. Ich hätte es wissen müssen, die Alte zum Schweigen bringen sollen.

Ich denke darüber nach – über die Tötung der Alten, der Verräterin. Oft genug habe ich daran gedacht, hatte den Verdacht, dass sie mehr weiß, als sie zugibt, doch hier, in dieser kleinen klatschsüchtigen Stadt, könnte es sich als schwierig erweisen.

Und jetzt gibt es weitere, und eine von ihnen befindet sich in diesem Moment auf der Flucht. Aber sie kann nicht weit kommen. Und ich weiß, wohin sie will. Zurück zu den anderen. Sie führt mich zu ihnen.

Ich stehe hinter den durchsichtigen Vorhängen, fühle das Messer mit der langen Klinge in meiner Hand und warte, bis die Rückleuchten ihres Wagens um die Kurve herum verschwinden, auf dem Weg nach Osten, fort vom Meer, zum Highway, der parallel zur See verläuft und sich in Kurven nordwärts schlängelt, bis zu der Gabelung, von der aus sie landeinwärts fahren wird. Zu den anderen.

Sie ist verschwunden, und ich fahre mit dem Daumen über die rasiermesserscharfe Klinge, stelle mir vor, was die dünne stählerne Schneide anrichten kann. Rasch und sauber, ein scharfer Schnitt durch Halsvene und Schlagader.

Aber der richtige Zeitpunkt ist noch nicht gekommen. Ich brauche diese hier, damit sie mich zu den anderen führt.

Sie gehört nicht zu denen. Aber ich muss ihr folgen.

Und sie aufhalten, sobald ich keine Verwendung mehr für sie habe.

11. Kapitel

Glenn Stafford hastete die Treppe in seinem Haus hinunter, einem gewaltigen georgianischen Gebäude von nahezu eintausend Quadratmetern, auf dem Gia bestanden hatte. Hoffentlich erwischte seine Frau ihn nicht auf dem Weg nach draußen. Er kam zu spät ins Restaurant. Zu spät, um seine Arbeit zu schaffen. Zu spät, immer zu spät.

Und dieser nervige Ermittler, McNally, hatte angerufen und wollte sich mit ihm treffen. Wollte sich mit ihnen allen treffen, hatte er gesagt. Aber sagte er die Wahrheit? Oder hatte er sich Glenn herausgegriffen? Nicht, dass ein Grund dazu bestanden hätte. Oh, nein. Er hatte Jessie Brentwood kaum gekannt. Sie war Hudsons Freundin gewesen, die kleine Circe. Aber sie war nicht ernsthaft an ihm, Glenn, interessiert gewesen, an keinem von ihnen, na ja, … vielleicht an Zeke? … aber das auch nur kurzfristig. Nein, das Mädchen hatte sich für Hudson Walker interessiert, damals, jetzt, und vermutlich bis in alle Ewigkeit.

Glenn war auf dem Weg in den hinteren Teil des Hauses. Er hatte McNally vertröstet. Gott, er konnte nicht noch mehr Stress gebrauchen. Das Restaurant reichte ihm. Hatte er nicht immer und immer wieder gehört, wie schwierig es war, ein Restaurant zu betreiben? Na? Doch er hatte an sich geglaubt, hatte an Scott geglaubt. Aber … sie waren in den roten Zahlen gelandet. Wie, wie konnte man mehr Interesse an dem Restaurant wecken, es besser präsentieren? War mehr Werbung im Internet vonnöten? Was zum Geier brauchte man, damit ein Lokal als ›in‹ oder ›hip‹ galt, oder wie auch immer man heutzutage sagte? Das Blue Note war nicht bekannt genug, und das andere Projekt in Lincoln war auch noch nicht richtig auf den Weg gebracht, und schon glaubte Scott, es sei dem Untergang geweiht. Verschlang Unsummen. Scott setzte mehr Hoffnung in das Lokal; er war es, der an die Küste fuhr und versuchte, ›den Laden anzukurbeln‹. Doch Glenn trug die Verantwortung für das Blue Note und die Geschäfte liefen nicht gut. Ganz und gar nicht.

Und … auf finanzieller Ebene war etwas faul. Die Rechnung ging einfach nicht auf, im wahrsten Sinne des Wortes. Gab es einen gewieften Angestellten, der eine Möglichkeit gefunden hatte, in die eigene Tasche zu wirtschaften und die Bücher oder die Bestandsaufnahme zu fälschen? Die Bücher erschienen Glenn einfach nicht in Ordnung, doch er fand nicht heraus, wo die Unstimmigkeiten lagen – noch nicht. Aber das war nur eine Frage der Zeit.

In der Küche, die Hand schon auf dem Knauf der Tür zur Garage, bemerkte er den Stapel Post von gestern. Das war Gias Job. Sie hatte ihn nicht einmal durchgesehen. Wahrscheinlich war's ein Haufen Rechnungen, die er nicht bezahlen konnte. Und die verflixte Pacht für das Restaurant. Diese Halsabschneider. Das Restaurant ertrank in einem Meer von roter Tinte.

Glenn spürte ein Brennen in der Kehle. Sodbrennen. Sein Magen war vermutlich gespickt mit Geschwüren. Er mochte nicht mal mehr Gia vögeln, allerdings war sie seit ihrer letzten Fehlgeburt auch nur noch eine heulende, Schokolade verschlingende, rotäugige Lumpenpuppe. Als sie heirateten, hatte sie Stein und Bein geschworen, niemals Kinder haben zu wollen, doch jetzt hechelte sie in rüschiger Babydoll-Wäsche hinter ihm her, der einzige Funken Energie, den sie noch aufbrachte – weil sie um jeden Preis schwanger werden wollte.

Zu seinem Glück gab sich sein bestes Stück zurzeit neuerdings vorwiegend schlapp und lustlos. Was ihrer Ehe zwar nicht unbedingt guttat, doch Glenn hatte weiß Gott andere Sorgen.

Wütend über Gias Interesselosigkeit ließ er die Post weitgehend unbeachtet. Wenn kein Sex auf dem Programm stand, war sie nutzlos. Wie eine Bienenkönigin. Nur zur Paarung und zur Eiablage zu gebrauchen. Versorgt von ihren Untertanen. Eine dieser widerlichen Insektenarten – Termiten vielleicht – hatte eine Königin, die nichts weiter war als ein weißer, wabbelnder Klumpen – unfähig, sich zu rühren, wenn er von den Arbeitern nicht gestoßen und geschoben wurde. Tja, genau wie Gia neuerdings. Ein Klumpen.

»Glenn?«

Er sah sich um. Tja, da war der Klumpen. Aus ihrem Bett auferstanden. Mit roten Augen und zerzaustem Haar. Sie war einmal, vor gar nicht so langer Zeit, hübsch gewesen, jetzt ließ sie sich gehen.

»Wohin willst du?«, fragte sie.

»Zur Arbeit.«

»Ich dachte, du hättest heute Abend frei.« Ihr Tonfall wurde weinerlich.

»Ich habe nie frei. Niemals. Ich arbeite ununterbrochen. Das nennt man Selbstständigkeit, weißt du?« *Und was tust du?*

»Warum kannst du dir die Arbeitszeit nicht mit Scott teilen?«

»Weil Scott im Blue Ocean zu tun hat, versucht, die Speisekarte auf die Kundschaft abzustimmen. Und im Blue Note haben wir Probleme.«

»Wir haben kein Leben, Glenn. Überhaupt kein Leben!« Verzweifelt hob sie die Hände. »Was sollen wir nur tun?«

»Was du tun sollst, weiß ich nicht. Ich gehe zur Arbeit.«

»Wann kommt Scott zurück?«

»Weiß ich nicht«, knurrte Glenn. Lüge. Scott kam gewöhnlich sonntags zurück, nach dem Wochenende, und dann leistete er weiß Gott seinen Beitrag im Blue Note. Der Mann war allgegenwärtig, sah Glenn über die Schulter, kritisierte, zeigte auf, wo etwas nicht zu seiner Zufriedenheit erledigt wurde. Glenn fand nichts an ihm auszusetzen, sosehr er es sich auch wünschte. Im Augenblick hätte er gern jemanden zur Schnecke gemacht. *Egal*, wen. Und an diesem Abend wollte er Scott nicht sehen, obwohl Scott gesagt hatte, er würde später noch reinschauen. Na schön. Sie mussten reden. Ernsthaft. Etwas musste geschehen, oder sie gingen Bankrott. Da er persönlich für Darlehen für das Blue Note und das Blue Ocean gebürgt hatte, wäre für ihn dann alles, das Haus eingeschlossen, futsch. Was würde Gia dann sagen? »Warum hast du die Post nicht durchgesehen?«, fragte er.

»Was? Ach so.« Sie massierte sich mit beiden Händen die Stirn. Das nutzlose Schwergewicht schien Tag und Nacht nur zu schlafen. Glenn hatte keine Ahnung, wie sie sich ein Leben mit einem Kind vorstellte. So viel er wusste, ließen Säuglinge einen überhaupt nicht schlafen. »Ich – ich weiß nicht.« Sie hob die fleischigen Schultern.

Himmel, sie war zu gar nichts zu gebrauchen.

Glenn griff nach dem Stapel und blätterte ihn umständlich durch, damit sie sah, dass er alle Arbeit allein machen musste, dass er sie ernährte, er allein.

»Wann kommst du zurück?« Sie hielt den Kopf gesenkt und sah ihn von unten herauf an. Falls sie das für sexy hielt, stand ihr ein böses Erwachen bevor. Sie war ungefähr so sexy wie kalter Hackbraten.

»Ich ruf dich an«, knurrte er.

Rechnungen, Rechnungen, Rechnungen. Werbung für einen neuen Handyvertrag, der ihn wahrscheinlich ein Vermögen an versteckten Gebühren kosten würde. Mehrere an den ›Bewohner‹ gerichtete Schreiben, die ihn maßlos ärgerten. Man gab sich nicht mal die Mühe herauszufinden, wer wo wohnte. Er warf sie ungeöffnet in den Müll. Und eine an ihn adressierte Karte ohne Absender: An Glenn Stafford. Ohne Gia. Was war das?

Gia strich sich das blond gefärbte Haar zurück. »Ich könnte auf dich warten.«

Wohl kaum. Sie würde binnen einer Stunde schlafen wie eine Tote, wenn sie erst mal anfing, Wein zu trinken, was fast jeden Abend der Fall war. Tja. Eine im Himmel geschlossene Ehe.

»Es wird spät.« Glenn stopfte den Umschlag in die Tasche, schlug die Hintertür hinter sich zu und stapfte zu seinem Wagen. Einem Honda. Für den hatte er im letzten Jahr seinen Porsche eingetauscht. Welch ein Abstieg. Es tat ihm im Herzen weh, doch er hatte die Raten zusätzlich zu den zwei Hypotheken nicht mehr aufbringen können. Er hoffte immer noch, das Restaurant würde mal Aufwind bekommen, doch wie ein ausgehungerter Alligator hatte es Glenn gepackt und fraß ihn Biss für Biss auf.

Den Kopf in einer düsteren Wolke, fuhr er zum Blue Note und blickte auf dem Weg öfter als sonst in den Rückspiegel. Das Gerede und die Spekulationen über Jessie Brentwood machten ihn nervös und verrückt – als ob das Leben mit Gia nicht schon reichte. Offenbar folgte ihm niemand, zumindest an diesem Abend nicht, doch in letzter Zeit hatte er das Gefühl, ständig beobachtet zu werden.

Gia. Das ist Gia, du Idiot. Sie will über jede Sekunde deiner Abwesenheit informiert sein.

Er stellte den Civic in einer Parkbucht hinter dem Gebäude ab und lauschte minutenlang dem Ticken des abkühlenden Motors. Was sollte er tun? Er saß in der Falle.

Wütend auf die Welt sprang er aus dem Wagen und fluchte, als er jemanden im Gebüsch rings um den Parkplatz herumlungern sah, doch auf den zweiten Blick entdeckte er nur einen Waschbären, der sich nach der Plünderung des Müllcontainers trollte.

»Verdammtes Ungeziefer«, brummte er, ging um das Gebäude herum und betrat es durch den Haupteingang. Er liebte es, die Angestellten zu überrumpeln, zu sehen, wer wo herumstand, wer tatsächlich arbeitete und wer nur tratschte. Auf Pete konnte er eindeutig verzichten. Der Typ raspelte Süßholz, schlich herum und strich den Gästen Honig um den Bart, fasste aber nirgends mit an. Warum die Leute ihn mochten, blieb Glenn ein Rätsel. Pete hatte schon zwei von den Kellnerinnen im Hinterzimmer gevögelt, eine nach den Worten von Luis, der kaum Englisch sprach, im Stehen an der Wand. Doch Luis hatte ihm den Vorfall drastisch genug vorgeführt, sodass Glenn den schmierigen Pete darauf ansprechen musste. Pete hatte nur schmutzig gegrinst und behauptet, es entzöge sich seiner Kontrolle. Glenn hätte ihn auf der Stelle entlassen, doch da griff Scott ein. Wies darauf hin, dass Pete gute Kunden anzog, was leider der Wahrheit entsprach.

Bei diesen Überlegungen spürte Glenn, wie sein bestes Stück zuckte. Sein schlafender Penis erwachte mithilfe des richtigen Anreizes zum Leben. Mithilfe einer geilen Kellnerin oder auch zwei. Glenn hätte nichts dagegen, eine von ihnen an die Wand zu drücken und bis zur Besinnungslosigkeit zu vögeln, doch das konnte er sich nicht leisten. Damit würde er geradezu um eine Klage betteln. Sexuelle Belästigung, und dann würde Gia sich scheiden lassen und ihm alles nehmen, was die Gerichtskosten noch übrig ließen.

Wie man es auch drehte und wendete, er hatte Gia, die wabbelnde Termitenkönigin, am Hals, dachte er zum hundertsten Mal. Er erinnerte sich an das Treffen hier im Blue Note. Becca, Tamara und Renee, sie alle hatten scharf ausgesehen. Schlank. Fit. Schön. Und *interessant*. Himmel, jede von ihnen war besser als Gia.

Drinnen waren die dämmrigen Räume erfüllt von Stimmengesumm und Gläserklirren. Die Leute lachten, aßen … tranken.

Er ging an mehreren mit Vorhängen abgetrennten Nischen vorbei, in denen sich die Gäste dem Essen widmeten. Das Blue Note war überraschend gut besucht, und alle Angestellten waren offenbar an ihrem Platz, als Glenn sein geschultes Auge schweifen ließ. Abgesehen von den Leuten am Fenster gegenüber. Es sah aus, als warteten sie schon lange auf Bedienung; Vorspeisen und Aperitifs waren längst konsumiert. Glenn war im Begriff einzuschreiten, als er das Spiel ihrer Füße unter dem Tisch bemerkte und verstand, dass die Kellner ihnen lediglich ein bisschen Zeit ließen, da sie sich ohnehin kaum fürs Essen interessierten.

Wahrscheinlich eine Affäre, dachte Glenn mit einem Anflug von Neid. Doch er war stolz auf seine Kellner. So aufmerksam. Das war's, was das Blue Note brauchte. Das Talent, die Gäste zu beurteilen und ihre Bedürfnisse zu erkennen, ob es sich nun um Drinks, Speisen oder sonst was handelte.

Er schlenderte durch die Küche. Luis und seine Mannschaft gaben die Gerichte aus wie eine gut geölte Maschine. Vor einem Monat hatten sie den Chefkoch verloren, doch Patrick war sowieso eher ein Fall für den Nervenarzt als ein Chefkoch gewesen. Luis mit seiner geringen Erfahrung war eine Notlösung. Er lernte schnell, aber das Blue Note wies keine unverkennbaren Gerichte auf, keine Highlights, nichts, wodurch es sich von den Hunderten von anderen Restaurants in der Stadt und der Umgebung abhob.

Doch wenn sie diese besondere Exklusivität nicht erreichten, durch die das Blue Note in aller Munde sein würde, dann drohten ernsthafte Probleme. Eigentlich waren sie bereits da.

Glenn nahm sich ein Whiskeyglas, füllte es mit Eis und goss einen guten Schuss Bourbon darüber. Er trank einen Schluck, fühlte sich auf Anhieb besser und suchte das rückwärtige Büro auf, wo er sich in einen abgeschabten Ledersessel sinken ließ. Sein Herrschaftsbereich. An der Wand hingen alte Bilder. Fotos von ihm. Von Scott. Sogar ein paar aus einer Zeit, die eine

Ewigkeit zurücklag – von den Freunden in St. Elizabeth. Er betrachtete ein Foto mit verblassenden Farben, das Zeke, Jarrett, Hudson, den Dritten, Scott und ihn zeigte … keine Mädchen. Keine Jessie.

Er hoffte von Herzen, dass die Leiche, die bei der alten Schule entdeckt worden war, nicht Jessies war. Glenn glaubte lieber daran, dass sie ausgerissen wäre, vor den Dämonen, die sie heimsuchten, geflüchtet. Hudsons Freundin.

Ja, klar.

Ein Mädchen wie Jessie … so geheimnisvoll und so sexy, sie gehörte niemandem. Ja, sie war scharf. *Echt scharf!*

Was mochte aus ihr geworden sein? Wieder dachte Glenn an verpasste Gelegenheiten. Er fuhr seinen Computer hoch, um die Buchführung zu prüfen. Mannomann, sie hatten eine Menge Verbindlichkeiten.

Beim Anblick der Summe wurde ihm flau im Magen. Es war schockierend, wie viele Geschäfte ihnen Lieferungen auf Kredit angeboten hatten, aber Scott konnte, wenn nötig, tatsächlich mit Engelszungen reden. Scott Pascal war ein Erfolgsmensch. Er konnte sich bei Verkäufern einschmeicheln, sie beschwatzen, sie mit leichter Hand ausquetschen. Manchmal fragte Glenn sich, wohin das führen und wie das enden sollte. Wenn es nicht bald aufwärts ging, konnten sie nicht nur die Pacht nicht mehr bezahlen, sondern auch keine Gehälter mehr. Und müssten nicht eigentlich mehr Mittel zur Verfügung stehen? Klar gab es schlechte Tage im Restaurant, aber wenn der Laden lief, dann *brummte* er nur so.

Wie an diesem Abend.

Entschlossen, dem Kassenbestandsproblem auf den Grund zu gehen, prüfte Glenn die Geschäftsbücher, so gründlich er konnte. Er besaß keine Ausbildung im Geschäfts- und Finanzwesen, doch er wusste, wo etwas geschuldet wurde und ob das Restaurant über ausreichend Zahlungsmittel verfügte.

Nachdem er ein paar Stunden mit Zahlen jongliert und einen geringen Teil der Außenstände bezahlt hatte, erinnerte Glenn sich an die Karte. Er zog sie aus der Tasche und betrachtete den hellblauen Umschlag mit der aufgetippten Adresse und dem Poststempel von Portland. Es sah aus wie eine Art Einladung.

Er schlitzte den Umschlag mit einem Brieföffner auf und entnahm ihm eine schlichte weiße Karte mit der Aufschrift:

Woraus sind kleine Jungen gemacht?
Frösche und Schnecken und Schwänzchen von Welpen.
Daraus sind kleine Jungen gemacht.

Glenn ließ die Karte fallen, als hätte er sich die Finger verbrannt. Sein Herz hämmerte schmerzhaft gegen seine Rippen. Sein Gaumen war wie ausgedörrt.

Jessie!

In Panik hörte Glenn Jessies Singsang. Sah sie vor sich, wie sie die Worte des Kinderreims sprach. »Woraus sind kleine Jungen gemacht …«

Er versuchte, sich zu beruhigen, doch nachdem das Bild einmal in sein Bewusstsein gedrungen war, ließ es sich nicht mehr abschütteln. Als wäre er gestern noch zur Schule gegangen, erinnerte er sich genau, wie es ihn in den Fingern gejuckt hatte, Jessies Kurven zu streicheln. Er hatte Jessie mit einer Glut begehrt, die ihn peinigte wie ein Fluch. Klar, sie hatte nur Hudson gewollt. Aber sie hatte geflirtet. Mit ihrem sexy Singsang und ihrem Hüftschwung und einem wissenden Blick und ihrer Art zu reden, die sie erwachsener wirken ließ als alle anderen. Sie wusste Dinge im Voraus. Hatte Vangie das nicht neulich Abend gesagt? Dass Jessie Dinge wusste?

Er schauderte, als er sie vor seinem geistigen Auge sah.

Er wollte sich ihre Beine um die Hüften legen und in sie eindringen. Sie vögeln bis zur Erschöpfung. Er stellte sich vor, wie sie den Kopf in den Nacken warf, wie ihr Mund sich öffnete und ihre braunen Augen blitzten.

Sein bestes Stück ging in Hab-Acht-Stellung, und Glenn war im Begriff, die Sache selbst in die Hand zu nehmen, doch die Bedeutung der Karte ließ sein Begehren schrumpfen, besser, als ein Eimer kalten Wassers es je vermocht hätte.

Lebte Jessie? Es musste so sein!

»Mr Stafford?« Jemand klopfte leise an die Bürotür. Glenn fing sich sofort wieder, schob die Karte in die Tasche und öffnete die Tür. Amy, eine der neuen Angestellten, noch nicht einmal achtzehn, musterte ihn mit ihrem üblichen rehäugigen Blick. »Mr Pascal ist hier und spricht mit einem Polizisten. Ich soll Sie holen.«

»Ich komme sofort«, antwortete Glenn. Mit einem Polizisten …? McNally! Zum Teufel mit dem Kerl. *Musste* er unbedingt an ihrem Arbeitsplatz auftauchen?

Glenn prüfte sein Aussehen im Spiegel neben der Tür, zog den Bauch ein und schwor sich, seinen Pastakonsum einzuschränken. Er ging festen Schritts und selbstbewusst zur Tür hinaus und nach vorn ins Restaurant, obwohl es in seinem Bauch ängstlich flatterte.

Klar, da war der Ermittler. Älter geworden. Aber, Herrgott, er sah besser aus als früher, der Kerl. Wie war das möglich? Damals war er Mitte zwanzig, jetzt Mitte vierzig, und er sah aus, als wäre ihm nicht ein einziges Haar ausgefallen. Und das Haar war immer noch dunkelbraun, nur an den Schläfen leicht silbrig. McNally sah Glenn aus hellbraunen Augen an, durchdringend wie Stahl. Er wirkte hart und durchtrainiert und genauso fies wie vor zwanzig Jahren.

Scott strich sich mit einer Geste über die Glatze, die alles von Nervosität bis Belustigung bedeuten konnte. Er sah Glenn mit hochgezogener Augenbraue an. In leicht spöttischem Tonfall sagte er: »Detective McNally stattet uns einen Besuch ab.«

»Vermutlich keinen Anstandsbesuch«, sagte Glenn knapp und versuchte, seine Anspannung hinter einem Lächeln zu verbergen. Hoffentlich knirschte er nicht mit den Zähnen. »Gehen wir in mein Büro.«

Amy und ein paar weitere Angestellte sahen ihnen mit großen Augen nach, als sie sich über den Flur entfernten. Glenn hätte jedem von ihnen am liebsten in das neugierige Gesicht geschlagen.

Glenn setzte sich wieder hinter seinen Schreibtisch und stellte fest, dass seine Hände kaum merklich zitterten. Er legte die Hände auf dem Schreibtisch übereinander, bemüht ruhig zu wirken. Scott lehnte sich an die Wand, und McNally ließ sich in einen der Clubsessel sinken, als gedächte er, recht lange zu bleiben.

»Ich habe Sie angerufen«, sagte er und sah Glenn an.

»Ja – ich – ich – war irgendwie nicht abkömmlich.« Was wollte der Kerl bloß? »Hatte keine Zeit für ein Treffen mit Ihnen.«

Scott mischte sich ein: »Wir sind beide sehr eingespannt. Ich bin erst vor einer halben Stunde in die Stadt zurückgekommen. Glenn und ich besitzen ganz in der Nähe von Lincoln noch ein Restaurant – Blue Ocean –, das wir gerade erst so richtig auf den Weg bringen.«

»Ich will Ihnen nicht Ihre Zeit stehlen«, sagte McNally. »Sie wissen doch sicher von den menschlichen Überresten, die bei St. Elizabeth entdeckt worden sind. Ich schätze, es handelt sich um Jezebel Brentwood, und ich möchte noch einmal Ihre Aussagen aus der Zeit ihres Verschwindens durchsprechen.«

»Aber Sie sind nicht sicher, dass es Jessies Leiche ist«, betonte Scott behutsam.

»Noch haben wir keinen DNA-Abgleich.«

Glenns Ängste steigerten sich. *Noch kein DNA-Abgleich*. Die Karte brannte geradezu in seiner Tasche. Sollte er sie erwähnen?

Die Männer wissen lassen, dass Jessie womöglich noch lebte? Und was hätte das zu bedeuten? Was wollte sie von ihm?

McNally hielt Wort und verschwendete keine Zeit. Er ging die Ereignisse vor Jessies Verschwinden mit ihnen durch und Glenn staunte über seine detaillierten Aufzeichnungen. Aber McNally hatte sie vor zwanzig Jahren auch wirklich alle gründlich in die Mangel genommen. Der Mann wusste mehr über die Vorfälle, als Glenn in Erinnerung hatte.

»Ich kannte Jessie, wir alle kannten sie durch die Schule, aber ich interessierte mich in erster Linie für Sport und habe die Mädchen kaum beachtet«, sagte Scott, als McNally ausgeredet hatte und auf Antwort wartend von einem zum anderen blickte. »Jessie, ja, sie sah gut aus, aber sie war weiter nichts als ein Mädchen, das mit einem meiner Freunde ging. Ich kannte sie gar nicht richtig, Glenn auch nicht. Das haben wir damals auch zu Protokoll gegeben und daran hat sich nichts geändert.«

»Genau«, sagte Glenn, plötzlich dankbar für Scotts Zungenfertigkeit.

»Haben Sie seitdem jemanden aus Ihrer Clique getroffen?«, wollte McNally wissen.

Glenns Herz stolperte. Er sah Scott Hilfe suchend an. Das Treffen im Blue Note war zwar kein Verbrechen, nein, aber er wollte nicht in irgendeine Falle tappen, indem er etwas Unüberlegtes sagte.

»Mitch ist ein guter Freund«, platzte Glenn heraus.

Scott warf ihm einen finsteren Blick zu. Er missbilligte Glenns Freundschaft mit Mitch von jeher, und manchmal erinnerte Glenn Scott nur um dessen Reaktion willen ganz gern daran, dass er nicht das Nonplusultra eines guten Freundes sei. Manchmal war Scott Pascal alles andere als ein Freund.

»Vor ein paar Wochen haben wir alle uns hier im Restaurant getroffen«, erklärte Scott dem Detective, und Glenn wurde ein bisschen ruhiger. Natürlich. Kein Grund zur Sorge. Nur immer schön die Wahrheit sagen. Am besten überließ er seinem Partner das Reden. Aber den Kinderreim würde er nicht zur Sprache bringen ... »Wir hatten von dem Skelettfund gehört und uns daraufhin getroffen.« Scott kehrte das Treffen unter den Teppich – nur ein besorgter Kreis von Freunden, die fürchteten, jemand aus ihrer Runde könnte einen tragischen Tod erlitten haben.

Glenn ignorierte seinen Drink. Die Eiswürfel schmolzen, der Duft des Bourbon breitete sich in dem geschlossenen Raum aus.

McNally blieb unverbindlich. Glaubte er ihnen? Glenn wusste es nicht, und das machte ihn nervös. Er schielte nach seinem Drink, bemerkte aus den Augenwinkeln Scotts verstohlenes Kopfschütteln und ließ den Bourbon stehen.

McNally stellte noch ein paar Fragen zu Jessie und ihrem Verhältnis zu all ihren Freunden. In Glenns Augen war das alles höchst banal, und er hatte den Verdacht, dass Mac nur bei ihnen vorfühlen wollte. Er konnte es kaum erwarten, dass der Detective ging und er mit Scott reden konnte.

Irgendwann war es dann so weit. Mac hatte sich ein paar Notizen gemacht, pures Gekritzel nach Glenns Meinung, dann klappte er sein Notizbuch zu und schob es in die Tasche seiner schwarzen Lederjacke. Als er das sah, fragte sich Glenn, ob die Karte in seiner eigenen Tasche zu sehen wäre, deutlich wie eine Art scharlachroter Brief. Nur mit Mühe konnte er sich beherrschen, nicht nach der Karte zu tasten.

Als Mac aufstand, sagte Scott: »Sie sind mit den Jahren ruhiger geworden.«

McNally hielt inne und sah Scott lange an. »Tatsächlich?«

Scott hielt seinem Blick stand. »Vielleicht auch nicht.«

Ein paar Sekunden verstrichen. Glenns Puls begann, langsam, aber heftig zu pochen. Zusammen mit Scott geleitete er den

Detective zur Tür, und kaum waren sie allein, gingen sie zurück ins Büro, und Scott schloss die Tür hinter ihnen.

»Was ist los?«, fragte Scott gepresst.

»Wieso?«

»Du bist weiß wie die Wand. McNally hat dir Angst eingejagt. Was zum Teufel ist los?«

»Er hat mir keine Angst eingejagt.«

»Wenn ich es sehe, hat er es auch gesehen«, versicherte Scott. »Komm schon. Spuck's aus.« Er drohte gereizt mit dem Finger.

»Wir haben große Probleme, ja? Das Restaurant verschlingt Unsummen. Ich weiß nicht, wo das Geld bleibt. Vielleicht bestiehlt uns jemand? Einer von den Angestellten? Oder jemand unterschlägt was?«

»Du hältst doch alles unter Verschluss, oder?«

»Natürlich. Ich bin ja nicht blöd.« Glenn biss die Zähne zusammen. Scott hatte so eine Art, ihn zur Weißglut zu bringen, und der Ermittler ... Ach, Scheiße, in der Gegenwart der Polizei hatte er sich noch nie wohlgefühlt. Er hatte immer das Gefühl, sie wären hinter ihm her.

»Dann sind wir eben knapp bei Kasse«, sagte Scott. »Wir nehmen nicht genug ein und die Ausgaben laufen aus dem Ruder.«

»Ich habe die Ausgaben unter Kontrolle«, brauste Glenn beleidigt auf. Scott war mit Schuldzuweisungen an seine Adresse immer rasch bei der Hand.

»Ach ja?«

»Ja.«

Die Partner sahen einander an. Scott schien angestrengt zu überlegen, und Glenn erkannte widerstrebend, dass er nicht so unbefangen war, wie er den Detective hatte glauben machen wollen. Auch er war angespannt und irgendwie verstört. Da beschloss Glenn, mit der Wahrheit herauszurücken. »Gut, hör zu. Da ist was passiert«, sagte er.

Er sah, wie Scott sich auf alles gefasst machte.

»Es geht nicht um das Restaurant«, versicherte Glenn. »Sondern um das hier.« Er zückte die Karte und zeigte sie Scott, der sie mit offenkundigem Widerwillen entgegennahm. Scott überflog den Text, runzelte die Brauen und schien in Gedanken versunken.

»Woher hast du die? Wo kommt sie her?«, fragte er nach langem Schweigen. Glenns Nerven waren zum Zerreißen gespannt.

»Sie kam per Post zu mir nach Hause, an meine Adresse.«

»Was zum Kuckuck hat das zu bedeuten?«

»Das weiß ich nicht, aber McNally wollte ich ums Verrecken nichts davon sagen.«

»Herrgott, wir müssen den Dritten informieren. Was für ein Spiel treibt dieses Miststück?«, sagte Scott kopfschüttelnd. »Sie lebt. Himmelherrgott. Sie lebt ... *aber wer lag dann in diesem Grab?*«

Wie um den Gedanken abzuwehren, hob Glenn beide Hände. »Ich weiß es nicht. Ich weiß es nicht.« Scott zückte sein Handy und tippte eine Nummer ein, hielt jedoch mitten in der Bewegung inne. »Was ist, wenn es gar nicht Jessie war? Wenn jemand uns Angst einjagen will?«

»Wer sollte das tun?«

»Ich weiß es nicht, aber ... Ach, eben jemand, der uns was am Zeug flicken will.«

Glenn nickte heftig. Die Vorstellung war ihm lieber. »Aber warum?«

Scott atmete tief durch. »Wenn ich das wüsste.« Er warf sich in den Sessel, in dem eben noch der Detective gesessen hatte. »Das ist bescheuert. Ein blöder Witz.«

»Das ist kein Witz«, versicherte Glenn. »Herrgott, ich brauche was zu trinken.« Er griff nach seinem verwässerten Whiskey und leerte das Glas.

Scott wälzte noch immer schwere Gedanken. »Warum sollte sie Kontakt zu dir aufnehmen? Jessie? Falls sie noch lebt?« Die Ratlosigkeit stand ihm ins Gesicht geschrieben. »Das würde sie nicht tun, also kann es nur ein Witz sein.«

Glenn knirschte mit den Zähnen. Insgeheim hatte er sich die gleiche Frage gestellt. Jessie hatte ihn kaum wahrgenommen. Mit diesem Kinderreim-Singsang hatte sie den Dritten geärgert oder Zeke, vielleicht sogar Jarrett. Ihn hatte sie nicht damit traktiert. Er war Luft für sie, weiter nichts.

Scott, der Glenns Gedanken ahnte, schnaubte durch die Nase. »Hör auf, darüber nachzudenken«, sagte er abschließend. »Dieser verfluchte Detective hat mich auch aus dem Konzept gebracht, aber das ist nur Routine. Wer hat diese Karte geschickt?« Er warf die Karte auf den Tisch. »Würde mich eigentlich gar nicht wundern, wenn es Jarrett oder der Dritte war. Das sähe denen ähnlich. Um dich zu ärgern. Aber wir haben wichtigere Sorgen.«

»Die Geschäfte zum Beispiel«, sagte Glenn, den Blick auf das weiße Kärtchen geheftet.

»Die elenden Geschäfte zum Beispiel«, pflichtete Scott ihm bei. »Ich hole uns beiden was zu trinken. Wirf das Ding in den Müll.«

Glenn hätte ihm sagen könne, dass er eine Flasche Bushmills in seiner Schreibtischschublade aufbewahrte. Er hätte ihm einen Drink anbieten können, aber er unterließ es.

Als Scott das Zimmer verließ, hob er die Karte wieder auf. Dann griff er nach einer Schere und zerschnitt sie und den blauen Umschlag zu kleinen Schnipseln, die er in den Mülleimer wischte. Er schloss die Augen und versuchte bewusst, nicht mehr daran zu denken.

Einen Augenblick lang glaubte er, ein Mädchen kichern zu hören. Jemand lachte ihn aus. Er riss die Augen auf und sah sich wild im Zimmer um. Doch er war allein.

Becca arbeitete am Computer, als das Telefon klingelte. Sie zuckte erschrocken zusammen und tastete nach dem Hörer ihres Festnetzanschlusses.

Hudson, dachte sie mit einem Lächeln auf den Lippen. Sofort sah sie ihn vor sich, wie er in seinem dunklen Schlafzimmer lag und die Arme ausstreckte, als sie aus dem Bett steigen wollte. »Du gehst nicht.«

»Ich muss. Ich habe einen Hund zu Hause.« Er hatte ihre Hand gepackt und sie wieder über sich gezogen. Noch eine ganze Stunde hatte sie gebraucht, um sich von ihm loszumachen und nach Hause zu fahren.

»Hallo«, sagte sie jetzt in den Hörer. Die Nummer auf dem Display hatte sie nicht erkannt. Sie warf einen Blick auf die Uhr. Es war später Nachmittag und schon stockdunkel draußen. Als hätte er nur auf Beccas Beachtung gewartet, öffnete der Himmel seine Schleusen, und Regen ging nieder, gefolgt von Hagel. Das Unwetter tobte vor ihrem Fenster. Es war Ehrfurcht gebietend in seiner Gewalt, bedeutete jedoch lediglich, dass der Hund keine Lust auf einen Spaziergang haben würde.

»Becca? Hier ist Renee.«

»Oh, hey.« Sie straffte sich. Wusste Renee von ihrer Nacht mit Hudson? Erst ein paar Tage waren vergangen, seit sie zusammen im Bett gewesen waren. Seitdem hatten sie ein paarmal täglich telefoniert. Es war aufregend. Unfassbar.

»Ich habe einfach ein so komisches Gefühl bei dieser Sache«, sagte Renee und sprach damit Beccas Gedanken aus. »Wegen Jessie und dieses Skeletts und so weiter. Ich wollte, wir wüssten endlich ein für alle Mal, ob es Jessies Leiche ist.«

»Ich weiß.« Becca dachte an die Präsenz, die sie im Irrgarten gespürt hatte, und erwog wieder, Renee davon zu erzählen. Zu jenem Zeitpunkt war ihr das unverstellte, absolut Böse allzu real erschienen. Selbst jetzt noch überzog eine Gänsehaut ihre Arme und sie warf hastig einen Blick über die Schulter zurück.

»Hast du gehört, dass McNally – der Polizist, der sich damals so in die Aufklärung von Jessies Verschwinden hineingekniet hatte – die Jungs verhört hat?«, fragte Renee. Ihre Stimme klang noch gereizter als gewöhnlich. »Er war im Blue Note, um mit Glenn und Scott zu sprechen, und dann hat er den Dritten in seiner Kanzlei in der Stadt angerufen. McNally hat auch schon eine Nachricht auf meinem Anrufbeantworter hinterlassen. Ich habe zurückgerufen, ihn aber nicht erreicht.«

Beccas Finger spannten sich um das Handy. »Dann wissen Sie, dass es Jessie ist«, sagte sie. »Wahrscheinlich sind die DNA-Ergebnisse hereingekommen oder sonst ein Beweis dafür, dass es sich um ihre Leiche handelt.«

»Das vermute ich auch. Himmel ... es ist schwer zu glauben.« Sie hielt einen Moment inne, dann sagte sie: »Ich dachte, wir sollten uns vielleicht noch einmal treffen.«

»Wir alle?«

»Wir Frauen. Ehrlich gesagt, ich treffe mich heute nach der Arbeit, so gegen sieben Uhr, schon mit Vangie und Tamara im Java Man.«

Noch ein Treffen? Wozu? Weil die Polizei herumschnüffelte? Na und? Es hörte sich fast so an, als wollte Renee, dass sie alle ihre Aussagen absprachen, und das war lächerlich. Niemand hatte etwas zu verbergen. Oder?

»Was ist mit Hudson ... und Zeke?«, fragte Becca. »Hatten sie auch Besuch von der Polizei?«

»Nicht, dass ich wüsste, aber ich habe seit ein paar Tagen nicht mit Hudson gesprochen, und als ich Vangie anrief, hat sie auch nichts über Zeke geäußert. Wenn ja, hätte sie etwas gesagt. Wie auch immer, es ist egal, ob die Polizei bei ihnen war oder nicht. Sie stehen bestimmt auf deren Liste. Wir alle, da bin ich ganz sicher.«

»Auf ihrer Liste? Als Verdächtige?«

»Oder als mögliche Zeugen, wie immer du es nennen willst. Also, was heute Abend betrifft … kannst du kommen?«

»Ja.«

Becca legte auf und fuhr ihren Computer herunter. Sie prüfte alle Türen und Fenster, zog dann einen roten Rollkragenpullover an und legte ein bisschen Lipgloss auf. Nach einem Blick auf die Uhr schaltete sie die Nachrichten ein, um sich die halbe Stunde bis zu ihrem Aufbruch zu vertreiben. Man sprach über die Entdeckung der Leiche einer Unbekannten, und Becca horchte auf. Doch diese Leiche war nach einem Unfall aus dem Fahrzeug geschleudert worden. Das hatte nichts mit Jessie Brentwood zu tun.

»Natürlich nicht«, sagte sie laut, verärgert über sich selbst. Sie schlüpfte in ihren Regenmantel. Da draußen geschahen noch mehr Unfälle und Verbrechen. Die Welt war groß. Die Tatsache, dass ihr Freundeskreis von den im Irrgarten gefundenen menschlichen Überresten betroffen war, bedeutete schließlich nicht, dass diese Nachricht nicht schon längst wieder Schnee von gestern war. Vielleicht ließ sich das Skelett nie eindeutig identifizieren. Vielleicht würde diese Zwischenwelt, in der sie lebten, genauso weiterbestehen.

Seufzend schickte sie eine stumme Bitte um Aufklärung zum Himmel.

12. Kapitel

Auf dem Weg zum Java Man sah Becca immer wieder in den Rückspiegel, doch keines der Fahrzeuge schien sie verfolgen zu wollen. Als sie eingeparkt hatte, schlug sie die Kapuze ihrer Jacke hoch, lief durch den Regen und erblickte im Fenster ihre Freundinnen. Tamaras rote Locken leuchteten im Licht des Lokals. Evangelines blonde Blässe wirkte noch fahler; sie sah ausgelaugt, beinahe krank aus. Und Renees Gesicht war spitz, ihr dunkles Haar unfrisiert, als wäre sie immer wieder mit der Hand hindurchgefahren.

»Entschuldigt die Verspätung«, begrüßte Becca die Frauen und schüttelte auf dem Türvorleger das Regenwasser von ihrer Jacke. »Ich war längst startbereit, hab mir nur noch die Zeit vertrieben, und dann war es plötzlich so spät.«

»Wir haben einen koffeinfreien Latte macchiato für dich bestellt. Ist das richtig?«, fragte Renee und wies auf eine dampfendes, schaumgekröntes Glas.

»Prima.«

»Erst Kaffee, dann Wein«, sagte Tamara.

Becca setzte sich auf den freien Platz neben Renee, Evangeline direkt und Tamara schräg gegenüber. Sie alle waren jetzt sachlicher, vorsichtiger als seinerzeit im Blue Note, als wären sie gewarnt durch eine unterschwellige Spannung. Und Renee sah aus, als hätte sie in knapp einer Woche fünf Pfund abgenommen.

»Also, was gibt's?«, fragte Becca und schlürfte ihren Latte.

Renee zog die Mundwinkel herab und drehte wieder einmal ihre Tasse um und um. »Ich glaube, hier ist was im Busch. Mehr, als für uns sichtbar ist.« Sie wählte ihre Worte sehr behutsam, wie, um den anderen keine Angst zu machen.

»Gefahr?« Evangeline fuhr erschrocken zurück.

»Was für eine Gefahr?«, fragte Tamara.

»Ja, was für eine?« Evangeline trat auf, als hielte sie Renees Besorgnis für übertrieben, doch ihre Schultern waren gebeugt und ihre Augen viel zu groß für ihr Gesicht.

»Die gleiche Gefahr, der Jessie zum Opfer gefallen ist.« Renee sah Evangeline an. »Manchmal zeigte sie beinahe hellseherische Fähigkeiten. Vor zwanzig Jahren wusste sie, dass sie in der Klemme saß; sie wollte weglaufen, schaffte es aber nicht. Sie ist im Irrgarten *ums Leben gekommen*. Jemand hat sie umgebracht.«

»Wir wissen nicht, ob es Jessie ist«, bemerkte Evangeline.

»Sie ist es.« Renee war fest überzeugt. »Jessie sah eine Gefahr voraus. ›Schwierigkeiten‹, sagte sie. Und ich glaube, ich spüre es jetzt auch. Schwierigkeiten.«

»Dann kannst du also auch hellsehen.« Wieder versuchte Evangeline, Renees Sorgen zu verspotten, doch sie wirkte nur umso verängstigter.

»Weißt du das aus den Tarotkarten?«, fragte Tamara, an Renee gewandt. Sie hatte sorgenvoll die Stirn gefurcht. »Denn du musst die Karten als Anleitung verstehen. Du darfst sie nicht so wörtlich nehmen.«

Renee schnaubte abfällig. »Nein. Das hat nichts mit den Tarotkarten zu tun. Aber ich war am Strand und habe eine alte Frau kennengelernt – eine Wahrsagerin, vor der mir gruselt.«

»Warum? Was hat sie gesagt?«, wollte Tamara wissen.

»Sie hat gesagt, wir wären … ich wäre … ich weiß nicht …«

»Was denn nun?«, drang Tamara in sie.

»Ich wäre vom Tod gezeichnet. Wie gefällt euch das? Sie ist verrückt. Das weiß die ganze Stadt, aber ich wollte sie über Jessie ausfragen.« Sie schüttelte den Kopf. »Das war so dumm, dass ich es jetzt kaum glauben kann. Sie hat mir Angst gemacht.«

»Jessie?«, fragte Tamara vorsichtig.

»Nein. Hör zu, Tamara, ich weiß, du glaubst, dass sie noch lebt, aber sie ist tot. Madame Madeline sagt auch, dass sie tot ist. Ich habe nur so ein Gefühl, als ob … das, wovor sie Angst hatte, immer noch eine Bedrohung darstellt, weißt du? Ich habe recherchiert, habe Jessies letzte Tage nachvollzogen, mir überlegt, was sie alles gesagt hat. Ihr ist etwas zugestoßen oder sie hat etwas erfahren, was sie den Beschluss fassen ließ, auszureißen. Du weißt es, Vangie. Du warst ihre beste Freundin. Sie muss es dir gesagt haben.«

»Warum behauptest du das immer wieder?«, wollte Evangeline wissen. »Ich war nicht ihre beste Freundin.«

»Du kannst die Geschichte nicht neu schreiben«, fuhr Renee sie an. »Du *warst* Jessies beste Freundin. Ich gehörte auch dazu. Tamara und Becca waren gute Freundinnen, und Tamara hat Becca in die Clique eingeführt. So war es doch. So waren die Gruppenstrukturen. Tut mir leid. Das ist nun mal Tatsache.«

Evangelines Lippen zitterten leicht. »Sie war nicht meine beste Freundin«, beharrte sie. »Gut, wir waren befreundet. Aber ich erinnere mich nicht daran, dass sie hellsehen konnte. Vielleicht hat sie ein paar Mal etwas gesagt, was uns Angst gemacht hat, weil es wirklich eingetroffen ist, aber das war alles.«

»Gut.« Renee seufzte. »Wie du willst. Aber du wirst dich doch daran erinnern, dass Jessie sagte, ihr drohe Gefahr.«

»Ich … glaube nicht.« Vangie zuckte die Achseln.

»Warum willst du dich nicht erinnern? Was macht dir solche Angst?«

»Woran erinnern?«, fragte Evangeline.

»An die Vergangenheit.« Renee gab sich keine Mühe, ihren Ärger zu verbergen. »Daran, dass *irgendetwas* Jessie verfolgte. Sie versuchte, es einfach auf die leichte Schulter zu nehmen, aber sie sagte Dinge, die jetzt ... im Rückblick ... mehr Sinn ergeben.« Renee fuhr sich wieder durchs Haar und zupfte an den Spitzen.

Becca dachte an ihre Vision von Jessie, die den Finger auf die Lippen legte.

»Sie sagte, sie wäre in Gefahr«, sagte Renee.

Tamara schüttelte den Kopf. »Was ist in dich gefahren?«

»Gut, vergesst es. Ich versuche, etwas zu erklären, was ich nicht erklären kann. Ich habe das Gefühl ... dass mir Gefahr droht, manchmal. Das ist alles. Und das fing erst an, als ich mit der Recherche über Jessies Vergangenheit begann.«

»Ich habe auch mal so ein komisches Gefühl gehabt. Als würde mich jemand verfolgen«, gestand Becca.

»Du auch?« Tamaras Blick wanderte von Becca zu Renee und wieder zurück.

»Vielleicht die Polizei«, wagte Vangie sich vor.

Renee versicherte ihr gepresst: »Die Polizei *bestimmt* nicht.«

»Ich hätte nie gedacht, dass ausgerechnet du eine Warnung der Tarotkarten so ernst nimmst«, sagte Tamara.

»Ich sagte doch schon, mit Tarot hat das alles nichts zu tun.« Renee, am Ende ihrer Geduld, senkte die Stimme. »Ihr wisst doch, dass ich recherchiert habe, versucht habe, einen Ansatzpunkt für meine Story über Jessie zu finden, aber ...« Sie stieß einen tiefen Seufzer aus und legte die Hände an die Wangen. »Ihr hört nicht zu. Keine von euch. Und ich weiß nicht, wie ich an euch herankommen soll.«

»Wir wissen doch gar nicht, was du zu sagen versuchst«, bemerkte Evangeline spitz. Ihr Gesicht wirkte hager, die Augen waren riesengroß. Ganz gleich, was sie sagte, die unterschwelligen Emotionen waren ihr nicht entgangen.

»Okay, also, ich will euch warnen. Mich. *Uns*. Wenn etwas Merkwürdiges passiert, informiert auf der Stelle alle anderen«, fuhr Renee hartnäckig fort. »Vielleicht können wir es – umgehen –, wenn wir zusammenhalten. Wenn wir gegenseitig auf uns aufpassen.«

Pass auf dich auf, Becca … Jessies letzte, an sie gerichteten Worte hallten durch Beccas Kopf.

Tamara schnaubte abfällig, doch Renee fuhr fort und ließ wieder ihre Tasse auf dem Tisch kreisen. »Es ist, als hätte die Entdeckung von Jessies Leiche es geweckt.«

»Schön … *Es?*« Evangeline trat so herablassend auf, als hätte Renee den Verstand verloren. »Jetzt werde mal nicht melodramatisch.«

»Himmel, Renee«, sagte Tamara leise. »Was immer du fühlst … es ist nur ein Gefühl. Für dich sehr real, ja, aber komm schon. Was du zurzeit durchmachst … mit Tim oder mit deiner Arbeit, es beeinträchtigt dein Urteilsvermögen. Das passt nicht zu dir. Dich jagen keine dämonischen Mächte.«

»Dämonisch habe ich nicht gesagt.«

»Du hast behauptet, die Entdeckung von Jessies Leiche hätte es geweckt«, rief Tamara ihr ins Gedächtnis und griff nach Mantel und Handtasche. »Das ist fast das Gleiche.«

»Ich hoffe, Jessie ist tot«, sagte Evangeline plötzlich.

Renee sah sie stirnrunzelnd an und wandte sich dann an Becca. »Sie ist tot. Das glaubst du doch auch, oder?«

Tamara zögerte. Die Schultertasche schon über dem Arm, hatte sie sich halb zum Tisch umgewandt und wartete auf Beccas Antwort. Alle sahen Becca an. Becca sagte: »Wenn es nicht Jessies Leiche ist, stellt sich die Frage: Wer ist es dann?«

»Ja, gute Frage«, sagte Renee.

»Zwanzig Jahre sind vergangen, es ist lange her«, fuhr Tamara auf. »Ich weiß nicht, was du von uns erwartest, Renee. Du … du scheinst kurz vor dem Zusammenbruch zu stehen. Und du bist doch die Intelligente von uns! Allmählich jagst du mir wirklich Angst ein.« Sie warf Becca einen Blick zu. »Du siehst auch aus, als ob du Angst hättest.«

»Es ist … beunruhigend«, erwiderte Becca. »Ich weiß nicht, was Jessie zugestoßen ist, aber das wird die Polizei herausfinden.«

»Und wenn uns vorher etwas zustößt?«, fragte Renee.

»Uns stößt nichts zu«, sagte Evangeline in wenig überzeugendem Flüsterton.

»Ich muss los.« Tamara winkte kurz und ging zu Tür hinaus. Der kalte Luftzug jagte Becca einen Schauer über den Rücken.

Renee sah Evangeline an, die den Blick beinahe trotzig erwiderte. »Uns stößt nichts zu«, wiederholte Vangie, als die Tür ins Schloss fiel. Renee wandte sich an Becca. »Pass auf dich auf«, sagte sie und griff dann ebenfalls nach Mantel und Tasche.

»Ich bin an den Ermittlungen beteiligt«, stellte Gretchen Sandler tonlos fest. Die Hände auf seiner Schreibtischplatte aufgestützt, stand sie vor Mac. »Deine jüngsten Versuche, mich nach der Dienstzeit von der Bühne zu drängen, sind … gelinde gesagt, amateurhaft.«

Es war dunkel, doch zu dieser Jahreszeit hatte man das Gefühl, dass es ständig dunkel war. Mac wusste, seine Partnerin war sauer auf ihn, aber es war ihm ziemlich egal. Wie so viele vor ihr würde sie ein paar Monate, vielleicht sogar Jahre, bleiben, doch bald schon würde sie einen Fuß auf seinen Rücken und den anderen auf die nächste Sprosse der Karriereleiter setzen und sich nach oben katapultieren. Ihn interessierte entschieden mehr, wann der Autopsiebericht und die DNA-Ergebnisse auf seinem Schreibtisch landeten und ob ein Phantombildzeichner das Gesicht der Leiche würde rekonstruieren können, falls sich keine DNA-Entsprechung fand. Vor zwanzig

Jahren steckte die DNA-Analyse im Zusammenhang mit der Polizeiarbeit noch in den Kinderschuhen, war jedoch verfügbar, und zurzeit wurden Haarproben mit intakten Follikeln aus Jessies Bürste untersucht.

Sein Bauchgefühl sagte ihm, dass die im Irrgarten gefundene Leiche Jessies war, und ihre Eltern vermuteten es ebenfalls. Zwar widerstrebte es ihnen, mit ihm zu reden, aber er hatte trotzdem die müde Resignation in ihrem Tonfall wahrgenommen.

Mac spürte die Anwesenheit seiner Partnerin immer noch. »Hat D'Annibal dich aufgefordert, mich im Auge zu behalten?« Mac hob nicht mal den Blick, sondern las ungerührt weiter in seinen Aufzeichnungen über Jarrett Erikson. Der Typ war der schlüpfrigste Aal von allen und am wenigsten kooperativ. Ein Mistkerl.

»Ich – bin – deine – Partnerin.«

»Könntest du ein bisschen langsamer sprechen? Ich habe nicht ganz verstanden.«

»Du kannst noch so ein ausgemachtes Ekel sein. Ich bin trotzdem an diesem Fall beteiligt.«

Mac sah in ihre scharfen blauen Augen, dann lehnte er sich zurück. Ein Wettstreit mit Blicken war sinnlos. »Gut, ich habe mit den meisten Typen aus der Clique gesprochen.«

»Ich muss dabei sein, wenn du jemanden vernimmst. Du brauchst eine zweite Perspektive.«

»Du hast mit D'Annibal gesprochen. Perspektive. Das ist eines seiner Lieblingswörter.«

Sie machte eine hastige Bewegung und Mac zuckte instinktiv zusammen. Er hatte oft genug mit Verbrechern zu tun gehabt, um im Bruchteil einer Sekunde eine Bedrohung zu spüren. Doch Gretchen machte lediglich kehrt wie ein Roboter und stapfte zurück zu ihrem eigenen Schreibtisch, der einen Meter hinter seinem stand. Früher hatte sie direkt bei ihm gesessen, doch da hatte sie sich zu sehr vom Klatsch und Tratsch der übrigen Detectives abgeschnitten gefühlt. Wenn sie auch allgemein nicht beliebt war, wollte sie doch wenigstens im Zentrum des Geschehens mitmischen. Mit einem Ewig-Gestrigen wie Mac herumzuhängen brachte es nicht.

Er senkte den Blick wieder auf seine Liste. Die Namen der Yuppies, die er bereits vernommen hatte, waren abgehakt und mit Anmerkungen versehen. Diese Verhöre hatten ihm nichts weiter eingebracht als das Gefühl, dass sie ihn allesamt nicht mochten und sich sträubten, etwas preiszugeben. Wahrscheinlich hatte er es verdient. Seinerzeit hatte er sie ganz schön durch die Mangel gedreht.

Die einzigen, mit denen er noch nicht gesprochen hatte, waren Hudson Walker und Zeke St. John. Mit den Mädchen – Frauen – aus der Clique hatte er noch nicht angefangen. Vor zwanzig Jahren hatte er nicht viel aus ihnen herausgebracht und er rechnete auch jetzt nicht mit besseren Ergebnissen, aber man konnte ja nie wissen. Er hielt bei jedem einzelnen Namen kurz inne.

Tamara ... Renee ... Evangeline ... Rebecca.

Er umkringelte Rebeccas Namen, weil sich in seiner Erinnerung etwas regte, wenn er an sie dachte. Sie war anders. Irgendwie eine Außenseiterin. Aber irgendetwas hatte sie an sich, etwas, woran er sich nicht recht erinnern konnte. Sie war nicht Jessies engste Freundin, doch in einer Weise, die er sich nicht recht erklären konnte, erschien sie ihm Jessie am ähnlichsten. »Was weißt du?«, fragte er laut und betrachtete das alte Foto.

»Was?«, rief Gretchen quer durch den Raum, als hätte er mit ihr gesprochen.

»Nichts.«

»Hey, McNally. Schließ mich nicht aus.«

Wie üblich gab Mac keine Antwort.

Das Java Man lag etwa zwei Meilen hinter Becca, als ihr Handy klingelte und Hudsons Nummer auf dem Display erschien.

»Hallo, du«, begrüßte sie ihn herzlich. »Wie ich hörte, hat die Polizei ihre Besuchsrunde gestartet.«

Hudson schnaubte unwillig. »Musste ja so kommen. McNally hat mich angerufen, und wir haben am Telefon geredet, aber er will mich trotzdem noch persönlich vernehmen. Das ist vermutlich vorherbestimmt.«

Becca dachte an Renee und ihre Recherchen, die sie an die Küste geführt hatten. »Ich schätze, wir werden alle mit ihm reden müssen.«

»Wann sehen wir uns?«, fragte er.

»Zufällig bin ich gerade frei«, sagte sie, lächelte und setzte den Blinker, um die Spur zu wechseln.

»Kann ich dich zu einer Pizza bei mir zu Hause überreden?«

»Schon geschehen. Ich bin in zwanzig Minuten bei dir.«

Sie beendete das Gespräch und bog in westliche Richtung auf den Sunset Highway nach Laurelton ab. Von Beaverton bis Hillsboro herrschte dichter Verkehr, doch als sie in die Gegend von Laurelton kam, dünnte er fast völlig aus. Sie schlug den Weg zu Hudsons Ranch ein, und als sie in den Kiesweg einbog, hießen beleuchtete Fenster sie willkommen. Sie lief die Stufen hinauf und klingelte.

Hudson rief: »Die Tür ist offen«, und Becca drehte den Türknauf und trat ein. Sie hängte ihre Jacke an den Garderobenständer im Flur und ging zur Küche, aus der der Duft von Tomatensoße, Knoblauch und Zwiebeln lockte.

»Hi«, sagte er mit einem trägen Lächeln. Hudson trug Jeans, dazu ein schokoladenbraunes Cordhemd mit aufgekrempelten Ärmeln. Sie sahen einander kurz an, dann lagen sie sich in den Armen. Sie fing an zu lachen und konnte nicht wieder aufhören, und er grinste sie an.

Dann legte er sie sich plötzlich rücklings über den Arm, sodass ihr Haar beinahe den Boden streifte, und presste seine Lippen hart und heiß auf ihren Mund. Aus Angst, womöglich rückwärts zu stürzen, klammerte sie sich an ihn, öffnete jedoch den Mund, als seine Zunge zwischen ihre Zähne schlüpfte und es tief in ihrem Inneren zu kribbeln begann.

Ein leises Stöhnen entschlüpfte ihr und er hob den Kopf. »Du hast mir gefehlt«, sagte er.

»Du mir auch.«

»Die Pizza kann warten«, sagte er mit eindringlichem Blick.

»Ja …«, hauchte Becca, und er hob sie hoch und trug sie die Treppe zu seinem Schlafzimmer hinauf, trat die Tür hinter sich zu und ließ sich mit ihr aufs Bett fallen.

Eine Unterhaltung fand dann kaum noch statt. Sie zerrten an Knöpfen und Reißverschlüssen, und als sie alle Kleider von sich geworfen hatten, fanden sie heiß und schnell zueinander. Hudson küsste sie überall dort, wo es sie verrückt machte, berührte sie intim, manchmal sanft, manchmal ein bisschen grob, und sie revanchierte sich in gleicher Weise, überraschte ihn, indem sie seinen Körper mit Fingern und Lippen erforschte.

»Oh, Becca«, sagte er schließlich leise, als er die süße Qual nicht länger ertragen konnte. Er drehte sie auf den Bauch, umfasste ihre Brüste mit beiden Händen, drang in sie ein und liebte sie, als wollte er nie wieder aufhören. Sie schloss die Augen, als sie ihn eng umfing und schwitzend und schwer atmend gleichzeitig mit ihm kam.

»Oh Wahnsinn«, flüsterte er an ihrem Ohr.

Sie konnte kaum atmen, konnte nicht denken, schmiegte sich an ihn und fühlte sich eingehüllt in den Nachhall der Lust, verloren in Gefühlen.

Es erschien ihr, als wäre eine Ewigkeit vergangen, als er sich schließlich auf einen Ellbogen aufstützte und mit tiefer, leicht grollender Stimme fragte: »Zeit für Pizza?«

Sie wandte sich ihm zu und zog seinen Kopf zu sich heran,

sodass er sie küsste, an ihrer Brust saugte und ihr den Rücken und den Po streichelte. »Noch nicht«, flüsterte sie.

Sie liebten sich noch einmal, langsamer dieses Mal, und Becca staunte ein wenig darüber, wie sehr sie ihn begehrte, wie sinnlich und schön sie sich in seinen Armen fühlte, wie wild und lustbetont sie ohne eine Spur von Zurückhaltung sein konnte. Als sie sich schließlich beide regten, anzogen und nach unten gingen, waren Stunden vergangen.

»Die Pizza ist jetzt wahrscheinlich kalt«, bemerkte Becca.

»Dafür gibt es ja die Mikrowelle.«

»Damit du es nur weißt, ich wollte mich nicht beschweren.«

Er sah sie voller Wärme an und schob mehrere Stücke Peperoni-Pizza in die Mikrowelle. Beccas Blick fiel auf einen Hundenapf auf der hinteren Veranda, der ihr zuvor entgangen war. Hudson erriet ihre Gedanken anscheinend, denn er sagte: »Mein Labrador, Booker T., ist letztes Jahr gestorben.«

»Oh, das tut mir leid«, sagte Becca, und es kam aus vollem Herzen.

»Er war alt.«

»Ich habe einen Hund. Einen echten Köter. Ringo. Er ist irgendwie … meine Rettung. Solange ich Ringo habe, werde ich mit allen Problemen irgendwie fertig.«

Hudson betrachtete den leeren Napf. »Ich sollte ihn wohl mal wegräumen.«

»Das tust du, sobald du so weit bist.«

Als die Pizza heiß war, setzten sie sich mit ihren gefüllten Tellern auf die zerkratzte, aber erstaunlich bequeme Eckbank mit den goldenen Polstern.

»Ich habe dieses Haus schon immer gemocht«, sagte Becca und blickte aus dem Fenster in Richtung auf die von den Sicherheitslampen beleuchtete Scheune. Wie oft hatten sie und Hudson sich auf dem Heuboden geliebt?

»Ja …« Hudson wirkte nachdenklich, als hätten seine Gedanken die gleiche Richtung eingeschlagen. »Habe ich dir erzählt, dass ich einen neuen Vormann eingestellt habe? Mein alter, Grandy, hat schon jahrelang für meine Eltern gearbeitet. Er war so sehr Teil der Ranch, dass sie ohne ihn eine ganze neue Welt zu sein scheint.«

»Hat er sich zur Ruhe gesetzt?«

»Er hat private Probleme. Deshalb hat er mir eine andere Hilfskraft vorgeschlagen.« Hudson zuckte die Achseln. »Aber der Mann kann ihn nicht ersetzen. Ich hoffe, Grandy kommt bald zurück.«

»Private Probleme, das kann alles Mögliche bedeuten«, bemerkte Becca in Gedanken an ihre eigenen Schwierigkeiten, und biss in die Pizza.

»Sein Sohn zieht seine Kinder alleine auf, hat sich das Bein gebrochen oder so, und Grandys Enkelin ist schwanger. Die ganze Familie hält den Vater des Kindes für einen Versager. Vielleicht zieht sie bei ihm ein. Klingt reichlich chaotisch.«

»Ein Baby?«, fragte Becca in bemüht neutralem Ton.

»Grandy will ihr zur Seite stehen. Nicht gerade die perfekte Art, ein neues Leben in die Welt zu bringen, wenn alles so drunter und drüber geht.«

»Sie will es behalten?«

»Ich glaube schon, aber anscheinend werden dort keine verlässlichen Entscheidungen getroffen.«

Sie schluckte, wandte den Blick ab und fragte sich, ob sie Hudson jemals von dem Kind erzählen würde, das sie beinahe gehabt hätten, welchen Eindruck, wenn überhaupt, es zu diesem späten Zeitpunkt auf ihn machen würde und ob er froh wäre, dass ihm Entscheidungen erspart geblieben waren.

Das heikle Thema wurde fallen gelassen; Hudson gab ihr eine Jacke von sich, und zusammen gingen sie durch Regen und Dunkelheit zur Scheune. Hudson schaltete das Licht an, und der Geruch von trockenem Heu und altem Leder, vermischt mit dem warmen Duft der Pferde, nahm Becca in Empfang. Die drei Stuten wurden ihr vorgestellt, Christmas, Tallulah und Boston, die Appaloosa-Stute, die unübersehbar trächtig war. »Im Grunde ist dies alle eher ein Hobby für mich«, gestand Hudson. Sie wusste, auch wenn er es nicht sagte, dass er sein Vermögen auf andere Art angehäuft hatte. Dass diese Farm ein Traum war, den er sich schließlich erfüllt hatte.

»Du bist nie verheiratet gewesen, oder?«, fragte Becca. Die Pferde schnaubten in ihren Boxen und sie tätschelte Bostons weiche Nase. Tallulah, die Braune, wieherte leise um Aufmerksamkeit, und Hudson kraulte sie zwischen den dunklen Ohren.

»Nein.« Er streifte sie mit einem Blick. »Würdest du noch einmal heiraten?«

»Vielleicht.« Sie zuckte die Achseln. »Ich weiß nicht. Ben und ich, wir … wir passten einfach nicht zusammen.«

»Was ist schiefgegangen?«

»So ziemlich alles.«

»Hmm …«

»Ich weiß nicht, warum ich ihn geheiratet habe«, sagte sie, bemüht, nicht allzu bitter zu wirken. »Ich wollte mir wohl einen Traum erfüllen. Ein Mann. Eine Familie. Kinder. Nach der Hochzeit erzählte er überall, wir wollten keine Kinder, obwohl er genau wusste, dass ich mir welche wünschte. Ich wusste nie, was ich dann sagen sollte. Ich konnte wohl schlecht widersprechen: ›Nein, mein Mann irrt sich. Ich will Kinder. Er lügt. *Er* will keine Kinder.‹ Ich wusste einfach nicht, wie ich das in Worte fassen sollte, ohne einen Riesenstreit zu provozieren, also sagte ich gar nichts. Und dann hat er sich mit einer anderen eingelassen und ist in ihren Armen gestorben. Und als er starb, war sie schwanger. Sie hat also jetzt ein Kind.« Becca schob die Hände in die tiefen Taschen der Jacke. Sie spürte Hudsons Blick auf sich, konnte ihn jedoch nicht ansehen.

»Du willst diesen Traum immer noch?«

»Hm, ja, aber ich erwarte eigentlich nicht mehr, dass er sich noch erfüllt.«

Anscheinend wollte er noch weitere Fragen stellen, kam letztendlich aber doch auf unverfänglichere Themen zu sprechen und unterhielt Becca mit einer Geschichte von Tallulah, die ihn sich mithilfe von tief hängenden Ästen vom Rücken gestreift hatte, woraufhin er mit verstauchtem Knöchel nach Hause humpeln musste. Dort erwartete ihn die Stute ohne eine Spur von Bedauern, vielmehr voller Vorfreude auf ihre nächste Mahlzeit in der Box.

Hudson knipste das Licht aus. Als sie Pfützen umrundend und gegen den Regen geduckt zum Haus zurückliefen, sagte er: »Es ist komisch, aber diese Jessie-Geschichte hat uns anscheinend wieder zusammengeführt.«

»Ja.« Sie lachte kurz auf. »Ironie des Schicksals«, sagte sie und übertönte das Prasseln des Regens auf dem Dach der Veranda, als sie die alten Stufen hinaufstiegen.

Drinnen klingelte das Telefon und Hudson überließ die Nachricht dem Anrufbeantworter.

»Hier ist Detective McNally«, meldete sich eine tiefe Männerstimme. »Ich würde mich gern persönlich mit Ihnen treffen, Walker. Rufen Sie mich bitte an.« Er nannte seine Nummer und legte auf.

»Daran führt wohl kein Weg vorbei«, sagte Hudson und sah das Telefon stirnrunzelnd an.

»Vielleicht hat er neue Informationen.«

»Oder er erwartet welche von mir.« Doch Hudson rief den Detective an und verabredete ein Treffen am nächsten Tag in einem Imbisslokal, ein paar Meilen vom Präsidium entfernt.

»Ein inoffizielles Treffen, was immer das bedeuten mag«, sagte er und nahm sich noch ein Bier aus dem Kühlschrank. »Magst du mitkommen?«

»Nein. Aber mein Name steht bestimmt auch irgendwo auf dieser Liste, also vielleicht …«

»Gut, dann ist das geklärt.«

Sie lachte und tauschte im Flur seine Jacke gegen ihren Mantel. »Du, ich und Detective McNally.«

»Das wird bestimmt eine tolle Party.«

13. Kapitel

»Wie lange braucht man denn, um ein Porträt zu erstellen?«, beschwerte sich Gretchen. Mit Mac zusammen war sie auf dem Weg zum Dandelion Diner, wo sie mit Hudson Walker verabredet waren. McNally saß hinterm Steuer und blinzelte in das Sonnenlicht, das das nasse Pflaster reflektierte. »Eine Gesichtsrekonstruktion am Computer kann doch nicht so schwierig sein. Nur eine Frage der Dimension und der Abmessung von Knochen, oder? Wenn jemand Experte auf dem Gebiet ist, warum zum Teufel braucht er dann so lange? Wer sind diese Techniker überhaupt?«

Mac knurrte etwas und überholte ein Wohnmobil, das sich in seine Fahrspur drängen wollte. Er musste seiner Partnerin halbwegs recht geben, hatte aber keine Lust auf einen ihrer Monologe. Die Frau schien auch nicht einen einzigen Gedanken für sich behalten zu können. Sobald er in ihrem Kopf entstanden war, drängte er sich über ihre Lippen und ließ sich nicht mehr zurückhalten. Sie war nicht zu bremsen, sprudelte einfach alles heraus. Und das kostete Nerven.

»Wenn wir wüssten, dass diese Knochen die Überreste deiner kleinen Freundin sind, könnten unsere Ermittlungen in die nächste Phase eintreten. Und das Warten auf diese verfluchten DNA-Ergebnisse ist wie chinesische Wasserfolter. Niemand kümmert sich einen Dreck um einen Eilauftrag, es sei denn, man schläft mit einem der Labortechniker. Und selbst dann stehen die Chancen nur fifty-fifty.«

»Weißt du das aus Erfahrung?«, fragte Mac sanft. Er stoppte vor einer roten Ampel, und das Wohnmobil, von einer älteren Frau mit Truckerkappe gesteuert, hielt neben ihm.

»Wenn, dann würde ich es dir nicht sagen. Deine Selbstgefälligkeit jagt mir Angst ein, McNally. Seit wann hast du die?«

Seit zwanzig Jahren, dachte er. Und es war keine Selbstgefälligkeit. Es war Vorsicht, Sorgfalt und Wachsamkeit. Aber auf keinen Fall würde er Gretchen davon überzeugen, dass sie womöglich nicht ihr ganzes Können als Ermittlerin zum Einsatz brachte. Sie hatte stets alle Antworten parat. Sinnlos, seine Atemluft an sie zu verschwenden.

Als die Ampel auf Grün schaltete und irgendein Idiot in einem Ford Focus vor ihm über die Kreuzung schoss, stieg er auf die Bremse. Gretchen fluchte. »Himmeldonnerwetter, wir sollten den Idioten rechts ranwinken!«

»Die Verkehrsstreife schnappt ihn sich schon«, sagte er und gab Gas, um sich vor das Wohnmobil zu setzen und auf den Kiesplatz des Lokals abzubiegen.

Drinnen war das Dandelion leuchtend gelb gestrichen und die Sitznischen waren mit grünem Plastik überzogen. Mac nahm in einer Platz, Gretchen setzte sich ihm gegenüber, und eine Kellnerin bot ihnen Kaffee an, drehte die auf dem Tisch bereitstehenden Tassen um und füllte sie. »Ich komme gleich wieder«, sagte sie, Kaugummi kauend. »Die Spezialitäten stehen dort an der Tafel.« Sie deutete auf eine Schiefertafel beim Tresen und ging weiter zu einem Tisch mit vier Männern in den Sechzigern.

Mac blickte aus dem Fenster auf den Platz hinaus.

»Was für Fragen stellst du ihnen – diesen ›Freunden‹ von Jessie Brentwood?«, wollte sie spöttisch wissen. Sie griff nach der in Plastik eingeschweißten Speisekarte und überflog das Angebot. »Was für Ermittlungen laufen hier? Das sollte ich eigentlich wissen.«

Er spürte, wie sein Ärger aufflammte, und drängte ihn zurück. »Mach mich nicht sauer.«

»Was? Ich darf keine Fragen stellen?«

»Du kennst die Routine. Stell dich nicht dümmer, als du bist.«

»Du führst dich auf wie der Lone Ranger, McNally. Nein, schlimmer noch, du würdest nicht mal Tonto trauen. Anscheinend glaubst du, dieser Fall gehört dir ganz allein.«

So war es auch. Zwanzig Jahre lang.

Er hatte keine Zeit für so was. Es ärgerte ihn maßlos, Gretchen am Hals zu haben. Aber nicht mehr lange, erinnerte er sich. Seine Partnerin würde irgendwann rastlos werden und an ihm vorbeiziehen. Mit dem Gedanken beschloss er, sich ihr gegenüber etwas versöhnlicher zu geben. »Wir reden einfach. Über das, was vor zwanzig Jahren los war. Klopfen die alten Geschichten ab und warten, ob sich irgendwas auftut, irgendetwas, was zu verheimlichen sie vielleicht vergessen haben.«

»Wie eine Gruppe von Verschwörern? Die alle unter einer Decke stecken?«

»Nicht ganz.«

»Und dieser Typ ist einer von denen, die du die Yuppie-Bande nennst.«

Mac nickte. Als erwachsene Männer erschienen sie ihm nicht so privilegiert und bevorzugt wie als Heranwachsende, doch er konnte ihr Verhalten in jüngeren Jahren nicht ganz vergessen.

»Setzt du dieses Essen von der Steuer ab?«, fragte Gretchen und drehte die Speisekarte um. »Die Behörde bezahlt es nicht.« Sie sah ihn an, und ihm wurde klar, dass sie ihn fragte. Als ob er sich einer Sonderbehandlung erfreuen könnte.

»Die Behörde zahlt für kaum etwas.«

Sie knurrte eine Bestätigung.

Mac sah einen blauen Jetta auf den Platz einbiegen und anhalten. Sekunden später stieg an der Fahrerseite eine Frau aus.

Macs Magen zog sich zusammen, doch er zeigte keine Gefühlsregung. Rebecca Ryan, jetzt Sutcliff. Er erkannte sie auf Anhieb und erinnerte sich an das letzte Gespräch mit ihr, als hätte es erst am Morgen stattgefunden.

»Ich habe sie vor ihrem Verschwinden nicht mehr gesprochen«, hatte Becca gesagt. Sie saß auf der Eingangstreppe der Schule. Das Gespräch mit dem Polizisten machte sie nervös; sie hatte die Hände vor der Brust gefaltet, als ob sie betete, neben ihr auf der Stufe lag ihre Büchertasche, ihr Blick wanderte über den Parkplatz. Ihr Haar war lang und so hellbraun, dass es nahezu blond aussah, ihre Augen waren braun und groß. Im Profil erinnerte sie ihn an Jessie Brentwood, die er nur von Fotos kannte, aber von vorn betrachtet war Beccas Gesicht runder und wirkte unschuldiger, während Jessie den Eindruck machte, als hütete sie manches Geheimnis. Ein freches Lächeln spielte um ihre Lippen und das Grüngoldene ihrer Augen erinnerte Mac an ein aufgewühltes Meer.

Er hatte sie auf alle nur irgend möglichen Arten und Weisen über Jessie ausgefragt, doch Becca Ryan wusste nicht viel, im Grunde genommen gar nichts. Sie war Teil von Jessies Clique, sonst nichts.

»Ich habe sie nicht hierhergebeten«, sagte er jetzt, während er Beccas Weg zum Restaurant mit den Augen verfolgte.

»Sie gehört zu ihnen?«, fragte Gretchen. Ihr Blick heftete sich interessiert an Becca.

»Ja. Rebecca Sutcliff. Offenbar trifft sie sich mit Hudson Walker.« *Hatte die Sutcliff, inzwischen Witwe, etwa etwas mit Jessie Brentwoods Exfreund angefangen?*

In diesem Moment fuhr ein großer, verbeulter Pick-up auf den Platz und parkte neben dem Jetta ein. Mac löste den Blick von der sich nähernden Becca und sah, wie Hudson die Tür seines Pick-ups zuschlug und zum Eingang des Restaurants stapfte.

Wie lange waren sie schon ein Paar?, fragte er sich.

Becca wartete auf Hudson, doch sie berührten sich nicht einmal, als sie das Lokal betraten.

Mac überdachte gerade seine Planung dieses Verhörs, als Gretchen mal wieder den Stier bei den Hörnern packte und auf einen Tisch in der Nähe wies. »Lass uns dorthin wechseln.« Sie griff nach ihrer Kaffeetasse, schlüpfte aus der Nische und rückte sich einen Stuhl zurecht. Mac hätte ihr zugestimmt, dass ein Tisch besser war als eine schnuckelige Nische, doch ihre ständigen Entscheidungen – ohne auch nur mit einer Geste nach Anweisungen oder seiner Zustimmung zu fragen – ärgerten ihn maßlos.

Es lag auf der Hand, dass Walker und Becca Sutcliff zusammen und, wie Mac den Blicken entnahm, die sie tauschten, ein Liebespaar waren. Er stellte alle Beteiligten einander vor, dann setzten sie sich, und die Kellnerin schenkte mehr Kaffee ein, während ein Hilfskellner den Tisch abwischte, den sie gerade verlassen hatten.

Becca hatte das Haar zu einem Pferdeschwanz gebunden. Sie trug einen schwarzweiß karierten Schal um den Kragen ihres Ledermantels, und wie sie diesen Schal vom Hals wickelte, wirkte ausgesprochen anmutig, zumindest in Macs Augen. Er sah sie noch deutlich als Teenager vor sich: großäugig, dünn, scheu und klug genug, ihre Gedanken für sich zu behalten. Er war damals nicht darauf gekommen, dass sich Hudson Walker womöglich mehr für sie interessierte als für seine eigene Freundin, Jessie Brentwood, aber das konnte auch nur eine Mutmaßung seinerseits sein.

Hudson Walker war mit den Jahren kräftiger geworden und hatte ein paar mehr Falten an den Augenwinkeln, als würde er ständig in die Sonne blinzeln. Er war schlicht gekleidet, trug Jeans und Hemd und eine leichte Jacke – weit entfernt von Christopher Delacroix des Dritten maßgeschneidertem Anzug.

Dessen Krawatte hatte wahrscheinlich mehr gekostet, als Mac in einer Woche verdiente.

Hudson setzte sich Mac gegenüber. Er sah Gretchen an, die ihn eingehend musterte. »Sie sind Hudson Walker«, sagte sie. »Vor zwanzig Jahren waren Sie der Freund des Opfers?«

»Mit dem ›Opfer‹ meinen Sie Jessie Brentwood? Heißt das, dass die Leiche identifiziert worden ist?«, fragte Hudson an Mac gewandt.

»Noch fehlt uns die Bestätigung«, antwortete Mac. »Wir warten auf die DNA-Ergebnisse.«

Hudson blickte Gretchen an. »Ja, damals sind Jessie und ich miteinander gegangen.«

Walker hatte wohl seit der Schulzeit an Gewicht zugelegt, mehr in Bezug auf seine Haltung als auf seine Pfunde. Und Mac verstand, bevor der Mann ein Wort darüber sagte, dass Hudson Walker jetzt genauso wenig wie früher die Absicht hatte, ihm weiterzuhelfen.

»Sie wollten mich sprechen«, sagte Hudson in einem Ton, der Mac deutlich machte, was er davon hielt.

Mac wollte antworten, doch Gretchen kam ihm zuvor. »Alle sagen, Jessie Brentwood wäre ausgerissen, und dann taucht dieses Skelett auf!«

»Aber Sie scheinen immer noch nicht sicher zu sein, dass es sich um Jessie handelt, also ist das alles vielleicht ein bisschen verfrüht.«

Mac sagte: »Ich sehe es als eine Art Übung – zur Bestätigung. Wir haben die Akten sämtlicher vermissten Personen studiert. Wir werden feststellen, dass es sich hier um die sterblichen Überreste von Jezebel Brentwood handelt.«

Becca atmete tief durch. Sie war blass, sah geradezu krank aus.

»Alles in Ordnung?«, fragte Mac.

Hudson wandte sich ihr zu. »Becca?«

»Alles in Ordnung.«

»Habe ich was Falsches gesagt?«, fragte Gretchen trocken.

Mac verzog das Gesicht. Seine Partnerin hatte aber auch überhaupt keinen Stil. »Sind Sie sicher, dass Sie –«

»Entschuldigen Sie.« Becca schob plötzlich ihren Stuhl zurück und schlug den Weg zu den Toiletten ein, der am Ende der Nischenreihe deutlich gekennzeichnet war.

Hudson erhob sich halb von seinem Stuhl, ließ sie aber gehen.

»Ist sie immer so leicht zu verschrecken?«, fragte Gretchen leicht verwundert.

Hudson sah Macs Partnerin an, und Mac bemühte sich zu verhindern, dass seine Lippen vor Belustigung zuckten. Gretchen verärgerte Hudson gründlich. Eine ihrer liebsten Taktiken, wenngleich er nicht wusste, was sie in diesem Fall damit bezweckte. Bevor Hudson und Gretchen in Streit geraten konnten, sagte Mac: »Ich möchte einfach noch einmal der Reihe nach durchsprechen, was alles passiert ist, als Jessie Brentwood verschwand.«

»Sie sagten doch gerade, Sie wüssten nicht einmal, ob es sich wirklich um Jessies Überreste handelt.«

»Nichts los im Dezernat«, sagte Gretchen. »Wir stecken bis über beide Ohren in ungelösten Fällen, statt uns um die Tagesereignisse zu kümmern.« Sie trank einen Schluck aus ihrer Tasse, furchte die Stirn und goss mehr Sahne hinein. »Ein Abwärtstrend in puncto Verbrechen. Was soll ich sagen?«

»Es ist kein Geheimnis, dass ich vor zwanzig Jahren glaubte, ihr sei etwas zugestoßen«, mischte Mac sich ein. »Sie gehörten zu den letzten Personen, die sie gesehen haben.«

Hudson zögerte kurz. Mac sah ihm beinahe an, an welchem Punkt er den Entschluss fasste, seinen Ärger niederzukämpfen und einfach zu reden. »Wir hatten Streit«, bemerkte er nüchtern. »Sie glaubte, ich wäre nicht ehrlich zu ihr. Ich glaubte nicht, dass sie ehrlich zu mir war. Und wir hatten beide recht.«

»Und worin bestanden Ihre Lügen?«, fragte Gretchen.

»Es war mehr ein Verschweigen der Wahrheit. Unsere Jugendliebe war im Sand verlaufen.«

»Sie waren in eine andere verliebt«, sagte Mac und blickte in die Richtung, in der Becca verschwunden war.

»Es war vorbei. Das ist alles.«

»Sie sind ihr nicht in den Irrgarten gefolgt, um sie zu erstechen?«, fragte Gretchen im Konversationston.

»Sie wurde erstochen?«, fragte Hudson und wartete auf Macs Bestätigung.

Mac nickte knapp. »Das sagt der Gerichtsmediziner.«

Walker schien darüber nachzudenken, während Mac mit einem warnenden Blick an Gretchens Adresse, damit sie zukünftig die Klappe hielt, weitere Fragen zum Verlauf des letzten Abends stellte, an dem Hudson Jessie getroffen hatte. Seine Antworten entsprachen Macs zwanzig Jahre alten Notizen, brachten eher noch weniger, da Hudsons Erinnerungen nicht mehr so deutlich waren wie damals.

»Sie sagte, sie steckte in Schwierigkeiten«, sagte Hudson. »Da wäre was.«

»In Schwierigkeiten? Was heißt das? Ärger mit den Eltern? In der Schule? War sie vielleicht schwanger?« Gretchen beugte sich leicht vor.

Mac hätte ihr am liebsten gegen das Schienbein getreten. Offenbar war sie entschlossen, alle Einzelheiten über den Fall auszuplaudern, bevor er dazu bereit war. Einige Informationen mussten der Presse, der Öffentlichkeit überhaupt, vorenthalten werden, damit nur die Polizei und Jezebel Brentwoods Mörder die Wahrheit kannten.

Walker hob eine Hand und ließ sie in resignierter Verzweiflung wieder sinken. »So genau hat sie es nicht erklärt. Es war eher etwas Ungewisses – nach dem Motto, dass Probleme auf sie zukämen. Ich meine, sie hätte so etwas gesagt. ›Es gibt Ärger‹ oder so. An den genauen Wortlaut erinnere ich mich nicht, aber sie war nervös und unruhig. Sie konnte überhaupt nicht still sitzen.«

Seine Geschichte deckte sich mit seiner Aussage von vor zwanzig Jahren.

»Hatten Sie den Verdacht, dass sie weglaufen wollte?«, fragte Gretchen.

»Ich dachte, es wäre nur ein normaler Streit. Das gab es häufig bei uns. Das einzige Mal, dass sie etwas von Weglaufen sagte, war, als sie mich bat, übers Wochenende mit ihr zu verschwinden.« Er schnaubte und griff nach seiner Tasse. »Als ob ihre oder meine Eltern sich das hätten bieten lassen.«

Etwas regte sich in Macs Erinnerung, etwas, was er nicht recht greifen konnte. Jessie hatte also über ein Wochenende verschwinden wollen, na und? Aber trotzdem … Er nahm sich vor, seine Notizen noch einmal durchzusehen.

Walker sah noch einmal in die Richtung, in die Becca gegangen war, und Mac ahnte, dass ihre lange Abwesenheit ihn beunruhigte. Doch dann öffnete sich die Tür zu den Toiletten, und Rebecca kam zurück an ihren Tisch. Sie war nicht mehr blass, sondern hatte gerötete Wangen, und Mac schloss daraus, dass sie sie heftig gerieben hatte.

»Alles in Ordnung?«, fragte Walker sichtlich besorgt. Ja, sie hatten was miteinander.

»Ja. Ich habe mir wohl einen Virus eingefangen. Schätze, er will sich durchsetzen.« Sie lächelte matt. Mac glaubte ihr nicht.

»Sind Sie bereit, ein paar Fragen zu beantworten?«, fragte Mac sie. »Sonst kommen wir später darauf zurück.«

»Nein, schießen Sie los.« Augenscheinlich wollte sie das Verhör so schnell wie möglich hinter sich bringen. »Wie ich hörte, wollen Sie mit uns allen reden, und da Hudson sowieso hierherfuhr …«

»Sie beide sind jetzt also ein Paar?« Er wies mit dem Zeigefinger von ihr zum ihm.

»Wir kennen uns seit der Schulzeit«, sagte Becca mit festem Blick. »Manchmal treffen wir uns.«

Er beließ es dabei. Zunächst jedenfalls. Dann fragte er sie nach ihrer Zeitleiste der Geschehnisse in den Tagen vor Jessie Brentwoods Verschwinden.

Rebeccas Erinnerungen waren noch verschwommener als Hudsons; sie war nicht eng mit Jessie befreundet gewesen und wusste nur noch vage, was sie bei ihrem letzten Treffen zueinander gesagt hatten. Mac ging die Ereignisse dieser letzten paar Tage durch – die Vorgänge in der Schule –, doch Rebecca hatte dem nichts Bemerkenswertes hinzuzusetzen.

Zum Glück hielt Gretchen den Mund.

Am Ende wusste Mac nicht viel mehr als zuvor, abgesehen davon, dass die erotische Spannung zwischen Hudson Walker und Rebecca Sutcliff nahezu greifbar war.

Hatte das mit Jessie zu tun? War es etwas völlig Neues?

»Wenn diese zwei nicht schon miteinander im Bett waren, ist es nur noch eine Frage der Zeit«, bemerkte Gretchen, als sie das Lokal verließen. Becca und Hudson stiegen in ihre Fahrzeuge, und Mac und Gretchen gingen zu ihrem Streifenwagen. »Sie geben vor, lediglich Freunde zu sein, aber da läuft was.«

»Kann sein.«

Mac fuhr vom Parkplatz und sah im Rückspiegel, dass Beccas und Hudsons Wagen sich in unterschiedliche Richtung entfernten.

»Und was hast du gesagt, dass Rebecca in den Waschraum laufen und sich das Gesicht waschen musste?«

Mac sah Gretchen an und fädelte den Wagen in Richtung Präsidium in den fließenden Verkehr ein. »Wer, ich? Ich hatte gar keine Chance, etwas zu sagen.«

»Was war es dann?«

Mac schüttelte den Kopf, gab jedoch zu: »Sie sah wirklich aus, als wollte sie im nächsten Moment umkippen.«

»Etwas hat ihr Angst eingejagt.«

Mac rief sich das Gespräch noch einmal ins Gedächtnis und sagte bedächtig: »Sie hatte schon Angst, als sie ankam. Warum ist sie gekommen?«

»Weil sie wusste, dass du sie anrufen würdest, und sie wollte es mit Loverboys Hilfe hinter sich bringen. Der übrigens nur ein guter Freund ist.«

»Man sagt, die erste Liebe aus der Schulzeit ist am leichtesten wieder anzufachen. Was damals so anziehend war, kann jetzt sehr gut wieder an Reiz gewinnen.«

»Das sagst ausgerechnet du – mit deinem bewegten Liebesleben.«

»Ja, genau.«

»Aber vielleicht hast du da ins Schwarze getroffen. Vor etwa drei Jahren war ich das letzte Mal auf einem Klassentreffen und stellte fest, dass sich mehrere Pärchen gefunden hatten. Ein paar von ihnen ließen sich daraufhin von ihren Partnern scheiden und blieben zusammen. Ich konnte es nicht glauben. Mein Freund aus Schultagen war ein Mistkerl und ist jetzt der totale Versager. Mir hätte das nicht passieren können. Ausgeschlossen.«

Mac steuerte die Straße entlang, fast ohne die anderen Fahrzeuge wahrzunehmen, so sehr war er in Gedanken.

»Möchte wetten, sie war der Grund für Brentwoods und Walkers Streit. Wie sagt man noch: ›Da werden Weiber zu Hyänen‹?«

Vielleicht war etwas dran an dieser Theorie. »Rebecca Ryan spielte damals vor zwanzig Jahren keine große Rolle bei den Ermittlungen und ich habe es jetzt auch nicht erwartet.« Mac fuhr durch eine Gasse und musste einem Müllcontainer und einem in zweiter Reihe geparkten Lieferwagen ausweichen.

»Ich glaube, wir sollten sie lieber auf unsere Liste der Verdächtigen setzen.«

»Oder Walker ein bisschen weiter nach oben befördern.«

»Er ist der *numero uno* ohnehin ziemlich nahe, oder? Als Freund und so? Und sie schwanger?«

»Er ist ganz oben.«

»Sollte Rebecca Ryan vielleicht auch sein«, meinte Gretchen.

Mac erwiderte nichts. Je mehr er über den Fall Jessie Brentwood erfuhr, desto klarer wurde ihm, dass er sich einer düsteren, unerwarteten Wahrheit näherte.

Becca sah ihre Finger zittern, als sie den Schlüssel ins Schloss ihrer Wohnungstür schob und eintrat. Ringo sprang vom Sofa und trabte glücklich auf sie zu. Sie ging in die Knie, kraulte ihm die Ohren und schmuste minutenlang mit ihm. Dann sah sie nach, ob sie die Tür hinter sich verschlossen hatte, ging in die Küche, füllte ein Glas mit Wasser und trank es mit geschlossenen Augen und rasendem Herzschlag in einem Zug leer.

In dem Lokal hatte sie Jessie gesehen.

Vor dem Fenster. Klar und deutlich. Ihr Haar wehte im scharfen Wind. Sie drückte einen Finger auf die Lippen, verlangte Beccas Verschwiegenheit. Noch eine Vision. Ähnlich der in der Einkaufsmeile. Sie hatte Detective McNally in die Augen gesehen, der sie so intensiv beobachtete, dass ihr der Atem stockte.

Ich darf nicht umkippen, ermahnte sie sich. Der schon bekannte Kopfschmerz kündigte sich an. Sie entschuldigte sich und ging rasch in den Waschraum, füllte das Waschbecken mit kaltem Wasser, tauchte das Gesicht hinein und zählte langsam bis zehn. Das wiederholte sie noch zweimal, bis ihre Haut sich rötete, aber das Klingeln in ihren Ohren aufhörte und ihr benebelter Kopf wieder klar wurde. Die Ohnmacht blieb aus.

In diesem kurzen Moment war Jessie verschwunden. Als Becca zu ihrem Platz im Restaurant zurückkam und einen Blick aus dem Fenster riskierte, sah sie draußen nur ihre Fahrzeuge und den ausgedehnten Schotterparkplatz.

Was hatte das zu bedeuten? Was sollte sie auf Jessies Verlangen nicht erzählen?

»Bin ich verrückt?«, fragte sie und beugte sich zu ihrem Hund herab, der ihr übers Kinn leckte und ein leises ›Wuff‹ von sich gab.

Becca ging zum Wohnzimmersofa und ließ sich hineinsinken. Ringo sprang zu ihr hinauf, rollte sich zusammen und beobachtete sie mit dunklen scharfen Augen.

Was passiert als Nächstes?, dachte sie sorgenvoll.

Renee hatte das Gefühl, dass ihnen Gefahr drohte. Sie glaubte, Jessie hätte gesagt, sie schwebten in Gefahr. In zwanzig Jahre alter Gefahr …

Becca fuhr sich mit beiden Händen durchs Haar. Sie hoffte, McNally nicht noch einmal sehen zu müssen. Hoffte, mit diesem Gespräch wäre sie aus dem Schneider. Hoffte, dass er nicht mit ihr ›allein‹, ohne Hudson, sprechen wollte. »Bleib auf dem Teppich«, sagte sie leise zu sich selbst. Falls die Polizei sie verdächtigte, dass sie oder Hudson in Jessies Verschwinden, den *Mord* an Jessie, verwickelt wären, würde McNally sich noch einmal melden, ganz gleich, was sie sich wünschte.

Hoffentlich war diese unheilsschwangere Vorahnung nur eine Nachwirkung ihrer Vision.

Doch tief innerlich wusste sie es besser.

Den allgegenwärtigen Jazz in den Ohren, sichtete Glenn die Rechnungen auf seinem Schreibtisch, Rechnungen, die die gesamte Kirschholzplatte bedeckten, und fragte sich, was um alles in der Welt hier los war. Das Blue Note konnte nicht in den roten Zahlen sein, zumindest nicht so tief. Sie hatten doch Gäste. Nicht so viele wie früher, aber den Einnahmen nach zu urteilen lief das Blue Note gar nicht so schlecht. Es war nun mal so, dass nach dem Vorfall mit dem College-Schüler, der nach dem Essen im Blue Note gestorben war, die Umsätze schlechter wurden. Es war nicht ihre Schuld, dass der Junge, bevor er ihr Restaurant besuchte, irgendeine Modedroge ausprobiert und negativ darauf reagiert hatte, doch das Blue Note wurde immer wieder in Zusammenhang mit dem Vorfall genannt, und dadurch …

Doch das war immer noch keine Erklärung dafür, dass er in roten Zahlen versank, sowohl hier als auch zu Hause, wo die Ausgaben immer weiter stiegen.

Seine Gedanken schweiften zu Gia ab. Sie hatte versucht, ihn ins Bett zu zerren, bevor er ins Restaurant flüchtete. Er hatte erwogen, ihr von dem Kindervers zu erzählen, aber sie wollte nur mit ihm schlafen, um so schnell wie möglich schwanger zu werden. Ein Kind war für ihn jedoch so überflüssig wie ein Kropf.

»Glenn«, hatte sie von der Treppe her gerufen. »Schlepp deinen Luxuskörper mal hierher!«

Er hatte sich in der Küche aufgehalten und war dann ins Vorderhaus gegangen. Die Termitenkönigin war splitterfasernackt, hielt sich am Treppenpfosten fest und zeigte, was sie hatte, auf eine Art, dass ihm übel wurde.

Er war um sein Leben gelaufen. Doch jetzt war er hier, die Uhr auf seinem Schreibtisch sagte ihm, dass es nach neunzehn Uhr war, die Minuten seines elenden Lebens verstrichen, die Abendessenszeit – oder was davon an diesem Tag noch übrig war – war voll im Gange. Na ja, halb im Gange. Vielleicht auch gar nicht, dachte er säuerlich, mitten in seiner Finanzmisere hockend, und fragte sich, ob es nicht vielleicht besser wäre, sich die Kugel zu geben. Wem würde er schon fehlen? Gia? Sie würde einen anderen finden. Scott? Als ob er sich einen Dreck um ihn scherte, außer als billige Arbeitskraft. Seine guten Freunde aus der Schulzeit …?

Wenn sie so gute Freunde waren, wo hatten sie dann die letzten zwanzig Jahre gesteckt?

Nachdem der Ermittler ins Restaurant gekommen war, hatten er und Scott die anderen über Detective McNallys Besuch informiert. Doch Glenn hatte die Karte mit dem Kinderreim für sich behalten. Scott hatte sie auch nicht erwähnt. Die meisten Jungs hatten schon mit dem Detective gesprochen und alle waren genervt. Der Dritte hatte sie ermahnt, kühlen Kopf zu bewahren. Keiner von ihnen hatte über Jessie spekulieren wollen, zumindest nicht tiefer gehend. Sie alle wollten, dass die Ermittlungen – und vielleicht auch Jessie selbst – endlich für immer vergessen waren.

Glenn rieb sich die Schläfen.

Jessie …

Wenn er an sie dachte, fühlte er sich direkt körperlich schlecht. Er öffnete eine Schublade, entnahm ihr eine Flasche Bushmills und schenkte sich ein halbes Glas voll ein. Trinken war jetzt eine gute Idee. Eine wirklich gute Idee.

Er hatte das zweite Glas schon fast geleert, als es an seiner Bürotür klopfte. »Herein«, rief er schleppend. Er wollte von niemandem gestört werden.

»Glenn?«, antwortete eine Frauenstimme.

Ein Schauer lief ihm über den Rücken. Eine Vorahnung. Sein Mund klappte auf, er rechnete halb damit, dass Jessie ins Zimmer trat, doch es war Renee, deren schwarze Kurzhaarfrisur und braune Augen im Türspalt auftauchten. Sein Puls hatte sich beschleunigt, er kam sich vor wie ein Idiot. Hudson Walkers Schwester – Verzeihung, *Zwillings*schwester – hatte ihn schon immer nervös gemacht. Schon in der Schule war sie neugierig und hochfahrend gewesen, als wäre sie was Besseres als alle anderen.

»Was zum Kuckuck …?«, sagte er leise.

»Entschuldige. Ich weiß, du hast zu tun. Ich wollte dich anrufen, aber mein Handy funktioniert nicht – habe vergessen, es aufzuladen.« Sie zuckte die Achseln und trat ins Zimmer, die Handtasche umklammernd. Trotz ihrer Entschuldigungen wirkte sie verspannt, ja, verängstigt. »Hör mal, ich weiß von Hudson, dass du mit McNally gesprochen hast, und ich bin sicher, dass mein Name auch auf seiner Liste steht. Ich brauche nur eine Rückmeldung. Was hast du ihm erzählt?«

Deshalb sucht sie mich also auf. Komisch. Er hätte gern gewusst, ob Renee an ihrer ›Story‹ über Jessie arbeitete oder ob sie etwas anderes im Schilde führte. Egoistischerweise bot Glenn ihr nichts zu trinken an. Er hoffte, sie würde sich nicht setzen, doch genau das tat sie, hockte sich auf die Kante eines der Clubsessel, die Ellbogen auf die Handtasche in ihrem Schoß gestützt, die Fingerspitzen in ihrem Haar vergraben.

»Ich habe gar nichts erzählt«, sagte Glenn. »Es gibt nichts zu erzählen. Du siehst aber nicht gut aus.«

»Danke.« Es klang trocken, aber auch seltsam verunsichert.

Er sah sie blinzelnd an und fragte sich, ob der Bushmills schon Wirkung zeigte oder ob Renee etwas verbarg, etwas verschwieg. »Sprich mit Scott. Er war hier, als McNally kam.«

»Ist er im Hause?«

»Ja. Morgen fährt er zurück an den Strand.«

Bildete er es sich nur ein, oder zuckte sie leicht zusammen? »Wo liegt euer Restaurant noch gleich? An welchem Teil der Küste?«

»Lincoln City.«

»Ah. Südlich.«

»Südlich wovon?«

Sie zögerte. »Deception Bay. Dahin fahre ich gelegentlich.«

»Ach ja? Warum? Das ist doch ... mitten im Nirgendwo. Wir haben uns sämtliche Städte angesehen, bevor wir das Blue Ocean eröffneten, na ja, das heißt, Scott hat recherchiert, und Deception Bay war nicht unter den Top Ten, nicht einmal unter den Top Fünfzig.«

»Es ist ... ein guter Erholungsort. Schriftsteller brauchen Ruhe und Frieden. Aber wie auch immer, zurück zu der Polizei.«

»Ja?«

»Wenn du etwas wüsstest. Nichts Konkretes, aber ... irgendetwas, was tatsächlich Einfluss auf die Ermittlungen haben könnte ... würdest du es dem Detective sagen?«

»Nichts würde ich ihm sagen. Nada.« Er dachte an den Kinderreim und erwog, Renee davon zu erzählen, sah jedoch keinen Grund dafür. »Du arbeitest an dieser Story. Was meinst du? Hast du etwas in Erfahrung gebracht?«

»Nein«, antwortete sie hastig.

»Das klingt wie eine Lüge.«

»Es ist keine«, versicherte sie ihm. Sie wirkte fast so, als wäre sie im Begriff, ihr Herz auszuschütten. Aber hoffentlich nicht über ihre Scheidung. Frauen *liebten* es, über Beziehungen, ob gut oder schlecht, zu reden, doch er war nicht interessiert. Er hatte seine eigenen häuslichen Probleme.

»Was dann?«

»Ich war vor ein paar Tagen an der Küste. Da habe ich ein paar Leute getroffen ... Ich glaube, sie kannten Jessie.« Renee wandte den Blick ab, betrachtete die Bilder an der Wand, Schnappschüsse von Scott und Glenn bei der Restauranteröffnung.

»In Deception Bay, ja?« Glenn hatte Mühe, ihr zu folgen und sich aufrecht zu halten. Der Alkohol wirkte gewaltig.

»Jessies Familie hatte ein Häuschen dort, und in der Nähe hatte sich eine Sekte angesiedelt und –«

»Ist das irgendwie wichtig?«, fragte Glenn. Im selben Augenblick öffnete sich die Tür und Scott trat ein.

»Renee«, sagte er verdutzt.

Dachte kein Mensch daran, vielleicht mal anzuklopfen?

Renee stand auf. »Gut, dass du da bist. Ich bin gekommen, weil ich gehört habe, dass ihr zwei euch mit McNally getroffen habt.«

»Er hat sich eher mit uns getroffen.« Scott runzelte die Stirn und blickte zu Glenn hinüber. »Bist du betrunken?«

»Ich arbeite dran«, sagte Glenn und wünschte die beiden weit fort, damit er in Ruhe weitertrinken konnte.

Doch es sollte wohl nicht sein.

Renee und Scott sprachen, wie es ihm schien, eine Ewigkeit über McNally, bevor sie gemeinsam sein Büro verließen.

Kaum hatte sich die Tür hinter ihnen geschlossen, holte Glenn die Flasche hervor und füllte sein Glas großzügig auf.

Er wollte einfach aufhören zu denken.

14. Kapitel

Mac saß an seinem Schreibtisch, grübelte über all die Einzelheiten aus der Zeit vor zwanzig Jahren nach und versuchte, die Vergangenheit mit den jetzigen Erinnerungen der Yuppies abzugleichen. Müde geworden, fuhr er sich mit der Hand übers Gesicht. Er arbeitete schon den ganzen Tag daran und sollte eigentlich Feierabend machen. Doch auf dem Präsidium herrschte jetzt Ruhe, und er hatte Zeit, sich zu konzentrieren. Nicht, dass das Alleinsein ihm weiterhalf. Es ergab sich nichts Neues, Greifbares. Alles war wie gehabt. Vielleicht. Möglicherweise. Kleine Geheimnisse. Nichts Konkretes, Plausibles.

Er hörte sich die Audiokassetten der Verhöre vor zwanzig Jahren an und staunte, wie jung die Stimmen klangen, wie jung seine eigene Stimme klang. Jetzt machte er keine Aufzeichnungen mehr, obwohl es vielleicht besser gewesen wäre. Stattdessen legte er umfangreiche Notizen zu den heutigen Verhören an und verglich sie mit den Aufnahmen und seinem Gekritzel aus der Zeit von Jessies Verschwinden.

Dann warf er einen Blick auf den neuen, detaillierten Bericht aus dem Labor, der früher am Tag auf seinem Schreibtisch gelandet war. Keine DNA-Ergebnisse. Nur etwas mehr zu den Überbleibseln am Tatort. Das kleine Stückchen Plastik erwies sich als winziger Rest einer Austernmuschel – ohne Fingerabdrücke.

Mac dachte angestrengt darüber nach. Austern … vom Strand. Hatte das etwas zu bedeuten? Bestand überhaupt ein Zusammenhang zu dem Opfer in seinem flachen Grab?

Und dann schoss ihm der Gedanke, der sich ihm während des Gesprächs mit Hudson immer wieder entzogen hatte, in den Sinn. Hudsons Erwähnung des Wochenendtrips hatte ihn ausgelöst. Die Erinnerung an einen Ausflug zum Strand hatte in Macs Gedächtnis angeklopft. Und das erinnerte ihn an irgendeinen Kerl – einen Anrufer, der vor zwanzig Jahren, nachdem er in den Nachrichten von Jezebel Brentwoods Verschwinden erfahren hatte, behauptete, sie vor einigen Wochen beim Trampen aufgelesen zu haben. Es schien damals nebensächlich für das Verschwinden des Mädchens zu sein, und Mac hatte die Begebenheit auf sich beruhen lassen, in der Annahme, sie sei unwichtig. Jessies Eltern besaßen ein Haus in irgendeinem kleinen Nest an der Küste, und er hatte vermutet, dass sie von dort zurückkam.

Jetzt kämmte Mac seine Notizen noch einmal gewissenhaft durch, bis er seine kleine Notiz zum Anruf des Fremden gefunden hatte. Er wusste noch, wie ungeduldig er damals gewesen war. Wie wenig ihn irgendwelche Informationen kümmerten, die ihn von der Yuppie-Bande ablenkten. Er war so hitzköpfig damals, so arrogant mit seinen Scheuklappen. Jung und viel zu entschlossen, einen von diesen Yuppies zu überführen.

Er las den Absatz noch einmal. Der Fremde war ein Mann namens Calvin Gilbert, lebte außerhalb von Seaside und bestritt seinen Unterhalt durch den Verkauf von Brennholz von der Ladefläche eines alten Pick-ups. Er fuhr den Highway 26 entlang durch Astoria, Seaside, Cannon Beach und eine Reihe weiterer kleiner Küstenstädte, dann über die Coastal Range und fast bis North Planes und Laurelton. Zufällig hatte er im Fernseher eine Nachrichtensendung über Jessie gesehen. Daraufhin rief er die Polizei in Laurelton an und wurde mit Mac verbunden.

Als Mac seine Notizen las, hatte er die Stimme des Kerls wieder im Ohr. »Ich hab sie am Abzweig nach Jewell und Mist aufgelesen, wissen Sie? Es war stockduster und goss wie aus Kübeln. Die Kleine stapft da einfach so entlang, und ich kurbele das Fenster runter und sag: ›Ich könnte irgendein Psychopath sein oder einfach ein Kerl, der dich mitnimmt‹, und sie sagt: ›Sie sind kein Psychopath – wahrscheinlich sind Sie viel netter, als man glaubt‹, und sie steigt ein und bittet mich, sie zu dieser Schule zu fahren. Saint Teresa, glaub ich.« An dem Punkt war Mac ihm ins Wort gefallen: »St. Elizabeth«, und der Bursche hatte gesagt: »Kann sein. Ich fahr sie hin, und es ist immer noch stockduster, und deshalb versuch ich, ihr auszureden, dass sie hier aussteigt, doch sie ist stur und sagt, sie will genau hier hin. Um das Thema zu wechseln, fragt sie, ob ich mein Brennholz in der Gegend am Highway 53 hacke. Und ich sage: ›Ja, Frollein. Woher weißt du das?‹ Und sie lächelt so voll sexy und sagt: ›Ich weiß nun mal Dinge‹ und steigt aus. Irgendwie gruselig, wie aus so einem Film von Stephen King. Na, jedenfalls knallt sie die Tür zu und sieht sich nicht mal um. Kein einziges Mal. Was mir egal war, weil ich denke, vielleicht hat sie den bösen Blick oder so, verstehn Sie – dass sie vielleicht was Übersinnliches hat. Ich sehe ihr nach, bis sie aus dem Scheinwerferlicht verschwunden ist, verstehn Sie, und irgendwie im Dunkeln untertaucht. Dann fahr ich los. Ich will zwar nicht, aber ich werf den Motor an und fahr weg. Und dann hab ich ihr Gesicht in den Nachrichten gesehen. Deshalb ruf ich Sie an.«

»Vielen Dank«, hatte Mac gesagt, obwohl es keine große Bedeutung hatte.

»Wissen Sie, was komisch ist? Mein Pick-up war auf dieser Fahrt nicht beladen. Ich hatte meine Ladung gelöscht und die Ladefläche gefegt. Woher wusste sie von dem Brennholz?«

Mac hatte ihm keine Erklärung geliefert, weil er vermutete, dass Calvin Gilberts Pick-up mehr Hinweise auf seine Tätigkeit enthielt, als er glaubte – Sägemehl, eine Kettensäge, Rindenstückchen. Jetzt grübelte er über diese Information nach und fragte sich, wieso Jessie Brentwood mitten in der Nacht per Anhalter fuhr und sich nach St. Elizabeth bringen ließ.

Nicht nach Hause. Nicht zu einer Freundin. Zum Campus. Wo sie wahrscheinlich ums Leben gekommen war.

Der Typ, Calvin Gilbert, verbrachte, wie sich herausstellte, ziemlich viel Zeit in einer Kneipe am Ort, war häufig betrunken und seit dieser Aussage zweimal wegen Trunkenheit am Steuer verknackt worden. Er hatte keine genauen Angaben zu dem Datum machen können, an dem er Jessie als Anhalterin in den Bergen aufgegabelt hatte. War es am Tag ihres Verschwindens gewesen? Drei Tage vorher? Mac hatte damals versucht, die letzten Tage in Jessies Leben – sofern sie da noch lebte – zu rekonstruieren, doch Gilberts Anruf wurde beinahe als Spinnerei abgetan. Ein Kerl, den es aufgeilte, wenn er so tat, als wüsste er was.

Aber vielleicht hatte er die Wahrheit gesagt.

Vielleicht war Calvin Gilbert der Letzte, der sie lebendig gesehen hatte.

Mac rieb das Stückchen Austernmuschel zwischen Daumen und Zeigefinger und dachte über Jessie Brentwood nach. Sie war geheimnisvoll, war vor ihrem endgültigen Verschwinden mehrmals von zu Hause weggelaufen, hatte, wie man so hörte, irgendwie übersinnliche Kräfte, und irgendetwas, das mit dem Strand zu tun haben musste, zog sich wie ein roter Faden durch ihr Leben. Warum er so dachte, hätte er selbst nicht sagen können. Dahinter steckte mehr als dieses Stückchen Austernschale, mehr als der Umstand, dass sie auf halbem Weg zwischen der Küste und Laurelton aufgegriffen wurde. Aber wenn sie am Highway direkt zur Westküste per Anhalter gefahren – na ja, genauer gesagt, augenscheinlich zu Fuß gegangen war –, wo mochte sie dann gewesen sein? Was oder wen hatte sie gesehen? Was hatte sie gesucht?

Hudson hatte gesagt, sie hätte von drohendem Unheil gesprochen. Was für Unheil? Hatte es mit ihrer Schwangerschaft zu tun? Hudson schien nichts davon gewusst zu haben, oder er war ein oscarreifer perfekter Schauspieler, denn er hatte nicht mit der Wimper gezuckt, als Gretchen ihn fragte, ob er glaubte, sie könnte schwanger gewesen sein.

Und Rebecca ... Mac hätte gern ausführlicher mit ihr gesprochen. Sie erschien ihm wie ein weiterer Mensch mit Geheimnissen, wenngleich er zu diesem Zeitpunkt noch nicht die geringste Ahnung hatte, welcher Art sie waren.

Er saß am Schreibtisch und dachte nach. Minuten dehnten sich zu Stunden. Das Präsidium rüstete zum Nachtbetrieb; nur eine Notbesetzung blieb im Dienst. Er saß da und grübelte, und als er endlich zu sich kam, war Mitternacht vorüber, und das einzige, was sein Grübeln ihm eingebracht hatte, war, dass diese geschlossene Akte – die mit dem Fund des Skeletts in St. Elizabeth wieder aufgeschlagen worden war – schon wieder im Begriff war, zugeklappt zu werden. Selbst wenn ihm die DNA-Ergebnisse vorlagen, womit sollte er sie abgleichen? Lediglich mit zwanzig Jahre altem Haar mit, wie er hoffte, ausreichend Wurzel daran, um DNA daraus zu bekommen. Aber wenn das nicht klappte, wie sollte er dann beweisen, dass es sich um Jessie handelte?

»Vielleicht ist sie es gar nicht«, sagte er laut, ließ sich zum ersten Mal auf diese Hypothese ein und hörte seine eigene Stimme zum ersten Mal diese Möglichkeit in Worte fassen. Im Flur hörte er den Hausmeister eine Version von ›Blue Hawaii‹ proben.

Glenn Stafford war betrunken. Berauscht ...

Er musterte den Rest in der Flasche und konnte es nicht glauben, – konnte – es – einfach – nicht – glauben –, dass bis auf einen oder zwei Schluck alles weg war. Er hatte das getan? Die ganze verdammte Flasche geleert?

Verschwommen erinnerte er sich noch, dass das Küchenpersonal irgendwann nach Hause gegangen war und die Kellner abgeschlossen hatten. Mehrere Personen hatten den Kopf in sein Büro gesteckt und ihn über den Verlauf des Abends informiert, doch jetzt waren auch sie fort, das Restaurant war zu. Scott war auch noch einmal aufgetaucht und hatte Glenn mit einem bösen Blick bedacht.

Lass mich bloß in Ruhe, Kumpel. Ich trinke, wann ich will. Ist ja auch mein eigener Schnaps!

Jetzt wankte er zur Tür, hielt sich am Pfosten fest. Es herrschte Stille. Unheimliche Stille, wie er fand. Unheimlich. Und so war ihm auch. Er konnte sehen, wie er auf dem Weg zum Ausgang einen Fuß vor den anderen setzte. Draußen warfen die Laternen auf dem Parkplatz bläuliche Halbmonde aufs Pflaster. Drinnen leuchtete der Teppich im Schein der Notbeleuchtung stellenweise in diffusem Gelb.

Glenn machte sich auf den Weg zum Küchen- und Barbereich. Was sollte es? Er hatte sich eine weitere Flasche verdient. Er dachte an Gia. Mannomann, würde sie sauer sein. Lag wahrscheinlich nackt auf dem Bett und wartete darauf, dass er kam und sie vögelte und ihr ein Kind machte. Dabei verlor man weiß Gott den Spaß an der Sache. Sie hatte zweimal – oder gar dreimal? – angerufen, doch er hatte die Oberkellnerin ausrichten lassen, er wäre beschäftigt, und sein Handy hatte er direkt auf Voicemail geschaltet. Jetzt betrachtete er blinzelnd die Flaschenreihen und sah sich selbst in der Spiegelwand hinter den Likör- und Schnapsflaschen. Mann, Stafford. Du bist … zu … stämmig.

»Stämmig«, sagte er laut und grinste sein Spiegelbild an. Egal. Es war Zeit für einen Drink.

Er kramte herum und fand eine ungeöffnete Flasche Bushmills.

Kling.

Die Hand nach der Flasche ausgestreckt, wandte er den Kopf in die Richtung, aus der das Geräusch gekommen war. Er war doch allein, oder? Hatte Luis nicht vor Kurzem gesagt: »Gute Nacht, ich schließe ab, Mr Stafford?«

Das Geräusch war aus der Küche gekommen.

Oder?

Vielleicht hatten die Flaschen geklirrt, als er die Etiketten prüfte. Er war ein bisschen hinüber. Womöglich hatte er sich eingebildet, in der Küche etwas gehört zu haben. Ja, so war's wohl. Er horchte angestrengt, vernahm aber nichts außer diesem nervigen gefälligen Jazz, den Luis nicht abgeschaltet hatte. Trotzdem …

»Hey«, rief er. Die Finger um den Hals seiner nächsten Flasche gekrallt, schwankte er leicht hin und her. Himmel, vielleicht brauchte er doch keinen Drink mehr.

Er schnupperte und erstarrte. Moment mal. War das Rauch? Rauchte da jemand in der Küche?

»Was ist da los«, knurrte er. Die Flasche am Hals gepackt, wankte er in die Küche. Die Unterschrankleuchten führten ihm die glänzenden Arbeitsflächen aus rostfreiem Stahl vor, und einen Moment lang empfand er Stolz. Warum kam das Restaurant nicht aus den roten Zahlen? Warum …

Glenns Nasenflügel blähten sich. Hier war der Rauchgeruch viel stärker. »Wer ist da?«, rief er.

Peng!

Etwas fiel zu Boden. Heftig.

»Herrgott!« Sein Herz begann zu hämmern. »Hey«, sagte er etwas vorsichtiger, trat vor, und Panik ergriff ihn.

Wusch!

Das Geräusch war so laut wie Windrauschen in einem Tunnel.

»Was zum Teufel …?«

Rumms!

Die Hintertür?

Glenn spürte ein Prickeln im Nacken. Angst ließ ihm das Blut in den Adern gerinnen. Hier stimmte etwas nicht, aber er war zu betrunken, um herauszufinden, was es war.

Er kniff die Augen zusammen, als er Rauch aus einem der hinteren Schränke, dem hinterm Herd, quellen sah. Er wollte zurückweichen, glitt jedoch aus und plumpste auf den Hintern. Im selben Moment schossen plötzlich goldene Flammen hoch. Glas splitterte, Irischer Whisky ergoss sich über den Boden. Die Flammen spiegelten sich blendend hell im rostfreien Edelstahl.

»O Gott!« Er versuchte zurückzurudern, wegzukriechen, aber es war zu spät.

Glenn riss die Augen auf, als eine Feuerwand sich auf ihn zuwälzte. Er öffnete den Mund, um zu schreien.

KA-BUMM!

Eine Explosion erschütterte das Restaurant. Glenn wurde gegen die Wand geschleudert.

Saß in der Falle.

Knisternde, wilde Flammen schossen heraus. Die Hitze versengte seine Haut. Seine Lungen brannten höllisch.

»Gia!«, kreischte er, im Wissen, dass er sterben würde.

Seine Lippen formten ein entsetztes ›O‹. Er duckte sich, hustete, schwarzer Rauch füllte seine Lungen, seine Haut verbrannte.

Er schrie und schrie, und das Letzte, was er wahrnahm, war das Brüllen des Infernos in seinen Ohren.

Brennen sollst du. In der Hölle schmoren!

Ich stehe im Schatten, sehe zu, wie die Flammen aus dem Dach schlagen und hoch in den Nachthimmel emporlodern. Golden. Prachtvoll. Herrlich. Wie leuchtende Hände, die nach dem Himmel greifen. Wie flehend erhoben, verschlingen sie alles in ihrem Blickfeld. Schwarzer Rauch hängt in der Luft.

Der Brand ist perfekt. Und bietet Schutz.

In weiter Ferne gellt eine Sirene, und jetzt schon drosseln ein paar Fahrzeuge das Tempo, schreien Leute. Panik kündigt sich an.

Ich möchte bleiben, darf mich aber nicht so nahe hier aufhalten. Vielleicht kann ich mich in die Menge mischen und das Spektakel ungesehen verfolgen.

Ich muss mich ins Dunkle zurückziehen.

Vorerst.

Das Telefon klingelte schrill auf Beccas Nachttisch. Ruckartig richtete sie sich auf, ihr Puls raste. Sie tastete nach dem Hörer und sah auf die Uhr, während Ringo am Fußende des Betts knurrte. *Ein Uhr sechsunddreißig? Wer rief um diese Zeit an? …*

»Becca, ich bin's, Hudson«, hörte sie, als sie den Hörer ans Ohr presste. »Verzeih, dass ich dich wecke. Ich dachte, du solltest es lieber von mir erfahren. Scotts und Glenns Restaurant brennt.«

»*Was?*«

»Scott hat gerade angerufen. Er glaubt, Glenn war noch drinnen.«

»Was? Wie bitte?« Becca machte Licht. Panik erfasste sie. Ringo stand mit gesträubtem Nackenfell auf allen vieren auf dem Bett. »Nein … Wir waren doch erst vor ein paar Wochen dort.« Sie sah Glenn mit seinem kurzen braunen Haar und der stämmigen Figur vor sich. »Das muss ein Irrtum sein.«

»Offenbar ist in der Küche was explodiert. Das nimmt man jedenfalls an. Nachbarn haben die Explosion gehört und gesehen, wie eine Feuersäule aus dem Dach schoss. Das war vor knapp einer halben Stunde.«

»Und Scott hat dich angerufen?« Becca war übel.

»Er war außer sich vor Angst. Hat gehofft, Glenn wäre bei mir. Ich bin auf dem Weg zu ihm.«

»Wir treffen uns dort«, sagte sie, stieg aus dem Bett, und ihr Kopf klärte sich ein bisschen.

»Nein, du brauchst nicht zu kommen. Ich wollte dich nur informieren.«

»Danke, aber ich komme trotzdem. Bis gleich.«

»Pass auf dich auf«, sagte er und legte auf.

Pass auf dich auf …

Die gleiche Warnung hatte Renee ihr im Java Man mit auf den Weg gegeben, als ob sie gewusst hätte, dass etwas Schreckliches passieren würde.

Die Worte gingen ihr nicht aus dem Kopf, als sie sich hastig anzog, das Haar zu einem Pferdeschwanz band und zur Tür hinauslief. Noch bevor ihr klar wurde, was geschehen war, saß sie bereits in ihrem Wagen und fuhr zum Brandschauplatz. Die Küche war explodiert? Wie konnte das passieren? Eine defekte Gasleitung, ein versehentlich nicht ausgeschalteter Herd? Oder Brandstiftung?

Becca schüttelte den Gedanken wieder ab. Bevor Schutt und Asche weggeräumt waren und die Brandermittler ihre Arbeit getan hatten, würde es niemand wissen. Und vielleicht hatte Scott sich auch geirrt. Vielleicht war Glenn gar nicht mehr im Restaurant gewesen. Sie sandte ein stummes Gebet zum Himmel und fuhr mit Höchstgeschwindigkeit die dunklen, verlassenen Straßen entlang.

Erst in der Nähe des Blue Note stockte der Verkehr. Rote und weiße Lichter rotierten auf mehreren Löschzügen, deren Schläuche im hohen Bogen Wasserstrahlen auf ein leuchtend orangerotes und gelbes Flammenmeer abschossen. Es war taghell, erstickender Rauch und Hitzewellen trafen die zahlreicher werdenden Gruppen von Gaffern und zwangen sie, sich fester in ihre Jacken und Bademäntel zu wickeln und sich schutzsuchend abzuwenden. Die Polizei hatte Absperrungen errichtet und die Menge mehrere Blocks weit zurückgedrängt.

Becca stellte den Wagen auf dem leeren Parkplatz einer Bank in beinahe fünf Blocks Entfernung ab und näherte sich raschen Schrittes dem Inferno. Fernsehteams waren eingetroffen, Übertragungswagen standen an der Absperrung, Hubschrauber kreisten über der Szene, Reporter mit Mikrofonen und Kameraleuten im Schlepptau drängten herbei.

Der Lärm war ohrenbetäubend. Über das Tosen des Feuers und das Zischen des Wassers in den Flammen hinweg brüllten Feuerwehrmänner, redeten die Leute. Sie fand Hudson bei einem der Feuerwehrleute neben einem Leiterfahrzeug stehen, den Blick auf den Brand gerichtet.

Dicker Qualm zog heran und Becca kniff unwillkürlich die Augen zusammen. Sie wollte zu ihnen hinübergehen, doch ein Polizist hielt sie zurück und wies sie an zu warten. Auch Hudson wurde hinter die Absperrung gedrängt, wo er auf Becca stieß. Sein Kinn wirkte angespannt, seine Augen waren dunkel, und Becca erkannte sogleich, dass das Schlimmste eingetreten, ihre Angst um Glenn berechtigt gewesen war.

Ihr war übel. »Dann stimmt es wohl?«

Hudson nickte, legte schützend den Arm um Beccas Schultern und zog sie eng an sich, was den Wunsch in ihr weckte, ihr Gesicht an seiner Brust zu bergen. Seine Wärme rief dicht unter der Oberfläche schlummernde Erinnerungen daran wach, wie sie mit ihm geschlafen hatte. Es erschien ihr fast pietätlos, sich im Angesicht dieses Schauspiels so sehr mit ihren eigenen Gedanken zu beschäftigen.

»Was ist mit Glenn?«, fragte sie.

»Sie haben drinnen jemanden gefunden. Es war zu spät. Ist noch nicht identifiziert, aber …«

»Lieber Gott«, flüsterte sie.

Er erklärte, dass er die Information von einem der Feuerwehrleute, einem gewissen Dave, hatte. Wie sie später erfuhr, kannten sie sich flüchtig, daher erhielt Hudson Einblicke, die ihm sonst verwehrt geblieben wären.

Dave blieb beim Löschfahrzeug stehen und blickte in die immer noch tosenden Flammen.

Hudson zog Becca von der Absperrung fort, tiefer in die Menschenmenge hinein, und beinahe auf Anhieb spürte sie das Nachlassen der sengenden Hitze. Ihre heißen Wangen kühlten sich in der eisigen Nachtluft ab.

»Wie konnte das passieren?«, fragte sie mit trockenem Gaumen und Rußgeschmack im Mund.

In der Menge entdeckte sie Scott, der seinerseits Hudson gesehen hatte. Eilig kam er auf sie zu. Seine Glatze glänzte im heißen Feuerschein. Er wirkte abgespannt, blickte wild um sich. Stand unter Schock. »Das ganze Restaurant«, sagte er. »Das ganze Gebäude. Herrgott, alles futsch … und … Glenn … Er war betrunken.«

»Du hast ihn gesehen?«, fragte Hudson.

»Etwas früher. Er hat in seinem Büro getrunken. Er muss nach Haus gegangen sein … er muss einfach …« Er schaute sich um. »Aber Gia … sie ist hysterisch.«

»Ist sie hier?«, fragte Becca.

Er griff sich an den Kopf. »O mein Gott.«

Sie folgten seinem Blick. Gia Stafford wurde von einem Feuerwehrmann gestützt, der sie auffangen konnte, als sie zusammenbrach. Sie weinte und raufte sich die Haare. Sie trug eine hüftlange Daunenjacke und darunter ein Nachthemd, dessen Saum das Löschwasser am Boden aufsog.

»Sie haben jemanden gefunden, Scott«, sagte Hudson. »Tot.«

»Nein …« Scott schüttelte den Kopf, wollte es nicht wahrhaben.

Die Menge drängte heran, und ein anderer Feuerwehrmann

befahl bellend, zurückzuweichen. Hudson und Becca standen bei einem benachbarten Gebäude und sahen noch eine Zeit lang schweigend zu. Scott entfernte sich taumelnd. Sie blieben noch lange Minuten regungslos stehen, wie hypnotisiert. Beccas Blick wanderte manchmal zu Gia hinüber, die leise schluchzte und sich jedem an den Hals hängte, der in ihre Reichweite geriet.

Es schien eine Ewigkeit zu dauern, bis die Flammen unter Kontrolle waren und von dem Gebäude nur noch ein qualmender stinkender Haufen übrig war, in dem es stellenweise glühte wie von gelben Augen.

»Sie müssen jetzt gehen«, wandte sich ein Feuerwehrmann grimmig an eine der Gruppen. »Sofort.«

Hudson schnappte plötzlich scharf nach Luft.

»Was ist?« Becca blickte zu ihm auf.

»Ich glaube, sie bringen die Leiche heraus. Deswegen sollen die Leute gehen.«

Becca blickte an ihm vorbei auf eine von zwei finsteren Feuerwehrmännern getragene Bahre. Eine dunkle Plane bedeckte das, was darauf lag, doch etwas Verkohltes lugte darunter hervor. Ein schwarzer Arm.

Voller Grauen wandte Becca sich ab. Der Geruch von verbranntem Fleisch ließ sie würgen.

»Komm«, sagte Hudson. »Ich bringe dich nach Hause.«

»Nein – ich bin mit meinem Auto –«

Gias Weinen ging in schrilles Jammern über, und zwei Feuerwehrmänner schleppten sie fort von der Szene, obwohl sie nach ihnen schlug und kratzte und sich verzweifelt wehrte.

»Mr Walker?«

Beide drehten sich um und sahen Detective McNally mit finsterer Miene auf sie zukommen. *Nicht jetzt. Um Himmels willen, doch nicht jetzt!* Konnte der elende Ermittler sie nicht wenigstens jetzt in Ruhe lassen? Becca wandte aufgewühlt den

Blick ab. Sie wollte mit Hudson schlafen. Sie wollte mit ihm verschmelzen und dies alles weit von sich schieben. Sie hätte am liebsten geweint und geschrieen, hatte aber nicht die Kraft dazu. Stattdessen wüteten die Emotionen in ihrem Inneren. Sie schloss erschöpft die Augen.

Durch ihren Kokon hindurch hörte sie Hudson mit Mac über den Brand reden, spürte seine Stimme in seiner Brust, denn sie hatte das Gesicht an seinen Oberkörper geschmiegt. Die beiden Männer tauschten Informationen aus. Die Leiche war noch nicht identifiziert, doch nach der Armbanduhr zu urteilen, die Scott erkannt hatte, musste es sich um Glenn handeln. Niemand machte Anstalten, Gia zu informieren, die von dem grausigen Anblick ferngehalten wurde. Becca spürte, wie sich ihr der Magen umdrehen wollte, doch unter Einsatz schierer Willenskraft wehrte sie den Brechreiz ab.

Und dann brach eine Woge über sie herein. Das gleiche, überwältigende Gefühl, das einer Vision vorausging. Mit aller Macht klammerte sie sich an Hudson.

»Becca?«, fragte er und sah sie an.

»Ich …«

Falle, wollte sie sagen, doch es war ihr nicht möglich. In seinen Armen erschlaffte ihr Körper, und nur sein kraftvolles Zupacken verhinderte, dass sie auf dem Pflaster zusammenbrach. In ihrem Kopf sah Becca einen Raum. Eine Art Büro. Sie streckte ihre Hand aus und sah, dass sie Papiere darin hielt. Eine weiße Karte und einen blauen Umschlag. Verschwommen und undeutlich kamen Worte in Sicht. Verwässert. Kritzeleien, die keine Worte darstellten, aber vielleicht konnte sie sie auch nur nicht entziffern. Sie sah, dass es sich um einen unsicher geschriebenen Namen handelte: Glenn.

Sie drehte die Karte um, kniff die Augen zusammen, als benötige sie eine Brille, und langsam formten sich Worte aus dem Gekritzel, dann Sätze.

Woraus sind kleine Jungen gemacht?
Frösche und Schnecken und Schwänzchen von Welpen.
Daraus sind kleine Jungen gemacht.

Ihr Herz setzte einen Schlag aus.

Jessies Kinderreim! Jessies Spottvers. Becca betrachtete die Karte, und da verfärbte sie sich schwarz an den Rändern, kräuselte sich und ging in Flammen auf. Sie ließ die brennende Karte fallen. Ihre Finger waren angesengt, Rauch stieg ihr in die Nase und wollte sie ersticken.

»Jessie!«, schrie sie auf. »Jessie!«

Hudson hielt sie im Arm und erstarrte.

Jessie?

Was sagte Becca da? Hudson hätte beinahe vergessen, dass ihre Beine sie nicht trugen, doch er hielt Becca fest, bevor sie ihm entgleiten konnte. Die fehlende Körperspannung ließ sie schwerer erscheinen, als sie war.

Was war das? Warum hatte sie Jessies Namen gerufen? Er drückte sie an sich, halb trug, halb schleifte er sie hinaus aus dem erstickenden Rauch und dem ohrenbetäubenden Wasserrauschen und Maschinenlärm.

»Becca«, flüsterte er und kämpfte gegen seine Angst, als sie leichenblass wurde. Er hätte niemals zulassen dürfen, dass sie zum Brandschauplatz kam. Irgendwie hätte er sie daran hindern müssen. Sie zwingen müssen, zu Hause zu bleiben. Er hätte sie gar nicht anrufen dürfen.

Aber er hatte sie sehen wollen. Seitdem er sie vor zwei Wochen zum ersten Mal im Blue Note wiedergesehen hatte, ging es ihm genauso wie damals in der Schule, als die Gedanken an sie ihn nicht losließen, als er sich schuldig fühlte, weil er lieber mit ihr als mit seiner Freundin zusammen gewesen wäre, als er sie in die Arme nehmen, sich an sie schmiegen, bis zur Besinnungslosigkeit mit ihr schlafen wollte. Und nach ihren kürzlichen Treffen wußte er es jetzt ganz genau: Er wollte mit Becca zusammen sein. Wollte ihren Duft atmen und sich in ihr verlieren. Und das hatte er schon immer gewollt.

»Alles in Ordnung mit ihr?«, fragte Scott, den Blick auf die Brandkatastrophe gerichtet, aus fünf Metern Entfernung.

Hudson antwortete nicht. Becca atmete. Atmete sogar schwer, als ob sie liefe. Er spürte ihren rasenden Herzschlag an seiner Brust. Es war, als wäre sie in eine Art Trance gefallen, doch sie war geistig aktiv. In den imaginären Vorgängen, die sie erlebte, war sie keine passive Zuschauerin.

»Becca?«

Er drückte sie an sich, hatte aber ihren Kopf zurückgebogen und stützte ihn mit einer Hand. Ihre Lippen zitterten, sie versuchte, etwas zu sagen, hinter ihren Lidern bemerkte er rasche Augenbewegungen. Er hatte Angst und spürte gleichzeitig einen ungeheuren Energieschub. Verschwommen erinnerte er sich an etwas aus der Vergangenheit – irgendein vages Gerücht über Becca Ryan, die ohnmächtig wurde und Unsinn faselte. Er erinnerte sich an zusammengedrängte Gruppen von Schülerinnen, die sie anstarrten und kicherten. Jessie nicht, die sie, obwohl sie eifersüchtig auf Becca war, nie wie eine Außenseiterin behandelt hatte. Allerdings hatte sich ja auch Jessie manchmal als Außenseiterin gefühlt. Tamara, Beccas Freundin, hatte auch nicht gelacht, und Renee seines Wissens ebenso wenig. Aber Evangeline …? Vielleicht lag es nur an seiner eigenen Einschätzung ihrer Person, aber er war sicher, dass sie eine Anstifterin gewesen war, eine, die gern mit dem Finger auf andere zeigte und sie verleumdete, weil ihr eigenes Selbstbild so schwach und zerbrechlich war.

»Jessie …«, flüsterte Becca wieder, und Hudson sträubten sich die Nackenhaare.

Langsam hoben sich ihre Lider und sie sah ihn sekundenlang blicklos an. Dann gab sie sich, wie an Fäden gezogen, in seinen Armen einen heftigen Ruck.

»Ich halte dich«, sagte er. »Schon gut. Alles ist gut.«

»Ich … ich war bewusstlos …« Sie krallte die Finger in seine Jackenaufschläge und klammerte sich an ihn. Wie unter großen Schmerzen schloss sie fest die Augen.

»Geht's wieder?«

»Ja.« Sie schluckte mehrmals verkrampft. »Das … passiert mir manchmal.«

»Ich weiß.«

Sie blinzelte zu ihm auf und hielt den Atem an. »Du weißt … dass ich … eine Vision hatte?«

»Vision, Traum … Bewusstlosigkeit«, sagte er, erleichtert, weil sie bei klarem Verstand war und wieder etwas Farbe im Gesicht bekam. »Und dir geht's wirklich besser?«

»Ja. Aber ich habe etwas gesehen.«

»Jessie?«

Sie löste sich heftig aus seiner Umarmung und sah ihn an. Dann blickte sie um sich, als ob sie sich langsam erinnerte, wo sie war und was um sie herum geschah. »Jessie? Nein. Ich – Wieso meinst du?«

»Du hast ihren Namen gerufen.«

»Ich habe laut gesprochen?« Das schien sie zu erschrecken, und plötzlich war sie wieder so blass, dass Hudson eine neuerliche Ohnmacht befürchtete.

»Komm, ich bringe dich heim.«

Er rechnete mit Widerspruch, doch sie nickte ruckartig, dann legte sie die Hand auf ihre Stirn. »Ich habe manchmal Kopfschmerzen«, sagte sie.

»Wo steht dein Auto?«

»Hm – auf einem Parkplatz. Willamette Bank und Trust oder so«, sagte sie, um Konzentration bemüht.

»Ich weiß, wo das ist.«

Er stützte sie auf dem Weg zu ihrem Auto und brachte sie auf dem Beifahrersitz unter. Sie reichte ihm ihre Schlüssel und er stellte den Sitzabstand ein und fuhr vom Parkplatz. »Und dein Pick-up?«, fragte sie, den Kopf an das Beifahrerfenster gelehnt. Sie sah immer noch ziemlich mitgenommen aus.

»Der hat Zeit bis morgen.«

»Mir fehlt nichts«, sagte sie. »Ehrlich nicht.«

»Mhm.«

»So etwas ist mir lange nicht mehr passiert, aber jetzt ist es ... wieder da. Sie sind wieder da.« Sie seufzte ausgiebig, zog sich das Gummiband aus dem Pferdeschwanz und strich sich das Haar aus dem Gesicht.

»Die Visionen?«

Er hatte seine Zweifel nicht durchscheinen lassen wollen, hörte sie jedoch in seiner Stimme mitklingen. Langsam drehte sie sich um und sah ihn an. Ihre Augen wirkten riesig im trüben Schein der Innenbeleuchtung. Er bat sie um die Wegbeschreibung zu ihrer Wohnung, obwohl er ihre Adresse von der Liste kannte, die bei ihrem Treffen im Blue Note verteilt worden war. In ihre eigenen Gedanken versunken, wies Becca ihm den Weg.

Als er in ihre Parkbucht einbog und um den Wagen herum lief, um ihr beim Aussteigen behilflich zu sein, winkte sie ab. »Mir fehlt wirklich nichts. Ich komme allein zurecht.«

»Tu mir den Gefallen«, sagte er und nahm ihre Hand, denn ihre Miene verriet ihm, dass sie jegliche andere Hilfe zurückweisen würde.

An der Hintertür zu ihrer Wohnung gab er ihr die Schlüssel zurück, und sie entriegelte die Tür. Kaum hatte sie sie aufgestoßen, hörte er das Knurren und verhaltene Bellen eines Hundes. Das zottelige schwarz-weiße Tier funkelte ihn an und stand stocksteif da. Becca beugte sich zu ihm herab, hob ihn hoch, obwohl er so gern den Wachhund gespielt hätte, und gurrte und kraulte ihn hinter den Ohren, während er Hudson böse ansah und immer noch knurrte.

»Still, du verrückter Hund«, sagte sie liebevoll.

»Da hast du einen guten Wachhund. Er will dich doch nur beschützen.«

Becca lächelte. »Suche keine Entschuldigungen für ihn, solange du ihn nicht besser kennst. Er ist bekannt für seine Vorurteile.«

Sie ging zielstrebig zu einem Schrank und entnahm ihm ein Päckchen mit weißen Tabletten. »Aspirin«, sagte sie. Und dann, als wollte sie vorwegnehmen, was ihm auf der Zunge lag, sah sie ihn an, und in ihren braunen Augen stand deutlich die Angst, die sie zu verbergen suchte. »Tut mir leid, dass du das miterleben musstest. Ich bin … nicht verrückt.«

»Nein.«

»Jedenfalls nicht völlig.« Sie schluckte ein paar Tabletten mit Wasser. Hudson hätte sie gern wieder in die Arme genommen und wollte sie an sich ziehen, doch sie stellte das Wasserglas mit Nachdruck auf den Küchentresen, holte tief Luft und wandte sich ihm zu.

»Als Kind hatte ich solche Visionen öfter. Bis in die Teenie-Zeit hinein. Dann blieben sie jahrelang aus, und erst kürzlich – bamm – waren sie wieder da.«

»Du musst mir nichts erklären.«

»O doch.« Sie winkte ab, als wollte sie damit seinen lahmen Widerspruch wegwischen. »Meine erste Vision betraf Jessie. Vor ein paar Wochen. Ich verlor im Einkaufszentrum das Bewusstsein. Direkt vor der Lebensmittelabteilung! Ich bin ein paar Jugendlichen vor die Füße gefallen und habe ihnen einen Heidenschrecken eingejagt. Einer von ihnen hat mit dem Handy Fotos gemacht.«

Hudson stieß einen erstickten Wutschrei aus, der Becca zum Weiterreden drängte.

»Ja, ich weiß. Die Kids haben halt reagiert.«

»Ungezogene Schwachköpfe.«

»Ich glaube, ich habe sie zu Tode erschreckt, aber wie auch immer, es ging um Jessie. Sie sagte etwas zu mir und legte den Finger an die Lippen. Sie stand am Rand eines Felsvorsprungs.«

Er lehnte sich mit der Hüfte an den Küchentresen, während Ringo den Eindringling von der Tür her immer noch wachsam im Auge behielt. »Diese Visionen waren anders als die in der Vergangenheit?«

»Hm, ja. Vom Inhalt her. Früher ging es einfach um Leute, die ich kannte. Was sie dachten, zum Beispiel. Vielleicht ein Szenario mit meinen Eltern, das sich in meinem Kopf abspielte. Wenn sie Streit wegen irgendetwas hatten – meistens wegen mir. Ständig überlegten sie, was das Beste für mich wäre, und manchmal sah ich ihre Streitereien vor meinem inneren Auge, und ich glaube, diese Visionen kamen der Wahrheit ziemlich nahe. Als ich dann in die Highschool kam, wurden diese Episoden immer eindringlicher, und da ging es hauptsächlich um Jungen, die ich mochte … oder auch um Mädchen, die gemein zu mir waren …« Sie holte tief Luft. »Im Grunde ergaben sie eigentlich nie einen Sinn. Sie waren wie Träume, die mich überfielen. Eben noch war ich normal, im nächsten Moment wachte ich auf dem Boden der Sporthalle oder auf dem Spielfeld oder im Physikraum auf. Wusstest du das nicht?«

»Ich erinnere mich an solche Gerüchte«, gab Hudson zu. »Ich glaube, Evangeline hat sich für ihre Verbreitung stark gemacht.«

»Ach ja?« Becca zog die Mundwinkel herab.

»Sie war nie besonders liebenswert«, bemerkte Hudson.

»Sie will nicht, dass Jessie wieder auftaucht.«

»Vielleicht fürchtet sie, sie würde ihr Zeke wegnehmen.«

Becca lächelte schwach über seine Erkenntnis. »Das hat sie schon immer gefürchtet. Wie auch immer, spulen wir vor bis zur Gegenwart. Ich kann nicht erklären, was meine Visionen heute zu bedeuten haben, aber die erste trat erst kürzlich auf, *bevor* ich von der Leiche im Irrgarten hörte.«

»Und es ging um Jessie.«

»Ja.«

»Und in der Zeit zwischen der Schulentlassung und heute hattest du keine Visionen.«

»Nicht eine einzige. Auch während meiner Ehe nicht.« Das schien Becca zu verwundern. »Ich habe die Visionen immer mit Stress assoziiert, aber während meiner Ehe habe ich wirklich stressige Zeiten erlebt und keine einzige Vision gehabt.«

»Also lassen sie sich wohl doch nicht auf Stress zurückführen.«

»Vielleicht nicht. Allerdings heute Abend, der Brand ...« Ihre Hände zitterten leicht, sie beugte die Finger.

»Gehen wir ins Wohnzimmer.«

Er blieb dicht hinter ihr, doch sie war stärker, als sie aussah, fand er, und gelangte problemlos zum Sofa. Ihr Hund sprang neben sie, rollte sich zusammen und heftete den Blick unbeirrbar auf Hudson, der sich ihnen gegenüber in einen Sessel setzte.

»Die Visionen«, sagte sie leise. »Sie sind eine Art Fluch.«

»Vielleicht ist es dein Unterbewusstsein, das dich vor etwas warnen will. Deine Art, Probleme zu verarbeiten.« Hudson zuckte die Achseln. »Nichts Besonderes.«

»Nichts Besonderes«, wiederholte Becca erstickt. »Ich weiß nicht, ob ich lachen oder weinen soll. Ich mache mich schon so lange verrückt deswegen. Habe solche Angst, mich zu blamieren. Mich lächerlich zu machen.«

»Keine Sorge«, sagte er leise.

»Leichter gesagt als getan.«

»Und die Vision bei diesem Brand? Ging es da auch um Jessie?«

Becca überlegte, wie viel sie ihm verraten sollte. Sicher, Hudson zeigte sich nur hilfsbereit, aber sie konnte sich nicht darauf verlassen, dass es so blieb, wenn sie ihm das Ausmaß ihrer Eigenart offenlegte.

Dennoch, die Vision war sonderbar.

»Ich habe den Kinderreim gesehen«, gab sie bedächtig zu. »Auf einer Karte. Jessies Kinderreim. Der, mit dem sie die Jungs immer aufzog. Ich glaube … Ich glaube, sie könnte ihn an Glenn geschickt haben. Sein Name stand auf dem Umschlag.«

Hudson schwieg. Seine Miene verschloss sich und ihr Herz setzte einen Schlag aus. Vielleicht prüfte er seine eigenen Gefühle, überlegte, ob er sie weiter unterstützen oder sie als Verrückte abtun sollte. Einen Moment lang hatte sie sich gefühlt, als würde eine Last von ihr genommen, doch jetzt wappnete sie sich gegen das, was kommen musste. Trotz seiner Worte wusste sie, dass sein Rückhalt schwächer war, als er selbst glaubte.

»Was für ein Kinderreim?«, fragte er.

Sie rieb sich die Arme. »Jessies Spottvers. Du erinnerst dich sicher: *Woraus sind kleine Jungen gemacht? Frösche und Schnecken und Schwänzchen von Welpen. Daraus sind kleine Jungen gemacht.«*

Hudson schloss einen Moment lang die Augen und griff sich an die Stirn, als müsste er eine schwerwiegende Entscheidung treffen.

Beccas Herz stolperte. »Hudson?« Sie hätte ihre Worte gern zurückgenommen. Sie war zu weit gegangen. Sie wollte, dass er sie für normal hielt, doch wenn er jetzt aufstand und einfach ging, konnte sie es ihm nicht verübeln.

»Ich habe diese Karte bekommen«, sagte er langsam und sah ihr fest in die Augen.

»Nein … auf dem Umschlag stand Glenn … ich bin … ich bin mir ganz sicher …«

Statt einer Antwort griff er in die Innentasche seiner Jacke und zog eine weiße Karte, identisch mit der in ihrer Vision, heraus.

Er drehte sie um, damit sie die Vorderseite lesen konnte.

HUDSON stand dort mit krakeliger Schrift.

15. Kapitel

Ich sehe, wie das Feuer allmählich verlischt und die Menschenmenge sich zerstreut. Es ist spät, und ich sollte ruhen; es gibt noch so viel zu tun, aber die züngelnden Flammen und die Rauchwolken haben mich aktiviert.

Niemand hat mich erkannt, obwohl ich einige vertraute Gesichter gesehen habe.

Rebecca …

Ah ja.

Hast du meine Nähe gespürt? Hast du gewusst, dass ich dich beobachtete?

Aber sie ist fortgegangen, wurde fortgeführt von einem der anderen. Ich bin ihnen gefolgt, habe gesehen, wie sie auf der Beifahrerseite eines kleinen blauen Wagens einstieg … ihr Fahrzeug, aber er saß am Steuer.

Jetzt wird es Nacht um mich herum, und ich gehe zurück zu meinem Wagen, als ich ihn wahrnehme, diesen besonderen Geruch, den Geruch, der mich umtreibt. Er ist schwach, kaum wahrnehmbar im Gestank von verkohltem Holz, verbranntem Putz und Rauch, aber flüchtig schwebt er in der Luft. Lockt mich. Bereitet mir Übelkeit. Ich schließe die Augen, konzentriere mich. Innerlich zittere ich … vor Begierde. Es ist so lange her …

Aber so sicher, wie die Gezeiten mit dem Mond wechseln, ist die Zeit nahe. Meine Mission ist klar umrissen.

Bald … bald …

Mac stand neben seinem Wagen im Sprühregen und betrachtete den Schutthaufen, der eben noch ein Restaurant mit Bar gewesen war. Das Löschwasser und der unaufhörliche Regen hatten Pfützen hinterlassen. Das Drama war so ziemlich zu Ende, vom Feuer war nur noch stinkender Qualm geblieben. Die Wasserlachen blinkten unter den Natriumdampflampen des Parkplatzes, dichte Rauchschwaden hingen in der Luft.

Der Ort wirkte nahezu verlassen, obwohl die Feuerwehrleute immer noch Schläuche einpackten und die Löschfahrzeuge mit laufendem Motor wartend dastanden. Die Gaffer hatten sich verzogen, und irgendwer hatte Gia Stafford nach Hause gebracht, Gott sei Dank. Die einzige Person, die Mac erkannte, war Scott Pascal, der auf dem nassen Kantstein saß und mit blutunterlaufenen Augen auf die Ruine des Blue Note starrte. Mac, der weiß Gott nicht für seine lebhafte Phantasie berühmt war, sah plötzlich klar und deutlich einen Trompetenspieler vor seinem inneren Auge, der einen unfassbar hohen Ton spielte, der traurig verhallte. Tja, Blue Note.

Pascal drehte sich halb um. »Haben Sie mit Gia gesprochen?«

Mac betrachtete Pascals Profil und sah die tiefe Erschöpfung in seinem Gesicht. In seiner jahrelangen Erfahrung mit Vernehmungen hatte Mac gelernt, dass man nie wusste, was jemand, der unter großem Stress stand, sagen würde. Er hielt es einfach für besser, den Mund zu halten. Ein paar knappe Fragen stellen, ja, aber einfach abwarten, das musste Gretchen noch lernen, wenn möglich.

»Unfall oder Brandstiftung?«, fragte Mac.

Pascal saß reglos da. »Wer spricht von Brandstiftung?«

»Vielleicht niemand. In einem Fall wie diesem stellt sich die Frage einfach von selbst.«

»In einem Fall wie diesem? Mir sagt niemand etwas.« Er schoss einen missbilligenden Blick auf die Feuerwehrleute ab. Streitlust verzerrte seine Züge.

»Kommen Sie schon, Pascal. Sie haben Verluste gemacht.«

»Sie haben meine Finanzen geprüft?« Er stemmte sich halb vom Kantstein hoch.

»Es ist eher eine Vermutung. Ihre Angestellten haben sich nicht mit Äußerungen zurückgehalten, wie lange das Restaurant sich ihrer Meinung nach noch halten würde.«

Er dachte darüber nach und setzte sich wieder. »Nett«, sagte er säuerlich und zog eine Braue hoch. »Wie viel Zeit haben sie uns noch gegeben?«, fragte er mit leisem Spott.

»Eine Woche oder zwei. Oder einen Monat.«

»Sie wissen, dass das Blue Ocean gut einschlägt. Alle haben gesagt, am Strand würden wir es nie schaffen, aber Sie würden staunen, wenn Sie es sähen.«

»An der Küste?«, hakte Mac nach und dachte an die Austernschale, daran, dass Jessie Brentwood kurz vor ihrem Verschwinden die Küstenstraße entlanggetrampt war.

»Ja, in Lincoln City.«

Ein Stückchen weiter südlich vom Ferienhaus der Brentwoods.

Pascal sagte: »Es war schon ein Problem, es an den Start zu bringen, aber der Standort ist großartig, und wir hatten Glück mit dem Küchenchef, der gar nicht weiß, wie gut er ist, und so etwas gibt es nicht oft. Glenn, zum Teufel mit ihm …« Er schluckte krampfhaft. »Er wusste gar nicht so recht, was wir da hatten. Er nutzte das Restaurant nur zur Flucht vor seiner Frau.« Er lachte bitter auf. »Hat sein Ziel jetzt wohl erreicht.«

»Eheprobleme?«

»Glenn hatte mit allem Probleme.«

»Ja.«

Pascal strich sich über die Glatze und seufzte. »Mannomann, er konnte einem ganz schön auf die Nerven gehen.«

Mac lächelte matt. So ehrlich hatte Scott Pascal noch nie mit ihm gesprochen. Alle Barrieren waren gefallen. Nur ungern richtete er sie wieder auf, aber das war sein Job.

Doch Pascal kam ihm zuvor. Er warf Mac einen Blick zu und sagte: »Sie denken wahrscheinlich, dieser Vorfall hätte mit Jessie zu tun. Das ist eben Ihre Arbeitsweise. Alles, was mit meinen Freunden zu tun hat, dreht sich um Jessie.«

Mac hob beide Hände.

»Na, los doch. Fragen Sie mich alles Mögliche über Jessie. Hier sitze ich … habe nahezu alles verloren … vielleicht komme ich mit der Versicherungssumme über die Runden, aber Glenn ist tot, und wer weiß, was als Nächstes kommt … aber Sie … Sie fragen nur nach Jessie. Also, fragen Sie, Detective. Tun Sie sich keinen Zwang an.«

»Ich wüsste nicht, wie dieser Brand und Staffords vermuteter Tod mit Jessie zusammenhängen könnten«, gestand Mac.

»Nun, er hat eine Karte von ihr bekommen.«

»Glenn hat eine Karte von Jessie bekommen?« Macs Puls beschleunigte sich, aber er sah Pascal stirnrunzelnd an, wollte nicht zu viel von sich verraten. »Wann?«

»Weiß nicht, vor ein paar Tagen, schätze ich. Darauf stand dieser Kinderreim, den Jessie immer aufsagte.« Scott trug Mac den Reim im Singsang mit einer hohen Mädchenstimme vor, die ihm wie mit einem eisigen Finger über den Rücken fuhr. Das war schon der zweite fantasievolle Gedanke an diesem Abend, und Mac fragte sich, ob er womöglich ein bisschen den Verstand verlor.

»Wo ist diese Karte?«

»Vielleicht in seinem Büro. Vielleicht ist sie auch mit ihm zusammen verbrannt.«

»Sie hatte wohl keinen Absender? Einen Poststempel?«

»Portland. Ich hab's gesehen. Der Postleitzahl nach irgendwo bei Sellwood – ja, ich habe nachgesehen.«

Das ergab nun überhaupt keinen Sinn, denn Sellwood lag jenseits des Willamette im Südosten von Portland.

»Warum hat Glenn diese Karte bekommen?«

»Sagen Sie's mir. Er war immer schon scharf auf Jessie, aber so war er nun mal. Hechelte jedem hübschen Mädchen hinterher. Aber Jessie hatte nichts mit ihm zu tun. Sie wollte immer nur Hudson. Sie würde einen Kerl benutzen, um Hudson eins auszuwischen, mehr aber auch nicht.«

»Sprechen Sie aus Erfahrung?«

Scott seufzte und hob den Blick zum Himmel. Der Regen hatte aufgehört, doch jetzt frischte der Wind auf und schüttelte das Wasser von den rußbedeckten Blättern eines Baums in der Nähe. »Sie mochte den dunklen, geheimnisvollen Typ.«

»Wie Jarrett Erikson oder vielleicht Zeke St. John?«

»Zeke war Hudsons bester Freund«, sagte er, als wäre es ihm gerade erst wieder eingefallen. »Das könnte sie gereizt haben. Jessie war« – er blickte in die Ferne, als suchte er nach dem treffenden Wort – »ein bisschen verdreht, glaube ich.«

»Warum dann Glenn?«, fragte Mac noch einmal. *Und wie kann ein totes Mädchen eine Karte schicken?* Er war ziemlich sicher, dass Jessie seit zwanzig Jahren tot war und niemandem mehr eine Karte schicken konnte.

»Sie reizte die Männer. Das lag ihr im Blut.«

»Wen hat sie sonst noch mit diesem Reim verspottet?«

»Uns alle.« Er stand auf und wischte sich den Hosenboden ab, der kalt und nass aussah. Als hätte er Macs Gedanken gelesen, fröstelte Pascal und wandte sich zu seinem Auto um.

»Wissen Sie, die Leiche, die wir gefunden haben. Wir sind ziemlich sicher, dass es sich um Jessie Brentwood handelt, und sofern sie nicht ein Geist mit eigenem Briefpapier ist, glaube ich kaum, dass sie Post verschickt, weder von Sellwood noch sonstwo her.«

»Ich sage ja nur, dass Glenn eine Karte bekommen hat, anonym, okay? Und darauf stand Jessies Reim.« Sein Blick war fest. »Vielleicht hat ihm jemand einen bösen Streich gespielt.«

»Jemand, der von dem Kinderreim weiß.«

»Wir wissen alle davon.«

»Sie glauben, die anderen haben auch eine Karte bekommen?«, fragte Mac und hätte gern gewusst, ob Pascal ihn auf den Arm nehmen wollte. Es wäre nicht das erste Mal.

»Fragen Sie sie«, empfahl Scott ihm, dann lief er zwischen den Bäumen hindurch zu einem Parkplatz vor einem Einkaufszentrum. Dort stieg er in einen dunkelgrauen Pick-up und fuhr davon.

»Das werde ich tun«, sagte Mac zu sich selbst. »Ich werde jeden einzelnen von ihnen fragen, verdammt noch mal.«

»Fangen wir von vorn an«, sagte Hudson zu Becca. »Du hast diese Karte brennen gesehen und meinst, jemand hatte sie an Glenn geschickt.« Er hielt das verflixte Stück Papier immer noch in der Hand und war völlig durcheinander. Bisher war es eine höllische Nacht gewesen. Zuerst der Brand, dann Glenns Tod und jetzt auch noch Beccas Visionen oder wie immer man es nennen wollte von einer Karte, die er an diesem Tag bekommen hatte.

»Nein, Hudson«, sagte sie scharf. »Ich meine nicht. Ich *weiß* es.«

»Gut. Dann sind es wohl zwei Karten.«

»Mindestens.«

»Ja, mindestens.« Er wollte wissen, was das zu bedeuten hatte. Er musste es wissen.

Sie hatte die Karte angesehen und sie dann auf den Kaffeetisch gelegt. Sie wich davor zurück, als wäre sie giftig. Hudson selbst empfand ebenfalls Widerwillen. Wer hatte die Karte geschickt? Jessie? Das konnte er nicht glauben. Wollte es nicht glauben.

»Warum?«, fragte er.

Becca schüttelte den Kopf und ging in die Küche.

Hudson folgte ihr. Sie erhitzte in der Mikrowelle Wasser für einen koffeinfreien Kräutertee oder sonst irgendwas Unschädliches. Ihr Hund war offenbar zu dem Schluss gekommen, dass Hudson die Umstände nicht wert war, und hatte sich in einem Körbchen im Wohnzimmer niedergelassen. Inzwischen schnarchte er leise.

»Es muss einen Grund dafür geben, dass ich eine Karte bekommen habe und ... Glenn auch.«

»Vielleicht will Jessie ein paar von uns wissen lassen, dass sie lebt«, sagte Becca.

»Das glaubst du doch genauso wenig wie ich.«

»Stimmt, aber ...« Die Mikrowelle klingelte. Becca nahm den Becher heraus und hängte einen Teebeutel hinein. »Es muss aber einen Grund dafür geben. Das alles passiert nicht einfach urplötzlich nach zwanzig Jahren. Alles kreist um Jessie und dieses Skelett im Irrgarten.«

»Aber warum ich? Und Glenn?«

»Vielleicht sind es noch mehr«, sagte sie und sah ihn an.

Er ahnte es ebenfalls. Sie wurden manipuliert. »Da hat jemand einen sehr schrägen Sinn für Humor.«

Sie warf den Teebeutel in den Müll. »Wer?«

Er zog alle in Betracht, die auch nur entfernt in Beziehung zu Jessie standen, doch niemand stach ihm ins Auge. »Und warum? Ich glaube einfach nicht, dass irgendwer sich einen Spaß daraus macht, uns in Angst und Schrecken zu versetzen.«

»Vielleicht sollten wir zur Polizei gehen«, sagte sie und kostete das heiße Gebräu in ihrem Becher.

»Und was sollen wir sagen? Ich habe eine Karte bekommen, und du hast eine Karte ›gesehen‹, die für Glenn bestimmt war? Falls die Polizei sich einmischt, wird sie sich nicht damit zufriedengeben, dass du es eben nur ›gesehen‹ hast.«

»Man wird denken, ich hätte die Karte geschrieben«, schlussfolgerte Becca. Sie ging zurück zum Sofa und ließ sich in die Polster sinken.

Hudson schüttelte den Kopf. »Ich weiß nicht, was sie schlussfolgern würden, doch wenn wir McNally jetzt anrufen, schaffen wir uns vielleicht mehr Probleme als nötig. Becca …« Er brach ab, offenbar fühlte er sich unbehaglich.

Sie sah zu ihm auf.

»Könnte es sein, dass du diese Karte an Glenn irgendwo gesehen hast? Irgendwie. Und dich dann einfach nur erinnert hast?«

Das war's. Seine Zweifel. Ärger kam auf und Enttäuschung, obwohl sie gewusst hatte, dass er so denken würde. Was wusste er im Grunde schon von ihr? Wieso sollte er ihr einfach vertrauen? »Nein.«

»Dann musst du dir eine Geschichte überlegen, bevor wir uns an die Polizei wenden, das heißt, falls wir uns entscheiden, zur Polizei zu gehen. Sag, du hättest die Karte auf seinem Schreibtisch gesehen oder so.«

»Toll. Die Polizei belügen. Als hätte ich etwas zu verbergen.« Becca verschränkte die Hände so krampfhaft ineinander, dass die Knöchel schmerzten. Warum hatte sie sich Hudson offenbart? Ihm vertraut? »Vielleicht weiß Scott davon.«

»Du meinst, Glenn hätte ihm die Karte gezeigt? Moment. Vielleicht hat Scott auch eine bekommen. Warum sollten Glenn und ich die einzigen sein?« Hudson setzte sich sogleich in Bewegung, zog sein Handy aus der Tasche und suchte die Nummer. »Und was mit dem Dritten oder Zeke?«

»Hudson, es ist drei Uhr morgens.«

Als hätte er genau diesen Hinweis erwartet, klappte er sein Handy gleich wieder zu. »Recht hast du. Ich spreche morgen mit ihnen.« Er bedachte sie mit einem forschenden Blick. »Vielleicht sollten wir schlafen gehen.«

Sie nickte und musste unwillkürlich lächeln. »Das ist dein erster guter Vorschlag heute Abend.«

»Heute Morgen«, berichtigte er sie. »Komm.«

Das Erste, was Becca beim Aufwachen wahrnahm, war der Rauchgestank. Ruckartig fuhr sie hoch, doch es war lediglich der Geruch, der noch vom Vorabend in den Kleidern hing. Zwar hatte sie die hastig übergeworfenen Sachen ausgezogen und bis fast vier Uhr morgens mit Hudson geschlafen, aber der Geruch hatte sich in Haut und Haaren festgesetzt. Ringo hatte seine Wache halbwegs aufgegeben und den Kopf auf die Pfoten gelegt, doch kaum regte Becca sich, war er bereits auf den Füßen. Hudson schnaubte und wälzte sich, ohne die Augen aufzuschlagen, auf die andere Seite.

Becca sah ihn an. Sein Gesicht war faltenfrei und im Schlaf entspannt, die dunklen Lider lagen auf den Wangen. Gott, wie sie ihn liebte. Sie fragte sich, ob das je aufhören würde.

»Starr mich nicht so an.«

»Was?«, fuhr sie hoch. »Du bist wach?«

Ein Lächeln breitete sich auf seinem bartstoppeligen Gesicht aus. »Jetzt, ja.« Er griff nach ihr, und bevor sie protestieren konnte, hatte er sie schon wieder an sich gezogen und küsste sie, als hätten sie sich nicht eben erst die ganze restliche Nacht hindurch geliebt.

Aber sie wehrte sich nicht. Konnte es nicht.

Es war viel zu erregend.

Später, als sie wieder bei Atem war, wälzte Becca sich vom Bett, duschte eilig und fönte ihr Haar in Rekordzeit. Sie legte etwas Make-up auf und zog Jeans und ein langärmeliges schwarzes Hemd an, und nach knapp zwanzig Minuten lief sie bereits die Treppe hinunter, darauf bedacht, nicht über den Hund zu stolpern, der offenbar der Erste sein wollte. »Weißt du, das ist kein Wettlauf«, schimpfte sie sanft, doch Ringo war schon an der Tür und wollte Gassi gehen.

»Okay, okay, aber nur kurz.« Sie hakte die Leine ein, schlüpfte in Pantoletten, warf sich eine Jacke über und führte Ringo hinaus zu seinem Frühsport. Das graue Licht der Morgendämmerung lag über den Straßen, Autos rasten vorüber und ließen das Wasser der Pfützen aufspritzen. Hoch stehende Wolken verdeckten die Sonne, und es war so kalt, dass Beccas Atem kondensierte, aber immerhin regnete es nicht mehr, dem Wettergott sei gedankt.

Als sie zurückkamen, wurden sie von warmem Kaffeeduft empfangen. Hudson trat gerade aus dem Bad im Erdgeschoss. Seine Haare waren nass vom Duschen, die Kiefer dunkel von Bartschatten, die Jeans vom Vorabend saßen tief auf den Hüften. Er zog gerade sein Hemd an, als Becca die Tür schloss und Ringos Leine aufhängte. »Guten Morgen, Sonnenschein«, sagte Hudson gedehnt, als sie ihre Jacke auszog.

»Guten Morgen … oder so.« Sie schauderte. »Ich bin noch ganz durcheinander wegen Glenn.«

»Ich auch. Ich habe schon ein paar von den anderen angerufen.«

»Und?«

»Du hattest recht. Der Dritte hat's heruntergespielt, aber er hat auch eine Karte bekommen.«

»Tatsächlich?« Becca erstarrte.

»Zeke nicht. Noch nicht jedenfalls. Und Jarrett und Mitch habe ich nicht erreicht. Scott auch nicht. Ich will sie heute Morgen aufsuchen.«

»Ich möchte mitkommen«, sagte sie und schenkte aus der Kanne auf dem Küchentresen zwei Becher Kaffee ein. »Ich will die Karten sehen.«

Sie reichte Hudson einen Becher. Er zögerte. »Ich will erst Näheres erfahren, bevor wir mit dieser Sache zur Polizei gehen.«

»Falls Glenn eine Karte bekommen hat, könnte sie sich vielleicht in seinem Haus befinden?«

»Ich dachte, du hättest gesagt, sie wäre verbrannt.«

»Ja … in meiner Vision.«

Er nickte, doch sie spürte wieder, dass ihre Visionen ein Problem für ihn waren. »Willst du seine Frau fragen? Gia?«, erkundigte er sich.

Becca verzog das Gesicht und versuchte, sich vorzustellen, wie Gia Stafford sich an diesem Morgen fühlte. Während des Brands am Vorabend hatte Gia wild geschluchzt und sich jedem, der in ihre Reichweite kam, an den Hals geworfen. Es würde ihr nicht recht sein, wenn man sie jetzt mit eigenen Problemen belästigte. Andererseits konnte es doch sein, dass sie sich für alles, was mit dem Tod ihres Mannes zusammenhing, interessierte. »Schwer zu sagen, wie sie reagiert. Ich an ihrer Stelle wäre dankbar für jede Information zur Klärung der Umstände, die zum Tod des Menschen, den ich liebe, geführt haben.« Eine Pause folgte, dann fragte Becca: »Warum ausgerechnet Glenn? War es ein Unfall? Brandstiftung? Wie hängen die Karten damit zusammen?«

»Wenn der Brand nun absichtlich gelegt worden wäre?« Hudson starrte in seinen Kaffeebecher. »Womöglich, um Glenn zu beseitigen? Er hat sich halb ins Koma gesoffen und war allein. Das war die perfekte Gelegenheit.«

»Tja, dann war es ein Glück für den Täter, dass er zufällig sein Brandstiftungszubehör bei sich hatte – an dem Abend, als Glenn beschloss, sich zu besaufen?«

»Vielleicht hat er sich häufig besoffen.«

Ringo tanzte um sie herum, jaulte und wollte ihre Aufmerksamkeit. »Ach, Freundchen. Entschuldige.« Sie öffnete die Tür zur Vorratskammer, holte den Beutel mit Hundefutter und füllte seinen Napf. Sofort machte der Hund sich darüber her.

»Vielleicht war es im Voraus geplant«, sagte Hudson. Becca schloss die Kammertür. »Von jemandem, der Glenns Gewohnheiten kennt und auf den richtigen Moment gewartet hat. Und der war gestern Abend gekommen.«

»An wen denkst du? An Gia?«, fragte Becca.

»Ich kann mir nicht vorstellen, dass sie einen solchen Plan austüftelt«, gestand er.

»Und die Karten?«

»Wir wissen nicht mit Sicherheit, dass Glenn eine bekommen hat«, sagte Hudson vorsichtig.

Becca wusste, dass er recht hatte, war jedoch geneigt, ihrer Vision zu glauben. »Vielleicht sollten wir Gia fragen.«

Ohne zu zögern zückte Hudson sein Handy. »Vielleicht ist sie noch nicht in der Verfassung, Besuch zu empfangen.«

»Schauen wir nach.«

»Wohin gehst du?«, fragte Gretchen, als Mac im Präsidium seine Jacke von der Stuhllehne nahm und dem Ausgang zustrebte.

Sie hatte das Haar streng zurückgekämmt, sodass die Haut an den Schläfen straff gezogen wurde und ihre schmalen Augen an eine Siamkatze erinnerten. Die Frisur sah unbequem aus und war ihrer Laune wohl nicht förderlich. Mac hatte schon weg sein wollen, bevor sie am Morgen ins Präsidium kam, doch der Fall hatte ihn nicht losgelassen, und plötzlich war es halb neun, und Gretchen kam mit einer Schachtel Donuts an seinen Tisch.

»Nach Hause ins Bett«, erklärte er. »Hab die Nacht durchgearbeitet.«

»Woran?«

»Es hat gebrannt. In Glenn Staffords und Scott Pascals Restaurant. Wie's aussieht, ist Stafford tot.«

»Ist das zu fassen?«

Er nickte, schob seine Waffe in das Schulterhalfter und schlüpfte in seine Jacke.

»Warum hat man mich nicht angerufen?«

»Weil die Brandermittler noch nicht von Brandstiftung sprechen, also liegt kein Mord vor. Und der Schauplatz liegt außerhalb unseres Zuständigkeitsbereichs.«

»Quatsch. Der Brand hängt mit unserem Fall zusammen.« Die

Rädchen in ihrem Kopf begannen zu arbeiten und sie stellte die Schachtel mit den Donuts einfach auf seinem Schreibtisch ab.

Mac, den Kopf voller Bilder vom Vorabend, war schon auf dem Weg zur Tür. Er beabsichtigte, genau das zu tun, was er Scott Pascal am Abend angekündigt hatte: Er wollte die Yuppie-Bande nach der ominösen Karte fragen. Ein paar Anrufe hatte er schon getätigt; jetzt hatte er eine Mission auszuführen.

Gretchen folgte ihm mit kurzen, wütenden Schritten auf den Fersen nach draußen. »Dein Verhalten stinkt zum Himmel, McNally. Ich hätte nicht übel Lust, Meldung zu machen.«

»Bei wem?«, fragte McNally, bei seinem Privatjeep angekommen. Er hatte ihn hinter dem Gebäude abgestellt, weil er nicht im Dienst war – zumindest nicht offiziell.

»Zunächst mal bei D'Annibal. Und beim Chef, wenn's sein muss.«

Jetzt reichte es ihm. »Ich weiß nicht, was du ständig zu meckern hast, Sandler. Du warst bei einer Reihe von Verhören dabei. Du bist der Meinung, die Ermittlungen im Fall von Jessie Brentwood sind Zeitverschwendung, mein privater weißer Wal. Es stinkt dir, meine Partnerin zu sein. Mach doch, was du willst.«

»Du hättest mich anrufen sollen, als du zum Brandschauplatz wolltest.«

»Ich sollte dich um zwei Uhr morgens wecken, obwohl vielleicht gar kein Verbrechen vorliegt?«

»Das Restaurant gehörte Pascal und Stafford! Der Brand ist von großer Bedeutung für unsere Ermittlungen!«

»Welche Ermittlungen?«, schnauzte Mac schließlich zurück. »Die sind dir doch ganz egal. Du willst eine frische Leiche, kein zwanzig Jahre altes Skelett.«

»Mistkerl!«

»Laß mich in Ruhe!« Er sprang in seinen Jeep, fuhr los und wünschte sich Kies statt Asphalt, um sie in Staub und Steinchenregen hinter sich zu lassen. Er schob sich seine fast in Vergessenheit geratene Sonnenbrille auf die Nase, als die Wintersonne nach langer Zeit endlich einmal durch die Wolken drang und sich im nassen Pflaster spiegelte.

Was war sie nur für eine Nervensäge. Und Kopfschmerzen konnte er nicht brauchen. Genauso wenig wie Gretchen Sandlers Launen, die ihn einfach in seiner Besessenheit störten, mit der er in diesem und all den anderen Fällen ermittelte. Sein Privatleben drehte sich hauptsächlich um seinen Sohn und das war's schon, womit er sein Leben verbrachte. Nicht zum ersten Mal fragte er sich, mit wem Gretchen wohl geschlafen hatte, um es bis zum Detective zu bringen. Schlimmer noch, sie schaffte es immer wieder, ihn auf ihr Niveau herunterzuziehen. Dass er sie gerade gemein und in voller Absicht angelogen hatte, freute ihn auf unerklärliche Weise. Menschliche Reife wurde schwer überschätzt, schlussfolgerte er und lenkte den Jeep nicht in Richtung seiner Wohnung, sondern zu der Werkstatt, in der sich Mitch Belotti den größten Teil des Tages aufzuhalten pflegte.

Hudson prüfte Glenns Adresse und fand das Haus problemlos. Es war ein Gebäude im Kolonialstil mit weißen Säulen, einer steilen Zufahrt und kleinen Zwergenwesen aus Keramik im weitläufigen Garten. Eine braune Chevrolet-Limousine älteren Jahrgangs war prekär auf diesem Abhang abgestellt. Hudson parkte Beccas Jetta unten an der Straße, und zusammen stiegen sie die serpentinenartig angelegte Treppe hinauf, die dank der unaufhörlichen Regenfälle in Schlamm und Rindenmulch abzusacken drohte.

Eine ältere Dame mit perfekt frisiertem, grauweißem Haar öffnete ihnen auf ihr Klopfen hin und sah sie misstrauisch an. »Ja, bitte?«

»Wir sind alte Schulfreunde von Glenn«, sagte Becca. »Wir würden gern mit Gia sprechen.«

»Tja, Gia schläft. Der Zeitpunkt ist etwas ungünstig gewählt. Sie hat Beruhigungsmittel eingenommen.« Sie sprach barsch und entschlossen.

»Ich verstehe. Richten Sie ihr bitte aus, dass Becca Sutcliff und Hudson Walker hier waren?«, bat Becca.

»Oh. Ich glaube, Glenn hat mal von Ihnen gesprochen.« Sie blickte an ihnen vorbei auf Beccas Auto. »Ich bin Gias Mutter. Ich glaube, es lohnt sich nicht zu warten. Sie wird wohl noch eine ganze Weile schlafen, und wenn sie dann aufwacht, ist sie, o je, durch die Medikamente ein bisschen ... benommen.«

Becca rechnete halb damit, dass Mama Bär ihnen die Tür vor der Nase zuschlug. Doch dann tauchte Gia am Kopf der Treppe auf. Zerzaust und mit roten Augen, die Hände in die Aufschläge ihres Bademantels gekrallt, näherte sie sich barfuß der Haustür. »Wer ist da?«

Mama Bär versuchte immer wieder, die Tür zu schließen, doch Hudson drückte mit der flachen Hand auf der Füllung dagegen. Seine Mühen trugen ihm einen funkelnden bösen Blick ein, doch Gia sah ihn aus trüben, traurigen Augen an.

»Sie waren gestern Abend dabei ...?«, fragte sie mit schwacher Stimme.

»Ich bin Hudson Walker. Glenn und ich kannten uns seit der Schulzeit.«

»Ach ja! Hudson.« Tränen traten ihr in die Augen, sie warf sich Hudson in die Arme und weinte hemmungslos. Das schien Mama Bär zu erschrecken; sie trat einen Schritt zurück, und Becca nutzte die Gelegenheit, um sich hinter Hudson ins Haus zu drängen. Sie empfand Gias Schmerz wie einen Stromstoß, obwohl sie einander nicht einmal berührten. Ihr Kummer erfüllte den Raum und angesichts der Gründe ihres Besuchs kam Becca sich vor wie ein Scharlatan.

»Ich kann es nicht fassen, dass er tot ist«, sagte Gia immer wieder. Sie standen in der Eingangshalle unter einem riesigen

Kronleuchter. Gia war klein und weich; ihr molliger Körper ließ sie wie ein Engelchen erscheinen. »Wir wollten ein Kind. Haben es geplant. Was soll ich jetzt tun? Was soll ich nur tun?« Sie löste sich von Hudson und schmiegte sich in die geöffneten Arme ihrer Mutter.

Als Becca das Wort ›Kind‹ hörte, stockte ihr Herzschlag. Sie wusste nicht viel über die Ehe der Staffords, doch dieser Einblick in Gias jetzt unerfüllbaren Hoffnungen und Träume verschärfte ihren eigenen Schmerz.

Gias Mutter drückte ihre Tochter fest an sich und Gias rotgeränderte Augen wurden wieder nass.

Hudson sagte sanft: »Entschuldigen Sie, dass wir Sie ausgerechnet jetzt stören.«

»Ihr stört nicht. Ihr wart seine Freunde. Glenn hat von euch erzählt … von euch allen.« Sie wies auf Becca. »Ich weiß, ihr alle habt euch Gedanken wegen des toten Mädchens gemacht, wegen Jessie.«

»Glenn hat geglaubt, dass Jessie tot ist?«, fragte Hudson.

»Nein … Ich weiß nicht. Ich habe es wohl einfach angenommen.« Sie schluckte, schien zu überlegen, dann liefen ihr wieder die Tränen aus den Augen. »Und jetzt ist Glenn auch tot. Es … tut mir leid … das alles ist so frisch … so unerwartet. Er war mein Seelengefährte. Wir wollten für immer zusammenbleiben.« Ihre Stimme brach und sie schmiegte sich wieder in den Schutz der mütterlichen Arme.

»Wir belästigen dich nur ungern, müssen dir aber eine Frage stellen.«

»Nicht jetzt.« Gias Mutter stellte die Stacheln auf, aber Gia sah Hudson mit leeren Augen an.

»Was denn?«, fragte sie.

»Hat Glenn kürzlich eine Karte erhalten?«

»Was für eine Karte?«, fragte Gia teilnahmslos.

»Eine Karte mit einem Kinderreim«, sagte Becca.

Gia fuhr zu ihr herum. »Soll das ein Witz sein? Das ist nicht lustig.« Langsam löste sie sich von ihrer Mutter.

»Ich bin der Meinung, das reicht jetzt«, sagte Gias Mutter.

»Ich habe eine bekommen«, sagte Hudson, »und deshalb wüssten wir gern, ob Glenn auch eine erhalten hat.«

»Ein Kinderreim. Lass mal sehen.« Gia streckte die Hand aus und Hudson griff nach kurzem Zögern in seine Tasche und reichte ihr die Karte und den blauen Umschlag.

»Das kam mit der Post.«

Gia schüttelte den Kopf. »Wer ist der Absender?«

»Das wissen wir nicht.«

»Ihr glaubt, das tote Mädchen war's«, sagte sie plötzlich begreifend, und ihre Mutter atmete hörbar ein und blickte sich um, als rechnete sie im nächsten Moment mit dem Erscheinen von bösen Geistern. »Glenn hat irgendetwas über Kinderreime und dieses Mädchen geäußert. Sie war ein Luder.«

»Wir wissen ja nicht, ob Glenns Karte überhaupt existiert«, sagte Hudson. »Ein anderer Freund von uns, Christopher Delacroix, hat auch eine bekommen.«

»Der Dritte. Ich kenne ihn. Genauso eine wie diese?« Stirnrunzelnd betrachtete sie die Karte.

»Soviel ich weiß. Gesehen haben wir sie noch nicht.«

»Und ihr denkt, Glenn könnte auch eine haben. Warum?«

»Das ist uns ein Rätsel«, erklärte Becca. »Wir wollen in Erfahrung bringen, wer eine solche Karte erhalten hat, wer sie geschickt hat und warum.«

»Tja, falls für Glenn eine angekommen ist, habe ich sie nicht gesehen.« Nach kurzer Pause fragte sie: »Habt ihr mit der Polizei gesprochen? Vielleicht ist Glenn ja deswegen jetzt tot … und es hat irgendwie mit dieser Jessie zu tun?«

»Wir haben mit niemandem außer dir darüber geredet«, sagte Hudson.

»Es ist, als hätte sie ihn umgebracht«, sagte Gia plötzlich, und ihre Mutter schüttelte den Kopf. »Sie hat's getan, das Miststück! Aus dem Grab heraus hat sie ihn verbrennen lassen!« Gia fing heftig an zu weinen, und nach ein paar peinlichen Minuten, während derer Becca und Hudson nur tatenlos zusehen konnten, wie Gias Mutter die Tochter in den Armen wiegte, sprachen sie ihr noch einmal ihr Beileid aus und gingen.

»Besuchen wir jetzt den Dritten?«, fragte Becca.

»Ja, der ist der nächste auf unserer Liste.«

Mitch Belotti trug einen Overall, der sich um seine gewölbte Mitte spannte. Er wischte sich die Hände an einem grauen Lappen ab, als Mac die Tür seines Jeeps zuschlug und den Asphaltplatz vor Mitchs Werkstatt überquerte, einer erstaunlich sauberen Einrichtung, in der das Werkzeug in ordentlichen Reihen an der Wand hing. Ein blauer Triumph älteren Jahrgangs stand auf der Hebebühne, und Mitch beriet sich mit einem dünnen Mann in den Sechzigern mit markantem, aber schon sehr faltigem Gesicht.

Als er Macs Tür knallen hörte, blickte Mitch zu ihm hinüber. Im ersten Moment wirkte er ratlos, dann dämmerte es ihm. Er bot Mac nicht die Hand, sondern wischte seine Hände weiterhin mit dem Lappen ab, während seine Miene immer finsterer wurde. Mac stellte sich vor, was jedoch überflüssig war. Mitch reagierte mit den Worten: »Ich wusste, dass Sie kommen würden. Sie haben mit allen anderen gesprochen. Aber ausgerechnet heute? Sie wissen von Glenn, oder?«

»Ich war gestern Abend an der Brandstelle.«

»Ich will nicht mit Ihnen sprechen. Schon gar nicht jetzt.« Der Geruch von Öl und Schmierfett hing in der Luft, ein alter Windhund lag auf einer Decke bei der Hintertür.

Mac bemerkte, wie Mitch mit den Tränen kämpfte, und er empfand eine Spur Mitleid. Er hatte eigentlich nie geglaubt, dass Mitch etwas mit Jessies Verschwinden zu tun haben könnte, weder damals noch heute, doch er vermutete, dass er etwas wissen könnte – vielleicht etwas, von dem er selbst nicht wusste, dass er es wusste. »Tut mir leid wegen Glenn«, sagte Mac und meinte es ernst.

»Sie glauben, es hat etwas mit – Jessie zu tun. Sind Sie deswegen gekommen, Mann?«

»Glauben Sie das?«, fragte Mac neugierig.

»Kann auch nur Zufall sein.« Es klang genauso skeptisch, wie Mac selbst es empfand.

»Wenn der Bericht des Brandermittlers vorliegt, wissen wir mehr.«

»Muss wohl Brandstiftung gewesen sein, oder?«

»Warum meinen Sie?«

Mitch sah ihn ohne Arg an. »Hm, so etwas passiert nicht einfach so. Das Restaurant brennt einfach ab. Wie denn? Gasaustritt? Eine nicht ausgeschaltete Herdplatte in der Nähe von etwas Brennbarem? Fettbrand? Eher unwahrscheinlich nach dem, was ich gehört habe.«

»Und was haben Sie gehört? Wer hat Sie angerufen?«

»Scott. Mann, er stand kurz vorm Durchdrehen. Glenn und ich waren Freunde, aber Scott war sein bester Freund. Sie waren wohl irgendwie sauer aufeinander, aber sie waren wie Brüder.«

»Scott glaubt, dass es Brandstiftung war?«

»Ich weiß nicht genau. Er sagte nur, Glenn wäre drinnen gewesen, und es hätte nicht passieren dürfen. Er sagte, sie hätte uns verflucht.«

»Jessie?«

»Ja, Jessie.« Sein Gesicht rötete sich, als wäre ihm das Idiotische seiner Bemerkung bewusst geworden, kaum dass er es ausgesprochen hatte. »Wer sonst?«

»Was ist vor all den Jahren geschehen, Mitch?«, fragte Mac ruhig. Sein Puls ging jetzt ein bisschen schneller, und Mac fragte sich schon, ob nun der Moment gekommen war, in dem sich endlich jemand ganz öffnete.

Mitchs Augen wurden nass, und die Tränen, gegen die er gekämpft hatte, gewannen die Oberhand und liefen seine Wangen hinab. »Gar nichts«, sagte er matt. »Mann, das ist ja das Problem. Nichts ist ihr geschehen, sie ist einfach fortgegangen, aber jetzt ist sie gegenwärtiger als damals in der Schule. Verschickt Karten. Brennt das Restaurant nieder. Bringt Glenn um. Wenn sie nicht mehr am Leben ist, dann bewerkstelligt sie das alles aus ihrem Grab heraus. Ich weiß nicht, wie, aber sie steckt hinter allem, was passiert. Bestimmt. Damals schon fanden viele sie sonderbar, wissen Sie? Als hätte sie übersinnliche Wahrnehmungen oder so. Ich hielt das alles für Unsinn, aber jetzt ... wer kann das schon wissen, zum Teufel?« Er griff an eine nicht vorhandene Brusttasche und ließ die Hand gleich wieder sinken. »Ich brauch `ne Kippe«, sagte er, ging in sein Büro und zog eine Schachtel Zigaretten aus der Tasche einer dort aufgehängten Jacke. Er klopfte eine heraus und schob sich durch die Hintertür in den rückwärtigen Teil des Gebäudes. Mac folgte ihm. Der Windhund mit seiner altersgrauen Schnauze rührte sich nicht.

»Was für Karten?«, fragte Mac leise, als Mitch die Hand um die angezündete Zigarette wölbte und heftig am Filter sog. Seine Hände zitterten, und er ballte die eine, als hätte er Macs Blick bemerkt, nahm mit der anderen die Zigarette aus dem Mund und bewegte sie, um das Beben zu kaschieren.

»*Woraus sind kleine Jungen gemacht?*

Aus Fröschen und Schnecken und Schwänzchen von Welpen.« Er sog noch intensiver an seiner Zigarette, als ob der krebserregende Rauch Leben spendete statt es zu nehmen. Mitch stieß einen erstickten Laut aus. »Damals hat sie es gesagt, jetzt schreibt sie es auf.«

»Wie meinen Sie das?«

»Das ist genau der idiotische Kindervers, mit dem sie uns immer geärgert hat. Wenn sie den aufsagte, klang es irgendwie schmutzig. Sexy. Und jetzt, verdammt noch mal, schickt sie uns diesen Vers per Post!«

»Sie haben eine Karte mit einem Kinderreim erhalten?«, fragte Mac behutsam.

»Mit *diesem* beschissenen Kinderreim. Den sie immer gesungen hat. Ja. Habe ich gekriegt. Von ihr.« Er nickte heftig und zog an seiner Zigarette.

»Von Jessie.«

»Hab ich doch gesagt, Mann.« Er verlor vor Macs Augen die Fassung

»Es kam per Post? Mit einem Absender?«

»Ja … ich meine die Karte kam mit der Post. Ohne Absender.« Er ging unvermittelt zurück ins Büro und zog eine Karte aus der Tasche derselben Jacke, in der er seine Zigaretten gefunden hatte. Er reichte Mac die Karte, trat zurück und sah sie an, als wäre sie vergiftet. »Nehmen Sie sie. Vielleicht hilft sie Ihnen, Jessie zu finden, aber wenn Sie sie finden, sorgen Sie gefälligst dafür, dass sie mir vom Halse bleibt!«

16. Kapitel

Die Büros von Salchow, Wendt und Delacroix befanden sich im Grassle-Gebäude im Pearl District von Portland, einem grauen Monolithen aus Granit und Glas, dreißig Stockwerke hoch. An diesem Tag hing der Himmel draußen grau über der Stadt, und Christopher Delacroix III. betrachtete ihn mit finsterer Miene, während er den Hörer seines Bürotelefons auflegte.

Detective Samuel ›Mac‹ McNally hatte angerufen. Er hatte wissen wollen, ob der Dritte per Post eine Karte mit einem Kinderreim zugestellt bekommen hatte.

Der Dritte öffnete eine Schreibtischschublade und entnahm ihr den blauen Umschlag. Anfangs war er eher perplex als beunruhigt gewesen. Es war doch kindisch. Das Werk eines Anfängers, der sie ärgern wollte. Er hatte mit Jarrett gesprochen und erfahren, dass er ebenfalls eine Karte bekommen hatte, und nahm daher an, dass alle anderen früheren Freunde auch bedacht worden waren.

Doch irgendwie hatte er gehofft, McNally würde nichts von dieser Post erfahren. Das würde nur wieder Öl ins Jessie-Feuer gießen, und den bloßen Gedanken an sie hatte er herzlich satt. In der Schule war sie ein echtes Luder gewesen. Keiner von ihnen hatte bei ihr landen können. Jarrett eindeutig nicht, und Mitch und Glenn, diese Versager, schon mal gar nicht.

Er schloss die Augen und empfand leises Bedauern. Der Brand und der Leichenfund im Blue Note war Thema in allen Nachrichtensendungen. Es lag auf der Hand, dass es Glenns Leiche war, wenngleich diese Information noch nicht offiziell bestätigt wurde. Glenn. Der langweilige, unglückliche Glenn. Er und Jarrett hatten Glenn wie auch Mitch jahrelang als ihre privaten Prügelknaben missbraucht. Das war ihm klar. Gewöhnlich störte es ihn wenig. Aber heute …

»Zum Teufel mit dir, Jezebel«, sagte der Dritte leise zu den grauen Wolken vor seinen Fenstern.

Seine Sprechanlage piepte leise, ein sanfter Ton, der dem geldschweren Ambiente seines Büros entsprach. »Ja«, sagte er knapp, indem er auf die Taste drückte.

»Ein Mr Walker und eine Mrs Sutcliff möchten Sie sprechen. Sie haben keinen Termin.«

Die Karten … und Glenns Tod …

»Schicken Sie sie rauf«, sagte der Dritte.

Becca und Hudson fuhren in einer der zwei Kabinen des gläsernen Lifts im Grassle-Gebäude, der einen atemberaubenden Blick auf Portland und den Willamette River bot, nach ganz oben. Das vermittelte Becca ein Gefühl der Entkörperlichung, auf das sie gern verzichtet hätte, und sie war froh, als sie auf den dunkelgrauen Teppichboden des vierundzwanzigsten Stocks hinaustreten konnte.

Der Dritte verfügte über ein Eckbüro, und sein Schreibtisch stand abgewandt von den Fenstern mit Ausblick auf ein Gebäude weiter westlich, dessen Fenster wie blicklose Augen zurückstarrten. Der gesamte Raum bestand aus Glas und Chrom und schwarzem Leder, er war entschieden gediegener eingerichtet als die holzvertäfelten Büros der Kanzlei, für die Becca arbeitete. Es überraschte sie nicht, dass die Kanzlei des Dritten genauso vornehm war wie er selbst.

Der Dritte trug einen marineblauen Anzug mit scharlachroter Krawatte, und als sie eintraten, winkte er sie zu den Regiestühlen in Schwarz und Chrom vor seinem Schreibtisch. Weder Becca noch Hudson nahmen Platz; sie standen lieber.

»Vermutlich wollt ihr die Karte sehen«, sagte der Dritte. Er reichte sie Hudson, der sie so hielt, dass Becca sie auch sehen konnte. *Christopher* stand in ungleichmäßiger Schrift auf einer Seite der Karte, der Kinderreim auf der anderen.

»Genau wie meine«, sagte Hudson.

Becca lief ein kalter Schauer über den Rücken. »Hat Jessie dich Christopher genannt statt der Dritte?«

Er zuckte die Achseln. »Ich kann mich nicht erinnern.«

»Ich habe eine bekommen. Du auch. Und du sagst, Jarrett ebenfalls?« Hudson drehte die Karte um und betrachtete eingehend Christophers Namen.

»Ja. Und Glenn. Und Mitch.«

»Du scheinst so sicher zu sein«, bemerkte Hudson.

»Na ja, ich weiß es von McNally.«

»McNally? Du hast mit ihm gesprochen?«

»Eben gerade, am Telefon.« Er wies auf seine beiden Gäste. »Macht euch auch auf einen Anruf gefasst. Vermutlich will er mit uns allen sprechen. Er sagt, dass Mitch solch eine Karte erhalten hat, und Scott sagt, Glenn hat auch eine bekommen.«

Hudson überlegte einen Moment. »Und Scott?«

»Danach habe ich nicht gefragt. Ich nehme es an.«

»Zeke hat noch keine«, sagte Hudson.

»Vielleicht ist sie heute eingetroffen.« Der Dritte wirkte beinahe gelangweilt, doch als er leise sagte: »Ich kann's einfach nicht fassen, dass Stafford tot ist«, wurde ihnen klar, dass es eher Trauer als Langeweile war. Der Dritte holte tief Luft und rutschte tiefer in seinen Schreibtischsessel, der empört knarrte. »Die Welt ist echt verdreht.«

»Hast du eine Ahnung, wer diese Karten verschickt haben könnte?«, wollte Hudson wissen.

»Wer weiß. Jessie jedenfalls nicht.« Als weder Hudson noch

Becca antwortete, durchbohrte er sie fast mit seinem Blick. »Ihr könnt doch nicht glauben, dass sie noch lebt.«

»Nein.« Hudson war sich sicher.

»Aber sie war ein Luder«, bemerkte der Dritte. »Diese Art von Kram hat sie geliebt.«

»Vielleicht weiß das jemand.«

Der Dritte sah ihn fest an. »Und der veranstaltet diesen Mist aus bestimmten Gründen.«

»Kann sein.«

»Wer?«, fragte Becca. »Warum?«

»Damit wir glauben, sie lebt noch?«, regte der Dritte an. »Um von der eigenen Spur abzulenken?«

Hudson nickte nachdenklich.

»Ja, nun. Jessie ist ein Geist, und Glenn ist eine Leiche.« Auf die Armlehne seines Sessels gestützt, stemmte er sich hoch. »Was ist mit euch? Seid ihr jetzt zusammen?« Mit einer Handbewegung umfasste er Becca und Hudson. »Ein Team?«

»So was in der Art«, sagte Hudson.

»Toll. Amateurdetektive. Es soll endlich Gras über diese dumme Sache wachsen, damit wir alle wieder ein normales Leben führen können, statt nach toten, nicht existenten Mädchen zu suchen.« Er öffnete eine Schublade, schlug sie wieder zu, öffnete eine andere und nahm Schlüssel und Brieftasche heraus. »Wie spät ist es, elf? Um zwölf Uhr habe ich eine Verabredung zum Mittagessen und ich möchte frühzeitig dort sein. Entschuldigt, dass ich euch dränge, aber mehr gibt es wohl nicht zu besprechen. Alles andere könnt ihr mit McNally abmachen.«

Damit schob er seinen Sessel zurück und stapfte aus dem Raum. Hudson und Becca tauschten einen Blick und folgten ihm.

Am Sonnabend machte sich Becca auf den Weg zu Glenns Trauerfeier, die in einer kleinen, weißen, nicht konfessionsgebundenen Holzkirche abgehalten wurde. Als sie auf den Schotterparkplatz fuhr, sah sie Hudson, der schon mit Renee, Zeke und Evangeline vor der Tür wartete. Der Wind presste den Frauen die Kleider an die Beine und wühlte in ihrem Haar. Evangeline trug einen breitkrempigen schwarzen Hut, den sie mit einer Hand festhielt. Renee schien das Wetter nichts anzuhaben. Sie stand von der Kirche abgewandt, das kurze Haar umspielte ihre Wangen, ihr Blick fixierte starr einen Punkt in der Ferne.

Zeke hatte die Hände in die Taschen geschoben und hielt den Kopf gesenkt. Seine Miene war wie versteinert, aber Becca hatte den Eindruck, dass er verzweifelt seine Gefühle verbarg. »Wieso habe ich keine Karte bekommen?«, hörte sie ihn Hudson fragen, als sie näher kam.

»Du hast *noch* keine bekommen«, berichtigte Hudson.

»Ach, was soll's?« Evangelines Nase und Augen waren rot, sie schniefte. »Sei doch froh, dass Jessie dir keine geschickt hat.«

»Jessie hat die Karten nicht geschickt«, sagte Renee hölzern, als hätte sie die Worte schon hundert Mal wiederholt. Ihre Wangen wirkten eingefallen, als wäre sie halb verhungert. »Sie ist tot. Schon vergessen?«

Hudson sah seine Schwester stirnrunzelnd an. »Alles in Ordnung?«

»Völlig in Ordnung«, fuhr sie ihn an. »Wie oft soll ich das noch sagen?«

»Wollen wir reingehen?«, fragte Evangeline und sah in die Runde. Trauergäste stiegen die Stufen hinauf und strömten durch den Haupteingang in den kleinen Kirchenraum.

»Du machst so einen bedrückten Eindruck«, sagte Hudson zu Renee. »Ist es die Jessie-Story?«

»Unter anderem. Ich stecke mitten in einer Scheidung, weißt du?« Sie furchte die Stirn, ihre Züge wurden scharf. »Tim ist hier nirgendwo zu sehen, oder?«

»Ich dachte, du wolltest es so.«
»Wer weiß schon, was ich will.«
»Komm«, sagte Evangeline, ergriff Zekes Hand und führte ihn zu den Stufen vor der Kirche.

Renee presste die Lippen zusammen, sah ihren Bruder an, als wollte sie noch etwas sagen, warf dann einen Blick auf Becca und schwieg. Nach angespanntem Zögern sagte sie: »Manchmal ist eine Story einfach nur eine Story, und manchmal ist es so viel mehr. Jessie ist vor etwas davongelaufen, und ich weiß immer noch nicht, was es war. Ich habe zwar einige Antworten gefunden, aber ich habe auch noch viel mehr offene Fragen.« Sie blickte über die Schulter zurück, als ob sie damit rechnete, belauscht zu werden.

Becca bemerkte: »Du fühlst dich immer noch verfolgt.«

Sie zuckte die Achseln.

Hudson fragte: »Wer verfolgt dich?«

»Niemand. Irgendwer. Der Schwarze Mann. Ein Geist. Ich weiß es nicht.«

»Was zum Kuckuck ist los mit dir?«

»Nichts.«

»Vielleicht solltest du bei mir einziehen«, sagte er, als sie die Stufen zum Eingang hinaufstiegen.

»Lieber nicht. Ich kann selbst auf mich aufpassen.«

»Ach ja?«

»Das tu ich schon seit Jahren«, sagte sie. Sie traten durch die offenen Türen in den Vorraum. Geistesabwesend nahm Becca ein kleines Programmheft mit Glenns Bild auf dem Umschlag an sich und schob sich in eine der hinteren Bänke. Orgelmusik brauste auf und irgendwo in der vordersten Reihe begann Gia leise zu weinen. Becca hob den Blick zur Kirchendecke mit den bogenförmigen Holzbalken und wünschte sich, darin Trost zu finden. Sie schloss die Augen und schluckte krampfhaft, doch als sie sie wieder öffnete, sah sie Detective Sam McNally, der unauffällig eingetreten war und sich in einer Bank auf der anderen Seite des Mittelgangs niedergelassen hatte.

Sie spürte, wie Hudson sich versteifte, obwohl er starr geradeaus blickte. Es war ein sonderbares Gefühl, den Polizisten im Gottesdienst zu wissen, einen Mann, der Glenn und seine Freunde seit der Schulzeit hartnäckig verfolgte.

Während der Prediger aus Glenns Leben erzählte, entdeckte Becca weitere Mitlieder ihrer Clique. Mitch, der drei Reihen vor McNally saß, hatte die Anwesenheit des Detectives noch nicht bemerkt. Becca sah, wie er mit den Füßen wippte, als wäre er hypernervös. Auch die verkrampfte Haltung seiner Schultern war nicht zu übersehen. Jarrett, zwei Reihen vor Becca und Hudson, drehte sich in diesem Moment um und sah McNally kalt an. Seine dichten Augenbrauen und sein grimmig verzogener Mund wirkten wie eine Drohung. Irgendwo weiter vorn saß der Dritte neben Tamara.

Nach der Rede des Pfarrers über Glenns Leben erhob sich Scott Pascal in einer der vorderen Reihen und schritt steif zum Podium. Er hielt eine kurze Rede über seinen Freund, schilderte, wie sie Partner in dem Restaurant geworden waren. Es war offensichtlich, dass Scott zutiefst gerührt und emotional mitgenommen war, denn er stockte häufig und geriet manchmal sogar ins Stottern.

Dann stand Mitch ruckartig auf und nahm das Podium ein. Er blickte über die Anwesenden hinweg, seine rundlichen Wangen waren gerötet und schweißglänzend im Schein der Lampen. Er sah erhitzt aus und fühlte sich sichtlich unwohl in seinem dunklen Anzug. Becca fragte sich flüchtig, ob er kurz vor einem Herzinfarkt oder so stand. Er wirkte krank.

»Glenn und ich waren seit langer Zeit Freunde. Er war ein prima Kerl.« Mitch sah Gia an, die den Blick auf ihn geheftet hatte. Sie saß steif da, so, als ob ihre Verbindung zu Mitch von einem unsichtbaren, straff gespannten Seil gehalten würde. »Wir haben vieles geteilt. Gutes und Schlechtes. Jetzt, da er nicht mehr ist, weiß ich nicht, mit wem ich reden soll.« Wie aus eigenem Antrieb suchte sein Blick die Menge ab und blieb auf McNally haften. Er blinzelte mehrmals und sagte dann mit rauer Stimme: »Du wirst uns fehlen, Kumpel.« Seine Hände waren zu Fäusten geballt, als er seinen Platz wieder aufsuchte.

Eine junge Frau ging als Nächste zum Podium und erfüllte die Kirche mit einer wunderbaren Altversion von ›Amazing Grace‹. Als die Türen zum Hinausgehen geöffnet wurden, fühlte sich Becca schwermütig vor ungeweinten Tränen und Kummer und rang auf dem Weg die Treppe hinunter zum Parkplatz nahezu nach Luft.

Hudson folgte direkt hinter ihr und legte ihr eine Hand leicht auf die Schulter. »Hey«, sagte er leise.

»Ich weiß. Mir geht's gut, wirklich. Dieses Mal brauchst du dir keine Sorgen wegen einer Vision zu machen.« Sie lächelte ihm zu, um die Stimmung aufzulockern, doch seine blauen Augen blieben ernst.

»Nichts wie weg hier«, sagte er.

Er ergriff ihre Hand und drückte sie fest und ihre Liebe flog ihm zu. Als wäre es genauso abgesprochen, ging jeder zu seinem Auto, und Becca folgte ihm zu seiner Ranch.

In dem alten schindelgedeckten Farmhaus verschwendeten sie keine Zeit. Sofort lag sie in seinen Armen, und er zog sie aus, schälte sie aus ihrer Bluse, während sie aus den Schuhen stieg und sein Hemd aufknöpfte. Hudsons Handy klingelte, und er ignorierte es, schaltete das dumme Ding aus und ließ es in der Küche liegen, um mit Becca nach oben zu eilen, die restliche Kleidung auf den Boden fallen zu lassen und sich zu küssen und zu streicheln und nicht genug voneinander zu bekommen. Sie liebten sich gierig, als könnte ihre körperliche Vereinigung das Leben neu gestalten, den Makel des Todes, die Angst vor dem Ungewissen verdrängen.

Stunden später holte Hudson lustlos sein Handy und schaltete es widerwillig wieder ein. Er küsste Beccas nackte Schulter und sie schmiegte sich an ihn und hörte die hinterlassenen Nachrichten mit ihm an. Ihr Blick glitt über die Kleidungsstücke, die sie in ihrem drängenden Verlangen auf dem Weg zum Bett zurückgelassen hatten: Seine Hose lag vor der Schlafzimmertür, ihr BH hing am Bettpfosten, einer seiner Socken lag am Fernseher am Fußende des Betts.

Sie sah ihn aus schmalen Augen an, aus Angst, er könnte die Liebe darin erkennen, wenn sie sie weit aufschlug. Sie durfte nicht so durchschaubar sein. Noch nicht, aber sie war sicher, dass sie sich verraten würde. Sie hatte nie aufgehört, ihn zu lieben. In all den Jahren. Rührend. Ja. Aber wahr, und wenn er es wüsste –

Plötzlich spannte sich jeder Muskel in Hudsons Körper an. Er richtete sich halb auf und presste das Handy an sein Ohr.

»Was ist?«, fragte Becca beunruhigt.

Er schaltete das Handy wieder aus, legte sich neben Becca und starrte an die Decke.

»Wer war das?«

»Der Dritte. Nach der Trauerfeier hat McNally mit allen gesprochen. Er will, dass wir ihm DNA-Proben geben. Wir alle. Ob männlich oder weiblich.«

»Wie bitte?«, sagte sie und richtete sich auf. »Warum?«

»Er bearbeitet Jessies Fall und will einfach ein paar Sachen ausschließen können. Er sagt, DNA-Proben fördern manchmal die sonderbarsten Dinge zutage. Der Dritte hat ihn gefragt, ob es sich bei dem Skelett wirklich um Jessie handelt, und er sagte, sie wüssten es noch nicht mit Sicherheit.«

»Moment mal … warum wollen sie DNA-Proben? Ich bin keine Forensik-Spezialistin, aber DNA-Proben haben doch nur einen Sinn, wenn man sie mit etwas abgleichen kann.«

»Vielleicht haben sie mehr entdeckt, als sie verlauten lassen.

Eine Waffe, Blut oder Hautfasern unter ihren Fingernägeln. Sie wollen auch weibliche DNA, und das dürfte bedeuten, dass sie in Jessies Grab noch etwas gefunden haben, irgendeinen Hinweis. Vielleicht hat sie sich gegen den Angreifer gewehrt und Blut oder Fleischfasern sind gefunden worden. Ich weiß es nicht. Der Dritte hat es mir nicht gesagt.«

»Sind denn alle mit dem Test einverstanden?«

»Der Dritte ist schon auf dem Weg zum Präsidium, um eine Speichelprobe abzugeben. Er sagt, er hat nichts zu verbergen und will es hinter sich bringen.«

Alle Wärme, das Wohlbefinden, das sie in Hudsons Armen gefühlt hatte, war plötzlich verflogen. »Hattest du nicht zwei Anrufe? Worum ging es in dem anderen?«

Hudson schüttelte den Kopf. »Es war Renee. Sie sagte, sie wolle heute Nachmittag zur Polizei gehen und dann zum Strand fahren. Sie hörte sich ... besser ... stärker an, so, als hätte sie eine Entscheidung getroffen.«

»Gut.«

»Ich schätze, wir sollten auch eine Speichelprobe abgeben.«

Becca verzog das Gesicht. »Hm, ja.«

»Aber erst später«, sagte er und zog sie in seine Arme.

»Später«, hauchte sie an seinem Mund, bevor er sie küsste.

Es war fast schon Abend, als sie schließlich in Hudsons Pickup zur Polizeiwache fuhren, wo ein Labortechniker die Speichelproben nahm und beide sorgfältig etikettierte. Becca wusste nicht, was man sich von den DNA-Proben versprach. Es war ausgeschlossen, nach all den Jahren auch nur eine Spur von der DNA des Mörders zu finden, ob das Mädchen nun Jessie war oder jemand anderes, aber wenn McNally darauf bestand, dann sollte es so sein.

Als Becca und Hudson gemeinsam das Gebäude verließen,

trafen sie McNally persönlich an der Eingangstür. Er schaute einer Person nach, die gerade vom Parkplatz fuhr: Renee.

»Hey!«, schrie Hudson und lief seiner Schwester hinterher. Becca wollte ihm folgen, doch McNally fragte leise: »Haben Sie eine Minute Zeit, Mrs Sutcliff?

Nein, dachte Becca, doch sie zögerte und sah, wie Hudson zu seiner Schwester ging. Renees Körpersprache verriet, dass sie in Eile war und nicht warten wollte. Widerwillig wandte Becca sich dem Polizisten zu und folgte ihm zu einer Nische in einem großen Raum, in dem weitere Detectives an Schreibtischen saßen, telefonierten und Berichte tippten.

Bedächtig setzte sie sich auf den Stuhl neben seinem überladenen Schreibtisch und bemerkte ein Bild von einem blonden Jungen von etwa sechs Jahren mit breitem Lächeln und einer Zahnlücke im Milchgebiss – ein Schulfoto. McNally hatte also ein Kind. Das überraschte sie irgendwie.

Der Detective schaute sie lange an, so lange, dass ihr unbehaglich wurde. Sie fragte sich, ob das eine Polizeistrategie war, um Verbrecher einzuschüchtern, damit sie alles gestanden. Sie spürte den Drang, alles herauszusprudeln, dabei hatte er noch nicht eine einzige Frage gestellt.

»War Jessie schwanger, als sie damals verschwand?«, wollte er schließlich wissen.

»Schwanger?« Becca riss erstaunt die Augen auf und vergaß, den Mund zu schließen.

»Bei den Überresten des Mädchens wurde das Skelett eines ungeborenen Kindes gefunden.«

Becca hörte das Blut in ihren Ohren rauschen. Schwanger? Jessie? »Ich … weiß es nicht«, hörte sie sich sagen. War es das, was Jessie ihr hatte sagen wollen? War das das Geheimnis, das sie nicht verraten durfte?

Ihr wurde schummrig, und sie blickte an Mac vorbei auf Hudson, der, als hätte ihre Not ihn herbeigerufen, in der Tür auftauchte. Zielstrebig kam er auf Becca zu, und sie musste krampfhaft schlucken, als sie an das Kind dachte, das nach McNallys Bericht zweifellos Hudsons sein musste.

Was um alles in der Welt ist denn los?, fragte sich Hudson, als er Beccas bleiches Gesicht sah und die Art, wie sie dem Detective die kalte Schulter zeigte, als wollte sie ihn von sich drängen.

»Ich gebe dir Bescheid, wenn ich vom Strand zurück bin«, hatte Renee ihm nachgerufen.

Hudson hatte gezögert. Er hatte sie gebeten, ihren Ausflug zu verschieben. Angesichts der merkwürdigen Karten mit dem Kinderreim, Glenns plötzlichem Tod und ihrer Angst, verfolgt zu werden, wollte er seine Schwester in Reichweite wissen. Doch sie befand sich augenscheinlich ebenfalls auf einer Mission und hörte weder auf ihn noch auf ihr Gefühl, dass irgendetwas oberfaul war.

Noch mehr Menschen verließen das Präsidium, eine ganze Gruppe, und Hudson kam es vor, als würde er gegen den Strom schwimmen, als er sich in Richtung Becca und McNally hindurchdrängte. Doch er fand sie. Becca saß am Schreibtisch des Polizisten im Morddezernat.

»Kann ich Ihnen helfen?« Ein großer afroamerikanischer Polizist, dessen Namensschild ihn als Detective Pelligree auswies, vertrat Hudson den Weg.

»Ich suche McNally. Hab ihn schon gefunden.«

Pelligree blickte ihm nach, als Hudson zu McNallys Schreibtisch ging, wo Becca saß, leichenblass, mit großen Augen. Ach du liebe Zeit, stand etwa wieder einer ihrer Anfälle bevor? »Ist alles in Ordnung?«

»Nein«, sagte sie zu Detective McNally und schüttelte den Kopf. Hudson sah, dass sie die zitternden Hände zu Fäusten geballt hatte.

»Was ist los?« Er sah Mac an, wartete auf eine Erklärung.

»Er hat gefragt, ob Jessie schwanger war«, sagte Becca. »Sie haben ein Baby gefunden ... das Skelett eines ungeborenen Kindes ... im Irrgarten.«

Hudson sah Mac an. »Sie glauben, *Jessie* war schwanger?«

»Das Mädchen im Irrgarten war schwanger.«

»Deswegen nehmen Sie also die DNA-Proben«, sagte er gedehnt und überlegte. »Falls ich der Vater des Kindes bin, dürfte mit ziemlicher Sicherheit feststehen, dass die Mutter Jessie ist.«

McNally nickte.

»Heiliger Strohsack.« Er konnte es nicht glauben. Es musste ein Irrtum sein. »Dann ... dann sind es nicht Jessies sterbliche Überreste.« Doch im gleichen Moment, als er die Worte aussprach, wusste er, dass er sich irren konnte.

»War das das Problem, von dem sie gesprochen hat?«, fragte Becca leise.

»Sie hätte es mir gesagt.«

»Meinen Sie, Mr Walker?«, fragte McNally. Hudson wusste keine Antwort.

Gretchen stapfte wie eine wütende Dschungelkatze auf Mac zu und fing ihn am Eingang zum Präsidium ab, nachdem er Hudson Walker und Rebecca Sutcliff verabschiedet hatte. Die beiden waren ein Paar, kein Zweifel, und beide hatten DNA-Proben abgegeben. Im Grunde war er auf keinerlei Widerstand gegen sein Ansinnen gestoßen, nicht einmal bei diesem geleckten Anwalt Delacroix.

Was höchst interessant war. Doch jetzt hatte er keine Zeit, darüber nachzudenken, denn er musste sich der Raubkatze stellen, die ihm mit gesträubtem Fell, ausgefahrenen Krallen und gebleckten Zähnen entgegentrat. Gretchen konnte einem wirklich ganz schön auf die Nerven gehen.

Sie begleitete ihn von der Tür bis zu seinem Schreibtisch. »Du lässt mich beim Techniker hängen, während du die Verhöre führst?« Ihre blauen Augen blitzten vor Wut.

»Du hättest ja zur Trauerfeier kommen können.«

»Erinnerst du dich an den Drogentypen Johnny Ray, den Methamphetamin-Kocher? Und die Leiche, die in seinem Labor gefunden wurde?«

»Das war kein Mord. Es war eine unbeabsichtigte Explosion. Und Johnny Ray war in schlechtester Form. Ich meine, ich musste nicht dabei sein.«

»Doch, musstest du, statt hinter diesen reichen Jungs herzulaufen, die du unbedingt überführen willst. Die Yuppie-Bande«, höhnte sie. »Du kannst nur hoffen, dass die Presse keinen Wind davon bekommt, sonst nageln sie dich ans Kreuz.«

Was störte es ihn?

»Was den Meth-Knaben angeht, versucht das Sheriffbüro, den Fall zu übernehmen, aber Johnny Ray wohnt im schönen Laurelton.«

Gretchens Hohn bezog sich darauf, dass ihr ortsansässiges Drogenproblem, Johnny Ray, am Stadtrand wohnte, wo Eisenbahngleise unter Unkraut verschwanden, das karge Nährstoffe aus dem felsigen Boden zog. Der ideale Standort also für eine Drogenküche, und Johnny Ray hatte Erfolg damit, bis er angefangen hatte, statt ein paar Gramm für den Eigenbedarf pfundweise Crystal Meth herzustellen. Ins Visier der Polizei geriet er, als Nachbarn auf den Geruch aufmerksam wurden, der von dem Haus ausging. Aufgrund von Johnnys Nachlässigkeit war es nur eine Frage der Zeit, bis jemand unachtsam war und das Haus in die Luft jagte.

Mac hatte schlicht und ergreifend kein Interesse an so einem Fall. Drogenkonsum und -missbrauch spielten zu einem hohen Prozentsatz eine Rolle in den Mordfällen, die er bearbeitete, doch im Hinblick auf Vorgehensweise, Hilfsmittel oder Motive gaben diese keine Rätsel auf. Bei ihnen ging es eher um eine Übung in Fragen des Rechtssystems: Waren die Täter des Mordes oder des Totschlags schuldig oder einfach nur dumm, und die einzige Frage, die nach der Verhaftung noch geklärt werden musste, war die nach der Dauer der Haftstrafe.

»Hast du sie nach den Karten gefragt?«, wollte Gretchen wissen. Sie sah aus dem Fenster auf den Parkplatz des Präsidiums, wo Hudson Walkers alter Pick-up gerade abfuhr.

»Ich habe alle angerufen. Der einzige, der keine Karte bekommen hat, ist Zeke St. John, aber vielleicht ist sie noch unterwegs. Scott Pascal hat seine auch einen Tag später erhalten.«

»Und sie alle haben DNA-Proben abgegeben.«

»Ja.«

»Die Karten hatten alle den gleichen Poststempel. Oder? Sellwood. Vielleicht wurden sie zu verschiedenen Zeiten abgeschickt«, sagte Gretchen. Sie sah an Mac vorbei und wirkte geistesabwesend. Die Karten waren ihr von Herzen gleichgültig, doch Mac war fasziniert von dem Kopf, der sich das ausgedacht hatte.

»Wozu dienen sie?«, fragte er laut und dachte an Mitch Belottis Reaktion. Der Kerl war überzeugt, dass Jessie sie geschickt hätte, und er war ein Nervenbündel. Es war ihm gerade noch gelungen, eine DNA-Probe von ihm zu nehmen, bevor Mitch nach draußen stürzte, um eine Zigarette zu rauchen – wohl eher zwei, direkt nacheinander. Wusste er etwas? Etwas, was er nicht preisgab? Oder ging außerhalb seiner Ermittlungen noch etwas ganz anderes vor?

»Vielleicht hat deine kleine Geist-Freundin St. John einfach vergessen«, bemerkte Gretchen in einem neuerlichen Versuch, einen Streit mit ihm vom Zaun zu brechen.

»Vielleicht«, sagte Mac. Dieses Mal nahm er den Köder nicht.

Sechs Tage später lag Hudson auf dem Rücken im Bett und starrte an die dunkle Schlafzimmerdecke, einen Arm besitzergreifend um Beccas Hüfte gelegt, die sich mit dem Rücken Haut an Haut an ihn schmiegte. Er war fast ununterbrochen mit Becca zusammen. Manchmal hielten sie sich in ihrer Wohnung auf, die meiste Zeit jedoch verbrachten sie auf der Ranch. Am Vorabend hatte sie sogar ihren Hund hergeholt, damit sie nicht immer schon im Morgengrauen aufbrechen musste, um mit ihm Gassi zu gehen. Ringo lag unten in seinem Körbchen und hatte sich nach stundenlangem Jaulen offenbar in sein Schicksal ergeben, nicht bei Becca im Schlafzimmer nächtigen zu dürfen.

All die Gefühle aus der Schulzeit, die Hudson so mühselig verleugnet hatte, waren mit aller Macht wieder über ihn hereingebrochen. Er ertrug es kaum, von Becca getrennt zu sein, und zu seinem Glück empfand sie offenbar genauso.

Sie hatten nicht über Jessie geredet. Auch nicht viel über Glenn und/oder den Brand und seinen Tod. Auch über den Kinderreim hatten sie nicht weiter nachgegrübelt – wie der Dritte vorgeschlagen hatte, sollte McNally doch herausbekommen, wer sie verschickt hatte und warum. Hudson war es herzlich gleichgültig. Er wollte nicht an Jessie oder Glenn oder irgendeinen Aspekt ihrer Gruppendynamik denken – die Geheimnisse, die Untertöne. Wenn Renee nachforschen und eine Story schreiben wollte, bitteschön. Er wollte nur noch Beccas Duft einatmen, ihre seidige Haut spüren, ihr melodisches Lachen hören. Und Liebe machen. Immer und immer wieder.

Jetzt streichelte er ihre zarte Haut. Sie hatten in der Nacht zweimal miteinander geschlafen und es schien nicht auszureichen. In den Jahren seit seiner ersten Beziehung mit Becca hatte er keineswegs zölibatär gelebt, doch er hatte auch nicht aktiv nach Sexabenteuern, Romanzen und weiblicher Gesellschaft gesucht.

Es war, als wäre er in Wartestellung gewesen.

Die Sonne schickte sich an aufzugehen, und zum ersten Mal seit Gott weiß wann mussten ihre Strahlen, wenn auch kühl bläulich im frühen Morgengrauen, an diesem Morgen keinen grauen Regenschleier durchdringen. Hudson sah die dunklen Umrisse der Wolken durchs Fenster, gerade eben sichtbar im ersten Licht, doch zumindest im Augenblick sah es so aus, als würden die Niederschläge aussetzen.

Vorsichtig stieg er aus dem Bett und hielt inne, um die Frau zu betrachten, die in den zerwühlten Laken lag. Ihre Augen waren geschlossen, die Wimpern ruhten auf den Wangen, sie atmete gleichmäßig und entspannt. Er hatte das Gefühl, alles über sie zu wissen, und trotzdem war sie geheimnisvoll und komplex. Es war berauschend und vage gefährlich. Zu viel passierte gerade, es gab zu viele offene Fragen, um eine Beziehung anzufangen. Doch das war ihm gleich.

Und Jessie Brentwood war zum Zeitpunkt ihres Todes, zum Zeitpunkt des Mordes an ihr, vielleicht schwanger.

Du hättest Vater sein können, wenn ihr vor der Madonnenstatue im Irrgarten nicht etwas Schreckliches zugestoßen wäre.

Sein Leben wäre dann ganz anders verlaufen! Er wäre jetzt nicht hier auf der Ranch mit Becca, so viel stand fest. Wahrscheinlich hätte er nie erfahren, wie es war, von ihr gestreichelt oder geküsst zu werden. Er wäre an Jessie gebunden gewesen – an die wilde, geheimnisvolle, gefährliche Jessie.

Aber ein Kind – ein Kind, das jetzt neunzehn Jahre alt sein würde. Schwer zu glauben, wirklich.

Hudson streifte Boxershorts und Jeans über und ging nach unten, wo er auf Ringo stieß, dessen leises Knurren verriet, dass er sich der neuen Umgebung und der Absichten dieses Fremden nicht recht sicher war. Mit einem halben Lächeln brühte Hudson eine Kanne Kaffee auf. Die Sonne stieg höher, ihre Strahlen reichten weiter und vergoldeten die Wirtschaftsgebäude vor dem Küchenfenster. Er wusste, dass Rodriguez jetzt bald eintreffen würde. Grandys Ersatzmann war so zuverlässig wie versprochen, aber Hudson wünschte sich dennoch den langjährigen Vormann seiner Familie zurück.

Es war wirklich noch zu früh, um Anrufe zu tätigen, doch Hudson nahm sein Handy vom Ladegerät und drückte die Kurzwahltaste für die Nummer seiner Schwester. Renee meldete sich nicht, und er beschloss, keine dritte Nachricht zu hinterlassen mit der Bitte, ihn anzurufen. Sie hörte sich schon besser an. Er war überbehütend. Und der Anruf früher in der Woche bei ihrem Ex in spe, Tim Trudeau, war auch keine kluge Entscheidung gewesen.

Tim hatte sich aufgeführt, als könnte ihn nichts weniger interessieren als Renee, und sagte nur: »Wenn du mit ihr sprichst, sag ihr, dass ich das Haus zum Verkauf anbiete. Der Makler kommt heute, dann reden wir über den Preis. Ich brauche nur noch ihre Unterschrift.«

O ja, Kumpel. Ich werd's ausrichten.

Renee und Tim besaßen ein Haus östlich vom Willamette River, in einer Gegend namens Westmoreland. Hudson hatte sich aus den ehelichen Machtkämpfen herausgehalten, die in den letzten paar Jahren zwischen ihnen ausgebrochen waren, aber aufgrund von Renees eigentümlicher Wesensveränderung in der letzten Zeit hatte er das Bedürfnis gehabt, mehr zu erfahren.

Das Handy summte in seiner Hand und zu seiner großen Überraschung sah er Renees Nummer auf dem Display. Er nahm das Gespräch an. »Endlich«, begrüßte er sie und ging hinaus auf die Veranda, um Becca nicht zu wecken. »Wo hast du gesteckt?«

»Ich habe dir doch gesagt, dass ich zum Strand fahre.«

»Aber was zum Teufel treibst du dort? Ich habe dir Nachrichten geschickt.«

»Ich habe mich total in meine Story reingekniet.« Ihre Stimme kam und ging, denn an der Küste herrschte stellenweise schlechter Empfang. Doch Hudson hörte die Aufregung in ihrer Stimme. Oder war es Angst?

»In die Jessie-Story?«

»Glaubst du, dass das endlich das Ende von ...« Ein oder zwei Sätze gingen unter.

»Renee? Hörst du mich?«

»... und die Leute haben an den Felsen Kolonien gegründet, aus denen dann größtenteils Städte wurden. Es ist wie Geschichtsunterricht. Aber ausgesprochen eigenartig. Ich habe Interviews gemacht mit ...«

»Interviews?« Hudson lauschte angestrengt, hörte jedoch nur ein Summen in der Leitung. »Renee? Renee?«

»... du da?«

»Ja, ja, ich bin da.«

»Weißt du noch? Jessie ... es ging um Justice? ... Jetzt weiß ich ...«

»Was weißt du?«

»... Jessie ... Wir reden, wenn ich ... Bin bald wieder zu Hause, okay? Bin schon auf dem Rückweg. Falls du mich noch hörst: Auf Wiederhören! Hab dich lieb!«

»Renee!« Hudson hörte deutlich, wie die Leitung unterbrochen wurde, und stieß einen Laut der Enttäuschung aus. Na ja, immerhin kam sie zurück. Er war entschlossen, ihrer Rastlosigkeit auf den Grund zu gehen, ob es nun die Story war oder eine innere Sorge oder Angst, die sie bisher nicht thematisieren wollte.

Barfuß stieg er die Treppe hinauf, um nach Becca zu sehen. Er spähte in das Zimmer und sah, dass ihre Augen offen waren. Ein weiches, sexy Lächeln huschte um ihre Lippen, und sie streckte die Arme nach ihm aus. Jeder Gedanke an Renee verflüchtigte sich; rasch zog er sich aus und stieg wieder ins Bett.

Renee verstaute das Handy in ihrer Handtasche und fuhr weiter nach Norden. Noch ein paar Meilen weiter war das Ding nutzlos, denn an einigen Küstenabschnitten gab es nur schlechten Empfang, in einem bestimmten Bereich in den Bergen überhaupt keinen. Doch in ein paar Stunden war sie ja zu Hause.

Schön! Sie hatte genug vom Strand. Selbst das schmucke kleine Hotel in Pacific Beach, wo sie ein Zimmer genommen hatte, war ihr zuletzt auf die Nerven gegangen. Sie war nicht in die Hütte zurückgekehrt, wo ihr ein Mann mit toten Augen vor dem Fenster erschienen war, und wo sie ein Fleischermesser ›verlegt‹ hatte. Ausgeschlossen. *So* sicher fühlte sie sich doch nicht. Nein, sie hatte sich daraufhin in einem zehn Meilen entfernten Hotel ein Zimmer genommen, wo sie ihre Story verfassen und ruhig schlafen konnte.

Sie beugte und streckte die Finger am Steuer ihres Camry. Ein bitteres Lächeln verzog ihre Lippen. Sie hatte gewusst, dass etwas faul war. Aber nicht, was genau es war, und was alles damit zusammenhing.

Jetzt aber wusste sie es. Das war die Mordsstory. So viel mehr, als sie sich je hätte träumen lassen. Sie und ihre Freunde hatten nur die Spitze des Eisbergs gesehen, nicht den Berg an Geheimnissen und Betrügereien, der darunter lag. Doch sie war Jessies Spuren gefolgt und war ziemlich sicher, dass sie jetzt wusste, was Jessie erfahren hatte. »Justice«, sagte sie laut, und ein vertrauter Schauer lief ihr über den Rücken.

Das bedeutete auch Gefahr, denn sie hatte genug herausgefunden, um die Puzzleteile zusammensetzen zu können. Sie wusste, um wen es ging, und kannte gewissermaßen auch seine Gründe. Sie war überzeugt, dass dort im Irrgarten Jessies Skelett gefunden worden war, aber sie verstand nicht, was Glenns Tod damit zu tun hatte. Daran arbeitete sie jetzt, musste noch herausfinden, ob er ermordet worden oder nur das unschuldige Opfer eines tragischen Unglücksfalls war.

Und sie brauchte nähere Informationen über Siren Song, wenngleich die schwer zu bekommen waren.

Sekten, dachte sie. Diese hier war geheimnisvoll und sagenumwoben. Genau das, was ihre Leser liebten!

Und Madame Madeline – Mad Maddie – hatte Renee gewarnt, dass auch sie, Renee, in Gefahr schwebte.

Aber diesen Gedanken wies sie weit von sich. Damit wollte sie sich auf dem Rückweg von Deception Bay nicht beschäftigen. Genauso wenig wollte sie an den Fremden mit dem eisigen Blick denken, der sie angestarrt hatte. Es hatte ihr das Blut in den Adern gefrieren lassen.

Aber jetzt ... jetzt war sie im Besitz der Story, oder zumindest eines guten Teils davon.

»Mein Gott«, flüsterte sie. Sie folgte dem Highway 101 in nördlicher Richtung entlang der Pazifikküste. Das Meer war grau und unruhig, der Wasserspiegel weit unterhalb der Felsen zu ihrer Linken teils glitzernd von Sonnenstrahlen, teils von Wolken verdunkelt. Renee war froh, dass die Gegenfahrbahn eine Art Puffer zwischen ihr und dem Abgrund bildete, als sie sich dem Abzweig zum Highway 26 näherte, der nach Laurelton und Portland führte. Sie verspürte ein gesteigertes Sicherheitsbedürfnis. Musste sich vor jeglicher drohenden Gefahr schützen, denn sie hatte das Monster gereizt, und es hatte seinen kalten Blick auf sie gerichtet. Sie fröstelte erneut. Sie musste einfach nur nach Hause. Zurück. Zu Hudson, in die Normalität. Ihr Fuß trat das Gaspedal ein bisschen weiter durch.

Beeil dich, trieb sie sich an. Sie warf einen Blick in den Rückspiegel und sah das Fahrzeug, das sich rasant von hinten näherte. Eine Art Pick-up. Woher kam der so plötzlich? Als die Sonne aufging, war sie weit und breit allein auf der Straße gewesen.

Keine Sorge. Es ist nur irgendein anderer Autofahrer.

Trotzdem trat Renee stärker aufs Gas, nur ein bisschen stärker, obwohl sich die Straße rechts durch steile graubraune Felsen schlängelte, Felsen, die in das sanfte Vorgebirge und die Tannenwälder der Coastal Range übergehen würden, wenn sie in Richtung Osten fuhr. Links, neben der Gegenfahrbahn, befand sich eine niedrige Leitplanke, kein wirklicher Schutz gegen den steilen Absturz zur tosenden Brandung tief unten.

Der Pick-up mit einer Art verstärktem Kühlergrill aus Metall schloss dichter auf, und Renee bekam es mit der Angst zu tun. Vielleicht sollte sie das Tempo drosseln, ihn überholen lassen. Jetzt wünschte sie, sie wäre später am Tag aufgebrochen, wenn etwas mehr Verkehr herrschte.

Vor ihr lagen gefährliche Kurven. Ein Felsvorsprung auf der Pazifikseite erhob sich. Eine letzte Barriere, bevor die Straße zwei nur von Leitplanken begrenzte Haarnadelkurven beschrieb. Keine Nothaltebucht. Kein Seitenstreifen.

Renee trat leicht auf die Bremse, als der Felsvorsprung vorüberflog und sie in die erste Kurve ging. Sonnenstrahlen durchdrangen die dräuenden Wolken wie Botschaften vom Himmel und ließen das Meer glitzern.

Rumms!

Renees Kopf flog in den Nacken, das Steuer entglitt fast ihren Händen. Verzweifelt kämpfte sie um die Kontrolle über ihren Wagen. Der Pick-up hatte sie gerammt.

Und er kam schon wieder! Mit überhöhter Geschwindigkeit!

»Halt!«, schrie sie. »Halt!«

Sie gab Gas.

Ihr Wagen machte einen Satz.

Aber es war zu spät.

Rumms!

Der Pick-up stieß erneut gegen ihren Wagen und beraubte sie der Kontrolle über ihren Toyota. Sie riss das Steuer herum, aber der Wagen hielt auf die Felsen zu. *Rumms!*

Metall kreischte, der Camry drehte sich um die eigene Achse, prallte rechts von den Felsen ab, raste auf die Leitplanke zu. Mit hämmerndem Herzen, in rasender Angst umklammerte Renee das Lenkrad, und ihr Wagen drehte sich, schlitterte mit dem Heck voran auf die Leitplanke zu, die Vorderseite dem Pick-up zugewandt.

Und dann setzte der Pick-up sich wieder in Bewegung, auf sie zu, drängte ihr Fahrzeug an den Abgrund.

»Nein!« *O Gott, nein!*

Sie schrie vor Angst, trat aufs Gas, doch die Reifen drehten durch wie verrückt und griffen nicht, während der Geländewagen sie rückwärts zwang. Immer näher an den Abgrund heran, an dem die Leitplanke nichts weiter war als ein schmaler Stahlstreifen.

»Bitte, lieber Gott, nein. Nicht jetzt!«

Durch die Frontscheibe sah sie das Gesicht des Fahrers. *Er* war es! Der Mann, den sie am Fenster gesehen hatte.

Er! Diese toten, ausdruckslosen Augen!

Der Motor des Pick-ups brüllte auf, er schob sie vorwärts, mit gewaltiger Kraft.

Ihr Toyota war ihm nicht gewachsen und rutschte immer weiter zurück. Die Reifen rauchten, Kies spritzte auf.

Renee riss das Steuer herum und herum.

Zu spät.

Mit dem Geräusch von reißendem Metall durchbrach das Heck des Wagens die Leitplanke und der Camry stürzte ab.

Renee blickte voller Entsetzen nach oben, als ihr Fahrzeug ins Leere fiel. Ihr Schrei hallte von den steilen Felsen wider, während der Camry weit nach unten ins Meer fiel.

17. Kapitel

Sie weiß es!

Als unsere Blicke sich treffen, sehe ich das Erkennen, das Verstehen. Mein Herz hämmert vor Aufregung, meine Finger umklammern das Steuer, ich trete das Gaspedal durch.

Ihr Gesicht ist eine Maske des Schreckens und ich kann fast ihre Schreie hören.

Gott hat sie mir zum Geschenk gemacht. Sie ist nicht Rebecca. Sie ist nicht Jezebel. Sie ist keine von ihnen. Sie ist lediglich eine dumme Frau, die die Mission bedroht.

Ich kann sie nicht riechen, nur den berauschenden Duft der See, die tief unten gegen die Felsen donnert. Und doch muss sie sterben, weil sie es weiß.

Bamm! Der Kühlergrill meines Pick-ups prallt ein letztes Mal mit Macht gegen ihren Wagen, und der Camry schleudert gegen die schwache Leitplanke, um in den Abgrund zu stürzen. Er überschlägt sich und dreht sich und versinkt im Meer.

Zitternd setze ich rasch zurück, lege den Vorwärtsgang ein und ergreife die Flucht. Zu dieser Tageszeit so spät im Winter ist diese Strecke zwar nicht sehr befahren, aber ich muss vorsichtig sein.

Würde mich jemand sehen, wäre meine Mission, mein Lebenswerk, zerstört. Dabei gibt es immer noch so viel zu tun, und in der Luft hängt ein Geruch, der Hauch eines Geruchs, den ich lange, lange Zeit nicht mehr wahrgenommen habe.

Ich lächle vor mich hin und fahre zunächst nach Norden, dann weiter in Richtung Osten. Zu ihr.

Hudson nahm sein Handy vom Küchentisch und ging mit Becca zu seinem Pick-up. Ringo lief an der Leine im Zickzack über den Kiesplatz. Becca stieg ein und hob den Hund auf ihren Schoß, während Hudson in seiner Tasche nach dem Schüssel suchte.

Es war früh am Nachmittag. Sie hatten den Morgen bei ihm zu Hause verbracht, waren spät aufgestanden, hatten Kaffee getrunken, das Vieh versorgt und in Laurelton gemütlich zu Mittag gegessen, um dann zur Farm zurückzukehren. Der Tag war klar, und die Pferde freuten sich an der Bewegung, trabten mit erhobenen Schweifen über die Koppel. Boston, die Appaloosa-Stute, hochträchtig, rieb sich die Flanke an der rauen Rinde einer Eiche, schnaubte zufrieden, sodass die Atemluft in zwei weißen Wolken aus ihren Nüstern strömte, und Becca streichelte ihren Hals und flüsterte mit ihr.

Hudson lächelte vor sich hin. Wer hätte gedacht, dass er hier so viel Befriedigung finden würde, eine Ruhe, die er während seiner Zeit als Immobilienmakler nie erlebt hatte? Er hatte es weit gebracht, war aber immer rastlos gewesen.

Du bist zu jung, um dich zur Ruhe zu setzen, hatte er sich oft genug ermahnt, war dann aber trotzdem hier gelandet, arbeitete auf der Farm, verwaltete seine Besitztümer aus der Ferne und war zufrieden, wenn nicht glücklich mit seinem Leben.

Seit er Becca im Blue Note wiedergesehen hatte, wusste er, dass er nie über sie hinweggekommen war.

Und Jessie hatte sie zusammengebracht, was ihm wegen seiner Liebe fast ein schlechtes Gewissen eintrug.

Er stutzte. – *Liebe? Himmel, bist du verrückt? Liebe? Lächerlich.* Doch ein Blick auf Becca, als sie einstieg, genügte und er brachte diese mahnende Stimme zum Schweigen. Und die Rastlosigkeit, die ihn jahrelang begleitet hatte, fiel von ihm ab. Das Handy klingelte, als sie den Schotterweg entlangrumpelten. Er schaute aufs Display. »Tillamook County?«, las er und drückte die Sprechtaste. »Hallo?«

Becca zuckte die Achseln, als er sagte: »Ja, Tim. Was gibt's?« Im nächsten Augenblick versteinerte seine Miene. »Moment mal … Langsam bitte. Wo? … Ja, ich weiß, dass Renee zum Strand wollte. *Was*?«

Becca wurde kalt ums Herz. »Moment … Welches Krankenhaus?«

Krankenhaus? Beccas Finger krampften sich um den Riemen ihrer Handtasche. Das Blut wollte ihr in den Adern gefrieren. »Hudson?«

Alle Farbe war aus Hudsons Gesicht gewichen. Er hielt auf dem Seitenstreifen der Zufahrt an, das Handy noch in der Hand.

»Hudson?«, wiederholte sie. Ihre Gedanken überschlugen sich.

»Sie lebt?«, fragte er ins Handy.

Beccas Hand fuhr an ihre Kehle.

»Ich bin schon unterwegs.« Er beendete das Gespräch und atmete flach. »Das war Tim. Renee hatte einen Unfall. Das Sheriffbüro hat ihn angerufen. Sie liegt im Ocean Park Hospital.«

»Wie geht es ihr?«

»Ich weiß es nicht. Verdammt!« Er legte den Gang wieder ein.

»Aber sie lebt.«

»Ich glaube.«

Becca zitterte innerlich, fror bis ins Mark. Schon wieder ein ›Unfall‹, so kurz nach Glenns Tod. Wie konnte das sein? »Ich glaube es nicht«, flüsterte sie, doch es war gelogen. Flüchtig dachte sie an Renees Gefühl, verfolgt zu werden – Renee mit ihrem Drang, nach Deception Bay zurückzukehren, ihrer Entschlossenheit herauszufinden, was Jessie zugestoßen war, ihrem Wunsch, Jessies Geschichte zu verfassen.

»Ich bringe dich nach Hause und fahre direkt zum Krankenhaus.«

»Ich komme mit«, sagte sie. Es kam nicht infrage, dass er sie zurückließ.

»Es ist an …«

»… der Küste. Ocean Park. Ich hab's gehört.«

»Und der Hund?«, fragte Hudson.

»Er kommt auch mit. Er fährt gern Auto.« Dem Hund befahl sie: »Platz, Ringo.«

»Willst du wirklich?« Sie hatten das Ende der Zufahrt erreicht und ließen ein Abschleppfahrzeug passieren. »Es sieht nicht gut aus, Becca.«

»Ich möchte bei dir sein.«

»Bis zum Krankenhaus brauchen wir gut zwei Stunden.« Er blickte durch die Frontscheibe über die Wiesen in die Ferne, ohne, wie Becca vermutete, die Grasstoppeln wirklich wahrzunehmen.

»Dann lass uns lieber keine Zeit verlieren.«

»Okay.« Er beschleunigte und fuhr in westlicher Richtung auf den Highway 26, wo die Sonne hinter einer dünnen Wolkenschicht bereits niedrig über der Bergkette stand, die das Willamette-Tal vom Pazifik trennte.

Becca schickte ein Stoßgebet zum verhangenen Himmel. Renee durfte nicht sterben. Sie durfte einfach nicht. Sie hatten schon zu viele verloren.

Doch dann blickte sie starr geradeaus und dachte an Jessie und ihre Warnung …

Was wollte sie ihr sagen? Zwei Silben? Vielleicht ein einzelnes Wort?

Hudsons Pick-up donnerte hinauf ins Vorgebirge und die hohen Tannen und Eichen verdeckten die Sonne. Becca lief ein kalter Schauer über den Rücken.

Das Ocean Park Hospital war bekannt für die vom Wind gebogenen Kiefern, die den asphaltierten Zugang flankierten. Die

Kiefern, deren Stämme und Äste über Jahre hinweg heftigen Windböen ausgesetzt waren, bebten und neigten sich, als Hudsons Pick-up zwischen ihnen hindurch auf den eher zweckdienlichen als schönen niedrigen Betonbau des Krankenhauses zuraste.

Hudson hatte im Sheriffbüro angerufen und nichts erreicht. Er hatte Tim zurückgerufen und ihn völlig niedergeschlagen angetroffen. Renees Exmann in spe, ebenfalls auf dem Weg zum Krankenhaus, hatte sich dumpf und verwirrt angehört, als hätte er keine Ahnung, welche Rolle er in diesen Ereignissen spielte.

Becca ihrerseits fühlte sich innerlich ruhig. Es war allerdings eine erzwungene Ruhe. Eine Art, sich vor dem, was kommen mochte, zu schützen. Fragen zu Renees Unfall lagen ihr auf der Zunge, doch weder sie noch Hudson wussten bei ihrer Ankunft mehr als bei der Abfahrt.

Ringo bellte, als sie ihn im Wagen zurückließen. »Du kommst zurecht«, sagte Becca automatisch zu dem Hund, obwohl sie mit ihren Gedanken woanders war und nicht wusste, ob irgendwer von ihnen jemals wieder ›zurecht kommen‹ würde. Nicht mal der Hund.

Hudson, mit ruhiger, aber besorgter Miene, ergriff Beccas Hand, und durch die automatischen Schwebetüren der Notaufnahme traten sie gemeinsam ein.

»Renee Trudeau?«, fragte Hudson eine Angestellte hinter dem Empfangsschalter. »Ich wurde informiert, dass sie heute hier eingeliefert worden ist. Sie ist Unfallopfer. Ich bin ihr Bruder, Hudson Walker.«

»Würden Sie bitte einen Augenblick warten?«, sagte die Frau und wies auf den anschließenden Warteraum mit seinem künstlichen Ficus und einer Reihe von abgenutzten Stühlen. Zerfledderte Zeitschriften bedeckten einen alten Kaffeetisch, und ein älterer Mann saß da, die Ellbogen auf die Knie gestützt, die knotigen Hände unter dem unrasierten Kinn. »Ich gebe dem Arzt Bescheid, dass Sie hier sind.«

»Ich möchte meine Schwester sehen.« Hudson sah an der Angestellten vorbei auf die Reihe von Türen hinter ihrem Rücken.

»Ich sag's ihm.« Die Frau, trotz ihrer Zahnspange an die Fünfzig, lächelte nachsichtig, doch etwas in ihrem Blick warnte, dass nicht alles so rosig war, wie ihr Lächeln vermuten ließ.

Becca ließ sich auf der Stuhlkante nieder, doch Hudson stapfte auf und ab wie ein Löwe im Käfig, sah aus dem Fenster, dann auf die Zimmer hinter der gläsernen Trennwand und dem Empfangspult, dann wieder auf Becca.

Es kam kein Arzt, sondern ein Mann in einer forschen braunen Uniform mit Abzeichen auf der Brust und den Oberarmen. Deputy Warren Burghsmith vom Sheriffbüro Tillamook County stellte sich Hudson vor.

Becca wappnete sich. Gute Nachrichten waren wohl nicht zu erwarten.

»Sie sind Renee Trudeaus Bruder?«, fragte der Mann.

»Ja. Wie geht es meiner Schwester?«

»Ihr Leben hängt am seidenen Faden. Ein Wunder, dass sie nicht bei dem Aufprall gestorben ist.« Er erklärte, dass Renees Fahrzeug durch die Leitplanke gebrochen und ins Meer gestürzt war. Jemand hatte den Unfall gemeldet und die Küstenwache hatte Hudsons Schwester aus dem Wrack befreit. Der Deputy agierte ruhig, finster und vorsichtig. Er stellte Hudson ein paar Fragen, hauptsächlich nach Renees Fahrtziel und ihren Aktivitäten. Man musste kein Genie sein, um zu merken, dass irgendetwas an dem Unfall die Polizei auf den Plan gerufen hatte, auch wenn nicht klar war, was es war, bis der Deputy einräumte, dass Renees Toyota offenbar vom Felsen geschoben – *gestoßen* – worden war.

»Mit Absicht?«, wollte Hudson wissen.

»Wir wissen es nicht.«

»Wann darf ich sie sehen?«

»Das entscheidet Dr. Millay, aber ich sehe mal, was ich tun kann.« Der Deputy zog sich durch eine Doppeltür mit der Aufschrift ›Kein Zutritt‹ zurück.

Minuten später erschien durch dieselbe Tür ein Arzt in blassgrüner OP-Kleidung, und während der ältere Mann erwartungsvoll den Kopf hob, strebte der Arzt, der seine Handschuhe ausgezogen hatte, direkt auf Hudson und Becca zu. »Ich bin Dr. Millay«, stellte er sich vor. Er war groß, in den Sechzigern, mit dem Körperbau eines Sprinters. »Sie sind Renee Trudeaus Bruder?«

»Ja. Hudson Walker. Wie geht es ihr?«, fragte er, doch die ernste Miene des Arztes sagte bereits alles.

»Es tut mir leid. Wir haben getan, was wir konnten.« Beccas Knie wären beinahe eingeknickt. Wie bitte? Was sagte er da? Alles Blut wich aus Hudsons Gesicht, als der Arzt fortfuhr: »Ihre Schwester war sehr schwer verletzt. Schlüsselbeinbrüche, Rippenbrüche, ein zertrümmertes Becken, Lungenperforation ...« Mit medizinischen Fachausdrücken schilderte er einen vom Aufprall zerschmetterten Körper, aber nur ein paar Worte blieben in Beccas Bewusstsein haften. »... schweres Trauma von Brust und Unterleib ... Herz- und Leberverletzungen, die inneren Blutungen ließen sich nicht stoppen ... die ganze Zeit ohne Bewusstsein ... wenig oder gar keine Schmerzen ... reagiert nicht ...« Dann schloss er mit den Worten: »Mrs Trudeau ist auf dem OP-Tisch gestorben. Zeitpunkt des Todes ist 9:23 Uhr heute Vormittag.«

Hudson starrte ihn immer noch an. »Zeitpunkt des Todes?«

Becca drückte ganz fest seine Hand. Das Blut rauschte ihr so laut in den Ohren, dass sie kaum etwas anderes hörte.

Hudson schien in einer anderen Welt zu sein. Er ließ sich widerstandslos von Becca zu einem Stuhl führen, setzte sich auf die vorderste Kante und suchte in Dr. Millays zerfurchtem Gesicht nach Antworten. Der Chirurg, der die Nachricht ruhig und emotionslos überbracht hatte, legte Hudson die Hand auf die Schulter und sagte verhalten freundlich: »Sie können Sie sehen, sobald Sie dazu in der Lage sind.«

Wie ein Roboter stand Hudson auf. Becca erhob sich ebenfalls, doch er wandte sich ihr zu und sagte: »Ich will sie allein sehen.«

»Bist du sicher?«

Er nickte ruckend und entfernte sich mit dem Arzt. Becca blickte ihnen nach mit dem Gefühl, in einen Strudel geraten zu sein, der sie in die Tiefe zog. Seit dem Skelettfund in St. Elizabeth folgten Tod und Tragödie ihnen auf dem Fuß. Wie konnte das geschehen? Renee war so vital gewesen. Wie eine Naturgewalt. Und jetzt ... jetzt war sie *tot*?

Vor ihrem inneren Auge sah Becca wieder Jessie hoch oben auf einem Felsen überm Meer stehen, dem Meer, in das Renees Auto gestürzt war.

Das Meer ...

Mit schwimmenden Augen sah sie Deputy Burghsmith vor den Türen des verbotenen Trakts warten. Ihr wurde bewusst, dass Renees Leiche bald schon in die Leichenhalle überführt werden würde.

Ihr entfuhr ein merkwürdiger Laut. Ein Aufschrei der Wut und der Fassungslosigkeit. Der Deputy kam auf sie zu. »Ist alles in Ordnung?«

»Das Auto ist von einem Felsen gestürzt«, sagte Becca, als wollte sie es ihrem Gedächtnis fest einprägen. »Renees Auto.«

Der Deputy furchte die Stirn. »Ja.«

»Auf dem Highway 101, und das Auto ist ins Meer gestürzt?«

»Ja, Ma'am. Ihre Freundin wurde mit dem Rettungshubschrauber ins Krankenhaus gebracht.«

»Sie hat die Kontrolle über ihren Wagen verloren, weil ... jemand sie absichtlich von der Straße gedrängt hat?«

»Die näheren Umstände kennen wir nicht. Das Unfallgeschehen wird noch rekonstruiert.« Er sah auf seine Uhr. »Tja, inzwischen dürften sie wohl fertig sein.«

»Aber Sie glauben, dass jemand sie in den Abgrund gestoßen hat«, sagte sie und wusste selbst nicht recht, ob sie mit sich selbst oder mit dem Deputy sprach. Sie war in ihre eigenen Erinnerungen an einen anderen Unfall versunken, in dem sie von einem Fahrerflüchtigen von der Straße gedrängt wurde und ihr Fahrzeug in einen tiefen Graben stürzte, gegen mächtige Felsbrocken, die die eine Seite und die Kühlerhaube eindrückten, als wären sie aus Pappe. Stundenlang hockte sie eingeklemmt in dem Wrack. Musste mit der Rettungsschere befreit werden, wenngleich sie keinerlei Erinnerung daran hatte. Sie erinnerte sich lediglich an die grauenhafte Erkenntnis, dass ihr Baby fort war. Sie war leer. Und hinterher hatte sie sich wochenlang in den Schlaf geweint und Medikamente gegen die Depression und den Schmerz genommen.

Und jetzt hatte jemand Renee von der Straße gedrängt und sie war ums Leben gekommen. Sie lebte nicht mehr. Becca konnte es nicht begreifen. Hudsons Schwester, seine einzige Verwandte. Die lebhafte dunkelhaarige Journalistin mit dem Gefühl, verfolgt zu werden, war tot.

Trotz seiner Worte versuchte sie Hudson zu folgen, doch mit blassem Gesicht trat er bereits wieder aus der Tür. Sie wollte ihn in die Arme nehmen und an sich drücken, doch er wirkte irgendwie abwesend, war offensichtlich nicht in der Lage das zu verarbeiten, was in so kurzer Zeit geschehen war.

»Ich habe Zeke angerufen«, sagte er mit fremder Stimme. »Er war der einzige, der mir eingefallen ist.«

»Es tut mir so leid.« Beccas Augen brannten.

»Ich kann nicht fassen, dass sie tot ist, Becca. Ich habe sie gesehen. Ich habe … ihre Leiche gesehen. Aber ich glaube es trotzdem nicht.«

Sie schlang die Arme um ihn und er lehnte seine Stirn gegen ihre. Sie spürte, wie er erschauderte, und schloss die Augen gegen ihre Tränen des Mitleids. Sie wollte stark für ihn sein. Sie wollte ihm helfen.

»Ich fahre zum Unfallort«, sagte er leise und löste sich von ihr. »Ich will sehen, wo es passiert ist.«

»Bist du sicher?«

»Ja.«

Becca folgte ihm hinaus zu seinem Pick-up. »Kannst du fahren?«

Er nickte, stieg in die Fahrerkabine, fuhr zurück auf den Highway 101 und dann in südliche Richtung, vorbei am Abzweig zum Highway 26, der landeinwärts führte. Es war eine Stelle, die sie auf dem Weg zum Ocean Park Hospital nicht passiert hatten, doch sie lag eindeutig auf dem Weg nach Deception Bay, der Kleinstadt, in deren Nähe Renee untergekommen war.

Die Fahrt war surreal. Becca und Hudson sprachen nicht viel. Der Tag war überraschend schön geworden, weil die Sonne die Wolken besiegte und nicht umgekehrt, doch jetzt wurden die abendlichen Schatten länger und die Sonne schickte sich an, im Meer zu versinken.

Und dann waren sie an Ort und Stelle. Ein Stück der Leitplanke war verbogen, das Metallteil hing über dem Abgrund. Eine klaffende Lücke. Der Schotter war mit verschiedenen Farbsprays besprüht, ein Hinweis auf die Arbeit der Leute, die den Unfall rekonstruiert hatten.

Hudson hielt an, und er und Becca saßen da und starrten auf die Lücke in der rostigen Metallplanke hoch über dem Meer. Dann stiegen sie aus, und Hudson trat bis an den Absturz vor, doch Becca blieb zurück, weil ihr flau im Magen und merkwürdig zumute war. Sie blieb beim Pick-up stehen, eine Hand auf dem vorderen Kotflügel, während Hudson in den Abgrund blickte. Der heftige Wind zerrte an seinem Haar und presste ihm die Hemdsärmel an die Haut.

Becca konnte sich nicht von der Stelle rühren. Logischerweise hätte sie nur einen Fuß vor anderen setzen müssen, doch eine unsichtbare Schranke hielt sie zurück. Eine bedrückende unsichtbare Mauer. Und dann hörte sie das dumpfe Dröhnen, das eine Vision ankündigte, spürte die plötzliche Blindheit, den stärker werdenden Kopfschmerz. »Nein«, flehte sie, aber es konnte auch sein, dass sie sich das nur einbildete.

Ringo jaulte im Auto. Becca stützte sich immer noch mit einer Hand auf dem Kotflügel ab, und auf diese konzentrierte sie sich mit aller Kraft, um an dem Fahrzeug Halt zu finden, bevor die Vision sie vollends vereinnahmte.

Sie erwartete, Jessie zu sehen, stattdessen befand sie sich jedoch selbst in einem Fahrzeug, drehte das Lenkrad, schrie, versuchte verzweifelt, den Wagen unter Kontrolle zu bekommen. Bäume und Gestrüpp rasten vorüber, als ihr Wagen von der Straße abkam und die Böschung hinunterstürzte. Ihr Wagen. Es war ihr Wagen! Ihr Unfall! Instinktiv hielt Becca sich den Leib, schützte ihr Baby. Sie hörte das Motordröhnen des Fahrzeugs hinter ihr, das sie in den Abgrund gedrängt hatte. In Panik sah sie sich um. Er fuhr davon, entfernte sich rasend wie ein Verrückter von der Unfallstelle.

Und dann Dunkelheit. Nichts als Dunkelheit.

Hudson betrachtete den Unfallort. Er war krank vor Schmerz und erschöpft bis in die Knochen, aber er konnte diesen schrecklichen Alptraum nicht Wirklichkeit werden lassen.

»Wer hat das getan?«, flüsterte er. Er glaubte nicht an einen Unfall. Jemand hatte Renee mit Absicht von der Straße gedrängt. Und die bunte Farbe auf der Asphaltstraße und der

Schotterböschung verriet ihm, dass man im Sheriffbüro der gleichen Meinung war.

Warum?

Er löste den Blick von den steilen Felsen über der weißgischtigen Brandung tief unten. Er suchte den Boden ab, entdeckte die Reifenspuren. Er konnte erkennen, wo sie auf die Bremse getreten hatte, aber nicht mehr stoppen konnte. Die Spuren wiesen kein Profil auf, da die Reifen blockiert hatten und der Wagen geradewegs auf die Leitplanke zuraste und den Felsen hinabstürzte.

Nein, gestürzt wurde! Mit Absicht in den Abgrund und in den Tod gedrängt wurde.

»Verfluchter Mistkerl.« Er fror. Der Deputy hatte auf den Unfall angespielt, aber Informationen zurückgehalten; Hudson hatte es schon im Krankenhaus geahnt, war aber zu sehr in seinem Schmerz gefangen, um die Zeichen zu deuten. Jemand hatte Renee absichtlich von der Straße gedrängt.

Das Herz wurde ihm schwer. Er war nicht fähig zu weinen und wusste nicht, warum. Er wollte, er könnte es. Wollte, dass es eine Möglichkeit gäbe, den Kummer zu lindern, der ihm die Luft zum Atmen nahm.

Becca stieß einen erstickten Schrei aus und Hudson drehte sich zu ihr um. Er sah noch, dass sie sich an seinem Pick-up festhielt, bevor sie zu Boden glitt. Er stürzte mit vier großen Sätzen zu ihr hinüber und fing sie gerade noch auf.

»Becca!« Er hörte das Zittern in seiner Stimme. Das Beben echter Angst.

Sie atmete. Ihre Augen bewegten sich. Und er war froh, dass es eine von ihren ›Visionen‹ war und keine tödliche Katastrophe. Davon hatte es schon zu viele gegeben.

Er hielt ihren Kopf und wiegte sie, während seine Augen brannten. Das Donnern der Brandung und den Wind, der in seinem Haar wühlte, nahm er nicht wahr. Fahrzeuge fuhren vorüber; die Fahrer bremsten ab und gaben dann wieder Gas auf dieser kurvenreichen Wegstraße, doch Hudson hielt Becca fest und konnte vor Angst und Wut nicht klar denken. Etwas geschah mit ihrer Clique. Etwas hatte es auf sie abgesehen. Hatte Renee das nicht auch gesagt? Oder beinahe? Was *war* das?

Mehrere Minuten verstrichen. Er hielt Becca in den Armen; ihr Körper zuckte, als wehrte sie sich gegen einen Angriff. Als sie langsam die Augen aufschlug, sah sie ihn einen Moment lang bestürzt an.

»Herrgott, Becca, du hast mir einen Heidenschrecken eingejagt«, sagte er. Sie blinzelte ein paarmal, dann atmete sie tief ein. »Renee«, sagte sie leise.

»Du hattest wieder eine Vision.« Es war keine Frage.

»Ja.« Langsam richtete sie sich zum Sitzen auf. Sie war erschöpft. »Was hast du gesehen?«, fragte er gepresst. »Ging es um Renee?« Sie sah in seine gepeinigten blauen Augen. In gewissem Maße glaubte er an ihre Visionen, doch im Angesicht eines solchen Verlusts war das ein schwacher Trost. »Ich habe einen Unfall gesehen«, sagte sie bedächtig. »Ein Auto wurde von einem anderen Fahrer von der Straße gedrängt. Aber es war nicht Renee.«

Er sah sie verständnislos an. »Was soll das heißen?«

»Ich glaube, das war … ich. Mein Unfall. Aus der Vergangenheit.«

»Hatte Jessie damit zu tun?«

»Nein …«

»Dann war es eher eine Art Erinnerung?« Er drückte sie an sich, und sie spürte seinen Herzschlag, während er versuchte zu begreifen. »Jemand hat Renee mit voller Absicht umgebracht«, sagte er gepresst. »Warum, das weiß ich noch nicht. Oder wer. Aber ich werde es erfahren!«

Zeke griff nach der großen Wasserflasche, die er auf den Küchentisch gestellt hatte, und trank ein paar gierige Schlucke. Er würde die ganze Flasche austrinken, um zu verhindern, dass er sich eine Flasche Bourbon holte, wonach es ihn eigentlich gelüstete. Aber jetzt war nicht der richtige Zeitpunkt, um sich sinnlos zu besaufen.

Renee war tot. Und Jessie hatte sie umgebracht. Dessen war er sicher. Evangeline stand im Bogendurchgang zwischen Küche und Flur, zusammengesunken, die Arme um den Oberkörper geschlungen, aschfahl im Gesicht, am ganzen Körper zitternd. »Das ist ein Witz. Ein grausamer Witz. Hudson will etwas aus dir herausquetschen, ein Geständnis.«

»Sei still, Vangie!« Zeke griff nach der Wasserflasche, drehte den Verschluss ab und schleuderte sie gegen die Wand. Die Plastikflasche fiel herab und Wasser ergoss sich gurgelnd auf den Boden. »Hör auf damit!«

»Renee ist nicht tot. Es ist nicht wahr.«

»Es ist wahr! Hudson treibt keine derart perversen Spielchen. Es geht um seine Schwester. Seine Zwillingsschwester. Was ist nur los mit dir?«

»Es ist einfach nicht wahr. Sei nicht so gemein. Du bist so verletzend.« Sie sank noch mehr in sich zusammen, ihre großen Augen flehten ihn an, sie in den Arm zu nehmen, sie zu lieben, ihr zu helfen.

Zeke erhob sich ruckartig, schnappte sich die Wasserflasche und warf sie in die Spüle. Dann lehnte er sich gegen das Becken aus rostfreiem Nirostastahl und starrte auf die Strudel, die um den Abfluss kreisten.

»Kommt Tamara her?«, fragte Evangeline.

»Ich glaube, sie will den Dritten besuchen. Ich weiß nicht, sie hat geweint.«

»Jetzt werden sie glauben, dass es wahr ist«, schniefte Vangie.

»*Es ist wahr!*« Zeke stapfte aus der Küche und zur Haustür hinaus und sah sich wild nach seinem Wagen um. Er hatte ihn doch am Straßenrand abgestellt, oder? Wo war er?

Evangeline umklammerte plötzlich seinen Arm. »Wohin willst du? Wohin willst du?«

»Weg von dir! Sie ist tot, Vangie. *Tot*. Renee ist tot. Glenn ist tot. Jessie ist tot. Sie alle sind nicht mehr!«

»Nein …«

Er schüttelte sie heftig ab und rannte die Stufen hinunter. Der Wagen war nirgends zu sehen, also rannte er los und rannte weiter, bis kein Fünkchen Energie mehr in seinem Körper war. Er warf sich auf die grasbewachsene Böschung am Rand des Spielplatzes einer nahe gelegenen Schule.

»Jessie«, flüsterte er gepresst, dann brach er zusammen und schluchzte.

»Was hat Renee gesagt, als ihr Frauen euch getroffen habt?«, wollte Hudson von Becca wissen. Sie lag auf dem Bett, einen kühlenden Waschlappen auf die Stirn gepresst.

In der Nähe vom Büro des Bezirks-Sheriffs hatten sie ein Zimmer in einem Motel genommen, schlicht und verwittert, aber es ließ Haustiere zu und war umringt von einer kleinen Einkaufsmeile und ein paar Imbisslokalen. Beide hatten keine Lust, nach Hause zu fahren, und Hudson musste ohnehin Entscheidungen über Renees Begräbnis treffen.

Also hatten sie sich in dieses muffig riechende Zimmer zurückgezogen, und Hudson bestand darauf, dass Becca sich aufs Bett legte, während er sie versorgte. Er hatte ihr ein paar Aspirin und ein Glas Wasser gereicht. Ringo tappte auf der Bettdecke umher und sah Hudson immer mal wieder böse an, als wäre Beccas Zustand seine Schuld.

Becca hatte die Tabletten geschluckt und behauptet, ihr ginge es gut, obwohl die Kopfschmerzen einfach nicht nachlassen wollten. Währenddessen ging Hudson immer wieder alles durch, was das Geschehene vielleicht erklärte, eine Litanei, die von Becca keinen Einsatz forderte. Sie verstand, dass er auf diese Weise den Tod seiner Schwester begreifen wollte, und sie lag still da und streichelte ihren Hund, während er im Zimmer auf und ab ging, getrieben von rastloser Energie, nicht fähig aufzuhören.

»Was hat Renee gesagt, als ihr euch getroffen habt?«, fragte Hudson noch einmal.

»Sie glaubte, etwas habe es auf sie abgesehen. Auf uns. Sie hat über Jessie recherchiert und dieses Etwas aufgestört.«

»Etwas.«

»Sie konnte ihre Gefühle nicht erklären. Tamara war der Meinung, sie würde die Tarotkarten zu ernst nehmen, aber es war mehr. Sie war trotzdem entschlossen, ihre Story zu bekommen, als würden wir alle dadurch gerettet, irgendwie. Das hat sie aber nicht ausgesprochen. Es hörte sich nur so an.«

Wie unter Schmerzen kniff er die Augen zusammen. »Etwas, was sie umgebracht hat.«

»Warum sollte jemand Renee umbringen?«

»Ihre Story über Jessie. Gott, ich weiß es nicht.« Ratlos schüttelte er den Kopf. Becca seufzte. Sie war genauso ratlos. »Du hast gesagt, Renee hätte dich angerufen. Was hat sie gesagt?«

»Ich konnte sie kaum verstehen. Die Verbindung war schlecht.«

»Hast du gar nichts verstanden?«

»Sie war aufgeregt wegen der Story. Über Jessie. Irgendwas über einen Justice und Geschichtliches … über Leute, die auf den Felsen leben. Kolonien, die sich auf den Felsen gebildet haben«, korrigierte er sich. Becca schüttelte ratlos den Kopf.

»Deine Visionen«, sagte er. »Du sagtest doch, du hättest seit der Entdeckung von Jessies Überresten eine Reihe von Visionen gehabt.« Sie blickte in sein angespanntes Gesicht. Er griff nach jedem Strohhalm. In seinen Augenwinkeln breiteten sich fächerförmig Fältchen der Erschöpfung aus. Sie vermutete, dass sie nicht anders aussah.

»Wie gesagt, die erste Vision hatte ich in diesem Einkaufszentrum. Jessie stand auf einem Felsen über dem Meer. Sie legte einen Finger auf die Lippen und sagte etwas zu mir. Ich konnte sie nicht verstehen. Und dann habe ich sie vorm Fenster des Dandelion Diner gesehen.«

»Bei unserem Treffen mit McNally und seiner Partnerin?«

Sie nickte. »Deswegen habe ich die Toilette aufgesucht. Ich hatte Angst vor einer Ohnmacht. Und dann habe ich die an Glenn adressierte Karte mit dem Kinderreim gesehen, und schließlich die letzte Vision, in der mein Auto von der Straße gedrängt wurde.«

»Glaubst du, die Erinnerung kam wegen Renees Unfall?«

»Mag sein.« Aber alles war ihr real vorgekommen. Es war eine Vision, keine Erinnerung.

Hudson kam zurück zum Bett, schob den widerstrebenden Ringo zur Seite und legte sich neben Becca. »Ich begreife das alles nicht.«

»Ich auch nicht.«

Er legte einen Arm um sie und zog sie an sich. Die Zeit verging, während sie sich ihren Gedanken überließen. Irgendwann hörte Becca, dass Hudsons Atem regelmäßiger ging, doch ihr eigenes Denken hastete durch ein Labyrinth, suchte nach Antworten, die greifbar nah zu sein schienen, aber immer knapp außer Reichweite blieben.

Gretchen wartete schon auf Mac, als er quer durch den Raum seinem Schreibtisch zustrebte, und sie vergeudete keine Zeit mit Begrüßungen oder auch nur der Frage, wo er den ganzen Nachmittag über gesteckt habe. »Die Berichte liegen auf deinem Tisch. Es war Brandstiftung, eine Gasleitung wurde absichtlich beschädigt. Die DNA-Ergebnisse von den Yuppies liegen vor. Und wir haben die Simulation unseres Phantombildzeichners von ihrem Aussehen.«

»Großer Gott.« Mac griff nach den Akten und blätterte sie durch. »Aller guten Dinge sind tatsächlich drei.«

»Hier geht's um schlechte Dinge.«

»Hmm. Sieh nach, ob Hudson Walkers DNA mit der des Kindes übereinstimmt.«

»Hab schon Anweisungen gegeben. Wir dürften bald einen Anruf kriegen.«

»Und die anderen Yuppies?«, hakte Mac nach.

»Sie werden alle überprüft«, erwiderte Gretchen gereizt. »Was hältst du davon?« Sie nahm das Phantombild des Opfers vom Stapel und hielt es Mac vor die Nase. Er betrachtete es eingehend. »Ist das deine kleine Freundin?«

»Ich kenne Jessie nur von Fotos.«

»Ich auch. Und?«

»Ich finde, eine Ähnlichkeit ist vorhanden«, sagte er gedehnt, obwohl sein Herz einen regelrechten Trommelwirbel schlug, als er in diese wissenden, erotisierenden Augen sah, den perfekten Mund betrachtete und sich vorstellte, wie er sich zu einem frechen, abgeklärten Lächeln verzog. *Woraus sind kleine Jungen gemacht?* Beinah hörte er, wie der Vers von diesen sinnlichen Lippen schlüpfte.

»Gib dich jetzt bloß nicht so zurückhaltend«, warnte Gretchen und schnaubte abfällig. »Du hast es immer steif und fest behauptet und jetzt hast du mich überzeugt. Das Bild gleicht Jezebel Brentwood aufs Haar. Wir haben es mit den Überresten von Jessie und ihrem Ungeborenen zu tun. Und die DNA-Proben werden den endgültigen Beweis liefern.«

Das Telefon auf seinem Schreibtisch klingelte und Mac nahm rasch den Hörer ab. »McNally.«

Gretchen zog erwartungsvoll die Brauen hoch und Mac nickte zur Bestätigung. Es war das Labor. »Danke«, sagte Mac nachdenklich und legte nach kurzer Verzögerung auf.

»Nun?«, drängte Gretchen.

»Es ist wirklich Jessie. Und die DNA des Ungeborenen stimmt mit der des Vaters überein.«

»Walker?«

»Zeke St. John.«

Gretchen verzog ungläubig das Gesicht. »Walkers Busenfreund?«

»Mac!«, rief Pelligree quer durch den Raum. »Das Sheriffbüro von Tillamook County meldet eben einen tödlichen Unfall auf dem Highway 101. Das Opfer heißt Renee Trudeau.«

»*Was*?« Mac sprang auf.

»Grundgütiger«, flüsterte Gretchen.

Pelligree blieb sachlich. »Ihr Bruder hat die Leiche identifiziert.«

»Bin schon auf dem Weg«, sagte Mac, schnappte sich seine Jacke und hastete zum Ausgang.

Ausnahmsweise blieb Gretchen freiwillig zurück und ließ sich langsam auf einen Stuhl sinken. Nach Macs überstürztem Abgang sahen sie und Pelligree sich an.

»Er hatte recht«, sagte sie mit bewunderndem Unterton. »Dieser Fall hat's schlimmer in sich, als wir je vermutet hätten.«

18. Kapitel

Leise Musik ... ein vage bekannter Choral schwebte durch das Beerdigungsinstitut. Becca starrte mit leerem Blick auf den geschlossenen Sarg – ein Hinweis darauf, wie übel Renees Körper bei dem ›Unfall‹ zugerichtet worden war. Blumensträuße umgaben den Sarg aus poliertem Holz, Kerzen brannten hell, doch der wolkenverhangene graue Tag kroch durch die Fenster und brachte den Trübsinn des Winters mit herein. Der hoch aufgeschossene, nicht konfessionsgebundene Prediger mit schlecht überkämmter Glatze und rahmenloser Brille stand auf der Empore. Die Musik verklang. Er betete mit den Trauergästen, aber Becca konnte sich kaum konzentrieren.

Becca saß neben einem düster blickenden Hudson, ein paar Stühle entfernt von dem schluchzenden Tim Trudeau, und versuchte, ihre eigenen wirren Gedanken in Schach zu halten. Der kleine Raum des Instituts konnte die große Zahl der Trauernden nicht fassen, deshalb standen die Hintertüren zu einem überdachten Bereich offen, der mit Pavillons und Heizgeräten zusätzlichen Platz bot. Entweder hatte Renee in knapp vierzig Jahren unglaublich viele Freunde gefunden oder ein Großteil der anwesenden Beileidsbezeugenden war einfach aus Neugier gekommen.

Renee Trudeaus Tod war Thema in allen Regionalzeitungen und darüber hinaus, ja sogar in den Nachrichten gewesen. Ihre Verbindung zu St. Elizabeth, einer Schule, die schon früher wegen Skandal und Mord und dann wegen der Entdeckung eines

Skeletts, vermutlich dem von Jezebel Brentwood, ins Zentrum des Interesses gerückt war, hatten ihr zu zweifelhaftem Ruhm verholfen. Die Polizei musste noch eine offizielle Stellungnahme abgeben, doch Becca war sicher, dass die nicht mehr lange auf sich warten ließ. Sie hatte den Übertragungswagen auf dem Parkplatz gesehen und war Zeugin geworden, wie Detective McNally eintraf und in einer der hinteren Reihen in Türnähe Platz nahm.

»... tragischer Verlust ... Vertrauen in die Wege des Herrn ... als Gattin, Freundin, Schwester für immer in unserer Erinnerung ...«

Becca hatte die Finger mit Hudsons verschränkt, doch er blickte starr geradeaus, war meilenweit fort, sah den Prediger an, doch sein Blick war nach innen gerichtet. In Gedanken war er bei seiner Zwillingsschwester.

Würde Renee noch leben, wenn Jessies Verschwinden sie nicht so interessiert hätte? Ob ihr Wagen nun absichtlich von der Straße gedrängt worden war oder von einem Fahrerflüchtigen gestreift – was immer unwahrscheinlicher wurde –, auf jeden Fall konnte zwischen dem Tod von Hudsons Schwester und ihrer Suche nach der Wahrheit über Jessie ein direkter Zusammenhang vermutet werden.

Becca dachte an ihre Visionen und spürte Hudsons festen Händedruck. Mit den Tränen kämpfend senkte sie den Kopf, als die Aufforderung zum gemeinsamen Gebet kam, und hörte Tim, Renees Exmann in spe, schniefen und schnauben, als hätte er die Liebe seines Lebens verloren.

Die gesamte St.-Elizabeth-Clique nahm an der Trauerfeier teil. Alle waren kummervoll und gramerfüllt, keiner sprach aus, was alle dachten: *Wer ist der nächste?* Becca hatte flüchtig den Dritten bemerkt, der stumm das Programmheftchen für die Feier befingerte, und vor Beginn der Feier hatte sie Mitch kettenrauchend vor dem Eingang gesehen. Er sah aus wie ein Wrack. Tamara, schlicht gekleidet in langem schwarzem Rock mit Pullover, saß ein paar Reihen entfernt in der Nähe von Zeke und Evangeline. Zeke wirkte mürrisch und Vangie starr wie ein Reh im Scheinwerferlicht.

Keiner von ihnen konnte es fassen, dass ein weiteres Mitglied ihrer Clique, Hudsons lebhafte, leidenschaftliche Schwester, nun tot war.

Beccas Magen verkrampfte sich, und sie kämpfte wieder gegen die Tränen, als der Prediger an bemerkenswerte Stationen in Renees Leben erinnerte. Bei der Erwähnung von Renees Werdegang und ihrem Abschluss in St. Elizabeth fühlte sie, wie Hudson sich versteifte. Aus den Augenwinkeln sah sie Tamara traurig den Kopf schütteln.

Es war grauenhaft. Nie im Leben hätte Becca damit gerechnet, in so jungen Jahren an Renees Begräbnis teilnehmen zu müssen. Andererseits hatte sie mit so vielem nicht gerechnet. Sie bemerkte Scott Pascal, der die Hände zwischen den Knien gefaltet hielt. Die Nähte seines braunen Jacketts drohten zu platzen. Er wandte den Blick ab, und dann spürte Becca, dass jemand sie anstarrte. Intensiv. Es war wie ein Stich zwischen die Schulterblätter.

Sie straffte sich, schaute sich verstohlen um, doch im selben Moment forderte der Prediger sie alle auf zu beten, und Becca senkte den Kopf.

Aber sie wurde beobachtet. Sie spürte den Blick. Wer auch immer es war, er war ihr nicht freundlich gesonnen. Kurz vorm Schluss des Gebets wagte sie einen raschen Blick über die Schulter und sah nur ein Meer von gesenkten Köpfen, bis sie McNally erwischte. Er hatte ihr und Hudson einen Haufen Fragen zu Renees Unfall gestellt, doch sie hatten ihm keine Antworten geben können. Jetzt sah er sie fest an, und sie wandte sich hastig ab und flüsterte »Amen«, als der Prediger die Trauerfeier abschloss.

Becca konnte nicht schnell genug nach draußen gelangen, fort von dem Sarg, fort von der schweren Last des Todes. Doch es stand noch eine Versammlung am Grab bevor. Zwar nahmen daran nicht alle Trauergäste teil, doch sämtliche Freunde begaben sich auf den Weg zu dem Friedhof am Stadtrand von Laurelton.

Die weitläufige, von Grabsteinen durchsetzte Rasenfläche war von hoch aufragendem, altem, moosbewachsenem Baumbestand umgeben und wirkte trist und düster. Wieder wurden Gebete gesprochen, Beileidsbezeugungen geflüstert, und hohe Absätze versanken im regendurchweichten Lehm. Tim legte eine Rose auf den Sarg, bevor er in die sauber ausgehobene Grube versenkt wurde. Etwa hundert Meter entfernt saß ein Mann auf einem großen gelben Bagger und rauchte. Sobald die Trauergäste sich zurückgezogen hatten, würde er das Erdloch mit Renees Sarg kurzerhand zuschütten.

Am Grab standen nicht nur enge Freunde der Familie. In seinem Wagen schaute Detective Sam McNally, der stetige Verfolger der Clique, der Bestattungszeremonie zu, weit genug entfernt, um nicht als Trauergast gelten zu müssen, aber doch nah genug, um alles beobachten zu können. Er blickte durch die Frontscheibe und schien zu telefonieren. Er gab einfach nie auf. Seit zwanzig Jahren nicht. ›Besessen‹ hatte der Dritte ihn einmal genannt. Es kam der Wahrheit ziemlich nahe.

Und jetzt, zwei Jahrzehnte später, besuchte er Renees Begräbnis.

Die Zeremonie insgesamt war befremdlich. Als die Trauergäste sich zerstreuten, sprach Hudson mit Freunden der Familie, während Becca sich zu dem Dritten und Tamara gesellte, die sonst so extravagant, heute aber still und reserviert waren.

»Das hat Jessie getan«, sagte Mitch, der sich zu ihnen gesellte. Er zündete sich eine Zigarette an der anderen an.

»Mann, das ist jetzt fehl am Platze«, sagte der Dritte.

Mitch stieß den Rauch aus. »Ihr wisst es alle, wollt es nur nicht zugeben.«

»Rede keinen Unsinn.« Tamara schüttelte den Kopf. »Komm, gehen wir.«

»Das ist noch nicht alles, wisst ihr? Wir sind irgendwann alle dran«, verkündete Mitch und ließ den Blick über die dunklen Bäume schweifen, die den Friedhof umstanden. »Wie gut kennt man seine Freunde?«, brüllte er die anderen an. »Irgendwer hier ist ein Mörder!«

»Sei still.« Tamara kramte in ihrer Handtasche nach den Schlüsseln, und Becca bemerkte, dass der Detective aus seinem Wagen gestiegen war und sich Hudson näherte. »Mitch, du liebe Zeit. Was ist in dich gefahren?«

»Ich weiß zu viel«, sagte er leise. »Und ihr wisst gar nichts.«

Tamara fand die Schlüssel, klimperte mit ihnen und schloss ihre Handtasche.

»Tamara hat recht, Mann. Reiß dich gefälligst zusammen«, sagte der Dritte. Hudson, das Haar vom Wind zerzaust, sprach mit dem Polizisten.

»Ihr solltet alle gut achtgeben«, sagte Mitch.

»Leute, ich muss los.« Der Dritte wollte es nicht mehr hören, ging zu seinem BMW und stieg ein.

»Du könntest der Nächste sein«, rief Mitch ihm nach. »Du hast auch so eine Karte bekommen!« Der BMW fuhr davon.

»Geht es nur darum? Um diesen dummen Kinderreim?«, wollte Tamara wissen. »Mitch, du siehst sehr schlecht aus. Wirklich. Du brauchst Schlaf.«

»Es geht um mehr«, sagte Mitch. »Der Bulle lungert immer noch hier rum, oder? Mac? Und er spricht mit Hudson.«

»Er ermittelt«, antwortete Tamara gepresst. »Das ist sein Beruf.«

Mitch warf einen Blick über die Schulter auf einen einzeln

stehenden Baum vor den Tannen der umgebenden Wälder, dann zog er an seiner Zigarette, als hinge sein Leben davon ab. »Ach, vergesst es einfach.« Damit stapfte er mit verkrampften Schultern zu seinem Auto.

Tamara flüsterte Becca zu: »Ich glaube, er nimmt wieder Medikamente – lässt sich zu viele verschreiben. Er hatte schon früher Probleme damit.« Sie zog ihre Jacke fester um ihren schmalen Körper und blickte Mitchs Wagen nach. »Er verliert den Verstand.«

Das tun wir alle, dachte Becca. *Einige können es nur besser verbergen als die anderen.* Sie blickte zum Wald hinüber, in die gleiche Richtung wie Mitch vor wenigen Minuten. Die Bäume verschwammen in Nebel, Farn und täuschenden Schatten. Sekundenlang glaubte Becca, jemanden zu sehen, der sich in den Schatten verbarg, doch als der Wind drehte und sich der Nebel ein wenig hob, sah sie niemanden mehr neben der knorrigen alten Eiche stehen.

Sie bildete sich Dinge ein, genau wie Mitch.

Und trotzdem …

Hudson gesellte sich zu ihnen. »Fertig?«, fragte er Becca.

»Ja.« Sie brachte ein schmales Lächeln zustande, das nicht von Herzen kam.

»Sollen wir dich mitnehmen?«, fragte er an Tamara gewandt, die den Kopf schüttelte.

»Bin selbst mit dem Auto gekommen.« Sie winkte und ging über den nassen Rasen zu ihrem Mazda.

Vom Beifahrersitz in Hudsons Pick-up aus blickte Becca ihr nach, als sie davonfuhr. Hudson legte den Gang ein und sagte: »Zeke sagte, McNally will ihn auf der Wache sprechen. Was meinst du? Was will er von ihm?«

Becca sah aus dem Seitenfenster. »Zeke hat keine Karte bekommen.«

»Das kann nicht alles sein«, sagte er müde und reihte sich in den langsam fließenden Verkehr in Richtung Stadt ein. »Allmählich bin ich so weit, dass ich es gar nicht mehr wissen will.«

Wieder hatte Becca das untrügliche Gefühl, beobachtet zu werden. Sie warf einen Blick zurück auf die Bäume, deren Äste im Wind schwankten. »Ich auch«, sagte sie mit Nachdruck.

Der Geruch nach Betrug, nach unseliger Lust liegt in der Luft, kitzelt meine Nase und ermahnt mich, nicht zu versagen.

Sie blickt in meine Richtung. Durch den Dunst sehe ich die Angst in ihren Augen, die Jezebels so ähnlich sind.

Du kannst mich nicht sehen, dämonisches Weib. Ich bin unsichtbar für dich, aber du spürst meine Nähe, nicht wahr?

Du weißt, dass ich dich holen will. Ich spüre deine Angst.

Gott wird dich strafen für deinen Pakt mit dem Teufel, Rebecca. Ich bin sein Botschafter.

Und ich werde dich holen …

»Nehmen Sie Platz«, forderte McNally Zeke auf und wies auf den Stuhl vor seinem Schreibtisch.

Zeke setzte sich. Jeder Muskel in seinem Körper war gespannt. Er stützte das Kinn in eine Hand, den Arm in defensiver Gebärde dicht an den Körper gezogen.

Mac ließ ihm einen Augenblick Zeit, sich zu entspannen, und holte selbst tief Luft. Er hatte die halbe Woche in Tillamook County verbracht und so viel wie möglich über den Unfall in Erfahrung gebracht, der Renee Trudeau das Leben gekostet hatte. Die andere Hälfte hatte er in Laurelton auf Ermittlungen in einem Doppelmordfall verwendet, dessen einziger Überlebender – der einunddreißigjährige Junkie Harold Washington – behauptete, der Mann und die Frau mit den tödlichen Schussverletzungen hätten zuerst auf ihn geschossen. Sie waren alle drogenabhängig – ein entzückender Teil von Johnny Rays Klientel –, und es war schwer zu sagen, was genau auf der kleinen

Ranch im Osten der Stadt geschehen war. Gretchen war in ihrem Element; sie liebte es, Abschaum wie Washington zu verhören. Mac dagegen hatte das alles von Herzen satt, und als er sich jetzt Zeke gegenüber an den Schreibtisch setzte, fragte er sich, ob sich bei ihm jetzt das Burn-out-Syndrom ankündigte, das man ihm schon lange unterstellte.

»Sie wissen, warum ich Sie hergebeten habe?«, fragte Mac.

»Ich bin der Vater«, platzte Zeke heraus. »Das wollen Sie mir sagen. Ich bin der Vater des Kindes.«

Mac hatte die Vaterschaftsfrage wegen Renee Trudeaus Tod ruhen lassen: Er war zu sehr mit diesem Vorfall beschäftigt, um auch nur daran zu denken. Renee, Hudson Walkers Schwester, ließ ihm keine Ruhe. Warum hatte jemand sie vom Felsen gestürzt? Hing es irgendwie mit dem Mord an Jessie zusammen? Ob ja oder nein, auf jeden Fall fahndete das Sheriffbüro von Tillamook County intensiv nach einem Fahrzeug mit eingedrücktem Kühler.

Als Zeke nun mit der Tür ins Haus fiel, war Mac leicht überrascht. »Das stimmt«, pflichtete er ihm bei. »Sie sind der Vater des Kindes. Sie haben mit Jessie geschlafen.«

Er nickte ruckartig. »Ein paar Mal. Sie wollte Hudson eins auswischen. Sie war ein verflixtes Luder. So wild, beinahe beängstigend. Ich glaube nicht, dass sie mit sonst jemandem geschlafen hat, wenn sie auch gern den Anschein erweckte. Sie wollte mich.«

»Weil Sie Walkers bester Freund waren.«

»Damals glaubte ich, sie meinte mich.« Er wirkte ein wenig beschämt.

»Ahnt Walker was davon?«

»Ich glaube nicht.«

»Jetzt wird er es erfahren müssen«, sagte Mac.

»Ja. Ich verstehe. Ja …«

Mac dachte über einige Dinge nach und das Schweigen zwischen ihnen dehnte sich aus. Die Unterbrechung machte Zeke nervös. Seine Blicke huschten durch den Raum, als suchte er jetzt, nachdem er sein Geständnis abgelegt hatte, nach einer Fluchtmöglichkeit.

»Glauben Sie, dass Ihre Vaterschaft etwas damit zu tun hat, dass Sie keine Karte erhalten haben?«, fragte Mac schließlich.

Zeke war perplex. »Wieso?«

»Weiß noch jemand von Ihrer Beziehung zu Jessie?«

»Nein … Nein, nein. Worauf wollen Sie hinaus?«

Mac sagte: »Sie sind der Vater von Jessies Kind, und Sie sind der einzige aus dem Freundeskreis, der keine Karte erhalten hat. Verstehen Sie? Das unterscheidet Sie. Das fällt auf.«

Er schwieg, überlegte, und sein Gesicht schien noch hagerer zu werden.

»Diese Verbindung ergibt keinen Sinn«, sagte Mac. »Es sei denn, vielleicht …« Zeke hob ruckartig den Blick. »Vielleicht versucht jemand, von Ihnen abzulenken?« Zeke antwortete nicht, wenngleich er den Eindruck erweckte, dass es ihn gewaltige Kraft kostete, den Mund zu halten. Mac drängte: »Jemand, der weiß, dass Sie der Vater sind. Jemand, der glaubt, Sie hätten Jessie umgebracht?«

»Nein.«

»Es sieht nach der Art von Terror aus, die eine Frau ausüben würde.«

Er lachte gezwungen. »Wollen Sie mir erzählen, dass Jessie lebt?«

»Ich glaube nicht, dass Jessie es getan hat.«

Zekes Augen waren starr, als hätte er einen Blick in die Hölle getan. »Vangie hat Jessie nicht umgebracht! Das hätte sie nicht gekonnt. Sie hat gar nicht die Kraft dazu.« Sein Atem ging schnell. »Und Renee? Und Glenn? Was ist *denen* zugestoßen?«

Gretchen hatte an ihrem Schreibtisch gesessen, als Zeke eintraf, war aber näher herangekommen, um das Gespräch mit anzuhören. Mac spürte ihre Nähe hinter seiner rechten Schulter und war froh, dass sie den Mund hielt, statt sich einzumischen.

Zeke sah aus, als wäre er dem Zusammenbruch nahe. Mac erklärte ihm, dass in Renees und Glenns Fällen noch ermittelt wurde, doch er schien ihn gar nicht zu hören. Er war in seinen eigenen Gedanken verloren, und als das Verhör beendet war, erhob er sich leicht benommen. Mac und Gretchen sahen ihm nach, als er den Raum verließ.

»Er glaubt, seine Verlobte hat die Karten geschrieben«, bemerkte Gretchen.

»Das glaubt er schon eine ganze Weile«, vermutete Mac.

»Du willst, dass er sie zur Rede stellt?«

Mac zuckte die Achseln. »Kannst du dir Evangeline Adamson als Jezebel Brentwoods Mörderin vorstellen? Die ihr in den Irrgarten gefolgt ist und ihr ein Messer zwischen die Rippen gestoßen hat? Die sie und ihr Kind umgebracht hat?«

»Es war auch Zekes Kind.«

»Ich bin der gleichen Meinung wie Zeke. Sie hat nicht die Kraft dazu. Die Karten zu verschicken, dass ist schon eher ihr Stil, hinterrücks und anonym. Sie wollte Zeke schützen und hat im Gegenteil geradezu mit dem Finger auf ihn gezeigt.«

Gretchens blaue Augen wurden schmal; sie lächelte verhalten.

»Was ist?«, fragte Mac.

»Hör lieber auf, sonst fange ich noch an zu glauben, du könntest doch ein ganz passabler Ermittler sein.«

Mac räusperte sich und wandte sich ab. Er seinerseits wollte nicht anfangen, Gretchen zu mögen. Sie war eine Nervensäge und würde immer eine bleiben.

Hudson entfernte sich von dem Haus, das Tim und Renee gemeinsam bewohnt hatten, und gab sich Mühe, den Kerl nicht zu hassen. Er hatte lediglich Renees Laptop und die Notizen zu ihrer Story holen wollen, doch Tim hatte beides nicht. Der Tod seiner Frau hatte Tim erschüttert; er bewegte sich wie ein Roboter und benahm sich, als hätte er Hudsons Frage gar nicht gehört. Stattdessen redete er unentwegt darüber, wie großartig seine Beziehung mit Renee gewesen wäre, wie sehr er sie geliebt hätte und wie allein und elend er sich jetzt fühlte. Der Einfachheit halber verdrängte er offenbar alle Streitereien, die seine Ehe zum Schluss belastet hatten. Hudson wäre beinahe explodiert, beherrschte sich aber unter Aufbietung aller Willenskraft, und schließlich hörte Tim immerhin lange genug zu, um ihm mitteilen zu können, dass der Laptop nicht gefunden worden war, als man den Toyota aus dem Wasser zog. Mitsamt Renees Gepäck war er verschwunden. Außerdem hätte ein aus dem Meer gefischter Computer ohnehin nicht mehr viel nützen können.

»Das muss ich noch in den Bericht für die Versicherung aufnehmen«, sagte Tim zu Hudson. »Danke für den Hinweis.«

Übelster Laune wischte Hudson auf der Heimfahrt die Gedanken an Tim beiseite. Wieder zu Hause angekommen, ließ er die Anfragen von Reportern auf seinem Anrufbeantworter links liegen und verbrachte den Rest des Tages mit der Versorgung der Tiere und der Reparatur eines defekten Tors. Er füllte Heu in die Raufen, mistete die Boxen aus, ersetzte Scharniere und defekte Planken, und die körperliche Arbeit gab ihm Gelegenheit, nachzudenken und sich Klarheit zu verschaffen.

Er versuchte, sich genauer an den Wortlaut seines Telefongesprächs mit Renee zu erinnern, fand aber nichts, was von Bedeutung hätte sein können. Er kannte ihren Benutzernamen und ihr Passwort, fuhr seinen Computer hoch und sah ihre ungelesenen und gespeicherten E-Mails an. Viele waren es nicht. Und keine bezog sich auf die Story, an der sie gearbeitet hatte. Knapp eine Stunde später schaltete er den Computer enttäuscht wieder aus.

Vielleicht konnte er einzig dadurch Näheres erfahren, dass er ihren Schritten folgte, wie sie Jessies gefolgt war.

Sein Handy klingelte im gleichen Moment, als er Reifen auf der Kieszufahrt knirschen hörte. Er meldete sich und warf einen Blick ins Obergeschoss, wo Becca an ihrem Laptop liegen gebliebene Arbeit nachholte. »Hallo?«

»Hey, Hudson. Hier ist Zeke. Ich bin gerade bei dir vorgefahren.«

»Ach ja? Was treibt dich hierher?«

»Ich muss mit dir reden.«

»Komm rein. Die Tür ist offen.« Er legte auf und rief: »Zeke ist hier.«

Als Becca nicht antwortete, stieg er die Treppe hinauf und sah, wie sie aus dem Bad kam und sich den Mund abtrocknete. »Alles in Ordnung? Zeke ist gekommen. Er will mit mir reden.«

Becca verzog das Gesicht. »Ich habe wohl etwas Unbekömmliches gegessen. Ich bin gleich bei dir.«

»Okay.«

Hudson lief treppab und Becca blickte ihm nach. Sie hatte sich gerade übergeben. Magenverstimmung oder … *Schwangerschaft?*

Zu früh, um es feststellen zu können, sagte sie sich, und spürte ein aufgeregtes Flattern in ihrem ohnehin empfindlichen Magen. Sie durfte nicht daran denken. Keine Hoffnung schöpfen. Trotzdem regte sich ein Hochgefühl, eine plötzliche, blendende, elektrisierende Sicherheit.

Nein, nein. Oh bitte … ja!

Sie brauchte ein paar Minuten, um sich zu sammeln, die Aufregung zu unterdrücken und ihre Vermutungen ins rechte Licht zu rücken. Es war noch viel zu früh. Wenn es überhaupt stimmte, war sie gerade mal im ersten Monat. Andererseits hatte sie beim ersten Mal auch auf Anhieb gewusst, dass sie schwanger war.

Wenn es doch wahr wäre!

Sie fand Hudson und Zeke in der Küche. Hudson saß auf einem Stuhl, Zeke zog es vor zu stehen. In Beccas Kopf wirbelten die Gedanken wild durcheinander, und sie fragte sich nicht einmal, was Zeke plötzlich zu Hudson trieb.

»Ich bin gerade von der Polizeiwache, von McNally zurückgekommen. Zu Hause hab ich es nicht ausgehalten.«

»Was ist passiert?«, fragte Hudson stirnrunzelnd.

Zeke zögerte, umklammerte die Lehne eines freien Stuhls und hob die Fußspitzen. »Die DNA-Probe hat ergeben, dass ich der Vater von Jessies Kind bin.«

»Wie bitte?«, fragte Becca leise, und Hudson sah Zeke an, als hätte er ausländisch gesprochen.

»Es muss Jessies Leiche sein«, fuhr Zeke stockend fort. »Sie muss es sein, denn ich habe damals … mit niemandem … außer Jessie geschlafen.«

»Du hast mit Jessie geschlafen«, wiederholte Hudson. Zekes Blick flehte den Freund an, doch Hudson fiel es schwer zu begreifen.

»Du kannst mich jetzt hassen, Mann. Ich könnte es dir nicht verübeln! Sie wollte dir nur eins auswischen, und ich war einfach ein Idiot. Ich habe keine Entschuldigung. Sie war einfach scharf, und ich wollte sie. Es tut mir leid. Es tut mir wirklich leid!«

Beccas Puls raste. Ihre Gedanken überschlugen sich. *Jessies Kind war nicht von Hudson. Zeke hat mit Jessie geschlafen. Hudsons bester Freund hat mit seiner Freundin geschlafen. Jessies Kind war* nicht *von Hudson.*

»Wer hat sie umgebracht?«, fragte Hudson mit erstickter Stimme.

»Ich weiß es nicht, Mann. Ich war's nicht.«

»Wusstest du von dem Kind?«, wollte Hudson wissen.

Zeke schüttelte den Kopf. »Nein. Ich dachte, sie wäre vielleicht weggelaufen, weil wir miteinander geschlafen hatten. Sie war völlig durcheinander. Ich auch. Es tut mir leid.«

»Glaubst du, sie wusste es?«

»Dass sie schwanger war? Sie war schon ziemlich weit, ein paar Monate, sagte McNally.« Er wandte sich blindlings Becca zu. »Mädchen merken so was, oder?«

»Ja«, antwortete Becca matt.

»Ich glaube, sie wusste nicht, dass ich der Vater bin. Du und sie, ihr habt …« Den Blick auf Hudson gerichtet, der ungewöhnlich still geworden war, suchte Zeke nach Worten. »Ihr wart zu der Zeit doch auch zusammen?«

Darauf folgte ausgedehntes Schweigen. Zekes Sorge und Not in Bezug auf Hudsons Gedanken und Gefühle hingen beinahe greifbar im Raum. Becca war schwindlig; sie ließ sich auf einen Küchenstuhl fallen. Die Vergangenheit verschlang die Gegenwart. *Du bist nicht schwanger,* sagte sie sich. *Du wünschst es dir nur so sehr, dass dein Unterbewusstsein dir etwas vorspiegelt.*

Aber ihr habt nicht verhütet, oder? Ihr habt gar nicht daran gedacht!

Hudsons Handy klingelte, und Zeke und Becca zuckten sichtlich zusammen. Hudson zog das Gerät aus der Tasche und sah nach der Nummer. »Mitch«, sagte er.

»Vielleicht sollte ich jetzt gehen.« Zeke sah Hudson wie um Bestätigung bittend an, doch sein Freund war mit dem Handy beschäftigt. Becca nickte ihm zu. Es gab nicht mehr viel zu sagen und Hudson musste die Neuigkeit erst einmal verarbeiten.

Zeke zögerte, doch als Hudson sagte: »Hey, Mitch, was gibt's?«, ging er mit hängenden Schultern zur Hintertür hinaus.

Becca sah ihm nach und bemerkte Booker T.'s leeren Wassernapf. Sie fragte sich, wann Hudson ihn wegräumen würde. Der Hund kam schließlich nicht mehr zurück.

Aber vielleicht bekamen sie ein Baby …

Hudson hörte kurz zu, dann sprach er ins Handy: »Spuck's doch einfach aus, Mitch. Ich glaube, mich haut inzwischen nichts mehr um. Wenn du weißt, wer Glenn umgebracht hat, dann sag's mir. Und behaupte nicht, Jessie wär's gewesen, denn ich habe gerade erfahren, dass die Leiche eindeutig Jessies ist. Ja. Das steht fest.« Er fing einen Blick von Becca auf und sagte in den Hörer: »Genau. Jessie hat die Karten nicht verschickt, denn sie ist tot.« Er hörte eine Weile zu, dann seufzte er und antwortete: »Du bist in der Werkstatt? Wie lange noch?« Pause. »Klar. Ich komme vorbei.« Er sah Becca schulterzuckend an und legte auf.

»Mitch macht Überstunden in der Werkstatt und will, dass ich zu ihm komme. Er will mit mir über den Mord an Glenn reden.«

»All deine Freunde legen plötzlich Geständnisse ab«, flüsterte Becca.

»Ist dir noch schlecht oder willst du mitkommen?«

»Mir geht's gut. Ich komme mit. Meinst du, es ist Mitch recht? Vielleicht will er mit dir alleine sprechen.«

»Das ist mir egal. Ich will mit dir zusammen sein.« Er zog sie in seine Arme. Sie drückte ihn so fest an sich, dass er lachen musste.

»Ist alles in Ordnung?«, fragte sie und schmiegte ihr Gesicht an seine Brust. »Nach dem, was Zeke erzählt hat?«

Er atmete tief durch. »Weißt du, ich bin beinahe erleichtert. Zu denken, es wäre mein Kind gewesen, und ich hätte nie … das hat mich rasend gemacht. Ich war echt sauer auf Jessie – und sie ist schon seit zwanzig Jahren tot! Sie hat kein Wort davon gesagt. Ich weiß nicht, wie ich es erklären soll, aber ich war verflucht sauer auf sie.«

»Ich verstehe.« Leise Angst rieselte Becca über den Rücken. Sie hatte das gleiche Geheimnis vor ihm bewahrt.

»Ich bin nicht sauer auf Zeke. Damals wäre ich wütend gewesen, aber inzwischen ist viel passiert, und es ist mir einfach egal.« Er streichelte ihr Haar. »Und ich glaube Zeke. Er hat nicht gewusst, dass sie schwanger war. Ich weiß nicht, warum sie ermordet worden ist – vielleicht ist sie einfach dem Falschen über den Weg gelaufen –, aber ich glaube nicht, dass es mit ihrer Schwangerschaft zu tun hat.«

»Ich auch nicht.«

»Also, wollen wir Mitch besuchen?«, fragte er.

Sie knüllte den Stoff seines Hemdes in der Faust und sagte: »Wäre es schlimm, wenn ich sagte: ›Jetzt noch nicht‹?«

»Hast du etwas anderes vor?« Sie hörte die leise Belustigung in seiner Stimme.

Statt einer Antwort ergriff sie seine Hand und führte ihn die Treppe hinauf.

In der Werkstatt roch es nach Öl, Schmutz und abgestandenem Zigarettenrauch, obwohl das Rauchen verboten war. Mitch wischte sich mit einem roten, ölfleckigen Lappen den Schweiß von der Stirn. Er schwitzte wie ein Schwein und gab sich größte Mühe, nicht durchzudrehen. Die Karte, die mit der Post gekommen war, hatte ihm einen Heidenschrecken eingejagt, doch inzwischen drückten ihn andere Sorgen nieder. Seit Glenn im Brand des Blue Note ums Leben gekommen war, hatte er Magenprobleme. Er wehrte sich gegen die Vorstellung von Glenn, der mitten in dem Inferno in der Falle saß, aber, verdammt noch mal, er fehlte ihm. Sie waren gute Freunde gewesen. Mitch hatte zugehört, wenn Glenn sauer war und über das Blue Note oder Gia jammerte. Er war für ihn da gewesen.

Und die gelegentlichen Gemeinheiten vom Dritten und von Jarrett hatten ihn und Glenn zusammengeschmiedet. Herrgott, diese Schweine konnten einem das Leben schwer machen, wenn man ein paar Pfunde zu viel auf die Waage brachte oder eine andere Schwachstelle hatte.

Der gute alte Glenn.

Es stieg ihm sauer in die Kehle.

»Das liegt nur an den Medikamenten«, sagte er, dann hielt er den Mund. Er wollte nicht, dass Mike, der Besitzer der Werkstatt, davon erfuhr, dass er sich etwas verschreiben ließ. Mike, ein vormals Drogenabhängiger, war strikt dagegen, sich irgendwas ins System zu pumpen, und sei es auch vom Arzt verschrieben.

Deshalb ließ Mitch nie etwas über seine Tabletten verlauten. Niemand außer seinem Arzt wusste, welche Medikamente sich in seiner Nachttischschublade oder seinem Körper befanden. Doch in letzter Zeit spielten diese Antidepressiva in Verbindung mit Einschlafhilfen seinem Verstand Streiche. Er hatte Halluzinationen.

Oder erglaubte es zumindest. Wer wusste das schon?

»Hey.« Phil, der hagere Mechaniker in den Sechzigern, dessen faltiges, eingesunkenes Gesicht kleinen Kindern Angst einjagen konnte, hob auf dem Weg zum großen Werkstatttor eine Hand. »Du schließt ab, nicht wahr?«

»Gleich nach dem Grand Am.« Mitch sah auf die Uhr. Er brauchte noch etwas Zeit für den Wagen und Hudson wollte noch hereinschauen. Mitch war sich nicht sicher, wie viel er ihm anvertrauen wollte. Er spielte ungern den Verräter, besonders dann, wenn er sich womöglich täuschte. Und irgendwie war es tatsächlich ein Verrat. Aber Glenn war tot … und Renee auch, wenngleich er ihren Tod noch immer Jessie anlastete.

»Sie ist tot«, ermahnte er sich laut. Hudson hatte es bestätigt. Aber sein Gefühl sagte etwas anderes.

»Sprichst du mit mir?«, fragte Phil.

»Hey, stell den Country-Sender wieder ein und mach die Tür zu, ja?«

»Bist du hier der Chef?«

»Möchtest du den verdammten Pontiac reparieren?«

»Schon gut.« Phil wechselte den Sender und bald schon dröhnte Randy Travis' Stimme durch die Werkstatt. »Bis morgen«, rief Phil und drückte die Taste des elektronischen Türöffners. Das Tor senkte sich rasselnd. Bevor es vollständig geschlossen war, sah Mitch gerade noch, wie Phil sich in die Fahrerkabine eines Pick-ups mit übergroßen Reifen schwang.

Jetzt war Mitch völlig allein. Alle anderen, auch der Windhund Elsa, Mikes Rettungshund und inoffizielles Werkstattmaskottchen, hatten längst Feierabend gemacht.

Neuerdings war Mitch höchst ungern ganz allein.

Widerstrebend wandte Mitch sich wieder dem auf einem hydraulischen Wagenheber aufgebockten Pontiac zu. Da stimmte was nicht mit dem vorderen Kreuzgelenk. Das bedeutete viel Arbeit. Er stöhnte auf und schob sich auf dem Rollbrett unter das Fahrzeug, fixierte es und begann mit der Arbeit. Er hängte eine Lampe über die Achse und studierte missmutig den Unterboden. Komplizierte Sache, aber die Arbeit an Kraftfahrzeugen hatte ihm schon immer Spaß gemacht, schon seit seinem Eintritt in St. Elizabeth, Jahre, bevor er selbst offiziell Auto fahren durfte. Er summte zu einem Song von Brooks and Dunn, entdeckte etwas, was aussah wie ein weiteres Ölleck – noch mehr Probleme – und dann hörte er etwas ... das Scharren von Schuhen? Oder nur statisches Knistern aus dem Radio?

Niemand war in der Werkstatt. Mike war schon um vierzehn Uhr gegangen. Phil hatte sich vor knapp zwanzig Minuten verabschiedet. Mitch lauschte, um über den Country-Gesang und die Gitarrenmusik hinweg etwas zu hören.

Es waren die elenden Medikamente, sie waren schuld an seinem Verfolgungswahn. Und all dieses merkwürdige Theater rund um das Skelett, die Karten, den Brand und Glenn ... und dann Renee, die einfach tot war. Das alles machte ihn verrückt.

Immer noch nervös, rollte er unter dem Grand Am vor und

stieß sich den Kopf an einer Felge. Er ging nach draußen, um zu rauchen, duckte sich unter die Markise des Überdachs, wo früher Zapfsäulen gestanden hatten. Seit die alten Tanks leer waren, bot Mike nur noch Kfz-Reparaturdienst an. Der Parkplatz unter dem Überdach wurde von Fahrzeugen genutzt, die auf ein Ersatzteil warten mussten. Es fing wieder an zu regnen, es prasselte auf dem alten Teerdach.

Er rauchte seine Zigarette zu Ende, zündete sich eine zweite an und fragte sich, warum Hudson so lange auf sich warten ließ. Vielleicht hätte er ihn nicht anrufen sollen. Vielleicht hätte er lieber diesen Bullen kontaktieren sollen. Aber was wusste er im Grunde schon? Er verfügte nicht über die Art von Beweisen, die im Fernsehen immer vorgeführt wurden. Er hatte nur einen Verdacht.

Und er wusste nichts über Renee. Überhaupt nichts. Was immer ihr dort am Strand zugestoßen war, konnte nur ein merkwürdiger Zufall sein. Das Werk von jemandem, der den ultimativen Kick suchte und sie von der Straße gedrängt hatte. Er sah einfach keinen Zusammenhang mit Jessie.

Vielleicht hatte ihr Mann sie um die Ecke gebracht. Ein mieser Typ war das.

Und dann war da noch Glenn … Herrgott, wenn Hudson doch endlich käme.

Mitch nahm einen letzten tiefen Zug und ging dann um die Ecke des Gebäudes und durch die offene Tür, ohne recht zu bemerken, dass sie nicht verschlossen war. Er rollte sich wieder unter den Wagen, bewegte sich gemächlich auf dem Rollbrett und setzte seine Arbeit fort. Er wusste, dass die Reparatur ihm gelingen würde, wenn er nur das verdammte Kreuzgelenk bekäme …

Knarrr.

Da war doch jemand in der Werkstatt. »Hey!«, brüllte er. Keine Antwort.

Nur statisches Knistern und die Töne einer Slide-Gitarre. »Phil? Bist du da?« Mitchs Nackenhaare sträubten sich.

»Hör zu, wer auch immer du bist. Wenn du nicht sofort …«

In der gesamten Werkstatt gingen die Lichter aus.

Sämtliche Arbeitsbuchten lagen im Dunkeln. Mitchs Herz klopfte zum Zerspringen.

Er wollte sich noch unter dem Fahrzeug hervorrollen, doch der Pontiac über ihm begann zu ächzen. Er streckte einen Arm aus, suchte tastend Halt, verzweifelt bemüht, unter dem Wagen herauszukommen. Bevor er sich befreien konnte, hörte er die Arretierung der Hebebühne knacken. »Nein«, flüsterte er und riss entsetzt den Mund auf, bevor dreitausend Pfund General-Motors-Metall ihn auf das Rollbrett pressten, das aus irgendeinem Grunde nicht zusammenklappte. Etwas schlug gegen seine Brust. Das Gewicht des Wagens zerquetschte ihn, brach ihm die Knochen. Nie geahnte Schmerzen rasten durch seinen Körper. Seine Lungen brannten. Er rang nach Luft. Hörte das Zischen seiner Lungen. Sein Herz klopfte wild, und er spürte, wie sein zerschundener, schmerzender Körper blutete.

Seine Augen rollten nach innen, doch er klammerte sich an sein Bewusstsein. Und dann sah er sie … wie sie vor zwanzig Jahren ausgesehen hatte – wunderschön, sexy und kokett.

»*Woraus sind kleine Jungen gemacht?*«, sagte sie.

»Jessie«, schrie Mitch mit erstickter Stimme. »Jessie …«

19. Kapitel

Hudsons Pick-up ratterte den Highway 217 entlang, bevor er bei Canyon die Ausfahrt nahm und nach Osten in Richtung Stadt fuhr. Mikes Werkstatt, Mitchs Arbeitsplatz, war noch etwa eine Meile entfernt.

Er sah zu Becca hinüber. Seit sie miteinander geschlafen hatten, war sie sehr still, und er fragte sich, ob er etwas falsch gemacht hatte. »Was ist los?«, fragte er sie noch einmal und kam sich vor wie ein Idiot, der immer wieder nachfragte, obwohl auf der Hand lag, dass der andere nichts sagen wollte.

»Bin nur müde«, antwortete sie.

Sie fuhren an einem Autohandel nach dem anderen vorbei, die Schulter an Schulter die Straße durch die Schlucht in den Bergen westlich von Portland säumten. Becca sah auf ihre Uhr. »Es ist schon ziemlich spät. Müsste er nicht längst Feierabend haben?«

»Er wollte Überstunden machen, und das war vor gut einer Stunde. Falls er nicht in der Werkstatt ist, sehen wir in seiner Wohnung nach, und wenn er da nicht ist, fahren wir nach Hause«. Hudson missachtete eine gelbe Ampel und legte die restliche Viertelmeile bis zu der Querstraße zurück, an der Mikes Werkstatt lag.

Das niedrige verputzte Gebäude, das vormals eine Tankstelle gewesen war, sah verlassen aus. Das Licht war ausgeschaltet, das Schild ›Geschlossen‹ ausgehängt, keine Menschenseele war zu sehen. Aber Mitchs schwarzer Tahoe stand auf dem Hof neben dem Gebäude.

»Vielleicht ist er mit irgendwem mitgefahren«, sagte Becca, als Hudson neben dem großen Wagen einparkte und den Motor ausschaltete.

»Kann sein.«

»Die Werkstatt ist geschlossen.«

»Ich weiß.« Hudson öffnete das Handschuhfach, nahm eine kleine Taschenlampe heraus, stieg aus dem Wagen und ließ die Fahrertür offen. Er gab eine Nummer in sein Handy ein, horchte und näherte sich der Werkstatt. »Es klingelt.« Er wies mit einer Kopfbewegung auf die Werkstatt. »Drinnen.« Becca hörte leise eine heruntergeladene Melodie spielen.

»Vielleicht hat Mitch das Handy hier vergessen.«

»Den Wagen und das Handy?« Hudson war bereits auf dem Weg zur Rückseite der Werkstatt, als Becca die Beifahrertür öffnete, aus dem Wagen sprang und Hudson folgte. Als sie eine spaltbreit geöffnete Tür erreichten, hörte man das Handy immer noch klingeln, es war ein Song aus den Achtzigern. »Mitch?«, rief Hudsons ins dunkle Innere. Seine Stimme verhallte. »Mitch?«

»Er ist nicht hier«, sagte Becca noch einmal, doch gleich, als sie über die Schwelle der Werkstatt trat, spürte sie, dass etwas nicht stimmte. Die Sicherheitsleuchten waren ausgeschaltet und aus dem Radio ertönte leise Country-Musik. Doch es herrschte eine sonderbare, gespenstische Stille, die ihr die Härchen auf den Unterarmen sträubte. Ihr Magen verkrampfte sich; sie hielt sich dicht bei Hudson. Sie suchten sich ihren Weg zwischen abgestellten Fahrzeugen in unterschiedlichem Reparaturzustand hindurch. Der Geruch von Gummi und Schmierfett mischte sich mit dem Staub. Der Strahl von Hudsons Taschenlampe glitt über offene Kühlerhauben und aufgebockte Karosserien.

»Mitch, bist du hier irgendwo?«, fragte Hudson erneut, und Becca fröstelte.

Dieses Mal hörte Becca ein leises, kaum wahrnehmbares Stöhnen.

Ihr Herz setzte einen Schlag aus. Sie blieb wie vom Donner gerührt stehen.

»Mitch!« Hudson richtete die Taschenlampe auf die Stelle, von der das Geräusch gekommen war. Der Lichtstrahl glitt über fleckigen Zementboden zu den Beinen eines Mannes unter einem schweren roten Sportwagen, der ihm die Brust eindrückte. »Oh nein!«

Sie hasteten zu Mitch hinüber. »Er muss leben. Er muss«, flüsterte Becca in dem Versuch, sich selbst zu überzeugen. Als sie unter den Wagen spähte, sah sie flüchtig Mitchs Gesicht, eine Totenmaske mit geschlossenen Augen. Nur der rasselnde Atem deutete darauf hin, dass noch ein Restchen Leben in ihm steckte.

Hudson kniete neben Mitch. »Schalte das Licht ein!«, wies er Becca an und richtete den Strahl der Taschenlampe auf die gegenüberliegende Wand, an der sich ein Schalter befand. »Und ruf Hilfe.«

Becca war bereits auf den Füßen, kramte ihr Handy aus der Handtasche und gab die Nummer des Notrufs ein. Sie hastete über den Zementboden und wäre beinahe über einen Abfluss gestolpert, bevor sie den Schalter erreichte und umlegte. Sofort warfen flackernde Leuchtstofflampen an der Decke einen bläulichen Schein auf die grausige Szene.

»Er lebt noch«, sagte Hudson, als die Notrufzentrale sich meldete.

Becca verschwendete keine Zeit. »Wir brauchen auf der Stelle einen Rettungswagen.«

»Nennen Sie Ihren Namen und schildern Sie den Notfall.«

»Ich heiße Rebecca Sutcliff und befinde mich in Mikes Werkstatt am Canyon Boulevard. Es hat einen schrecklichen Unfall gegeben. Mitch Belotti – er ist unter einem Fahrzeug eingeklemmt, er blutet und … und … schicken Sie jemanden nach …« Angstvoll wandte sie sich Hudson zu.

»Die Querstraße ist die sechs- oder siebenundachtzigste!« Hudson war aufgesprungen und sah nach dem Wagenheber.

»Haben Sie verstanden? Sechs- oder siebenundachtzigste und Canyon Boulevard.«

»Das Opfer lebt?«

»Noch. Schicken Sie auf der Stelle einen Rettungswagen!«

»Ganz in der Nähe hält sich ein Streifenwagen auf. Bitte bleiben Sie in der Leitung. Ma'am, bitte bleiben Sie in der Leitung und …«

Zum Teufel damit! Becca stellte die Freisprechoption ein und legte das Handy auf den Kühler eines Ford Escape. Sie konnte keine Zeit mit Reden vergeuden.

Hudson packte den Hebel der Hebebühne und pumpte sie rasch hoch. Langsam hob sich der Wagen von Mitchs zerquetschtem Oberkörper. Gemeinsam griffen sie nach dem Rollbrett und zogen Mitch aus der Gefahrenzone.

Mitchs Overall war blutgetränkt, wo Metallteile ins Fleisch gestoßen waren. Sein Namensschild war verschmiert. Der gesamte Unterleib sah aus wie eingefallen.

Sirenengeheul zerriss die Stille, und Becca glaubte, noch nie im Leben so erleichtert gewesen zu sein. Hudson suchte die Taste, die das Werkstatttor öffnete, und drückte sie. Die Türen aller drei Buchten hoben sich und ein Streifenwagen mit rotierendem Licht und gellender Sirene raste auf den Platz. Der Fahrer trat auf die Bremse und zwei Polizisten stiegen aus.

»Was zum Teufel ist hier passiert?«, fragte der größere der beiden Polizisten. Erneut ertönte Sirenengeheul – der Rettungswagen, Gott sei Dank!

Hudson sagte finster. »Wir haben ihn so gefunden.«

»Lebt er?« Die kleinere Polizistin, eine Frau mit blondem Pferdeschwanz, sah Hudson unter ihrem Mützenschirm hervor an.

»Ich glaube schon, aber er ist übel zugerichtet.«

Ihr Partner kniete sich neben Mitch und sie bellte Befehle ins Telefon und sprach mit den Sanitätern. Der Rettungswagen raste auf den Platz. Schaulustige strömten zusammen, rund um Mikes Werkstatt staute sich der Verkehr. Binnen Minuten fuhr ein weiterer Streifenwagen vor, und während die zuerst eingetroffenen Polizisten Becca und Hudson vernahmen und die Sanitäter Mitch versorgten, drängten die neu angekommenen Polizisten die Menge zurück und regelten den Verkehr.

Becca und Hudson wurden aufgefordert zu bleiben. Mitch wurde auf eine Trage gelegt, in den Rettungswagen gerollt und abtransportiert. Der Besitzer der Werkstatt wurde angerufen, das gesamte Gelände mit Flatterband gesichert.

Hudson und Becca standen unter dem Vordach, wurden mit Fragen bombardiert und durften dann endlich gehen. Sie fuhren direkt zum Krankenhaus, und auf dem Weg dorthin rief Becca alle Freunde an, die sie erreichen konnte. Die Sanitäter hatten keine Diagnose gestellt, doch Becca wie auch Hudson war klar, dass Mitchs Leben an einem seidenen Faden hing. Hudson sprach es nicht aus, doch Becca las es in seinen Augen

»Glenn ... Renee ... und jetzt Mitch?«, flüsterte Becca Hudson zu. »Es ist keine Verschwörung«, sagte er, doch sie ahnte, dass er nicht nur sie, sondern vor allem sich selbst zu überzeugen versuchte. »Was ist es dann?«, fragte sie, doch darauf wusste Hudson keine Antwort.

Mac telefonierte, als Gretchen, die gerade in ihre Jacke schlüpfte und heimgehen wollte, einen Anruf auf ihrem Handy bekam. Sie war schon auf halbem Weg zur Tür, blieb dann aber, erst einen Arm in der Jacke, stehen und sah Mac an.

Mac wandte den Blick ab; er musste sich auf seinen Anruf konzentrieren. Doch Gretchen ließ sich nicht aufhalten. Er hörte sie bärbeißig sagen: »Danke für die Information.« Dann marschierte sie zurück zu Macs Schreibtisch und blieb davor stehen. Er wehrte sie mit einer ungeduldigen Handbewegung ab. Sollte sie doch ausnahmsweise mal warten!

»Mitch Belotti ist heute Nacht gestorben«, sagte sie laut. Die noch anwesenden Polizisten drehten sich zu ihr um.

Mac erschrak. »Es ist etwas passiert«, sagte er ins Telefon. »Ich melde mich wieder. Mitch Belotti ist tot?«, fragte er und legte auf. »Wie das?«

»Bei der Arbeit. Wurde von einem Fahrzeug zerquetscht, das von der Hebebühne gerutscht ist. Es fiel auf seinen Oberkörper, bevor er sich retten konnte. Hat ihm die Brust durchbohrt und die Rippen gebrochen.« Sie schilderte ihm noch weitere Einzelheiten, von denen ihr ein befreundeter Polizist in Beaverton berichtet hatte, und Mac erfuhr, dass Mitch etwa eine Stunde nach dem Unfall von Hudson Walker und Rebecca Sutcliff gefunden wurde, die dann den Notruf alarmierten. Die Sanitäter leisteten Erstversorgung und brachten ihn ins Krankenhaus, doch Belotti verstarb fünf Minuten nach seinem Eintreffen. Die gebrochenen Rippen hatten sich in andere Organe gebohrt. Seine Verletzungen waren zu schwer, und er hatte schon zu viel Blut verloren, um noch gerettet werden zu können. »War die ganze Zeit ohne Bewusstsein«, schloss Gretchen. »Der Letzte, der ihn lebend gesehen hat, ist ein Kerl, der mit ihm zusammenarbeitet, Phil Reece. Sämtliche Aussagen decken sich laut Polizei von Beaverton.«

»Sein Tod gilt als Unfall?«

»Bisher.« Ihr Tonfall deutete an, dass es ihrer Meinung nach nur eine Frage der Zeit war, bis etwas anderes verlautbart wurde.

Mac konnte das kaum begreifen.

Gretchen bemerkte spitz: »Jemand bringt deine Verdächtigen um.«

»Vielleicht sind es mehrere Täter.«

Sie neigte den Kopf auf die Seite. »Du weißt was.«

Mac schüttelte den Kopf und bereute, sich zu früh geäußert zu haben. »Du hast Freunde bei der Polizei in Beaverton, ich habe welche bei der Polizei von Portland.«

»Spuck's aus«, verlangte sie.

»Wenn die Bestätigung vorliegt.«

»Du sprichst von der Brandstiftung im Blue Note. Weißt du, wer der Täter ist?«

»Nicht sicher.«

»Komm schon, McNally. Wir machen so große Fortschritte.« Sie lehnte sich mit der Hüfte an seinen Schreibtisch und sah ihn vielsagend an.

Mac befreite den Stoß Papier, der zwischen der Schreibtischplatte und Gretchens Hüfte eingeklemmt war. »Geh nach Hause, Sandler«, knurrte er.

»Du fängst an, mich zu mögen. Ich merke das. Was hast du vor?«, fragte sie, als Mac anfing, die dicke Akte mit der Aufschrift *Brentwood* zu durchsuchen.

Er beachtete Gretchen nicht. Er musste die Informationen, die von allen Seiten auf ihn einströmten und offenbar in keinerlei Zusammenhang standen, erst einmal sichten und sortieren. Er musste allein sein. Er brauchte Ruhe.

»Du hast eine masochistische Ader«, bemerkte sie. »Wenn du reden willst, ruf mich an.« Sie winkte ihm mit ihrem Handy zu und stapfte zur Tür.

Mac sah ihr nach und schüttelte den Kopf. Allmählich wurde sie tatsächlich zu einer aktiven Mitarbeiterin, statt eine dezernatinterne Belastung darzustellen. Es würde nicht mehr lange dauern, bis sie an ihm vorbeizog.

»Immer dann, wenn ich anfange, sie zu mögen«, sagte er trocken, dann wandte er sich wieder seinen Aufzeichnungen zu. Mitch Belotti, Ex-Sportkanone, Footballspieler, durchschnittlicher Schüler von St. Elizabeth, verheiratet und geschieden, seit fast zehn Jahren in Mikes Werkstatt angestellt. Zwei Strafzettel in den letzten zehn Jahren, keine Kinder. Nicht gerade der Hellste, aber ganz sicher niemand, den irgendwer würde umbringen wollen.

Was um alles in der Welt ging hier vor? Ihm lagen ein paar Puzzleteile vor, aber bei Weitem nicht alle. Da war mehr im Spiel, als er ahnte.

Auf der Wache herrschte wieder Ruhe; fast alle waren nach Hause gegangen. Er lehnte sich auf seinem Stuhl zurück und dachte über die Toten nach. Ohne den Computer zu benutzen zeichnete er Spalten und überschrieb sie: *Jezebel Brentwood, Glenn Stafford, Renee Walker Trudeau* und *Mitch Belotti*. Er notierte Angaben zu Geschlecht, Todestag, Sterbeort, Personenstand, engste Freunde, Nutznießer des Testaments, sofern bekannt, und zu allem, was ihm sonst noch einfiel.

Die naheliegendste Verbindung zwischen ihnen bestand darin, dass sie einander kannten, zusammen zur Schule gegangen waren. Und irgendwie hatte alles mit Jessies Verschwinden angefangen. Er kreiste ihren Namen ein. Sie war zwanzig Jahre vor den anderen ermordet worden, aber was hatte die letzen drei Todesfälle ausgelöst? Was Glenn Stafford betraf, hatte er eine Idee; die Polizei von Portland war dem Brandstifter auf der Spur. Aber er sah keinen Bezug zu Renee Trudeau und geschweige denn zu Mitch Belotti.

Mitch und Glenn waren enge Freunde gewesen, aber Renee …?

Und dann war da noch Jessie.

Renee hatte an einer Story über Jessie gearbeitet und hatte die Verbindung zur Küste von Oregon entdeckt. Glenn hatte zusammen mit Scott ein Restaurant in Lincoln City besessen, südlich von Deception Bay. Jessies Eltern waren Besitzer eines Ferienhauses in dieser Kleinstadt, aber Mitch wies, soweit

Mac informiert war, keinerlei Verbindung zur Küste auf. Kreditkartenabrechnungen belegten, dass Tim Trudeau in den letzten fünf Monaten Seaside und Deception Bay besucht hatte, etwas, was er niemandem auf die Nase gebunden hatte. Er und Renee hatten Probleme. Vielleicht hatte ihr Tod demnach gar nichts mit den anderen Todesfällen zu tun?

Mac stöhnte, erhob sich von seinem Stuhl und fuhr sich mit den Händen durchs Haar. Nach einem Blick auf das Foto seines Sohnes ging er zu den Fenstern auf der Südseite. Von dort konnte man auf den Parkplatz sehen, doch er nahm nichts wahr außer den Bildern in seinem Kopf.

Renee Trudeaus Camry wurde noch überprüft und nach irgendwelchem Beweismaterial abgesucht, doch bisher hatte sich nichts Ungewöhnliches angefunden, und das Sheriffbüro von Tillamook County hatte auch keine Werkstatt ausfindig gemacht, die einen Pick-up oder Wagen mit den typischen Schäden am Kühler repariert hatte.

Renees Handyaufzeichnungen hatten auch nichts ergeben. Ein paar Anrufe an ihren Bruder und an Freunde, aber nichts von Bedeutung. Mac fragte sich, ob ein weiterer Ausflug an die Küste neue Erkenntnisse bringen würde.

Mac ging zurück zu seinem Schreibtisch und blätterte in seinen Akten, bis er den Bericht des Mannes gefunden hatte, der Jessie Brentwood am Highway 53 aufgelesen hatte. Sie befand sich damals auf dem Rückweg vom Strand oder irgendwo in der Gegend. Hatte sie das Haus der Brentwoods aufgesucht? Warum fuhr sie per Anhalter? War dort etwas geschehen, was ihren frühzeitigen Tod bewirkte?

Hatte Renee erfahren, was das gewesen war?

Und was hatte es mit Mitchs Tod an diesem Abend auf sich? Konnte es sich wirklich um einen Unfall handeln? Oder hatte der arme Kerl einfach Pech gehabt? War der Grand Am schlicht von der Hebebühne gerutscht?

»Nein«, sagte er zu sich selbst. Nicht, wenn die anderen Yuppie-Freunde umfielen wie die Fliegen.

Er senkte den Blick auf den Stapel seiner Notizen. Alle Teile waren vorhanden, ein riesiges Puzzle, das nur noch richtig zusammengesetzt werden musste.

Becca hatte das Gefühl, als lägen ihr Steine im Magen, die sie zu Boden zogen. Ihre aufkeimende Freude über die mögliche Schwangerschaft wurde überlagert von einem grauenhaften Gefühl der Verzweiflung. Jemand brachte die Freunde um, einen nach dem anderen. Alle.

Sie sah sich im Zimmer um. Es war spät, aber sie war nicht allein. Der Großteil der Freunde hatte sich in ihrer Wohnung versammelt, nachdem sie auf die Nachricht über Mitchs Unfall hin zum Krankenhaus gerast waren. Jetzt bildeten sie einen Halbkreis vor dem Kamin. Tamara, Scott und Jarrett standen auf der einen, Zeke und Evangeline auf der anderen Seite. Der Dritte hatte sich in einen Sessel geflegelt, und Hudson stand neben Becca. Sie tranken Kaffee oder Wein, standen aber größtenteils nur da und sahen einander fassungslos an. Selbst Ringo wirkte niedergeschlagen, lag in seinem Körbchen und beobachtete die Gruppe, während die Gasheizung zischte und draußen dichter Nebel aufzog.

»Ich verstehe das einfach nicht«, sagte Tamara und setzte sich auf einen Barhocker an den Küchentresen. »Ihr alle glaubt, Mitch wäre ermordet worden, es wäre kein Unfall gewesen.«

»Nicht nur Mitch«, sagte Hudson.

Zustimmendes Gemurmel wurde laut.

»Wir haben es mit einer ganzen Serie von Morden zu tun«, bemerkte Jarrett.

»Oh nein.« Evangeline schüttelte den Kopf, dass ihr blondes Haar ihre Schultern streifte. Sie griff nach Zekes Hand, doch er hatte die Hände in die Taschen geschoben. Er hielt den Kopf gesenkt und war mit seinen Gedanken weit fort. »Ich glaube es nicht«, fuhr sie mit zitternder Stimme fort. »Kein Mensch würde Mitch oder Glenn umbringen wollen ... oder Renee.«

»Sie sind aber tot«, sagte der Dritte, dem die Dreistigkeit abhandengekommen war. Sein Gesicht war zerfurcht, das Haar, sonst immer ordentlich gekämmt, fiel ihm in die Stirn. »Da ist was im Busch. Und alles fing damit an, dass diese Kinder Jessies Leiche fanden. Jemand bringt uns um. Und es hat mit Jessie zu tun.«

»Mitchs Tod war kein Mord«, sagte Scott schaudernd.

»Jemand hat die Arretierung des Wagenhebers gelöst«, sagte Hudson. »Der Wagen ist nicht von selbst heruntergefallen.«

Scott fragte: »Hast du das bei der Polizei ausgesagt?«

»Ja. Ich wollte, dass die Karten auf den Tisch kommen. Keine Geheimnisse.«

Hudson sah Zeke fest an, und Zeke wurde rot. Sofern Zeke nicht sofort zum Telefon gegriffen und die Mitglieder der Clique angerufen hatte, wusste noch niemand, dass er der Vater des Kindes und die Leiche demnach Jessie war. Zekes Unbehagen verriet, dass er das Geheimnis noch nicht gelüftet hatte.

Zeke hielt seinem Blick nicht stand. »Wer hat die Karten verschickt?«, fragte Hudson ihn.

Vangie spürte die Spannung zwischen den beiden und fragte hastig: »Du glaubst doch wohl nicht, dass Zeke es war?«

»Nein.« In dem Punkt war er sich sicher.

Hudson fuhr fort: »Jessie hat sie nicht geschickt. Jessie ist tot. Ihre Überreste wurden im Irrgarten gefunden. Das beweisen die DNA-Proben.«

»Wie?«, fragte Scott verwundert. »Ich dachte, es läge nichts vor, womit sie Jessies DNA abgleichen können?«

»Die DNA ihres Kindes wurde mit der des Vaters abgeglichen«, erklärte Hudson. »Und der Vater ist einer von uns. Damit liegt auf der Hand, dass es sich um Jessies Leiche handelt.«

»Du bist der Vater?« Jarrett zog die dunklen Brauen zusammen. Er sah Hudson an, dann folgte sein Blick ihm langsam zu Zeke hinüber. »Ich bin der Vater«, sagte Zeke tonlos.

Die ganze Gruppe war schockiert über diese Neuigkeit. Sie wandten sich Zeke zu und sahen ihn an.

»Oh Gott«, hauchte Tamara.

Evangeline blinzelte mehrmals, als könnte ihr Verstand diese Ungeheuerlichkeit nicht fassen. »Es ist Hudsons Kind«, sagte sie schließlich. »Sie war Hudsons Freundin.«

»Ich habe mit Jessie geschlafen«, erklärte Zeke. »Wir waren hinter Hudsons Rücken zusammen.«

Becca schauderte, wünschte sich in Hudsons Arme, doch er war einen halben Schritt zurückgetreten und beobachtete das Drama, das sich unter seinen Freunden abspielte.

»Wart ihr nicht«, sagte Vangie mit Nachdruck.

»Ich bin nicht stolz darauf. Und Jessie wollte im Grunde sowieso nur Hudson. Aber ich *wollte* sie. Ich wollte sie einfach haben. Du wusstest, dass ich mich mit Jessie getroffen habe«, griff er plötzliche Evangeline an, der fast die Augen aus dem Kopf fielen. »Jessie hat mir gesagt, dass sie sich dir anvertraut hatte.«

»Nein! Nein!«

»Was zum Geier ist bloß los mit dir?«, wollte Zeke wissen. »Warum hast du solche Angst vor der Wahrheit?«

»Ich habe ihr nicht geglaubt«, behauptete Vangie. »Sie hat mich so oft gekränkt. Wir waren keine besten Freundinnen!«

»Oh Gott«, sagte Tamara noch einmal und sah Evangeline fasziniert an. »Jessie hat dir die Wahrheit gestanden, aber du hast sie nicht ertragen, weil du schon immer von Zeke besessen warst!«

»Das alles ist Jessies Schuld.« Evangeline zitterte am ganzen Körper.

»Jessie ist tot«, sagte Zeke rau. »Und Glenn und Renee und Mitch sind ebenfalls tot«, betonte Hudson.

»Ich glaubte nicht, dass du Hudson so etwas antun würdest«, sagte Evangeline. »Du würdest nicht hinter seinem Rücken agieren.«

»Ich wollte sie eben haben.« Zeke biss verärgert die Zähne zusammen. »Das wollten wir doch alle«, warf der Dritte ein, bemüht, die Situation zu entschärfen.

»Aber Zeke war offenbar derjenige, der zum Zug gekommen ist.« Jarrett fing an, die Sache mit Belustigung zu betrachten. »Darauf wäre ich nie gekommen.«

»Zeke, komm schon«, flehte Vangie. Sie schlang die Arme um seinen Oberkörper, doch er machte sich steif in ihrer Umarmung. »Wir wollen doch heiraten.«

»Tja, wer hat sie denn nun umgebracht?«, fragte der Dritte. »Zeke? Ist es das, was wir nicht aussprechen?«

»Halt's Maul, verdammt noch mal!«, verlangte Zeke wütend.

»Wenn sie umgebracht worden ist, dann war es einer von euch!« Hitzig ließ Evangeline den Blick von einem der Männer zum anderen schweifen. »Und Jessie hat diesen Kindervers verschickt, um mit dem Finger auf euch zu zeigen!«

»Wie oft muss ich es noch sagen?«, fragte Zeke. »Jessie ist tot. Sie ist seit zwanzig Jahren tot!«

»Warum hat Zeke keine Karte mit dem Kindervers bekommen?«, hakte Scott nach.

»Ja«, sagte Jarrett und sah Vangie nachdenklich an.

»Weil Evangeline die Karten verschickt hat«, erklärte Hudson ruhig. »Um uns anderen zu belasten.«

»Du bist – abscheulich!« Evangelines Augen füllten sich mit Tränen.

Becca musterte die zitternde blonde Frau und erkannte, dass Hudson recht hatte. »Du hast im Blue Note von dem Kindervers gehört, als Mitch und Glenn ihn zur Sprache brachten. Du hast Angst, Zeke könnte Jessie tatsächlich umgebracht haben. Deswegen bestehst du so unerbittlich darauf, dass sie noch lebt.«

»Nein …« Sie hob eine Hand, als wollte sie Beccas Worte abwehren.

»Du hast es nie wirklich geglaubt, dass sie weggelaufen ist«, fuhr Becca fort. »Du hast von Anfang an geglaubt, dass sie tot ist.«

»Jessie war so eine Art Hexe! Sie konnte in die Zukunft schauen, glaubt mir! Sie wusste, dass sie sterben würde. Aber Zeke war es nicht!«

»Hast du sie umgebracht?«, fragte Tamara.

Ein Klagelaut entrang sich Vangies Brust. Sie klammerte sich Hilfe suchend an Zeke, als der Schrei durch das Zimmer hallte. Becca wandte sich zu Hudson um und er nahm sie rasch in die Arme.

»Du hast sie umgebracht«, sagte Scott verwundert.

»Nein! Das könnte ich nie! Es war jemand anderer. Ein schlechter Mensch. Renee hatte recht. Jessie glaubte, dass jemand es auf sie abgesehen hatte. Dass jemand sie jagte. Sie war am Strand gewesen, um ihre Vergangenheit zu erforschen. Und dieses … *Wesen* … hat sie gefunden!«

»Probleme«, sagte Becca.

»Erfinde nur noch mehr Geschichten.« Der Dritte erhob sich aus seinem Sessel und sah Vangie böse an. »Dieser idiotische Mystikkram. Du hast sie umgebracht. Du hast sie gejagt und sie umgebracht, weil sie von Zeke schwanger war.«

»Zeke«, flehte Evangeline. »Sag ihnen, dass das nicht wahr ist.« Ihre Wangen waren nass von Tränen.

»Ich habe die Umschläge im Schredder gefunden, Vangie. Blaue Fetzen. Du hast das Beweismaterial vernichten wollen. Ich habe die Fetzen für die Polizei sichergestellt.«

»Was?« Sie wich vor ihm zurück, ließ ihn langsam los. Ihr Gesicht war eine Maske des Grauens.

»McNally hat es geahnt. Als er mir sagte, dass meine DNA mit der des Kindes übereinstimmt, hat er auch fast schon ausgesprochen, dass du die Karten verschickt hast. Er weiß es, Vangie.«

»Warum hat er sie dann noch nicht verhaftet?«, wollte Scott wissen.

»Weil ich nicht glaube, dass sie Jessie ermordet hat.«

»Ich hab sie nicht ermordet.« Ein Hoffnungsfünkchen schwang in ihrer Stimme mit.

»Sie hat die Karten verschickt. Sie hatte Angst, ich könnte Jessies Mörder sein. Aber Jessies Tod, ich weiß nicht. Und Glenn und Renee und Mitch ...« Zeke schloss die Augen und schüttelte matt den Kopf. Als Evangeline wieder versuchte, ihn zu umarmen, wich er zurück, als hätte er sich verbrannt. »Wir sind fertig miteinander, Vangie.«

»Okay, okay. Ich glaube ja, dass Jessie tot ist. Und ich habe die Karten verschickt –, aber nicht, weil ich glaubte, du hättest sie umgebracht. Ich wollte nur, dass wir endlich Ruhe vor den Ermittlungen haben. Ich liebe dich, Zeke«, bettelte sie. »So sehr.«

Er sah sie ein wenig hilflos an. »Aber ich liebe dich nicht. Ich habe dich nie wirklich geliebt.«

20. Kapitel

»Sie hat sich viel Mühe gegeben«, bemerkte Mac und drehte die Karte mit dem Kindervers und Hudsons Namen um, die Becca und Hudson ihm gezeigt hatten. Er holte die an Mitch adressierte Karte hervor, die ihm bereits vorlag, und hielt sie zum Vergleich neben die andere.

Becca spürte, dass der Detective sie nicht ganz ernst nahm, und richtete den Blick fragend auf Hudson, doch Hudson sah McNally an. Seit Mitchs Tod und dem Treffen in Beccas Wohnung waren drei Tage vergangen. Sie und Hudson hatten sich gefragt, wann Zeke und Evangeline zur Polizei gehen würden, doch als Mac anrief und höflich um ein weiteres Treffen bat, hatten sie zugestimmt, ihn auf dem Revier in Laurelton aufzusuchen. McNally hatte ihnen versichert, es handle sich nur um ein formloses Gespräch, und Hudson und Becca beschlossen, Zeke und Evangeline zuvorzukommen, damit die Ermittlungen in Renees Unfall von der Stelle kamen.

Die Polizistin erschien mit vier Pappbechern Kaffee, reichte sie herum und nahm etwas abseits Aufstellung.

»Danke«, sagte McNally. Sie zuckte die Achseln.

»Zeke sagte, Sie wüssten wohl schon, wer die Karten verschickt hat«, sagte Hudson. »Anscheinend haben Sie ihm diese Schlussfolgerung nahegebracht.«

Mac neigte den Kopf. »Ich dachte, es müsste eine Frau gewesen sein. Und als Zekes DNA-Ergebnisse vorlagen, erschien es mir durchaus möglich.«

»Offenbar halten Sie Evangeline nicht für eine Mörderin, sonst hätten Sie sie längst verhaftet«, bemerkte Hudson.

»Wir denken an jemand anderen«, entfuhr es Gretchen.

Mac spürte Wut aufsteigen, doch er beherrschte sich. Er hatte Gretchen anvertraut, was er von der Polizei in Portland erfahren hatte, aber sie neigte noch immer dazu, zu früh mit einer Äußerung herauszuplatzen. Das trieb ihn in den Wahnsinn.

»An wen?«, fragte Hudson. Beide Detectives zögerten, und das ärgerte ihn. »Falls Sie Informationen darüber haben, wer meine Schwester umgebracht hat, will ich es wissen.«

»Wir ermitteln in dem Brandstiftungs-/Mordfall im Blue Note«, sagte Mac. »Einer aus Ihrer Clique ist zum Verhör in Portland geholt worden.«

»Wer?«, fragte Hudson.

»Scott Pascal.«

Um ein Haar wäre Beccas Kaffee übergeschwappt. »Wie bitte?«

»Scott war Glenns Geschäftspartner«, sagte Hudson.

»Ihre Geschäfte waren in den roten Zahlen. Die Polizei von Portland hat Beweise dafür, dass er sich in der fraglichen Nacht in der Gegend aufgehalten hat. Wir glauben, dass er den Brand gelegt hat.«

»Aber er und Glenn waren Freunde!«, protestierte Becca.

»Geld hat einen sonderbaren Einfluss auf Menschen«, sagte Mac.

»Hat er mal was mit Ihrer Schwester gehabt?«, fragte die Polizistin Hudson.

»Nein.«

»Er war nicht scharf auf sie? Wollte sie nicht tot sehen?«

Becca schnappte nach Luft.

»Nein.« Eine Ader pochte an Walkers Hals; seine Wut war unübersehbar.

Mac warf Gretchen einen bezwingenden Blick zu, dann sagte er: »Ich habe vor, der Polizei in Portland jede nur erdenkliche

Information darüber zukommen zu lassen, warum Scott Pascal Glenn Stafford, Renee Trudeau und Mitch Belotti umgebracht haben mag. Deswegen habe ich Sie hergebeten. Fällt Ihnen noch irgendein Zusammenhang ein, den wir übersehen?«

Becca und Hudson sahen zuerst einander, dann Mac an.

»Mitch war harmlos«, sagte Becca.

»Vielleicht nicht, falls Stafford Belotti seinen Verdacht anvertraut hatte, dass Scott Pascal Geld veruntreute. Und dann hat Belotti zwei und zwei zusammengezählt und erkannt, dass Pascal mehr gewann, wenn er das Restaurant niederbrannte, statt zu versuchen, es über Wasser zu halten.«

»Er hätte Glenn nicht umgebracht.« Becca war sich sicher.

»Das könnte unbeabsichtigt geschehen sein. Falls Pascal glaubte, er könnte Stafford besser kontrollieren, wenn das Restaurant nicht mehr bestand, dann hat er ihn vielleicht nicht mit Absicht umgebracht.«

»Und Renee?«, fragte Walker finster.

»Das versuche ich ja gerade herauszufinden«, antwortete Mac mit einem Seufzer.

»Sie hatte nichts mit Scott zu schaffen.«

»Beide fuhren oft an den Strand.«

»Beruflich«, gab Hudson zu bedenken.

»Und um vielleicht ein bisschen Nachmittagsspaß zu haben«, sagte die Polizistin.

McNallys Telefon klingelte, und er zögerte kurz, bevor er den Hörer abnahm. Alle saßen angespannt da, während der Detective lauschte und fast nur einsilbige Antworten gab. Als er aufgelegt hatte, sagte er: »Danke fürs Kommen.«

»Das war's?«, fragte Hudson.

»Im Moment, ja.«

»Sie irren sich, was meine Schwester und Scott angeht«, sagte Hudson, als er und Becca ihre Jacken anzogen und zur Tür gingen.

Mac blickte ihnen nach, ohne zu antworten. Als sie fort waren, sah Gretchen ihn mit hochgezogenen Brauen an.

»Man hat uns zu Pascals Vernehmung eingeladen«, sagte Mac. »Vielleicht finden wir da ein paar Antworten.«

»Renee hatte nie was mit Scott«, sagte Hudson fest und trat aufs Gas. Der Pick-up machte einen Satz und entfernte sich vom Parkplatz des Polizeipräsidiums.

»Nein«, pflichtete Becca ihm bei. Ihr schwirrte der Kopf von all den Informationen, aber was ihr immer noch in den Ohren klang, war Detective Sandlers letzte Bemerkung.

Und um vielleicht ein bisschen Nachmittagsspaß zu haben.

Es weckte Erinnerungen an all die Nachmittage und Tage und Nächte im Bett mit Hudson und daran, dass sie ihre Regel noch nicht bekommen hatte.

Hudson bahnte sich im dichten Verkehr seinen Weg zurück zu Beccas Wohnung. Die Sonne erhob sich über eine Wolkenbank und versprach einen klaren Tag. Er folgte zwei Motorradfahrern, die nebeneinander herfuhren. »Renee und Scott waren kaum mehr als Bekannte.«

»Und wenn sie in Deception Bay oder Lincoln City etwas entdeckt hatte, was ihn in Verbindung mit den anderen Morden brachte, und er glaubte, sie beseitigen zu müssen …«

»Glaubst du so etwas?«, wollte er wissen.

»Eigentlich nicht. Die Polizei bringt mich immer völlig durcheinander.«

Hudson brummte etwas Unverständliches. »Renee ist einer Story nachgejagt. Das hatte nichts mit Scott zu tun.«

»Und umso mehr mit Jessie.« Becca hatte plötzlich ein flaues Gefühl im Magen. Sie atmete tief durch. »Würdest du bitte bei einem Safeway anhalten? Ich brauche etwas zu trinken.«

»Ist dir wieder übel?«

»Ein bisschen.«

Als er einen Parkplatz ansteuerte, hielt sie den Türgriff so fest umklammert, dass sich die Haut um ihre Knöchel spannte. Sie zögerte einen Moment.

»Du bist doch nicht schwanger, oder?«, fragte Hudson, halb im Scherz. Beccas Zaudern war Antwort genug. Hudson sah sie an. »Nun? Bist du schwanger?«

»Vielleicht. Ich weiß es noch nicht.«

»Ich dachte, du nimmst die Pille«, sagte er tonlos.

»Daran habe ich überhaupt nicht gedacht. Seit meiner Hochzeit habe ich nicht mehr verhütet. Ich habe einfach …« Sie wusste nicht, wie sie es ihm erklären sollte. Sie konnte es sich ja selbst kaum erklären.

»Aber du bist noch nicht sicher.«

»Nein. Bisher ist es nur eine Vermutung. Ich wollte mir längst einen Schwangerschaftstest besorgt haben, aber so vieles ist inzwischen passiert. Vielleicht bin ich gar nicht schwanger. Vielleicht habe ich nur eine Magenverstimmung.« Sie wandte den Blick ab. »Ich habe Angst vor der Wahrheit. Angst, dass es nicht stimmen könnte«, gestand sie hastig.

»Du möchtest gern schwanger sein?«

»Ja«, sagte sie mit Nachdruck. »Ja, ich wünsche mir schon seit einer Ewigkeit ein Kind. Ich habe es nicht geplant. Ich habe nicht darüber nachgedacht. Es war reine Gefühlssache … ich wollte dich …« Sie hörte den aufgeregten, bittenden Unterton in ihrer Stimme und musste sich abwenden. Wenn er es nicht wollte, würde sie ihn verstehen. Ja. Sie würde sich zwingen, ihn zu verstehen.

»Tja …«, sagte er gedehnt.

»Tja«, wiederholte sie.

»Dann sollten wir uns mal lieber Sicherheit verschaffen.«

Sie konnte sein Verhalten nicht deuten. »Es wäre in Ordnung für dich?«

»Ich muss das … noch verarbeiten.«

Da hörte sie etwas in seiner Stimme, eine Spur von Staunen. »Ja?«, fragte sie unsicher.

»Ja.«

»Okay«, sagte sie und ließ ihn nicht aus den Augen.

Ein Kind, dachte er.

Womöglich bekam er tatsächlich ein Kind.

Um es auf der Ranch großzuziehen, auf der er selbst aufgewachsen war. Er hatte es nicht geplant, hatte es nicht einmal in Erwägung gezogen, doch jetzt, da ihm die mögliche Vaterschaft in Aussicht gestellt wurde, fühlte er sich erstaunlich beschwingt und freudig erregt. »Ein Kind«, sagte er laut. »Unser Kind.«

»Es ist ja noch nicht sicher. Mein Zyklus ist nicht unbedingt der regelmäßigste.«

»Da drüben gibt es solche Tests, nicht wahr?« Er deutete auf einen Supermarkt.

»Sie haben eine Drogerieabteilung.« Sie legte die Hand auf den Türgriff und sah sich mit einem eifrigen Lächeln in den Mundwinkeln nach Hudson um. »Und wenn es stimmt?«

»Und wenn es stimmt«, wiederholte er lächelnd, und in einer Gefühlsaufwallung glitt Becca zurück auf den Sitz und umarmte und küsste ihn wild, bis sie ein grollendes Lachen in seiner Brust hörte und seine Arme hart in ihrem Rücken spürte.

Scott Pascals Vernehmung fand in einem kahlen, schmalen Raum statt, in dem sich nur zwei rechteckige Tische und acht Metallstühle befanden. Wie erwartet, hatte Scott einen Anwalt genommen. Als Mac und Gretchen auf dem Revier ankamen, rechneten sie halb damit, dass die Vernehmung schon gelaufen wäre, doch Pascals Anwalt war aufgehalten worden, sodass sie den Vorgang in voller Länge hinter dem Spiegelfenster mitverfolgen konnten. Die Einladung war ausgesprochen worden, weil ihr Fall in einem Zusammenhang mit der Brandstiftung und dem Mord im Restaurant stand. Ein Stellvertretender Bezirksstaatsanwalt und ein weiterer Polizist vervollständigten die Vierergruppe, die die Vernehmung beobachtete. Natürlich wurde sie auch aufgezeichnet.

Der Kerl schwitzte, wirkte nervös und hörte vor jeder Antwort erst einmal an, was sein Anwalt zu sagen hatte. Doch es fiel ihm nicht leicht zu erklären, warum sein Fahrzeug zum Zeitpunkt der Explosion dank einer Überwachungskamera auf dem Parkplatz eines drei Blocks entfernten Einkaufszentrums entdeckt worden war. Eine weitere Kamera hatte Scott erwischt, als er um ein Haar eine rote Ampel überfahren hätte, und eine Angestellte, die ihr Fahrzeug beim Blue Note zurückgelassen hatte, um mit einer Freundin etwas trinken zu gehen, sagte aus, sie hätte Scott durch den Kücheneingang ins Restaurant gehen sehen, als sie abfuhr. Die Behauptung des Brandermittlers, dass das Feuer durch Brandstiftung ausgelöst worden war, brachte Pascal in noch größere Schwierigkeiten.

Scott saß in der Klemme.

Er wusste es. Die Bullen wussten es. Und sein verkniffener Anwalt wusste es. Als ihm das Beweismaterial unterbreitet wurde, brach Scott zusammen und legte den Kopf auf den Tisch.

»Dürfte ich meinen Klienten bitte kurz unter vier Augen sprechen?«, fragte der Anwalt.

Auf der anderen Seite des Fensterspiegels nickte der Stellvertretende Bezirksstaatsanwalt, ein flott gekleideter Afroamerikaner mit kurz geschorenem Haar und randloser Brille. »Er wird sich schuldig bekennen wollen, um Strafminderung zu bekommen.«

»Wird auch Zeit«, sagte McNally. Endlich gab es einen Durchbruch in seinem Fall. »Wenn er das tut, mal sehen, was er weiß. Er hat den Brand gelegt und seinen Partner umgebracht. Ich will Genaues über die anderen Toten wissen. Ich glaube, er hat Mitch Belotti ermordet, damit er nichts ausplauderte.«

»Wir kümmern uns darum«, sagte der Stellvertretende Bezirksstaatsanwalt, »und wir werden auch herausfinden, ob er etwas über den Fall Jezebel Brentwood weiß.«

Mac bezweifelte zwar, dass Pascal den Mord an dem Mädchen zugeben würde, doch ein Anfang war gemacht. Endlich kam der Fall seiner Klärung näher. Bis auf Renee Trudeau. Pascal war an dem Tag, als ihr Camry durch die Leitplanke von dem Felsen ins Meer gestoßen wurde, in Portland gewesen.

Aber er könnte einen Komplizen gehabt haben. Oder es gab, wie Mac allmählich vermutete, einen zweiten Mörder.

Im Verhörraum sagte Scotts Anwalt: »Ich möchte den Bezirksstaatsanwalt sprechen. Mein Klient ist bereit, alles auszusagen, was er weiß, aber in Anbetracht dieser Zeugenaussage ...«

»... dieses Geständnisses«, berichtigte einer der Polizisten.

»... wüsste Mr Pascal gern, was er erwarten kann.«

»Er will einen Deal«, sagte einer der Polizisten mit einem Blick ins Spiegelfenster.

»Okay, die Show beginnt.« Der Stellvertretende Bezirksstaatsanwalt verließ den Beobachtungsraum, und in den nächsten paar Minuten gestand Scott, dem man zugesichert hatte, dass er nicht die Todesstrafe bekommen würde, er hätte das Blue Note in Brand gesetzt und auch Mitch Belotti umgebracht.

»Wusste ich's doch. Dieser Mistkerl«, flüsterte Mac und verfolgte Scotts Erklärungen. Scott schwitzte und streckte die Hände aus, als erwartete er, dass ein denkender Mensch doch seine Beweggründe verstehen müsste.

»Das Restaurant verschlang Unsummen. Das Blue Note war nicht zu retten, und Glenn, er wollte es nicht glauben.«

»Weil Sie die Bücher gefälscht haben. Und einen Teil des Geldes ins Casino in Lincoln City getragen haben. Auch darüber haben wir Belege gefunden«, sagte der Polizist und nahm Pascal anscheinend damit allen Wind aus den Segeln. »Seien Sie lieber ehrlich, Pascal, sonst gilt unser Deal nicht.«

»Okay, okay, ich habe ein bisschen vom Firmenkapital ›geliehen‹. Viel war es nicht. Himmelherrgott, das Ding gehörte doch mir. Ich war der Kopf hinter dem ganzen Unternehmen. Glenn mit seinem ewigen Ehestress war nutzlos.« Er war rot im Gesicht, wurde schon wieder wütend.

»Deshalb wollten Sie ihn dann beseitigen.«

»Nein … eigentlich nicht. Ich wollte nur das Restaurant niederbrennen. Ich wusste nicht, dass Glenn noch drinnen war. Das war reiner Zufall.«

»Ein Zufall, der Ihnen sehr zustatten kam«, sagte der Polizist. »Keine Sorgen wegen Glenn Stafford mehr.«

»Er hätte nicht da sein sollen! Es war seine eigene Schuld, nicht meine!«

»Ach, du liebe Zeit«, flüsterte Mac, den Blick unverwandt auf das Spiegelfenster gerichtet.

»Und Belotti?«

Scott fuhr sich nervös mit der Hand über die Stirn. »Das macht mir wirklich zu schaffen. Die Sache ist einfach außer Kontrolle geraten. Zuerst Glenn, und dann fing auch noch Mitch an, Fragen zu stellen. Ich hatte keinen Krach mit ihm. Er war nicht der Hellste, aber ein prima Kerl. Doch Glenn hatte ihm so einiges gesagt, und ich ahnte, dass er sich seinen Reim darauf machte.« Pascal schien, das musste man ihm lassen, wirklich Schuldgefühle zu haben. »Im Irrgarten wurde die Leiche gefunden, wir erhielten diese Karten, und zuerst dachte ich, ich sollte nicht sagen, dass ich auch eine bekommen hatte … Aber als alle außer Zeke eine kriegten, erschien es mir doch günstiger, wissen Sie? Die blöde Evangeline wollte ihn schützen, aber stattdessen lenkte sie den Verdacht auf ihn.«

»Aber Sie stehen im Verdacht, vier Menschen ermordet zu haben.«

»Vier! Nein!« Scott wollte von seinem Stuhl hochspringen, doch sein Anwalt legte ihm besänftigend die Hand auf den Arm.

»Mr Pascal sagt Ihnen, was er weiß. Was den Tod von Glenn Stafford und Mitch Belotti betrifft.«

»Und was ist mit Renee Trudeau und Jezebel Brentwood?«

Scott wartete die Antwort seines Anwalts nicht ab. »Damit habe ich nichts zu tun. Ich war nicht mal in der Nähe der Küste, als Renee den Unfall hatte. Ich habe doch ein Alibi. Ich war auf einer Konferenz mit ein paar Bankern wegen der Neufinanzierung des Blue Ocean. Das Treffen hat in Portland in der Second Community Bank stattgefunden. Fragen Sie meinen Banker, David Sheen.«

»Das tun wir.«

»Und ich habe auch Jessie nicht umgebracht. Ich kannte sie ja kaum.« Er wirkte beinahe überzeugend. Tränen schimmerten in seinen Augen. »Sie müssen mir glauben.« Gepeinigt sah er in das leere Gesicht seines Anwalts. »Es ist die Wahrheit. Ich habe Renee nicht umgebracht und ich habe Jessie nicht umgebracht. Und ich weiß nicht, wer es getan hat.«

Becca saß auf dem Wannenrand und betrachtete das Stäbchen in ihrer Hand, dessen zwei leuchtend rosa Streifen ihr sagten, dass sie tatsächlich schwanger war.

»O mein Gott«, hauchte sie und betrachtete die zwei Linien voller Staunen.

Ich bekomme ein Baby. Hudsons Baby! Zum zweiten Mal.

Sie blinzelte die Tränen fort und sagte sich, dass sie jetzt nur durch die Tür zu treten und es Hudson mitzuteilen brauchte, der unten wartete. Er hatte ihr Glück gewünscht, als sie die Treppe in ihrer Wohnung hinauflief, den Schwangerschaftstest in der Hand. Falls sie sich nicht verrechnete, würde das Kind gegen Ende November oder Anfang Dezember zur Welt kommen. *Ein Weihnachtsbaby!*

»Hör auf!«, sagte sie, wollte sich nicht in all diesen Märchenträumen verlieren. Dafür war es noch zu früh.

Diesen steinigen Weg war sie schon einmal gegangen.

Doch es war an der Zeit, Hudson zu informieren, dass er gegen Jahresende eindeutig Vater sein würde. Sie erhob sich rasch und hatte dabei das Gefühl, den Boden unter den Füßen zu verlieren. Die Wände drangen auf sie ein. Eine Vision ... Ihr Kopf fühlte sich an, als wollte er zerspringen.

Oh, nein! Nicht jetzt!

Ihr Blick trübte sich, und ihr war, als drohte eine Ohnmacht. Sie hielt sich am Waschbecken fest und ließ das Teststäbchen fallen. Mit pochendem Kopfschmerz sah sie sich im Spiegel, doch ihr Bild löste sich in wässrige Wellen auf. Meergeruch hing in der Luft und im Spiegel sah sie dasselbe halbwüchsige Mädchen wie früher. Wieder auf einem Felsvorsprung, den Wind im Haar, die Augen, denen Beccas so ähnlich, aufgerissen vor Angst, die Haut beinahe durchscheinend. Dunkle Wolken zogen über ihr, tief unten toste die aufgewühlte See.

»Jessie«, flüsterte Becca. Das Mädchen sah sie an und legte einen Finger an die Lippen.

Doch dieses Mal war Jessie nicht allein. Dieses Mal erhob sich jemand drohend hinter ihr, eine dunkle, gesichtslose Gestalt, eine übel gesinnte Präsenz, derer Jessie sich nicht bewusst zu sein schien. Becca schrie auf, und der Dämon schien sie direkt anzusehen. Seine Augen waren verborgen; er hielt die Nase in die Luft, als nähme er Witterung auf.

Zwar konnte Becca seine Züge nicht erkennen, doch tief im Herzen wusste sie, dass es dieses Monster war, vor dem Jessie Angst gehabt hatte.

Ihre Knie knickten ein, doch sie hielt sich am Waschbecken fest und erkannte, dass die Gestalt etwas Vertrautes an sich hatte, das ihr in die Knochen fuhr und erfüllt war von etwas Bösem, so dunkel wie die Unterwelt. »Jessie«, wollte sie zur Warnung noch einmal rufen, doch ihre Stimme versagte, und sie glitt langsam zu Boden.

Jessie war längst tot. Das wusste sie … oder? Aber dieses Mädchen … sie sah Jessie so ähnlich. Diese grauenvolle Gestalt, diese bösartige Macht hatte sie bereits getötet. Das Mädchen auf dem Felsvorsprung war nur ein Geist, der Geist des Mädchens, das im Irrgarten von St. Elizabeth ermordet und begraben worden war. Das wusste Becca.

Aber warum war Jessie zurückgekehrt, um sie heimzusuchen?

Nicht, um dich heimzusuchen … Um dich zu warnen …

War das ihr eigener Gedanke oder hatte Jessies Mund die Worte geformt?

Sie wusste es nicht, aber die ominöse Gestalt mit der schwarzen Kapuze kam näher, die Nase in der Luft, so nahe, dass Jessie ihn doch hätte spüren müssen. Sie musste doch die Wärme seines fauligen Atems im Nacken fühlen, und trotzdem bewegte sie sich nicht.

Pass auf! Jessie, lauf weg! Lauf, so schnell und so weit du kannst!

Jessie richtete unhörbare Worte an Becca, dann sah sie sich nach dem Monster um. Beccas Herz hämmerte, Angst jagte durch ihre Adern, doch Jessie, das Gesicht im Wind, blieb reglos stehen. Versuchte nicht zu flüchten. *Nein!*

Das Monster hielt inne. Es zog ein Messer aus den Falten seines Umhangs und starrte über Jessies Schulter hinweg Becca ins Gesicht. Becca rang nach Luft. Das war es, was Jessie getötet hatte.

Und es war jetzt hinter ihr, Becca, her.

21. Kapitel

»Becca?«

Wie aus weiter Ferne hörte sie ihren Namen. Er hallte in ihrem Kopf nach.

»*Becca!*«

Hudson? War das Hudsons Stimme?

»Ich komme jetzt rein.«

Sie blinzelte, öffnete die Augen und blickte ins helle Licht ihres eigenen Badezimmers. In ihrem Kopf bohrte ein dumpfer Schmerz, und sie lag auf dem kalten Fliesenboden, der Kopf nur Zentimeter von der Wanne entfernt, während die Füße sie fast berührten. Sie erinnerte sich an den Dämon in ihrer Vision, konnte beinahe noch den Salzwassergeruch wahrnehmen, der ihm anhaftete. War er überhaupt Wirklichkeit?

»Lieber Gott«, flüsterte sie und dachte an ihr Ungeborenes.

Reglos lag sie da, versuchte, sich zusammenzureißen, nicht vor Kälte und Angst zu zittern.

Die Badezimmertür öffnete sich einen Spalt, und Hudson, in voller Lebensgröße, trat ein. Als er sie am Boden liegen sah, wurde er leichenblass. »Was ist passiert?« Im nächsten Moment war er bei ihr, ließ sich neben ihr auf die Knie sinken. »Ist alles in Ordnung? Becca!« Er musterte sie mit besorgtem Blick, hob sie hoch und nahm sie in die Arme.

Sie verzog das Gesicht vor Schmerzen, dann aber dachte sie an den Schwangerschaftstest. Wohin war das Stäbchen verschwunden?

»Du hattest wieder eine Vision«, erkannte er sorgenvoll.

»Ja.« Sie rieb sich die Stelle am Hinterkopf, wo sie auf den Boden aufgeschlagen war. »Aber mir geht's gut.«

»Du musst zum Arzt.«

»Nein. Alles wird gut.« Sie entdeckte den Schwangerschaftstest mit den zwei hellen Linien, die bezeugten, dass sie schwanger war, hob ihn auf und reichte ihn wortlos Hudson.

Er betrachtete die beiden rosa Streifen. »Das bedeutet …?«

»Positiv. Kannst du immer noch damit leben?«, fragte sie ihn besorgt.

»Ich würde mich besser fühlen, wenn du zum Arzt gehen würdest. Du bist schwanger«, sagte er, als ob sie dieser Erinnerung bedürfte. »Und diese Visionen … die machen mir Sorgen.«

»Ich weiß, ich weiß.« Mühsam setzte Becca sich auf. »Aber du bist einverstanden mit dem Baby? Ich muss das wissen.«

»Ja. Mehr als einverstanden. Aber wir fahren in die Notaufnahme nach Laurelton.« Sie ließ sich widerstrebend von ihm hochziehen. »Ich möchte sicher sein, dass dir und dem Baby nichts fehlt. Später lassen wir uns dann einen Termin bei deinem Arzt geben. Du hast doch einen Arzt?«

»Ja. Aber …«

»Komm schon.«

Er führte sie hinaus zu seinem Pick-up, und trotz ihrer fortgesetzten Versicherungen, dass es ihr gut gehe, fuhren sie zum Krankenhaus in Laurelton. Es war an einen steilen Hang gebaut, sodass der zweite Stock auf der einen Seite gleichzeitig das Erdgeschoss auf der anderen bildete, wo die Rettungswagen einfuhren.

Es überraschte Becca, dass Hudson mit in den Untersuchungsraum gehen wollte. »Ich kann das allein«, sagte sie mit einem Lächeln.

»Ich will mit dem Arzt über deine Visionen reden.«

»Das habe ich mit meinen Eltern schon durchgemacht. Es war immer alles in Ordnung.«

»Du warst auch noch nie schwanger«, sagte er, und ihr Herz krampfte sich zusammen. »Inzwischen scheinst du immer öfter welche zu haben. Vielleicht besteht da ein Zusammenhang. Ich weiß nicht.«

Die Ärztin kam, eine junge Frau mit einem Pferdeschwanz und einem strengen Gesicht, das vermuten ließ, dass sie noch nie im Leben einen Augenblick der Freude geduldet hatte. »Sie kommen wegen eines Schwangerschaftstests?«

»Und zur Untersuchung«, sagte Hudson. »Sie leidet an heftigen Kopfschmerzen, die offenbar Halluzinationen hervorrufen.«

Die Ärztin sah Becca an. »Haben Sie im Augenblick Kopfschmerzen?«

»Ich will mir nur bestätigen lassen, dass ich schwanger bin«, sagte Becca. »Und dann mache ich einen Termin mit meinem Hausarzt aus.«

»Ich kann Sie vorläufig untersuchen, aber es hört sich nach einer Sache für den Neurologen an. Sie sollten vielleicht weitere Untersuchungen ins Auge fassen.«

»Ja, das werde ich dann tun.« Becca war entschlossen.

Sie sah Hudson an, und er schien protestieren zu wollen, unterließ es dann aber.

»Ich bin im Wartezimmer«, sagte er.

Zwanzig Minuten später verließ Becca das Untersuchungszimmer. Ein zittriges Lächeln umschwebte ihre Lippen. Sie fing an zu lachen, als Hudson aufsprang und ihr bis zu den Türen der Notaufnahme entgegenkam. »Wir werden Eltern«, sagte sie, und er packte sie und küsste sie heftig unter dem Applaus der übrigen Patienten im Wartezimmer.

»Ich liebe dich«, sagte er, und sie schloss ganz fest die Augen, um diesen Moment voll auszukosten.

»Und ich liebe dich«, platzte sie heraus.

Tränen drohten, doch sie lachte sie fort. Und sie sprach die Worte nicht aus, die ihr auf der Zunge lagen. *Ich habe dich schon immer geliebt.*

Mac hätte euphorisch sein müssen, weil sich ein Stück des Puzzles endlich zusammenfügen ließ. Die Polizei von Portland hatte Scott Pascal verhaftet, er hatte sein Geständnis unterschrieben. Zwei Morde waren aufgeklärt. Als Gegenleistung hatte der Täter Strafminderung verlangt.

Zwei Mordfälle blieben aber noch ungelöst, und Mac war der Aufklärung keinen Schritt näher gekommen, wusste nicht einmal, ob ein Zusammenhang bestand, wenn es auch so aussah. Renee hatte an einer Story über Jessie gearbeitet und jemand hatte sie umgebracht. Es stand zu vermuten, dass sie etwas in Erfahrung gebracht hatte, was den Mörder, der zwanzig Jahre unbehelligt geblieben war, verraten könnte.

Er saß im Mannschaftsraum an seinem Schreibtisch. Telefone klingelten, ein Faxgerät summte, Gesprächsfetzen flogen zwischen den Arbeitsplätzen hin und her, doch Mac nahm es kaum wahr. Und er konnte sich auch nicht auf den Bericht konzentrieren, den er über eine Kneipenschlägerei mit tödlichem Ausgang schreiben musste. Oder den über den Fall von häuslicher Gewalt, in dem ein Kind seinen Vater erschossen hatte, statt noch einmal eine Tracht Prügel mit dem Gürtel hinzunehmen. Beide Berichte befanden sich schon in seinem Computer und mussten nur noch aufpoliert werden.

Aber was hatte Renee in Erfahrung gebracht?

Oder befand er sich auf dem Holzweg und versuchte, einen nicht vorhandenen Zusammenhang herzustellen, bloß weil er den Fall Brentwood unbedingt aufklären wollte? Tim Trudeau war eindeutig eine Möglichkeit. Sein Alibi – seine Reinigungskraft hatte ausgesagt, er wäre am Tag des Unfalls ganz bestimmt zu Hause gewesen – könnte sich als unhaltbar erweisen. Im Verhör hatte sich Aida Hernandez hinter einer Sprachbarriere versteckt, die nach Macs Meinung wahrscheinlich gar nicht vorhanden war. Doch ihre Dolmetscherin, Sergeant Delgado, hatte darauf bestanden, dass Hernandez die Wahrheit sprach. »Sie hat Angst, aber nicht vor Tim«, versicherte Anna Maria Delgado Mac gegenüber. »Aida ist sehr religiös. Sie lügt nicht ohne Not.« Delgado, deren Eltern aus Mexiko stammten, war genauso klug wie schön. Gewöhnlich war ihr Wort für Mac Evangelium, doch Mac hatte Trudeau überprüft und war nicht restlos von der Unschuld des Kerls überzeugt.

Trudeau hatte finanzielle Motive. Zwar waren sie geschieden, doch zum Zeitpunkt ihres Todes hatte Renee ihr Testament noch nicht geändert. Ihr Exmann würde trotz der Scheidung in den Genuss der Lebensversicherung über einhunderttausend Dollar, der Bankkonten im Wert von dreiundzwanzigtausend Dollar, Renees Rentenkonto und dem Haus kommen, das sie aus dem von Hudson ausbezahlten Anteil an der Ranch ihrer Eltern gekauft hatte und dessen alleinige Besitzerin sie war. Alles in allem: mehr als eine halbe Million, fast schon drei Viertel.

Kein schlechtes Motiv für einen Mord.

Er kratzte die Bartstoppeln an seinem Kinn und dachte angestrengt nach. Warum hatte er die ganze Zeit über schon das Gefühl, dass er etwas übersah, etwas Wichtiges, etwas direkt an der Oberfläche seines Bewusstseins? Er blickte auf den Monitor. Das Bild war geteilt und zeigte Fotos von Jessie mit sechzehn und die computergenerierten Bilder. Sie stimmten exakt überein.

Nein … Es war kein Zufall, dass Renee Walker und Jezebel Brentwood tot waren. Das konnte er nicht glauben. Logischerweise musste ein Zusammenhang zwischen den beiden Mordfällen bestehen.

Und er glaubte Scott Pascal. Der Mann war verzweifelt bemüht gewesen, sie zu überzeugen, dass er nichts mit dem Tod von Jessie Brentwood und Renee Trudeau zu tun hatte. Sein nachdrückliches Abstreiten hatte ehrlich und empört geklungen, als ob es einen Sinn ergäbe, selbstgerecht zu sein, weil er die Frauen *nicht* umgebracht hatte, während er den Mord an zwei Männern gestand – zwei seiner besten Freunde. Und weswegen? Wegen Geld. Wegen Schulden.

Gedankenverloren nahm er das glatte Stückchen Austernschale zwischen Zeigefinger und Daumen. Ein Stück der Muschel einer Auster, wie sie in den Meeresarmen und Buchten vor der nördlichen Küste von Oregon zu finden waren.

Alles führte zurück an den Strand.

Jessie Brentwoods Eltern besaßen ein Häuschen über dem Meer in Deception Bay. Und von Jessie wusste man, dass sie kurz vor ihrem Verschwinden auf der Straße von der Küste landeinwärts per Anhalter gefahren war. Renee Trudeau, die für eine Story über Jessie Brentwood recherchierte, war auf dem Rückweg von Deception Bay umgebracht worden.

Mac warf einen Blick auf das Foto von seinem Sohn Levi auf seinem Schreibtisch. Warum fuhr er nicht an den Strand, sah sich dort ein bisschen um? Er konnte Levi übers Wochenende mitnehmen, ein wenig Vater-Sohn-Zeit am Strand einlegen und das Städtchen Deception Bay unter die Lupe nehmen. Er konnte im Sheriffbüro von Tillamook County vorsprechen und sich erkundigen, ob sie in der Suche nach dem Fahrzeug, das Renees Wagen gerammt hatte, weitergekommen waren. Die größte Hürde für diesen Plan stellte seine Exfrau Connie dar. Sie glaubte offenbar, seine Zeit als Vater sollte mit gut durchdachten, im Voraus geplanten Aktivitäten im Zusammenhang mit Schularbeiten ausgefüllt sein. Kein Wunder, dass der Junge Probleme hatte. Connie bestand auch ziemlich energisch darauf, dass Mac sich nicht in den Ruhestand versetzen ließ, doch sie hatte ja immer schon gewisse Vorstellungen davon, wie er sein Leben zu gestalten hatte, besonders, wenn es um die Erziehung ihres Sohnes ging, der, wie sie manchmal bequemerweise vergaß, auch der seine war.

Aber an diesem Wochenende würden er und Levi die Schule mal Schule sein lassen und am Strand faulenzen. Vielleicht an den Docks von Deception Bay Krabben fischen, ein Basketballspiel ansehen, Karten spielen, wieder miteinander warm werden.

Und, ja, er würde auch ein bisschen nachforschen.

Er wollte den Mord an Jessie Brentwood endlich zu den Akten legen.

Sein Leben hatte sich so unwiderruflich verändert, dachte Hudson, als er am nächsten Morgen zu seiner Ranch fuhr. Er hatte seine Schwester verloren und dann erfahren, dass er Vater wurde. Ein Leben war beendet, ein anderes nahm seinen Anfang. Es war ein eigenartiges Gefühl.

Er hatte es sich schon gewünscht, einmal Vater zu werden, aber das hier, diese unverhoffte Schwangerschaft, schockierte ihn und versetzte ihn gleichzeitig in ein absolutes Hochgefühl. Er hatte Becca nicht vorgeschlagen, ihn zu heiraten, stürzte nicht los, um einen Diamantring zu besorgen. Alles ging viel zu schnell. Aber er konnte sich ein Leben ohne sie nicht vorstellen. Er wollte, dass sie ihren Sohn oder ihre Tochter gemeinsam großzogen und den Rest ihres Lebens zusammen verbrachten.

Also war eine Heirat durchaus Bestandteil seiner Pläne. Er musste das alles nur erst gründlich durchdenken.

Er blinzelte gegen die grellen Sonnenstrahlen, die durch die Wolken drangen, und bog auf die lang gestreckte Zufahrt zu seinem Haus ein. Weitere Stürme von Westen her wurden angekündigt. Der März neigte sich dem Ende zu, aber der Winter wollte nicht weichen. Doch er sollte *Vater* werden!

Becca und er hatten geredet. Den ganzen gestrigen Nachmittag bis in den Abend hinein, und nachdem sie den Rest des Tages und die Nacht zusammen verbracht hatten, hatte sich herausgestellt, dass sie die gleichen Ansichten hatten, wie sie ihr Kind erziehen wollten. Dennoch war es noch ein bisschen zu früh, sie zu bitten, zu ihm auf die Ranch zu ziehen. Immerhin war sich ihr kleiner Hund noch immer nicht sicher, ob Hudson nicht als Feind zu betrachten wäre. Und da war noch etwas, etwas, was er nicht recht verstand. Eine ›Ahnung‹, dass Becca ihm gegenüber nicht restlos ehrlich wäre – nicht, was die Schwangerschaft betraf, in der Beziehung vertraute er ihr, doch diese Geschichte mit ihren Visionen war schon eigenartig. Er hatte das Gefühl, dass sie etwas verschwieg. Er fürchtete, es könnte eine Krankheit sein, die sie nicht wahrhaben wollte, irgendetwas, das diese Visionen bewirkte.

Dennoch … ihre Visionen waren seltsam prophetisch.

Er parkte in Garagennähe und betrachtete das alte Farmhaus mit seinem moosigen Dach und den immer wieder reparierten Dachrinnen. Die Fenster mussten ersetzt werden, es fehlten ein Wohnzimmer und ein drittes Bad. Vor knapp einem Jahr hatte er Pläne zeichnen lassen, aber noch nicht mit der Renovierung begonnen. Jetzt würde er sie Becca zeigen, ihre Vorschläge einholen und sich danach richten.

Sofern sie bei dir einziehen will.

Sie war sich noch nicht hundertprozentig sicher, oder?

Sie hatten das Thema gemieden, schreckten beide davor zurück zu sagen: »Lass uns zusammenleben.« Er dachte sich, dass sie, wenn die Zeit reif war, schon zusammenziehen oder heiraten würden, ganz gleich, in welcher Reihenfolge. Sie hatten noch einige emotionale Hürden zu überwinden, bevor sie gemeinsam glücklich werden konnten, und viele dieser Hürden hingen mit Jessie Brentwood und dem Grund für ihren Tod zusammen.

Die Wärme der schwach scheinenden Sonne auf dem Rücken, stieg er aus dem Jeep und hätte beinahe nach Booker T. gepfiffen, konnte sich aber gerade noch zurückhalten. Sein Hund war tot, und er konnte sich nicht so recht vorstellen, dass Ringo mit ihm im Pick-up fuhr und ihn zum Füttern der Tiere in den Stall begleitete, aber man konnte ja nie wissen.

Er schlug den Weg am alten Pumpenhaus und der Weide entlang ein, wo seine Zwillingsschwester wahrscheinlich ihn und Becca vor Jahren beim Liebesspiel beobachtet hatte. Wenn er an Renee dachte, überkamen ihn Trauer und Wut. Sie fehlte ihm.

So viel stand fest.

Er kämpfte den aufsteigenden Schmerz nieder und beschloss, nach vorn zu schauen. In ein paar Jahren würde er diesen Weg mit einem kleinen Sohn oder einer Tochter gemeinsam gehen. Mit einem Lächeln ging er weiter.

Du hättest ihn im Krankenhaus über deine erste Schwangerschaft aufklären sollen. Da hattest du die Gelegenheit. Warum hast du sie nicht beim Schopf gefasst?

Und warum erzählst du ihm nicht von der Vision? Er wird dich schon nicht auslachen. Er macht sich Sorgen um dich. Du musst ihm sagen, dass du wie Renee von der Straße gedrängt worden bist, dass du dadurch dein erstes Kind verloren hast – das auch sein Kind war!

Während sie die Korrekturen der letzten Sendung von Dokumenten zu einem laufenden Grundbesitzstreit per E-Mail zurück in die Büros von Bennett, Bretherton und Pfeiffer schickte, gab sich Becca innerlich einen Tritt. In der Wohnzimmerecke flackerte der auf niedrige Lautstärke geschaltete Fernseher. Geistesabwesend lauschte sie dem Wetterbericht, während sie arbeitete, und erfuhr, dass sich ein neuerlicher Sturm über dem Pazifik zusammenbraute und landeinwärts zog.

»Toll«, sagte sie leise, doch als der Wetterbericht zu Ende war, hörte sie Scott Pascals Namen. Sie hob ruckartig den Kopf und sah, wie Scott in Handschellen, das Gesicht von der Kamera abgewandt, an einer Ansammlung von Reportern vorbei abgeführt und in einen Streifenwagen geschoben wurde. Es war schwer zu glauben. Alles, was passiert war, erschien ihr so unwirklich. Die Nachrichtensprecherin, eine ernst blickende Frau mit dunklem Haar und dunklen Augen, deutete an, dass Scott, der zwei Morde gestanden hatte, möglicherweise an weiteren Morden beteiligt war. Gleich darauf erschienen anstelle von Scott Bilder von Jessie und Renee: Ein Foto aus Jessies Schulzeit und eines bedeutend jüngeren Datums von Renee.

Becca entdeckte die Fernbedienung, nahm sie vom Kaffeetisch und schaltete den Fernseher aus. Das Bild von Hudsons Zwillingsschwester verschwand. Sie ließ sich aufs Sofa sinken und atmete tief durch. Hörte das denn nie auf?

Sie konnte es kaum fassen, dass Scott Glenn und Mitch ermordet hatte, aber dass er auch Jessie oder Renee umgebracht haben sollte, glaubte sie wirklich nicht.

Wer dann?

Sie legte die Hand auf ihren Leib, erinnerte sich an ihre letzte Vision und dachte dann über das Baby und natürlich über Hudson nach. Jetzt war es an der Zeit, offen und ehrlich zu ihm zu sein. Das wusste sie. Wenn sie eine Beziehung aufbauen wollten, mussten sie einander bedingungslos vertrauen können. Keine Lügen. Keine Widersprüche. Keine Geheimnisse.

»Komm«, sagte sie zu dem Hund, hakte seine Leine ans Halsband. Es wurde dunkel, die wässrige Märzsonne verblasste im Zwielicht. Sie ließ Ringo an jedem Zweig und Ast schnuppern, während der Verkehrslärm der Rushhour auf dem wenige Blocks entfernten Pacific Highway an ihr Ohr drang.

Sie sah sich nach ihrer Wohnung um. War es zu früh? Hier hatte sie mit Ben gelebt, hatte gehofft, mit ihm eine Familie zu gründen, doch diese Beziehung war auf Lügen aufgebaut. Den gleichen Fehler wollte sie mit Hudson nicht machen. Vielleicht war es endlich Zeit, die Vergangenheit loszulassen und diese

Wohnung zu verkaufen. Zeit für einen neuen Anfang. Mit Hudson Walker.

Hudson hatte gesagt, dass er sie liebte. Klar, es geschah in einem Moment der Freude, als er erfuhr, dass sie Eltern sein würden, doch er hatte es ernst gemeint. Und sie hatte es erst recht ernst gemeint, als sie ihm ihrerseits ihre Liebe gestand. Deshalb hatte er es nicht noch einmal gesagt. Er hatte es ihr auf vielerlei andere Art und Weise gezeigt. Und wenn sie je erfahren würden, was Jessie wirklich zugestoßen war, meinte sie, dass auch die letzten Probleme zwischen ihnen gelöst werden könnten.

Becca nahm die Post aus dem Briefkasten, eine Handvoll Rechnungen, Kreditkartenangebote und Werbung, und wartete darauf, dass Ringo sein Geschäft erledigte, dann ging sie wieder ins Haus. Nicht zum ersten Mal fragte sie sich, warum ihre Jessie-Visionen immer am Meer angesiedelt waren – an einem stürmischen, aufgewühlten Meer, wo sie das Donnern der Brandung hörte, die Wogen an den Strand schlagen spürte, den brackigen Geschmack auf der Zunge hatte.

Die Antwort verbarg sich irgendwo in den Felsen über dem wütenden Meer, und Jessie bestand darauf, dass sie niemandem davon erzählte. In ihrer letzten Vision hatte Jessie sie gewarnt, zum Schweigen gemahnt. Sie sollte niemandem von ihren Visionen berichten, so viel war klar. Aber sie hatte sich bereits Hudson anvertraut.

Das war vermutlich ein Fehler gewesen. Nicht nur, weil er sie womöglich für verrückt hielt, sondern auch, weil sie ihn vielleicht unbeabsichtigt in Lebensgefahr gebracht hatte. Möglicherweise hatte Jessie sie um Hudsons Sicherheit willen aufgefordert zu schweigen. Oder um der Sicherheit ihres Kindes willen.

Wie auch immer, sie ahnte, dass die Antworten auf alle Fragen nicht in der Erde, den Fundstücken oder den Knochen im

Irrgarten von St. Elizabeth zu finden waren, sondern vielmehr irgendwo an der Küste von Oregon, höchstwahrscheinlich in der Stadt Deception Bay. Becca stand noch einen Augenblick im schwindenden Licht, nachdem ihr dieser Gedanke durch den Kopf geschossen war. Warum hatte sie so lange gebraucht, um das zu erkennen? In Deception Bay hatte Renee Recherchen über Jessie angestellt. Dort lagen die Antworten.

Becca trieb Ringo zur Eile an und lief zurück in die Wohnung. Nachdem der Entschluss gefasst war, wollte sie gleich losfahren. Es war früh am Abend, die Fahrt dauerte zwei Stunden. Gegen neunzehn oder, wenn sie sich Zeit zum Packen nahm, zwanzig Uhr konnte sie dort sein.

»Lust auf eine Spazierfahrt?«, sagte sie zu Ringo, der ihr ängstlich überallhin folgte, weil er ihre neue Entschlossenheit spürte. Sie nahm das Handy vom Ladegerät und wählte Hudsons Nummer.

Während sie darauf wartete, dass er sich meldete, packte sie ein paar Sachen in ihre Tasche. Ihr Anruf wurde an die Mailbox weitergeleitet, und sie hinterließ die knappe Nachricht, dass sie zum Strand fahren wollte.

Sofort rief Hudson zurück. »Ich bin auf dem Heimweg. Hol mich ab. In zwanzig Minuten bin ich startbereit.«

»Du willst mitkommen?«

»Ich will auch Antworten, Becca. Und du hast recht, Renee hat über Jessie recherchiert, ist ihren Spuren gefolgt. Dann ist etwas passiert, und ich will wissen, was es war.«

»Gut«, sagte sie. »Ich lade Ringo ins Auto und bin je nach Verkehrslage in etwa einer halben Stunde bei dir.«

»Ich freu mich drauf.«

Ich liebe dich, dachte sie, sprach es aber nicht aus. »Ich bin feige«, sagte sie zu dem Hund, als sie ihn in seinen kuscheligen Autositz setzte. Aber der sah sie nur an und wedelte mit dem Schwanz.

Als Beccas Wagen auf der Zufahrt auftauchte, hatte Hudson die Pferde und die wenigen Stück Vieh versorgt, Emile Rodriguez angerufen, damit er am folgenden Tag die Tiere fütterte und tränkte, online eine Unterkunft an der Küste besorgt, geduscht und sich umgezogen. Er stopfte gerade Wäsche zum Wechseln in eine Tasche, als er das Scheinwerferlicht ihres Autos an den Stämmen der Eichen und Tannen beim Briefkasten sah.

Hudson hastete nach unten und schloss die Haustür hinter sich ab, als Becca vor der vorderen Veranda anhielt. Ringo bellte erwartungsgemäß wie verrückt und war keineswegs glücklich, als er auf den Rücksitz verbannt wurde und Hudson auf der Beifahrerseite einstieg. »Tut mir leid, Kumpel«, sagte er. Der Hund stieß noch ein letztes Bellen aus und ließ sich dann in dem Körbachen nieder, das Becca für ihn besorgt hatte.

Becca telefonierte gerade und hob einen Finger, als Hudson seinen Platz einnahm. »Ja ... sicher ... Ich rufe an, falls ich etwas Neues erfahre, aber du hast recht. Es ist ein Schock.« Sie sah Hudson und sagte unhörbar: »Tamara.« Hudson nickte. Er hatte bereits Anrufe vom Dritten und Jarrett wegen Scott erhalten. Niemand hätte ihn für einen Mörder gehalten. Alle standen unter Schock. Jarrett wollte glauben, dass Scott auch Jessie und Renee umgebracht hatte. Das glaubte Christopher Delacroix III. nicht. Sonst hätte die Polizei ihm längst sämtliche Morde angehängt.

»Meine Güte«, hatte der Dritte gesagt. »Man beginnt sich zu fragen, wie gut man einen Menschen kennt.«

»Man kann nicht immer alles wissen«, war Hudsons Antwort. »Man sieht nur die öffentliche Seite, nicht die private.«

»Glaubst du, wir sind jetzt in Sicherheit?«, fragte der Dritte.

»In Sicherheit?«

»Vor dem Mörder. Wenn Scott deine Schwester und Jessie nicht umgebracht hat, wer war es dann? Wir haben bald keine Freunde mehr. Ich jedenfalls habe eine .357 Magnum am Bett liegen. Ich will nicht, dass irgendein Scheißkerl mich unvorbereitet antrifft. Ich puste ihm die Lichter aus. Da kommt ein Anruf. Muss Schluss machen.«

»Klar, ich ruf dich an.« Becca wollte ihr Gespräch beenden. Mit der freien Hand drehte sie das Zündschloss, dann sah sie Hudson an. »Ja, ich weiß … Merkwürdig. Wenn ich wieder in der Stadt bin, treffen wir uns. Bye.« Becca trennte die Verbindung und wandte sich Hudson zu. »Tamara verkraftet das alles kaum.«

Hudson beugte sich plötzlich zu ihr hinüber, küsste sie heftig auf den Mund und lächelte, als er sie schmeckte. Himmel, am liebsten hätte er sie auf der Stelle aus dem Auto gezerrt und die Treppe hinaufgetragen. Um sich für Stunden in ihr zu verlieren. Um die Hölle zu vergessen, in der sie alle in den vergangenen paar Monaten gelebt hatten. Aber er wollte, wie Becca, Klarheit.

Becca wendete den Wagen und fuhr die Zufahrt hinunter. An der Landstraße bog sie nach Westen zum Vorgebirge der Coast Range ab, während Hudson am Radio hantierte und einen Country-Sender fand, der auch im Gebirge größtenteils zu empfangen war. Die Mondsichel verschwand schon bald hinter Wolken, und nur wenige Sterne waren zu sehen, als es dunkler wurde. »Ich habe den Besitzer des Häuschens angerufen, in dem Renee meistens gewohnt hat. Es gehört einem Freund der Familie. Die Polizei hat ihre Arbeit dort abgeschlossen, und er sagt, wir können dort übernachten, wenn wir wollen. Ich habe dankend abgelehnt.«

Becca schauderte.

Er atmete tief ein. »Ich habe online ein Zimmer im Cliffside, einer Frühstückspension in Deception Bay, bestellt. Mit Blick aufs Meer und hundefreundlich. Aber ich meine, wir sollten Renees Häuschen aufsuchen und uns dort mal umschauen.«

»Unbedingt.«

Sie sah in den Rückspiegel, furchte die Stirn und trat aufs Gas, als die Straße sich vorübergehend auf vier Spuren erweiterte und sie einen Lieferwagen überholen konnte, der am Berg immer langsamer wurde.

Ein paar Minuten später blickte sie erneut in den Rückspiegel und Hudson drehte sich in seinem Sitz und spähte durch die beschlagene Heckscheibe. »Ist da was?«, fragte er.

»Nein.«

»Renee glaubte, verfolgt zu werden«, erinnerte Hudson sie.

»Und sie hatte nicht mal Visionen«, sagte Becca leise.

Hudson sah sie eindringlich an »Was hast du gesehen? In der letzten?«

»Ich wollte nicht darüber reden.«

»Das weiß ich wohl.«

Becca wollte einfach nur vergessen und eine Zeit lang hatte er es zugelassen. Sie wollte nicht daran denken, was sie gesehen hatte – ein Wesen mit Kapuze und bösen Absichten. Sie war nicht einmal überzeugt davon, dass es real war. Doch sie waren auf dem Weg, den auch Jessie genommen hatte, und Jessie war der Grund für die Vision. Und sie machte sich Sorgen darüber, was es für sie, für Hudson und jetzt auch für ihr ungeborenes Kind bedeuten würde.

»Ich glaube, dass die Visionen eine Bedeutung haben«, sagte sie. »Mag sein, dass ihnen körperliche Ursachen zugrunde liegen, die noch keiner entdeckt hat«, räumte sie ein und warf ihm einen Blick zu, »Aber ich glaube, dass sie eine Art Kommunikation darstellen, und sei es nur mit meinem eigenen Unterbewusstsein.«

»Du hast Glenns brennende Karte gesehen«, gab Hudson statt.

»Stimmt. Und ich hatte in der Vergangenheit andere Visionen. Aber die, in denen Jessie erscheint? Die ich jetzt offenbar immer häufiger habe? Sie stellen eine Warnung dar. Jessie ist am

Strand und versucht, mich vor irgendetwas – oder vor irgendjemandem – zu warnen, der mir Böses will. Jedes Mal sagt sie etwas und legt den Finger auf die Lippen. Und in dieser letzten Vision stand ein dunkles Wesen hinter ihr. Mit einer Kapuze. Düster. Zornig. Ich konnte spüren, wie sehr es mich und mein Kind hasst!«, fügte sie hinzu. Ihre Stimme zitterte leicht. »Es ist – real. Ich glaube, dass es real ist. Und Renee ist ihm in die Quere gekommen, und das war ihr Tod.«

Hudson grübelte ein paar Meilen lang darüber nach. »Du bist sicher, dass er es ist?«

»Ganz sicher.«

Er seufzte. »Vielleicht bist du wirklich hellsichtig. Wie Jessie vielleicht«, sagte er. »Alle sagten doch, sie konnte hellsehen.«

»Sie wusste, dass irgendetwas es auf sie abgesehen hatte«, sagte Becca mit einem neuerlichen Blick in den Rückspiegel. »Und ich weiß es auch. Irgendetwas hat es auf mich abgesehen.«

22. Kapitel

Auf der langen Fahrt durch Schluchten und über Bergrücken ließ sich Becca von ihrer Nervosität übermannen. Große immergrüne Bäume ragten wie Wachtposten in den dunklen Himmel. Schneeregen und Nebel ließen die kurvenreiche Straße einsamer und bedrohlicher denn je erscheinen. Das, was sie verfolgte, schien sehr nahe zu sein. Doch sie war in Sicherheit. Hudson war bei ihr. Und Ringo war im Wagen und schlief auf dem Rücksitz.

Doch sosehr sie auch selbst Mut zusprach, Becca fühlte sich von der Düsternis des nachtdunklen Waldes bedroht. Und während sie den Wagen um die Kurven lenkte und einem statisch knisternden, obskuren Country-Song lauschte, dachte sie an Jessie, die genau diese Strecke so oft gefahren war. Es war fast, als hätte Jessies Geist diesen Straßenabschnitt durchdrungen.

Sie sagte sich, dass sie sich Dinge einbildete, dass sie Jessie nicht ›spüren‹ oder ihren durch Regen, moosbewachsenes altes Gehölz und steile Schluchten wandernden Geist ›ahnen‹ konnte. Ihre Fantasie spiegelte ihr etwas vor.

Sie sah zu Hudson hinüber, dessen Blick starr auf die Straße gerichtet war. Sein Kinn war angespannt, sein Gesicht herb im trüben Schein der Armaturenbrettbeleuchtung. Auch er war völlig in Gedanken verloren.

Als sie über eine vereiste Brücke fuhr, setzte ihr Herz einen Schlag aus, sobald sie die Gegend erkannte. War sie selbst nicht genau hier vor sechzehn Jahren auf dem Rückweg von Seaside von der Straße gedrängt worden?

Als du das letzte Mal schwanger warst.

Noch einmal sah sie Hudson an, dann blickte sie konzentriert durch die leicht beschlagene Frontscheibe. Ihr war eiskalt, als sie den Leitpfosten passierte, bei dem ihr Wagen von der Straße geschoben wurde.

Nervös blickte sie in den Rückspiegel, doch das Fahrzeug, das eine Zeit lang hinter ihnen gewesen war, war zurückgefallen. Seine Scheinwerfer waren nicht mehr zu sehen. Nichts als kalte schwarze Nacht. Ihre Zähne schlugen aufeinander, und die Heizung des Jetta konnte es nicht verhindern, so hoch sie sie auch einstellte.

»Ist dir kalt?«, fragte Hudson, aus seinen Gedanken aufgestört.

Sie lächelte schwach und umklammerte das Steuer. »Die Innentemperatur soll hier 22 Grad betragen.«

»Mindestens.«

Tatsächlich? Aber sie fror bis auf die Knochen. »Dann liegt es wohl an mir.«

»Wir könnten umkehren«, sagte er widerstrebend.

Sie schüttelte den Kopf. Sie wollte dieses Unternehmen genauso durchziehen wie er.

Sollte sie zugeben, warum dieser Abschnitt des Highway 26 sie schaudern ließ? Ihm die Stelle zeigen, wo sie, wie seine Schwester, von der Straße gedrängt worden war? Eingestehen, dass sie zu dem Zeitpunkt von ihm schwanger war und nicht den Mut gehabt hatte, es ihm zu sagen?

Jetzt schwitzten ihre Handflächen. Obwohl ihr kalt war bis in die Seele, hatte sie feuchte Hände. *Du bist ein hoffnungsloser Fall. Sag's ihm. Lass den Dingen einfach ihren Lauf.*

Ein Aufblitzen zog ihre Aufmerksamkeit auf sich, und im Rückspiegel sah sie die Zwillingssäulen von Scheinwerfern die

Nacht durchdringen. Entweder hatte das Auto, das weit hinter ihnen gewesen war, aufgeholt, oder ein anderer hatte dieses Fahrzeug überholt und näherte sich nun ihnen.

Hudson war mit dem Radio beschäftigt. »Ich meine, wir müssten doch irgendeinen anständigen Sender aus Astoria oder Seaside empfangen können«, sagte er.

Becca behielt den Rückspiegel im Auge. Warum hier? Warum tauchte nach so langer Zeit allein auf dem Highway ausgerechnet auf diesem kurvenreichen Straßenabschnitt ein Fahrzeug auf, so nahe an der Stelle, wo ...

»Ist der bescheuert?«, fragte sie, als die Lichter näher kamen.

Gleich hinter der nächsten Kurve verbreiterte sich die Straße, bot eine Überholspur über den Bergrücken hinweg, doch das Fahrzeug hinter ihnen – ein Pick-up – wartete nicht ab. Rasant überholte es, geriet leicht ins Schleudern, als es in die Gegenfahrbahn vor ihm flog, und raste dröhnend an ihnen vorbei. Durch die beschlagenen Fenster war der Fahrer nicht zu sehen.

Hudson hob ruckartig den Kopf. »So ein Idiot.«

Becca trat auf die Bremse, um ihm Platz zu machen.

Der große Pick-up schaukelte, glitt wieder in die rechte Spur und donnerte in die Nacht hinaus, bis seine Heckleuchten im Dunst untertauchten.

Beccas Herz hämmerte, sie hatte ein Gefühl der Enge in der Brust, und ihre Nerven waren zum Zerreißen gespannt.

Hudson blickte böse aus dem Fenster. »Der hätte uns umbringen können. Wenn er mit seinem eigenen Leben Russisches Roulette spielen will, bitte schön, aber er soll gefälligst meine Familie in Ruhe lassen.«

Seine Familie.

Ringo auf dem Rücksitz gab ein mürrisches ›Wuff‹ von sich, dann erhob er sich auf die Hinterbeine und presste die Nase an die Heckscheibe. »Gib's ihnen«, ermutigte Becca ihn und wurde endlich ein bisschen ruhiger.

Leise über hirnlose Kerle mit Führerschein fluchend, setzte Hudson seine Suche nach einem passablen Radiosender fort. Er hatte die Wahl zwischen einer spätabendlichen Predigt und Songs aus den ›wilden Sechzigern, Siebzigern und Achtzigern‹. Hudson entschied sich für die Musik, und Gloria Gaynors ›I Will Survive‹ röhrte aus den Lautsprechern. Er drehte die Lautstärke herunter, wenngleich ihre Unterhaltung sich nur noch auf den Straßenzustand oder die noch verbleibende Strecke bezog.

Auf dem Bergrücken geriet Becca ein paarmal auf vereiste Stellen, doch die Reifen des Jetta griffen gut. Als der Wagen die westlichen Hänge hinunterfuhr, konnte sie die Enge in der Brust, das unheimliche und sich verstärkende Gefühl drohenden Unheils, doch nicht loswerden.

Wer immer *er* war, es gelang ihm hervorragend, sie in Angst zu versetzen.

Und es wurde auch nicht besser, als sie in Richtung Süden auf den Highway 101 abbogen und dem sich schlängelnden Küsten-Highway folgten. Durch kleine Städte, über tiefe Abgründe hinweg und an Felsen entlang, die sich aus dem Meer erhoben, fuhr Becca weiter, trotz Wind und Regen, die vom Pazifik herüberwehten.

Ein paar Meilen nördlich von Deception Bay sah Hudson seitlich aus dem Fenster. Sie waren bei dem Felsen angekommen, von dem Renees Wagen abgestürzt war. »Möchtest du anhalten?«, fragte Becca behutsam.

»Nein. Ich habe mir die Stelle schon angesehen.«

Den Rest des Weges bis Deception Bay schwiegen sie. Es war dunkel, und ein scharfer Wind blies in Böen, als sie in die kleine Stadt einfuhren, die sich halbmondförmig an der Küste entlangzog. Die Stadt selbst lag zwischen dem Meer und den Bergen, abgetrennt durch den Highway. Im Süden lag die Bucht, ein Süßwasser-Einschnitt, der Fischerbooten den Zugang zum offenen Meer gewährte.

Beccas Herz begann zu rasen, ein eigenartiges Gefühl ergriff sie. Sie wusste, dass sie noch nie einen Fuß in diese Stadt gesetzt hatte, und doch fühlte sie sich, als sie eine Kurve nach der anderen nahm und die Gebäude im wässrigen Licht der wenigen Straßenlaternen sah, als wäre sie schon einmal durch diese schmalen Straßen gegangen. Ein unheimliches Déjà-vu-Gefühl umfing sie, so real, dass es ihr bis ins Mark ging. Trotz des aufziehenden Nebels wirkten die verwitterten Läden und die in der Bucht vor Anker liegenden Fischerboote wie Bilder aus ihrer Kindheit, was natürlich gar nicht sein konnte.

Nicht aus deiner Kindheit. Aus Jessies. Ein Frösteln überlief sie, aber sie schluckte ihre Angst hinunter.

Das alles ist nur Einbildung. Du bist noch nie hier gewesen. Deine verflixte Phantasie geht mit dir durch.

»Becca?«, sagte Hudson, und sie kam zu sich.

»Was? Oh!« Sie stellte fest, dass sie an einer Ampelkreuzung stand, deren Ampeln auf Blinklicht geschaltet waren, aber keine Anstalten machte weiterzufahren, obwohl kein anderes Auto wartete. »Entschuldige.«

»Du warst völlig weggetreten«, sagte er.

»Ich habe an – Jessie gedacht – und an diese Stadt.«

»Deception Bay?«

Mir ist, als wäre ich schon mal hier gewesen, nicht nur einmal, sondern ziemlich oft. Hatte sie von dieser Stadt geträumt, Visionen von diesem winzigen Fischerdorf gehabt, an die sie sich nicht bewusst erinnerte?

»Lass uns etwas essen gehen, bevor alle Lokale schließen«, schlug er vor und zeigte auf eine Gastwirtschaft mit einem leuchtenden ›Geöffnet‹-Schild im Fenster. Becca steuerte den Parkplatz an. Sie hatte die freie Wahl einer Parkbucht vor einem

Restaurant mit Fünfziger-Jahre-Fassade. Das gesamte Gebäude sah aus, als wäre es mit seiner gemauerten Front und dem rostigen Anker über der Tür seit den frühen 1930ern nicht mehr renoviert worden.

Drinnen blies die Heizung warme Luft in einen beinahe menschenleeren höhlenartigen Raum mit Holzbohlendecke, passend zum Fußboden und Fischernetzen voller staubiger Glaskugeln und künstlichen Fischen an den Holzpaneelen der Wände. Ein paar Kids in den Zwanzigern mit Strumpfmützen spielten Billard, ein älterer Mann in Skijacke und mit ergrauendem Vollbart saß am Ende der langen verwitterten Theke vor seinem Drink, und in der Ecke hockte ein Pärchen mittleren Alters, trank Bier und starrte auf den Großbildschirmfernseher, der über einer freien, sonst wohl als Tanzfläche genutzten Fläche hing.

Becca und Hudson nahmen einander gegenüber Platz in einer Nische in der Nähe des gemauerten Kamins. Man hatte den Kamin angezündet, und hungrige Flammen knisterten und fauchten über moosigen Eichen- und Tannenkloben. Ein verblichener ausgestopfter Speerfisch hing über dem grob gehauenen Kaminsims, Holzrauch überdeckte das Aroma von Gebratenem, und immer, wenn eine Seitentür geöffnet wurde, drang Zigarettenrauch in den Raum.

Becca wischte ein paar Krümel vom Tisch und stellte fest, dass er an der Wand festgeschraubt und leicht abschüssig war. Leise Musik – irgendein nichtssagender Jazz – rieselte aus den an den Wänden angebrachten Lautsprechern, Billardkugeln klickten und die Friteuse brutzelte und verbreitete den Geruch von in Öl Gebratenem.

Hudson bestellte sich ein Bier zu seinem Dungeness Crab Cake, Becca spülte ihre würzige Muschelsuppe mit Mineralwasser herunter. Sie teilten sich einen kleinen Laib Sauerteigbrot, das sie großzügig mit Knoblauchbutter bestrichen, doch Becca schmeckte kaum, was sie aß.

Was hatte diese Stadt an sich, das ihr das Gefühl gab, schon einmal hier gewesen zu sein? Es lag doch bestimmt nicht nur daran, dass Jessie häufig hier gewesen war. Und auch nicht an Renees Besuchen in Deception Bay. Aber … etwas, das sie nicht verstand, ließ sie glauben, sie hätte die Stadt schon mal gesehen.

Im Restaurant war es so warm, dass sie ihre Jacke auszog, doch während sie aßen, die wenigen Leute beobachteten, die kamen und gingen, und sich unterhielten, wurde Becca nie ganz die Kälte los, die sich tief in ihre Seele gegraben hatte.

Hudson legte ein paar Geldscheine auf den Tisch, half Becca in ihre Jacke, dann liefen sie die paar Schritte durch den strömenden Regen zum Wagen. Sie schaltete die Scheibenwischer ein, wenngleich sie kaum etwas gegen die Wassermassen ausrichten konnten, und sie fuhr langsam, kroch den Hügel zu der Frühstückspension hinauf, einem einstöckigen, weitläufigen, hundert Jahre alten Landhaus mit acht Zimmern und einem Panoramablick aufs Meer, das jetzt schwarz wie Teer glänzte.

Hudson trug das Gepäck und sie führte Ringo in ein großes Foyer mit einem antiken Kronleuchter an der hohen Decke über der geschwungenen Treppe.

Hudson hatte alles bereits online bezahlt und sie fanden ihren Schlüssel in einem Kasten an der Tür. Ringo lief voraus, als sie in den ersten Stock hinaufstiegen und ein gemütliches Zimmer mit einem brennenden Gaskamin, einem Himmelbett und viktorianischen Antiquitäten vorfanden. Bademäntel mit aufgesticktem ›Sie‹ und ›Er‹ hingen neben der Badewanne hinter einem Paravent. »Hübsch«, sagte sie leise.

»Nur vom Feinsten.«

»Oder das einzige Zimmer, das kurzfristig zu haben war.«

Er lächelte, und sie entspannte sich ein bisschen, trat ans Fenster und blickte in Richtung Pazifik. Da das Meer dunkel war, kein Mond am Himmel schien und Regen ans Fenster prasselte, sah sie nichts außer ihrem eigenen blassen Spiegelbild in der Fensterscheibe, eine verängstigte Frau, die suchend in das Unwetter hinausschaute.

Während sie ihr Spiegelbild betrachtete, spürte sie ein anderes Augenpaar, nicht Hudsons, der seinen Laptop aufgeklappt hatte und sich um eine kaum vorhandene kabellose Netzverbindung bemühte. Ringos Augen waren es auch nicht, denn er erschnupperte die angrenzenden Zimmer und beachtete sie kaum. Derjenige, der sie anstarrte, dessen war sie sicher, befand sich auf der anderen Seite der Fensterscheibe, beobachtete sie durch die Regenschleier, verfolgte jede ihrer Bewegungen, las ihre Gedanken.

Sie schloss die Jalousien und drehte sich um. Hudson ließ seinen Computer stehen, kam um den Schreibtisch herum und nahm sie in die Arme. Dankbar schmiegte sie sich hinein. »Du gibst mir das Gefühl von Sicherheit.« Er küsste ihren Scheitel. Dann legte er einen Finger unter ihr Kinn und hob ihr Gesicht an. »Du gibst mir … ein ganz anderes Gefühl«, sagte er anzüglich. »Ah …«, machte sie, und ihre Stimmung hellte sich auf. Und als er sie wieder küsste, leidenschaftlicher dieses Mal, erwiderte sie den Kuss mit aller aufgestauten Liebe und Sehnsucht.

Nichts konnte ihr und ihrem Baby geschehen, solange Hudson bei ihr war.

Von meinem Leuchtturm aus blicke ich auf die Küste, die in der Nacht kaum sichtbar ist. Doch sie ist da. Becca. Nahe.

Und vögelt wie eine Hure.

Ich spüre, wie meine Lippen sich angewidert verziehen, obwohl es mich nicht überraschen sollte. Sie sind nun mal so, sie alle. Jezebel war die Meisterin der Unzucht. Rebecca ist nicht anders.

Ich betaste das Messer, das ich aus dem Häuschen gestohlen habe, und kämpfe meinen Frust nieder. Ich hatte natürlich gewusst, dass sie kommen würde, hatte ihren Drang gespürt, als das Meer sie rief. Aber ich hatte geglaubt, sie würde allein kommen.

Wer ist dieser Mann?

Ich stoße die Tür auf und der Sturm reißt sie mir beinahe aus den Angeln. Sie schlägt heftig gegen die Wand. Der alte Metallgang ist verrostet, aber ich trete nach draußen, spüre den peitschenden Wind, höre ihn heulen und pfeifen, während er die Brecher mit weißer Gischt aufschäumen lässt.

Ich musste sie in den Bergen überholen, das Risiko eingehen und an ihr vorbeirasen, um dem Sturm zuvorzukommen und den Leuchtturm noch zu erreichen. Trotzdem habe ich die Überfahrt nur mit Mühe und Not geschafft. Die Wogen spülten in mein Boot und drohten, es auf den Meeresgrund zu schicken.

Ich werde sie beide umbringen müssen.

Wieder einmal werde ich den Kühlergrill an mein Fahrzeug anbringen müssen. Zwei Bolzen zur Sicherung der Stangen am Kühler meines Pick-ups, und dann dränge ich die beiden ebenfalls von der Straße. Mein Pick-up bleibt unbeschädigt, der Kühlergrill wird gründlich versteckt.

Ich betaste das Messer und wünsche mir, es als meine Waffe nutzen zu können. Das Blut aus Rebeccas Körper strömen zu sehen. Wie ich mit Jezebel verfahren bin. Mit einem Lächeln denke ich an ihre aufgerissenen Augen im Mondschein, ihr überraschtes Luftschnappen. Auch sie war neugierig und hatte geglaubt – dummes Mädchen –, mich übertölpeln zu können, mich zu sich locken und mich dann an meiner Mission hindern zu können.

Wollte sie mich von meinem sündigen Lebenswandel überzeugen? Mir sexuelle Dienstleistungen anbieten, damit ich meine Pflicht vergesse? Oder hat sie wirklich geglaubt, sie könnte mich mit ihrem kleinen Messerchen umbringen, das ich dann schließlich gegen sie gerichtet habe?

Es war ein Schock für sie zu erkennen, dass sie verloren hatte. Jezebel, die immer siegte.

Und jetzt ist eine andere an der Reihe. Rebecca muss sterben. Und zwar bald.

»Du möchtest also einen Film sehen? *Star Wars* läuft die ganze Nacht«, sagte Mac zu seinem Sohn. Levi saß auf der Kante eines karierten Sofas, die nackten Füße auf die Kante eines Kaffeetisches aus Metall und Glas gestützt, den Kopf über ein Taschencomputerspiel geneigt. »Die erste Folge haben wir versäumt, aber die zweite kommt in zwanzig Minuten.«

»Okay.« Levis Mangel an Begeisterung war nicht zu übersehen.

»Ich habe Mikrowellen-Popcorn und rote Lakritze besorgt.«

Levi verzog das Gesicht, aber nur, weil er beim Spiel gepatzt hatte. Er hatte kein Wort gehört von dem, was Mac gesagt hatte. Sie hockten zusammen in einer kleinen Hütte in einer Küstenstadt mitten im Nirgendwo, und Sam McNally sah zum ersten Mal ein, wie wenig er seinen Sohn kannte.

»Ich schiebe eine Pizza in den Ofen.«

»Ja.« Levi unterbrach sein Spiel, und Mac glaubte, er hätte ausnahmsweise mal zugehört, doch dann griff sein Junge nach seinem Handy, schaute aufs Display und fing an, wie verrückt eine SMS zu schreiben. Mac hatte das Ding nicht mal klingeln gehört.

»Hat dich jemand angerufen?« Mac schaltete den Backofen ein, um das uralte Ding vorzuheizen.

»Nein.«

»Aber du hast doch eine Nachricht gesehen.«

»Ich habe Seth eine SMS geschickt. Nichts Besonderes.« Entweder vibrierte das Handy oder es gab irgendeinen unhörbaren Ton von sich. Levis Blick flog herum zu dem winzigen Display. Wieder flogen seine Finger über die Tasten.

»Seth hatte wohl was enorm Wichtiges zu sagen.«

»Das war nicht Seth. Jemand anderer.«

»Du kannst zwei auf einmal beantworten?«, fragte er und roch, dass im Ofen alte Ablagerungen verbrannten. Diese Absteige war das erste Angebot bei seiner Suche nach einer Unterkunft gewesen, und jetzt kamen ihm Bedenken. Er war kaum vorgefahren und hatte die Preise für einen Tag, eine Woche oder einen Monat gesehen, da wusste er schon, dass er keine Fünf-Sterne-Unterkunft zu erwarten hatte. Doch er dachte, dass ein Kamin und Hüttenzauber mehr Raum und Entspannung bieten würden als ein steriles Motel mit zwei Betten, Fernseher im Schrank, Kaffeemaschine und Zimmerservice, der morgens an die Tür klopfte.

Als er jetzt aber die durchgesessenen, zerkratzten Möbel und die uralte Holzverkleidung betrachtete, war er sich da nicht mehr so sicher. Selbst die Installationen der Ferienhausgesellschaft Coastal Cove Cabins waren ihm suspekt.

»Es ist ganz einfach, mehreren Leuten eine SMS zu schicken«, erklärte Levi verächtlich. »Wenn du das sagst.« Mac nahm die tiefgefrorene Pizza aus der Verpackung. Die Peperoni- und Salamistückchen darauf konnte er sowieso an einer Hand abzählen. Aber wahrscheinlich war es egal. Der Ofen hatte die richtige Temperatur erreicht und er schob die Pizza hinein.

Levi hatte sein Spiel endgültig aufgegeben und tippte jetzt schneller auf seinem Handy als die beste Tippse im ganzen Präsidium.

»Mit wie vielen Leuten kommunizierst du?«

»Weiß nicht. Wieso? Ach so. Keine Sorge, ich habe unbegrenzte Frei-SMS. Das kostet dich … hm, Mom oder Tom gar nichts.«

»Tom? Wer ist Tom?«, fragte Mac, bevor er recht wusste, was er da sagte. »Moms Neuester.« Zum ersten Mal sah Levi ihn an.

»Du magst ihn nicht.« Schulterzucken. »Er ist okay.«

»Und er zahlt deine Handyrechnung?« Das war Mac neu,

aber Connie erzählte ihm ohnehin nur das, was sie wollte, und wenn sie es wollte. »Er hat mich in seinen Vertrag aufgenommen. Das kostet nicht viel.«

»Aber –«

»Mom auch. Tom zieht bei uns ein.«

»Wie kommst du damit klar?«

Levis Handy klingelte erneut und er wandte den Blick ab. »Geht schon.« Er tippte eine weitere SMS, und Mac spürte, dass das Gespräch beendet war. Er hatte gewusst, dass Connie eine Beziehung hatte, den Namen jedoch hatte er noch nie gehört und war der Meinung gewesen, es würde vorübergehen. In den Jahren seit ihrer Trennung und Scheidung war sie mit einer Reihe von Männern zusammen gewesen. Ein Kerl, Laddie, war zweimal bei ihr eingezogen, und zweimal hatte sie den Faulenzer wieder rausgeworfen. Wie es aussah, hatte sie jetzt einen neuen.

Mac gönnte ihr die neuen Männer in ihrem Leben. Dass Levi auch davon betroffen war, gefiel ihm allerdings nicht.

»Du könntest zu mir ziehen«, schlug er vor, und Levi hob ruckartig, wie an einer unsichtbaren Schnur gezogen, den Kopf.

»Ist das dein Ernst?«

»Ich überlege, ob ich mich zur Ruhe setze.«

Levi zog die Brauen zusammen. »Ehrlich?«

»Ja, warum nicht?«

»Ich weiß nicht ...« Er schüttelte den Kopf. »Mom wäre nicht einverstanden.«

»Wir würden uns was überlegen.«

»Das glaube ich nicht. Mom sagt, sie und Tom wollen zusammenziehen und heiraten. Er hat zwei Töchter. Die brauchen ein Zimmer, und wenn sie kommen, sollen sie ins Fernsehzimmer ziehen.«

»Wie alt sind sie?«

»Weiß nicht.« Er dachte nach, kratzte sich am Kinn, und Mac bemerkte die ersten Anzeichen von Bartwuchs, ein paar vereinzelte Haare am Kinn.

Mit zwölf? Der Kleine wurde erwachsen. Und zwar schnell.

»Ich schätze, sie sind ungefähr fünf und acht. Kleine Kinder.«

»Wie findest du das?«

Levi schien ausweichen oder lügen, sagen zu wollen, es wäre schon okay oder nicht weiter schlimm. Stattdessen aber zog er die Stirn in Falten und riss sich die Mütze vom Kopf. »Voll blöd. Und frag nicht, wie.«

»Dann sollten wir mal darüber reden, ob du zu mir ziehen kannst.«

Er zögerte, dann sagte er: »Mom und ich haben schon darüber geredet.«

»Ach ja?« Davon hatte Mac noch nichts gehört.

»Mom meint, ich soll es erst mal versuchen, mit Tom würde alles … besser. Irgendwann bekämen wir ein größeres Haus, und, du weißt schon, ich könnte auf eine bessere Schule gehen. Mich aufs College vorbereiten.« Er lächelte zwanghaft und ahmte die hohe Stimme seiner Mutter nach. »Dann sind wir eine große glückliche Familie, und alles wird bestens.«

»Willst du das?«, fragte Mac, erstaunt darüber, dass sein Junge sich ihm öffnete. Connie hatte kein Wort über den neuen Kerl verlauten lassen, nur gesagt, dass sie sich manchmal mit einem traf und dass Levi eine Freundin hätte. Mac erinnerte sich nicht an den Namen des Mädchens, doch er hätte seine Dienstmarke darauf verwettet, dass sie Levi mit SMS bombardierte. »Ich will nur, dass man mich in Ruhe lässt«, brummte Levi und griff wieder nach seinem Handy.

Da machst Du Dir aber gewaltig was vor, dachte Mac und wartete darauf, dass die Pizza fertig wurde. Als die Zeitschaltuhr klingelte, zog er den blubbernden, halb verbrannten Fladen, die Hand mit einem alten Handtuch geschützt, aus dem Ofen. Er schnitt die Pizza in Stücke, und Levi aß mit ihm zusammen, nur um sich nach kurzer Zeit wieder in sein Spiel zu vertiefen. Statt den Jungen zu stören, richtete Mac seine Aufmerksamkeit wieder auf den Fall. Am Morgen wollte er im Sheriffbüro vorsprechen, um zu sehen, ob sich im Fall von Renees Unfall etwas ergeben hatte, und dann das frühere Häuschen der Brentwoods und seine Umgebung auskundschaften.

Danach würde er, sofern das Wetter es zuließ, mit Levi in der Bucht Krabben fischen und noch ein bisschen reden.

Vielleicht erfuhr er so etwas mehr über sein eigenes Kind.

»Hey, Dornröschen.«

Becca schlug verschlafen die Augen auf. Nach dem Liebesspiel mit Hudson hatte sie geschlafen wie ein Stein, und irgendwann in der Zwischenzeit hatte sich das Unwetter gelegt. Sie richtete sich mühsam auf und sah ihn nur mit Jeans bekleidet, das Haar nass und dunkel vom Duschen, Oberkörper und Füße nackt, am Fuß des Bettes stehen. »Das Wetter ist besser geworden«, bemerkte sie. Sonnenlicht fiel durch die unverhangenen Fenster.

»Verlass dich nicht darauf, dass es so bleibt. Es soll wieder kälter werden. Vielleicht schneit es auf den Pässen.«

Becca stöhnte auf. »Wie spät ist es?«

»Gleich zehn.«

»Tatsächlich?« Sie konnte sich nicht entsinnen, je so lange geschlafen zu haben. Sie blinzelte und reckte sich. Hudson ging zur Kaffeemaschine und schenkte eine Tasse ein.

»Hier, mehr ist nicht übrig, aber es gibt bis elf Uhr Frühstück, also …«

»Ich stehe auf!« Sie wälzte sich aus dem Bett und ging barfuß ins Bad, wo sie bei ihrem Anblick im Spiegel das Gesicht verzog. Ihr Haar war wirr, ihr Gesicht noch verschlafen, ihr Make-up nicht mehr vorhanden. Wie hatte Hudson sie genannt? Dornröschen? Bestenfalls ein schlechter Scherz.

Sie duschte, band ihr Haar zu einem Pferdeschwanz, legte ein wenig Lippenstift und Wimperntusche auf und zog Jeans und ein Sweatshirt an. Hudson war schon mit Ringo Gassi gegangen, und sie frühstückten zusammen mit einem Ehepaar in den Siebzigern Spinatquiche, Obstsalat und Zimtbrötchen, die, wie der Besitzer der Pension erklärte, aus der ortsansässigen Bäckerei stammten.

»Führen Sie diese Pension schon lange?« fragte Hudson, als der große, schlaksige Mann frischen Kaffee brachte.

»Im September sind es fünfundzwanzig Jahre. Meine Frau und ich hatten beschlossen, den Stress in Chicago hinter uns zu lassen und hierherzuziehen. Dieses alte Haus stand zum Verkauf und wir haben es zu einer Frühstückspension umgebaut. Wir haben es nie bereut.«

Die Frau am anderen Tisch winkte. »Gibt es noch Orangensaft?«, fragte sie, und der Besitzer und Kellner eilte in die Küche. Becca blickte aus dem Fenster aufs Meer, das jetzt ruhig war. Das Sonnenlicht brach sich auf den bewegten grauen Wellen.

Der Strand tief unten war mit Unrat, Treibholz, Seetang und Schalen toter Muscheln und Krebse übersät. Möwen kreisten krächzend über dem schmalen Sandstreifen. Die Wellen kamen und gingen, leckten am Ufer und hinterließen beim Rückzug dicken Schaum.

Sie beendeten ihre Mahlzeit. Hudson öffnete eine dicke Schiebetür, und er und Becca traten hinaus auf eine Veranda, die sich an der gesamten Hausfront entlangzog. Trotz der Sonne war es frisch und kalt, und obwohl kein Wind wehte, donnerte die Brandung an die Felsen. Im Süden lag die Bucht; ein paar Fischerboote befanden sich bereits auf dem Weg aufs offene Meer, und im Norden sah man eine gebogene Halbinsel mit Felsen und Bäumen, von der aus ein schmales Kap sich wie eine Klaue ins Meer reckte. Ein paar schwarze Felsen, selbst kleine Inseln, schützten das Ufer des Kaps. Weiter draußen auf einem felsigen Hügel ragte ein hoher Leuchtturm zum Himmel auf. Etwa eine halbe Meile weiter entfernt lag eine nebelverhangene Insel.

Becca betrachtete den Leuchtturm und ein Anflug einer kalten Brise ließ sie frösteln. Sie ging zurück ins Zimmer.

Sie meldeten sich aus der Pension ab, packten ihre Sachen ins Auto und gingen dann in die Stadt. Es war noch nicht ganz Mittag, nur wenige Menschen bevölkerten die Straßen. Hudson kannte die Adresse und wusste, wo der Schlüssel des Häuschens, das Renee bewohnt hatte, zu finden war. Der Garten war zugewuchert, der Carport hing ein bisschen durch, doch im Inneren des Häuschens war es gemütlich, wenngleich Becca das Gefühl hatte, mindestens zwanzig Jahre in der Zeit zurückgereist zu sein. Der Futon musste aus den Siebzigern stammen, und der Fernseher glich dem, den ihre Eltern besessen hatten, als sie noch zur Grundschule ging.

Sie sah den Schreibtisch und stellte sich vor, wie Renee, das fast schwarze Haar schimmernd im Licht der Schreibtischlampe, hier gearbeitet hatte.

Unverhofft schnürte sich ihr die Kehle zu. Tränen brannten in ihren Augen. Sie konnte immer noch nicht fassen, dass Renee tot war. Sie dachte an Hudsons Zwillingsschwester und fragte sich, was Renee wohl getan haben mochte.

»Merkwürdiges Gefühl«, sagte Hudson, genauso trüber Stimmung wie sie, als er die wenigen Räume durchschritt. Die alten Bodendielen knarrten unter seinen Füßen.

»Ja.« An einer Wand bemerkte Becca die verblassten Fotos einer Familie in gelben Öljacken auf dem Deck eines Fischerboots auf offenem Meer.

»Okay, ich habe genug gesehen«, sagte Hudson, und sie verriegelten das Häuschen und schlenderten zur Stadtmitte, wo

Becca, so unverständlich es auch sein mochte, wieder die gleiche Kälte tief im Inneren spürte wie schon bei ihrer Ankunft in der Stadt. Ein paar Fußgänger bewegten sich auf den Straßen, ein Mann mit Hund, eine Frau, die mit einer Kinderkarre joggte, Skateboarder, die, das Gesicht fast völlig unter den Kapuzen ihrer Sweatshirts versteckt, auf dem Gehsteig vorbeirasten.

In der Bäckerei Sands of Thyme standen die Kunden nach dem Zimtbrot Schlange, das gerade aus dem Ofen kam und den Laden mit aromatischem Duft erfüllte. Ein Schild an der Pizzeria verkündete, dass sie den Winter über geschlossen war, und auch ein Drachenshop hatte den Betrieb eingestellt.

Sie kauften sich Kaffee und gingen am Wasser entlang, wo Strandgutsammler im Sand nach vom Sturm angetriebenen Schätzen suchten.

Auf dem Weg zurück zum Auto schlenderte Becca, während Hudson Ringo draußen an einen Pfosten anband, durch die offene Tür in einen Laden, in dem es nach Seife und Kerzen duftete und wo auf antiken Kommoden, Tischen und Schränken kleinere Antiquitäten ausgestellt waren. Alles, einschließlich der Deckenlampen, war mit Preisschildchen versehen.

Die Verkäuferin, eine adrette Frau in den Sechzigern mit glattem, kinnlangen weißen Haar, saß auf einem Hocker neben einer antiken Registrierkasse. Auf einer Fensterbank, auf der eine gescheckte Katze mit um den Körper gelegtem Schwanz saß und die einfallende Sonne genoss, lag ihr Strickzeug.

Nur eine weitere Kundin hielt sich im Laden auf, eine gebeugte Frau mit eisengrauem Haar und knotigen Händen, die sich für ein Kästchen mit antiken Knöpfen interessierte.

Das Strickzeug war vergessen, die Verkäuferin beäugte die Frau mit schmalen Lippen wie ein Falke, als würde sie die Kundin des Diebstahls verdächtigen.

Aber die alte Frau bemerkte es nicht. »Sind die nicht hübsch?«, sagte sie und blickte Becca mit leeren Augen an. Sie befingerte einen Perlmuttknopf, der im Licht der Deckenlampen glitzerte.

Becca betrachtete den schimmernden Knopf. »Ja. Sehr.«

»Aber nur einer … Ich brauche zwei.«

»Kann ich Ihnen irgendwie helfen, Madeline?« Die sichtlich verärgerte Verkäuferin stieß einen gereizten Seufzer aus und glitt widerwillig von ihrem Hocker, dessen Beine über den Holzboden scharrten. Die Katze schrak auf, sprang auf eine Aufsatzkommode und blickte herrisch herab.

Madeline? Becca sah die alte Frau an, die ihren Blick erwiderte. »Sie sehen aus wie eine von denen«, flüsterte die alte Frau.

»Madeline«, schimpfte die Verkäuferin. »Eine von wem?« Hudson trat in den Laden.

Madelines Kopf ruckte hoch, sie streifte Hudson mit einem flüchtigen Blick, als er sich zwischen den Ausstellungsstücken hindurch seinen Weg zu Becca suchte.

»Siren Song«, flüsterte sie.

»Sind Sie Madame Madeline?«, fragte Becca.

»Maddie!« Die Verkäuferin kam auf sie zu.

Statt einer Antwort legte Madeline ihre knotigen Finger auf Beccas Leib, zuckte zurück, schlug das Kreuzzeichen und schlurfte zur Tür.

»Hat sie den Knopf mitgenommen? So ein Ärger!« Die Verkäuferin stampfte mit ihrem kleinen gestiefelten Fuß auf. »Das macht sie ständig!« Sie lief zur Tür, doch Madeline hatte den Laden schon verlassen und lief davon. »Ich sollte die Polizei rufen, aber sie ist ja größtenteils harmlos.«

Dass sie ihren Leib berührt hatte, brachte Becca aus der Fassung. »Wer ist sie?«

»O ja, sie nennt sich Madame Madeline. Sie gibt vor, übersinnliche Fähigkeiten zu haben. Sie gehört in der Stadt zum Inventar, hat hier ihr ganzes Leben verbracht.«

»Und was meinte sie mit Siren Song?«, fragte Hudson.

»Das ist ein Landstrich, den … na ja, ein paar Einwohner bewohnen. Sie bleiben weitgehend unter sich. Der Besitz ist wertvoll, er erstreckt sich von den Bergen östlich des Highway 101 über die Straße hinweg bis zum Meer. Sie sind eine Art Sippe, wie eine Kolonie, manche sagen sogar Sekte. Sie sind anders, verstehen Sie? Und alle miteinander verwandt.«

»Eine Kolonie?«, fragte Hudson.

Sie lächelte, dann sah sie Becca eindringlich an. »Ich verstehe durchaus, was Maddie meint, Sie sehen denen tatsächlich ähnlich … ein bisschen.«

»Denen?« Becca wurden die Knie weich. Was zum Teufel sollte das? Maddie, die ihre Hand auf Beccas Leib legte, als ob sie *wüsste*, dass sie schwanger war, und dann dieses Gerede von ihrer Ähnlichkeit mit den Mitgliedern einer … Sekte?

»Ich bin nicht verwandt mit ihnen«, sagte sie fest.

Die Frau widersprach nicht, fuhr jedoch fort: »Das ist schon das zweite Mal in den letzten paar Monaten, dass jemand nach Siren Song fragt. Ich besitze diesen Laden seit sechseinhalb Jahren. Vorher habe ich in einem dieser Wellness-Hotels gearbeitet, die geschlossen wurden, und monate-, vielleicht jahrelang hat kein Mensch Siren Song erwähnt, aber in letzter Zeit … Ach, was soll's.« Sie räumte das Kästchen mit den Knöpfen auf, in dem Madeline gekramt hatte.

»Wer hat nach Siren Song gefragt?«, wollte Hudson wissen.

»Eine Besucherin in der Stadt. Ihren Namen weiß ich nicht mehr.« Die Ladenbesitzerin furchte die Stirn; wie in der Bewegung erstarrt stand sie und überlegte. »Ach, ja. Es war diese dunkelhaarige junge Frau. Die ums Leben kam, als ihr Auto ein Stückchen nördlich von hier von einem Felsen stürzte.«

»Renee Trudeau?«, fragte Hudson. Beccas Herz setzte einen Schlag aus.

»Ja!« Die Besitzerin lachte, war stolz auf sich. »Das war der Name!«

Mac hatte die Nase voll vom Strand. Den ganzen Tag über hatte er überlegt, was er mit seinem Sohn unternehmen könnte, um ›Spaß‹ zu haben. Sie hatten es mit Krabbenfischen versucht, doch Levi war nicht sonderlich begeistert. Jetzt sank die Sonne am Horizont, und Unwetterwolken waren im Begriff, sie völlig zu verdecken. Ein eisiger Wind gab sich alle Mühe, ihm die Jacke vom Leib zu reißen. Von Levi in Jacke und Mütze war kaum mehr als Nase und Mund zu sehen. Beide froren und versuchten, so zu tun, als hätten sie Spaß.

Im Sheriffbüro von Tillamook County wusste man nicht mehr als bei Macs erstem Besuch dort. Mac hatte das Gefühl, dass sie ihn dahin wünschten, wo der Pfeffer wächst, damit sie ihren Ermittlungen auf ihre Art nachgehen konnten. Er konnte es ihnen nicht verübeln. Er selbst mochte auch keine Einmischung.

Also hatte er den Wink mit dem Zaunpfahl beherzigt und war mit Levi nach Deception Bay gefahren, um mit seinem Sohn am Strand auszuspannen, aber dank des Wetters erwies sich das als heikel. Er suchte nun nach irgendeinem Zeitvertreib, der ihnen beiden Spaß machen würde, doch da klingelte sein Handy. Er erkannte Gretchens Nummer und war beinahe dankbar für die Störung. »Was gibt`s?«, fragte er.

»Eine ganze Menge, möchte ich meinen. Vielleicht solltest du öfter mal wegfahren und uns anderen die Arbeit überlassen.«

»Ja, ja, ja. Also, was ist los?«

»Die DNA-Proben von der Yuppie-Bande? Und auch von den Mädchen?«

»Die haben Zekes Vaterschaft bewiesen, ja.« Mac bemühte sich um Geduld, doch er hörte selbst den gereizten Unterton in seiner Stimme.

»Du hast nur nach dem Vater des Kindes gefragt.«

»Und?«

»Tja, der Techniker hat aus den DNA-Proben noch eine weitere – unerwartete – Information gezogen, und heute Morgen hat er angerufen, um dir das Ergebnis mitzuteilen. Ich habe den Anruf angenommen.«

»Warum machst du es so spannend?«

»Ich komme schon auf den Punkt, du Spaßverderber. Die DNA deiner kleinen Freundin entspricht der einer der anderen Proben. Sie sind Geschwister.«

»Was?«

»Rebecca Ryan Sutcliff ist Jezebel Brentwoods Schwester«, verkündete sie genüsslich.

23. Kapitel

Becca stand mit Hudson beim Auto. Der Wind peitschte ihr das Haar ins Gesicht. Sie hatten zu dem Landstrich fahren wollen, den die Einheimischen Siren Song nannten, doch Becca bestand plötzlich darauf, von Deception Bay aus zu einer Nachbarstadt weiter südlich zu fahren. Zu dem Zeitpunkt hatte Hudson nicht gefragt, warum, doch als sie weiterhin den halben Nachmittag, ihren Hund im Arm, mit ostentativem Schweigen vergeudete, fragte er, was mit ihr los sei. Sie hatte ihm nicht sagen können, dass sie nicht fahren wollte. Nach allem, was geschehen war, wollte – sie – nicht – fahren. Im Grunde war es lächerlich, nachdem sie so dringend die Wahrheit wissen wollten, so sehr, dass sie Hals über Kopf zur Küste aufgebrochen waren. Doch ausgerechnet jetzt, da sie im Begriff waren, eine echte Entdeckung zu machen, war sie wie gelähmt vor Angst und wusste nicht, wie sie es erklären sollte.

»Was ist los mit dir?«, hatte Hudson schließlich ratlos gefragt, als sie den Jetta zurück nach Deception Bay steuerte. Becca schüttelte den Kopf und richtete den Blick auf die Straße, war nicht in der Lage, die Gefühle, die sie belasteten, in Worte zu fassen. »Vielleicht sollte ich lieber fahren«, sagte Hudson wohl zum fünften Mal.

»Es geht schon.«

»Den Eindruck machst du aber nicht.«

»Ich muss nur – nachdenken.«

»Darf ich mich vielleicht – beteiligen?«

Er hörte sich verärgert an, und sie konnte es ihm nicht verübeln, aber sie verstand sich ja selbst nicht mehr. Sie handelte rein gefühlsmäßig und empfand eine tief sitzende Angst um das Leben ihres Kindes, die sie völlig beherrschte.

Er will dich umbringen. Er will dein Baby umbringen. Sie hatte ihre letzte Vision verdrängt, doch nachdem sie von der Ladenbesitzerin erfahren hatte, dass Renee nach Siren Song gefragt hatte, war sie wieder gegenwärtig und ängstigte sie aufs Neue. Sie hatte verzweifelte Angst um ihr Baby. Angst um Hudson. Angst um sich selbst.

Jetzt befanden sie sich an einem Aussichtspunkt, blickten über das dunkler werdende Meer hinweg und ordneten ihre Gedanken. Im Süden stand der Leuchtturm auf seinem felsigen Hügel und die düstere Insel dahinter verbarg sich hinter einer Nebelbank. Bald würde die Nacht hereinbrechen.

»Madame Madeline wusste, dass ich schwanger bin«, sagte Becca laut. Im Lauf des Nachmittags hatte sie das schon mehrmals gesagt.

»Sie hat auf mich eher wie eine Demenzkranke als wie eine Hellseherin gewirkt«, antwortete Hudson. Auch er hatte diese Antwort schon mehrfach gegeben.

»Ich weiß, du willst nach Siren Song.«

»Ich habe nichts dagegen, vorher die verrückte Maddie aufzusuchen, aber wir sollten sehr bald einen Entschluss fassen.« Sein Blick suchte den Horizont ab.

»Du hältst es nicht für wichtig«, warf Becca ihm vor.

»Renee fand sie unheimlich«, räumte Hudson ein. »Aber im Grunde hat sie nichts von ihr erfahren.«

»Außer, dass sie sterben würde.«

Hudson biss die Zähne zusammen und schüttelte den Kopf. »Jemand hat meine Schwester umgebracht, indem er sie von der Straße gedrängt hat. Und diesen Jemand werde ich finden. Ich glaube nicht eine Sekunde lang, dass die Weissagung der verrückten Maddie auch nur das Geringste damit zu tun hatte. Es war Mord, ein vorsätzlicher Mord, weil Renee Fragen gestellt hat. Und das hat irgendwem nicht gepasst.«

Becca schloss die Augen. Der Wind trieb ihr den Regen ins Gesicht. Er war eiskalt, aber sonderbar erfrischend. Sie hörte Ringo im Auto bellen, schimpfen, weil sie ihn drinnen gelassen hatten. »Ich will nicht nach Siren Song«, gestand sie.

»Wovor hast du Angst?«

Er ist dort, dachte sie. Sie wollte es aussprechen, konnte die Worte aber nicht bilden.

»Als Renee mich angerufen hat«, sagte Hudson, »ich glaube, da war sie gerade dort gewesen. Vielleicht hat sie mit ihnen gesprochen.«

»Mit den Sektenmitgliedern.«

Er neigte den Kopf. »Sie hat irgendetwas über Kolonien geäußert. Sie war aufgeregt. Sie sprach von Siren Song.«

»Und ich sehe ihnen ähnlich«, bemerkte Becca tonlos.

»Ja, nun, das muss nichts zu bedeuten haben. Ich will nur mit den Leuten reden. Hören, ob Renee sie nach Jessie gefragt hat oder vielleicht nach anderen Dingen.«

Becca kam sich albern vor, weil sie so starrsinnig und vorher so übereifrig war. Aber es war, als würde Jessies Warnung sich immer wieder in ihrem Kopf abspulen, wie ein endloses Tonband. War es das, was Jessie ihr hatte sagen wollen? Siren Song? Doch diese Botschaft hatte zu viele Silben. Drei statt zwei. Also wollte Jessie ihr etwas anderes sagen, und Becca war überzeugt, dass es um *ihn* ging.

Hudson zog sie in seine Arme. »Ich könnte allein fahren.«

Sie schüttelte den Kopf, nicht fähig, das Ausmaß ihrer Angst zu erklären. Sie wollte genauso dringend Antworten finden wie er, doch jetzt plötzlich konnte sie die letzten paar Schritte nicht mehr gehen. Auf intuitive, unsinnige Weise empfand sie abgrundtiefe Angst.

»Ich will nicht, dass unserem Baby etwas zustößt«, flüsterte sie.

»Das lasse ich nicht zu.«

Sie sprach es nicht aus, aber sie glaubte nicht, dass er die Katastrophe würde aufhalten können, die auf sie zukam.

Hudson schlug vor: »Lass uns noch eine Nacht in der Pension buchen. Ich bringe dich hin, dann fahre ich zu den Leuten von Siren Song.«

»Nein, ich bleibe bei dir. Lass mich nicht allein.«

»Würdest du dich in Portland oder Laurelton sicherer fühlen?«

»Ja. Nein. Ich weiß nicht.« Sie wandte sich ihm zu, barg das Gesicht an seiner Jacke, griff mit klammen Fingern in das Leder. »Ich komme mit«, sagte sie mit gedämpfter Stimme an seiner Brust. »Ich will es ja auch wissen. Ich komme mit.«

»Was ist mit dir?«, fragte er noch einmal. »Warum jetzt?«

»Ich kann es nicht erklären.« Sie war hin- und hergerissen zwischen Lachen und Tränen. »Wenn ich nicht schon wüsste, dass ich schwanger bin, würde ich es jetzt annehmen, weil ich so übermäßig emotional reagiere. Ich spüre einfach, dass etwas Schlimmes passiert. Als würden wir die Bestie reizen. Und obwohl ich genauso dringend Antworten haben will wie du, habe ich Angst.«

»Vielleicht sollten wir es erst einmal einfach vergessen.«

»Nein, du musst dir Klarheit über Renee verschaffen«, sagte sie und nahm allen Mut zusammen. »Und ich will wissen, ob Jessie diesen Leuten begegnet und Renee ihren Spuren gefolgt ist.« Er lehnte sich etwas zurück, um ihr ins Gesicht zu sehen, und wischte ihr das windzerzauste Haar aus den Augen. »Bist du sicher?« Becca nickte. »Dann fahren wir hin und sehen, was los ist. Wenn du dich nicht sicher fühlst, kehren wir um.«

»Okay.«

»Soll ich fahren?«

»Nein, es geht schon«, sagte sie und drehte sich zum Auto um. Ringo stand auf dem Vordersitz, die Pfoten auf dem Armaturenbrett. Er jaulte und kratzte.

»Ganz sicher?«, vergewisserte Hudson sich.

Becca nickte verkrampft. »Ganz sicher.«

Mac schob das Handy in seine Tasche und schnaubte ratlos.

»Kriegst du sie immer noch nicht an die Strippe?«, fragte Levi.

Mac hatte wohl schon ein halbes Dutzend Mal Beccas Handy und Festnetzanschluss angewählt, doch niemand meldete sich. Levi wusste nur, dass Mac die Frau, die er seit einer Stunde anzurufen versuchte, wegen irgendeiner neuen Entwicklung in dem Fall, den er bearbeitete, dringend erreichen musste. »Ich hatte gehofft, dass sie sich meldet, bevor wir in die Berge fahren und ich gar keinen Empfang mehr habe«, brummte Mac.

Levi zog eine Leidensmiene. »Ich habe Hunger. Kann man nicht irgendwo was zu essen bekommen? Gibt's hier vielleicht ein Subway?«

»Ich glaube nicht.«

»McDonald's?«

»Wir müssen in eine größere Stadt.«

»Dann lass uns fahren.«

Mac überlegte. Sie konnten nach Seaside fahren, wo es eine Reihe von Fast-Food-Lokalen gab, doch das würde eine gute halbe Stunde Umweg bedeuten. Aber vielleicht gelang es ihm von da aus, Rebecca Sutcliff zu erreichen, bevor er über die Berge fuhr.

Und was wollte er ihr sagen? *Übrigens, Becca, wussten Sie, dass Jezebel Brentwood ihre Schwester war? Entweder haben Mom und Dad sie zur Adoption freigegeben und Sie behalten, oder Sie sind auch adoptiert.* Konnte er solche Neuigkeiten – Neuigkeiten, die mehr Fragen aufwarfen als beantworteten – am Telefon überbringen?

»Fahren wir nach Seaside«, sagte er mürrisch, und sie stiegen in seinen Jeep.

Becca fuhr zweimal an der Zufahrt nach Siren Song vorbei, bevor sie sie fand. Es war kaum mehr als eine Lücke zwischen Lorbeerhecken und strohigem Gras, die sich zu zwei Schotterreihen mit einem breiten Unkrautstreifen dazwischen öffnete. Scharfe Windböen trieben Regenschleier und die Zufahrt wirkte trostlos und kalt. Man konnte meinen, sie wäre seit Monaten nicht befahren worden. Vielleicht war Renee die letzte Besucherin der Kolonie gewesen.

Als sie vom Highway auf diesen holprigen Weg abgebogen waren, umklammerte Becca krampfhaft das Steuer und lenkte den Jetta mit schlingernden Reifen durch wassergefüllte Schlaglöcher. Der erste Eindruck war nicht gerade vielversprechend, doch Siren Song selbst, das Haus, wirkte vom Highway 101 aus groß und imposant. Dieser verborgene triste Zugang wurde dem Haus nicht gerecht, aber vielleicht war es gerade das, was die Bewohner hinter seinen Mauern bezweckten.

»Das muss es sein«, brummte Hudson.

»Wie ich das sehe, führt kein anderer Weg zum Haus.«

»Wegweiser könnten hier nicht schaden.«

Sie holperten und schaukelten über eine Viertelmeile den Weg entlang, bevor er breiter wurde und den Blick auf eine hohe Steinmauer freigab, die sich nach Osten und Westen erstreckte. Durch ein hohes schmiedeeisernes Tor mit scharfen Spitzen und Doppelflügeln konnte man einen Grasplatz und das Haus sehen. Im schwindenden Licht schienen die dunklen Zedernschindeln und die noch dunkleren Fenster sie anzustarren.

Becca hielt vor dem Tor an, ließ aber den Motor laufen. Schweigend spähten sie und Hudson durch das schmiedeeiserne Tor. Das düstere Wetter vertiefte die Schatten. Aus mehreren Fenstern im Erdgeschoss und im ersten Stock leuchtete schwaches Licht. Von Weitem hörten sie eine Tür zuschlagen.

»Da ist jemand«, bemerkte Hudson und streckte die Hand nach dem Türgriff aus.

Becca begann, unkontrollierbar zu zittern, doch Hudson bemerkte es nicht, als er aus dem Jetta stieg, auf das Tor zuschritt und durch die Gitterstäbe sah. Ringo winselte auf dem Rücksitz.

Wer bist du?, fragte Becca stumm. Aber sie erhielt keine Antwort, hatte nicht einmal das Gefühl, dass jemand ihre stille Botschaft empfangen hätte.

Becca sah, wie Hudson sich straffte. Er schickte einen eindringlichen Blick in ihre Richtung, und langsam stieg sie aus dem Jetta und hörte das Warnsignal des Autos wegen der noch offenen Tür. Der Wind dämpfte das Geräusch, er rauschte in den Bäumen, und irgendwo hinter dem Tor klapperte etwas erstaunlich laut, vielleicht ein offener Fensterladen.

Sie trat zu Hudson und sah unter Schock, was seine Aufmerksamkeit auf sich gezogen hatte. Eine junge Frau in einem langen Kleid stand da unter einem Regenschirm. Sie starrte Becca und Hudson an.

Sie starrten zurück und Beccas Mund öffnete sich zu einem stummen Schrei.

Sie sah aus wie Jessie!

Hudson packte Becca beim Arm, als sie in sich zusammenzusinken drohte. Er hielt sie fest, bevor sie zu Boden fallen konnte, und zog ihren bebenden Körper in seine Arme. Als er den Kopf wandte, sah er gerade noch den Rock der Frau durch eine Tür verschwinden und hörte deutlich ein *Plock*, als der Riegel vorgeschoben wurde.

»Wir müssen weg«, sagte Becca zähneklappernd. »Wir müssen weg.«

»Warte.«

»Nein!«

»Schon gut, schon gut.«

»Wir müssen weg.«

»Gut. Ich fahre.«

Er half ihr auf den Beifahrersitz und sah mit Schrecken, wie bleich sie geworden war. Ringo auf dem Rücksitz sprang wild herum, versuchte, zu Becca zu gelangen, doch Hudson hob Einhalt gebietend die Hand. »Sitz«, befahl er.

»Das war Jessie«, flüsterte Becca. »Du hast sie gesehen. Es war Jessie, nicht wahr? Sie ist jetzt in unserem Alter.« Becca spähte ängstlich durch die Frontscheibe in die plötzlichen treibenden Regenschleier. Vom Haus war bis auf schwache Lichtflecke kaum noch etwas zu sehen.

»Es war nicht Jessie«, sagte Hudson, obwohl er im ersten Moment auch schockiert gewesen war. »Sie war jünger als wir.«

»Wer sind diese Leute? Ich sehe nicht aus wie sie.« Sie warf Hudson einen Blick voller Panik zu. »Oder?«

»Nein – so nicht«, sagte er.

»Nicht wie Jessie, meinst du?«

»Wir wissen nicht, wie Jessie jetzt aussehen würde.«

»*So* würde sie aussehen!« Becca wies mit ausgestrecktem auf die Stelle, wo die junge Frau gestanden hatte. »Bitte! Ich möchte fort von hier. Jetzt gleich!«

Hudson zögerte nicht länger. Er riss das Steuer herum und wendete den Jetta in einem engen Kreis. Zweige scharrten an den Seiten des Fahrzeugs.

»Beeil dich«, drängte Becca.

Ihr Verhalten ängstigte ihn; er wäre gern noch geblieben, um ein paar Fragen zu stellen. Doch es war klar, dass die Frau im langen Kleid kein Interesse an einem Gespräch mit ihnen hatte. Sie war nicht Jessie. Das wusste er.

Aber sie sah ihr zum Verwechseln ähnlich.

Der Jetta schlingerte, holperte und schaukelte, als Hudson viel zu schnell den unbefestigten Weg entlangfuhr. Als sie den Highway 101 erreicht hatten, schlug Hudson den Weg nach Norden ein, und die Reifen surrten über den nassen Asphalt dem Abzweig zum Highway 26 entgegen.

Becca saß über mehrere Meilen hinweg völlig verkrampft in ihrem Sitz, dann sagte sie mit so leiser Stimme, dass Hudson sie kaum hörte: »In meiner Vision stand er mit einem Messer hinter Jessie. Er wollte sie erstechen, und dann sah er mich an. Hudson, er *weiß*, dass ich schwanger bin!«

»War er in Siren Song?«, fragte er behutsam. Er wusste nicht recht, wie weit er an ihre Fähigkeit glaubte, den Mann zu sehen, der ihr Böses wollte, doch ihre Angst steckte ihn an. Sie glaubte daran, und nur das zählte jetzt.

»Ich weiß es nicht«, sagte sie. »Ich dachte es. Bevor wir hergefahren sind. Aber dann haben wir das Mädchen gesehen ...«

»Die Frau.«

»Ja, die Frau.« Sie atmete tief durch. »Jessie war adoptiert. Sind diese Leute ... stammt sie aus dieser *Sekte*? Wenn diese Frau nicht Jessie war, ist sie dann Jessies Schwester?«

»Irgendeine Verwandte vielleicht.« Hudson wollte keine voreiligen Schlüsse ziehen, aber, Herrgott noch mal, die Ähnlichkeit war nicht zu leugnen.

Sein Blick streifte Becca. Im Profil hatte auch sie eine erstaunliche Ähnlichkeit mit der Frau. Die war in gewissem Maß schon immer da gewesen, doch bevor er Jessies Doppelgängerin sah, hatte er es nicht so ernst genommen.

»Jessie hat sie gesucht, aber dann ist sie auf ihn gestoßen«, sagte Becca leise und betrachtete die Regenrinnsale am Fenster.

»Wer ist er?«

»Einer von ihnen? Ich weiß es nicht. Aber er hasst mich. Ich kann es spüren, und es ist real.«

»Wir fahren nach Hause«, sagte Hudson finster. »Und sorgen dafür, dass ihr, du und das Baby, in Sicherheit seid.«

Etwas in seinem Tonfall verriet Becca seine unausgesprochenen Gedanken. »Du willst ohne mich hierher zurückfahren!«

»Nicht heute Abend. Ich will nach Hause. Uns in Sicherheit bringen. Zu Abend essen. Und über all dies nachdenken.«

»Ich will nicht, dass du hierher zurückkommst.«

»Ich muss wissen, was Renee herausgefunden hat.«

»Es ist gefährlich.«

»Ich glaube nicht, dass uns der Tod bestimmt ist«, sagte Hudson. »Die verrückte Maddie ist eine demenzkranke alte Frau und glaubt an übersinnliche Fähigkeiten, die sie nicht besitzt.«

»Ich weiß. Ich weiß.« Doch es klang nicht so, als ob sie es selbst glaubte.

»Es wird mich beruhigen, dich in Portland zu wissen, sicher und wohlbehalten, fern von dem Mörder meiner Schwester.«

Becca antwortete nicht. Sie wollte zurück nach Hause, aber sie wollte auch Hudson und Ringo bei sich haben.

Ziemlich schweigsam, beide in ihre eigenen Gedanken versunken, bogen sie auf den Highway 26 ab. Als sie in die Coast Range hinauffuhren, ging der leichte Nieselregen in Schneeregen über.

»Vielleicht sollten wir McNally anrufen«, brach Becca das Schweigen und folgte mit dem Blick dem hypnotisierenden Hin und Her der Scheibenwischer. »Vielleicht sollten wir ihn nach Siren Song schicken. Soll er von hier aus weiter ermitteln.« Ohne eine Antwort abzuwarten, kramte sie ihr Handy aus ihrer Handtasche und stieß einen verärgerten Laut aus. »Ich habe es gestern Abend ausgeschaltet und vergessen, es wieder einzuschalten.«

»Hier hast du sowieso kaum Empfang«, bemerkte Hudson, doch Becca drückte die grüne Einschalttaste und hoffte das Beste. Das Handy fuhr hoch und dann erschien das ›Kein Empfang‹-Zeichen auf dem Display.

»Wenn wir aus den Bergen heraus sind«, sagte sie und richtete sich, das Handy in der Hand, aufs Warten ein.

Es schneite heftig, als sie den Gipfel erreichten und auf der anderen Seite wieder talwärts fuhren. Hudson musste langsam fahren. Gleich hinter dem Pass allerdings folgte wieder Schneeregen, bald darauf der gewohnte Nieselregen. Es war stockdunkel. Außer ihren Scheinwerfern war weit und breit kein Licht zu sehen.

Becca erkannte, dass sie nur noch wenige Meilen vom Schauplatz ihres Unfalls entfernt waren, und ihre rechte Hand umklammerte das Handy. Hudson konzentrierte sich auf die Straße. Die Sichtverhältnisse waren mehr als schlecht.

Als sie eine längere gerade Strecke vor sich hatten, auf der die Wälder zu beiden Seiten steil abfielen, tauchten nach einer letzten Kurve hinter ihnen grelle Scheinwerfer auf. Sie leuchteten das Innere des Jettas aus und zeigten Hudsons Profil in scharfem Umriss.

Becca sah sich angstvoll um. Er war es nicht. Er war es nicht. Es war nur ihre irrationale Angst. »Er fährt verflixt dicht auf.«

»Für diese Straßenverhältnisse, ja.«

Das Fahrzeug kam näher. Ein Pick-up.

»Himmel«, knurrte Hudson. Einen Seitenstreifen gab es nicht. Sie fuhren jetzt auf einem Bergkamm, wo das Pflaster abrupt am Abhang endete. Becca kannte diesen Abschnitt des Highways gut und ihr Herz begann zu hämmern. »Überhol doch, du Idiot!«

Das laute Rumpeln des Pick-ups zerriss die Nacht. Hudson riss das Steuer herum, versuchte auszuweichen, doch dafür war kein Platz. Das Handy flog Becca aus der Hand. Sie suchte verzweifelt nach einem Halt.

Rumms!

Der Pick-up rammte sie von hinten; Becca flog nach vorn. »Scheiße!«, schrie Hudson. Der Sicherheitsgurt riss Becca zurück. Ringo jaulte auf und suchte kratzend Halt, als der Ruck ihn gegen die Rücklehnen der Vordersitze schleuderte.

»Herr im Himmel!«, sagte Hudson leise. Er drehte das Steuer in die andere Richtung, lenkte gegen, versuchte mit aller Kraft, den Wagen in der Spur zu halten.

»Er ist es«, stöhnte Becca. »Er ist es.«

Sie drehte sich um und blickte in die grellen Scheinwerfer. Sie sah den Kühlergrill des Fahrzeugs. Eines Pick-ups.

Rumms!

Der Pick-up erwischte den Jetta an der Fahrerseite und der Wagen geriet ins Schleudern. Hudson zögerte nicht. Der Versuch anzuhalten war unsinnig. Ein Ausweichen unmöglich. Er musste schneller sein.

Er trat das Gaspedal durch. Die Reifen des Jetta griffen auf dem Asphalt, der Wagen machte vor dem Pick-up einen Satz. Der Fahrer fuhr rückwärts, schaltete dann in den Vorwärtsgang und rüstete zu einem neuerlichen Angriff. Hudson trat aufs Gas, der Jetta schoss rüttelnd vorwärts.

»Die Achse«, knurrte Hudson. »Die ist hin.«

»Hudson, er kommt!«

»Mistkerl!«

Er holte das Letzte aus dem Jetta heraus. Der Wagen rüttelte wild und schoss vorwärts wie ein hinkender Langstreckenläufer.

Er hatte sie im Scheinwerferlicht. Die Hupe des Pick-ups gellte einen Kriegsschrei, dann rammte der schwere Wagen den Jetta mit solcher Macht, dass dieser über den Rand des Abhangs schoss. Eben noch folgte er dem Mittelstreifen des Highways und im nächsten Moment stürzte er hinunter ins schwarze Nichts.

Becca schrie. Vor ihrem inneren Auge sah sie Hudson kalt und blutend. Die Augen im Tod geschlossen.

Bamm! Der Jetta schlug mit solcher Gewalt auf den Boden auf, dass die Achse endgültig brach. Beccas Zähne stießen aufeinander. Er Wagen schoss durchs Unterholz. Ringo winselte. Hudson fluchte und plötzlich raste ein Baumstamm auf sie zu.

Die Fahrerseite traf frontal auf den Baum. Becca spürte schmerzhaft den Ruck des Sicherheitsgurts. Die Frontscheibe barst. Kalte Luft und Glassplitter schossen ins Innere.

»Hudson! Hudson!«

Becca war sich nicht gleich bewusst, dass sie seinen Namen rief. Wie aus einem Traum kam sie zu sich und sah etwas im Ärmel ihrer Jacke stecken. Ein spitzes Stück Holz. Sie griff danach und zog es heraus, spürte einen brennenden Schmerz. Es hatte sich in ihren Bizeps gebohrt. Sie riss den Splitter vollends heraus, bevor all das in ihr Bewusstsein dringen konnte, und sie spürte Blut auf ihrer Haut.

Beeil dich, ermahnte sie sich. *Beeil dich!*

Ihr Blick fuhr zu Hudson herum. Er war vornüber aufs Lenkrad gesunken. Über seinem rechten Ohr war sein Kopf schwarz von Blut. Das Lenkrad presste ihn in seinen Sitz. »Hudson«, sagte sie mit brechender Stimme.

Dampf stieg in die kalte Nacht hinauf. Der Regen strömte durch die größtenteils fehlende Windschutzscheibe. »Hudson«, flüsterte sie noch einmal. Sie versuchte, sich vorzubeugen, doch der Sicherheitsgurt hielt sie zurück. Der Hund winselte und sie sah sich um. Ringo war auf dem Rücksitz eingeklemmt. Auf der Fahrerseite war die Karosserie in sich zusammengeschoben, und der Hund konnte nicht auf die Vordersitze springen, schien aber unverletzt zu sein.

Beeil dich! Er kommt zurück!

Mit tauben Fingern löste Becca den Gurt. Er schnellte zurück, als wäre der Wagen in einwandfreiem Zustand. Es fiel ihr schwer, sich selbst zum schnellen Handeln zu zwingen.

Sie stemmte sich gegen die Tür und sie öffnete sich mit metallischem Knirschen. Eiskalter Wind schlug ihr ins Gesicht.

Das Handy.

Sie sah noch einmal nach Hudson. Er war blass und atmete mühsam. Lag es am Druck des Lenkrads auf seine Brust? *Bitte, lieber Gott, lass ihn leben. Denk nach.*

Ach ja, das Handy. Sie fühlte sich taub und der Realität entrückt, als sie den Boden vor ihrem Sitz abtastete. Wo war es? Sie konnte es nicht finden.

Hudson trug sein Handy in der Jackentasche bei sich.

Behutsam schob sie die Hand in seine rechte Tasche, doch sie war leer. Unter leisen Klagelauten griff sie über ihn hinweg. Wütend auf das Steuerrad warf sie sich dagegen, als könnte sie Hudson so befreien.

Sie bekam die linke Seite seiner Jacke zu fassen, hob sie an und spürte dort das Gewicht des Handys. Mühsam angelte sie es aus der Tasche und klappte es auf.

Kein Empfang.

Ihr kamen die Tränen. Ringo winselte und winselte, und sie sah sich nach ihm um. »Bleib, wo du bist, mein Junge. Alles wird gut. Schon gut. Wir kommen zurecht.« Sie drehte den Kopf und spürte einen scharfen Schmerz im Nacken. Eine Zerrung vermutlich. Muskelschmerzen. Unversehens legten sich ihre Arme über ihren Leib, doch alles war in Ordnung. Dem Baby ging es gut.

Wut loderte in ihr auf und brannte sich durch ihre Benommenheit. Verdammter Mörder!

Mit erneuter Kraft stemmte sie sich aus dem Wagen, glitt auf Schlamm und Tannenspänen und –nadeln aus. Glas klimperte und rieselte von ihren Kleidern, als sie sich am Wagen festhielt.

Sie spürte den Schmerz im linken Arm. Die Zerrung im Nacken. Und mit ihrer linken Hüfte stimmte etwas nicht – ein schwerer Bluterguss.

Doch ihr Kopf wurde zunehmend klarer. Dafür wenigstens war der Regen gut. Sie blinzelte in den Nieselregen und lauschte angestrengt. Nichts war zu hören außer dem Regen und dem Rauschen des böigen Winds.

Kein Motor. Er war weitergefahren. War schon weit fort mit seinem Pick-up.

Wie beim letzten Mal.

Sofort begannen ihre Zähne zu klappern. Kopfschmerzen meldeten sich an. Von dem Unfall? Nein! Eine Vision. Zum ersten Mal in ihrem Leben war sie ihr willkommen.

Bitte. Bitte, Jessie.

Und plötzlich war sie da. Stand gefährlich nahe am Abgrund auf der Landspitze. Allein.

Wo war *er?*

Jessie rief ihr unhörbar das Wort zu. Zwei Silben. Eine Warnung. Becca hätte am liebsten vor Ungeduld geweint. »Was ist?«, rief sie laut.

»Justice«, antwortete Jessie.

Becca kam zurück in die Wirklichkeit, als hätte jemand einen Schalter umgelegt. Sie hob das Gesicht zum Himmel und schrie, wollte Antworten, keine Rätsel.

Und Hudson?

Sie musste Hilfe holen.

Mühselig hielt sie sich an nackten Baumwurzeln fest, um die Böschung zur Straße hinaufzuklettern. Sie war froh, in Jeans und Sneakers und Jacke vom Strand gekommen zu sein, trotzdem war es nicht einfach, in der schlüpfrigen Erde Halt zu finden.

Keuchend gelangte sie schließlich nach oben, stemmte sich mit zitternden Armen hinauf auf den Asphalt. Sie blickte die

Straße hinunter in die Richtung, aus der sie gekommen waren. Kein Geräusch eines sich nähernden Fahrzeugs. Sie blickte in östliche Richtung. Die Straße beschrieb dort eine Rechtskurve. Auch aus der Richtung kam kein Fahrzeug.

Sie hätte sich am liebsten hingelegt und den Kopf auf die nasse Straße gebettet. Sie brauchte … Ruhe.

Aber Hudson brauchte Hilfe.

Mühsam rappelte sie sich auf. *Du bist unverletzt*, sagte sie zu sich selbst. *Du bist unverletzt*.

Sie war nur wenige Meilen vom Schauplatz ihres ersten Unfalls entfernt. Wo jemand sie von der Straße gedrängt hatte. Wo sie ihr Baby verloren hatte. Wieder legte sie schützend die Hände auf den Leib.

In welche Richtung sollte sie gehen, um Handy-Empfang zu finden? Richtung Portland oder Richtung Strand?

Eine Knobelfrage.

Becca entschied sich für Portland. Sie taumelte nach Osten. Bald würde ein Auto vorbeikommen. Ein guter Samariter. Hudson würde nichts geschehen. Er befand sich nicht unmittelbarer Gefahr. Ihm würde nichts geschehen. Doch Tränen sammelten sich in ihren Augenwinkeln, und sie betete still für ihn, während sie die Straße entlangtrottete.

Sie gelangte zu einer weiteren Straßenbiegung, umrundete sie und spähte durch den Regen geradeaus. Stand da ein Wagen auf der Straße? Zu ihrem Schrecken traf sie plötzlich grelles Scheinwerferlicht. Sie sah den Kühlergrill.

Für den Bruchteil einer Sekunde war Becca starr vor Entsetzen. Dann hörte sie die Tür schlagen und der Umriss einer großen Gestalt erschien im Licht der Scheinwerfer. Er hielt etwas in der Hand. Ein Messer.

Sie drehte sich um und rannte wie ein Olympiasieger, rannte vor ihm die Straße hinunter.

Sie hörte seine harten Schritte hinter sich.

Nicht zu Hudson, dachte sie. Sie musste ihn von ihm fortführen. Auf die andere Seite der Straße.

Sie überquerte die Mittellinie und lief im Zickzack zum gegenüberliegenden Felsabsturz, glitt absichtvoll über den Rand, streifte den tief hängenden Ast einer Douglastanne, ließ sich von Zweigen zerkratzen.

Er war nahe. Atmete schwer. Er setzte ihr nach.

Sie behielt einen erstaunlich klaren Kopf. Sie musste ihn fortlocken. Fort. Fort. Von Hudson und Ringo. Von ihr und ihrem Baby.

»Schwester«, rief er leise. »Du kannst dich nicht verstecken.«

Schwester? Becca stolperte, wäre beinahe gestürzt.

»Ausgeburt des Teufels.«

Becca hastete weiter, rannte mit vorgestreckten Armen, so schnell sie es wagte, durch dichtes Unterholz und zwischen Bäumen hindurch. Doch er holte auf. Er war stark.

Wer war er?

Sie kam an eine Lichtung. Links oben verlief der Highway. Geradeaus öffnete sich eine Schlucht, die keinen Schutz bot. Rechts noch mehr Wald und Gott weiß was. Sie musste wieder hinauf auf den Highway. Dort würde Hilfe kommen.

Becca schlich leise um Bäume und Gestrüpp herum, tiefer in den Wald hinein. Ihre Schritte klangen laut in ihren Ohren, doch Regen und Wind überdeckten sie. Auch er lief jetzt langsamer. Er horchte. Hatte Mühe, ihr auf der Spur zu bleiben.

Dann sah sie den Highway fast zehn Meter über ihr. Sie zögerte, wollte sich nicht zur Zielscheibe machen. Doch ihr blieb keine Zeit. Keine Zeit!

Mit äußerster Anstrengung kletterte sie die Böschung hinauf, ihre Fingernägel krallten sich in die Rinde von Baumstämmen, ihre Hände klammerten sich an widerspenstigen Ranken fest.

Sie hörte ihn hinter sich atmen.

Schluchzend vor Anstrengung warf sie sich auf die leere Straße. Ihre Hand schloss sich um einen faustgroßen Stein. Sie hob ihn auf, kam taumelnd auf die Füße und rannte in westliche Richtung.

»Ich kann dich riechen!«, brüllte der Mann, der hinter ihr die Straße erreicht hatte.

Ihre Lunge brannte, ihre Beine waren wie aus Gummi. Er lief ihr nach. Sein Atem ging keuchend vor Erregung. Seine Hände griffen nach ihr, krallten sich in ihr Haar. Sie riss sich los und schrie, so laut sie konnte.

Und dann war Jessie da. Winkte sie zu sich. Schluchzend rannte Becca auf sie zu. Sie benötigte mehrere Sekunden, um zu begreifen, dass ihr Verfolger sein Tempo verringert hatte.

Sie blickte sich um und sah sein Gesicht. Ein Schaudern erfasste sie. Das gleiche Gesicht hatte sie gesehen, als sie ihr Baby verlor. Er starrte mit toten Augen auf – Jessie. Beccas riss den Blick von ihm los und sah Jessie an, deren Gestalt verblasste.

»Justice«, sagte sie wieder.

Becca sah sich voller Angst um, als ihr Verfolger den Kopf in den Nacken warf und brüllte. Er kam jetzt doppelt so schnell auf Becca zu. »Jezebel!«, rief er. »Rebecca!«

Der Stein lag schwer in ihrer Hand. Sie hielt inne, als der schwere Körper sich auf sie stürzen wollte, riss den Arm zurück und schleuderte ihm, so heftig sie konnte, den Stein entgegen. Er traf ihn an der Stirn und brachte ihn aus dem Tritt.

»Ich bin Gottes Botschafter!«, brüllte er und taumelte.

Becca drehte sich um, sprintete mit neuer Kraft und hastete die Straße entlang. Ihre Lunge brannte, ihre Beinmuskeln schmerzten.

Weit vor sich, irgendwo zwischen den Bäumen, sah sie den schwachen Schimmer von Scheinwerfern. Verzweifelt schrie sie auf, stolperte, rannte, stand kurz vorm Zusammenbruch. Sie rannte dem näher kommenden Fahrzeug entgegen, winkte mit beiden Armen, betete stumm, dass es sich nicht um eine Art Verstärkung für das perverse Monster handelte, das sie verfolgte.

Der Wagen, ein Jeep, hielt an, und der Fahrer stieg aus. Ein Mann. Becca, schlammbespritzt und blutverschmiert und krank vor Angst, wich aus seinem grellen Scheinwerferlicht zurück. Als er plötzlich auf sie zurannte, begann ihr Puls noch mehr zu rasen, und sie stolperte über ihre Füße.

»Becca?«, rief seine Stimme drängend. »Mein Gott, fehlt Ihnen was?«

Sie kannte ihn. Kannte die Stimme. Sie drehte sich um, warf einen Blick in die Richtung ihres Verfolgers. Der Highway dampfte im Licht der Scheinwerfer ihres Retters, doch ihr Verfolger war fort. Da war niemand mehr.

Der Mann war jetzt an ihrer Seite. Sie erkannte ihn, aber nicht ihre eigene zitternde Stimme, als sie sagte: »Detective McNally?«

»Ich habe versucht, Sie anzurufen. Was ist passiert?«

Sie brach zusammen, ihre Knie gaben nach, doch er reagierte schnell und packte sie, bevor sie auf dem Asphalt aufschlagen konnte. »Levi!«, rief er über die Schulter hinweg. »Komm her!«

Die Beifahrertür des Jeeps öffnete sich und ein Mann stieg aus. Im Laufschritt kam er zu ihnen, blieb kurz vor ihnen stehen. Nein, ein Junge war es, wie Becca mit etwas Verspätung bemerkte. Sie konnte kaum denken. In ihrem Kopf schwirrte es.

»Hudson ist verletzt«, platzte sie heraus. »Wir hatten einen Unfall.« Sie wies hinter sich ins Unterholz. »Da unten. Ein Stück weiter zurück. Wir wurden von der Straße gedrängt. Von dem Pick-up mit dem Kühlergrill. Er hat versucht, uns umzubringen!«

»Wo?«, wollte McNally wissen.

Er half Becca auf die Füße, und sie deutete in die Richtung, wo der Jetta von der Straße katapultiert worden war. McNally verschwendete keine Zeit. Er bellte den Jungen an, er solle eine Taschenlampe holen, und fragte Becca, ob sie einen Moment ohne fremde Hilfe stehen könnte. Sie nickte, und er rannte zurück zum Jeep und fuhr ihn an den Straßenrand, ohne aber das Licht auszuschalten.

Dann kam er zurück und stützte Becca, die die beiden in die angegebene Richtung führte. Die Stelle war nicht schwer zu finden. Die Fahrt durchs Unterholz hatte abgerissene Äste ohne Rinde zurückgelassen. Das weiße Holz schimmerte gespenstisch im Licht der Taschenlampe.

Als McNally das Heck des Jettas entdeckte, stieg er den Berg hinunter und schrie dem Jungen zu, der ein bisschen langsamer folgte, er solle ihm leuchten. Mit zitternden Beinen glitt Becca den Abhang hinunter, zerkratzte sich die Hände und spürte, wie Schlamm in ihre Schuhe drang.

Bei Hudson angekommen, versuchte McNally, die Fahrertür des Wagens zu öffnen. Er benötigte mehrere Anläufe und fluchte ausgiebig, bis er sie unter metallischem Kreischen, das Ringo in lautes Gebell ausbrechen ließ, schließlich zwang, sich zu öffnen. Die Frontseite des Wagens war seitlich eingedrückt; Hudson war fest eingeklemmt. McNally drehte den Zündschlüssel. Der Motor hustete und stotterte, sprang jedoch nicht an. McNally verschob den Sitz ein paar Zentimeter weiter nach hinten. Hudsons Körper glitt vornüber aufs Steuerrad. Er war befreit, aber immer noch bewusstlos.

McNally legte die Finger an seinen Hals. »Kräftiger Puls.« Er warf einen Blick auf sein Handy und fluchte leise. »Jemand hat Sie von der Straße gedrängt?«

»Ja.«

»Glauben Sie, es war dieselbe Person, die Renee Trudeau in den Abgrund gestürzt hat?«

»Ja.«

»Wir benötigen dringend Handy-Empfang.« Er klappte sein Gerät zu und sah den Jungen, Levi, an, der durchs Fenster auf den Hund einredete. Der kleine Hund konnte sich nicht entscheiden, ob er zu Hudson vordringen und ihn lecken oder lieber aus dem Fenster springen sollte. McNally machte sich an einem Knopf zu schaffen; das hintere Fenster glitt herunter, und Ringo schob den Kopf hinaus. Levi streichelte ihn und redete ihm gut zu, beruhigte ihn.

»Jemand muss zurückfahren und den Notdienst anrufen. Wir benötigen einen Rettungswagen.« McNally sah Becca an.

»Ich kann Hudson nicht alleinlassen«, sagte sie mit klappernden Zähnen.

»Ich bleibe bei ihnen«, sagte Levi sachlich. »Fahr du.«

McNally wollte widersprechen. Becca spürte, dass es ihm schwerfiel, sie zurückzulassen, um Hilfe zu holen. Aber er hatte keine Wahl. Sie konnte nicht fort und Levi war zu jung zum Autofahren. »Sobald ich jemanden erreicht habe, komme ich unverzüglich hierher zurück«, sagte er gepresst. Er zögerte kurz, dann zog er eine Pistole aus der Innentasche seiner Jacke. Wie auf ein Stichwort trat Levi zu ihm und nahm sie an sich. McNally sah aus, als wollte er auch dagegen noch Einwände erheben, doch er warf Becca einen raschen Blick zu, sagte: »Zögern Sie nicht, sie zu benutzen«, und sprang dann eiligst die Böschung wieder hinauf.

Levi schaltete die Taschenlampe aus, zog den Zündschlüssel ab und tätschelte Ringo, der jetzt aus dem Fenster springen wollte, ruhig den Kopf. »Wir müssen ja nicht unbedingt auf uns aufmerksam machen«, sagte er in die Dunkelheit hinein.

Der völligen Erschöpfung nahe, ließ Becca sich neben Hudson in der Fahrertür nieder. Sie ergriff seine Hand, verflocht ihre Finger mit seinen.

Ausgeburt des Teufels. Ich bin Gottes Botschafter. Schwester …

Er hatte Jessie gesehen. Er hatte an Beccas Vision teilgehabt. Er kannte sie beide. »Er ist noch irgendwo da draußen«, sagte sie. »Er hat mich verfolgt. Durch den Wald.«

Levi rückte näher an Becca heran. Sie sah, dass er die Waffe in der Hand hielt. Als sie ein Klicken hörte, wusste sie, dass er die Pistole entsichert hatte. »Du kennst dich mit Waffen aus?«, fragte sie ihn.

»Nein.«

»Du bist doch nicht … McNallys Sohn?«

»Doch. Ich kenne ihn nur nicht so gut.«

»Und du kennst dich nicht mit Waffen aus.«

Er lauschte in die Dunkelheit, aber nicht ihren Worten. »Ich kenne Videospiele«, sagte er, und aus irgendeinem Grund reichte das aus, um Becca zu beruhigen.

Der Regen ließ nach und hörte dann ganz auf. Immer wieder fühlte Becca Hudsons Puls, doch der war kräftig und regelmäßig. Irgendwann hörten sie ein Fahrzeug kommen und dann erkannten sie Macs Jeep. Er sprang die Böschung hinunter, nahm seinem Sohn die Pistole ab und sicherte sie wieder. Zu aller Beruhigung erklärte er, dass der Rettungswagen bereits unterwegs war und Hudson ins Ocean Park Hospital bringen würde. Er war der Meinung, dass auch Becca sich untersuchen lassen sollte, und hatte in der Notrufzentrale zwei Opfer gemeldet.

Ringo, der bis dahin geduldig gewartet hatte, fing erneut an zu winseln und auf dem Rücksitz herumzuspringen. Levi zog den Hund aus dem Wagen und hielt ihn im Arm, während Ringo versuchte, Becca zu lecken. Sie beugte sich vor, ließ es zu, dass er ihr Gesicht abschleckte, und umarmte ihn fest.

»Darf ich ihn mit nach Hause nehmen?«, bat Levi. »Ich passe gut auf ihn auf.«

Becca fing an zu weinen und konnte nicht wieder aufhören. Sie nickte ruckend und aus der Ferne ertönte Sirenengeheul.

Becca schaute in die entgegengesetzte Richtung und fragte

sich, was aus ihrem Verfolger geworden war. »Sein Pick-up stand hinter der Kurve«, hatte sie McNally informiert.

»Ich werde ihn finden«, versicherte der Detective.

Becca wandte sich Hudson zu. *Bitte, halte durch,* betete sie. *Bitte, bitte.*

Und dann traf der Rettungswagen mit rotierendem rot-weißen Licht und dem willkommenen Gellen der Sirene ein.

24. Kapitel

»*Schwester.*«

Das Wort brannte sich zischend in Beccas Bewusstsein ein.

»*Schwesssster.*«

Becca schlug die Augen auf, die zischende Stimme immer noch im Ohr. Ihr Herz hämmerte, ihr Puls raste von dem beängstigenden Alptraum. In dem düsteren Traum war sie durch Schlamm und Regen gelaufen und hatte vergeblich nach Hudson gesucht. An jeder Wegbiegung sah sie Jessies Geist; sie spürte den heißen Atem des namenlosen, perversen Psychopathen im Nacken.

Schwester.

Sie blinzelte, doch Reste des dunklen Traums waren noch gegenwärtig. Ein schmiedeeisernes Tor trennte sie von Hunderten von Frauen, alle mit dem gleichen Gesicht. Jessies Gesicht! Und ein Baby hatte geweint, sein erbarmungswürdiges, ängstliches Wimmern wurde beinahe vom Rauschen des Meeres und des Windes überdeckt. Becca, in Panik, wohl wissend, dass hinter jeder Wegbiegung neue Gefahren lauerten, war schneller und schneller durch den Wald gelaufen, längs der Mauer, die sich immer wieder verschob, auf der fruchtlosen Suche nach dem Baby und Hudson …

Ihr fröstelte. Sie schob den verdammten Traum von sich und versuchte, einen klaren Kopf zu bekommen.

Sie lag im Bett in einem Krankenzimmer mit Edelstahlarmaturen und einem Nachttisch. Ein einziges schmales Fenster in einer Wand ging auf einen fast leeren Parkplatz hinaus, auf dem Sicherheitslampen im strömenden Regen blasses Licht spendeten. Die Äste der ohnehin schon krummen Tannen schwankten im Wind.

Der Unfall. In einem Schwall innerer Bildern kam die Erinnerung zurück

Kein Unfall, nein. Es war Absicht. Jemand hatte sie von der Straße gedrängt. Sie entsann sich kaum noch der Fahrt im Rettungswagen zum Ocean Park Hospital. Wie hatte der Arzt sich zu Hudsons Zustand geäußert? »Gehirnerschütterung. Prellungen. Keine Knochenbrüche …« Das war doch richtig, oder? Ihre Erinnerungen waren bruchstückhaft, aber sie wusste noch genau, dass sie das Krankenhauspersonal über ihre Schwangerschaft informiert hatte. Ohne zu überlegen legte sie schützend eine Hand auf ihren Leib und erinnerte sich, dass der Arzt gesagt hatte, nichts würde auf eine Fehlgeburt hinweisen. *Aber wo war Hudson jetzt?*

Ihr Herz klopfte unregelmäßig, Angst und Adrenalin schossen durch ihre Adern. Das Gefühl drohenden Unheils, das sie verfolgt hatte, war ihr noch gut in Erinnerung. Sie und Hudson waren aus dem gleichen Grund wie Renee von der Straße gedrängt worden.

Wer ist er? Was verbindet mich mit ihm?

Sie konnte nicht einfach im Bett liegen bleiben.

Er würde sich niemals aufhalten lassen. Nicht, wenn sie es nicht tat.

Becca war zwar nicht zimperlich, auch nicht übermäßig mutig, doch jetzt baute sich maßlose Wut in ihr auf. Sie musste ihn stoppen. Seinen mörderischen Absichten Einhalt gebieten, sonst würde er irgendwann der Sieger sein – so, wie er Jessie besiegt hatte.

Die Antwort liegt in Siren Song. Du weißt es. Du hast es gespürt. Deswegen wollest du nicht dorthin.

Die Wanduhr zeigte erst sechs Uhr zwanzig in der Frühe, und dem Rasseln von Tabletts, Teewagen und fahrbaren Krankentragen auf dem Flur nach zu urteilen, erwachte das Krankenhaus zum Leben. Wann, wenn nicht jetzt?

Sie warf die Bettdecke von sich, richtete sich auf und spannte dabei einen an ihrem Handgelenk angebrachten Infusionsschlauch, den sie bisher übersehen hatte. Ihr Kopf dröhnte.

»Guten Morgen.« Eine Frauenstimme zog ihre Aufmerksamkeit auf sich und sie blickte zur Tür. Eine Schwester mit Stethoskop und Thermometer trat ein. Ihr Namensschildchen wies sie als Nina Perez, examinierte Krankenschwester, aus. Zwar hatte sie freundliche dunkle Augen, strahlte aber eine Überlegenheit aus, die vermuten ließ, dass sie es gewohnt war zu kommandieren. »Wie geht es Ihnen heute?«

»Es war schon besser.«

»Ein bisschen angeschlagen?«

Mehr als nur ein bisschen. »Es geht schon.« Becca stand auf, die nackten Füße auf dem kühlen Linoleumboden. »Ich muss Hudson Walker suchen«, erklärte sie. »Ich … ich glaube, er ist hier. Als Patient.« Es sei denn, man hatte ihn in ein anderes Krankenhaus gebracht. Sie musste ihn finden. »Er und ich, wir hatten einen Unfall. Deswegen bin ich hier, und –«

»Ja, er ist hier. Zur Genesung.« Schwester Perez lächelte ernst und Becca empfand eine Spur Erleichterung. »Bald können Sie ihn besuchen.«

»Aber ich muss jetzt gleich mit ihm reden.« *Um mit eigenen Augen zu sehen, dass ihm wirklich nichts fehlt, dass er nach dem Grauenhaften, das ihn hierhergebracht hat, jetzt in Sicherheit ist.*

»Das können Sie ja gern. Aber zuerst mache ich die Routineuntersuchungen.«

»Nein!«, brauste Becca auf. »Wirklich, ich muss – ich muss ihn sehen.«

»Kein Problem.« Doch trotz ihrer Worte gab Schwester Perez nicht nach. »Ich muss nur rasch Ihre Temperatur und Ihren Blutdruck messen. Nachschauen, ob Ihr Puls normal ist.«

Natürlich ist er nicht normal! Ich bin durch die Hölle gegangen. Jemand versucht, mich, mein Baby und Hudson umzubringen. Hier ist nichts normal. Überhaupt nichts!

»Und … und das Baby?«, fragte sie. Sie brauchte Gewissheit.

»Sie sind noch schwanger«, sagte die Schwester. »Kein Hinweis auf ein Trauma. Ihre Wunde am Arm ist Ihre schlimmste Verletzung.«

Becca warf einen Blick auf ihren verbundenen Oberarm. Die Wunde schmerzte.

»Wir müssen Sie beobachten.« Perez' Stimme war streng, mit fester Hand führte sie Becca zurück zum Bett und schob ein Thermometer unter ihre Zunge.

Becca wehrte sich nicht. Sie wollte die Gesundheit ihres Kindes nicht aufs Spiel setzen, doch sie war rastlos. Und gereizt. »Ich muss Hudson sehen«, beharrte sie, nachdem die Schwester das Thermometer abgelesen und ihren Puls gezählt hatte.

»Sie werden ihn sehen.« Sie legte eine Blutdruckmanschette an Beccas unverletztem Arm an. Nachdem sie sicher sein konnte, dass hier kein Herzinfarkt drohte, nahm sie die Manschette ab, entfernte die Tropfbraunüle und sagte: »Okay. Mal sehen, was ich für Sie tun kann. Aber seien Sie bitte vorsichtig. Mit einer Gehirnerschütterung ist nicht zu spaßen.«

Becca nickte. Kaum hatte die Schwester das Zimmer verlassen, suchte sie ihre Schuhe. Ihr Bedürfnis, Hudson zu besuchen, selbst zu sehen, dass es ihm einigermaßen gut ging, war dringend. Sie furchte die Stirn angesichts des Zustands ihrer Kleidung in dem kleinen Schrank. Sie war immer noch feucht und mit Schlamm und Blut bespritzt. Sie zog das Krankenhausnachthemd aus und streifte behutsam die schmutzige Jeans über.

Aber sie hatte keine Handtasche. Kein Make-up. Keinen Ausweis. Überhaupt nichts.

Schwester Perez spähte durch den Türspalt. »Mr Walker liegt in Zimmer 212«, sagte sie, musterte Becca und verzog das Gesicht. »Andere Sachen hatten Sie nicht bei sich …«

»Schon gut. Aber ich brauche meine Handtasche.«

»Ich glaube, die liegt in einem Schließfach. Sie ist heute früh aus dem Sheriffbüro zurückgebracht worden. Sie können das Krankenhaus erst verlassen, wenn Ihre Entlassungspapiere fertig sind. Ich habe gerade mit dem Arzt gesprochen, und er kommt in etwa einer Stunde zu ihnen, aber wie es aussieht, werden Sie dann schon fort sein. Ich habe die Entlassungspapiere bereits in Auftrag gegeben.«

»Danke. 212?«, wiederholte sie, und auf das Nicken der Schwester hin verließ sie eilig, wenn auch ein wenig steifbeinig, das Zimmer. Vor dem Lift standen zwei Pfleger mit Patienten im Rollstuhl, deshalb nahm sie die Treppe, folgte dem teppichbelegten Flur und fand Hudsons Zimmer. Sie trat ein; er lag im Bett und schlief. Sein Kopf war verbunden, sein Gesicht wies Blutergüsse auf, er war mit sich schlängelnden Schläuchen und Kabeln an einen Tropf und eine Art Monitor angeschlossen.

»Kann ich Ihnen helfen?«, fragte ein großer, schlaksiger Pfleger.

Sie stellte sich vor und erklärte, dass sie zusammen mit Hudson einen Unfall gehabt hatte. Er glaubte ihr unbesehen und lieferte die grundlegenden Informationen. Keine von Hudsons Verletzungen galt als lebensbedrohlich, aber er war noch sediert und schlief. Abgesehen von Rippenprellungen, einer leichten Gehirnerschütterung durch einen Schlag über dem rechten Ohr und einer ausgekugelten Schulter, die schon gerichtet war, fehlte Hudson nichts, und bald würde es ihm wieder gut gehen. »Ruhe ist die beste Medizin für ihn«, schloss der Pfleger, und Becca gestattete sich deshalb lediglich, Hudsons Hand zu drücken, bevor sie sein Zimmer wieder verließ. »Kommen Sie in ein paar Stunden noch mal.«

»Mach ich«, versprach sie und lief, ohne auf den pochenden Kopfschmerz zu achten, zur Rezeption, wo sie ihre Handtasche in Empfang nehmen konnte. Als sie nach ihrer Reisetasche mit den Kleidern fragte, erfuhr sie, dass bis auf ihre Handtasche, die die Polizei bereits in Augenschein genommen hatte, alles, was sich im Fahrzeug befand, als Beweismaterial galt. »Ich bin sicher, Sie bekommen bald alles zurück.«

Becca dachte nicht daran zu warten. Das konnte sie nicht.

Und sie dachte auch nicht daran, Hudson im Stich zu lassen. Sie zückte ihr Handy, sah, dass es ausgeschaltet war, und rief die eingegangenen Nachrichten ab. Es waren sechs. Alle von Detective Sam McNally, der sie bat, ihn anzurufen. Verschwommen erinnerte sie sich, dass er gesagt hatte, er hätte versucht, sie zu erreichen. Sie rief ihn gleich an, wurde aber zur Voicemail umgeleitet. Sie hinterließ eine Nachricht und nannte ihm den Namen des Motels, in dem sie und Hudson bei ihrem vorigen Besuch in diesem Krankenhaus genächtigt hatten, als die Adresse, unter der sie zu erreichen sein würde. Sie vertraute ihm inzwischen vollkommen. Merkwürdig, wie ein paar Wochen und ein paar Morde ihre Ansichten verändert hatten.

Sie erledigte noch einige Anrufe, einschließlich einer Nachfrage bei einer ortsansässigen Autovermietung, die ›billige Gebrauchtwagen‹ anbot, bei ihrer Versicherungsgesellschaft und ihrem eigenen Anrufbeantworter zu Hause. Mac hatte dort einmal angerufen, Tamaras Nachricht lautete: »Wollte nur deine Stimme hören, ruf mich an.« Nicht jetzt, dachte Becca.

Das Mietauto, ein uralter verbeulter Chevy, wurde zum Glück prompt geliefert, und sie fuhr zu dem Motel, um ein Zimmer zu reservieren, dann in den Ort, wo sie sich mit Kleidung zum Wechseln, ein paar Toilettenartikeln, Müsliriegeln und einem Sechserpack Saft eindeckte. Zurück im Motel, duschte sie, zog frische Kleidung an, verzehrte einen Müsliriegel, schluckte ein paar Schmerztabletten und braute sich eine Kanne koffeinfreien Kaffee aus den vom Motel bereitgestellten Vorräten. Voll frischer Kraft fuhr sie zurück zum Krankenhaus, entschlossen, Hudsons Arzt zu stellen, doch zwei Detectives, eine Frau und ein Mann vom Sheriffbüro von Tillamook County, stellten sich ihr in den Weg und wollten sie sprechen.

Hudson schlief noch, doch die Detectives, die vor seiner Tür gewartet hatten, begriffen, wer sie war, und beschlossen, sie zuerst zu vernehmen. Am Vorabend hatten sie schon einige Informationen eingeholt, doch sie brauchten genauere Angaben, um denjenigen zu finden, der sie von der Straße gedrängt und dann durch den dunklen Wald gejagt hatte.

Sie suchten sich einen Platz im Wartebereich im ersten Stock, nicht weit entfernt vom Schwesternzimmer und von Hudsons Zimmer. Außer ein paar Plastikstühlen, einer künstlichen Zimmerpflanze und einem Kaffeetisch voller alter Zeitschriften war der Warteraum leer. Während die Polizistin, die sich als Marcia Kirkpatrick vorstellte, die Fragen stellte und sich Notizen machte, musterte ihr Partner, Fred Clausen, ein kräftiger, silberhaariger Cop in den Fünfzigern, Becca eingehend und warf nur gelegentlich eine eigene Frage zur Klärung des Sachverhalts ein.

»Sie haben Ihren Verfolger nicht gesehen?«, fragte Kirkpatrick. Sie war schlank, durchtrainiert und hatte scharfe Gesichtszüge und schmale, ungeschminkte Lippen.

»Ich habe ihn gesehen, jedenfalls seine Gestalt«, sagte Becca, »aber es war dunkel im Wald und es hat geregnet, kein Mond am Himmel. Einmal habe ich ihn flüchtig im Scheinwerferlicht gesehen, doch er war schwarz oder dunkelblau gekleidet und trug eine Kapuze.« Sie dachte an die Gestalt in ihren Visionen, verglich sie mit der des Mannes, der sie am Vorabend so unerbittlich verfolgt hatte, und war der Meinung, sie könnten identisch sein. Doch das Bild war nur in ihrem Kopf und nützte nichts. Diesen beiden Polizisten gegenüber war sie zu unsicher, um zuzugeben, dass sie Visionen hatte. Sie würden sie als Verrückte abstempeln. Sie schob die gefalteten Hände zwischen die Knie und sagte: »Ich habe nur Eindrücke.«

»Wie groß ist er?«, fragte Kirkpatrick.

»Eins achtzig, vielleicht eins zweiundachtzig. Kräftig.«

»Schwer? Schlank?« Die Frau zog die rötlichen Brauen hoch und spießte sie mit ihrem Blick auf.

»Weder noch. Aber ich kann sagen, dass er durchtrainiert war. Schien gar nicht außer Atem zu geraten ...« Sie dachte an die hartnäckige Verfolgungsjagd, an das kalte Entsetzen, das sie gepackt hatte. »Er wirkte sehr athletisch. Sein Alter kann ich nicht schätzen, aber er war kein Jugendlicher und auch kein alter Mann. Dafür war er zu schnell. Zu stark.« Sie erinnerte sich an den blanken Hass, den er ausstrahlte. »Er wollte mich tot sehen.«

»Woher wissen Sie das?«, fragte Clausen.

Ihr Magen hob sich, sie fürchtete, dass ihr übel wurde. »Weil ich das Ziel seines Hasses bin. Das mag sich an den Haaren herbeigezogen anhören, aber etwas Ähnliches ist mir vor langer Zeit schon einmal passiert. Vor etwa sechzehn Jahren, ganz in der Nähe. Ich wurde von der Straße gedrängt ... Ich glaube, es war derselbe Mann.«

»Sie glauben, derselbe Mann hat Sie damals, vor fast zwanzig Jahren, verfolgt? Seitdem wohnen Sie im Stadtgebiet von Portland, und er hat Sie bis jetzt nicht belästigt?« Kirkpatrick war verständlicherweise skeptisch.

»Beim ersten Mal ist sein Plan misslungen.«

Clausen tauschte einen Blick mit Kirkpatrick, die ihren Kuli zwischen den Fingern drehte und ihn dann ein paar Mal klicken ließ. »Aber seitdem hat er Sie nicht angegriffen.«

»Erst gestern Abend. Aber der Grund dafür ist Jessie.«

»Wer ist Jessie?«, hakte Clausen nach.

»Jezebel Brentwood. Sie war eine Schulfreundin von mir.«

»Das Mädchen, dessen Skelett erst vor Kurzem gefunden worden ist«, ergänzte Clausen. Sein Interesse war geweckt. »Das Mädchen, nach dem der Polizist aus Laurelton, McNally, gefragt hat.« Jetzt nickte er. »McNally glaubt an einen Zusammenhang zwischen ihrem Tod und dem von Renee Trudeau.«

Jetzt begriffen sie rasch.

»Renee ist – war Hudsons Schwester.« Becca wies mit einer Kopfbewegung auf die Tür zu Hudsons Krankenzimmer.

»Wenn Sie seine Zielscheibe sind, warum hat er dann Renee umgebracht?«

»Ich weiß es nicht. Ich glaube … Ich glaube, es hängt irgendwie mit dem Mord an Jessie zusammen.« Becca erklärte den beiden Polizisten die Zusammenhänge, so wie sie sie sah, dass Renee Jessies Vergangenheit recherchierte und damit dem Mörder in die Quere gekommen war, der daraufhin Renee ins Auge fasste.

Aber so laut ausgesprochen hörte es sich gar nicht mehr so plausibel an. Es war einfach unmöglich zu erklären.

»Zurück zu gestern Abend«, sagte Kirkpatrick und kniff die Augen zusammen. »Dieser Kerl, der Sie verfolgt hat, hat er etwas zu Ihnen gesagt?«

»Er hat mich ›Schwester‹ genannt. Sagte, er wäre Gottes Botschafter.«

»Hm. Meinte er ›Schwester‹ eher allgemein, nach dem Motto: Wir sind alle Schwestern und Brüder?«, forschte die Polizistin.

»Es wirkte persönlicher, aber …« Becca zuckte die Achseln.

»Hat er sonst noch etwas gesagt?«, fragte Clausen.

Sie schloss die Augen, und da fiel es ihr wieder ein. »Er hat mich ›Ausgeburt des Teufels‹ genannt, und später sagte er: ›Jezebel und Rebecca‹.«

»Hat irgendetwas davon für Sie einen Sinn ergeben?«, wollte Kirkpatrick wissen.

Als Becca den Kopf schüttelte, sagte Clausen: »Hört sich an, als ob er mit Gott spricht oder die Befehle des Großen Chefs ausführt.« Clausens Miene blieb neutral.

Kirkpatrick sah Becca fest in die Augen. »Würden Sie seine Stimme erkennen?«

»Ich weiß es nicht«, sagte sie erst, doch in Gedanken an ihre panische Flucht nickte sie. »Ich würde ihn bei einer Gegenüberstellung nicht identifizieren können, aber ich glaube, seine Stimme erkenne ich wieder.« Allein der Gedanke daran jagte ihr einen kalten Schauer über den Rücken. Sie betete, ihn nie wieder sehen, nie wieder diese grausigen zischelnd geflüsterten Verfluchungen hören zu müssen.

»Aber Sie erinnern sich an nichts, wodurch er zu identifizieren wäre? Keine Tätowierungen oder charakteristischen Merkmale?«

Becca schüttelte den Kopf. »Ich konnte sein Gesicht nicht sehen, aber ich habe ihn heftig mit einem Stein am Kopf getroffen. Da taumelte er und ich konnte wegrennen. Vielleicht ist er verletzt. Ein blaues Auge oder eine Platzwunde an der Stirn oder so.«

»Könnte eine solche Verletzung ihn veranlassen, ärztliche Hilfe in Anspruch zu nehmen?«, forschte die Polizistin hoffnungsvoll.

»Nein.«

»Der Typ scheint er nicht zu sein, nicht mal, wenn ärztliche Hilfe nötig wäre«, pflichtete Clausen ihr bei.

Nach ein paar weiteren Fragen zu ihrer Konfrontation, voller Hoffnung, doch noch Näheres über Beccas Verfolger zu erfahren, irgendetwas, was sie weiterbringen würde, gaben sie auf. Clausen versprach, noch einmal herzukommen und mit Hudson zu sprechen, wenn er aufgewacht war. »Wenn Ihnen noch etwas einfällt, rufen Sie an«, beschwor Clausen sie und reichte ihr seine Karte.

»Das hier solltest du dir mal ansehen.« Gretchen winkte Mac, kleinlaut für ihre Verhältnisse, an ihren Schreibtisch.

»Momentchen.« Er holte sich erst eine Tasse Kaffee aus dem Pausenraum, bevor er durch den Irrgarten von Schreibtischen, an denen Polizisten bereits telefonierten, Verdächtigte vormerkten, Notizen durchsahen und in Papierkram blätterten, zu Gretchen vordrang.

Selbst das Morddezernat arbeitete auf Hochtouren. Abgesehen von den üblichen Fällen war es in einer der ortsansässigen Kneipen zu einer Schlägerei gekommen. Wieder mal ein aus dem Ruder gelaufenes Drogengeschäft, wobei ein Dreiundzwanzigerjähriger niedergestochen wurde und auf dem Weg ins Krankenhaus starb. Wieder einmal hatten sich ein paar Kids auf dem Highway 26 ein Beschleunigungsrennen geleistet. Ein schlimmer Unfall, ein Beteiligter nahezu ohne Überlebenschance im Krankenhaus, ein weiterer tot. Der Fahrer freilich war mit ein paar Schnittwunden und einem Beinbruch davongekommen.

Gretchen saß an ihrem Schreibtisch. Auf der ordentlich aufgeräumten Platte lagen Ausdrucke, ihr Computerbildschirm leuchtete.

»Ich bleibe heute nicht mehr lange hier«, sagte er gähnend und trat dicht genug an sie heran, um ihr über die Schulter schauen zu können. Nach einem routinemäßigen Auftritt im Dezernat wollte er wieder an den Strand fahren. Er hatte sich die halbe Nacht hindurch mit Hudsons und Beccas Unfall beschäftigt, dann gingen die Anrufe zwischen ihm und dem Sheriffbüro von Tillamook County hin und her, und dann hatte er noch seine Aufzeichnungen durchgearbeitet.

Er hatte Levi mit Ringo am Morgen auf dem Weg zur Arbeit

bei Connie abgesetzt, und Connie hatte auf ihre liebenswürdige Weise gesagt: »Das ist emotionale Erpressung, Levi zu gestatten, den Hund hierzubehalten, obwohl du genau weißt, dass ich mich um ihn kümmern muss.«

»Für einen Tag. Ich müsste heute Abend zurück sein.«

»Müsste«, wiederholte sie. »Ich kenne dich, Sam. Du verbeißt dich in diesen Fall, diesen gleichen endlosen Fall mit dieser kleinen Brentwood, und dann vergisst du die Zeit, oder du musst ... irgendwo irgendwas ermitteln und lässt mich wieder im Stich.«

»Ein Tag. Ein einziger. Mehr nicht.« Über ihre Schulter hinweg blickte er ins Haus, sah den warmen Lichtschein, die Ecke eines modernen grünen Sofas, und roch den Duft von Zimt und anderen Gewürzen aus der Küche. »Du brauchst den Hund nur einen einzigen Tag zu behalten. Er gehört einem Unfallopfer. Sobald sie aus dem Krankenhaus entlassen ist, will sie ihn zurückhaben.«

»Hast du noch nie etwas vom Tierheim gehört, hm? Gibt man Streuner nicht für gewöhnlich dort ab?«

»Er ist kein Streuner.« Macs Geduldsfaden drohte zu reißen.

»Wie auch immer, zum Schluss bin ich immer die Böse. Wie ich es auch mache, es ist immer falsch.« Connies Gesicht rötete sich.

»Ich bin heute Abend zurück.«

»Tom hat eine Allergie«, sagte sie, verschränkte die Arme unter der Brust und blickte ihn von der Tür her gebieterisch an, doch Mac war schon halb in seinen Jeep eingestiegen.

Er hatte gewusst, dass sie den Hund aufnehmen würde. Nicht seinetwegen, sondern für Levi.

Gretchen deutete jetzt auf eine der Kopien der Dokumente, die sie ausgegraben hatte. »Hast du Rebecca Sutcliff darüber aufgeklärt, dass Jessie Brentwood ihre Schwester ist?«

»Hatte noch keine Gelegenheit.«

Sie schnaubte abfällig. »Sieh dir das an. Rebecca Sutcliff … Ich habe ein bisschen nachgeforscht. Erinnerst du dich an diesen Knochensporn, den wir an Jezebel Brentwoods Skelett gefunden haben?«

»Ja.« Sein Interesse war geweckt.

»Rebecca Sutcliff hat auch einen.«

»Du hast dir ihre Krankheitsgeschichte besorgt?«

»Mhm. Du hast doch gehört, dass sie den Sanitätern erzählte, sie hätte vor etwa sechzehn Jahren einen Unfall gehabt. Die gleiche Geschichte, von der Straße gedrängt. Rate mal, von welcher Straße.« Sie blickte zu ihm auf.

Er wollte gerade die Tasse an die Lippen heben, hielt jedoch inne. »Du machst Witze.« Er wusste, was sie sagen würde, bevor die Worte über ihre Lippen kamen.

»Ganz bestimmt nicht. Sie wurde nicht weit entfernt von Renee Trudeaus Unfallstelle auf dem Highway 26 von der Straße gedrängt, dann aber in ein Krankenhaus in Portland gebracht.«

»Ocean Park war damals noch nichts Dolles«, sagte er. Angespornt durch die neuen Informationen sah er genauer hin, als sie von einem Monitor zum nächsten wechselte.

»Wie auch immer, ich habe mir die Krankheitsgeschichte besorgt. Sie blieb relativ unverletzt, war aber schwanger und verlor ihr Kind.«

»Und da fand sich der Hinweis auf den Knochensporn … an der gleichen Stelle wie bei Jezebel Brentwood. Daraufhin habe ich noch ein bisschen tiefer gegraben und mir die Militärakte ihres Vaters und die Krankheitsgeschichte ihrer Mutter besorgt. Und jetzt kommt's. Beide haben Blutgruppe 0 positiv, aber Rebecca Ryan hat B negativ.«

»Sie sind nicht ihre Eltern«, sagte Mac tonlos.

»Nicht ihre leiblichen.«

»Sie und Jessie haben also dieselben Eltern, aber die Ryans sind es nicht.«

»Beide müssen von derselben Adoptionsagentur oder vom selben Anwalt oder was auch immer vermittelt worden sein.«

»In Portland? Wie sind sie dann beide in St. Elizabeth gelandet?«, wunderte sich Mac.

»Vielleicht war es Zufall. Jessie war eine Ausreißerin und schon von zahlreichen Schulen geflogen, als sie schließlich nach St. Lizzie geschickt wurde.«

»Die Brentwoods sprechen nur ungern über sie. Vermeiden es, die Adoption oder die näheren Umstände zu erwähnen.«

Gretchen musterte ihn mit schmalen Siamkatzenaugen. »Meinst du, der Kerl, der Sutcliff und Walker gestern Abend von der Straße gedrängt hat, weiß was darüber?«

Mac grinste sie doch tatsächlich an. »Du fängst an, wie ich zu denken, Sandler. Einfach aus dem Blauen heraus Schlüsse zu ziehen.«

»Das ist gar nicht so weit hergeholt. Du denkst ja auch, dass es sich um denselben Kerl handelt, der Jessie erstochen hat.«

»Auf jeden Fall ist er interessant für uns.«

Als er zur Tür ging, schrie sie ihm nach: »Bring mir dieses Mal diese Salt Water Toffees mit, du Geizhals.«

Becca lungerte im Krankenhaus herum und wartete. Sie hatte sich gerade am Kiosk einen Gesundheitstee und eine Zeitung geholt, als ihr Handy klingelte. Eine ältere Frau mit aufgestecktem flaumigen Haar sah sie böse an und forderte sie stumm heraus, das Gespräch endlich anzunehmen. Der Blick der Frau wanderte zu dem Schild, das darauf hinwies, dass das Krankenhaus eine ›Handy-freie Zone‹ war, und Becca verstand den Wink mit dem Zaunpfahl und prüfte das Display. Als sie Sam McNallys Nummer erkannte, meldete sie sich und schlenderte durch die teppichbelegte Halle und die automatischen Türen des Haupteingangs nach draußen.

Dort war sie nicht allein. Ein Mann stapfte rauchend auf und ab und schrie nahezu in sein Handy.

»Hallo?«, sagte Becca. »Detective?«

»Wie geht es Ihnen?«

»Den Umständen entsprechend.«

»Und Hudson?«

»Das wird schon wieder. Wie geht's Ringo? Und Ihrem Sohn?«

McNally informierte sie rasch über Ringos Wohlergehen und seine eigene Verwunderung darüber, dass Levi so schnell bereit gewesen war, Verantwortung für ein Tier zu übernehmen. Beide verbrachten den Tag bei seiner Exfrau. Zumindest Ringo war in Sicherheit, sagte sie sich. Der Regen ließ allmählich nach, und der Typ, der ins Handy gebrüllt hatte, war ins Gebäude zurückgegangen.

»Wo sind Sie?«

»Immer noch im Krankenhaus.«

»Warten Sie auf mich. Ich komme zu Ihnen. In knapp einer Viertelstunde bin ich da.«

»Gut.«

Sie legte auf und ging wieder hinein, um nach Hudson zu sehen, der benommen aufwachte. Als er sie sah, brachte er ein schwaches Lächeln zustande. »Alles in Ordnung?«

»Ja.«

»Und –?« Sein Blick streifte ihren Leib.

»Dem Baby geht's gut.«

Ein wenig von seiner Anspannung wich aus seinem Gesicht, und sie fragte sich, wie sie es ihm hätte sagen sollen, wenn sie ihr ungeborenes Kind verloren hätten. *Wie schon einmal. Wie willst du ihm jemals von diesem ersten Kind erzählen? Von dem Unfall, diesem neuerlichen so ähnlich, der die Fehlgeburt ausgelöst hatte?*

Sie sah in seine Augen, die von den Schmerzen und Medikamenten müde aussahen. Die Bartstoppeln auf seinem Kinn verdeckten die Blutergüsse, die sich bereits verfärbten, nur mäßig. Dies war nicht der richtige Tag, um über einen alten Kummer zu sprechen.

»Hey«, sagte sie, beugte sich über ihn und hauchte ihm einen Kuss auf die Stirn.

Hudson streckte die Hand aus und hielt Becca fest. »Haben sie ihn geschnappt?«

»Ich glaube nicht. Noch nicht. McNally war da.«

»Wo?«

»Er befand sich auf dem Heimweg vom Strand, und wenn er nicht aufgetaucht wäre, ich weiß nicht, was dann passiert wäre.« Sie schilderte ihm die Ereignisse des Vorabends, die er nicht mitbekommen hatte, milderte ihre eigene Angst ab, doch die Art, wie seine blauen Augen sie fixierten, verriet ihr, dass er sich nicht täuschen ließ.

»Ich bringe den miesen Kerl um. Wenn er uns noch einmal in die Quere kommt, reiße ich ihm den Kopf ab.«

»Ich glaube, Jessie würde genauso denken«, sagte Becca leichthin.

»Du hast sie gesehen?«

»Und er auch. Er hat uns beim Namen gerufen, ›Jezebel und Rebecca‹.«

»Was zum Teufel hat das zu bedeuten?«

Sie hörte ein leises Hüsteln in ihrem Rücken, drehte sich um und sah die beiden Detectives vom Sheriffbüro an der Tür stehen. »Dein Typ wird verlangt«, flüsterte sie. »Ich komme später noch einmal wieder.«

Die Detectives traten ein und sie lief die Treppe hinunter. Ihr Handy klingelte, und als sie sich meldete, hörte sie Tamaras besorgte Stimme an ihrem Ohr.

»Ist alles in Ordnung mit dir? Was ist mit Hudson? Ich habe

gerade erst in den Nachrichten von deinem Unfall gehört. Dass jemand euch von der Straße gedrängt hat. Wie Renee!«

»Uns geht es gut«, versicherte Becca und blieb im Flur bei einem Seiteneingang stehen. »Das heißt, mir fehlt nichts. Hudson ist wohl für eine Weile außer Gefecht gesetzt.« Sie schilderte kurz die Vorfälle der letzten vierundzwanzig Stunden, ohne allerdings Siren Song zu erwähnen; sie hielt es für überflüssig, in die Details zu gehen. Sie wusste ja selbst nicht, was es damit auf sich hatte.

Tamaras Bemerkungen unterbrachen hin und wieder ihren Monolog. »Machst du Witze … Aber wer ist hinter dir her? … Meinst du, das alles hat irgendwie mit Jessie zu tun? … Weißt du, sie hat recht, offenbar gibt es da wirklich einen Fluch … Brauchst du nicht vielleicht Polizeischutz oder so?«

»Ich muss endlich wissen, was los ist«, sagte Rebecca und dachte an Siren Song. Ihre frühere Angst, ihre Aversion diesem Ort gegenüber wurde mittlerweile von einer mächtigen Wut überlagert. Wie Hudson wollte sie den Mistkerl nur noch schnappen.

»Solltest du nicht lieber nach Hause kommen?«

»Nicht ohne Hudson«, sagte sie und ließ es dabei bewenden. Sie konnte sich Tamara nicht anvertrauen, konnte sich niemandem anvertrauen. Nicht, solange sie keine Antworten wusste.

Sie ging aus der Seitentür nach draußen, wo der Wind an ihrem neuen Kapuzensweatshirt zerrte und die Luft feucht war. Als sie sich gerade wunderte, wo McNally so lange blieb, sah sie den Detective zum Haupteingang des Krankenhauses hasten. Er entdeckte sie, schwenkte um in ihre Richtung, und sie trafen sich auf dem Betonweg zu einem Nebengebäude, in dem andere Abteilungen untergebracht waren.

»Gut, dass Sie endlich kommen«, sagte sie ernst.

Seine Hände steckten in den Taschen, und er sah aus, als

wäre er in zehn Stunden um ebenso viele Jahre gealtert. Unrasiert und zerknittert, graue Fäden im Haar, dunkle Ringe unter den Augen – er hatte sichtlich kaum geschlafen. Sie allerdings auch nicht. Sie hatte keine große Lust, ihr Gesicht im Spiegel zu betrachten.

»Hören Sie«, sagte er, »gibt es hier eine Möglichkeit, sich ungestört zu unterhalten?«

»Im Foyer gibt es einen Kaffeekiosk mit ein paar Tischen. Ich weiß nicht, wie ungestört wir dort sind ...«

»Das muss reichen.«

Durch eine Reihe von automatischen Glastüren folgten sie einer Gruppe von Krankenschwestern, die, die Köpfe gegen den Wind gesenkt, die Tracht sichtbar unter ihren offenen Mänteln, in ein Gespräch vertieft vorausliefen. »Ich lade Sie ein«, sagte McNally, und Becca bat um einen koffeinfreien schwarzen Kaffee.

Ein paar Minuten später setzte er sich zu Becca an den Tisch, den sie gewählt hatte, weil er ein bisschen abseits stand. Er reichte ihr einen Pappbecher und sah sie nüchtern an.

»Was wollen Sie mir sagen?«, fragte sie in plötzlicher Angst. »Es ist doch nicht noch jemandem etwas passiert? Noch ein Autounfall?«

»Nichts dergleichen, keine Angst, und Ihrem Hund geht es auch gut. Er wird hervorragend betreut.« Er hielt inne, dann sagte er: »Erzählen Sie mir von Ihren Eltern.«

»Von meinen Eltern«, sagte sie verblüfft. »Was wollen Sie wissen?«

Seine Stirn legte sich in Falten. Er zögerte, sah ihr dann offen in die Augen. »Ihre Blutgruppe passt weder zu der von Barbara Metzger Ryan noch zu der von James Ryan. Es ist ausgeschlossen, dass Sie ihr leibliches Kind sind.«

Rebecca starrte ihn an. »Worauf wollen Sie hinaus?«

Aber sie wusste es. Sie *wusste* es. Sie gehörte zu diesen Leuten, genau wie Jessie. Es bestand eine Verbindung. Für beide. Eine Verbindung zu *ihm*!

Ihre Gedanken rasten zurück zum Abend zuvor. ›Schwester‹, hatte der Unhold sie genannt. Hatte er es – wörtlich gemeint?

Sie zitterte.

»Sie sehen aus wie eine von denen«, hatte die alte Dame gesagt, als sie ihre Finger auf Beccas flachen Leib legte. »Siren Song.«

25. Kapitel

»Mrs Sutcliff? Becca?«, fragte McNally, als er sah, wie sie bleich wurde und sich in sich zurückzog.

Mit Mühe fand sie wieder in die Situation zurück. »Sie wollen damit sagen, dass ich adoptiert bin.«

»Ja.«

Sie war verwandt mit den Sektenmitgliedern in Siren Song. Verwandt mit der jungen Frau, die Jessie so ähnlich sah. Eine Frage zitterte auf ihren Lippen. Eine völlig groteske Frage, und doch ergab sie einen eigenartigen Sinn.

Doch noch bevor sie sie stellen konnte, gab McNally ihr schon die Antwort. »Wir haben eine DNA-Übereinstimmung gefunden«, sagte er. Er klärte sie über die Laborergebnisse auf, wie auch über den Knochensporn an ihrer Rippe, der seine Entsprechung bei Jessie hatte. »Sie sind Jessie Brentwoods Schwester.«

»Eine DNA-Übereinstimmung«, wiederholte sie.

»Sie und Jessie hatten dieselben Eltern«, setzte er zur Verdeutlichung hinzu.

»Wie kann das sein?«, flüsterte Becca, doch allmählich fiel der Groschen. In gewisser Weise sah sie Jessie ähnlich. Sie hatte eine seltsame und beunruhigende besondere Fähigkeit mit ihr gemeinsam – ihre Visionen, Jessies Vorausahnungen. Jessie erschien ihr in Visionen, die so wirklichkeitsnah waren, dass sie sie für Botschaften hielt.

McNally redete, sagte, Jessie hätte vielleicht nach Becca gesucht. Sie wäre eine Ausreißerin gewesen und hätte in der Gegend von Portland zahlreiche Schulen besucht. Vielleicht war sie zu jemandem hin- statt vor etwas fortgelaufen.

»Nein.« Becca fiel ihm ins Wort. »Sie ist vor ihm davongelaufen.«

»Vor ihm? Vor dem Kerl, der Sie gestern auf dem Highway abgedrängt hat?«

»Ja.«

Er nickte und sah sie scharf an, als hätte er Angst, sie könnte zusammenbrechen. »Ich habe mehrmals mit den Brentwoods gesprochen. Sie sind nicht sehr mitteilsam, was Jessies Adoption angeht.«

»Meine Eltern haben es mir nicht einmal gesagt.« Sie stieß einen kleinen Seufzer aus, verfiel dann wieder in ausgedehntes Schweigen, während sie im Geiste Teile ihres Lebens zusammensetzte wie ein Puzzle, es so oder so versuchte, ein Teil beiseitelegte, ein anderes aufhob und von allen Seiten betrachtete.

»Sie haben Ähnlichkeit mit ihr«, hob McNally hervor.

›Liebt‹ Hudson mich aus diesem Grund? Sieht er Jessie in mir? Das hatte sie sich schon immer gefragt, jetzt erschien es ihr naheliegend. Und DNA-Übereinstimmungen waren unwiderlegbar. Sie glaubte McNally.

Sie starrte in ihren unberührten Kaffee und hatte das Gefühl, ihr ganzes Leben, alles, was sie immer für wahr gehalten hatte, würde vor ihren Füßen in seine Teile zerspringen. Warum hatten ihre Eltern sie belogen?

»Jessie hat es nicht gewusst«, sagte sie. *Erst nach ihrem Tod.*

McNally nickte.

Becca schluckte. Hatte sie nicht schon immer gespürt, dass sie anders war als die anderen? Und aufgrund ihrer Visionen vermutet, dass es etwas in ihrer Vergangenheit gab, von dem sie nichts wusste oder das sie nicht verstand?

Sie schloss die Hand um ihren Pappbecher. Ihr ganzes Leben war auf Lügen aufgebaut, und deswegen hatte sie nicht voraussehen können, dass dieses Monster sie erbarmungslos jagen würde.

»Er hat sie umgebracht«, sagte Becca im Brustton der Überzeugung. »Gestern Abend hatte er ein Messer bei sich. Er wollte mich umbringen, aber dann hat er sie gesehen, und das hat ihn aufgehalten.«

»Wen hat er gesehen?«

»Jessie. In einer Vision. Habe ich Ihnen gesagt, dass ich Visionen habe? Dass ich Jessie auf einem Felsabsturz sehe, dass sie mir etwas zuflüstert? Sie will Gerechtigkeit, und ich glaube, sie will, dass ich diesem Dämon, der uns nicht in Ruhe lässt, ein für alle Mal Einhalt gebiete!«

»Lassen Sie die Polizei ihre Arbeit tun«, mahnte McNally rasch. Offenbar nahm er an, sie würde auf eigene Faust zum Angriff übergehen.

Und wollte sie das nicht? Hatte sie nicht genau das vor? Spürte sie nicht dieses Drängen in der Brust, als wäre es ein wütendes, lebendiges Wesen?

»Wir fahnden nach ihm. Er ist weitergefahren, aber sein Fahrzeug muss Schaden genommen haben. Sagten Sie nicht, es war weiß oder hellbraun?«

»Der Kühlergrill«, sagte Becca plötzlich. »Sein Pick-up hat einen Kühlergrill.«

»Einen Kühlergrill«, wiederholte er. »Vielleicht einen abnehmbaren, falls er dasselbe Fahrzeug benutzt hat, um Renee Trudeaus Wagen von der Straße zu schieben.«

»Er war beschädigt. Er war zerkratzt.«

»Erinnern Sie sich an sonst noch etwas? Etwas, was uns weiterhelfen könnte? Ganz gleich, wie nebensächlich es scheint?«

Sie sah ihn lange an. McNally wartete, fragte sich, was sich jetzt wohl Bahn brechen würde.

Nach einiger Zeit sagte sie: »Ich glaube, die Antwort ist in Deception Bay zu finden. Ich glaube, er lebt dort.«

»Haben Sie einen bestimmten Grund für diese Annahme?«

Beinahe hätte sie ihm von Siren Song erzählt. Er hatte nicht mit der Wimper gezuckt, als sie von ihren Visionen sprach, doch das hieß nichts weiter, als dass er nur Informationen aufnahm; es war kein Beweis dafür, dass er ihr glaubte. Ebenso gut konnte er denken, dass sie die größte Spinnerin aller Zeiten war.

»Eins noch«, sagte Mac und holte sie damit in die Gegenwart zurück. »Sie sagten, solch einen Unfall hätten sie schon einmal erlebt. Sie wären von der Straße gedrängt worden, als sie das letzte Mal schwanger waren.«

Ihr Kopf ruckte hoch. Er *wusste* es?

»Sie haben es den Sanitätern erklärt, und ich habe mitgehört.« Er verstand, was sie fühlte. »Dass der Unfall vor etwa sechzehn Jahren auf der gleichen Strecke geschah. Meine Partnerin hat recherchiert. War Walker der Vater?«

Sie fühlte sich, als wäre alles Leben aus ihr gewichen. »Ja«, flüsterte sie und nickte, »aber ich habe ihm nichts davon gesagt. Wenn Sie es ihm mitteilen wollen, bitte, überlassen Sie es mir.«

»Falls der Täter hier einem Muster folgt, muss Walker es erfahren.«

»Er folgt einem Muster.«

»Dann müssen Sie Walker unverzüglich aufklären.«

Einen Augenblick saß Becca reglos da. Die geballten Schmerzen des vergangenen Abends fielen mit verzehnfachter Macht über sie her. Kraftlos erhob sie sich von ihrem Stuhl und ging zurück zu Hudsons Zimmer.

Hudson hatte überall Schmerzen.

Wenn er sich im Bett bewegte, war ihm, als wäre nicht ein einziger Zentimeter seines Körpers schmerzfrei. Er blickte auf die Tafel neben seinem Bett, auf der eine Reihe von lachenden und eher traurig schauenden Smileys anzeigte, auf welchem Stand seine Schmerzmittel ihn halten sollten. Er hätte sich danach eigentlich im glücklichen Bereich befinden müssen, aber das war eindeutig nicht der Fall. Gerade war die Schwester im Zimmer gewesen und hatte seinen Tropf eingestellt, also würde es wohl gleich besser werden. Die Detectives vom Sheriffbüro hatten sich auch schon wieder verabschiedet.

Das Verhör war frustrierend gewesen. Er hatte wenig erfahren, und sie hatten, wie er vermutete, noch weniger vom ihm erfahren. Eine Pattsituation, die sowohl ihn als auch die Polizisten entmutigt hatte.

Es drängte ihn, das Krankenhaus zu verlassen, sich auf die Suche nach diesem gestörten Kerl zu machen, der sie von der Straße gedrängt und vermutlich Renee umgebracht hatte. Doch sosehr er sich auch bemühte, er konnte den Arzt nicht dazu überreden, ihn zu entlassen. Sobald er eine Schwester oder einen Mediziner fragte, bekam er ein ›Bald‹ oder ›Vielleicht später am Tag‹ oder ›Wahrscheinlich morgen‹ zur Antwort. Er wollte raus, und zwar auf der Stelle. Es beunruhigte ihn, dass Becca sich noch immer hier aufhielt, wo der Ärger seinen Anfang genommen hatte, wo Renee vor ihrem Tod recherchiert hatte, wo der Verfolger schon einmal versucht hatte, sie umzubringen. Was sollte ihn jetzt daran hindern?

Und was hatte es zu bedeuten, dass Becca *und* der Verfolger eine Vision von Jessie gehabt hatten?

Hudson verfluchte sein Pech, versuchte, sich anders zu lagern, und spürte wieder einen stechenden Schmerz in der Schulter. Er schloss die Augen, um denken und planen zu können. Irgendwie musste er den Kerl schnappen, der sie angegriffen hatte, bevor der Wahnsinnige eine neue Gelegenheit dazu fand.

Die Medikamente begannen gerade zu wirken, als die Tür

sich öffnete und Becca ins Zimmer trat. Nie im Leben hatte er sich so gefreut, jemanden zu sehen. »Hey«, sagte er und rückte zur Seite, so gut er konnte. »Ich glaube, hier ist Platz für zwei.«

»Ja, genau«, sagte sie und lächelte kläglich.

»Es soll sich für dich lohnen.«

»Aus dir sprechen wohl die Schmerzmittel.«

»Nein, im Ernst.«

»Ja, darum geht's«, sagte sie, und ihr Lächeln versiegte. »Ich muss mit dir reden. Ernsthaft.«

Er sah, wie sich ihre Augen verschatteten, und fragte sich, was nun folgen würde. War noch etwas passiert? Noch einer von ihren Freunden tot? Jemand, den sie kannten?

Sie erkannte das Erschrecken in seinen Augen, griff nach seiner unverletzten Hand und sagte: »So schlimm ist es auch wieder nicht. Beruhige dich.« Und dann berichtete sie ihm von den Knochenspornen und den DNA-Ergebnissen und davon, dass sie augenscheinlich adoptiert war, dass man ihr nie die Wahrheit gesagt hatte und dass sie keine Ahnung hatte, wer ihre leiblichen Eltern waren.

Und sie sagte ihm, dass sie und Jessie Schwestern waren.

»Was?« Hudson war verblüfft.

»Wir stammen beide aus Siren Song«, sagte sie. »Jessie und ich. Dort leben unsere Verwandten, und seine.«

»Das glaube ich nicht«, behauptete er, aber es war eine Lüge.

»Und da ist noch etwas.«

»Noch etwas?«, fragte er ungläubig.

Sie schöpfte tief Atem. »Etwas, was ich dir schon vor langer Zeit hätte sagen sollen.«

»Okay …« Ihr Tonfall ließ ihn aufhorchen.

»Weißt du noch, als wir früher zusammen waren? Nach dem Schulabschluss?«

»Ja«, sagte er. Sie nickte, und er sah Tränen in ihren Augen schimmern. Tränen? »Wir stecken alle gemeinsam in dieser Sache«, bemerkte sie belegter Stimme. Er nickte. Sie zögerte. Das Krankenzimmer schien ihm eng zu werden, die Geräusche aus dem Flur verschwammen und wurden leiser. »Was ist denn, Becca?«, fragte er und bemerkte den heftigen Druck ihrer Hand, den er durch den Nebel der Schmerzmittel aus dem Tropf wahrnahm.

»Ich war damals schwanger«, gestand sie mit bleichem, verzerrten Gesicht.

»Was?«

»Mit deinem Kind, Hudson. Erst ein paar Monate, aber ganz eindeutig schwanger.«

Er hörte sein Herz hämmern und spürte, dass ihre Finger, die die seinen quetschten, schweißnass waren. »Und was ist aus dem Kind geworden?«, fragte er, doch er wusste es, als hätte sie die Worte bereits ausgesprochen. Das Kind hatte nicht überlebt. Er sah Becca an und empfand einen nagenden Schmerz tief im Innern. Nicht eine Sekunde lang zweifelte er an ihr – die schmerzhaften Emotionen waren ihr ja ins Gesicht geschrieben.

»Es tut mir leid«, sagte sie. Ihre Nase war rot. »Das Baby hat einen furchtbaren Autounfall nicht überlebt. Im Grunde war es ein Überfall. Ich hatte eine Fehlgeburt.« Sie räusperte sich und blinzelte die Tränen fort. »Ich hätte es dir sagen müssen«, flüsterte sie hastig. »Früher schon. Aber hinterher … da sah ich eigentlich keinen Grund mehr.«

»Hast du dir nicht gedacht, dass ich das wissen wollte?«

»Ich wusste damals nicht recht, was du wolltest, Hudson«, gestand sie, hob den Blick zur Zimmerdecke und blinzelte in rascher Folge. »Du warst so … distanziert. Ich dachte, du willst mich nicht, und war ziemlich sicher, dass du kein Kind wolltest.«

Hudson schloss die Augen. Die Achterbahnfahrt der letzten

paar Monate hatte ihn gerade in eine neue Talsohle gestürzt. Er hatte gedacht, Jessie wäre schwanger von ihm gewesen, und das hatte sich als unzutreffend erwiesen. Aber jetzt zu erfahren, dass Becca schwanger gewesen war … und ihm nicht genug vertraut hatte, um es ihm zu sagen?

Du warst zu jener Zeit nicht unbedingt vertrauenswürdig, Walker.

Aber dieses Kind – sein Kind – wäre jetzt sechzehn Jahre alt, hätte schon beinahe die Schule abgeschlossen, und er und Becca … wer weiß? Es entsprach der Wahrheit, dass er in jener Zeit seines Lebens nicht gewusst hatte, was er wollte, dass er wegen Jessie immer noch völlig durcheinander gewesen war. Immer noch unter Schuldgefühlen litt, weil er Becca wollte, während Jessie plötzlich wie vom Erdboden verschwunden war.

»Du bist von der Straße abgedrängt worden, so wie gestern Abend?«, fragte er.

»Ja.«

»Du glaubst nicht an einen Zufall.«

»Nein.« Sie war angespannt, biss die Zähne zusammen. »Er hört nicht auf, Hudson. Es tut mir leid. Ich hätte es dir sagen müssen, aber er ist …«

Klopf! Klopf! Klopf!

Becca wandte sich zur Tür um, die gerade aufflog, und Hudsons Blick folgte ihrem. Er war frustriert. Er musste mit ihr reden, und sein Frust steigerte sich noch, als er jetzt seine Freunde Jarrett und den Dritten eintreten sah.

»Ich dachte, nachdem Scott nun im Knast sitzt, wäre endlich Schluss mit diesem lebensbedrohlichen Mist«, sagte der Dritte. »Was zum Teufel ist passiert?«

»Das versuchen wir gerade herauszufinden«, sagte Hudson und sah Becca an.

Sie wusste, dass er ausführlicher mit ihr sprechen wollte, doch dann kam Zeke ins Zimmer, der aussah, als wäre er zehn

Pfund leichter und ebenso viele Jahre älter geworden, und das Gespräch war beendet.

Becca nahm die Gelegenheit wahr, um sich aus Hudsons Umarmung zu lösen. Sie hatte ihm eine Menge zum Nachdenken gegeben, und sie wollte, ohne abgelenkt zu werden, eine Entscheidung treffen, was als Nächstes zu tun war. »Ich komme später noch mal«, sagte sie.

»Wann?«, wollte Hudson wissen.

»Bald.«

»Und du überlässt die Ermittlungen McNally, ja?«

»Klar.«

Sie schlüpfte aus dem Zimmer, bevor er Einwände vorbringen konnte, und ließ ihn, unendlich ratlos, mit seinen Freunden zurück.

Becca überquerte im Laufschritt den Parkplatz bis zu ihrem verbeulten Mietwagen. Tausende von Fragen folgten ihr. Hier hatte Jessies Familie gelebt. Jessie hatte gewusst, dass sie adoptiert war. Jessies Adoptiveltern hatten ein zweites Haus in Deception Bay besessen. Die Leute von Siren Song sahen aus wie Jessie und lebten zurückgezogen. Renee war wegen der Dinge, die sie herausgefunden hatte, ermordet worden.

Becca stieg in den Mietwagen, schob den Schlüssel ins Zündschloss und fuhr durch die Pfützen vom Parkplatz. Es regnete nicht mehr, doch der Himmel war wolkenverhangen, verschmolz mit dem Meer und verwischte den Horizont. Sie fuhr in Richtung Deception Bay. Dort hatten all die Lügen, Täuschungen und Morde ihren Ausgang genommen. In einer verschlafenen kleinen Küstenstadt, geheimnisumwittert und verloren.

Sie verließ den Highway 19, fuhr die trostlose Hauptstraße der Stadt entlang. Sollte sie tatsächlich hier geboren sein? In diesem winzigen Fischerdorf gelebt haben? Als Teil von Siren Song. Es war ihr gleich so vertraut vorgekommen.

Sie stellte das Auto in der Nähe der Bäckerei Sands of Thyme ab, die, wie viele andere Läden, geschlossen war. Als sie ausstieg, fiel ihr auf, dass sich in den Straßen ausnahmsweise kein Windhauch regte. Die Nebelbank weit draußen auf dem Meer schien mit den Wellen langsam landwärts zu wandern.

Sie fröstelte innerlich und zog das Sweatshirt fester um sich. *Die Ruhe vor dem Sturm.*

Kalte Angst kroch ihren Rücken hinauf, und sie fragte sich, ob sie wirklich die Wahrheit aufdecken, ihre zwiebelschalendünnen Schichten von Lügen entblättern wollte. Wie viele Menschen hatten versucht, ihr die Umstände ihrer Geburt zu verheimlichen, und warum hatte das irgendeinen Verrückten so aufgebracht, dass er immer wieder zum Mörder wurde?

War sie mit ihm verwandt? Hatte er es nicht nur auf Jessie, sondern auch auf sie abgesehen? Waren sie beide Ausgeburten des Teufels? Sie ging in Richtung Meer und spürte, wie ein Déjà-vu-Gefühl in ihr Gehirn einsickerte. Konnte es wirklich sein, dass sie hier gelebt hatte?

Dort lagen die Antworten: in Siren Song. Dorthin musste sie sich wenden, um Antworten zu finden. Plötzlich spürte sie einen eisigen Atem in ihrem Nacken, drehte den Kopf und sah über die Schulter hinter sich. *Er* war da. Dunkel, im Schatten verborgen, stand er breitbeinig da und blickte in ihr Bewusstsein.

»Hey!«, schrie eine Männerstimme, und sie fuhr herum. »Vorsicht!« Ein Pick-up hielt an einer Kreuzung, im Begriff, wieder loszufahren, doch sie stand mitten auf der Straße, blockierte sie. »Lady, ist alles in Ordnung?«

Ihr Kopf wurde wieder klar. »Entschuldigung.«

»Diese verflixten Einheimischen. Ein Haufen Spinner«, sagte der Kerl in dem Pick-up leise im Vorbeifahren.

Wenn du wüsstest, dachte Becca, immer noch innerlich zitternd, und sah hinüber zu der Ecke und der Fichte, wo sie den

Mann gesehen hatte, der, dessen war sie sicher, sie hatte umbringen wollen. »Bruder«, sagte sie, und das Wort verursachte ihr einen üblen Geschmack im Mund.

Hatte sie ihn gesehen? Tatsächlich? Seine Nähe spürte sie eindeutig, aber hieß das, dass er tatsächlich da war?

Becca atmete tief durch und schüttelte die Gedanken ab. Sie durfte keine Zeit vergeuden. Sie musste nach Siren Song fahren und Antworten suchen. Auf der Stelle.

Der Arzt wollte ihn nicht entlassen, doch Hudson konnte keine Minute länger liegen bleiben. Er beschloss, die notwendigen Entlassungspapiere zu unterschreiben und das Krankenhaus auf eigene Gefahr und auf seinen eigenen Beinen zu verlassen.

Er hatte bereits Zeke überredet, ihm seinen fahrbaren Untersatz zu leihen.

Zeke hatte sich gesträubt, und wenngleich Hudson es ihm nicht übelnehmen konnte, befand er sich doch auf einer Mission. Und, ja, er hatte sich Zekes Schuldgefühle zunutze gemacht, bis sein vormaliger Freund schließlich einem Mann mit nur einem funktionstüchtigen Arm und einer von Schmerzmitteln beeinflussten Selbsteinschätzung die Schlüssel für sein Mustang-Oldsmobil ausgehändigt hatte. Der Dritte hatte Zeke vorgehalten, er wäre verrückt, doch Zeke hatte ihn angefahren: »Bring du mich einfach nur nach Hause, okay?«

»Wartet dort Vangie auf dich?«, stichelte Jarrett.

»Nein.«

Hudson hatte nicht gewollt, dass sie in dieses Highschool-Verhalten zurückfielen und einander immerzu aus der Reserve zu locken versuchten, deshalb sagte er mit fester Stimme. »Zeke und Vangie sind fertig miteinander. Mehr gibt es dazu nicht zu sagen.«

Und dann hatte er seine Forderungen noch einmal aufgestockt und Zeke um sein Handy gebeten. »Meins ist bei dem

Unfall abhandengekommen«, erklärte Hudson, und Zeke gab ihm seins und sah ihm dabei fest in die Augen.

»Dann sind wir jetzt quitt?«, fragte Zeke.

Dazu hätte Hudson noch eine ganze Reihe weiterer Schuldzuweisungen anbringen können. Aber wie für Zeke und Vangie war es auch für ihn an der Zeit, nach vorn zu schauen. »Wir sind quitt.«

Kaum waren die Freunde gegangen, stieg Hudson aus dem Bett. Schmerzen schossen durch seinen Arm und in seinem Kopf schien irgendwo hinter seinen Augen ein Schmiedehammer auf einen Amboss zu hauen. Keine gute Idee. Keine gute Idee. Und doch die einzige, die er hatte. Ihm war egal, was es ihn kostete, er musste fort. Er musste wissen, ob Becca wirklich alles McNally überließ oder ob sie auf eigene Faust ermittelte.

Er rechnete fest mit Letzterem.

Ich sehe sie. Sie steht mitten auf der Straße. Jetzt geht sie, aber in meinen Adern kocht die Wut!

Sie muss sterben. Sofort! Ich hatte vor zu warten, aber diese dämliche alte Frau hat den Zeitplan gestrafft.

Ich kann nicht länger warten.

Rebecca …

Es dröhnt in meinem Kopf von der Verletzung, die du mir zugefügt hast.

Auch dafür wirst du bezahlen. Du Miststück. Mutter des Bösen. Ich bringe dich um, dich und deine Teufelsbrut.

Ich sehe dich in deinen Wagen steigen, aber du kannst deinem Schicksal nicht entkommen. Ich muss nur die Falle aufstellen. Ich weiß es, du wirst zu mir kommen.

Sehr, sehr bald schon.

Becca fuhr nach Siren Song. Sie hatte keinen großen Schlachtplan entwickelt, aber der Anblick ihrer Nemesis – ob nun real oder nur in ihrer Vorstellung – trieb sie an. Sie würde ihn stellen. Ihn aufstöbern. Es war Zeit, dass der Jäger zum Gejagten wurde.

Wenn doch nur Hudson bei ihr wäre – aber sie wollte ihn nicht in *ihren* Kampf hineinziehen. Sie hatte sein Leben schon einmal aufs Spiel gesetzt. Und deswegen lag er jetzt im Krankenhaus.

Der Nachmittagshimmel war schon so dunkel, als wäre es fast Nacht. Einen Moment lang erwog Becca, McNally anzurufen. Sie griff nach ihrer Handtasche und dem Handy, doch dann zögerte sie.

Und was willst du ihm sagen? Dass du ihn spüren *kannst?*

Sie würde ihm genauso verrückt vorkommen wie die verrückte Maddie. Wenn nicht noch schlimmer.

Becca biss die Zähne zusammen und holperte den von Schlaglöchern durchsetzten Weg zum Tor von Siren Song entlang. Wo Renee nach Informationen über Jessies Vergangenheit gesucht, und wo alles angefangen hatte.

Natürlich war das schmiedeeiserne Tor geschlossen, und da es bereits dämmerte, konnte Becca nicht viel mehr als den Umriss des Hauses sehen. Sie stieg aus ihrem Mietwagen und ging zum Tor. »Hallo?«, rief sie. »Ist da jemand?«

Sie wartete, rief noch einmal, wartete wieder. Nach zwanzig Minuten ging sie zurück zum Wagen. Es war jetzt völlig dunkel geworden. Sie schaltete die Scheinwerfer ein und richtete sie auf das schwarze Gittertor. Nebel stieg auf und waberte in den Zwillingsstrahlen, die durch das hohe Tor fielen. Die Seitentür und ein Steinplattenweg waren beleuchtet und die Äste der Bäume rings umher schienen sich wie lange Finger nach dem Haus auszustrecken.

Becca drückte auf die Hupe, und es klang wie das erbarmungswürdige Blöken eines sterbenden Lamms über das dumpfe Grollen des Pazifiks hinweg, das so laut zu hören war, als wäre das Meer gleich nebenan. Sollte sie versuchen, über die Mauer mit den scharfen Pfeilspitzen zu klettern? Sie hupte noch einmal, und dieses Mal sah sie Bewegung, etwas Buntes im Scheinwerferlicht.

Und wenn er es war? Daran hast du wohl nicht gedacht, wie?

Wenn du nun in eine Falle getappt bist? Du hast keine Waffe, nichts, um dich zu wehren.

Sie ließ den Motor an, sah dann aber dieselbe junge Frau, die beim letzten Mal schon am Tor gestanden hatte, im Scheinwerferlicht auftauchen. An diesem Abend trug sie einen langen Mantel mit Kapuze. Aus großen Augen starrte sie Becca an. Aus Jessies Augen.

Becca stieg aus dem Wagen und näherte sich dem Tor. »Du musst hier weg«, sagte die Frau mit leiser Stimme.

»Ich kann nicht.«

»Fahr weg. Sofort.«

»Jessie Brentwood ist vor Jahren hierhergekommen, und erst kürzlich noch jemand, eine Reporterin. Mit kurzem dunklen Haar. Renee Trudeau. Sie suchte nach Informationen über Jessie.«

»Sie ist nicht hereingekommen.«

»Ihr habt sie nicht hereingelassen«, begriff Becca.

»Es war nicht sicher.«

»Aber sie wusste, dass Jessie von hier stammte. Ich glaube, ich stamme auch von hier.« Die junge Frau sah Becca mit seelenvollem Blick an. Becca hatte keine Ahnung, was sie dachte. »Darf ich bitte hereinkommen?«, schmeichelte Becca. »Ich habe so viele Fragen.«

»Für dich ist es auch nicht sicher.«

»Weißt du, wer ich bin?«

Sie warf einen Blick zurück, schaute dann auf ihre Füße. »Rebecca …«

Beccas Herz machte einen Satz. »Sieh mal, ich glaube … ich

glaube, ich könnte mit jemandem hier verwandt sein, und es ist überaus wichtig, dass ich ihn finde.«

Jessie sah, wie sich die Augen der Frau weiteten. Ihre Pupillen wirkten wie zwei schwarze Kreise mit einem winzigen Farbkreis drum herum. »Hier findest du ihn nicht«, sagte sie.

»Du weißt, von wem ich rede?«

Die Frau zögerte. »Du kennst Madeline?«

»Ja«, antwortete Becca, erstaunt über die unlogische Antwort. »Aber ich suche jemand anderen, und es ist sehr wichtig. Menschen sind gestorben. Ich muss ihn finden.«

Die junge Frau wandte sich halb ab.

»Nein, warte!«, rief Becca, aber sie war schon auf dem Weg zum Haus. In etwa zehn Metern Entfernung blieb sie noch einmal stehen. »Der, den du suchst, ist nicht hier.«

»Woher weißt du das?«

»Weil du nach *ihm* gefragt hast«, sagte sie mit ausdrucksloser Stimme. »In Siren Song gibt es keine Männer.«

26. Kapitel

Hudson blickte den pickelgesichtigen Angestellten des abgehalfterten Motels hinter dem Tresen aus Holznachbildung in der Lobby eindringlich an, wo er, Becca und Ringo erst vor wenigen Wochen abgestiegen waren. Eine gelb getigerte Katze verfolgte das Zwischenspiel höchst missbilligend von der Rücklehne eines abgenutzten Sofas, während der Angestellte, höchstens vierzehn Jahre alt, Hudson konsterniert ansah.

»Ich – ich – darf nicht über unsere Gäste reden. Das, hm, das verlangt die Datenschutzregelung.« Der Kleine blickte immer wieder über die Schulter, wohl in der Hoffnung, dass jemand kam und ihn rettete, während die Katze gähnte und sich reckte.

»Ich bin ihr Verlobter«, versuchte Hudson es noch einmal. Vielleicht ein wenig übertrieben, aber doch beinahe wahr, und wenn er Becca das nächste Mal sah, würde er sie bitten, seine Frau zu werden, ja, ganz genau das. Er hatte zu viele Stunden im Krankenhaus mit Nachdenken über sie, über seine Liebe zu ihr verbracht, um sie noch einmal gehen zu lassen.

»Haben Sie so was wie einen Beleg dafür oder so?« Der Blick des Jungen glitt zu der Schlinge, die Hudsons linken Arm stützte, und Hudson wurde klar, dass er beschissen aussah in seinen schmutzigen Kleidern, mit dem unfrisierten Haar und dem schmuddeligen Stoppelbart. Dem Jungen kam er wahrscheinlich wie einer dieser mörderischen Einzelgängertypen aus dem Kino vor. Doch Hudson war zu sehr in Angst und Sorge, um nähere

Erklärungen abgeben zu können. Die Zeit lief ihm davon. »Sag mir einfach, in welchem Zimmer sie wohnt.«

»Grandpa?«, rief der Junge nervös über die Schulter in Richtung der offenen Tür zum Hinterzimmer. »Was?«, bellte eine Männerstimme zurück. »Ich, hm, ich brauche hier ein bisschen Hilfe.« Mit einem schweren Seufzer schlurfte ›Grandpa‹, ein Mann mit sehr kräftigem Körperbau, ins Blickfeld. Hosenträger hingen nutzlos von seinen verblichenen Jeans herab. Ein dünnes ärmelloses T-Shirt verbarg sich halb unter seinem offenen Flanellhemd. Er spähte über den Rand seiner Halbgläser und fragte: »Was gibt's?«

Gereizt wiederholte Hudson seine Bitte. »Meine Verlobte hat sich heute hier ein Zimmer genommen. Ich will mich mit ihr treffen, aber ich weiß nicht, welches Zimmer sie hat.«

Der Mann fuhr sich mit einer Hand über die ergrauenden Bartstoppeln am Kinn, wollte Einwände erheben, sagte dann jedoch: »Ach, was soll's? Heute ist eine Frau in Zimmer sieben eingezogen. Ich darf Sie nicht reinlassen, aber ich kann selbst mal nachschauen. Sie können mitkommen.« Er warf einen Blick aus dem Fenster. »Aber ich verwette Butterfinger da drüben darauf«, er wies mit einer Kopfbewegung auf die orangegelbe Katze, »dass sie nicht da ist. Ihr Auto ist weg. Kein Licht. Kein Fernseher.«

Der Junge nahm die Katze auf den Arm und streichelte ihren Kopf. Butterfinger schmiegte sich an ihn. Ihr Schwanz zuckte, sie sah Grandpa böse an. Der Alte griff nach einer Baseballkappe und seiner Jacke, klimperte mit dem Schlüssel und schleppte sich zu Zimmer sieben.

Hudson musste sich sehr zusammenreißen, um nicht vorauszulaufen. Es machte ihn verrückt, dass Becca nicht da war. Wo war sie? Himmel, was tat sie? Ihm saß die Angst im Nacken, dass sie den Mörder zu ködern versuchte. Als sie den schmuddeligen Parkplatz überquerten, wählte er noch einmal ihr Handy an.

Der Alte warf ihm einen Blick zu. »Wir haben hier ziemlich schlechten Empfang.«

Kommt endlich im einundzwanzigsten Jahrhundert an! Aber der Mann hatte recht. Er bekam keine Verbindung. Weder mit Becca noch mit Mac, da dessen Nummer nicht in Zekes Handy gespeichert war.

Der kräftige Mann klopfte an die Tür, und als niemand sich meldete, klopfte er noch einmal und sagte: »Hallo? Mrs Sutcliff?« Er öffnete die Tür, und als Hudson ins Zimmer schaute, erkannte er auf Anhieb, dass Becca sich schon ziemlich lange nicht mehr darin aufgehalten hatte. Päckchen lagen auf dem Bett verstreut, Tüten von einem Supermarkt im Ort. Die schmutzigen Kleider vom Vorabend stapelten sich auf einem Stuhl neben dem Fernseher. Grandpa nickte zufrieden, als hielte er sich für einen Detektiv der Spitzenklasse. »Hab ich's nicht gesagt?« Über die Schulter hinweg sah er Hudson an. »Vielleicht sollten Sie sich eine neue Verlobte suchen.«

Hudson hatte keine Lust, ihm zuzuhören. Im Laufschritt überquerte er den Parkplatz. Seine Schulter schmerzte höllisch, er biss die Zähne zusammen. In Zekes Mustang fand er die Schmerztabletten, schob ein paar in den Mund und schluckte sie trocken. Er griff nach der Karte, die ihm die beiden Detectives vom Sheriffbüro gegeben hatten, und wählte die angegebene Nummer. Sie hatten bestimmt Macs Nummer, und wenn nicht, konnten sie ihm auch selbst zu Hilfe kommen.

Er hatte keinen Beweis. Sie würden ihm einfach glauben müssen. Doch Hudson fühlte, dass Becca im Begriff war, sich Probleme einzuhandeln.

Probleme ... Jessies Wort. Der Gedanke ließ ihm das Blut in den Adern gefrieren.

Was *ist* Siren Song?, fragte Becca sich, als sie zurück nach Deception Bay fuhr. Ihr Geburtsort? Eine Sekte?

Sie steuerte den alten Chevy durch die Straßen dieser kleinen Stadt, in der nur wenig Verkehr herrschte. Der Wind, noch vor wenigen Stunden gar nicht vorhanden, frischte auf, kräftige Böen rüttelten an den Ästen der Bäume und trieben Unrat und Müll landeinwärts. Mittlerweile war es Nacht und die wenigen Straßenlaternen warfen ihr bläuliches Licht auf die Hauptstraße.

Doch Becca war auf dem Weg zu der verrückten Maddie. Die junge Frau in Siren Song hatte ihren Namen erwähnt, beinahe wie einen Hinweis auf das, was Becca suchte. Und Renee hatte von der manchmal hellsichtigen Frau gesprochen, die sie gewarnt hatte, sie wäre vom Tod gezeichnet. Becca selbst hatte sie aufsuchen wollen, war dann jedoch durch die Sekte in Siren Song abgelenkt worden.

Sie fuhr in nördliche Richtung. Vorwiegend von ihrem Instinkt geleitet, schlug sie den Weg zu den Felsen ein, in die Gegend, in der sie den Wohnsitz der alten Frau vermutete. Sie war noch nie bei Maddie gewesen, wusste aber, dass ihr Heim am Meer lag, also musste sie wohl einfach der Küstenstraße folgen. Die Strecke am Strand entlang stieg außerhalb des Stadtgebiets und des halbmondförmigen Sandstreifens, der zwischen dem südlichen Teil der Stadt und der Bucht lag, eine Weile landeinwärts an.

Sie erkannte das alte Motel auf Anhieb, als sie abbog und auf den mit Schlaglöchern durchsetzten Schotterplatz rumpelte. Ein paar Lampen brannten an dem niedrigen Gebäude des alten Motels, das auf einem Bergrücken über dem dunklen, gischtenden Meer gelegen war.

Becca wusste nicht recht, was sie zu der alten Frau sagen sollte. Mit der ›verrückten Maddie‹ stimmte irgendetwas nicht. Doch die verrückte Maddie hatte Becca gegenüber als Erste Siren Song erwähnt, also bestand eine Verbindung zwischen ihr und den Sektenmitgliedern.

An einem Ende des Gebäudes sah Becca Licht im Fenster. Oder war es ein Fernseher? Ein silbrig blauer Lichtschein fiel aus dem Fenster der Wohneinheit am äußersten Ende. Die Wohnung des Managers, wenn sie dem verwitterten ›Zimmer frei‹-Schild glauben wollte. Die restlichen Wohnungen, acht oder zehn ›gemütliche Häuschen mit Kabelfernseher‹, waren durch heruntergekommene Carports miteinander verbunden. Abblätternde graue Farbe bedeckte verrostete Dachrinnen, die sich gelöst hatten und im Wind schwangen und ächzten. Das Motel war ungepflegt und vernachlässigt. Hoher Strandhafer und Dornenranken breiteten sich aus, der Beton war rissig und ein erbarmungswürdiger Staketenzaun lehnte dort, eingesunken vor Alter und Fäule.

Doch was Beccas Aufmerksamkeit auf sich zog, war nicht die marode Anlage. Nein. Sie saß im Wagen und starrte, während die Scheibenwischer gegen den immer dichteren Nebel kämpften, durch die streifige Scheibe hinaus auf den Felsen in der Ferne. Es war so vertraut.

Dem felsigen Vorsprung so ähnlich, wo sie Jessie in ihren Visionen sah, zusammen mit der Verkörperung des Bösen, den Mörder, der sich hinter Jessie erhob.

Das hier war der Schauplatz ihrer Visionen, nicht Siren Song.

»Lieber Gott«, flüsterte sie. Die Kehle wurde ihr eng.

Ihr Handy klingelte. Sie fuhr zusammen, doch dann wurde ihr klar, dass es nur das Signal für eine Voicemail war. Sie rief sie auf und hörte über das Donnern der Brandung tief unten hinweg Hudsons besorgte Stimme. Er bat sie, ihn anzurufen und ins Motel zu kommen, da er sich aus dem Krankenhaus entlassen ließe. Und zwar sollte sie ihn unter Zekes Nummer anrufen, da er das Telefon seines Freundes benutzte. Er verabschiedete sich mit einem hastigen ›Liebe dich‹, was ihr beinahe die Tränen in die Augen trieb. Er würde ihr verzeihen, dass sie ihm das Baby so lange verschwiegen hatte. Vielleicht liebte er sie wirklich. Vielleicht ging es ihm nicht nur um Jessie.

Sie versuchte, ihn anzurufen, einmal, zweimal, dreimal, jedes Mal ohne Erfolg.

»Verdammt«, flüsterte sie und stieg aus dem Wagen. Der mittlerweile scharfe Wind zerrte an ihren Kleidern und ihrem Haar. Sie erwog, wieder aufzubrechen, dorthin, wo sie Handy-Empfang hatte, und Hudson anzurufen, aber die Zeit wollte sie sich nicht nehmen.

Nicht, wenn sie das überwältigende Gefühl hatte, dass ihr die Zeit davonlief, schneller und schneller, wie Sandkörnchen, die durch das Stundenglas ihres Lebens rieselten.

Doch sie versuchte noch einmal, Hudson zu erreichen, hatte aber wieder keinen Erfolg. Leise fluchend stopfte sie das Handy in die Tasche und folgte dem Weg aus geborstenen Steinplatten zum ›Büro‹. Sie warf einen Blick um die Ecke des Gebäudes aufs Meer und zögerte kurz. In der Dunkelheit war das bewegte Wasser des Pazifiks kaum zu sehen, doch sie hörte die Wellen im heulenden Wind an die Felsen branden.

Eine Erkenntnis trieb ihr eine Gänsehaut über die Arme: Sie war schon einmal hier gewesen. Dessen war sie ganz sicher. Was war hier los? Nervös schritt sie an der Außenwand des verfallenden Motels entlang und nahm kaum wahr, dass einige Fensterscheiben durch im Lauf der Jahre ergraute, verbogene Sperrholzplatten ersetzt waren. Auf der Rückseite des Motels angekommen, blieb sie abrupt stehen.

»Jessie«, flüsterte sie. Der Wind wehte ihr das Haar ins Gesicht.

Diese schmale Landzunge, auf der sie jetzt stand, war der Felsvorsprung aus ihren Visionen, auf dem sie Jessie über dem wütenden, brausenden Meer gesehen hatte. Es konnte gar nicht anders sein. Die Gegend erschien ihr vertraut, und einen Augenblick lang dachte sie, dass das Mädchen, das sie in ihren

Trancezuständen gesehen hatte, gar nicht Jessie war, sondern sie selbst. Hatten die Leute nicht gesagt, sie sähen einander ähnlich?

Aber nein, das Mädchen in ihren Visionen war Jessie. Jessie, die verlangte, den Mann, der sie ermordet hatte, der Gerechtigkeit zuzuführen. Becca erinnerte sich plötzlich, dass Jessie, als sie sechzehn war, zu Renee gesagt hatte: »Es geht nur um Gerechtigkeit«, woraufhin Becca sich fragte, ob Jessie ihren eigenen Tod vorausgesehen hatte.

Sie schauderte, betrachtete die Felsen in der Umgebung, sah die dunkle Form des Leuchtturms auf seinem steinigen Hügel und die dahinter gelegene Insel, die in dieser Nacht inmitten der Nuancen von Schwarz und Grau kaum zu erkennen war.

Wie oft war sie diesem Anblick ausgesetzt gewesen? Wie oft hatte er sie in Angst und Schrecken versetzt? »Jetzt nicht mehr«, schwor sie sich. Ihr Sweatshirt umflatterte sie. »Jessie?«, rief Becca. »Sag mir, was ich tun soll.« Sie schloss kurz die Augen, wünschte sich das tote Mädchen, ihre neu gefundene Schwester, herbei. Falls die dunkle Gestalt, der Mörder, sich Jessies Geist anschließen sollte, bitteschön. »Komm schon, komm schon«, sagte sie und spürte, wie die Kälte des stets so veränderlichen Pazifiks ihre Haut durchdrang und in ihr Herz einzog.

Aber nichts geschah.

Wie zu ihren Lebzeiten spielte Jezebel Brentwood auch jetzt nach ihren eigenen Regeln und weigerte sich starrsinnig, sich irgendeinem fremden Willen zu beugen.

Becca öffnete die Augen. Es war dunkel, und sie war allein. Völlig auf sich selbst gestellt. Sie ging zurück zur Vorderseite des Motels, stieg die paar Stufen zu einer durchhängenden Veranda hinauf und klingelte. Im Heulen des Windes hörte sie das leise Geräusch eines Summers, dann nichts mehr. Keine Schritte.

Vielleicht war die Alte vor dem Fernseher eingeschlafen. Oder sie war nicht zu Hause. Becca klingelte noch einmal, hörte den Summer, aber sonst nichts.

»Maddie?«, rief sie laut. »Madame Madeline? Ich bin's, Rebecca Sutcliff. Ryan. Wir sind uns im Antiquitätenladen begegnet.« Sie hämmerte gegen die Tür, und diese öffnete sich knarrend von selbst. Mitten in der Klopfbewegung erstarrte sie. »Maddie?«

Von drinnen hörte sie ein leises schmerzerfülltes Stöhnen.

Beccas Herz setzte aus. Sie stieß die Tür auf und trat in den Dunst von gebratenem Fisch und Asche von einem Holzfeuerofen und noch etwas. Von etwas Metallischem, das fehl am Platz war. »Maddie?«, rief sie erneut und zückte bereits ihr Handy. Im Wohnzimmer mit dem flackernden Fernsehschirm war niemand. Neben dem Fernseher stand der abgenutzte Lehnsessel mit einem halb geleerten Teller – Kartoffelstückchen, Cole Slaw, Fischstäbchen – auf einem Tablett. Eine Gabel mit weißer Soße an den Zinken war zu Boden gefallen. Im Aschenbecher brannte eine Zigarette.

Und die Flecke auf dem Boden? Dunkelrote Flecke. Blut …?

Ach, du lieber Gott, was war hier los?

Beccas Nackenhaare sträubten sich. Sie gab Macs Kurzwahlnummer ein, bekam jedoch keine Verbindung. Sie sollte auf der Stelle umkehren, in die Stadt fahren, die Polizei rufen …

Aus einem Durchgang im hinteren Teil des Hauses ertönte erneut ein Stöhnen.

Vorsichtig, mit rasendem Puls, die Nerven zum Zerreißen gespannt, spähte Becca in ein Schlafzimmer. Madame Madeline lag auf dem Boden. Blut quoll aus ihrem Leib, in der Hand hielt sie eine Pistole.

»Maddie!«, sagte Becca und versuchte, Ruhe zu bewahren. Sie wusste ja nicht, was die verletzte, verrückte Frau tun würde. Maddie hob den Blick und spannte die blutigen Finger um den Pistolenknauf. »Justice«, flüsterte sie und richtete die Pistole auf Beccas Herz.

Mac nahm den Anruf entgegen, eine Verbindung vom Sheriffbüro, und er konnte dank des statischen Knisterns nicht viel verstehen, sodass die Detectives ihm die Nachricht wiederholen mussten. Im Wesentlichen erfuhr er, dass Hudson Walker das Krankenhaus auf eigene Verantwortung verlassen hatte und nun krank war vor Sorge, weil er fürchtete, Rebecca Sutcliff würde auf eigene Faust den Mörder suchen – den Perversen, der sich bislang dem Zugriff der Behörden von Tillamook County erfolgreich hatte entziehen können. Hudson war überzeugt, dass Becca zurück nach Siren Song gefahren war – dem Aufenthaltsort einer Sekte, wie Detective Clausen Mac wissen ließ.

»Was hat sie bloß vor?«, knurrte Mac. Er entdeckte eine Ausweichbucht am Straßenrand und wendete rasch.

»Nicht schießen«, sagte Becca so ruhig sie konnte, obwohl ihr Herz wie verrückt hämmerte. »Nicht schießen. Bitte ...«

»Justice!«, schrie Maddie noch einmal. Ihr Gesicht war aschfahl, ihre Augen groß vor Entsetzen, und die Waffe zitterte in ihrer Hand.

»Sie müssen ins Krankenhaus! Lassen Sie die Waffe fallen«, sagte Becca, von Grauen geschüttelt. Sie dachte an Hudson, an ihr ungeborenes Kind, und sie wusste, dass sie nicht sterben durfte. Ihr Herz klopfte wie ein Schmiedehammer, als sie sich aus der Schussrichtung bewegte, und wie durch ein Wunder folgte die alte Frau nicht Beccas Bewegung, sondern zielte stetig auf die Tür. »Alles ist gut«, log Becca, immer die Waffe im Auge und die Finger mit den geschwollenen Knöcheln, die sie umklammerten. »Alles ist gut«, sagte sie noch einmal leise.

Sie näherte sich behutsam der liegenden Gestalt und nahm Maddie die Pistole aus den gefühllosen Fingern. Mit der anderen Hand griff sie rasch nach ihrem Handy und gab noch einmal Macs Nummer ein. Maddie schloss die Augen. Sie blutete heftig aus einer Wunde im Leib. Selbst verschuldet? Oder … was? Sie legte die Waffe ab, schaltete das Handy auf Lautsprecher und versuchte, mit der Kleidung der alten Frau die Blutung zu stillen. »Nicht bewegen«, sagte sie, »ich hole Hilfe.« Doch es war so viel Blut, so furchtbar viel Blut. »Halten Sie durch.«

Dieses Mal ging ihr Anruf direkt an die Voicemail. Sie schnappte sich das Handy und sprudelte heraus, wo sie war und dass sie einen Rettungswagen benötigte und den Notruf alarmieren wollte – als er vom Flur her aus den Schatten trat.

Becca erstarrte, riss die Augen auf. Zum ersten Mal sah sie diesen Psychopathen, der sie hetzte – denn er war es –, in aller Deutlichkeit. Sie brach beinahe zusammen, als sie seine Züge erkannte, Jessies, den ihren so ähnlich. Er war eine ältere, kräftigere, männliche Ausgabe von Jezebel Brentwood. Und mit ihr, Becca, war er auf irgendeine Art und Weise auch verwandt.

»Schwester«, knurrte er, lächelte und zeigte seine kräftigen weißen Zähne, als ihm klar wurde, dass sie ihn als den Unhold erkannte, der er war, als den ihr blutsverwandten Mörder. Er hob die Hand, in der er ein Messer mit langer Klinge hielt. Blut tropfte von der Schneide.

»Warum?«, flüsterte sie mit einer vagen Geste in Maddies Richtung.

»Ihre Zeit war gekommen.«

Sie erkannte die mörderische Entschlossenheit in seinen Augen. Der Wind pfiff um die Felsen, rüttelte an den Giebeln, heulte zum Donnern der Brandung. »Warum? Warum tust du das alles?«

»Du bist eine Ausgeburt des Teufels, du Hexe.« Seine Nasenflügel bebten. »Und du trägst neues Übel in dir.«

»Mörder!«, schrie sie.

Sein herzloses Grinsen ließ sie bis tief in die Seele frieren.

»Wenn du wüsstest.« Die Pistole lag nur ein paar Meter entfernt. Wenn sie sich nach links warf … »Endlich wird dein Blut fließen«, höhnte er. »Auch deine Zeit ist gekommen.«

»Justice«, flüsterte Maddie, sah mit funkelnden Augen zu ihm auf, und Tränen strömten über ihre runzligen Wangen. »Lauf, Mädchen.«

Justice. Gerechtigkeit. Das war also sein Name. Er hatte Maddie mit dem Messer angegriffen und sich versteckt, als er Becca kommen hörte. Die Pistole war zu ihrer Verteidigung gedacht, und Becca hatte sie ihr genommen.

Und jetzt war er gekommen, um sein Werk zu vollenden.

Um nicht nur Maddie umzubringen, sondern auch Becca.

Niemals!

Becca stürzte sich auf die Pistole, doch er war schnell, hatte ihre Absicht vorausgesehen. Sein Messer surrte durch die Luft, bohrte sich in ihrem Arm. Sie schrie auf, doch ihre Finger fanden den Knauf der Pistole. Sie packte die Waffe, riss den Arm herum und richtete sie, den Finger am Abzug, auf ihn.

Er brüllte im selben Moment auf, als sie schrie.

Bamm!

Die Pistole ging los, doch er hatte den Schuss erwartet, warf sich zur Seite und wälzte sich aus der Gefahrenzone. Becca feuerte ein zweites Mal.

Bamm!

Die Kugel schlug in die Wand ein, ließ Steinstaub und Holzspäne aufspritzen. Er duckte sich seitlich weg, verschwand flink um die Ecke.

Beccas Puls dröhnte ihr in den Ohren. »Hau ab, bevor ich dich abknalle!«, schrie sie, hörte aber nichts außer ihrem eigenen keuchenden Atem, dem Kreischen des Windes und Maddies leisem Stöhnen. Beccas Hände zitterten, doch sie zwang sich zur Ruhe und zielte auf die offene Tür. Falls er auch nur einen Schritt aus seiner Deckung wagte, würde sie feuern. Ihr

Arm schmerzte; sie sah, dass Blut den Ärmel verfärbte. Das Handy war noch in Reichweite, jedoch nutzlos, aber das schäbige Motel verfügte doch sicher über einen Festnetzanschluss … Sie sah sich im Zimmer um, suchte nach einem Telefon. Ein Schatten strich am Fenster vorbei.

Er lief jetzt draußen herum!

Sie wandte sich dem verzogenen Fenster mit den klappernden Scheiben zu. Kalte Luft strömte ins Zimmer. Aber sie hatte sich geirrt. Der Schatten, den sie gesehen hatte, stammte lediglich von einem im Wind schwankenden Ast. Aus den Augenwinkeln bemerkte sie eine Bewegung im Flur.

Was?

Sie fuhr herum, als er, das Messer erhoben, durch die Tür fegte. Sie feuerte erneut und die Kugel traf ihn an der Schulter. *Noch einmal!* Ihr Finger drückte den Abzug, doch er war schon über ihr und warf sie zu Boden. Sie schrie, und sie stürzten auf die dem Tode nahe Frau, die schmerzvoll aufstöhnte.

Der Atem des dämonischen Mannes streifte sie heiß, sein Körper strotzte von Muskeln und Sehnen, und sie rangen miteinander. Becca schlug nach ihm, versuchte, sein Gesicht zu zerkratzen, noch einmal zu schießen, doch er zwang ihr den Arm auf den Rücken.

Schmerz schoss durch ihre Schulter, und sie ließ die Pistole fallen, die klappernd auf dem Boden aufschlug. Nein! O Gott, nein!

»Endlich, Schwester«, knurrte er. »Endlich.«

»Nie im Leben!«, fauchte sie ihn an, und er zerrte ihren Arm noch ein wenig höher. Sie schrie auf vor Schmerzen, und er lag über ihr, presste sie an den Boden und sagte: »Schrei nur, so viel du willst, Rebecca. Hier draußen hört dich keiner.«

Er hatte recht. Selbst an einem windstillen Tag, wenn das Meer ruhig war, würde ein Schrei aus dieser abgelegenen Ruine kein menschliches Ohr erreichen.

»Beim Licht des Mondes«, flüsterte Maddie. »Wenn die Erddämonen sich erheben, dann holen sie dich, Sohn, zurück in die Welt, aus der du stammst. Ich verfluche dich an diesem Tag, ich verfluche den Tag deiner Geburt. *Du, Justice*, bist die wahre Ausgeburt des Teufels.«

Becca spürte, wie der Mann, der über ihr lag, sich versteifte. Dieser Unhold war der Sohn der verrückten Maddie?

»Du verfluchst mich?«, fragte er, hob den Kopf und funkelte seine Mutter an. »*Du* verfluchst *mich*? Mich, den Botschafter Gottes? Hierher gesandt, um die Sünden von Siren Song zu tilgen?«

Becca rührte sich nicht, wollte ihn nicht ablenken. Er lag jetzt auf den Knien und konzentrierte sich ganz auf die Frau, die ihn geboren hatte.

»Ich bin der einzige Grund dafür, dass es nicht noch mehr von *denen* gibt. Ich bin der einzige, der die Welt von diesem Übel erlösen kann.« Jetzt rückte er von Becca ab und näherte sich seiner Mutter.

Becca musste ihre geballte Willenskraft einsetzen, um sich nicht zu bewegen, sich bewusstlos zu stellen, seine Aufmerksamkeit nicht auf sich zu ziehen.

»Du bist genauso schlecht wie die anderen, alte Hexe.«

Maddie gurgelte und krächzte: »Geh zum Teufel.«

Beccas Blick huschte im Raum umher. Das Fenster.

Sie zögerte nicht länger. Geschmeidig kam sie auf die Füße, warf sich gegen die alte Glasscheibe, rollte sich zusammen und stürzte hinaus. Um sie herum splitterte und klirrte es. Sie landete draußen auf dem sandigen Boden, sprang auf die Füße und rannte schreiend davon.

»Hure!«, brülle ich und stürze ans Fenster.

Hinter mir stößt die Alte einen hämischen Laut aus. Ich fahre zu ihr herum.

»Du kannst sie nicht alle töten«, sagt sie.

»Ich kann. Und ich werde sie alle töten.«

»Gott wird sie retten …«

Ich kann mich kaum zurückhalten, sie auf der Stelle zu erwürgen. Aber das will sie ja. Mich von meinem Ziel ablenken. Ich soll bei ihr bleiben. Um die andere zu schützen!

»Ich komme zurück«, flüstere ich. »Warte auf mich.«

Entsetzen steht in diesen alten Augen, und ich grinse und springe aus dem Fenster, nehme die Verfolgung der Niederträchtigen auf. Sie ist nicht weit gekommen. Ich habe ihr eine Verletzung zugefügt. Sie blutet, und sehr, sehr bald habe ich sie wieder in meiner Gewalt.

Mac fuhr wie der Teufel in Richtung Siren Song. Beim Safeway im Ort hatte er Hudson Walker abgeholt, der ihm angespannt den Weg beschrieb. Walker war versessen darauf, das Tor zum Wohnsitz der Sekte zu stürmen, doch Mac hatte ihn beruhigen können und darauf bestanden, dass er den Sportwagen stehen ließ und in seinem, Macs, Wagen mitfuhr.

»… aber wenn wir dort sind, bleiben Sie im Wagen. Wir müssen sowieso auf den Durchsuchungsbefehl warten. Im Sheriffbüro ist man ziemlich sicher, dass wir einen bekommen.«

»Wir haben aber nicht viel Zeit.« Walker war aschfahl im Gesicht, ein Knie zitterte vor Nervosität. Sein Arm lag in einer Schlinge und wahrscheinlich stand er unter dem Einfluss von Schmerzmitteln. Nicht zu gebrauchen, erkannte Mac. Schlimmer noch. Eine Belastung.

»Also, wir gehen folgendermaßen vor. Wir warten, bis wir Bescheid bekommen, dann bleiben Sie im Wagen, und ich …«

»Ich bleibe *nicht* im Wagen.«

»Sie bleiben, oder wir tun gar nichts.«

»Das kann ich nicht, Mac, und das wissen Sie auch.«

»Und ich kann nicht zulassen, dass Sie – Moment mal.« Sein Handy klingelte; der Klingelton kündigte eine Voicemail an. »Das Ding hat mir keinen einzigen Anruf angezeigt«, sagte Mac. »Total schlechter Service hier an der Küste.« Er hörte die Nachricht der völlig verängstigten Becca Sutcliff ab. Das Herz schlug ihm bis zum Hals und an der nächsten Straßenverbreiterung drehte er um.

Hudson hielt sich am Armaturenbrett fest, als der einrastende Sicherheitsgurt ihm seine Verletzungen schmerzhaft in Erinnerung rief.

»Sie ist nicht in Siren Song«, informierte Mac ihn mit gepresster Stimme, nachdem er aufgelegt hatte.

»Wo ist sie dann?«

»Im Motel der verrückten Maddie. Sie wissen, wo das ist? Sie sagt, es liegt nördlich von Deception Bay auf einem Bergrücken.«

»Ich glaube, ich weiß, wo«, knirschte Hudson.

»Dirigieren Sie mich dahin«, knurrte Mac, versuchte, telefonisch Verstärkung anzufordern, und betete um eine Verbindung.

Schreien war sinnlos. Becca rannte, so schnell sie konnte, um das Gebäude herum, hin zu ihrem Mietwagen. Der Schlüssel steckte noch im Zündschloss, und falls …

O Gott, sie hörte seine Schritte hinter sich. Er war sehr schnell, würde sie bald eingeholt haben.

Schwere Schritte verfolgten sie. Kamen näher. Immer schneller.

Lieber Gott, steh mir bei! Rette mein Baby!

Sie befahl ihren Beinen, sich zu bewegen, doch sie verlor immer mehr an Vorsprung. Es war Wahnsinn gewesen, ihn aufspüren zu wollen, sie hätte wissen müssen, dass er ihr überlegen war. *Noch bist du nicht tot*, ermutigte sie sich, und hatte plötzlich den Zaun vor Augen. Trotz seines Zahnlückengrinsens dank fehlender Latten stellte er doch eine Hürde dar. Konnte sie ihn überwinden oder musste sie das Tor finden? Wo war der Durchgang?

Sie entdeckte eine Lücke in den angegrauten Latten und drehte sich um.

Zu spät!

Er sprang, sein schwerer Körper traf auf ihren und schleuderte sie zu Boden. Sie prallte heftig auf, ihr Kiefer traf auf den Sand, den sie gleich darauf auf Zunge und Lippen spürte. »Dämliches Weib«, knurrte er und riss sie auf die Füße.

Sie war wie eine Lumpenpuppe in seinen Armen. Ihr Kopf sank herab, Blut färbte ihren Ärmel dunkelrot.

Er schüttelte sie. Wüst. Bleckte die Zähne in einem triumphierenden Grinsen. »Endlich! Endlich hab ich dich!«

Becca konnte sich nicht rühren. Sie war erschöpft. Völlig geschafft. Am Ende.

Sein widerliches Gesicht starrte sie an. »Nichts mehr zu sagen, Miststück?« Er hob die rechte Hand und ohrfeigte sie.

Mein Baby, dachte sie. *Ich muss mein Baby retten …*

Als hätte er ihre Gedanken gelesen, fauchte er: »Diese Abscheulichkeit ist tot, bevor sie geboren wird. Ihr alle werdet sterben. Darauf habe ich gewartet. Gewartet! Und jetzt ist der richtige Zeitpunkt gekommen!«

»Bitte …«

»Ganz recht. Bettle nur. Es nützt dir nichts. Ich gebe dem Teufel seine Brut zurück. Und zwar jetzt!«

Auf keinen Fall wollte Hudson wie ein wohlerzogener Hund im Wagen sitzen bleiben, während Becca in Lebensgefahr schwebte. Ausgeschlossen!

Genauso wenig hatte Mac Lust, auf Verstärkung zu warten. Er stellte seinen Jeep auf einem knapp eine Viertelmeile von den Häuschen entfernten Straßenabschnitt ab und gab Hudson strengste Anweisungen, auf die Leute von Sheriffbüro zu warten, bevor er in der Dunkelheit verschwand.

Hudson ließ ihm dreißig Sekunden, sah dann im Handschuhfach nach, und siehe da, da lag Macs Ersatzwaffe. Perfekt. Er überprüfte die Patronenkammer. Sie war geladen.

Er dachte gar nicht daran, auf die Verstärkung zu warten. Nicht, wenn Becca in Lebensgefahr schwebte. Nicht, wenn das Leben seines ungeborenen Kindes auf dem Spiel stand.

Er schob die schwere Waffe in seinen Hosenbund, stahl sich in die Nacht hinaus, umrundete das nördliche Ende des Grundstücks und entdeckte Mac, kaum zu erkennen im Schein der Sicherheitslampen an der vorderen Veranda.

Geduckt, den Finger am Abzug, schlich er einen defekten Zaun entlang. In dieser Nacht sollte der Kerl, der Becca terrorisierte, sterben.

Sie musste etwas tun. Unbedingt! Er hielt das Messer noch in der Hand, hatte aber anscheinend die Absicht, zuerst noch ein paar Geständnisse aus ihr herauszuschütteln.

Wütend blickte er auf sie herab, schien sich an seinem Fang zu freuen. »Hast du mir nichts zu sagen?«, flüsterte er.

Sie bäumte sich auf, wollte ihn beißen, doch er hielt sie fest, drehte sie dann grob um, drückte sie rücklings an seinen Körper und hielt ihr das Messer an die Kehle. »Du konntest nicht anders, wie, du Schlampe? Ich wusste, dass du kommen würdest. Genau wie Jezebel. Ihr seid euch so ähnlich.«

Starr vor Angst suchte sie nach einem Fluchtweg, nach irgendeiner Möglichkeit, sich zu befreien.

»Kennst du die Wahrheit schon?«, zischte er ihr ins Ohr. »Wie sie? Dass sie das Produkt von Inzest war? Vater und Tochter! Du auch, Hure!«

Becca versuchte zu sprechen, doch sie spürte, wie das Messer an ihrer Kehle ihre Haut ritzte. Ein dünnes Blutrinnsal lief an ihrem Hals hinunter.

Er hielt ihren Rücken fest an seinen Oberkörper gepresst. Sie wagte kaum zu atmen, konnte es nicht riskieren, sich zu bewegen. So standen sie auf dem Felsen, vom schneidenden Wind umheult, tief unter sich das tosende Meer. *Wie in deinen Visionen. Als wäre dies dein Schicksal.*

»Sie war schwanger mit ihrem widerwärtigen Kind, genau wie du«, flüsterte er. Seine hämische Freude ließ Wut in ihr hochkochen, aber sie musste ihn dazu bringen weiterzureden.

»Renee?«, brachte sie mühsam hervor.

»Die Schlampe stellte Fragen in der Stadt, plante die Enthüllung des Übels von Siren Song.«

»Welches Übel?« Die Klinge lag kalt an ihrer Kehle.

»Du weißt es doch, Hure. Du weißt es.«

Sie schauderte. Es war, als hielte der Teufel selbst sie an sich gepresst. »Nein … wirklich … Ich weiß es nicht.«

»Jezebel und Rebecca sind die widerwärtigsten«, leierte er, als wäre es eine Litanei, die er sich selbst häufig vorgebetet hatte. »Niemals dürfen sie sich fortpflanzen, den Zyklus fortsetzen. Jezebel kam nach Siren Song und erfuhr alles. So habe ich sie gefunden. Ich habe den Fötus in ihrem Leib gerochen. Deswegen musste sie sterben.«

Becca zitterte. Der Wind peitschte sie, das Salz in der Luft klebte an ihrer Haut. »Im Irrgarten hast du sie ermordet«, sagte sie unsicher.

»Jezebel glaubte, sie hätte mich gestellt, aber ich hatte ihren Tod und ihr Begräbnis am Fuß der Statue, die den Namen ihrer verabscheuungswürdigen Mutter trägt, von Anfang an geplant.«

»Mary?«

»Sie konnte hellsehen«, sagte er mit einem kaum merklichen Hauch von Bewunderung. »Du kannst es auch.«

»Du auch«, sagte Becca in Gedanken daran, dass er Jessies Erscheinung auf der Straße gesehen hatte.

»Es wird nicht klappen«, sagte er plötzlich. Er neigte sich über sie und leckte ihr Ohr. »Es klappt nie, Schwester, ich gewinne *immer.*«

Ihr Magen verkrampfte sich, beinahe hätte sie sich übergeben.

Doch dann verlagerte er leicht sein Gewicht und das Messer verrutschte ein wenig. Beccas Wut gewann die Oberhand. So heftig sie konnte, trat sie nach rückwärts aus, griff dann hinter sich, packte seine Hoden und drückte mit aller Macht zu.

»*Miststück!*«, heulte er erschrocken auf und lockerte seinen Griff. Vor Schmerz krümmte er sich zusammen.

Hudson zählte die Sekunden: *Eins ... zwei ... drei ...* Auf dem Rücken brach ihm unter seiner Jacke der Schweiß aus. Er musste zu Becca. Musste sie und ihr Kind retten. Sie waren alles, was er hatte. Alles, was er wollte, und wenn dieses Schwein ihr auch nur ein Härchen krümmte ...

Doch die Angst saß tief in seiner Seele. Dieser Wahnsinnige war erbarmungslos und hatte es auf Becca abgesehen.

»*Miststück!*«

Der Schrei dröhnte durch die Nacht. Mac schrie etwas, aber Hudson hörte es nicht. Er sprang auf die Füße und rannte blindlings los, die Hand an der Waffe. Er würde den Dreckskerl wegpusten.

Becca ließ Justice nicht los, doch er schlug mit den Fäusten auf sie ein. Sie bekam keine Luft. Musste von ihm ablassen. Er fluchte und fuchtelte mit den Armen. Sein Messer stieß herab, bohrte sich in ihren Oberschenkel. Sie schrie auf.

Peng!

Ein Schuss zerriss die Nacht.

Justices Schrei übertönte den Wind. Er stürzte zu Boden und wand und krümmte sich.

Was? Herrgott, was war jetzt los?

Becca fuhr herum. Ihr Bein schmerzte höllisch. Sie sah Hudson direkt in die Augen. Einen Arm trug er in einer Schlinge, in der rechten Hand hielt er eine große Pistole. Er schritt rasch weiter und zielte direkt auf Justices sich windende Gestalt. Hudsons Gesicht war eine Maske der Wut, in seinen Augen funkelte Mordlust, als beabsichtigte er, das gesamte Magazin seiner Waffe in den Mann zu entleeren, der Becca beinahe umgebracht hätte.

»Nicht!«, warnte sie ihn. Sirenen gellten durch das Tosen des Windes und Mac stürzte aus der letzten Wohneinheit des Motels. »Die Waffe runter, Walker! Auf der Stelle!« Er richtete seine Pistole jedoch nicht auf Hudson, sondern auf den Verwundeten. »Wir wollen den Kerl lebendig. Er hat uns eine Menge zu erklären, angefangen mit Jessie Brentwood.«

Hudson senkte die Waffe, und Becca, kurz vor dem Zusammenbruch, ließ sich gegen ihn sinken. »Es ist vorbei«, flüsterte er und hielt sie mit seinem gesunden Arm. »Endlich ist es vorbei.«

Wie durch Zauberei waren die Leute vom Sheriffbüro plötzlich da. Eben noch hatte Hudson Becca im Arm gehalten, während Mac den sich am Boden krümmenden Unhold ins Auge fasste, und im nächsten Moment rannte ein Schwarm bewaffneter Männer über das Grundstück.

Becca barg das Gesicht an Hudsons Brust. Sie hörte ihn leise fluchen. »Wir müssen dich ins Krankenhaus bringen«, sagte er.

»Ich will nie wieder ins Krankenhaus.«

»Du bist verletzt.«

»Aber ich lebe. Er hat unserem Baby nichts getan. Er wollte es zwar. Er wollte unser Baby umbringen.«

»Er ist pervers.«

»Es hat irgendwie mit Siren Song zu tun, Hudson. Er wollte alle in Siren Song umbringen.«

Ihre Zähne schlugen aufeinander. Hudson zögerte nicht länger. Er führte sie zu Macs Jeep. »Du brauchst Hilfe«, sagte er leise.

Aus der Dunkelheit tauchte Mac auf. »Ich rufe den Notarztwagen«, sagte er mit einem Blick auf Becca. »Wir brauchen auch einen für die Frau im Motel.«

»Madeline? Lebt sie?« Becca wandte sich zu Mac um.

»Kaum noch. Aber sie atmet.«

»Ich kann im Jeep fahren«, versicherte sie.

Hudson sagte zu Mac: »Wenn Sie noch bleiben wollen, kann ich fahren.« Mac nickte und gab ihm den Schlüssel.

»Danke«, sagte Becca zu ihm, und es kam von Herzen.

Mac zögerte. »Ich sollte Ihnen danken. Ich habe Ihnen und Ihren Freunden lange, lange Zeit das Leben zur Hölle gemacht. Und keiner von Ihnen hatte Jessies Tod auf dem Gewissen.«

»Becca und mein Kind leben, zum großen Teil dank Ihnen«, sagte Hudson und half Becca auf den Beifahrersitz. »Wir sind quitt.«

Damit schwang Hudson sich auf den Fahrersitz, ließ das Motel und Deception Bay hinter sich und fuhr erneut in Richtung Ocean Park Hospital.

»Ich liebe dich«, sagte er in die plötzlich eintretende Stille. »Ich liebe dich so sehr.«

»Und ich liebe dich«, hauchte Becca.

»Du musst mir jetzt keine Antwort geben, aber du sollst wissen, dass ich dich heiraten will.«

Beinahe hätte sie gelächelt.

»Wie bitte?«, fragte er, und sie spürte, dass er sie im dunklen Innern des Jeeps mit großer Besorgnis ansah.

»Ich will dich schon seit unserer Schulzeit heiraten. Ich habe nur nicht geglaubt, dass es je geschehen würde.« Sie bemerkte, dass er ein wenig ruhiger wurde. »Bist du sicher, dass du mich willst? Mit meinen Visionen und körperlichen Anomalien und eventuellen Verbindungen zu ›Sekten‹?«

»Ich will dich«, sagte er, und es war beschlossene Sache.

27. Kapitel

Becca stand in der heißen Julisonne und blickte durch das schmiedeeiserne Tor von Siren Song. Seit drei Tagen hielt sie dort Wache, und sie wusste, dass die zurückgezogenen Bewohnerinnen sie gesehen hatten. Sie strich sich das Haar aus dem Gesicht, spürte die Sonne heiß auf ihrem Kopf. Heiß für die Küste. Sengend geradezu.

Ihr Bauch wölbte sich bereits. Ihre Schwangerschaft war nicht mehr zu übersehen und ihr Gesicht verriet ihre Freude. Die strahlende Schönheit der Schwangeren.

Das hatte Hudson am Morgen, als sie zum Strand aufbrach, zu ihr gesagt. »Ich liebe dich«, hatte er gesagt. »Du warst nie schöner als jetzt.« Becca hatte sich in seine Arme geschmiegt und innig geküsst. Sie quoll über vor Liebe, liebte ihn mit jeder Faser ihres Herzens.

Sie hatten vor der Scheune gestanden und dem neuen Fohlen bei seinen übermütigen Sprüngen zugesehen. Es lief von einer Seite der Koppel zur anderen im Zickzack vor seiner Mutter her, ohne sich je zu weit von ihr zu entfernen.

Neues Leben. Neue Liebe. Vor vier Monaten war ihr das noch unmöglich erschienen. Sie umfasste die Gitterstäbe des Tores, sie waren fast zu heiß, um sie zu berühren. Sie würde nicht aufgeben. Sie hatte Fragen. Ihr standen Antworten zu, und als sie Hudson in ihren Plan einweihte, wusste sie zwar, dass er sie am liebsten sicher in seinem Schutz wissen wollte, aber er erlaubte ihr dann doch, wenn auch widerstrebend, zu fahren.

»Ich komme mit«, lud er sich selbst ein, doch sie schüttelte den Kopf.

»Allein stehen meine Chancen besser. Sie leben zurückgezogen und sind misstrauisch, aber ich bin eine von ihnen.«

Er wollte Einwände erheben, doch sie wies auf das hin, was sie bereits wusste: Die Mitglieder der Kolonie von Siren Song stellten keine Bedrohung für sie dar. Justice Turnbull – Madeline Turnbulls Sohn – war die Bedrohung, und der saß in Untersuchungshaft unter strenger Bewachung und wartete auf den Transfer in eine Anstalt für kriminelle Geisteskranke. Justices wildes Gefasel hatte diese Maßnahme untermauert.

In der Folge der Ereignisse im Motel der verrückten Maddie hatte die Polizei sein Leben unter die Lupe genommen. In seinem merkwürdigen Unterschlupf im Leuchtturm wurden zerrissene Aufzeichnungen und gekritzelte Notizen zu der Kolonie, von der er besessen war, gefunden, dazu ein Waffenversteck, in erster Linie aus Messern bestehend. Unter einer dunkelgrauen Plane stand neben dem Motel ein hellbrauner Pick-up mit abmontiertem Kühlergrill. Es wurde vermutet, dass er außer Jessie auch Mitglieder der Kolonie umgebracht hatte, doch ohne die Kooperation der Kolonie blieb das nur Spekulation, und die Frauen von Siren Song erwiesen sich kollektiv nicht als hilfreich. McNally hatte versucht, die Frauen zu vernehmen, doch sie öffneten ihm nicht mal das Tor. Justices Ausführungen ergaben nicht genug Material zur Begründung eines Durchsuchungsbefehls. Die Hälfte seiner Aussagen bestand aus irrwitzigen Hirngespinsten. Er beharrte darauf, dass Jessie und Becca Ausgeburten des Teufels seien und zurück in die Hölle gestoßen werden müssten. Das wäre seine Mission.

Tiefer gehende Nachforschungen hatten eine Geschichte zu Tage gefördert. Ein Laienhistoriker in Deception Bay hatte einen nicht verifizierten Bericht über die Gründer der Kolonie verfasst und archiviert. Dieser Bericht war einem Dr. Parnell

Loman in die Hände geraten, der vor etwa fünfzehn Jahren von dem Felsen, auf dem er wohnte, in den Pazifik und in den Tod gestürzt war. Es war derselbe Dr. Loman, der Beccas und Jessies Geburtsurkunden unterzeichnet und ihre Adoptionen ermöglicht hatte.

Der Bericht handelte von den frühen Einwohnern der Gegend, und die Ankunft von Frauen aus dem Osten wurde erwähnt – Hexen –, die sich mit den einheimischen Indianern vermischten und ihre eigene Kolonie gründeten. Ein Schamane ›heiratete‹ eine der Frauen, und die Kinder aus dieser Beziehung besaßen ein ungewöhnliches ›absonderliches, abstoßendes‹ Wahrnehmungsvermögen. Aus unerfindlichen Gründen waren diese Kinder, zumindest die, die überlebten, vorrangig weiblichen Geschlechts. Die wenigen Jungen, die geboren wurden, starben frühzeitig.

Wie Justice hier einzuordnen war, blieb unklar. Der schriftliche Bericht endete mit der Geburt von Mary Durant und Catherine Rutledge, Schwestern, deren Mutter, Grace Fitzhugh, zuerst Richard Durant und dann John Rutledge geheiratet und von jedem eine Tochter bekommen hatte. Dr. Loman hatte noch ein paar Absätze hinzugefügt, die darauf hinwiesen, dass Madeline Abernathy Turnbull auch zu dieser Familie gehörte, eine entfernte Verwandte von Mary und Catherine war, die Dr. Lomans Bericht zufolge immer noch in Siren Song lebten.

Doch eines war klar: Justice glaubte fest an seine Mission. Er musste die Welt von der verfluchten Brut der Koloniefrauen befreien. Hieß das, das Becca Marys Tochter war? Justice schien es zu glauben. Oder war all das nur ein Produkt seines gestörten Verstands? Seine Inzestvorwürfe ließen sich nicht bestätigen, doch er war fest überzeugt, dass die Koloniefrauen ihn ablehnten, und in seinem verdrehten Glauben, durchsetzt von Hexerei, den Sagen der Eingeborenen und der Angst vor dem Zorn Gottes, war er entschlossen, so viele Mitglieder der Kolonie wie nur möglich zur Hölle fahren zu lassen, aus der sie gekommen waren. Sie waren Kinder der Wollust, des Inzests, vom Teufel geplant. Sie mussten getötet werden.

Becca fröstelte trotz der glühenden Sonne. Sie hatte Durst. Wenn die Frauen nicht bald kamen, wenn es ihr wieder nicht gelang, Kontakt aufzunehmen, müsste sie ihre Mission erst einmal aufgeben. Sie löste die Finger von den Stäben und blickte zum blassblauen Himmel und der weißen brennenden Sonne auf.

Eine flinke Bewegung zog ihre Aufmerksamkeit wieder auf das Grundstück der Kolonie. Zu ihrer Überraschung kam eine Frau mittleren Alters in einem langen grauen Kleid auf sie zu. Endlich!

Becca straffte sich. Das Haar der Frau war stahlgrau und am Hinterkopf zu einem Knoten geschlungen. Ihr Kleid stammte aus einer anderen Ära.

Sie kam geradewegs zum Tor und Becca wich einen Schritt zurück. Sie sahen einander an.

»Ich werde das Tor nicht öffnen«, sagte sie.

»Ich könnte mich vielleicht einschleichen. Ich habe den Lieferwagen gesehen, der Lebensmittel aus der Stadt holt«, ließ Becca sie wissen.

»Was willst du?«

»Ich heiße Rebecca. Die Familie Ryan hat mich adoptiert. Dr. Loman hat die Urkunde unterzeichnet. Meine verstorbene Schwester hieß Jezebel. Sie wurde ebenfalls adoptiert. Ich glaube, wir beide sind verwandt mit euch, und deshalb hat Justice Jezebel umgebracht und mich gejagt.«

Ihr Blick senkte sich auf Beccas gewölbten Leib. Mit plötzlich aufflackernder Emotionalität sagte sie: »Du bekommst ein Mädchen.«

»Ja.« Becca war im ersten Augenblick verblüfft, doch sie war entschlossen, so viel in Erfahrung zu bringen wie nur möglich. »Bist du Catherine? Oder Mary?«

»Catherine. Mary ist tot.«

»Oh. War Mary meine Mutter?« Becca hielt den Atem an.

Catherines Blick suchte die Berge rund um das Grundstück ab, als suchte sie dort nach der Antwort. Nach langem Schweigen sagte sie: »Wir wollten nicht, dass ihr es erfahrt. Wir haben euch weggegeben, um euch zu schützen, da Justice uns damals schon angriff. Wir waren gezwungen, die Mauer zu errichten, aber er hat Jezebel trotzdem gefunden, nicht wahr? Sie kam hierher und suchte nach Antworten, und wir haben sie ihr gern gegeben. Wir haben sie willkommen geheißen und damit ihr Todesurteil besiegelt. Wir wollen, dass du dich fernhältst.«

»Ich habe eine Frau gesehen …« Becca deutete an Catherine vorbei auf das Haus. »Etwa in meinem Alter.«

»Je weniger du weißt, desto geringer ist die Gefahr für dich.«

»Justice sitzt im Gefängnis. Er kann niemandem mehr etwas zuleide tun.«

»Bist du so sicher?«

Becca blickte in Catherines hellblaue Augen – Augen von der Farbe des Himmels – und spürte kalte Angst im Nacken.

»Geh zurück zu deinem Mann.«

»Wir sind noch nicht verheiratet«, sagte Becca.

»Aber bald. Du wirst auf seiner Farm leben und Pferde züchten und Kinder großziehen. Aber sei wachsam, meine Liebe. Sei wachsam.«

»Wieso kennst du meine Zukunft?«

»Ich sehe Dinge«, sagte sie. »Wie Jezebel.«

Und damit drehte sie sich um und ging.

Epilog

Der Wagen rumpelte über die Straße. Eine holprige Fahrt. Justice saß auf einer der Bänke und betrachtete kalt die übrigen Passagiere. Sie waren Kriminelle. Tiere. Er aber war der Botschafter Gottes.

Die Handschellen an seinen Handgelenken glänzten wie silberne Ringe. Die Narren. Sie konnten ihn nicht für immer einsperren. Seine Mission war noch nicht erfüllt. Vor Jahren hatte er Jessie gefunden, und seine Fähigkeiten hatten ihn zu Rebecca geführt, zwei Mal. Catherine, die elende Hexe, behielt die Huren hinter den Mauern von Siren Song streng im Auge. Er konnte nur zu ihnen gelangen, wenn ihr ein Fehler unterlief.

Aber er war der Botschafter Gottes, und Gott verlangte Vergeltung. *Die Huren in der Kolonie verfügen über gefährliche Fähigkeiten, und Gott will dem Einhalt gebieten!* Vor zwanzig Jahren hatte er Jessies Witterung aufgenommen, als sie in Siren Song auftauchte. Wie sie sie zu Hause willkommen geheißen hatten, mitsamt der Teufelsbrut in ihrem Leib! Dann hatte er nach ihr gesucht und ihrem Leben ein Ende gesetzt. *Jetzt weiß Rebecca von ihnen. Sie wird sich nicht fernhalten können.*

Ja, sie ist dem Tod geweiht. Genau wie ihre Schwester.

Er bewegte die Handgelenke und überlegte, wie einfach er mit der Kette der Handschelle einen Mann erdrosseln konnte. Sicher war sie durch eine Schlaufe an seiner Taille gezogen, er hatte aber genug Spielraum. Ein kaum sichtbares Lächeln spielte um seine Lippen. Die Wärter waren dumm und faul. Sie machten Dienst nach Vorschrift.

Diese Handschellen verursachten eine vorübergehende Verzögerung. Bald würde er wieder auf freiem Fuß sein. Frei, um wieder nach Rebecca zu suchen. Hatte er sie nicht schon einmal gefunden, vor langer Zeit, als sie schwanger war? Hatte er diese ungeborene Geißel der Menschheit nicht auch beseitigt? Er war wütend gewesen, weil sie den Unfall überlebt hatte. Weil sie lebte! Und sechzehn lange Jahre hatte er ihre Spur aus den Augen verloren. Und hatte sie doch wiedergefunden. Aber auch den zweiten Unfall hatte sie und das neue Kind überlebt. Er musste weitermachen.

Denn jetzt ist sie immer noch schwanger. Wenn sie schwanger sind, kann ich leicht Witterung aufnehmen.

Das ist seine Gabe.

Er ist der Verfolger. Irgendwann findet er sie alle. Eine nach der anderen. Wenn er ausbricht – und das wird er tun –, wird er sie aufspüren und ihre schwarzen Seelen zurück ins Höllenfeuer schicken.

Das ist seine Mission.

E-N-D-E